SV

JÁCHYM TOPOL

EIN EMPFINDSAMER MENSCH

Roman

Aus dem Tschechischen
von Eva Profousová

Suhrkamp

Die Originalausgabe erschien 2017 unter dem Titel
Citlivý člověk bei Torst in Prag.

Der Verlag dankt dem Kulturministerium der Tschechischen
Republik für die Förderung der Übersetzung.

Erste Auflage 2019
© Jáchym Topol, 2017
© Suhrkamp Verlag Berlin 2019
Alle Rechte vorbehalten, insbesondere das des öffentlichen Vortrags
sowie der Übertragung durch Rundfunk und Fernsehen,
auch einzelner Teile. Kein Teil des Werkes darf in irgendeiner Form
(durch Fotografie, Mikrofilm und andere Verfahren) ohne
schriftliche Genehmigung des Verlagess reproduziert oder unter
Verwendung elektronischer Systeme verarbeitet, vervielfältigt
oder verbreitet werden.
Satz: Greiner & Reichel, Köln
Druck: CPI – Ebner & Spiegel, Ulm
Printed in Germany
ISBN 978-3-518-42864-1

EIN EMPFINDSAMER MENSCH

1 BRISTOL GLOBE · WARUM ER SICH AN BEIDE WENDET · NÄCHTLICHE HORDEN · MAMA AM MORGEN · DAS HEFT · TÄTOWIERTER JUNGE · BRENNENDES LAGER · RAUS! ELEANOR AND HER BOYS · WEITER GEHT'S

Wie soll ich mich hier konzentrieren, Himmel am Arsch?!

Vater, die Flasche griffbereit, das Heft auf den Knien, sitzt am Steuer der Nomadenkarre und schreibt und schreibt.

Um ein Haar hätt ich nachts ein Kapitel fertig geschrieben, aber bei dem Gewusel ging nur ne Skizze! Dabei war das Bristol immer super! Die Schatzinsel, mal vom Schiffsjungen Jim Hawkins gehört, Jungs? Er wendet sich an beide, weil er sie, wie er sagt, zum Reden bringen will. Den im Babystrampler und auch den, der gewachsen ist.

Weißt du, was ich interessant finde? Er dreht sich zu Sonja um, die über einer Kocherflamme den Löffel wärmt. Über der anderen rührt sie ab und zu den Winzlingbrei um.

Inzwischen identifizier ich mich mehr mit Long John Silver!

Wird wohl am Alter liegen, Mama setzt mit hochgekrempeltem, mandalaschrillen Blusenärmel ihre Morgenzeremonie fort.

Vaters Heft, bekritzelt bekrakelt, mit Wein und Kaffee bekleckst, saust über das schlafende Kindlein und verschwindet im Plunder.

Er macht die Beine lang, bohrt den Nacken in die Kopfstütze und entspannt. Nimmt den Nomadenstützpunkt ins Visier. Versifftes T-Shirt, Shorts, in den Augen beständige Glut der Wissbegier. Auf dem Histrionenhaupt ein alter Hippie-Hut, darunter sprießt rötliches, mit grauen Büscheln durchwirktes Haar.

Er beobachtet das Tor ins Zeltlager, genau genommen eine winzige Nachbildung des Globe Theaters, wo unzählige, erst am Abend aufflammende Lämpchen die Zahl 400 bilden, ein etwas bizarres Porträt des Dramatikers und die Überschrift HIS WORDS: WISDOM, FREEDOM AND BEAUTY!

Anstelle des festivalüblichen Treibens, diesmal dem Leben und Werk von William Shakespeare geweiht, herrscht dort wegen der nächtlichen Besucher eine ungewohnte Geschäftigkeit. Einst hatten hier Vater und Sonja mit einer einfallsreichen Kreation den Jahrestag des Beitritts der Tschechischen Republik zur Gemeinschaft gefeiert und damit herrliche dreihundertdreizehn Pfund ertanzt. Nun ist alles anders. Vater stiert, pliert, sinniert. Wittert. Womöglich folgt er auch den feinsten Regungen seines Riechers, er hatte sogar die Idee gehabt, ihn von innen mit megadünnem Edelblech zu beschlagen, doch der ausbleibende Erfolg brachte ihn von diesem Vorhaben ab.

Im Eingangstor machen sich eilends einberufene Immigrationsbeamte breit. Tischchen, Rechner, Schriftstücke, die Lücken dazwischen mit kunstvoll aufgetürmten Krapfen geschlossen, Teller mit Keksen und *coffee cups*.

Gestern war die Fläche noch leer. Heute bietet sie ein Wimmelbild. Reihen von Schläfern auf Isomatten, Frauen in bodenlanger Kluft mit Babys, dazwischen kleine Grüppchen; man sitzt auf dem Boden und gestikuliert. Alte Weiber schleppen sich mit Kanistern zum Hydranten, herumgaffende Halbwüchsige in abgetragenen T-Shirts und Jeans sehen aus, als bewachten sie die Frauenarbeit.

Die Ansammlung, deren vorwiegend schwarze Montur den Eindruck einer Kompaktmasse hervorruft, wird von Polizeiautos flankiert. Die nächtlichen Besucher haben sich meist dort fallen lassen, wo sie hundemüde angekommen waren, Wellen von Unsicherheit und Angst brandeten die ganze Nacht gegen die Menge.

Ich steh auf Bristol! Bloß in den Hafen haben wir's nie geschafft, vielleicht heute, was meinst du?, brüllt Vater dem Jungen hinterher, der mit Kanistern zum Wasserholen losdackelt.

Die Schlange vor den Hydranten zieht sich am Tor entlang. Vermutlich ist ein Schlauch geplatzt oder eine der Wasserquellen angezapft worden, der Pulk der dunklen und verschleierten Weiber, die sich mit Plastikbehältern oder Bergen von PET-Flaschen in der Tasche im Schneckentempo nach vorne schieben, watet im feinen Schlamm, um die Treter des Jungen quillt Wasser.

Hey you ... er hebt den Kopf, ein lächelndes Fräulein, die blonde Mähne schulterlang, reicht ihm aus dem Fenster der glühbirnenumrankten Globe-Kopie einen schokoüberzogenen Donut.

Er reckt sich auf die Zehenspitzen, spürt, wie die Marmelade ihm die Finger heruntertröpfelt, aber da patscht ihm wer auf die Schulter. Zwei dunkle schlaksige Jungs. Der Größere schiebt sich den ergatterten Donut mit verträumt gesenkten Lidern in den Mund.

Oh, no ... das Fräulein lehnt sich hinaus und reicht ihnen nun eine ganze Schachtel buntglasierter Leckereien, die schon eine Weile in der Sonne stehen.

Der rasche Schlagabtausch treibt ihn von den Kanistern weg, jetzt sind sie schon ein ganzer Haufen, zwischen den Hosen und T-Shirts und Schläge austeilenden Ellbogen ist er kaum zu sehen, er schlingert hin und her wie ein Welpe, den sein erbarmungsloses Herrchen mitten in ein Dobermann-Match geworfen hat.

Aus dem Augenwinkel sieht er seine umgekippten Kanister hinter Röcken, Schuhen, Latschen und Sandalen der vorrückenden Schlange verschwinden, er wälzt sich zu den Weibern, die weichen zurück vor ihm mit wütenden Schreien wie vor einem angreifenden Käfer. Zu seiner eigenen Überraschung presst er die Schachtel an seinen Bauch, mit plattgedrückten Donuts in den Ecken: gewonnen.

Ohne die Beute loszulassen, hechtet er in die schlafende Menge, einer, der noch halb im Schlafsack steckt, fuchtelt nach ihm, der Junge springt zur Seite.

Und steht einem nackten Kerlchen vis-à-vis. Von ähnlichem Alter und Größe wie er selbst. Sein ohnehin dreckverschmiertes Frätzlein ist pechschwarz, seine Wangen, Arme und Schenkel tätowiert, mit, wie es scheint, entzündeten Einstichen übersät. Um sie herum wogt die Menge, man beäugt sie. Die Festung auf Rädern, wo die Eltern weilen, ist weit. Er kredenzt dem Kerlchen die Schachtel. Dreht sich um und schnappt sich den einen Kanister, den anderen zerrt er unter irgendwelchen Quanten hervor, schleppt sich mit ihnen in die Schlange, später steckt er den Schlauch rein und füllt sie bis zum Anschlag. So wie immer.

Die Abendveranstaltung in Bristol wird aber abgesagt. Unter Berufung auf einen Paragraphen für unerwartete Ereignisse, Unfälle und sonstige Katastrophen oder höhere Gewalt (plus zweiundsechzig Pfund für beide).

Na und, wir wollen sowieso aus Regenhausen in den Süden ziehen!

Sie schließen sich einer Karawane von anderen Benzinkutschen an und ziehen im Laufe des Tages zum nächsten Lagerplatz um.

Sonja und die Jungs sind von der Fahrerei erschöpft, also hauen sie sich gleich aufs Ohr. Ein Zelt brauchen sie nicht, sie schmiegen sich auf der Rückbank aneinander.

Mama hält den Winzling im Arm, sie flüstert ihm etwas ins Ohr, der Junge ratzt weg, sein letzter Blick fällt auf den Vater auf dem Vordersitz, wie er mit gerecktem Kinn etwas in sein Heft ritzt.

In der Nacht bricht im *pikeys camp* Feuer aus. Ein Brandsatz ist in einem Zelt gelandet, den anderen haben die Angreifer in die Wächterbretterbude geworfen. Während die Insassen der Wohnwagen nach draußen sprinten und die Feuer löschen, die es übrigens nicht mal zum Auflodern gebracht haben, und die anderen sich eilig ans Packen machen, mahnt Vater die Familie zur Ruhe.

Die haben das mit Absicht ins Zelt geschmissen, wo keiner drin war. Das haben die gecheckt, die wollen keinem was tun.

Die wollen aber, dass wir uns verpissen.

Wundert dich das?

Mach mal hin, leg einen Zacken zu, wir fahren mit!, Mama fordert ihn mit ihrem einzigen sehenden, noch verklebten Auge auf, auch sonst ist der Grad ihrer morgendlichen Strubbeligkeit imposant.

Vater mosert herum, er möchte jetzt wirklich das Kapitel zu Ende schreiben. Vielleicht baue ich es doch zum Theaterstück um, murmelt er. Aber dann landen kleine Steinchen auf der Frontscheibe. Aus großer Entfernung geworfen, fallen sie kraftlos, wie ein Wassertropfenwirbel.

Herrgottsakra, jault Vater auf und pfeffert das Heft nach hinten, wo es auf einem Stapel ähnlich unvollendeter Werke liegen bleibt.

LEAVE MEANS LEAVE! POLISH VERMIN!

Zornige Vetteln und ein paar grimmige alte Knacker halten das in Heimarbeit gefertigte Transparent hoch und auch noch zwei drei andere.

An der Spitze des Umzugs, der um die Ecke biegt und sich zum verwüsteten Zeltplatz aufmacht, tummelt sich ein Trupp kleiner Jungs.

Angeführt werden sie von einer streng dreinblickenden Person in schwarzer Kleidung mit einem Lautsprecher vor dem Mund. Unter ihrem dünnen Oberlippenbart skandiert sie lauthals, was auf dem in der Luft segelnden Transparent steht, mit ihrem kleinen schwarzen Regenschirm gibt sie dem gefühlswuchtigen Stimmenchor den Takt.

Kuck, Sonja, sieht aus wie in einem Beatles-Clip, oder?

Ein herumkreischender Knirps erwischt mit einem Ziegelbrocken den Kotflügel. Die anderen johlen begeistert.

Jawohl, die Rigby!

Der nächste Knirps schleudert einen Ziegelstein auf den Caravan, trifft aber nicht.

We are not Polish vermin, we are CZECH VERMIN!, schreit Vater aus dem Fenster. Wir haben für euch gekämpft! Battle of Britain, sagt dir das was, du dumme Pute?, ruft er der Anführerin zu, die mit dem ganzen Schwarm rasch näher kommt.

Da bist du bestimmt schon auf der Welt gewesen, du alte Kuh!

Mach mal halblang!

Blöde Kuh!

Und er startet. Mama packt den Jungen an der Hand. Mit der anderen zeigt sie in die Straße, aus der zwischen schmucken ziegelroten Postkartenhäusern weitere Bürger strömen. Über den platt getrampelten Rasen stampfen baumlange Kerle und junge Burschen in T-Shirts und Jeans auf sie zu, Schläger in der Hand.

Der Schnellste von ihnen, so ein Feschak in Shorts mit bunt tätowierten Armen im gestreiften, von den Hosenträgern zerschnittenen Trikothemd, spuckt auf die Haube und schickt sich an, das Auto von hinten zu umrunden.

Da fahren wir lieber, sagt Vater. Und sie fahren. Mit der Fähre und weiter.

2 Travelers – No Holidays! GRIMMIGER OFFIZIER · ERINNERUNG AN DIE SLOWAKEI, ERINNERUNG AN DIE LIEBE · DAS BEIN · DIE SUCHT · AUF DER BRÜCKE · UNTER DER BRÜCKE: DIE SINFONIE DES WELTENRAUMS

Frankreich nehmen sie im Flug, morgens rein, abends raus, der Vater, in südlichen Gefilden gleich der große Sommelier, lässt den Veranstaltungskalender nicht aus den Augen.

In Spanien indes warten auf vertrauten Lagerplätzen nur rausgerissene oder einbetonierte Stromanschlüsse auf sie und Parolen, in denen Verbissenheit über die Grammatik triumphiert wie TRAVELERS, LEAVE! WE HAVE NO HOLIDAYS!, wie auch offene, um die ausgewiesenen Stellplätze auf Steinbrocken oder Betonmäuerchen gesprühte Aufforderungen, sie sollen sich verpissen. In dem traditionellen Hippie-Treff im weltentlegenen Dörflein Peñascosa steht unter dem Transparent NO! THANK YOU! ADIOS! die Bürgerwehr mit einem Wasserwerfer bereit, und aus dem alten Travelerplatz, noch ein ganzes Stück vor Toledo, ist ein riesiges Flüchtlingslager geworden, es schwappt in die Stadt, wo die Zahl von Demos und Straßenschlachten mit der Polizei täglich zunimmt, so dass das Festival GRUBE UND PENDEL zu Ehren von Edgar Allan Poe abgeblasen werden muss (minus dreihundertsiebenundvierzig Euro für beide). Ähnlich sieht es auch in dem Nest San Guzmán aus, wo in diesem Sommer null Interesse an Theateraufführungen besteht (minus zweihundertfünfzig Euro für sie, minus dreihundertfünfzig Euro für ihn, minus fünfzehn Euro für die Jungs, die in der Rolle der Pucks hätten glänzen können, der Winzling im Hängetuch), und so weiter und so fort.

Sie wechseln nach Frankreich und am Ende eines fulminanten Sonnenuntergangs überrascht sie bei der Einfahrt zu einem Lagerplatz eine Wohnwagenburg und mürrische Schnurrbartkerle in vorsintflutlichen Synthetikanzügen, hier und da prangt eine rote Schärpe über der Plauze. Weiber mit lärmenden Kleinkindern, die um ihre bodenlangen bunten Röcke wuseln, sie selbst tragen im Haar, an den Armen und Handgelenken Silberschmuck und sonstigen Zierrat, richtig leise sind sie nicht.

Die haben uns den Schlafplatz geklaut, das gibt's doch nicht!, keift Vater in den allgemeinen Tumult und Krakeel.

Noch bevor sie sich mit den Usurpatoren konfrontieren können, werden sie von Gendarmen mit geschultertem Maschinengewehr gestoppt.

Die Flasche, aus der sich Vater soeben stärken wollte, landet flink zwischen seinen Beinen.

Eine düster dreinblickende Bohnenstange mit Offiziers-Käppi steuert schnurstracks das Beifahrerfenster an.

Wir sollen wenden und Leine ziehen, aber dalli.

Soll er weiter träumen! Die Jungs sind müde! Mein Gott, wir zelten hier seit tausend Jahren, sag's dem Macker doch.

Dem Gendarmen schmeckt Vaters Ton evident nicht.

Er umrundet die Motorhaube und sein Blick versinkt in Vaters Pupillen, in denen das gleiche dämonische Feuer lodert.

Nach der neuesten Anordnung ist der Platz hier nur für französische Bürger da. Du sollst la carte du nomade rausrücken.

Was soll der Dünnschiss, mon capitaine! Welche Karte, sind wir etwa Zigos? Mon colonel, nu nessompa les ciganes, wir sind Tschechen. Nu ssom bohèmes oh Bohèmia!

Ausländische Gäste würden gerne die Pension Zu den drei Klöten von Kaiser Napoleon Bonaparte nehmen, nicht mal drei Kilometer von hier.

Wie stellt sich das der Louis de Funès vor, wie sollen wir das bezahlen? Der hat nen Knall. Sag ihm das.

Mach ich nicht!

Wir haben Kinder dabei! Jungs, zeigt euch!

Der Polizist streift die verzweifelt lächelnde Sonja und den verängstigten Jungen mit einem Blick, dann zieht er den Revolver aus dem Holster und setzt ihn Vater an den Hals.

Selbiger starrt vor sich hin und leckt fieberhaft die Schweißtropfen ab, die von seiner Stirn perlen.

Der Offizier spricht leise und eindringlich.

Heute wär das schon die vierte Kolonne aus Rumänien, sagt er, er wär total erschöpft und obwohl er persönlich Hitler hassen würde, müsste er sich das doch immer wieder in Erinnerung rufen. Wir hätten hier nichts verloren, hat er gesagt. Und außerdem sollst du aufhören, ihn zu verarschen.

Schon gut, knurrt Vater. Sein Exkusé mua, messjé, pardon mua röchelt er beim Wenden schon zu dem Polizistenrücken. Während sie staubumhüllt eine Holperpiste zurückrasen, sagt er kein Wort, und auch als sie auf eine Asphaltstraße kommen und ein paar vertraute Schilder passieren, hüllt er sich in Schweigen, dabei fahren sie durch eine verdammt vertraute trockene und staubige Landschaft, in der Ferne sieht er schon die Flussbiegung und saust dahin, hier in der Gegend hatte es mal ein paar Engagements für sie gegeben, ein paar Lagerplätze, wo sie ohne die Jungs gewesen waren und dann mit ihnen, jawoll! Hier kennen sie das doch gut, nicht nur wegen der Schauspielerei hat sich ihnen die Gegend ins Gedächtnis geritzt, und die Jungs? Na, bei denen wird sie sich auch irgendwo eingraviert haben.

Schlückchen gefällig? Feiner Tropfen, echter Amontillado!

Spinnst du? Beim Fahren säuft man nicht, sagt Mama, reißt ihm die Flasche aus der Hand und trinkt und trinkt.

Ein Schluck des edlen Amontillado erfrischt den Wandrer wie Limonado.

Stimmt, sagt Mama, nachdem sie die Flasche abgesetzt hat. Ihre Gesichtszüge, bis dato imposant verstrubbelt, entspannen sich langsam, Seligkeit macht sich ihr in den Kapillaren breit. Sie zupft am Fußverband, streckt ihr Bein aus.

Die Froschfresser sind ernst geworden, findest du auch?

Kein Wunder, nach Bataclan.

Was?

Ist doch ständig in den Nachrichten. Aber stimmt, du verstehst das nicht ...

Was für ein Clan?

Als sie es ihm erklärt hat, fängt er an, im Handschuhfach zu kramen, tastet alle Taschen ab und findet zwei rosa Rechtecke aus hartem Glanzpapier, wedelt mit ihnen vor Sonjas Augen.

Siehst du die? Da sollten wir hin! Ich hab sie von einem Kumpel, gewonnen hab ich sie. Der hat fast geheult, es war seine Lieblingsband, aber Wette ist Wette, da ließ sich nichts machen.

Was?

Ich wollte dich dort zu unserm Jubiläum einladen, dann hab ich's voll verschwitzt. Wie viele Tote hat es gegeben? Da haben wir schon wieder Schwein gehabt, oder?

Du hast unseren Jahrestag verpennt! Typisch!

Tschuldigung!

Hmmm!

Hab das wahrscheinlich schon gefragt, aber wie bist du zu den vielen Sprachen gekommen?

Gelernt.

Da beneide ich euch drum. Bei uns gab es nur Russisch.

Das werden wir nicht brauchen.

Dafür hast du einen russischen Namen. Findest du das nicht seltsam?
Vati halt.
Das sagst du immer, Vati hin, Vati her, aber deine Mutter?
Mit großer Geste winkt sie ab.
Ich dagegen hab nen Mauschelnamen.
Das sagt man nicht.
Wie, sagt man nicht.
Wenn, dann einen biblischen. Einen Namen aus der Bibel.
Ach so, ja! Kuck mal ...
Da befinden sie sich schon im Anflug auf die Brücke, eine riesige Konstruktion über dem Tal, die Brücke kennen sie von unten, sie sehen sich an, ein linder Blick aus tiefstem Innersten voll tief in den anderen hinein, so dass man selbst für einen Bruchteil der Ewigkeit der andre wird, und logisch schießt den beiden durch die Birne, wie sie sich kennengelernt haben. Damals in der Slowakei.

Das Mädel hatte er gleich am Morgen wiedergesehen. Sie schälte sich aus dem Schleier, in dem die anderen Festivalteilnehmer verschwammen, und setzte sich zu ihm. Er klappte sein Heft zu, steckte den Kuli ein und glotzte.
Fesch und schlank, wallende bunte Locken, ihr Busen sang.
Welchem Umstand hab ich die Ehre zu verdanken?
Sie loderten. Also küssten sie sich. Aus den slowakischen Bergen, die um den Beton und die grünen Flächen der Versammlungsstätte des Festivals PALETTI aufragten, kam eine laue Brise, sie strich sanft über ihre glühenden Herzen und befriedete sie.
Weil du bist echt so ein geiler Typ!
Die frühen Gäste am Tischchen hinter ihnen prusteten, dem mit einem Knochen in der Nase entrang sich ein lauter Seuf-

zer, der andere, der vom Kopf bis zu den Zehen mit einem Comic bedeckte Metrosexuelle, grunzte nur und kippte auf einen Schlag eine ganze Mirinda herunter.

Sie lächelte. Ein Moment der vergangenen Nacht tauchte vor ihr auf, als der stattliche Belagerer, endlich ermattet, wie ein gesättigter Wonneproppen in ihrer vor Zärtlichkeit geschwollenen Hand liegen blieb.

Bist'n toller Stecher. Man sagt, die Generationen driften auseinander, aber deine Generation find ich super.

Echt? Und was macht dein Vater?

Wir kommen von Benešov.

Dein Auftritt gestern, wow. Du warst die Beste!

Und wo hast du dein Zeug her?

Klinikaufenthalt, Art-Therapie, er rückte mit der Wahrheit raus.

Du bist halt eigen. Außerdem find ich gut, dass du keine zugemalte Haut hast.

Hab mal drüber nachgedacht, aber Tätowierte machen mir eher Angst.

Weiter holte er nicht aus. Sagte nichts über die blassbläulichen Tattoolandschaften, wo Tüten mit Aceton rascheln und Päderastenmünder schmatzen, hinter den Gittern, wo die Seele ächzt unter der Finsternis schweren Pratzen, warum sollte er damit das Mägdelein auch beunruhigen?

Was?

Keinen Selbsterhaltungstrieb haben die.

Aha! Und wohin geht's weiter?

Kein Plan.

Auch gut.

Aus der innigen Erinnerung heraus schwippten sie mit Karacho über die gelb abgesteckten Geschwindigkeitsstopper auf die ellenlange Brücke. Als hätten Außerirdische den Bau in die Gegend geknallt! Dutzende Meter über dem Fluss eine schwebende Konstruktion aus Metall! Spitze Brückenbogen, filigrane Schrauben und Muttern, Stifte und Mütterchen, achtsam behauene Steine, fest ineinandergefügt. Ein irres Ding.

Und eben unter dieser Brücke war sie niedergekommen, so etwa, wer weiß, ungefähr neun Monate nach ihrem Kennenlernen, eine Woche her, eine Woche hin, welcher Korinthenkacker wollte die einzelnen Augenblicke zählen im reißenden Strom der Liebe und Harmonie, der zu Beginn wie ein Geysir aus ihnen herausbrach.

Hinter der ausgedörrten Landschaft glänzt das ferne Meer, der französische Fluss unter ihnen saugt aufs Neue den Abglanz ihrer Seelen ein, schleift sie auf den Grund, zwischen die Kieselsteine, in den herumschwappenden Bodensatz.

Sie reißt die Augen von der Straße, schleudert einen raschen Blick auf seine Nase, den nach vorn gerichteten Wegweiser, dreht den Kopf nach hinten, auf den Rücksitz zu den Jungs, der schlafende Winzling stellt sein süßes Bäckchen zur Schau, der Ältere sieht gedankenverloren aus dem Fenster. Und ihr ist so traurig! Und so herrlich auch!

Hör mal! Vielleicht ist dieser Augenblick alles, was wir haben!

Du hast versprochen, die Finger davon zu lassen!

Einen Himmel gibt es nicht, eine Hölle auch nicht, alles beides hat es nie gegeben, Ehrenwort.

Bist also wieder reingeschlittert.

Das Leben ist schön! Trauerumflort schön. Mehr weiß ich nicht!

Dass ich dir egal bin, kann ich ab, aber denk um Gotteswillen an die Kids!

Gegenwart ist alles, mehr haben wir nicht, glaub mir! Das ist mir gerade so gekommen!

Letzter Auftritt und ab nach Hause, da bringe ich dich in die Klinik, du willst es ja nicht anders. Und was ist mit deinem Bein? Du meintest, dass es immer wieder wehtut.

Wird dick, ja.

Woher kommt das?

Null Ahnung. Vom Leben.

Nadeln sind nicht ungefährlich.

Angeschwollen ist es, stimmt.

Am besten kuriert man sich in der Muttersprache. Wir werden schon eine prima Privatklinik finden, dein Vati drückt das bisschen Kohle gerne ab, oder?

Unsinn. Wohin dann mit den Jungs?

Wo sollten sie hin, ich kümmere mich.

Schwöre es bei der Mutter Gottes.

Null problemo.

Nein, richtig schwören.

Donnernd, er hätte ja vor der gelben Markierung bremsen müssen, hat er aber nicht gemacht, verließen sie die Brücke, und nun rasen sie die Asphaltstraße lang, vorbei an Sträuchern, die sich über die betongestählten Ufer beugten.

Schnall dich gefälligst an! Warum bist du nicht angeschnallt? Woher sollen wir das Bußgeld nehmen, wenn uns die Bullen schnappen, kannst du mir das bitte schön sagen?

Aber zurückgeblickt haben sie.

Damals waren sie nachts durch die Gegend geirrt, hatten sich gegenseitig beteuert, sie würden mit Sicherheit und rechtzeitig eine Klinik erreichen und dort direktemang die Entbindungsstation anpeilen, aber Pustekuchen.

Es regnete Stricke und er hielt zwischen ihnen Ausschau nach den Straßenschildern, während sie stöhnte und die Hände auf die dicke Wampe presste, sie mussten die Abzweigung verpasst haben, wie auch alle weiteren, allein nur unter der Brücke ein roter Schein.

Er hielt an und stieg aus. Fragen kostet nichts. Mühevoll kroch sie hinter ihm raus. Er scheuchte sie zurück, sie gab nicht nach. Sie musste sich wohl Erleichterung verschaffen von dem erdrückend kleinen Raum voller Gestöhn und Geschrei, sie bettelte um Luft. Was soll's, der Sprit war eh alle.

Sie stolperten durch den Schlamm auf den Brückenbogen zu, er stützte sie. Die Straße über ihnen schwang sich in atemberaubende Höhen. Gleich unter dem ersten Bogen stießen sie auf einen Berg von Pappe. Sie sackte zusammen, konnte nicht weiter, gut, dass sie wenigstens Pappdeckel unterm Rücken hatte.

Alle viere von sich gestreckt, machte sie die Beine breit, wollte sich den Rock vom Leibe reißen, er zerrte die Klamotten über ihre zitternden Hüften, die milchprallen Brüste sprangen im Rhythmus ihres Atems wie zwei Blasebälge, er rollte seinen Nicki zusammen und schob ihn unter ihren Kopf, das war nur gut so.

Wuchtvoll schlug ihr Nacken gegen das Kissen, wie sie sich hin und her warf, und ihr fürwahr tierisches Geschrei schallte vom eisernen Gewölbe wider.

Er bemühte sich, sie nicht mit dem Lichtkegel zu blenden, vielleicht wollte er auch nur nicht ihr verzerrtes Gesicht sehen, in ihren Mundwinkeln stand weißer Schaum. Sie kreischte pausenlos, ihr Monsterbauch ragte auf wie eine Beule.

Zwischen ihren Beinen kniend, richtete er die Stirnlampe auf die klaffende blutige Spalte, in der sich das Köpfchen zeigte. Er wartete, bereit, die Frucht aufzufangen. Das Köpfchen tauchte auf. Und schwang sich hinaus. Als hätte eine feste Hand den Riesenbauch gedrückt und den Inhalt rausgepresst. Das Neugeborene schlüpfte heraus, purzelte ihm weich in die hohle Hand. Die Nabelschnur erspürte er eher, als dass er sie gesehen hätte. Mit dem Finger trennte er sie aus dem blutigen Schleimknäuel heraus und schnitt sie mit seinem Schnappmesser durch. Er starrte das blutverschmierte Kindlein an. Ein Junge, schoss ihm durch den Kopf. Mit dem kleinen Finger strich er den Schleim aus seinem Mündchen. Er wischte seine Linsleinäuglein sauber, das Kind wimmerte leise. Und dann legte es los.

Deswegen wird er die Schritte nicht gehört haben. Und die Stimmen. Der Regen prasselte nicht mehr stark, aber das Weinen des Jungen hatte ihn taub gemacht.

Aus den Untiefen der Brücke kamen sie zu ihnen, irgendwo vom anderen Ende.

Sonja lag auf den Kartons, die Beine angewinkelt. Von ihrem unförmigen Bauch hatte sich der Schmerz noch nicht ganz verabschiedet. Es hätte sein können, dass sie schon den Höhepunkt überschritten hatte, aber immer wieder durchzuckte ein neuer Krampf ihr Gesicht.

Die Ankömmlinge, schwarze Typen, umringten sie. Sie trugen Jeans und Windjacken. Einer, ein noch ganz junger, zündete sein Feuerzeug an, ein anderer hatte eine Taschenlampe und zeigte mit ihr auf den Winzling in Vaters Händen.

In einer hilflosen, staunenden Geste hielt er ihn den Fremden entgegen, grinste sie schier entschuldigend an. Er blinzelte, sie sollten ihn nicht blenden. Das Söhnchen fügte sich in seine Hand, es wimmerte und plärrte, in der anderen hielt er das Klappmesser.

Ein Alter mit grauen Zotteln, die ihm ins Gesicht fielen, traf mit dem Lichtkegel den gelähmten, blutigen Körper. Die Männer rückten zusammen, einer lachte auf. Aus der Tiefe und Finsternis der Brücke tauchten immer neue Gestalten auf und klackerten mit den Schuhsohlen über die Steinchen, der Wind brachte einen Hauch Regen herein, überall Gemurmel und Geschwätz. Der kniende Vater, den kleinen Sohn an die Brust gedrückt, dachte allerdings, sämtliche Geräusche hätte die Natur auf dem Gewissen, es wäre der Weltenraum selbst, der seine Sinfonie sang und himmelhoch jauchzte und seine Unterstützung kundtat.

Das hier waren aber Menschen. Also stand er auf, und als er das offene Messer in seiner Hand bemerkte, blutbedeckt und noch vom Schleim und Pamp der Nabelschnur feucht, drehte er seine Spitze gegen die Ankömmlinge.

Ssa va?, fragte der zottelige Alte.

Ssa va bján!

Schak omm porte kuto, bemerkte der Graukopf und nahm ihm das Messer aus der Hand.

Sie war von Weibern umgeben. Dahinter drängelten sich junge Frauen, ein ganzes Rudel. Sie umringten sie, legten ihr weitere Pullover unter den Kopf, streichelten sie und tasteten den schmerzenden Körper ab. Wasser hatten sie dabei, ein paar Befehle, und die Jüngsten trippelten in die Dunkelheit zurück.

Er machte sich auf zu ihr. Hielt das Bürschlein sanft in beiden Händen. Mit halbgeöffneten Augen betrachtete sie die Menge um sie herum. Und ein neuer Krampf durchpflügte ihr Gesicht. Noch einer.

Er starrte Sonja an, schon wieder das Geschrei von vorhin. Ihr Bauch, der riesige Sack, der über ihrer Scham hing, wogte gewaltig. Sie warf sich hin und her, schrie und spreizte die Beine. Eine Schar plappernder Helferinnen besänftigte sie, hielt ihr die Hände, wischte die Stirn.

Er hätte nicht gedacht, dass er sich noch rühren konnte, aber eine Kraft, stärker als er, schob ihn in ihre Richtung, in das Gewimmel. Zwischen den Armen und Ellbogen der Frauen sah er, dass sie ihre Schenkel weit breit machte. Aus ihrem Körper drängte ein neues Köpfchen, ein nächstes Kind schickte sich an, auf die Welt zu kommen.

Doch, die waren damals schon eine Hilfe gewesen. Total. Bei denen auf ihrem Lagerplatz gab es sogar Wasser, heißes Wasser, so viel man brauchte. Ihre Dreckpusselchen haben bestimmt gern auf das abendliche Reinigungsbad verzichtet. Und zum Schluss ist einer sogar bei der Klinik durchgekommen.

Für die Reise schenkten sie Sonja eine volle Saugflasche, Klamotten, seltsame ausländische Wattebäusche, Zitronen und Unmengen von winzig kleinen süßen Früchten, den frischgebackenen Eltern vollkommen unbekannt. Als letzte Freundschaftsgeste schob der Alte Vater das Klappmesser in die Hand. Gewaschen, gereinigt. Ja, damals war es gut ausgegangen.

Diesmal lassen sie die Brücke ohne weitere Vorkommnisse hinter sich, sie schwindet dahin in die fernen Weiten des dürren Landstrichs.

Was hast du eben gesagt? Auskurieren? Sonja setzt das Gespräch mit heiserer Kreischstimme fort, ein untrügliches Zeichen nahender Unannehmlichkeiten.

Das ist Vokabular wie aus dem Zweiten Weltkrieg, so was sagt man nicht mehr!, schulmeistert sie und fingert dabei ihre Joppe ab, wühlt die Rocktaschen durch auf der Suche nach ihrem Junkiewerkzeug.

Woraufhin Vater einwendet, ihre jetzige Überzeugung, ihr zugedröhntes Bewusstsein sei umfassender, witziger und dem menschlichen Schicksal angemessener als das Bewusstsein eines Menschen, der keine Gifte nimmt, es sei nicht objektiv, sondern nur ein Teilaspekt ihrer Sucht.

Du redest schon wie so'n alter Sack. Solche Sprüche hätte ich zu Hause zuhauf haben können.

Auch du wirst älter, bilde dir da bloß nichts ein. Morgens hast du nur nen schmalen Schlitz statt Auge. Säufst nur noch und setzt Fett an.

Was soll der Unsinn? Hab höchstens Schmerzen im Bein!

Komm, das geht an keinem vorbei, denk bloß nicht. An keinem. Dagegen ist kein Kraut gewachsen.

Hör auf, mich zu psychisieren!

Außerdem motzt du nur noch, ist dir das aufgefallen? Das war früher nicht.

Und weil sie zur Abwechslung schon wieder die silbrige Tube rausgeholt hat, reißt er sie ihr aus der Hand und pfeffert sie nach hinten.

Also klebt sie ihm eine. Doch inzwischen kann er ihren Knallschoten gekonnt ausweichen. Auch an die Kreischstimme haben sie sich gewöhnt; angesichts der Kreissäge ihres Unmuts würden normale Sterbliche vor Panik erstarren, sie klappen bloß die inneren Horchlöffel zu. Und Vater reißt das Steuer herum, wild gestikulierende Autoinsassen auf der Gegenfahrbahn schrammen vorbei, ihre Gesichter verschwommen in einem Knäuel, das der Vergessenheit entgegenrast, während sie sich nach hinten wendet, den Jungen in die Arme schließt und ihren Kopf in die verschwitzte Mulde an seinem Hals drückt.

3 CHARLEVILLE, LES POÈTES MAUDITS · PROVIANTSICHERUNG · VORBEREITUNG EINES AUFTRITTS · BRIELLE UND WEITER · NACH MÜNCHEN · SOSCHTSCHENKOS ENDE · INS LAND DER RUHEBLUTER

Wusstest du, was Charles Baudelaire geschrieben hat? Belgier sind keine Menschen, Vater lächelt aus dem Autofenster die Handvoll regenbejackte Veranstalter an, die sie zum Parkplatz vorm örtlichen Kulturzentrum geleiten.

Außerdem soll er in Belgien die Lust am Rauchen verloren haben, aber er konnte es nicht lassen, das muss echt hart gewesen sein, klärt Vater beim Ausflug in einen Grenzlandsupermarkt die Familie auf.

Lenk ihn ab, er zeigt mit der Schulter auf den Typen, der zwischen den Regalen hinter ihnen trottet und sie nicht aus den Augen verliert.

Mama, den Kleinen auf der Hüfte, den Jungen im Schlepptau, sinkt dem Detektiv in die Arme, und während sie mit internationaler Gestik nach Wasser! ruft und ihrem einzigen Auge Schauspielertränen abringt, verschwindet Vater im Sauseschritt zwischen den Kassen, und hinter der Ecke des Supermarchés beschenkt er die Familie mit Schweizer Schokolädchen, winzigen Superräucherwürstchen und auch mit Minibouteillchen mit Vitaminlösung, in den Papiertüten, wo offiziell nur ein Kroasson lag, das er aber natürlich auch bezahlt hat, stapeln sich Unmengen davon. Als er aus den Hosenbeinen die prima handlichen Fläschchen Jim Beam und Jack Daniel's schüttelt und den Jungs verkündet, die wären nur für den Papa, teilt Mama diese seine Meinung nicht.

Also dass sie an den Kassen keine Durchleuchtungsdingse wie auf dem Flughafen haben, das macht mich echt platt. Mit der Zeit werden sie die schon installieren, aber bis dahin genießen wir das Schlaraffenland.

Wo sind wir überhaupt, fragt Sonja, selbst wie eine Maurin verschmiert bis hinter die Ohren, als sie mit spuckebefeuchtetem Taschentuch dem Jungen seine Schokoladenwangen schrubbt, ein Päckchen Windeln unter jedem Arm.

Charleville, erklärt Vater. Und aus den Ärmeln schleudert er noch ein paar hängengebliebene Sardinendosen nach. Die Kamera, die häng ich immer mit Boxershorts ab, doziert er, das habe ich noch unter den Komantschen gelernt, ich hatte einen Kumpel, wenn der einen polnischen oder ungarischen Valutaladen in Shorts betrat, kam er in drei Schichten Jeans raus, die haben wir an der nächsten Ecke verkloppt und eine Woche lang gesumpft, ach, die süße Jugendzeit.

Wann treten wir heute auf?

Später in New York, dort hatte ich wiederum nen Freund, der hat sich spezielle Taschen in den Mantel einnähen lassen, für Bücher zum Einstecken, aber wenn's drauf ankam, auch für Koteletts, einmal hat der auf ein teures Fotobuch ein Steak gepackt, frisch aus dem Freezer, der Schwachkopf, dabei hab ich mit ner Frau gewohnt, die sich gewunden hat, wenn ich ihr Fleisch gebraten hab. Stolen steak? Fass ich nicht an. Für sie war das ordinärer Diebstahl.

Ne Frau?

Eine von denen, die ich kennengelernt hatte, wo du noch nicht auf der Welt warst.

Hmmm.

Aber komm, das waren Übungsmatratzen für deine spätere Zufriedenheit. Na, ich hab nur Essen geklaut, bisschen, ich hatte ja nichts. Mein Held war Gavroche. Diese Szene, wo er den Schwan beklaut, damit die zwei verlorenen Brüderchen was zu essen bekommen, die hat sich mir eingestanzt. Die bringen wir mal! Aber deine Generation liest Victor Hugo nicht, na, kein Wunder eigentlich.

Schon wieder wirfst du alles durcheinander.
Stimmt, aber es ist durcheinander.
Außerdem hast du das schon erzählt.
Tschuldigung!
Lass uns über was anderes reden, ja?
Warum?

Im Auto bei der Siesta schlug er Mama vor, im Geburtsort von Charles Baudelaire des Meisters Gedicht »Ein Aas« über die Bretter gehen zu lassen, sie in der Titelrolle, die Jungs als kreisende Schmeißfliegen um sie herum, während er deklamieren würde, aber so, dass Hoffnung mitschwingt. Sie stoppte ihn mit dem Hinweis, in Charleville wäre eine andere Dichtergröße geboren.

Der war aber doch mit Baudelaire zusammen, oder? Schwuchteln wie im Bilderbuch! Aber wie man das rüberbringt.

Nein, mit dem hier war ein anderer Dichter liiert, belehrte ihn Sonja, den Blick in ihr Handy vertieft.

Ist doch wurscht, verfemt waren sie alle.
Wenn du meinst!

Ich kann mir doch nicht alles merken, grummelt Vater, wir haben nicht studieren dürfen, weißt du? Nicht jeder kommt als Samtkind zur Welt! Mit so vielen Vorteilen. In die Freiheit hinein! Ein Kind der samtenen Revolution. Ja, Sonja, ich rede von dir!

Hör mal, hast du überhaupt Abi?
Logo, ein richtig gutes, irgendwo im Kofferraum.
Che che che!

Bloß haben die mich im letzten Schuljahr rausgefischt, kennst du die Story nicht?

Wer: die?

Die Staatssicherheit. Hör zu, damals war es so ...

Stopp. Kenn ich vom Vati.

Aha?

Bloß war der auf der anderen Seite.

Aber später in der Klapse, dort habe ich mich gefunden, bei der Künstetherapie. Dort gab es ne Krankenschwester, eigentlich waren's mehrere, die brachten mir Bücher, auch verbotene, und freuten sich, wenn ich deklamierte. Auch eine Ärztin, eigentlich Psychologin, hat mich unterstützt.

Immer das Gleiche.

Im Grunde genommen ist sie zu meiner Sklavin geworden. Die Irren kriegten Ausgang, hatten Morgengymnastik, Tischtennis und sonstigen Blödsinn, von dem ganzen Zeug hat sie mich befreit. Wir hockten dauernd bei ihr im Kabuff. Die war echt nett!

Also war es eigentlich gut.

Ich wollte vor allem nicht eingezogen werden. Wer weiß, wohin uns die Russen geschickt hätten! Nach Afghanistan? Nach Polen?

Hast dich rausgemogelt ...

Na, heute kann ich es dir erzählen, du bist schon ein großes Mädchen. Ich war nämlich, sagte sie, der Einzige, mit dem sie einen Orgasmus bekam, also wollte sie mich gar nicht entlassen. Das war dann schon ein bisschen heikel.

Ach du Armer!

Na ja, das war schon ein Ritt, aber man findet immer eine Hand, die hilft. Das ist die wahre Kriegskunst.

Was für'n Krieg, was laberst du da? Heute? Mein Papa, der ... kuck mal, die Pampers, sind die nicht herrlich. Die hab ich wohl gekriegt, weil sie dachten, ich bin auch so ein hilfloses Refugee.

Quatsch. Von wegen Refugee. Das wird hier an Frauen verteilt. Ist halt ein reiches Land, oder.

Meinst du?

Jup.

Und Vater verkriecht sich im Kofferraum hinter Schlafsäcken, Plastikboxen, Bergen von Taschenbüchern, Kisten mit chinesischen Suppen, dem Kocher und sonstigem Kram, der sich dort türmt, schlägt eins der Hefte auf und schreibt und schreibt.

Diese Karre hat schon verdammt viel auf dem Buckel, Vater tätschelt das Armaturenbrett, und sie jagen über die Autobahn im ewiglichen Jaulen der Winde, die sich gegen die Flügel der Windmühlen stemmen, der einzigen Weitblickstörer in dem sumpfigen platten Land ... Die Knete für die Kiste hab ich damals beim Beitritt der Tschechen in die NATO und in die EU aufgetrieben, die Geschichte kennst du wohl auch schon, damals hab ich das alles hier mit Lyrik abgeklappert; wo mich der Bolschewik eingebuchtet, wegen aufständischer Poesie in den Knast gesteckt hatte, hat man mich überall einladen wollen, das war die Tour der Tours! So was kommt nie wieder!

Das kommt mir schon zu den Ohren raus. Dass die dir das gefressen haben ...

Die waren neugierig auf die ollen Ostblockknorren, da war noch Havel da.

Tja, das läuft jetzt anders, was?

Hm.

Jetzt haben wir Probleme, was?

Na ja, die Szene ist anders geworden, logo, spontane, oder sagen wir mal beatnikmäßige Kunst ist weniger geworden, würde ich sagen, noch dazu diese beschissenen Aufnahmekommissionen überall. Für jeden kleinen Pups Abertausende von Mails! Außerdem spielt uns der ethnische Aspekt der Sache auch nicht gerade in die Hände, um's mal etwas schnippisch zu formulieren.

Quatsch, wir sehen doch beide, dass man uns nirgends zum zweiten Mal einlädt.

Na!

Langsam geht uns die Luft aus, würde ich sagen.

Es ist auch was anderes, einen poetischen Abend aus dem Ärmel zu schütteln oder ein Familienstück zu komponieren, weißt du? Damit es Kopf und Fuß hat, klar? Außerdem hatte ich damals halt auch andere Bedürfnisse, da beißt die Maus keinen Faden ab!

Erzähl doch keine Märchen. Als ich noch ne Wampe hatte, da wurden wir viel gebucht, jetzt lassen sie sich noch manchmal von den Kinders erweichen, ich denke, mit deiner Genialität ist es auch nicht weit her, oder?

Kuck mal, wo wir sind! Kuck richtig hin ... Weißt du noch?

Sie sausen an Autobahnschildern Richtung Brügge und Damme vorbei. Es ist nicht direkt die feine Art von ihm, sie aufzufordern, richtig hinzukucken, wo ausgerechnet hier ihr Auge an Sohnemanns Hellebarde hängengeblieben war.

Das war so gewesen.

Er hatte damals gerade im Kofferraum gechillt, auf Einfälle gelauert, aber die Idee kam erst, als sie gegoogelt hatte, wo sie waren, besser gesagt, wo dieses poplige Festival eigentlich stattfand. In Südholland in Brielle, das Festival der rebellischen Geusen ...

Na Mensch, easy peasy das Ganze, informierte er sie und die Jungs. In Damme nämlich, da ist der Till Eulenspiegel gestorben. Das wurde uns im Rahmen der Inthronisation vom Kommunismus in der Grundschule als Befreiungskampf des niederländischen Volkes gegen die Eroberer eingetrichtert. Schon als kleiner Steppke hab ich das in der Klapse gelesen, im Kindertrakt. Die Geusen? Das haben wir in der Tasche!

Sie kreiste auf dem Podium im Kapuzengewand, kreiert aus einem Düngemittelsack mit reingeschnippelten Löchern, das hinter dem örtlichen Supermarché herumgelegen hatte und perfekt an die Inquisition erinnerte, denn sie spielte den Tyrannen, den Herzog von Alba, und bis an die Kiemen zugedröhnt, streckte sie ihre Klauen nach den Lütten, die die widerständischen Geusen verkörperten.

Der Junge, die Waffe griffbereit, schlug die Trommel, der Kleine hing in der traditionellen Wiege in Form einer Holzpantine über dem Podium und stellte die Zukunft der Niederlande dar, während Vater mit einem Käseleib unterm Trachtenhemd, einer Leihgabe des Requisiteurs, den mächtigen Till Eulenspiegel spielte. Und während er das Kampflied der Geusen schrie, nämlich:

> Reißt dem Herzog von Alba das Gedärm heraus
> peitscht ihm das Gedärm ins Gesicht!

holte der Junge nach Mama aus, sie strauchelte, fiel auf dem seine Hellebarde, und abgesehen von dem ausgestoßenen Auge knackste sie sich auch noch ordentlich die Rippen an, wie sie sich jaulend auf dem Boden wälzte.

Na, diesmal fuhren sie lieber nur vorbei und bretterten weiter nach Deutschland, schlugen Haken und versuchten alte Winterquartiere zu meiden, weil dort die Behörden die Angeln nach den Jungs ausgeworfen hatten, außerdem war ein befreundetes Squat, einer dieser Orte, wo sie immer ausgespannt und den eher mosaikartigen Schulbesuch des Jungen mit sogenanntem Heimunterricht vervollständigt hatten, komplett abgebrannt, ein anderer zum Youth Hostel für jugendliche Millionäre on the road mutiert, und in einem der Kulturhäuser, wo Vater noch aus den Zeiten nach dem Eisernen Vorhang Freunde hatte, befand sich nun ein Heim für geflüchtete Schriftsteller aus Ägypten, Algerien, aus der Türkei und aus Syrien ..., auch an anderen Orten, wo sich früher kunstliebende Osteuropäer geschart hatten, fanden sie neue Asylhäuser für Geschöpfe vor, die in einer echten Misere steckten, und anstelle einer gewissen kleinen Alternativ-Farm gab es eine nagelneue Feministinnenzone NO MAN – NO PIG PLACE, das fand Sonja im ersten Moment richtig entzückend, überlegte es sich dann aber doch noch anders. In einem malerischen Städtchen gerieten sie in eine herumpöbelnde Demo, das Motto, unter dem dort die Bürger marschierten, kannten sie zwar nicht, aber als sich ein paar Einheimische anschickten, die ihnen im Weg stehende Karre – Kinder hin, Kinder her – umzukippen, legte Vater doch lieber den Rückwärtsgang ein, und so fuhren sie weiter; auf winzigen Marktplätzen und sonstigen Flecken, wo sie früher mit ihresgleichen überlegt hatten, mit wem und wohin weiter, reihten sich nun abgebrannte Flüchtlinge in die Schlangen, bewacht von lächelnden, an die zwei Meter langen blonden, blauäugigen, gertenschlanken, muskulösen und bis an die Zähne bewaffneten Bullen und Soldaten, die volle Pulle Gutes ausströmten.

Manchmal ließ es Sonjas Schauspielerseele keine Ruhe, und als eine Art Fingerübung band sie sich einen Schleier um, und wenn sie von den anderen Damen nicht aus der Schlange hinauskomplimentiert wurde, schleppte sie schon ein paar Lebensmittel- und Hygienepäckchen ab, hin und wieder auch Putzmittel, die überforderten sie aber eh.

Auf Granit gebissen haben sie erst in München.

Der Kommissar des altehrwürdigen Festivals FREIES THE-

ATER verlangte nämlich erst ein Interview und eine Kostprobe, um dann entscheiden zu können, ob überhaupt und in welcher Kategorie des Festivals, in diesem Jahr selbstredend dem vierhundertsten Jubiläum William Shakespeares gewidmet, sie untergebracht werden können, was am wichtigsten war, weil das hieß Geld.

Auf dem Tisch vor dem Kommissar steht eine offene Blechkasse mit Banknoten in allen EU-Farben. Ein ansehnlicher Bursche ist das, der weiße Schimmer seiner Zähne schlägt mit dem auf Hochglanz polierten Leder der offensichtlich maßgeschneiderten Schuhe einen Akkord an, der die beiden Schmuddelakteure ganz leicht verunsichert. In die Stirn fällt dem Kommissar eine kunstvoll geformte Locke, und sobald er von Literatur spricht, schleicht sich etwas Verträumtes, Staunendes in seinen Blick. Matte, unstete, fast Hölderlinsche Augen, flüstert Vater begeistert Mama ins Ohr.

Durch das weitgeöffnete Erdgeschossfenster bietet sich ein famoser Blick auf andere Schauspielertruppen in verschiedenen Stufen des Probens oder Nichtstuns. Die tatarische Gruppe »Zwielicht der Krim« entspannt sich gerade mit Lockerungsübungen. Die Georgier aus dem Ensemble »Vaters scharfes Schwert« zaubern mit scharfen Gegenständen. Fröhlich und lebhaft geht es im Hof zu, schüchtern lächelnde Afghanen in Turban und buntem Habit trudeln ein, auch einige Tschetschenen aus der Flüchtlingsschlange, die sich über den Marktplatz windet. Eine Brigade echter ukrainischer Volksmusiker kratzt unter freudiger Anteilnahme einer herumgaffenden Multikulti-Kinderschar Grünspan aus ihren Trompeten. Vater jedoch treten Schweißtropfen auf die Stirn.

Wie, wir hätten unsere Teilnahme bis zu zwölf Monaten im Voraus per Mail absprechen sollen, ich hab schon x-mal hier gespielt, verdammt!

Das hätten wir aber tun müssen, sagt er!

Mein Gott! Rechtzeitig kommen musste man, mehr nicht. Die waren immer happy. Man kennt mich doch hier!

Damals unter Havel, wolltest du sagen?

Na ja, da hat es wohl weniger Ensembles gegeben, Vater rudert zurück.

Außerdem sollst du ihm erklären, seit wann es im Wintermärchen den Urvater Čech gibt.

Als Antigonus die böhmische Küste erreicht, mahnt ihn der Matrose, gut aufzupassen, die Gegend soll verrufen sein, der wilden Tiere wegen! Na und da taucht Urvater Čech auf!

Das findet er seltsam.

Stimmt, die Interpretation ist ein bisschen gewagt. Aber wir sind Tschechen, und Shakespeare hat nur ein Stück über Böhmen geschrieben, also müsste das doch vertretbar sein. Es steht uns zu!

Er sagt, das sieht er anders.

Hast du's auch richtig übersetzt?

Aber klar, Mann.

Hör zu, sag ihm …

Lass uns gehen. Ist sonst zu peinlich.

In dem Moment ertönt im Kulturhaus ein Schreckensschrei. Das Erdgeschoss bebt vom Kreischen, auch der Raum, wo sie vor dem Kommissar Stellung bezogen haben, ist voll davon. Auch der Mann wird nervös, winkt mit der Hand, sie eilen aus der Tür.

Beim Anblick, der sich im Nebenzimmer bietet, legt Sonja dem Jungen die Hand vor die Augen.

Der verehrte und weltberühmte Shakespeare-Darsteller, das russische Genie Soschtschenko, bekannt für seine Verkörperung von Macbeth, Caliban und Heinrich IV., liegt in einer Blutlache auf dem Bett. Mit einem Dolch in der Brust. Dessen reichverzierter Schaft zittert noch. Der Kommissar stößt einen Schrei aus und fischt das Handy aus der Tasche. Am geöffneten Fenster hat sich inzwischen der ganze Hof versammelt, und das angsterfüllte Gejohle will kein Ende nehmen.

Die wollen uns nicht! Vielleicht kennt sich dieser Chef wirklich mit Literatur aus …, bemerkt Mama bissig, als sie Ölflecken ausweichend über den Parkplatz schreiten.

Und vielleicht merkt er auch, wenn man ihm ne echte Schmiere anbietet, weißt du!

Der Typ hat einfach keine Ahnung von postmodernen, alternativ globalen Ansätzen!

Ist doch Asbach-Uralt!

Und Kokolores. Das mit dem Soschtschenko ist aber übel, oder? Ob die das Ding absagen müssen?

Du denkst nur an dich. Der arme Witalij Semjonowitsch, vielleicht hat er Familie. Wer kann das gewesen sein, hast du ne Idee?

Keine Ahnung. Bei den Russen weiß man sowieso nie. Vielleicht hat ihm was leidgetan, Chandra hat ihn überfallen, er war leicht depri, und dann … na ja, ich hab ihn auch gemocht.

Du musst dich nicht ständig über alles lustig machen. Manchmal kann ich das nicht ab. Was machen wir bloß. Kein Geld mehr, Jesusmaria.

Du sollst den Namen des Herrn nicht unnütz im Munde führen. Und ohne Grund. Vielleicht geschieht ein Wunder.

Wie du mich ankotzt. Ne selbstbezogene Labertasse bist du, ein Meister der Manipulation und der Selbstbeweihräucherung.

Na na na …

Und Suffkopp und Kasper und außerdem ein Idiot!

Mir tut es manchmal auch leid, denk bloß nicht.

Jesusmaria, wie du mir damals in Trenčín bei PALETTI erzählt hast, dass ich die Beste bin! Das war so schön! Und ich hab dir geglaubt!

Das war auch so!

Uaaah, achich!

Sonja, hör mal, ich hab immer gedacht, dieser Text im Wintermärchen über die böhmische Küste, dass den mal unser Söhnchen deklamiert!

Was?

Auch ist die Gegend hier herum verrufen, der wilden Tiere wegen!

Jesusmaria! Unser Junge? Deklamieren?

Ja, dass er spricht! Vielleicht bekommt er Lust dazu!

Wär das schön!, Sonja heult schon und rutscht auf die Knie, schließt den Jungen in die Arme und schnieft ihm auf den Hals.

Weißt du, Sonja, die armen Flüchtlinge, ihre Häuser wurden zerbombt, ihre Familien erschlagen, manche haben Narben von Folter, sie wissen nicht, was kommt … uns geht's ja noch gold im Vergleich!

Leck mich doch!

Wir fahren nach Budapest und danach in die Slowakei, ja?

Wie?

Slowakei, das ist fast zu Hause. An die Sázava nur noch ein Katzensprung. Hab dir doch erzählt, wie mein alter Herr dort zusammen mit meinem Bruder den berühmten Motocrosss gegründet hat, dieses Motorradwettrennen.

Ist doch deine Lieblingsgeschichte, was du als Kind für 'n armes Würstchen warst.

Mein Bruder und ich, wir haben uns ständig in der Scheune gekloppt. Er ist nen Tacken älter als ich. Der alte Herr und er, sie hatten die Motorräder in der Scheune stehen gehabt.

Na dann ist er jetzt ordentlich alt. Ein vorsintflutliches Rennen, was?

Von wegen, Motocrosss in Poříčí nad Sázavou ist immer noch was!

Sicher.

Und das möchte ich den Jungs zeigen!

Dein Ernst, ja?

Steig als Erste ein ... warte, ich mach dir die Tür auf. Jungs, was soll das, Schluss mit dem Gezappel, hinsetzen! Wir fahren in die Slowakei, nach Hause!

Nach Hause? Außer dir kommt hier keiner aus der Tschechoslowakei, du Tattergreis, plappert Sonja schon auf dem Beifahrersitz.

Das wird mir auch bis ans Lebensende leidtun, dass wir uns von den Slowaken getrennt haben. Bis zu meinem Tod bleib ich Tschechoslowake, aber meine Kinder sind nur noch Tschechen. Wie du. Wie ist das, nur Tschechin zu sein? Fühlst du dich nicht benachteiligt, irgendwie?

Warum?

Emotional gesehen ist die Tschechoslowakei für mich immer noch meine Heimat, er schlägt mit der Faust auf die Motorhaube, spuckt aus dem Fenster und hupt.

Warum?

Bin's halt so gewohnt.

Im Grunde genommen ist es aber wurscht, würd ich sagen.

Stimmt auch wieder.

Achich!

Hör auf zu heulen, ich bitte dich. Das bringt die Jungs durcheinander, komm schon, es gibt keinen Grund zum Heulen.

Mir hilft das aber.

Ach so, na dann.

Nicht mal mehr heulen darf ich.

Doch.

Wasserstrahlen hämmern gegen die Fenster. Das Bächlein an der Raststätte hat kein leichtes Leben, es schlägt Schaum, hüpft in der Betonrinne, im frisch herangespülten Wasser bilden sich Wellen.

Sonja, verschlafen, stupst mit zerzaustem Kopf Vater an.
Wollen wir weiter?
Ungläubig starrt sie die Banknotenstapel an, blau, orange, aber auch grün, gelb und lila, die er durch die Finger schiebt. Ihr Blick rutscht auf den Fußboden, dort liegt die Blechkasse.
Damit hast du's endgültig verschissen. Du hast sie nicht alle.
Ach was. Da nimmt keiner Schaden von! Die sind bestimmt versichert, hundertpro. Wo sie bei jedem Pups Monate vorher auf Nummer sicher gehen. Die wissen, wie der Hase läuft, keine Panik!
Du kommst in den Knast!
Aber wo, die werden's vertuschen.
Sicher?
Denk doch dran, wie's dort aussah. Lauter leidende Völker. Das untersuchen die gar nicht!
Er kurbelt das Fenster herunter und schmeißt die leere Büchse in die Bachrinne.
Über den voll bekritzelten Heften auf seinem Schoß liegt nun die Autokarte.
Wir müssen durch Ungarn, dort spielen wir, dort kenn ich mich aus.
Ja?
Na klar, die Ungarn sind prima, absolute Ruhebluter.
Sicher?
Wirst sehen!

4 KURORTMOMENTE · KOMMISSAR NIMMT SPUR AUF · WOHIN MIT DEN FINANZEN · KELETI PU · IWAN UND WASKA · DRAMA AM SCHWIMMBECKEN · TRAGÖDIE DER SCHWIMMER · WER SPIELT OTHELLO? VON WO IST IGGY GEFLOGEN?

WORTE ALTERN NICHT – UNSERE WELT – 400 JAHRE SHAKESPEARE – BUDAPEST!, verkündet das Plakat neben dem Festivalbüro, aus dem soeben der strahlende Vater hinausstiefelt.

Wir treten gleich nach Othello auf, meldet er, die Nase tief im Programm vergraben, der laue Flusswind, der um die Margareteninsel weht, liebkost unter seinen Händen die Seiten.

Kuckt bloß, hier überall haben wir mal gepennt, ich und meine Kumpels, Vater deutet auf die Sträucher ringsum. Aber jetzt suchen wir uns die beste Unterkunft, die wir im Leben hatten, geduscht wird bis zum Abwinken, und die Leckereien erst, ihr werdet staunen! Die ungarische Küche ist herrlich!

Auch Mama lächelt und nickt, als Vater die Wonnen und Freuden schildert, die sie in den berühmten Moor- und Thermalbädern überkommen werden, an denen sie übrigens gerade vorbeimarschieren, schön mitten durch eine Budapester Insel.

Der feuchte, gar nicht schlimme Gestank der salzversetzten Schlammbäder kitzelt sie in der Nase, durch die Löcher im Plankenzaun beobachten sie die Schwimmer, die sich auf dem Wasser wälzen. Es gibt auch solche, die ins Wasser vertieft lesen, sogar Schachspieler schweben in der seltsamen ungarischen Bademischung und tröpfeln während ihrer langen, nachdenklichen Züge vor sich hin … Auf der grünen Wiese am künstlichen Wellengang pappt sich eine Clique schlammbeschmierter Jugendlicher noch weitere Schichten auf den Körper, man sieht eine Schlacht toben; Schlammmenschen bewerfen sich mit stinkigen Schlammfladen. Von dem ganzen Jauchzen und Juchuchu wird dem Jungen schwindelig, überall auf der Haut spürt er salzigen Schweiß. Ein Stück weiter befinden sich Holzbuden, Kioske voller Leckerbissen und vor allem ein grüner Anger mit Sonnenanbetern und sonstigen Faulenzern.

Jeee, Mama lächelt breit, hier kann man echt entspannen. Ins Wasser hüpfen. Und dann dalli nach Hause. Jungs, ihr kriegt die Heimatscholle zu sehen!

Klaro, Vater stimmt ein. Außerdem besorgen wir uns ordentliche Klamotten. Kuck dir an, wie wir aussehen!

Na ja, na, sagt Mama.

Und wir kaufen Berge von Geschenken, fährt Vater fort, und der ganze Müll, den wir mitschleppen, fliegt raus, das sag ich dir. Bis auf die letzte Isomatte fliegt alles raus!

Okay!

Noch der Auftritt heute, und dann frrrr …

Klaro.

Und kuck, zu Hause, ich meine in Böhmen, da können wir ein eigenes Theater gründen! Echt!

Mal langsam …

Natürlich gönnen wir uns vorher ein bisschen Ruhe.

Und die Jungs …

Die müssen zur Schule, ich weiß! Kuck mal, jetzt können wir uns die besten Ärzte leisten, die beste Pflege, alles. Mach dir keine Sorgen!

Ja, ja, Mama nickt, mit jäh abwesendem, schrägem Blick … das geschwollene Bein pocht, sie schleift den Jungen zum nächsten Kiosk, hält ihn ganz fest an der Pfote, und als sie stolpert, zerrt sie an seiner Schulter.

Du Sonja, das mit dem Othello, das will mir nicht aus dem Kopf.

Sonja gönnt sich einen Wein. Gekühlt gibt es den.

Ich meine, dass er von einem Gorilla gespielt wird! Ziemlich krass, finde ich, ein weißes Mädchen, von einem Tier erdrosselt. Wir setzen uns, oder? Ganz schön warm hier. Jungs, ne Cola, ein Säftchen? Nehmt beides! Wo wir schon mal da sind!

Das sind sie. Sie stehen am Kurparkplatz, ihre Karre inmitten der anderen in Sichtweite. Sie machen es sich also auf einer Bank bequem, löschen den Durst, essen Hot Dogs, Melek-Sandwiches, Popcorn ... stopfen sich mit Köstlichkeiten voll, die Vater diesmal ausnahmsweise alle am Kiosk gekauft hat ... und sobald einer Lust auf etwas bekommt, sprintet er gleich wieder zum Kiosk, Papier und Essensreste entsorgen sie gewissenhaft in einem Steinguteimer.

Ab jetzt wollen wir Ordnung halten und sparen, wo wir reich sind!, freut sich Vater.

Und wegen dem Affen ... vielleicht gibt's in Ungarn nicht so viele Tierschützer, fügt Mama hinzu.

Na, komm, am Ende ist es ein zahmes Tier ausm Zoo. Oder eins ausm Zirkus.

Warum nicht? Gorillas sind intelligent!

Jungs, hört der Mama zu! Gorillas sind fast genauso intelligent wie Menschen. Wenn nicht klüger. Warum sollten sie nicht Theater spielen? Mama hat Recht.

Sag ich doch, Sonja freut sich und irrt mit der Hand in ihren Rocktaschen herum.

Jungs, wollt ihr was zum Lesen? Zu meiner Zeit gab es nur so'n Pionierscheiß, ihr habt es gut! Lieber ein Heft mit Marsmännchen oder mit Indianern?

Ist doch ungarisch, du musst das Geld nicht zum Fenster rauswerfen ...

Aber die haben die gleichen Bilder wie bei uns. Jungs, wisst ihr was? Ich kauf beide. Ihr könnt tauschen. Ihr seid Brüder, also keine Rauferei.

Jesusmaria, japst Mama und ihre Hand mit der Tube fliegt hoch, die kracht gegen die Zähne, bis die Funken stieben.

Sie haben ihn beide gesehen.

Der Kommissar. Dieser Typ aus München.

Derselbe Anzug, als hätte er sofort ihre Spur aufgenommen. Und steht direkt vor ihrer Karre. Beugt sich zum Fenster, starrt hinein. Trommelt auf die Motorhaube, schürzt die Lippen, vermutlich pfeift er vor sich hin. Dann stellt er sich auf die Spitzen seiner blankpolierten Schuhe und stiert in den Wagen. Das Minitelefon in der Hand.

Mit einem Sprung folgen sie Vater hinter den Kiosk. Stante pede. Die Bretterbude bietet Deckung, der Steinguteimer auch.

Mama rutscht in die Hocke, den Rücken an die Holzwand gelehnt, den Winzling im Arm. Der Junge schmiegt sich an sie, späht ebenfalls hinter dem Eimer hervor.

Sonja?

Hm.

Wenn dir die Arme wehtun, gibst du ihn mir.

Jetzt tut mir alles weh.

Wir warten einen Moment, der verduftet doch gleich, kein Stress.

Wir müssen verduften! Scheiß auf die Karre, ist sowieso alt und morsch. Aber um die Handys tut's mir leid. Ich wollte Vati anrufen!

Sonja …

Los, wir quartieren uns ein. Papiere haben wir, also wo hakt's?

Wie soll ich dir das …

Die Penunze hast du bei dir, oder?

Die hab ich in der alten Ausgabe von Moby Dick versteckt. In der zerfledderten von Penguin. Ein nagelneues Paperback nimmt vielleicht einer mit, aber der Melville ist speckig. Und Verbrechen und Strafe hab ich auf Russisch, das will doch keiner!

Was? Du hast die Moneten nicht dabei?

Hab nur Tagegeld mitgenommen. Das ist alle.

Bitte das nicht.

Im Quijote aus Wohlfeile Bücher hab ich auch ein paar Scheine versteckt. Da sucht keiner nach, nicht mal aus Versehen.

Sie taumeln über die Margaretenbrücke, trotten gegen den Wind, der über der Donau pfeift, und ihr kommt der Gedanke, am besten drückt sie die Jungs an sich und springt, mit wehendem Rock ... aber so über der Donau denkt das wohl jeder, schießt ihr durch den Kopf.

Direkt zum Bahnhof!, hört sie hinter sich. Keleti! Dort ruhen wir uns aus! Waschen uns! Früher haben wir da x-mal gepennt, alles problemlos, einmal haben die mich eingebuchtet ... Vater brüllt in den Wind, der sie über das Brückengeländer mit Papierfetzen und Staub bewirft, sie nähern sich dem Ufer, und das ist nur gut so, weil das geschwollene Bein Sonja ziemlich stört.

Warum bloß haben die dich entlassen!

Das war noch im Sozialismus, die haben's bestimmt nicht in der Datenbank, keine Panik ...

Durch ein Menschengewimmel drängeln sie in die Bahnhofshalle, huschen an einer Polizeiwache vorbei, lassen den Stand der humanitären Helfer hinter sich und schieben sich durch die zähflüssige Menge weiter, eine vielköpfige Warteschlange windet sich durch den Raum, man steht in Fünfer-, Zehnerreihen an, Kleinkinder auf dem Arm.

Und dann noch eine Tür und sie haben ein Feldlager betreten, Leute hocken um Ranzen herum, ungerührt von Zugdurchsagen, von der Hast der Reisenden ... Sie töteten uns, vergewaltigten, ein kleiner Kerl, gebückt über seinem Computer, tippt Buchstabe für Buchstabe in die Tastatur ... sie jagten und mordeten uns ... Hier und da liegen welche auf Feldbetten herum, auf Isomatten, umspült vom bunten Bahnhofstreiben und Gemenge ... Wir bettelten, wir weinten ... Berge boten uns kein Versteck, Menschen nahmen uns nicht auf ... wir flüchteten übers Meer, sind am Leben geblieben ... tippt der Kerl, halb taub vom Gekrächze der Ankunfts- und Abfahrtsansagen, weiter ... Der Weg führt nicht weiter, aber wir haben Land unter den Füßen.

Uaaa, kreischt Mama, der vorbeihastende Emir, soeben angereist, in wallender Robe und mit einem grünen Klumpen unterm Arm, stiefelt über ihren Fuß ... Geschrei und Gemurmel der Menge füllt die Halle bis unter die Decke, wie siedendes Wasser, dessen Brodeln das Glas fast zum Überlaufen bringt.

Hab doch gesagt, dass man hier schlafen kann. Und immerhin haben wir schon gegessen!

Du Idiot!

Verkäufer rauschen mit ihren Sandwich- oder Zeitungsrollwagen vorbei, Reisende schleppen Koffer mit quietschenden Rädern, in einer Ecke schwankt eine vereinzelte Riesengestalt, sie ragt aus der Menge heraus ... in den Augen des Mannes, dieses baumlangen Alten, wird der Junge einer unsteten Glut gewahr, ja, ihm kommt es vor, als hielte der womöglich ... Ausschau nach ihnen. Er winkt ihnen zu! Der Junge zupft Mama am Rock. Fasst nach Vaters Hand. Bleibt stehen und glotzt den Typen an.

Wie schön, mein Junge, dass du dich so interessierst. Sieh dir alles genau an! Wer weiß, wann wir das nächste Mal hierherkommen.

Aus dem Kittchen, meinst du?, zischt Mama.

Der massige Alte löst sich aus der Ecke, von wo aus er ihnen zugesehen hat, schwankt zwischen den Flüchtlingen hin und her, und ja, er schwebt ganz sachte über dem Meer von Turbanen, Feskappen und Mützen auf sie zu.

Du hast es so vergeigt, Mann! Und ausgerechnet jetzt muss sich der Kleine in die Hose machen …

Und wie Mama herumzetert und wütet und speit, den stinkenden Winzling an die Brust gedrückt, zieht sie den Jungen am Arm und zerrt, bis ihm die Tränen in die Augen schießen, womöglich renkt sie ihm die Schulter aus, so sehr ist sie in Rage.

Da rumpelt ein Reisender mit seinem mit Tomaten- und Paprikagläsern beladenen Handwagen über Mamas schmerzenden Fuß und taucht sofort wieder im lärmenden, dunklen Getümmel unter, das, einem Schattenreigen nicht unähnlich, pausenlos im Raum pulsiert.

Auuuaaaichwillhierweguaaa …

Sonja, lass ihn los! Sonja! Lehn dich hier an die Säule! Mein Junge, du brauchst doch nicht zu … mit dem Ärmel wischt er ihm all die plötzlichen Tränen vom Kinn, von unter der Nase, von den Wangen.

Du weinst, dabei bist du ein großer Junge, und dein kleiner Bruder weint nie.

Ja, aber er … meldet sie aus der Hocke, in die sie gesackt ist.

Na komm schon, nimm dir ein Beispiel an deinem Brüderchen!

Der weint aber nie, ist dir das nicht aufgefallen?

Alle Kinder weinen, du hast auch geweint. Auch ich.

Er aber nicht.

Das ist gut, dann ist er stark. Eine starke Person, das sag ich dir.

Ich glaube, er kann das nicht.
Ist doch gut, oder?
Das ist schlecht. Sehr schlecht.
Mensch, du musst aber auch immer was haben!
Ihre Blicke verkeilen sich, das Raunen der Flüchtlingswelle durchdringt sie, zieht Kreise um sie, Lautsprecherstimmen verkünden Stationen oder Verspätungen, aus der Endlosschlange hört man Kinderrufe, Geschrei; sie haben sich ineinander verbissen und brauchen daher eine Weile, bis sie begreifen …
Bitte nicht streiten!
… dass der Satz auf Tschechisch gekommen ist. Beide schießen ihren Blick auf das verweinte Gesichtchen des Jungen, Mama verdutzt lächelnd, Vater mit offenem Mund … sie suchen nach seiner Stimme, aber ihr beharrlich schweigendes Söhnchen wird auf einmal von einem mächtigen Schatten verschluckt, der sich über sie legt.

Ihr meine Seelchen, sagt der riesige Kerl. Wie zu erwarten spricht er mit tiefem Bass, aber die Aussprache ist irgendwie weich und klebrig. Ein Schrank mit rostbraunen Haarbüscheln und nach vorne ragendem Zinken steht vor ihnen im glänzend blauen Trainingsanzug mit gelben Lampassen auf den Seiten.

Der Junge starrt ihn an. Der sieht doch fast wie der Papa aus, schießt ihm durch den Kopf.

Vaters Doppelgänger hält das Festivalprogramm umgeknickt auf der Seite, wo es eine winzige Abbildung ihrer Karre mit der ganzen Besatzung gibt. Sie sehen alle wie Vogelscheuchen aus, verkleidet und geschminkt, aber sie sind wiederzuerkennen. Und das riesige Bild über die andere Seite, das ist doch ein Porträt des genialen Soschtschenko.

Mechtig Chudoshnik Witalij Semjonytsch Soschtschenko ich grußen kchoomen. Und finde sie! I sie suchen, und der Schrank hackt mit dem Zeigefinger auf das Familienfoto.

Du kennst, wer ich?, fragt er Vater und spießt ihn mit dem Blick auf.

Und vielleicht wegen der Intensität seines Blickes klappt Vater die Kinnlade herunter, und nun macht er selbst große Augen, das Gesicht in fassungsloser Erkenntnis verzerrt. Auch der Kerl grinst.

Von Muuterland ich lange weg. In Sprache von cheute mechtige Ljuuken. Ich in Termalbad wollen zu euch. Bei mir Sehnsucht zu dir!

Er ist einen Kopf größer als Vater. Stärker. Älter. Die Haut auf seinen Handrücken ist braungefleckt. Und die Schultern von diesem knackigen, kraftstrotzenden Alten? Felsig.

Soschtschenko njet, Faschisten ihn errschlaggt, sagt er. Aber du chier! Du schon kennst, wer ich? Iwan, dein geburrtig Bruder.

Der Junge starrt den Zinken an. Schwenkt rüber zum Vater. Die Wangen. Die fleischigen Lippen. Und schon sieht auch Sonja die Ähnlichkeit.

Der Kerl patscht Vater auf die Schulter.

Täubchen!

B – r – u – d – e – r!, stammelt Vater.

Sie umarmen sich. Weiß der Teufel, wessen Knochen dabei lauter knirschen.

Meine Frau Sonja! Und das meine Jungs! Zwillingsknaben.

Ich kenne, ja, nickt der Schrank. Auf Bahnhof irr spazirrt. Nicht spielen? Weeg faaren?

Ja!

Wohin wohl? Und wofür? Du Idiot! Hast noch erzählt, wir gehen in die Therme! Gönnen uns mal was! Wir sind so was von versifft … Sonja geifert herum.

Wohin irr faaren?

Nirgendwohin, sagt Mama. Sie lehnt den Kopf an die Säule.

Ihr faarren mit mirr!

Und wohin?, fragt Vater.

Sonja drischt ein paarmal mit dem Hinterkopf auf die Säule und erstarrt, es kann sein, dass sie eine Spur zu heftig geschlagen und sich richtig wehgetan hat … den Blick irgendwo in die verglaste Kuppel hineingebohrt.

Ich Iwan, der Kerl beugt sich zu dem Jungen. Wie deine Name?

Ein kahlköpfiger Zappelphilipp fährt sie herum. Auch er in blauer Trainingshose, allerdings ohne Streifen. Seine Äuglein springen von einem zum anderen, er mustert sie und lächelt dann zufrieden. Sie haben sich problemlos in das Vehikel hineingefaltet, zur Brücke ist es nicht weit.

Waska, Iwan zeigt auf den Fahrer, der mit seinem Adidasschuh das Gaspedal tritt. Redet auf Tschechisch mit ihm. Er aus Smichow, aus Praga, Name Tyran.

Sie fahren schnurstracks zum Parkplatz, dann bahnen sie sich den Weg durch eine Menschenmasse in Gala, Besucher der Nachmittagsvorstellung trödeln gerade aus dem Festivalzelt, verstopfen den Eingang ins Thermalbad.

Othello ist zu Ende, jetzt wären wir dran, Vater meckert.

Sind wir aber nicht!, fügt Mama gehässig hinzu, also läuft Vater rasch ein paar Schritte weiter, zum stattlichen Trainingshosenträger und Waska. Mama mit dem Jungen humpelt hinterher, den Winzling auf dem Arm.

Sie haben es gerade rechtzeitig geschafft. Gerade rechtzeitig, damit sich die Kleinfamilie wieder hinter den Kiosk verkrümelt. Sie starren den Abschleppdienst an. Polizisten mit Aufschrift Rendőrség auf dem Overall säuseln in ihre Walkie-Talkies. Der Münchner balanciert auf den Zehenspitzen, und sein Blick lasert den Haufen Paperbacks im Kofferraum, lächelnd sieht er der Abschleppoperation zu, dann geht er einen Schritt zur Seite und quatscht sein Mobilgerät voll.

Als ihr Auto definitiv weg ist, kniet sich Mama auf die Bank. Vater hält sie um die verschwitzten Schultern, der Winzling patscht ihr auf die Brust.

Und Vater erzählt Iwan von dem ganzen Kommissarentrouble.

Nu wot, sagt Iwan. Wirr mit Waska juberdenken das. Nicht gut, EU-Faschist dirr Prottokoll geben. Baden gehen!

Wie? Geht das?, haucht Sonja.

Na, ich weiß nicht, brummt Vater.

Wie, ich weiß nicht, bellt Sonja ihn an. Wir gehen, wenn du's wissen willst! Jungs, ab ins Wasser. Dann sind wir wenigstens sauber, oder?

Iwan drückt ihr eine Banknote in die Hand. Gehen. Machen sauber. Und Waska bereitet frische Anzugssachen.

Der Junge spült den feinen Schlamm ab. Wärmt sich in der Nachmittagssonne. Im Rücken die Holzkabinen, irgendwo auch Mama mit Brüderchen auf der Wiese. Mit anderen nackigen Sonnenanbetern. Massenweise liegen die da auf Decken herum, in der Nachmittagssiesta dröhnt Hungarian Beat aus Ghettoblastern. Ein Typ schleppt einen Handwagen mit Eis über den Rasen.

Das sonnendurchflutete, durch den Schwimmbeckengrund blaustichige Wasser kräuselt sich. Künstliche Wellen machen sich in regelmäßigen Abständen über seine Oberschenkel her, schwappen auf seine Boxershorts, so ist es auch am Meer, das kennt er schon. Zwischen den Zehen spürt er aber keinen Sand stecken, keine Muscheln oder Kieseln. Der Boden im Schwimmbecken ist runzelig und hat Hubbel, dafür steht man auf festem Grund.

Wie oft das Vater an jedem Meer gesagt hat, in dem sie gebadet hatten.

Jungs, ihr habt es gut! Wir haben bei den Kommis hinterm Stacheldraht gelebt. Von einem Ausflug an das gute liebe Meer hat man nicht mal träumen können …

Das Wasser hier ist auf keinen Fall salzig, es riecht moderig. Er hat auch schon das T-Shirt und die Shorts vom Schlamm befreit, sie auf den Mülli zum Trocknen aufgehängt.

Mama und er haben sich als Schlammleute verkleidet, haben gegrölt und herumgeblödelt. Alle sahen wie wilde Indianer aus, von Kopf bis Fuß mit Schlamm beschmiert, also klatschten sie sich gleich auch eine Schicht drauf. Und das war gut so.

Als Mama den Kommissar im leuchtenden Zweiteiler aus der Umkleidekabine stolzieren sieht, tunkt sie rasch auch noch ihre bunten Dreads in den Schlamm. Reißt den Jungen an sich und schwupps, schon liegen sie auf der Decke. Der Kommissar zieht vorbei. Nicht mal umgedreht hat er sich nach ihnen. Er gleitet ins warme Wasser und lässt sich zwischen die anderen Köpfe und entspannten Körper treiben, die in den warmen Massen aus den Thermalquellen schweben. Der Junge kneift die Augen zusammen und sieht, wie dieser Waska Tyran dem Typen hinterhereilt. In Badeshorts und mit vielleicht zu krass tätowierten Muskeln und glänzender Glatze. Geschwind folgt er dem Kommissar ins Wasser, zwinkert, grinst den Jungen an.

Emir, bei seinen Mitstreitern im Heiligen Islamischen Staat als Emir Josuf bekannt, erreicht die ruhmreiche Badeanstalt ebenfalls auf direktem Weg vom Keleti pu. Der Gesandte des Gottesstaates mit dem grünen Teppich unterm Arm war bei den jungen Flüchtlingen auf dem Keleti nicht gut angekommen. Aber: es reicht einer von tausend. Da sollen die Giaurs sie schön füttern und ihnen auch ihre sonstige Fürsorge angedeihen lassen, schon nach einem einzigen Spaziergang unter den halbnackten Huren in der Stadt der Verderbnis zückt bestimmt einer von ihnen das Schwert Gottes.

Aus der Nebenkabine ertönen Seufzer. Emir Josuf, Teppich und Gotteswerkzeug griffbereit, presst sein Auge gegen das Astloch.

Eine zierliche Blonde stöhnt dort, den geschwollenen Nippel einer Schwarzlockigen im Mund, die ihr mit den Fingern, nein, mit der ganzen Hand im seidigen Schwarz zwischen den Schenkeln wühlt. Auch Emir stöhnt, drischt mit seinem Glied, das urplötzlich aus der grünen Badehose ragt, gegen das Kabinenholz … Und es ward ihm auferlegt, unterwegs zum grasbewachsenen Ufer durch ein Grüppchen Vierzigjähriger zu stapfen, die Ball spielten, nicht nur entblößte Kehlen der Teufelinnen bieten sich seinen Blicken dar … Das geile Glied mit dem Teppich zugedeckt, fällt ihm ein junger Mann von unfassbarer Schönheit auf; der zweiteilige Badeanzug in Regenbogenfarben unterstreicht dessen Nacktheit noch, wie er bis zur Haarlocke in die Wellen taucht … Dem vom Orgasmus erschreckten Emir entringt sich ein lautes Winseln, nicht unähnlich dem Quietschen der sich schließenden Paradiespforten … Rasch rollt er das grüne Floß der Erlösung auf, um kurz für den Tod der Giaurs zu beten, als ein Pfadfindertrupp in minimaler Badebekleidung über den Rand des Teppichs marschiert, mit einer knackigen Blondine an der Spitze, die im melodischen Singsang Befehle erteilt … Des Gebetes beraubt, holt Emir Josuf das Gotteswerkzeug hervor … Die nächste Hure, der eine unzüchtige, absonderlich verstrubbelte bunte Frisur auf die nackten Brüste fällt, tummelt sich in Reichweite seines Gebetspostens mit einem kleinen Teufelchen im Planschbecken. Mit dem Ruf Daesch! Allahu akbar! sprintet Emir ins Wasser, in einer Hand das Messer, in der anderen die Axt, beide mit eingestanzten Worten des Propheten geschmückt, beidarmig holt er zur Ernte aus … wie ein Geist richtet sich ein bis dato ruhig herumschwimmender Glatzkopf vor ihm auf, zückt eine glänzende Klinge, und so flink, dass höchstens ein Engel im Sturzflug die Überschrift Donbass auf der funkelnden Klinge hätte entziffern können, schneidet er Emir die Gurgel durch, zieht ihn unter Wasser und durchsticht ihm zur Sicherheit noch das Herz.

Der Junge spürt die Kälte auf dem Rücken. Er geht einen Schritt weiter, das Wasser im Becken reicht ihm bis zur Taille.
    Durch das Rauschen der künstlichen Brandung hört er ein Röcheln. Die Kälte, die ihm auf den Rücken fiel, das dunkle Licht, das ihn verschlingt, hält er für den Schatten eines riesigen Tieres.
    Er dreht sich um: ein wutverzerrtes Maul, den Fangzähnen entströmt ein übler Gestank, aber da drücken ihn die Gorillapratzen schon, würgen … Eine Kralle schrammt ihn am Schenkel, reißt die Boxershorts auf. Büschelweise rupft der Junge dem Affen Haare raus, tritt ins Leere, jault in das Gewinsel des Monsters, das ihn über dem Wasser schüttelt … und da hört der Junge Sandalen klatschen, sprintende Füße stampfen … Du Scheusal! Vater schmettert dem Ungeheuer den Steinguteimer auf den Kopf, springt mit den Füßen voran ins Becken, fischt das Gefäß vom Boden und drischt damit weiter dem Ungeheuer auf den Schädel … dann schnappt er nach dem Jungen, der zwar in winzigen Mengen, aber permanent Wasser schluckt … und schleudert ihn ans Ufer.
    Der Junge rollt sich im Gras zusammen, auf dem Beckenrand sieht er eine Ameisenkolonne marschieren … und sein schwindendes Bewusstsein nimmt nur ein Gebrüll wahr, Vater stampft auf der im blutigen Wasser liegenden Leiche und zerrt

schon wieder das Gefäß vom Boden. Diesmal kommt er gegen das Gewicht nicht an. Hab genug, murmelt er und lässt sich neben den Jungen fallen.

Sie biwakieren gleich am Maschendrahtzaun auf dem Rasen. Der Junge liegt auf einem Handtuch unter Vaters Nickihemd. Die Mama beugt sich sauber duftend über ihn, sie raunt ihm etwas über die Wellen der rauschenden Sázava zu … Der Ohrring in ihrer Lippe blinkt im Sonnenschein, sie hält das nackte Brüderchen auf dem Schoß. Die Haut des Kleinen ist übersät mit Mückenstichen, alten und frischen, alle rot, er patscht mit den Händchen, sein Juwel liegt nur faul herum. Die Sonne hat noch ordentlich Kraft.

Von dem Würgegriff tun dem Jungen der Kopf und die Schultern weh. Der Schmerz hat den Zenit überschritten. Vom Wasser her hört man die Schlammnacktärsche lärmen, sie lachen und jauchzen. Bunte Bälle fliegen durch die Luft, überall hört man Pop.

Seite an Seite hocken Iwan und Vater im Gras.

Bruder, Vater klappern die Zähne, weißt du, was passiert ist? Der Gorilla hat meinen Jungen angegriffen!

Der da? Iwan zeigt zum Zaun.

Auf dem Weg dahinter sind eben die Bullen aufgetaucht. Schwarzgekleidete Rendőrség, Schlagstock und Handschellen am Gürtel, sie keuchen, den Kopf nach unten gebeugt … rackern sich mit dem Eishandwagen ab, schieben ihn nach vorne und schleppen ihn, gleichzeitig stützen sie den riesigen behaarten Körper, der auf dem Wagen schwillt, Fliegen grasen die glasigen Augen ab, und über dem blutüberströmten, frikassierten Maul, nur noch von zerfetzter Haut zusammengehalten, kreisen fette Brummer und klimperkleine Mücken.

Sechs Polizisten schieben den Wagen nach vorne, drei ziehen ihn … dahinter eine Menschentraube, umschwirrt von

Kindern, die Polizisten wischen sich den Schweiß von der Stirn … Einer deckt den Kadaver mit einer Decke zu, auf dem Riesenmaul mit entblößten Fangzähnen landet ein Handtuch, Mütter zerren ihre kleinen Süßen weg, halten den schaulustigen Kids die Augen zu … Die Nackedeis haben den Ball fallen lassen und sind zum Zaun geeilt, jetzt gaffen sie auch.

Vater und Iwan neigen sich zueinander, beide in der Hocke, fast berühren sich ihre Köpfe an der Stirn.

Bruder mein, chier Schauspieler nach Spiel gehen baden. Gehte auch Affe. Spielen wollte. Pech!

Verdammt, ich bringe jeden um, der meinen Sohn bespringt, ist das klar?

Klar. Aber in EU Tiere gleich Rechte wie Mensch. Nicht darfst vergessen! Und du Affe mausetot getotet. Riesenschlamassel das! Du musst fluchten!

Aber hätte einer meine Tochter gebumst, wäre das doch auch blöd, oder nicht, verdammt?

Bruder, in EU Pädofille juberchaupt straffbar?

Ist doch Scheiße, das Ganze!

In Ruussland Pädofille straffbar! Das dort nicht kann passieren!

Leg mal Rückwärtsgang ein, meldet sich Mama zum Wort. Wie?

Das ist nicht, wie du sagst! Zerkratzt ist er schon. Aber was hast du wirklich gesehen?

Und wenn der Gorilla irgendwie infiziert war!

Lenkst du jetzt etwa vom Auto ab? Das sähe dir ähnlich …

Von wegen: Othello!

Bruder, alles gut …

War das wirklich ein Affe gewesen?, Mama lässt nicht locker.

Und wenn nicht? Sondern ein Typ im Affendings? Keine Zeit gehabt, das zu checken! Vielleicht steht was in der Zeitung! Im Fernsehen. Die werden hier doch wie überall Glotzen in den Kneipen stehen haben, würde ich sagen. Kannst du Ungarisch?

Nein.

Na dann sind wir im Arsch.

Durch die johlenden Nackedeis schlägt sich der nasse, aber schon fertig angezogene Waska zu ihnen durch. Über den auf Hochglanz gewienerten Schuhen trägt er kokett die Jogginghose hochgekrempelt. Eine große Schachtel unterm Arm, lässt er einen Berg Plastiktüten ins Gras plumpsen. Ungarische Babynahrung und Unmengen von Süßkram rieseln hervor.

Nu, irr umziehen, befiehlt Iwan. Sauber ins Nowoe. Was sagst du, Paninka?

Jee ... Danke!

Zufrieden, Sonja? Dein Name sehr schoon!

Am Zaun rauscht es wieder. Diesmal wieselt zwischen den Urlaubern und den sich der Sonne darbietenden Ausflüglern ein Paar weiß gekleidete Sanitäter ans Wasser. Neue Gaffer kleben am Zaun.

Nu, magyarische Anzuge ... Iwan zieht T-Shirts, Shorts und Trainingsanzüge aus den Tüten, auch vor Mama legt er mit leichtem Erröten ein paar Winzigkeiten ins Gras.

Doch alle, sogar Mama mit ihrem einzigen Tröpfelauge, starren zum Zaun.

Die Rettungshelfer traben nämlich mit einer Trage zurück. Und erneut sieht der Junge die verträumte Kommissarenstirn mit der starren, vom Wasser plattgedrückten Künstlerlocke, er sieht auch die an dem leblosen Körper festgeschnallten Arme und nimmt die in die Luft ragenden Zehen wahr, das aschfahle Menschenantlitz ist von einem Tuch zugedeckt.

Mnichowski Faschist kein Gefahr mehr zu euch!, erklärt Iwan der über den Zaun gaffenden Familie. Und tätschelt lächelnd den über beide Backen grinsenden Glatzkopf, den ein dezenter Salzschlammgeruch umflort.

Die eleganten Schuhe an seinen Füßen glänzen wunderschön. Die Adidas hat Waska Tyran in eine durchsichtige Plastiktüte gepackt.

Irr mit mirr kchoomen. Meine lieben geburrtigen! Wochin sollt irr auch gehen?

Weißt du, Iwan, sagt Mama, und geschickt, wie es Frauen seit Menschengedenken tun, zieht sie sich hinter einem Handtuch um. Das ist echt total lieb, aber wir sind auf dem Weg nach Hause.

Vater zwängt sich in den neuen Trainingsanzug. Seine nassen Klamotten, auch die vom Jungen, stopft er in die Mülltonne zwischen die Bierbecher, in einen Insektenschwarm.

Waska Tyran reicht Mama die geöffnete Schachtel, dort türmen sich Strampler, fipsige T-Shirts, Babymützchen, Saugflaschen, lauter zartes und niedliches Kleingörenzeug.

Ach, sagt Mama und neigt den Kopf.

Nicht weinen, sagt Iwan, und, abrakadabra, hält er eine Riesenflasche Wodka in der Hand.

Durch die wasserklare Flüssigkeit drängt die untergehende Sonne zu ihnen, irrlichtert im Glas ... der Krankenwagen, in dessen Bauch Leib an Leib jene ruhen, die, wenn auch noch so unterschiedlich, der Kunst erlegen sind, ist längst abgedampft ... nur die Leiche des Emirs treibt noch unentdeckt im Brackwasser.

Auf dem Rasen sind sie mit ihrer Flasche inzwischen fast allein, die Sperrstunde geht den Badegästen an den Kragen, hie und da stopft einer hastig die Handtücher in die Tasche, anderswo spießt das Personal Müll mit einem Spielzeugrechen auf, auch dem Planschbecken geht das Jauchzen und Plätschern aus.

Wir mießen anstoßen auf Wiedersehen!

Wenn's sein muss, Bruder, Vater erhebt sich.

Und irr bleibt mit mirr. Familia!

Mama hat die rote Trainingshose auch über das schmerzende Bein gestülpt, gefaucht hat sie dabei aber schon, jetzt zieht sie dem Kindchen das Donald-T-Shirt über, und während es im eleganten Strampler auf ihrem Schoß lümmelt, zippt sie die rote Jacke zwischen den Brüsten zu.

Frrauen ein Trropfelchen ... Iwan reicht ihr einen winzig kleinen Becher.

Aber ich bitte dich, Mama reißt ihm den seinen aus der Hand.

Der Junge steht auf. Der Kratzer an seinem Schenkel blutet. Mit einem Sprung steht Waska neben ihm, fährt mit einem ins brennende Wässerchen getunkten Wattebausch über die Schramme, legt einen Verband an, und der Junge weiß, jetzt braucht er nur noch den Schorf abzuwarten. Vater reicht ihm das neue Outfit. Er schlüpft in die Boxershorts, und wie er in die neue Trainingshose rutscht, lösen sich die Reste vom Juckreiz und Schmerz in der Bewegung auf.

Iwan, du bist sehr lieb, wirklich. Danke! Und wohin fahren wir? Falls wir uns darauf einlassen.

Wirr nicht fahren. Wirr fliegen.

Wohin?

In Parradis!

Im Auto rücken sie eng aneinander, sie rasen durch Budapest und die Ebene dahinter, in die Dämmerung hinein.

An der Schranke reicht Waska Tyran der Wache eine Bumaschka, Iwan hebt die Hand. Vater winkt den Rendőrségs erst nachdem sie an ihnen vorbei sind.

Nur ein paar Maschinen stehen dort, von leichten Böen aus der Puszta bestürmt, deren angenehm hoher Sauerstoffgehalt dem hochgewachsenen Fichtenbestand zu verdanken ist, der die Startbahn wie ein Zauberring umschließt.

Sie quetschen sich ins Maschineninnere. Mama schnallt den schlafenden Winzling neben dem Jungen an, der den Fensterplatz in Beschlag genommen hat. Sie selbst breitet sich gleich hinter ihnen aus. Vater lässt sich auf die übriggebliebene Sitzmöglichkeit plumpsen, neben ihm faltet sich Iwan zusammen. Und Waska Tyran? Der hat sich ins Cockpit verkrochen. Vater schnuppert immer wieder an seinem neuen Trainingsanzug und macht sich wegen der Farbe ihrer Einheitskleidung ein bisschen über Mama lustig.

Du loderst, Sonja!

Hm!

Dem Jungen ist nicht entgangen, dass Mama ihre Anziehsachen nicht weggeschmissen hat. Den Rock und die Joppe hat sie sich zusammengerollt unter den Kopf geschoben. Dann springt sie aber gleich auf und schnappt sich die Kotztüte … das Flugzeug setzt sich mit Gerüttel und Getöse in Bewegung … der Junge drückt seine Nase gegen die Fensterscheibe.

Von oben sieht das Waldstück unter ihnen natürlich gleich wie eine Modelleisenbahn aus.

Wenn du was Spannendes siehst, gib Bescheid, sagt Vater zum Jungen und reicht Iwan die Flasche.

Es wackelt. Ein paar Mal nur, aber mächtig.

Von diese malenki Flugplatz sie nehmten Imre Nagy, informiert Iwan Vater.

Echt, ja?

Err von chier in groß Ewigkeit gefliegt!, knarzt Iwan, er hat sich den Flaschenhals in den Rachen gerammt.

Wen? Was habt ihr … Imgy … wen?, hört man Mamas Stimme.

Imrrigy … Nagyjap … Iwan würgt.

Wen? Was?

Der Iggy Pop ist doch von hier geflogen! Damals nach Lissabon, das Konzert, wo wir waren!

Ach so, stimmt, säuselt Mama. Iggylein ... für einen winzigen Moment lächelt sie und schließt die Augen. Dann gibt sie nur noch hin und wieder einen zarten Schnarcher von sich.

5 VATER, GIB MASKE! VON DEN AJWAREN · DIE VISION VOM GEISTES-STAAT · ÜBER LITERATUR · FEUERÜBERFALL · DER GROSSE GÉRARD UND DAS MÖNCHLEIN · FEIER VON NOWOROSSIJA – GEFLOPPT · POLITISCHE DISKUSSION · ABZWEIGUNG NACH SLOWATSCH · ZITADELLE

Froh, ich chabe jung Bruder! Der Alte, um einen Kopf größer, grinst. Mit seiner Wuchtigkeit rückt er dem Sitzgenossen auf die Pelle, dabei hat er die durchtrainierten, vom lampassenverbrämten Trainigshosenstoff umhüllten Beine schon in den Gang hinausgestreckt.

Du verwestlicht, aber das nur Schale. Die schalen wir ab! Jung Bruder darf man vermobeln.

Vater rammt Iwan den Ellbogen in die Rippen. Als Kinder haben wir uns doch nur gerauft, pausenlos!

Chast iimmer verloren!

Wie oft hab ich mich in die Scheune verkrochen, nachdem du und Vater weg wart, und euren Motodrom angestarrt. Warum redest du eigentlich die ganze Zeit so beknackt, Iwan??

Iwan beugt sich zu Vaters Ohr, flüstert etwas, und weil das kleine Flugzeug gerade in einen mächtigen Himmelsstrudel geraten ist und tosend sein Gleichgewicht sucht, versteht man ihn vielleicht nicht richtig, jedenfalls schneidet er Grimassen, legt den Finger an die Lippen ... und tippt sich an die Ohren.

Ach soo, ja ... vielleicht darf ich aber sagen, dass ich in der Scheune auf die Spuren geglotzt hab, auf die Furchen, die von dir und dem alten Herrn geblieben sind, überall nur Ersatzteile, verrostete Benzinkanister ... und ständig nur gegrübelt hab, warum ihr mich zurückgelassen habt.

Du klein und fjur nichts gut!
Aha.
In Scheune wir gebaut provisorisch Arena. Dort unser Vater Motorradkunst gejubt. Perfekt Totwandfahrer.
Das Motorrad hat dauernd gekreischt, das weiß ich noch. Auch Mama hat gekreischt, euretwegen. Und dann erinnere ich mich, wie ich zu euch rauswatsch, und keiner da! Die Scheune leer. Hast du ne Ahnung, wie das für mich war?
Na, wie alt du achtundsechzig? Vier? Funf? Wir Rrote Armee hinterher nach Rrossia gefahrt.
Hat Mama dir nicht leidgetan?
Die gefreut sich.
Deswegen bin ich auch bald weg. Hab mich dann an der Sázava rumgetrieben ...
Besprisornyj? Du Ärmester!
Du, ich beschwer mich nicht!
Mechtig, jubermechtig Moment, Bruder zu treffen!, Iwan hebt die Flasche. Liebkost mit dem Blick seinen Fluggenossen.
Auch Vater sieht Iwan unverwandt an.
Und für einen Augenblick scheinen die beiden Brüder zu versteinern. Im eisigen Raum um sie herum gähnt die Ewigkeit ...
Chorch mal, Bruder, Totwandfahrer, das in Ruußland große Charge!, lebt Iwan wieder auf.
Echt, ja?
Alle unser Vater geliebt. Jeder Wojatschik, auch kleinste Soldat, dreht Kopf nach ihm, und Motorrad brrumm brrumm, fahrt ganz schnell, Kippt er? Kippt er nicht? Jeder Wojatschik flustert: Und wie ich das machen?
Wo wir hinfliegen, ist er ... auch dort?
Ist und nicht ist, Iwan schlägt die Hände zusammen.
Himmelherrgott, red normal! Ist Vater dort?

Totwandfahren, das unser Corrida!

Echt?

Arrena des Todes, Sport fur echte Kerle. Nur Mann und Maschina! Kein Homosexuell- und Pädofill-Spaß wie auf Westen! Nicht Tiere Qual wie dumm Spanier. Ruussisches Volk liebt Tiere.

Also er lebt?

Vater? Kann nicht so sagen.

Was laberst du da?

Wolodja selbst wollte sehen ihn. Chirurg auch! Chef Kampftruppe Nachtwolfe, du kennst?

Hatte er einen Unfall, der arme Greis?

Das passiert bei erste Feier von Noworrossija! Unser Vater schon fast achtzig. Ich sage, Meinvater, gib Maske und ich fur dich durch Arrena fliegen.

Ja?

Nu, Totfahrer fahrt mit Maske.

Und er?

Ich Klappe chalten, chat gesagt. Er echt Kerl!

Hm.

Was fur Vater wirr chaben, was?

Na ...

Und dann err aus Kurrve rraus, aj aj aj!

Erzähl keinen Stuss!

Ja! Errste Jahrtag Noworossija, Trribunen tosen, Vater fahrt und stinkig Nationalist, fanatisch Moslemin, schießt auf Vater. Oder ukrrainisch Faschist? Später wir arrestierrt und eleminierrt viele.

Das tut mir leid!

Nicht wahr?

Ja, echt, wirklich, aber ...

Was?

Aber ich habe es prima auch ohne euch ausgehalten, jahrelang, Iwan! Ich fass das nicht, die Flasche ist alle. Hast du noch was?

Ja.

Also ein kleines Schlückchen passt noch rein.

Aber dein Frau trinkt, Brat, brummt ihm Iwan ins Ohr.

Sonja und ich, wir fahren nach Hause, und dort heiraten wir vielleicht, weißt du?, verkündet Vater in mitteilsamer Wodkalaune, lässt den Kopf auf die Stütze fallen und glotzt, die Augen nach oben verdreht, in die Dunkelheit.

Entschuldige, Brat, deine Jungen brauchen Zuchause.

Eben.

Brat, bei uns, chinter Urraal, Kinderlager, mit gut scharf Luft! Gesunde Erziehung! Ich lasse deine Sohnchen dachin bringen, sie mein Blut und Fleisch auch.

Geht's noch?

Dann vor Urraal, auch gut. Wie du willst. Und Brat?

Hm?

Frauen wie Sand!

Was? Wie?

Iwan steht auf, tastet mit seinen wuchtigen Pranken im klitzekleinen Gepäckfach … Vater setzt sich in Bewegung, wirft einen Blick auf die sanft schnarchende Sonja; da sie geblinzelt hat, wirft er ihr den Joppenärmel übers Auge, und mit einem Schritt ist er schon bei den beiden Söhnchen und zaust demjenigen, der dem metallischen Summen des die Dunkelheit aufreißenden Fluges lauscht, während er selbst ins Dunkle starrt, das inzwischen trockene Haar.

Ist doch klar, dass ich nach dir gesucht hab, hab mich natürlich gefragt, wie du dich im Schwimmbecken machst … na, du bist okay, und das ist die Hauptsache! Wie ich sehe, interessierst du dich für den Himmel … na, bei meinem ersten Flug war ich schon erwachsen. Unter uns liegt hundertpro die alte Sowjetunion, da durften wir nicht hin, damals, nur als Pioniere, das hättest du auch nicht ertragen ... und Brüderchen? Schön am Pofen, das machst du prima mit ihm, Klasse!

Er hat zu Ende gemurmelt, bahnt sich den Weg zurück in dem Gerüttel, mal sackt das kleine Flugzeug nach unten und mal hüpft es nach oben, er würde es sich gerne wieder auf seinem Platz bequem machen, aber da erstarrt er vor Schreck.

Ein General sitzt dort. Mit Orden und glänzendem Lametta bestreut, nimmt er die Flachschirmmütze ab, schüttelt die rötlichen Lockenbüschel, und ja, das ist der Iwan, und grinst ihn an.

Setz!

Und Iwan stülpt Vater eine Papacha auf den Kopf und schmiert ihm etwas über die Oberlippe, drückt fest und Vater hängt plötzlich ein Schurrbart unter der Nase ... danach wirft Iwan ihm einen schweren Umhang um die Schultern.

Du Soschtschenko! Auf Podium wir unter Reflektoren, Ajwaristan in Noworossija grrießen ... wirr fliegen zu Feier, du kennst? Zweite groß Feier fur Weitermachung von Noworossija! Und Feierstunde fur Shakespeare, wir lieben Shakespeare, wie Westen liebt ihn.

Echt, ja?

Kchultur gemeinsam Schatz von Menschchheit, du findest auch? Mechtig Weltkchunstler und Artisten Einladung bekommt, und du sprichst Soschtschenko! Chorch, was du sagst! Und Iwan liest, den Blick auf den Laptop geheftet.

Erschuttert wie wirr sind, vorr Sorge bleich, errsehn wirr doch fur den gescheuchten Frrieden zu atmen Zeit ... Nicht mehr soll dieses Bodens durrstiger Schluund mit eigner Kchinder Blut die Lieppen ferrben ... nicht Krrieg mehr irre Blumen ... mit bewehrten Panzern des Feinds zerrmalmen.

Guut, oder? Soschtschenko wie Cheinrich IV. von Shakespeare grußt Frieden! Du gut werden! Ajwaren chaben kcheine Ahnung nicht.

Wer? Die Awaren?

Ajwaren. Und du grroß slowjanski Brat. Alle lieben Soschtschenko.

Die Tataren lieben Soschtschenko? Oder wer?

Ajwaren. Wir fliegen nach Ajwaristan! Klein Ziepfelchen von Ukrraina, das frreiwillig sich zu Noworrossija schmiegt! Das unser Feier!

Hm! Seit wann aber kommen bei Shakespeare Kosaken vor ... mosert Vater, rückt sich die Papacha zurecht, zupft am Schnurrbart.

Lerrnen das!

Ich bitte dich, das kann ich ja, ist die erste Seite doch, Heinrich der IV. ... murmelt Vater, er hat den Militärmantel angezogen, mustert die riesigen Silberknöpfe, den Kopf bequem an die Lehne gestützt.

Das Schnurren des Laptops auf Iwans Schoß verschmilzt mit den Flugzeuggeräuschen, die untersten Orden klackern gegen die Bildschirmkante, und Iwan, den Blick in die Mattscheibe versenkt, runzelt jetzt die Stirn, schüttelt den Kopf, brummt richtig unzufrieden ... Van Damme kchoomt nicht zu Feier! ... auch nicht Kcharel Gott ... und Drupi auch! ... Mel Gibson nicht! ... sie uns verraten, Brat! Und unser Vater ... da legt er seinem Bruder die Hand auf den Oberschenkel und drückt sanft. Unser alt Cherr fahrt auch kchein Motorrad nicht! Ach.

Eine Weile starrt Iwan wie ein Häufchen Elend auf den Laptopbildschirm, nach dem nächsten Schluck wird er aber wieder munter und patscht Vater auf die Schulter.

Brat, du Kchulturminister von Ajwaristan werden?

Was?

Na, Minister chat gut! Million Dollar Schmiergelt, jeden Tag Salami …

Sag bloß …

In Ajwaristan wir bauen Staat von Geist. Kchulturisch Oase von Noworrossija! Direkt Nachbar von Baniki-Bergleute, Banditen aus Luganda und Donbabwe, cha cha cha! Kchinderspiel! Brat! Du bei mir neues Zuchause! Ich Gubernator von Ajwaristan werden!

Der General und zukünftige Gubernator von Ajwaristan, dem vergessenen Zipfel der Ukraine, vom miniaturgroßen Volk der Ajwaren besiedelt, einstigen Steppen-Nomaden, wie ja Vater inzwischen weiß, streckt bequem alle viere von sich, und bei der Durchsicht der nächsten, über seinen Bildschirm schießenden Nachrichten lächelt er sogar wieder ein bisschen.

Und Brat moj, du kchannst schreiben chier! Ruussisch! Willst du? Ruussisch Literatura mechtigste. Auch Westen wissen. Jeder wissen das.

Komm schon!

Puschkin!

Ausgerechnet euer Größter ist'n Schwarzer, oder? Nehmt doch ein paar Flüchtlinge auf, oder, und ihr habt gleich nen neuen Dichter!

Das unappetitlich.

So'n Taras Schewtschenko, das war ein Dichter. Als Sklave geboren und immer ein Messer im Stiefel stecken. Da geht das Schreiben leicht von der Hand

Brat. Ich liebe dich trotz dein Provokation. Kchunstler darf. Das dir vergehen bald.

Plötzlich schwingt sich Iwan hoch, stößt mit der Mütze gegen die Decke und donnert los, schreit das dröhnende Flugzeug in Grund und Boden.

Ja, wir verloren ohne Schuss mechtigste Reich von Welt!

Herrlichkeit mit Jeans und Kaugummi getauscht! Glattzungig Westen uns auf Knie gestoßt, wirr nicht fest waren. Aber Wolodja Putin, er endern alles! Ja, er unser Weg Ziel geben! Krieg von Religion und Geist! Und Gott bei uns! Eurasisch Riese aufgestanden! Urraaa!

Iwan wirft seine Mütze die paar Deckenzentimeter hoch, schnappt sie, setzt sie auf den Kopf, zwinkert, rollt mit den Augen, und schon wieder tippt er mit dem Zeigefinger ans Ohr, macht psssst ... und zwinkert wieder wie ein Berserker Vater zu ... und als er wieder Platz nimmt, stößt er Vater tief in den Sitz, drückt ihn, das ganze Klimbim an seiner Uniform bohrt sich Vater durch Mantel und Trainingsjacke in die Brust, wie ein Wüterich raunt ihm Iwan direkt ins Ohr.

Brat, ich Immobilien kchaufen an liebrreizend Sázava. Ich liebe Josef Lada immerfort! Will leben dort. In Bochemija. Will leben! Bruder, chorch zu ... ich chabe Gelt, chaufenweise Berge von Gelt!

Und auf einmal, rumms rumms, rumpeln sie über die Landebahn, rasen nach vorne, und es grenzt an ein Wunder, dass sich keines der Geschwister, wenn nicht gleich beide, die Zunge zerbeißt.

Sonja springt auf, schützt bei jedem Aufprall den Kopf, wankt zu den Söhnchen, schließt sie in die Arme, stülpt sich über sie, hält sie fest, der Junge stiert aus dem Fensterchen; auf einer miserabel ausgeleuchteten Fläche steht unter einem zerpickten Blechschild mit Überschrift WELCOME IN AJVARIGOROD! ein Transportpanzer, und die matten Lichter gehen eins nach dem anderen wieder aus ... Die Dunkelheit über ihnen wird von Blitzen durchkämmt, entferntes, dafür andauerndes Grollen drängt in die Kabine.

Draußen dröhnt es, sie hören Schüsse, vom Zucken am Himmel begleitet, sie fallen, sausen die Rutsche runter, die sich an der offenen Tür aufgeblasen hat, Mama mit dem Winzling im Arm wird von Waska aufgefangen, er grinst sie unter seinem Helm an, auch er steckt inzwischen in Uniform ... Der Junge rutscht hinunter und verheddert sich in Vaters langem Mantel, trotz des mächtigen Schnurrbarts hat er ihn sofort wiedererkannt, er starrt die schwarzuniformierten Typen mit geschulterten Kalaschnikows an, sie haben aber auch normale Büchsen dabei.

Über ein Metalltreppchen klettern sie in den Transporter, immer schön Iwan hinterher, und hocken sich auf die Bank zwischen andere bis an die Zähne bewaffnete Typen, durch das Guckloch sieht der Junge weitere Blitze den Himmel zerhacken, in atemberaubender Höhe zischen Projektile hin und her, eins schlägt am äußersten Rand der Landebahn ein, und als es explodiert, regnen kleine Splitter auf die langsam lostuckernde Panzerkarosse herab.

Jungs, festhalten, johlt Vater. Hier wird geschossen! Iwan, wo bringst du uns hin!?

Ukrainskie Faschisty feuern Grad-Raketen! Sie wollen kein Ajwaristan in Noworrossija nicht! Aber kchoomt wie auf Krym, kcheine Angst, Brat ... Und der Transportpanzer zuckt, wie er gerade irgendein Hindernis zermalmt.

Tja, Sonja, ob es uns im Thermalbad nicht besser ging? Vater grölt, aber Mama hört nicht zu, sie macht den Wodka vom Flugzeug alle, zwischen den Schlucken zeigt sie auf Vater und kringelt sich vor Lachen.

Na, du siehst aber aus, wie ne Vogelscheuche, was hast du überhaupt an?

Sie rasen an Hangars vorbei, an einem dunklen Häuserklumpen, rollen durch gewundene Gassen und über einen kleinen Platz, immer tiefer bohren sie sich in die Straßen eines stillen Städtchens hinein.

Echt scheiße siehst du aus. Wie'n alter Kosake, ein muffiger schäbiger Alter!

Wie muffig? Ich muss doch spielen!

Komm, lass uns von dannen, wir sagen all den Iwans und Waskas Tschüss, die gehen mir total auf den Keks, sagt Mama, über der blutroten Trainingsjacke trägt sie wieder ihre Joppe, den Kopf an die Schulter des Jungen gelehnt, hält sie den Winzling auf dem Schoß, und als alle Insassen in der Kurve nach vorne gerissen und durchgerüttelt werden, grinsen die Muschkoten sie aus nächster Nähe an.

Hab dir grad gesagt, dass ich nen Auftritt hab! Wir fahren zu einer Feier! Wir spielen! Da staunst du, was?

Aah, alles beim Alten, nichts Neues also, wir spielen wieder, schon gut, presst Mama durch die Zähne, sobald es etwas sanfter weitergeht.

Nicht ganz, Täubchen, Iwan strahlt sie wie ein Honigkuchenpferd an. Das nicht! Euer Leben steht auf Spiel!

Die kohlrabenschwarzen Straßen gehen in einen ausladenden Boulevard über. Kein Menschlein, kein Lichtlein weit und breit. Sie fahren an einem Holzzaun vorbei, der Junge streift ein kotbespritztes Stofftransparent mit dem Blick. SHAKESPEARE 400! WÄHLT WOHLSTAND!, buchstabiert Vater ihnen das kyrillische Alphabet vor; eine Bushaltestelle mit zerschossenen Fensterscheiben taucht auf und verschwindet wieder, im dämmrigen Licht des Panzerwagens sieht man den Wind von unter den Rädern Staubschleier hochwirbeln, PET-Flaschen und Kippenschwaden. Sie fahren auf den Marktplatz, die riesige, von Zeit zu Zeit von Scheinwerfern gepeitschte Fläche sieht wie ein Versammlungsort für Riesen aus.

Ein Bewaffneter vor einer Reifenbarrikade blinkt sie an, sie rollen über Asphalt auf ein großes beleuchtetes Podium zu, das Flutlicht spießt eine Aufschrift auf, Vater übersetzt, SHAKE-

SPEARE – EINHEIT VON FREIHEIT UND KULTUR! AJWARISTAN – UNSERE HEIMAT! WILLKOMMEN IN NOWOROSSIJA! steht darauf, und als der Junge blinzelt, sieht er, dass der Platz mit Menschen überlaufen ist, hin und wieder tröpfelt etwas Licht von den Reflektoren herab, er bemerkt Mützen, Uschankas, drollige Tellerkappen auf den Köpfen, er sieht, wie die Menge wogt.

Sie halten am Podium. Unter einer Zeltplane steht eine Luxuskarosse, sie hat Licht an. Weitere Soldaten wieseln herum. Auch ein Trupp Kinder steht da. Der Junge springt als Erster vom Metalltreppchen, die Schnauze des Transporters ist unter die Plane gefahren.

Von hier aus hört er die Menge schon viel deutlicher. Unter der Zeltplane hervor klettern klimperkleine braune Jungs und Mädchen aufs Podium. Haufenweise Blumen im Arm. In den Pfötchen der Schrägäugleins nehmen sich die schlampig gehudelten Dekosträuße wie Besen und Feger aus. In quirligen Reihen und Kreisen wirbeln die rotberockten Mädelchens und die Jungs in winzigen Glanzanzügen auf dem Podium umher wie eine Horde zappelnder Zwerge auf der ausgestreckten Hand eines Riesenwesens.

Was dem Jungen anfangs als Säuseln vorkam, später als Rauschen eines Wasserfalls, das ist der Applaus der Menge.

Sie sind aus dem Transporter geschlüpft wie aus einer Dose. Von der schwarzen Karosse führt Waska einen großen Blonden mit hartem Kinn, Boxerzinken und großen Pupillen zu ihnen. Mama stößt Vater an, zeigt auf den blonden Hünen. So im Anzug wirkt er zwischen den düster dreinblickenden Armeeangehörigen wie ein trippelnder Ballbesucher, er trippelt, denn zwischen seinen Fußknöcheln spannt eine Schnur. Und obwohl ihn der feixende Waska mit Helm auf dem Kopf fest an der Hand hält, hat der Typ eine Schlinge vom Hals baumeln, die Leine wird von einem Jüngling im wallenden Gewand gehalten, ja, das ist ein Mönchlein in der Kutte.

Hast du ihn ... stammelt Mama mit, könnte man meinen, fast gierig aufgerissenem Mund, und zeigt dem Beau auf die Brust.

Iwan stürzt auf den Koloss zu, ruft: Dorogoj Scherar!, und schmatzt dem Blonden die Wangen ab.

Ähm, ähm, hüstelt Vater, pflanzt sich vor ihnen auf, und während ihm Mama ziemlich begeistert ins Ohr haucht: Das ist wirklich der Depardiö!, streckt er dem Gefesselten seine Rechte hin.

Ssa va? Sch svi ossi theatre man, sagt er, aber der vom Iwan geherzte Mann verzieht keine Miene, sein Blick hat sich irgendwo über ihnen in der schwarzen Zeltplane verhakt, womöglich lauscht er dem kindlichen Stampfen und Singen auf dem Podium, das hier unten allerdings eher als Gequieke ankommt.

Iwan jauchzt Vater direkt ins Ohr: Allein Scherar nicht Treue gebrecht! Allein Weltstar, das unser Noworossija stutzt. Und du!

Warum dann die Fesseln, hä?, forscht Vater.

Fur seine Sichercheit er bekommen Medikamente, Iwan legt die Stirn in Falten. Starke Medikamente! Und nun beugt sich Iwan vor und blickt Vater so richtig aus der Nähe in die Augen. Willst Medikamente auch?

Nein!

Du nicht Treue brechen, Brat, du nicht ..., presst Iwan zwischen den Zähnen hervor, und schon schubst er Gérard Depardieu zum Podest, feuert Waska an, der den göttlichen Diener der Thalia an der Taille packt, und dem Mönchlein, das mit gesenktem Blick herumtrödelt, knallt er eine.

So verknuddelt purzeln sie aufs Podium, der Junge hinterher, sie zwängen sich durch eine Reihe von Mädchen, während die von Reflektoren angestrahlte Jungsclique am Bühnenrand steht und sich vor der dunklen Masse verbeugt, die sie irgendwo aus der Tiefe beklatscht und bejubelt.

Und als Iwan zwischen die Mädchen stürmt, stieben sie wie Kegel auseinander, Vater in Papacha und im langen Mantel sieht sich noch um, als Waska ihn von hinten schubst und Vater zwischen die kleinen Jungen und in den Lichtkegel segelt.

Iwan hebt Vaters Hand hoch und ruft ins Mikrofon: Velíkij Zóščenko prijéchal ze zachódu!, Mechtig Soschtschenko aus Westen gekchoomen! Jemand pfeift, aber man hört auch Klatschen, Iwan glitscht Schweiß übers Gesicht, er greift nach dem leblosen Tentakel des Meisters aus dem Land des gallischen Hahns, Mechtig Depardiö!, kreischt er, bringt Gruußwort von Wolodja Putin und Väterchen Lukaschenko: Es lebe Ajwarski Noworuußland!

Und nun wird das Klatschen vom stürmischen Gebrüll und Gepfeife unterbrochen, ein geradezu finsteres Gejohle bricht sich Bahn, einer ruft, vielleicht für die Kameras, Leave us, Russian VERMIN!, und etwas fliegt aufs Podium, die Trachtenmädchen springen zur Seite, der nächste Gegenstand trifft Iwan direkt auf die Stirn, das Pfeifen und Brüllen der Menge steigert sich in Wellen, dem Jungen zischt etwas am Kopf vorbei, und eins der Püppchen plumpst zu Boden. PET-Flaschen, Schuhe, Mützen und Papachas, bisschen kleiner als die von Vater, sausen durch die Luft ... Waska schnappt sich ein bezopftes Mädelchen, stellt es vor sich an die Podiumskante und zielt mit der Pistole über die schmächtige Mädchenschulter in die Dunkelheit, als Antwort schwallt ihm nun ein wahrlich furchterregendes Gebrüll entgegen ... Die Mädchen hauen ab unter die Zeltplane, Treppchen hin, Treppchen her, und als der erste Trachtenjunge vom Podium in die tosende Masse springt, regnet es wieder Beifall, man hört sogar wen lachen, und die anderen Bengel flitzen zum Bühnenrand, manche springen mit Anlauf direkt in das Tohuwabohu, die Vorsichtigen klettern langsam hinunter.

Der Junge spürt, wie ihn einer packt, das Mönchlein, zusammen laufen sie zur Plane, hinter ihnen rennt Vater, die Papacha hat er weggeworfen.

Und Waska Tyran kniet sich mit der Pistole neben die Mikrofone. Wie Statisten reihen sich schwarzuniformierte Soldaten mit Waffe im Anschlag hinter ihm auf. Ein Lichtstrahl huscht über Gesichter, Körper von Menschen, die sich aus der Masse unterm Podium lösen, sie flüchten, wollen den Kugeln entkommen, und das Mönchlein stößt den Jungen unter die Plane.

Iwan, der den Franzosen hinter sich herschleift, scheucht sie in den schwarzen Schlitten. Der Transporter dient als Plombe für ein Loch in der Barrikade, die wird aber von der Menge überflutet, auseinandergenommen … und der Wagen schießt in die dunkle Weite, die von hysterischen Reflektoren abgegrast wird, die sich wohl definitiv verselbständigt haben. Sie fahren.

Am Lenkrad krümmt sich Iwan, an ihn gepresst sitzt der Vater, hinten schmiegt sich der Junge an Mama mit Brüderchen im Arm, und rüttel rüttel peng!, eine Straßensperre kippt um, ein Typ fällt hin und rührt sich nicht, ein anderer rappelt auf dem Rücken wie ein aufgespießter Käfer mit Beinen und Armen, versucht sich aufzurichten, kommt aber nicht hoch.

Schon gleiten Häuser und ganze Straßenzüge an ihnen vorbei, sie rasen über längliche Serpentinen einen Berg hinauf, die Dunkelheit geht in trübes gelbes Licht über, der Blick des Jungen erhascht eine schmale Mondsichel, zackige Felsspitzen fliegen vorbei.

Sie fahren immer noch bergauf, aber langsamer, Vater dreht sich zu ihnen, in der Hand ein Fläschchen, das er im Mantel entdeckt hat, seine Zähne und Augen blitzen über dem ellenlangen Schnurrbart, er reicht das Fläschchen an Mama, diese setzt es im passenden Winkel an und schluckt.

Vater entstöpselt das nächste mit den Zähnen, trinkt und reicht es an Iwan weiter, und der Junge sieht unter der vorkragenden Nase des Wagenlenkers ein Tränenrinnsal fließen.

Geroj Waska, Waska der Cheld, sagt Iwan. Wie in Kiew, Cheld ... Und als er mit großer Geste ausholt, um sich zu bekreuzigen, lässt er das Lenkrad los, Vater packt es mit der Linken und versucht mit der Rechten Iwan das Fläschchen vom Mund zu reißen.

Oj oj oj, Iwan quetscht seine platte Generalsmütze in den Nacken. Oj oj oj!, brüllt er, und erst als auch die Geräusche abklingen, wie er wohl seine Tränen runterschluckte, hört man im Auto etwas klötern und klopfen.

Sie kommen oben auf einem langgezogenen Bergrücken an, Iwan hält direkt über dem Abhang. Er steigt aus, im Licht der funkelnden Sterne bekommen alle seine plötzliche Blässe mit, und öffnet den Kofferraum, wo das Mönchlein sofort in den Sitz hochschnellt, und dann ziehen und zerren sie gemeinsam den famosen Meister heraus, was nur mühsam geht, so gekrümmt liegt er. Aber es klappt.

Dem Jungen und Mama, die zu Hilfe geeilt sind, vergehen Hören und Sehen beim Anblick all der Salamistangen, Obstsaftgläschen, Dosen und allerlei Tuben, Pastetchen, eingeschweißten Gänse- oder Putenkeulen und diversen Weinkisten ... Bevor Iwan den Koffer wieder zuklappt, hat sich Mama eine Schachtel Gauloises rausgefischt.

Und das leise Mönchlein, nur ein klein bisschen zerzaust, führt den Schauspieler an seinem Strick direkt zum Hang, wo sie beide rechtzeitig am Rand stehen bleiben und in den dunklen Abgrund urinieren. Vom Auto sind das nur ein paar Schritte.

Mit einem Mal zerrt Mama einen Kindersitz aus den Untiefen des Wagens.

Und packt den Winzling, der in diesem Moment die Äuglein aufmacht, dem Jungen in den Arm. Er hält das Brüderchen fest, hinter ihnen das Auto, vor ihnen der Abgrund, da schießt ihm der Gedanke schon durch den Kopf, aber an einem solchen Ort denkt das vermutlich jeder.

Was für ein mega Kindersitz!, sagt Mama, und der Wind spielt mit ihren bunten Haarbüscheln. Ich mag französisches Zeug. Die Dinger sind einfach gut. Aber Iwan und Waska kann ich nicht mehr ab. Und, ist dir aufgefallen, wie schön es im Auto riecht?

Das Mönchlein bringt den Schauspieler zum Auto zurück, und in der Zwischenzeit hält Vater ein schnelles Meeting mit Iwan ab.

Wir kchoomen zuruck und bringen um Saboteure!, Iwan wütet.

Wo fahren wir jetzt hin?

In Zitadella!

Warum?

Dort Geroji moji, meine Chelden! Ajwaren, Churensohne, chaben verraten uns! Iwan tobt und trommelt mit der Faust auf die schwarze Autohaube. Und er setzt Vater auseinander, auf dem Weg zur Zitadelle müsse man ajwarische Dörfer durchqueren, und dort kenne man ihn, Iwan, gut. Seine Uniform auch. Verräter schlafen nicht mal im Dunkeln. Also muss Vater ans Steuer. Der Junge setzt sich neben ihn, Iwan quetscht sich unter ihre Füße. Sie werfen noch ein paar Decken über ihn, die sie hinten im Auto gefunden haben.

Und schon fahren sie wieder, durch das Fenster dringen eine leichte Brise, Mondschein und Sternenglanz hinein, der Junge pult an seiner Trainingshose, und der unter ihm röchelt und ergeht sich in wüstesten slawischen Beschimpfungen, Ajwari, Ajwari, murmelt er am laufenden Band ...

Kein Wunder, dass sie dich nicht als Vorsitzenden haben wollen, Bruder!, posaunt Vater in die Schimpftiraden, die vom Boden schwallen.

Nicht Menschen, Ratten diese Ajwaren!

Na ja, sie wollen euch nicht ...

Ukrainer schuld, verfickt Chochol, sie Ajwaren machen durcheinander.

Oha ...!

Verrat das! Klipp und klar!

Bruder, von den Ukras gibt es massig viele, da gewinnt ihr nie, sagt Vater ziemlich wacker, bricht seine Rede aber sofort ab, direkt vor ihnen im Bergpass schälen die Schweinwerfer einen Eselreiter aus der Dunkelheit heraus, dunkelhäutig, feingliedrig, mit glühendem Punkt einer Papirosse im Mundwinkel reitet er da, und als Vater gekonnt den Holzeimern ausweicht, die das Eselchen an den Hüften trägt, winkt der Ajware ihnen mit dem Strohhut nach.

Ajwaren wenig, sie nicht kennen allein herrschen, murmelt Iwan, und plötzlich winselt er auf, Vater ist auf die Kupplung getreten, versehentlich aber knapp daneben.

Typisch Russen! Unterdrücken, vernichten, auslöschen!

Schtowas?

Das macht man nicht!

Macht man!

Das funktioniert nicht mehr!

Funktioniert.

Wir sind doch im einundzwanzigsten Jahrhundert!

Egal!

Vater gibt Gas, sie sausen durch ein schlafendes Nest, ein paar kleine Butzen, keine Menschenseele weit und breit, die angeleinten Hunde bellen, aber keiner glotzt sie an, keiner hält hier in der Dunkelheit Maulaffen feil.

Wege kreuzen sich hier, über die zerfurchte Asphaltstraße rattert ein alter Karosa-Bus auf eine Holzbrücke zu. In der von Mondstrahlen verdünnten Dunkelheit gibt es mehrere solche Busse, offensichtlich voll mit Reisenden, Vater lässt die keuchenden Vehikel vorbeiziehen.

Ne Menge Ukras fahren wohl wegen Arbeit mit dem Karosa-Bus nach Böhmen und auf den Slowatsch, sinniert Vater.

Hä, Brat?

Wie weit ist es in die Slowakei? Einen Tag? Einen Tag und eine Nacht?

Bei den Knien des Jungen taucht ein Kopf ohne Generalsmütze auf, die ist wohl irgendwo abgeblieben.

Oder zwei Tage?

Schaut! Iwan ist aschfahl, seine Augen glühen. Auf die Busse, die auf der Brücke hinter der Kurve verschwinden, achtet er nicht, er zeigt nach oben.

Im Licht, das durch die Wolken drängt, ragt eine Kuppel über dem Tal, auf ihr ein glänzendes Kreuz. Die Mauern steil.

Da Zitadella!

6 ARMADA – WIR ZUHAUF! MONASTYR, DIE KATAKOMBEN · GLÜHENDE MASCHINEN · TOTE URLAUBER · ÜBER EHE UND KINDER · WER STECKT HINTERM TÜRCHEN · MAL SEHEN! BETE ZU GOTT ...

Es dämmert schon.

Die Mauern, vor denen sie stehen geblieben sind, ragen schroff und rau in die Höhe, ordentlich von Splitterkartätschen zerschrammt. Auch die Kuppel darüber ist rissig und von Kugeln zerhackt. Das von einem Balken durchgestrichene Kreuz zeigt schräg in den Himmel.

Iwan schält sich aus dem Wagen, die flache Offiziersmütze auf dem Kopf, steht er vor dem Eingangsportal, umgeben von einem Trupp Waffenträger schwadroniert er, regt sich auf, fuchtelt mit den Händen.

Jeee, wisst ihr, wie der Junge hier heißt? Mama schiebt ihr Gesicht zwischen die Vordersitze. Serafion, ein schöner Name, oder? Man hat ihn dem Scherar als Dolmetscher an die Seite gestellt. Aber Scherar hängt in den Seilen, steht unter Schock oder was!

Auf dem Plateau hinter dem Monastyr brennen noch Feuer. Lodernde Scheiterhaufen und kleine, schwelende Feuerchen. Dutzende, wenn nicht Hunderte, ein ganzes Feuermeer. In Scharen oder einzeln, die entfernteren wie Streichholzköpfchen, die näheren wie Fackeln, entfacht im staubigen, versengten Boden. Als hätte ein Spasmus des Universums oder gar eine göttliche Laune den in der Dämmerung ausklingenden Himmel auf die zerfurchte Erde gestürzt, so wirkt die Szenerie.

Tituschki bummeln herum, auch um das Auto. Angeplünnt in diverse Uniformversatzstücke, bunte Feldjacken und Jogginghosen. Fette Ringe und Armkettchen, Skapuliere, Kreuze, schwere Halsketten. Fast jeder trägt eine grausige Messersammlung am Gürtel, auch Handfesseln und verschiedene Folterinstrumente. Pistolen, Gewehr über der Schulter, Kalaschnikows. Über den Kahlschädeln und Offiziersmützen hängen schlappe Fahnen und Standarten, die in polternden Scharmützeln zerfetzten Insignien des orthodoxen Stalinismus.

Kein Wunder, dass der schwarze Schlitten Aufmerksamkeit erregt. Abgeschrammt und zerkratzt, aber immer noch ein respektabler Edelschlitten. Kein Vergleich zu den rostplackigen, schlammbedeckten Toyotas, die ringsum im Staub baden. Die Männerschar, die wie ein grauer, johlender Fluss von den Feuern strömt, mäandert auch um eine Handvoll GAZ-Geländewagen, die ihre sozialistische Herkunft vergeblich hinterm Tarnnetz verbergen.

Vater, den Arm auf der Schulter des Jungen, zwirbelt mit der freien Hand den Schnurrbart auf und streckt die Brust vor, damit die Orden auf dem Mantel auch wirklich zur Geltung kommen … so schlendern sie zu Iwan. Die Männer um den General, Fünkchen von Interesse in den Augen, machen bereitwillig Platz.

Iwan drückt Vater ans Herz. Das Brat mein. Aus Bochemija. Tscheche, slawjanisch Bruder und Froind! Und Iwan ruft Urraaah, wirft die Mütze in die Luft, die anderen schließen sich an, und auf Vater und den Jungen regnen Küsschen und Männerschmatzer.

Brat, schau, chier Bruder aus Donbass, orthodox russisch Armija, schwingt Iwan die uniformierte Pratze … Über die weite Ebene rückt sie heran, an den Feuern vorbei und durch sie hindurch, Vater zählt die Panzer, und als er schon alle Finger der beiden Hände durch hat, macht ihn Iwan auf einen Pulk Männer aufmerksam, der in großer Formation auf die Zitadelle zureitet, im Vergleich zu ihnen sehen die Tituschki aus wie armselige Knechte.

Das Brigade Prizrak und Brigade Smert, Spuck und Tod, das unsere Tschetschenen, und Brat, das Legion heilig Stefan, Iwan zeigt auf eine grau uniformierte Einheit, ihre Vorhut trabt am halbzerfallenen Gemäuer entlang … Das Bataillon Ssutj vremeni, Wesen von Zeit, echt Chelden! Brat dorogoj, du kennst, was du schaust?

Stark, murmelt Vater und kickt mit dem Schuh einen grauen Erdklumpen weg.

Das Armada Gottes. Wir zuchauf!

Iwan nimmt einem der Burschen den Mantel ab, wirft ihn Gérard Depardieu über, der artig neben dem Mönchlein Serafion trippelt, und führt das Grüppchen näher ans Monastyr. Öffnet die angeknackste Tür mit geschnitzten Heiligen in verschiedensten Stadien der Folter, und sie stehen in einem riesigen düsteren Raum.

Vater blinzelt. Der Junge schirmt die Augen mit der Hand ab wie ein Späher. Spärliches Licht rieselt auf staubige Steinplatten aus Löchern, die vermutlich Kugeln in die Wand gepickt haben. Im Staub, auf Haufen von Putzbrocken und Ziegelsteinen liegen zerknautschte Geschossmäntel von draußen, aber auch glänzende Patronenhülsen von der Bescherung, die zur Vergeltung von hier aus verfeuert wurde. Auf dem Domfußboden verkohlte Holzscheite, zertretene Kippen, Müll.

Die Heiligkeit des Ortes unterstreicht wiederum der verrußte Ikonostas mit weiteren Kohorten von Heiligen, das blinkernde Lämpchen hinter der Holzabsperrung und auch andere, an feingliedrigem Gebinde oder massiven Eisenketten von der Decke baumelnde Lampen.

Brat moj, Iwans Stahlarm patscht Vaters Schulter.

Das Monastyrr speziell. Monastyrr der Kriegsmadonna, vaterländisch Mutter.

Durch die Ritzen der zersiebten Kuppel sickern Kälte und Beklommenheit. Im schummrigen Licht ist gerade noch der Heiland auf den Fresken zu erkennen. Die Füße stützt er am unteren Balken ab, damit die Qual endlos bleibt: Um ihn herum Gesindelscharen, Gaffer, die mit hervorquellenden Augen nach jeder Körperregung gieren, nach jeder vergossenen Träne dieses außerordentlichen Spektakels.

Unser kleines Grüppchen bleibt am Eingang stehen. Zwei Hochbetten. Die Kerle, auf Stühlen eingedöst, unter denen sich schartige *tuna-fish*-Dosen türmen, springen hoch, ein Bajonett rutscht vom Stuhl und poltert Iwan vor die Füße. Durch Befehle wieder auf Zack gebracht, können die Kerle ihre grinsenden Visagen nicht von Mama abwenden, die zahlt es ihnen mit nervösen Grimassen heim, ihre Dreads hüpfen über dem roten Jackenkragen, sie setzt sich, das Kindlein auf dem Arm, auf eins der Betten, streckt das Bein aus, stöhnt. Fummelt in der Joppentasche, zieht das Röhrchen hervor.

Serafion parkt seinen Gérard auf dem anderen Hochbett. Der Junge macht einen Schritt auf den Vater zu, der scheucht ihn mit einer Handbewegung wieder weg. Die Wächter haben dort einen Kocher stehen, die Glaskanne verströmt den Teeduft in die alles durchdringende Feuchtigkeit. Der Junge kehrt zur Wärme zurück.

Iwan und Vater stampfen an verrußten Mauern vorbei und kicken mit ihren schweren Soldatenstiefeln auseinander, was von den Feuern blieb. Vor einer der Ikonostastüren verbeugt sich Iwan, schlägt murmelnd ein Kreuz, und sie treten ein; halb verdeckt von Ziegelsplittern ragt dort ein eiserner Ring aus dem Boden. Iwan packt ihn, zieht, eine Falltür geht auf.

Sie steigen ein Treppchen hinunter, in den Katakomben ein Rauschen, Vibrieren.

Ich hör die Laundry im Basement rauschen, witzelt Vater in den Rücken im Militärgewand, in erster Linie aber achtet er darauf, nicht über den eigenen Mantel zu stolpern, mit dem er über die Stufen streift. Sie steigen in gleißendes gelbes Licht hinab, die Neonröhren an den Wänden haben Maulkörbchen aus Drahtgeflecht.

Blank gefegter Betonfußboden. Blechspinde an der Wand. Zwei gigantische, polternde Maschinen. Mobile Krematorien, Geräte, die durch die Bewegungen im Inneren vibrieren, glatte Kunststoffoberflächen mit Gradmessern, Strichen und Knöpfen, schwarze gebogene Griffe und Deckel aus hitzebeständigem Glas, pfiffig in Augenhöhe angebracht.

Die Krematorien, in denen hinterm Glas eine vom Feuer durchleuchtete Masse rotiert, sind fest im Boden verankert. An einen Generator angeschlossen. Die orangen Ausgangsrohre ins Gewölbe versenkt.

Nackte Körper auf dem Boden. Ein junger Mann, Vater wäre fast auf ihn getreten, geöffnete, stumpfe Augen, starr liegt er da, die Arme dicht am Körper, die brettsteifen Beine gestreckt, am Hals eine offene Wunde, kleine Gewebebrocken ragen aus einem gräulichen, vertrockneten Blutklumpen.

Aus den Tiefen der Kasematten tauchen zwei dunkelhäutige Männchen auf, schleifen einen Wagen über den Beton, die Metallrädchen quietschen. Iwan sagt etwas von Eile, und das ziemlich barsch. In rosa Plastikhandschuhen packen die Wichte den mit dem kaputten Hals, schieben ihn auf das Wägelchen, das sie mit einer Hubrampe auf die Höhe der Öffnung heben. Kaum haben sie den Griff angefasst, springt der Deckel auf. Sengende Hitze atmet aus dem Oval. Iwan und Vater treten ein, zwei Schritte zurück. Der Körper gleitet in die

Glut. Und die beiden Kerlchen beugen sich über die nächste Leiche.

Iwan fasst Vater an der Schulter, zwingt ihn auf die Knie. Zu einem Rotschopf auf der Tarnzeltplane. Ein Koloss, einst Muskelpaket, jetzt ist sein Bauch zusammengefallen, platt, die Wampe bis über die Leisten geschwappt.

Iwan zeigt Vater die Tätowierung auf der männlichen Brust.

Chier Name russisch Elitefallschirrmdiwisija – und chier Name von Cheld, von Geroj ... Igor Lebedj. Du verstehst?

Nein. Ich mein schon, Vater schüttelt den Kopf.

Schneiden weg nicht meglich. Nicht meglich schlitzen orthodox russkij Cheld am Korper. Wir ihn Feuer geben mjußen. Gott erlaubt! Er chier Urlaub machen. Aber wenn Ukraincy oder Amerikancy ihn finden, oj oj oj, das Propaganda!

Ach so, ja, Vater nickt eifrig und hält sich ein zerknittertes Stofftaschentuch vor den Mund, vermutlich ein Zufallsfund in der Manteltasche. Immer noch kniet er auf dem Beton. Kaum haben die beiden Ajwaren den rothaarigen Soldaten in den Ofen geschoben und seine blutverschmierte Zeltplane hinterhergeschmissen, da knallt es im Gebälk, das Gewölbe zittert. Ein mächtiger Donnerschlag folgt, Putz löst sich stückweise und rieselt herab.

Vater presst sich an den Boden, die Knie am Kinn, hält sich mit beiden Händen die Ohren zu.

Iwan beugt sich zu ihm, Vaters verkrampfte Finger kriegt er mühelos auf.

Grad-Rakety! Die Chochol kommen. Das wir erwartet! Aber wir zuruck und besiegen Ajwarogorod.

Meinst du?, piepst Vater.

Feierlich muss sein! Wir wieder auf Podium ohne Ajwaren! Du und ich und Scherar und Armada! Neue Feier Noworossija. Scherar Depardiö gut Schauspieler, was du sagen?

Sicher.

Du und ich und Scherar in allen Televisoren der Welt. Wie wir bringen Kultur und Frieden zu Ajwaren. EU froh! USA froh!

Na, ich weiß nicht ...

Brat, wir gehen Monastyrr weg. Aber chier noch jemand.

Was? Wer?

Unser alt Cherr.

Iwan steht auf, klatscht in die Hände, vertreibt die beiden, die am Ofen stehen, und auf seinen Befehl rauschen sie samt Wägelchen in den Untergrund zurück. Mit der Schuhsohle kehrt Iwan den herabgefallenen Staub hinter die tosenden Maschinen. Er marschiert durch den Raum. Auf eine kleine Tür in der Wand zu. Sie ist komplett aus Stahl, oder zumindest ordentlich mit Blech beschlagen, das kann Vater nicht genau sehen, aber es gibt dort eine Klinke. Und die Flinte, die Iwan in der Hand hält, die muss hinter den Krematorien oder in einem der Spinde versteckt gewesen sein.

Da alt Cherr, seufzt Iwan. Und zeigt auf das Türchen.

Nein!

Ja! Er Applaus bekommen. Und ich sein Mechaniker. Ich ihn bechutet, Bruder. In Moskwa, Tbilissi, Sewastopol und Riga er Applaus, in Minsk, Grosnyj, Ulan-Ude!

Wirklich?

Alle ihn geliebt alt Cherr, Wandfahrer!

Hm. Gut, ja!

Und ich bewachen mit Gewehr, Iwan klopft auf den schweren Kolben. Ich wachen, damit kein Nationalist und Islamist ihn nicht bedroht!

Vater steht auf, und wie er die Hand ausstreckt, legt ihm Iwan die Waffe rein, allerdings nur den Kolben, ganz losgelassen hat er noch nicht. Zwar schirmt die Generalsmütze unter dem

Neonlicht seine Augen ab, aber ein paar entlaufene Tränchen sieht man schon. Iwan wischt sich mit dem Generalsärmel die Augen trocken.

Erste Feier Noworrossija! In Donbass. Ich schon erzahlt. Ganz Welt uns geschaut. Auch Wolodja Putin!

Wirklich?

Na, Altcherr zitterig. Ich sehen er zittern, wenn Motorrad steigen. Alt! Und Iwan lässt den Kopf fallen. Er nicht schaffen Ende von Fahrt.

Aha, sagt Vater.

Er aus Bahn fliegen konnen, mechtig Schmach das, also ich …, flüstert Iwan.

Du hast also …, sagt Vater leise.

Ich auf ihn geschießt. Nur du wissen jetzt.

Uff, entschlüpft es Vater.

So das war!

Das ist furchtbar!

Ach, Brat.

Furchtbar!

Ach, du. Du Lieber! Wir viele Fanatiker Islamisten arrestieren und Chochol auch, chesslich Faschisten Nationalisten. Wir das Attentat genannt. Guter Name von Altcherr geblieben. Das klug, oder?

Iwan, weißt du was? Leih mir ein Auto, es muss keine Superkarre sein wie die von Scherar, echt nicht. Und borg mir noch fünfhundert Euronen dazu, ja? Wir machen die Fliege. Einverstanden?

Brat, gut, dass du chier. Geh zu alt Cherr.

Und Iwan flitzt zum Metalltürchen, grapscht nach der Klinke und macht auf. Nur einen Spalt, mehr nicht.

Bruder, ihn weg bringen geht nicht. Nelsja. Und geht nicht ihn lebendig lassen. Du Turchen offnen und mit Waffe rein.

Auf keinen Fall.

Du alt Cherr chelfen.

Lasst mich in Frieden, verdammt, beide. Halluzinationen seid ihr.

Das nicht Halluzination. Das kannst du glauben mir.

Gib mir einfach zweihundert Euronen, Bruderherz, was ist das für dich. Hundert. Bitte!

Bruder. Du stark sein!

Ich kann das nicht machen. Nelsja!

Mit einem Sprung pflanzt sich Iwan vor Vater und flüstert ihm ins Ohr.

Du dann nach Chause und Immobilija auf Sázava in Cheimat kchaufen. Ja ljublju Bochemiju! Dort wir Chand in Chand leben. Du neu Familija! Bochemija, Garten Eden.

Erzähl kein Blödsinn, ich hab schon eine Familie! Vater macht einen Schritt zur Seite, reibt sich die Bruderspucke vom Gesicht.

Dein Frau Schnapsendrossel, du weg mit sie. Du neu Frau bekommen.

Was?

Besser Ukrainerin mit Rotbacke und groß Titte? Mit zwei Auge? Kchein Problem. Oder Schwarzhaar besser? Gut. Ich respektieren, Brat.

Was soll der Stuss!

Neu Fraue neue Sohne!

Als beim nächsten Bäng und Peng die unterirdischen Gemächer ins Wanken geraten, hält sich Vater noch wacker auf den Beinen, sein mächtiger älterer Bruder ist es, der ihm den Schnurrbart abreißt und ihn auf den Betonfußboden schleudert, und als die Decke erbebt und ein neuer Knall das vibrierende Summen der Maschinen übertönt, da hält Iwan ihn schon am Hals, zielt mit seinen dreckigen Fingern auf Vaters

Augen und drückt ihn so heftig in den Boden, dass der Besiegte keinen Widerstand mehr leistet.

Wie damals, in Scheune, sabbert Iwan. Du noch wissen? Wie wir spaaßten?

Jaaa.

Du mussen chelfen.

Neeein.

Vor Angriff Ukraina, noch vor Urraaah, du Altcherr mit Kugel kjussen.

Der unten Liegende entspannt sich, streckt die Beine. Gibt auf. Wie ein kleiner Hund unter einem großen. Mit der Spitze seiner Schnürstiefel berührt er den Gewehrkolben von Iwans Waffe, die am halbgeöffneten Türchen lehnt.

Und Iwan springt hoch und eilt zum Verbrennungsöfchen. Vater rappelt sich langsam auf, breitet die Arme aus, ganz der Verlierer, seine offene Schauspielerrobe mit dem Lamettazeug deckt den Türspalt zu.

Deine Sohnemann taugen nichts, doziert Iwan und fährt dabei flink mit den Fingern über die Tasten. Der runde Deckel geht auf, Hitze atmet sie an.

Dein Große redet nicht, Arsch verzagt.

Der ist doch nur schüchtern, grummelt Vater.

Du sie verlassen. Weg mit sie.

Aber das geht doch nicht, Mensch!

Du schon das gedacht, wenn du Mann.

Ja, schon mehrmals, sagt Vater und schiebt sich rückwärts zu dem Spalt in der Wand. Iwan bückt sich, fährt mit der Hand über den Boden, klaubt was auf, den Kopf leichtsinnig auf der Höhe von Vaters Knien, und als er sich mit einer Socke in der Hand aufrichtet, denkt Vater, Chance verschenkt. Aber er tastet hinter sich nach dem Gewehr.

Und Kchleine? Debil!, seufzt Iwan. Wozu Krjuupel?

Und Iwan wirft die Socke in die Glut. Beobachtet, wie der Deckel zugeht. Als er sich umdreht, sieht er Vater mit dem Gewehr in der Hand, und lächelt.

Gut! Du verstehst.

Er fischt in der Manteltasche und holt ein glänzendes Projektil.

Nimm. Und geh zu Altcherr. Gott das will!

Mal sehen!

Der Kolben landet scheppernd an der Schläfe des Alten. Seine Mütze fliegt weg. Der zweite Rumms erwischt ihn am Kinn, und Vater drischt und haut ohne Ende.

Auf den Höllenknall, der die Decke ins Wanken gebracht hat, folgt nun ein Schauer kleinerer Detonationen, Vater lässt das Gewehr fallen, dreht den Riesenkörper um, reißt den schweren Mantel herunter, der von Soschtschenko landet in der Ecke, und während er penibel den Anblick des blutverschmierten Kopfes meidet, schlüpft er in das Generalsgewand … Er setzt Iwans flache Mütze auf, tritt gegen das Türchen, das fällt zu, Vater zieht Schleim so hoch, wie es geht, und spuckt es an.

Vor den Krematorien zögert er ein wenig, wiegt den schweren Körper mit dem Blick … aber die Erde bebt schon wieder, in der Decke hat sich etwas gelockert, es knirscht und poltert herunter … Er kraxelt die Treppenstufen hoch, ein, zwei Neonröhren hängen abgerissen in ihren Körbchen … mit aller Kraft stemmt er sich gegen den Deckel, und als er schon Angst bekommt, das Haus Gottes sei eingestürzt und habe ihn verschüttet … ploppt die Falltür ganz leicht auf. Kein Wunder. Es haben auch viele Hände am Ring und an den Seiten gezogen.

Eine Sekunde lang starrt ihn der Junge mit aufgerissenen Augen an, dann vergräbt er sein Gesichtchen in die Uniform. Über zerstobenes Mauerwerk stolpern sie gemeinsam zum Ausgang, neben ihnen rußverschmierte Kerle in riesigen Papachas mit baumelnder Trikolore, Männer in Kriegskluft. Holzbalken schieben sich aus der Decke. Wo eine Wand gestanden hatte, blickt man jetzt auf den gegenüberliegenden Hang. Dort stehen Panzer. Dicht an dicht. In gelb-blauer Tarnung.

Vater, die Mütze tief in die Stirn gedrückt und vom Generalsmantel umhüllt, ruft das Einzige, was ihm in den Sinn kommt, Uraaaah … er packt den Jungen an der Hand, und sie rasen über Balken und Splitter auf das geschnitzte Holzportal zu, springen, die Soldateska auf den Fersen, über die Reste der umgestürzten Hochbetten, und als sie das Heiligtum verlassen haben, sprinten sie zu der schwarzen Karre, die immer noch da steht, wo Vater sie geparkt hat.

Sonst erkennt er nichts wieder. Die Einheiten, die er marschieren gesehen hat, haben sich über das ganze Plateau ausgebreitet oder liegen hinter den heiligen Mauern in Deckung. Die, die ihm und dem Jungen bis zum Ausgang gefolgt sind, werfen sich auf den Boden, ducken sich hinter dem ausgebrochenen Eingangsportal. Vater achtet nicht auf das Surren und Dröhnen, das in der Luft hängt, er streckt die Hand nach dem Türgriff und starrt durch die Glasscheibe und den wabernden schwarzen Rauch direkt in Sonjas erschrockenes Gesicht. Neben ihr, geduckt, der verstörte Gérard.

Endlich lässt er sich auf den Sitz fallen, der Junge neben ihn, und wie Vater noch in Rage ist, motzt er im Soldatenton das Mönchlein an, das wie ein Schluck Wasser am Steuer hängt, er habe unverzüglich auf die Brücke zu düsen, die nehmen die Panzer nicht. Und bevor er ins Koma fällt, brüllt er.

Und bete zu Gott, Mann.

7 DIE KARPATEN · PASS VON SNINA · WAS HAT SERAFION BEI SICH, DAS POCHT UND KLOPFT · DER GÖTTLICHE TANZT · MASSEL GEHABT! SONJA ... AUF D1

Die Riesenbuchen um die Jagdhütte auf dem Berg der Hilfe am Snina-Pass, wohin Serafion sie kutschiert hat, ertrinken im Dunst, der aus den Talsenken steigt.

Wohin auch immer der Junge seinen Fuß setzt, reichen Butzenklette und Farnblätter ihm weit über den Kopf. Aus dem schummerigen Urwaldlicht schält sich ein Asphaltstreifen heraus, er kuckt genauer hin, da klafft ein Loch im Nebel. Ein Kapitalhirsch schreitet über die Straße, echter Macho, Geweihbast an Baumstämmen, Kopfschmuck und Rücken seiner Gegner abgerieben, ein Sprung, und das Tier taucht im Jungholz unter.

Der Junge schlendert zum Auto. Glotzt durch die Fensterscheibe auf den reglosen Serafion. Dessen Faust im Schlaf eine ovale Ikone umklammert. Neben ihm zusammengerollt der Schauspieler, bis zum Kinn mit einem Soldatenmantel zugedeckt, weiße Spucke sickert ihm aus dem Mund. Vom Dachboden der Hütte hört er Mamas Kreischstimme. Auch Vater ist schon wach. Also geht er zu ihnen.

Mama klettert die Leiter herunter, bedächtig schiebt sie den schmerzenden Fuß von Sprosse zu Sprosse, mit hochgerafftem Rock saugt sie tüchtig an einer Bouteille aus dem mittlerweile gut geplünderten Vorrat. Die Haarflechte zum Zopf gebunden, glitzernde Blinker darin, zierliche, glänzende Dinge, die sie in der Joppe gefunden hat. Vater spart sich die Leiter und landet mit einem Satz im Gras, direkt vor einem Pflock, der aus dem Boden ragt.

Sonja?

Hm?

Dass jenseits von unserem Bewusstsein das Nichts beginnt, das jagt vielen Menschen echt richtig Angst ein.

Memmen halt.

Die Soldatenhose seines mächtiger gebauten Bruders hat Vater mit einem Kabel umgegürtet. Und hantiert nun mit der Axt. Spaltet Holz. Schichtet gemeinsam mit Mama Reisig.

Für mich dagegen ist das riesige Feld des Nichts eher eine Kraftquelle, verstehst du, Sonja?

Echt?

Ja.

Wie riesig soll es sein?

Keine Ahnung, ist doch egal.

Genauer hätte ich's kaum sagen können. Kuck mal, der Pfeffercamembert hier, der schmeckt so was von lecker, Mama fischt ein versifftes Päckchen aus der Joppentasche.

Ja?

Aber macht durstig. Schade, dass wir die Pute verschnabuliert haben. Auch die Pastetchen sind weg. Wir wollten dir was übriglassen, hat aber nicht geklappt.

Ich mach mir lieber die Sardinen auf.

Die sehen gut aus. Es gibt noch Brot. Und dieses Knäckedingsbums. Außerdem Dosenfutter.

Herrlich!

Ansonsten ist alles Gute weg, meldet Mama. Nur noch das hier, sie hebt eine Flasche Pernod hoch. Aber davon muss ich kotzen.

Ich hätt auch lieber nen Tropfen Beaujolais.

Sorry, gerade leer gemacht.

Schon okay!

Weißt du, worauf ich die ganze Zeit trinke, in allererster Linie?, fragt Mama.

Worauf denn?

Dass wir die beiden Komiker abgehängt haben. Diesen Ekelwaska. Wie der mich angestarrt hat. Wenn der mich antatscht, schrei ich.

Macht er nicht.

Und dieser Bruder von dir. Nichts für ungut, aber den will ich auch nie wieder zu Gesicht bekommen, echt nicht!

Wirst du nicht.

Das untere Stockwerk der Hütte ist aus dicken Holzbalken gebaut und hat keine Fenster. Das Fenster oben ist Schießscharte und Ausguck in einem, hier können sich die Jäger auf die Lauer legen. Unten gibt es nur Bänke, oben stehen ein Bett und ein kleiner Ofen, Schlafsäcke, ein Stapel Pornohefte, leere Flaschen liegen da. Die Tür der Hütte ist aus Metall, zerbeult und zerkratzt von Krallen, wo der angeschossene Bär noch die Kraft hatte, sich über das Jägernest herzumachen. Die Leitersprossen mit Magdunit verstärkt, damit Meister Petz sie nicht wie Zahnstocher knickt. Die Jäger pflocken die kleinen Kälbchen oder Zicklein an. Wer will, ritzt ihnen die Haut auf, das ängstliche Blöken lockt das Raubtier genauso an wie der Geruch von frischem Blut.

Hör mal, der Scherar, der ist so was von galant. Immer wenn wir unterwegs angehalten wurden, haben die zuerst geschrien, dann haben sie Scherar gesehen, und alles war gut! Er hat sogar die Schießeisen signiert. Einmal kam so ne Dorfmagd angestratzt, mit ner Kuh am Strick, und er ließ nicht locker, bis er ihr die Hand geküsst hat. Irre, was? Na, auch dem Kapitän hat der Scherar was signiert, hat sich mit ihm ablichten lassen, und wir durften weiter.

Echt?

Vater röchelt in die Funken, kniend schützt er das mickrige Flämmchen mit der Hand.

Du hast fast die ganze Fahrt gepennt. Tag und Nacht hast du gepennt. Ein andermal hat uns ne Kosakenbande angehalten. Aber die hat unser Serafion mit seiner Ikone gebändigt. Die er unter der Kutte trägt.

Wie?

In der Zitadelle hat Serafion diese Kriegsmadonna gehütet, Mutter der Heimat, Vaterländische Mutter oder wie die heißt. Und als man ihm den Scherar aufgebrummt hat, hat er die Madonna zu sich genommen. Ist es wertvoll, das Ding?

Wie meinst du, gebändigt?

Na, bei den einen hat ein Foto mit Scherar ausgereicht, die anderen wiederum hatten Respekt, dass wir die heilige Ikone transportieren.

Wo sind wir eigentlich, Sonja?

Und Vater fängt an, noch mächtiger zu pusten, füttert die neugeborenen Flammen mit Reisig.

Stimmt, du hast geschlafen! Da verköstige ich gerade die Jungs mit den letzten ungarischen Babygläschen, als eine ganze Bande auftaucht. Kosaken, bis an die Zähne bewaffnet, das musst du dir vorstellen! Und unser Mönchlein reißt die Kutte auf und dieses Muttergottesding an seiner Brust leuchtet und pulst irgendwie, sendet Wellen aus. Ich war echt nicht knülle, Ehrenwort, von der Ikone ging ein Strahlen aus, wirklich!

Soll vorkommen …

Winzig kleine Herzschläge der Muttergottes hab ich gehört! Die Banditen fielen auf die Knie, Serafion sollte ihre Waffen segnen. Also machte er das und zwinkerte mir zu. Ich glaube, ihm war's mit dem Segnen nicht richtig ernst.

Wo sind wir, Sonja?

Im Snina-Pass, Mama schwenkt mit der Hand um sich, in die Richtung, wo sich das nebelverschleierte Grenzmassiv der Karpaten aus der ukrainischen Ebene erhebt.

Das Tor zum Slowatsch, würde ich sagen. Gut, oder?

Sehr gut!

Serafion hat ja auch seine Ikone hierhergebracht.

In das Kloster hier? Vater legt den zusammengerollten Generalsmantel mit dem ganzen Ordensklimbim ins lodernde Feuer, und als die Flammen in die Höhe schießen, schiebt er noch die Mütze hinterher.

Serafileins älterer Bruder ist nämlich hier! Der sorgt für ihn. Für uns auch. Scheint ein großes Tier zu sein, dem sein Bruder. Der sorgt dafür, dass wir durch den Pass kommen. Nach Hause!

Perfekt!

Was hast du so lange mit dem Iwan im Monastyr gemacht, sag mal? Habt ihr gesoffen? Du bist nicht bei Trost! Oben Panzer, Kampfgefecht, deine Frau und Kinder, aber der Herr säuft lieber mit Bruderherz im Keller.

Sonja …

Ihr habt euch lange nicht gesehen. Ich verstehe.

Aber ich bitte dich.

Die ganze Zeit hab ich gedacht, du hast nicht mal ne Unze Verantwortung im Leib, echt nicht!

Aber komm. Schchhht.

Das Kindchen liegt auf dem Bett hinter einem Wall aus Kissen mit Jagdstickereien. Es atmet sanft, linst aus dem aufgeknöpften, immer noch einigermaßen sauberen Strampler. Streckt Ärmchen und Beine ins wirbelnde Licht. Hinter der Fensterscheibe tummeln sich Sonnenstrahlen, die unter dem Urwaldgewölbe emporsteigenden Nebelschwaden schicken dünne Dampfschleier in die Stube.

Der Junge deckt das Brüderchen mit einer Zotteldecke zu. Und zieht den von unten hochwabernden Geruch in die Nase. Den aus Qualm und Geknister heraufschießenden Duft vom Bratfleisch.

Das ist aber ein besonders edles Stück! Das letzte!

Tut mir leid, Sonja, aber wenn ich kann, muss ich grillen! ... Kuck mal, der Scherar!

Das Mönchlein, die aufgeschürzte Soutane in der Hand, wieselt über die Lichtung, stolpert, rennt wieder los. Spielerisch hält der Schauspieler seinen Vorsprung. Nackt springt er im hohen Gras, schnaubt wie ein losgerissener Stier oder ein vom eigenen Moschusgeruch irre gewordener Eber, genießt die Bewegungsfreiheit.

Scherar ist ausgebüchst ... hier sind wir, hiiieer!, ruft Mama, wedelt mit dem aufgespießten Happen. Vater wirft dem Jungen, der just in dem Moment von der Leiter heruntergeschlittert kommt, ein durchgebratenes Stück zu, das Brot muss man sich vom Rasen klauben.

Sie mampfen. Gierig. Und glotzen.

Immer wieder grapscht das Mönchlein nach dem Meister, immer wieder entschlüpft ihm dieser. Ja, Gérard Depardieu bewegt sich jungenhaft und voller Anmut, einem antiken Faun nicht unähnlich. Er hüpft über die Lichtung, läuft durchs hohe Gras, hier bückt er sich und blickt, ein Bein in der Luft, zum Urwald ... dort pflückt er im Vorbeilaufen ein Blümchen klein. Vergeblich schnaubt das Mönchlein hinter ihm her. Bei jedem Versuch, ihn anzuhalten, weicht der Meister spielerisch aus, sein sandfarbenes Haar gleicht sich charmant den Strahlen der nachmittäglichen Sonne an, die, einer großen Kugel gleich, über die Wiese kullert. Und Gérard, längst vom Schatten der Urwaldgiganten verschluckt, tanzt und tanzt ...

Was hat der für nen schönen Hintern! Wie ein Torero!

Hast du die Autopapiere dabei?

Die sind in der Karre. Kuck mal, was ich im Handschuhfach gefunden hab. Ich hab's mitgenommen, damit es nicht verloren geht!

Aus der Rocktasche fischt sie zwei rote Banknotenröllchen, und als Vater auf jeder drei Nullen sieht, pfeift er.

Wir geben es Scherar aber zurück, später, nicht?

Natürlich!

Gleich wenn er sich angezogen hat!

Klar!

Ihr Gespräch jedoch ... wie auch ihre Bewunderung für die Tanzkreationen des nackten Riesen werden unterbrochen, buchstäblich zerrissen ... durch eine donnernde Kavalkade von GAZ-Geländewagen, kurz dröhnt sie auf der schmalen Straße unter ihnen auf, um eine Sekunde später unter großem Motorengetöse und Reifengejaule die Lichtung zu stürmen, mit einem Motorrad mit Beiwagen an der Spitze. Die Truppe hält direkt vor der Hütte. Männer, die das Maschinengewehr festhalten, salutieren noch beim Bremsen. Ein Hüne steigt ab, ganz in Schwarz, pistolenumhängt, Metallinstrumente am Gürtel und auf dem Kopf ein Helm.

Was ich noch sagen wollte ...

Sobald Vater nur einen kleinen Schritt wagt, spürt er eine Laufmündung am Hals. Den Stock mit der scharf geschnittenen, von der Glut rußigen Spitze pfeffert er ins Gras.

Ich wollte noch sagen, dass ...

Alle haben Augen nur für Serafion. Er kommt durch das zertrampelte Gras auf sie zu ... es geht ein Glanz von ihm aus, als leuchtete sein eigenes Herz, und das regelmäßige Pochen, jener Pulsschlag, der die Lichtung in Schwingung bringt, lässt sogar die Waldgiganten erbeben.

Das Mönchlein stockt, streicht seine auf der Brust offene

Robe zurecht, vielleicht möchte er rasch zu der Ansammlung laufen … aber er kann sich vor Erschöpfung kaum auf den Beinen halten. Man hört nur noch seine nackten Füße im hohen Gras rascheln. Und Gérard sieht man nicht mehr.

Das Mönchlein schlängelt sich zwischen den Geländewagen durch, und als er, rotwangig und ohne Atem, endlich vor dem Krieger steht, bekommt er eine solche Backpfeife, dass er sich glatt hinsetzt.

Und der Grobian packt ihn wieder, zieht ihn hoch, Tränen kullern ihm die Wangen herunter, er herzt das Mönchlein, küsst es innig ab, seine Tränen tröpfeln auf Serafion, ins Gras und bestimmt auch auf seine zwangsläufig verschwitzte Kutte.

Das Mönchlein zeigt voller Inbrunst zum Urwald, säuselt etwas, den Blick auf den Boden gerichtet. Der Offizier schüttelt den Kopf. Schiebt den Jüngling zum Motorrad.

Das Mönchlein greift nach dem Gürtel des Fahrers, die Räder wühlen sich in die Erde, die MG-Schützen im Beiwagen geraten ins Schlottern, die GAZ jaulen auf und folgen dem Vorhutfahrer, bald hängt nur noch heftiger Auspuffgestank über der Lichtung.

Hätte doch wenigstens noch winken können!

Hätte er nicht. Vielleicht. Vielleicht hätte dem sein Bruder das nicht goutiert.

Und was wird aus uns?

Ich hatte keine Zeit, es dir zu sagen. Bei Tagesanbruch machen wir uns auf über die Grenze. Das Auto hat schon ein slowakisches Kennzeichen, ist dir das aufgefallen?

Nein.

Und fertig.

Perfekt!

Alles in trocknen Tüchern. Hab doch erzählt, dass dem sein Bruder ein großer Chef ist.

Hab ich gemerkt. Was ist mit Zoll? Den Grenzbeamten?

Das waren sie doch! Mama zeigt auf die dahinschwindende Kavalkade.

Aha!

Es kostet zweitausend Euro.

Na, da haben wir richtig Massel gehabt.

Sag ich doch.

Und Sonja springt zur Seite, beugt sich vor, die Hand auf dem Bauch und speit einen Schwall von Flüssigkeit.

Was los? Sonja? War's nicht durch genug, das Fleisch?

In letzter Zeit muss ich immer wieder reihern.

Ja?

Ja. Durch ist es schon gewesen.

Schlagartig wird es dunkel, als hüpften im Urwald die Schatten von den Ästen. Die Karre steht bereit. Sie haben alle Decken, Schlafsäcke und Federbetten vom Jägersitz ans Lagerfeuer gebracht. Und warten auf die Morgendämmerung.

Ganz tief im Wald kreischt und brüllt es wild durcheinander, danach breitet sich wieder vollkommene Stille aus. Über den Mond, dessen fahles Licht den dunklen Himmel bricht, huschen Wolkenkarawanen.

Vielleicht hätten wir doch oben bleiben sollen, dachte ich gerade.

Was willst du da mit deinem Bein?

Du glaubst nicht an Bären?

Hier ist es prima.

Oder wartest du, ob er zurückkommt?

Scherar?

Ju.

Serafion sorgt schon für ihn. Morgen durchkämmen Schwärme von Soldaten den Wald. Sonst bricht Putin denen die Haxen, keine Angst! Der Bruder kümmert sich! Aber da sollten wir schon weg sein. Seit wann ist dir schlecht?

Hm, schlecht. Weißt du, das ist was anderes.

Wie was anderes?

Du weißt doch.

Der Junge wirft ein paar Zweige in die Flammen. Schmiegt sich an die Eltern, die am Feuer hocken. Er will sich erst dann schlafen legen, wenn sein Bruder eingeschlafen ist. Der Schlafsack, den er oben beschlagnahmt hat, ist groß genug für beide.

Nach den Kosaken hab ich viel kotzen müssen und dachte, das wäre von denen gekommen. Stimmt aber nicht!

Nein?

Nein. Es ist wieder so weit.

Echt? Das ist ein Ding.

Richtig begeistert klingst du nicht.

Aber doch, ich freue mich! Hab keine Angst, wir kommen hier weg. Morgen sausen wir durch die Slowakei, von da ist es nur noch ein Sprung auf die D1. Wir sind auf dem Weg nach Hause, freust du dich?

Du hast gesagt, dass ich fett geworden bin. Beschwert hast du dich. Und siehst du! Stimmt schon, ich bin etwas abgekämpft. Und hab fürchterlich viele Falten.

Stimmt doch gar nicht.

Hauptsache, es wird gesund.

Klar wird es das.

Ich sollte nicht trinken. Nur ein Schlückchen, zum Einschlafen.

Klar!

Bald sind wir in Böhmen. Dann ist alles gut, oder?

Aber klar!

8 AUF DER D1 · DIE BRÜCKE VON POŘÍČ · DAS BILDNIS DER JUNGFRAU WIRD ERWÄHNT · SCHERBEN UND INSEKTEN · PERFEKTE PLÄNE · BIST DU'S, SONJA? WELK UND MÄNNLICH · IN DEM DUSCHDINGS, VOR DEM DUSCHDINGS: MAMA

Haltdochmalendlichdieklappe!, schreit Mama Vater ins Ohr, sie sausen über die De eins, aus Prag kommt sie, diese D1, ein aus der Stadt herausgetretener Bandwurm, der sich in die Ebene hineinfrisst.

Ich sag doch nur, was ich sehe, sagt Vater, aus den Eingeweiden der Nacht ist er direkt ans Steuer gefallen, trotzdem kommentiert er die hinter den Fenstern entschwindende Welt ohne Punkt und Komma.

Auf die D1 geklebt, tauchen sie in den Kreis Prag-Ost ein, der Junge, auf der Rückbank ans Brüderchen geschmiegt, beobachtet all die Hallen und Lagerschuppen, Fertigkästen, die sich wie Zellen teilen, einer sprießt aus dem anderen hervor, Benzinpumpen wie Oasen, umhängt von Werbung und Glühbirnengirlanden, die sogar am helllichten Tag blinken.

Und was siehst du?

Dass es hier anders ist!

Zuhause ist immer woanders, sagt Mama weise, pfeffert das leere Fläschchen auf den Boden, eine Hand auf dem Bauch, mit der anderen streichelt sie das geschwollene Bein, wo schon die ganze Fahrt aus den Karpaten eine subkutane Billardkugel schwillt.

Der Junge sichtet die Landschaft, in heißen Wellen knattert Luft auf die Rückbank, um die D1 ist das Gelände von Prag-

Ost durch rege Bautätigkeit verschandelt, unzählige Billboards preisen Produkte an, die aus der gesamtplanetarischen Kloake der Fülle purzeln, Einkaufszentren sprießen aus dem Boden, Motels, die mit Kondomen in Plastikkörbchen werben, Liebesnester nennt man sie.

Das Brüderchen schnauft im Kindersitz, sein Näschen pfeift, sie sind mit einer kleinen Schweißpfütze verbunden.

Der Junge kurbelt das Fenster herunter, die Brise trocknet den gemeinsamen Schweiß, er starrt auf den riesigen Mineralwasseradler Mattoni, auf Gesichter von Politikern, ihre Appelle, sie rasen durch eine Businessallee, von lauter Slogans gesäumt, Ergebnissen spezialisierter Hirntrustarmeen: SPARKASSE EUPHRAT, ES HAT, WER SPART, daneben eine entblößte junge Frau, die verkündet, eine Möse sei keine Seife alias: WEICHHEIT, DEIN NAME IST WEIB, und als drittes Exempel nehmen wir zum Bleistift JESUS = DEIN HERR.

Lüfte mal schön, Klimaanlagen werden überbewertet!, posaunt Vater, zupft an seinem ungarischen T-Shirt, die Generalshose hat er gegen Shorts eingetauscht, auf einer Tanke organisiert.

Ach ja, ach ja, Mama schüttet aus dem Silberröhrchen eine Pille, würgt sie herunter, nimmt einen Schluck, besprüht das empfindliche Bein mit Rexona, young lady style.

Jetzt rauschen sie durch einen Regenbogen, der sich wie ein gewaltiges luftiges Tal vom Himmel über die Kreuzung spannt, hier treten aus der De eins Asphaltstraßen heraus, folgen den einstigen Wildererpfaden, alten Feldwegen zwischen den Dörfern, den Jungen fesselt eine Werbung in Form eines riesigen Halbliters mit dem Bild einer gestiefelten Katze mit Schal um den Hals, darüber steht AUF WIEDERSEHEN BEI DEN SEJKAS! Er zuckt zusammen, da drückt der Vater auf die Hupe und begrüßt den Fluss, Fluss und Magistrale, zwei dunkle Buckelwale, glänzen im Tale da vorn; mit der gleichen Beharrlichkeit, mit der die Autobahn hier die Asphaltstraßen ausschüttet, nimmt der Fluss Rinnsale, Bächlein und sumpfige Mäander auf.

Poříčí nad Sázavou, das Geburtsdorf von Mama, steuern sie über eine Straße an, die aus dem Körper dieser De eins wie ein Fangarm emporschnellt.

Die beiden vorne tippen immer wieder an die Fensterscheibe, geraten in Verzückung über vertraute Orte ... wo früher nichts war, hat die Stadt längst Zonen von Blechzäunen ausgespuckt, Lagerräume zum Bersten gefüllt mit Rasenmähern, Gartenmöbeln, in Pyramiden aufgeschichteten Holzbriketts, mit Grillrosten, barock angehauchten Statuetten und Denkmälern, Friedhofselementen wie aus Zucker und Sahne. Auf asphaltierten Straßen rasen sie zwischen Feldern, wo im starken Wind, dem hiesigen Verkünder von Hitzewelle oder Flut, bunte Stofffetzen von altmodischen Spatzenscheuchen flattern.

Und dann rauschen sie die Kreisstraße weiter, auf der Uferbefestigung, zwischen den Maishalmen blitzt der Fluss auf, Überschwemmungen haben Plastiktüten und Holzstücke in den Baumkronen hinterlassen wie barbarischen Schmuck, eingeflochten in die Köpfe wilder Häuptlinge.

Gleich nachdem sie einen schlichten Kirschbaum passiert haben, dem ein von der Sonne versengter Schlammfladen wie ein Hautfetzen von Leviathans Rücken im Geäst hängt, tuckern sie am Ortsschild Poříčí vorbei eine Brücke mit Kalksteinheiligen hinauf.

Sie wissen davon nichts, aber sie folgen dem einstigen Weg der Unbeschuhten Karmeliter mit der Reuegeißel, den Kindlein von Poříč, dem Orden der Bienelein der Wunden Christi nämlich. Dermaleinst war ihr Häuflein hier über die Brücke marschiert unter Gesang von Marienliedern, die u. a. durch das Schwingen der Geißeln rhythmisch untermalt wurden. Im Sprühregen von Blutstropfen und mikroskopisch kleinen Stückchen von Haut, durchdrungen vom Qualm der schaukelnden Weihrauchkessel, trugen sie das Bildnis der Jungfrau vom Berg in das dortige Heiligtum hinein.

Und wie damals schleifen schwarze, am Rand zinnoberdurchwirkte Wolken auch heute die Dämmerung hinter sich her und mit ihr die Ankündigung eines Gewitters, das sich bisher noch im Gewölk windet.

Die Familie verweilt nur kurz zwischen den Heiligen und den Schwärmen rotierender Libellen über dem Fluss, dann taucht sie schon in die Straßen und Gassen ein, geleitet von Details, die Mama aus dem Gedächtnis zerrt, hier ein Pfosten, da der seltsamerweise immer noch gleich abgeschrammte Eckstein beim Fleischer, dort die kleine Kirche auf dem Hügel.

Und kuck mal, Mama streckt die Hand aus dem Fenster, die Armreifen rasseln.

Hier gab's früher türkischen Honig!

Vor dem Selbstbedienungsladen hocken ein paar düster dreinblickende Typen auf der Bank, nuckeln am Bier. Solange die große schwarze Karre an ihnen vorbeifährt, wenden sie den Blick nicht ab von diesem Ereignis, diesem Juwel. Ein Lulatsch im abgewetzten Jackett und mit Schlapphut, das Haupt so kahl wie der eines Galeerensträflings, springt sogar auf und winkt ihnen zu.

Dann biegen sie ein zwischen Häuser, Lauben und Gärten, lassen die nächste Kirche hinter sich, fahren an Mietshäusern vorbei, an Plattenbauten aus der Zeit der Genossen, und bleiben vor einem davon stehen.

Am Blechtor mit Kringeln abblätternder Farbe.

Na dann!

Sonja öffnet die Tür, schiebt den Kopf raus und schwenkt die Sonne auf ihrem Lippenohrring hin und her, dann tippt sie auf die Beule und streckt die Füße aus dem Wagen.

Na dann mal!

Vater steigt aus, rüttelt am Tor, das öffnet sich. In einen geräumigen, kühlen Hof. Also setzen sie sich wieder in den Wagen, fahren hinein.

Sonja steigt aus, stolpert über eine Bauklammer, das bauchige Bein schlingert, sie stützt sich auf die Motorhaube, starrt um sich.

Rostiger Zaun aus Maschendraht. Klar hat es hier früher Latten gegeben. Und überall Kürbisse, in Sonjas Erinnerung feurig rot lodernd, die Kapillarwurzeln peitschten durch die luftig beharkte Erde Energie hoch. Glühende Tomatenfülle, rot und gelb. Wirsingplantagen, Kohlrabibeete, obszöne Karottengeflechte.

Vati!, platzt Sonja heraus und setzt sich in Bewegung, kehrt mit dem Rockzipfel die Treppenstufen blank.

Wir sind da!

Ein Zimmer mit vorgezogenen Gardinen. Er liegt im Halbdunkeln, verplombt in blau gestreiften Federbetten, Decken. Körperumrisse ungenau, ein wahrlich riesiger, aufgedunsener Bauch, die mögliche Quelle für den ganzen Stank. Das Gesicht pergamenthäutig. Haare, die aus grauen Placken sprießen, die wie heterogene Schichten von Baumrinde sein Antlitz bedecken. Dünnes Kopfhaar, zu verschwitzten Klumpen verklebt, die wie eine Art exzentrisches Gebilde aus dem ädrigen Schädel ragen. Diluvialer Hals mit Kaskaden gelber Haut, die über den Kragen eines von Schweiß, Dreck und Scheiße zur Rüstung verhärteten Schlafanzugs fallen.

Sie schlägt die Hände vor den Mund, lässt sie fallen, fummelt in den Rocktaschen.

Wir sind da!, ruft Vater im Flur, stampft die Treppe hoch, den Autositz mit dem Lütten in der Hand, stürmt er herein.

Fleckiges Lino. Die vollgestopfte Anrichte ergießt sich ins Zimmer. Porzellanscherben mit Adergeflechten eingetrockneter Soßen. Und wie eine Fortsetzung der Wandtapete überall Stapel von Zeitungen, Zeitschriften und Werbeprospekten, zusammengefaltet, wie mit einem Gehstock malträtiert, mit vergilbten Seiten grinsen sie die Besucher an. Häufchen von Medikamenten, diverse Röhrchen, Tabletten, Pillen und Klümpchen von Popel und Schnodder von der Bettwäsche des Alten, vom Lager heruntergerieselt.

Er rührt sich. Reckt sein wulstiges Gesicht, ein Konglomerat unterschiedlicher, mit Falten verbundener Physiognomien, scheinbaren Überresten total verpfuschter Operationen.

Vater stellt den Sitz ab, geht zum Fenster, zieht die Vorhänge auf, und so bekommt er auch den Sturzregen zu sehen.

Der ist heftig. Blitze über den ganzen Himmel verspritzt. Das Gewitter röchelt wie ein Lebewesen. Volltrunkene Wolken speien und vergießen strickweise Wasser, die Regentropfen fallen fast scheppernd auf die Fensterscheibe, verschmelzen miteinander, werden eins.

Ein bisschen frische Luft stört Sie doch nicht, Herr Hrozen? Ich hab Ihnen die ganze Familie mitgebracht!!

Und Vater reißt das Fenster auf.

Die Lider des Alten zucken, er öffnet die Augen.

Sonja tritt ans Bett, ihr Rock gleitet über die Teller, über den Dreck auf dem Boden.

Vati, ahoj!

Du bist das, Sonja?, sagt der Alte über Erwarten laut.

Ja!

Auch Ihre Enkelchen sind da!, mischt sich Vater in das Gespräch ein.

Du hast dich aber wieder ausstaffiert. Wie siehst du schon wieder aus? Und was hast du auf dem Kopf?

Vati, wir packen nur kurz aus. Bin gleich wieder da!

Der Junge schleift den Kindersitz in die Küche, direkt neben dem Zimmer des Alten, an seinen Sohlen bleibt Schmadder hängen. Mama schleppt sich hinter ihm her, einmal stützt sie sich an der Wand ab.

In der Küchenecke steht eine mit Plastikplane verhängte Duschkabine, gleich daneben ein Herd mit lauter Klumpatsch darauf, auf dem Boden liegen schichtweise klebrige Scherben und zersplittertes Geschirr, tote Insekten. Küchenzeile von anno dazumal. Couch. Darüber ein ausgestopfter Rehkopf. Tisch mit einer mit Klammern festgesteckten Kunststoffdecke. Die Schränke stehen offen, haufenweise purzeln Anziehsachen heraus.

Mama fasst blind hinter die Küchenzeile und holt einen Besen hervor. Macht sich über den Boden her, wischiwaschi, die Scherben schiebt sie mit dem Schuh zur Seite. Breitet auf dem Lino die Decke aus. Schält den Winzling aus dem Strampler, legt ihn auf den Rücken. Mit Feuchttüchern wischt sie die zart gewölbte Stirn sauber, die Händchen mit den winzigen Fingernägeln, das runzelige Mündchen. Die feine Haut bibbert unter der schrubbenden Nässe, der Kleine starrt auf die bunten Haarsträhnen, die sich über ihn ergießen, er blinzelt, glotzt, wie Frösche es tun, Mäuse, alle kleinen Wesen. Mama gibt ihm die Flasche, also saugt er.

Vater stöbert um die Tassen in der Anrichte herum, geht die Schubladen durch, das Besteck klirrt, das Zeug da drin bummert, wenn es heftig zur Seite geschoben wird. Mit seinen langen Klauen, das Handgelenk locker, tastet er alles ab, fährt mit den Fingerkuppen sanft darüber.

Der alte Hrozen stirbt vor Hunger und ist stolz darauf.

Wenn er schon reingekrochen ist in mich, jage ich ihn nicht fort, hatte er damals beschlossen. Man brachte ihm Essen, aber da war er noch kräftig genug, zu diesen Milchkannen, wie er sie nannte, zu schlurfen und sie ins Klo zu kippen. Alle, die bei ihm reinschneiten, dieses nervige, durch seine Krankheit entstandene Helferlingsgeflecht, das die Aufteilung des Bärenfells witterte, die schmiss er raus, warf sie die Treppe runter. Er hat schon immer viel Raum für sich beansprucht.

Außerdem hat er vor langer Zeit, nachdem Sonja verschwunden war, aufgehört, sich um den Plattenbau zu kümmern. Es war nie einfach gewesen, mit ihm zusammenzuleben. Schließlich war er allein im Haus.

Irgendwann legte er sich hin. Und trank nur noch, Wasser.

Klug geh ich das an, rechtzeitig, solange ich es im Griff hab, jubelte er.

Und versteifte sich.

Panik, Unruhe und Angst greifen in Wellen an. Aber Hrozen hat sich versteift. Und das kann er immer besser.

Er schläft viel. So viel es geht.

Ja, ich schaff das allein, jubelt er jedes Mal, wenn er auftaucht.

Also habe ich weiterhin das Sagen.

Manchmal grinst er sogar zufrieden, schüttelt den Kopf ob seiner Schlaumeierei. Würde sich gern an die Wand schmiegen. Aber er gibt keinen Zoll nach. Die Starre ist erst neulich dazugekommen, genauso wie der graue Schleier, den die Neuankömmlinge betreten und zerfetzt haben.

Er spürt eine Bewegung neben sich und öffnet die Augen. Sonja hat sich zu ihm gesetzt.

Vati, was ist los? Tut dir was weh?

Wird schon.

Kommt jemand zu dir?

Ich bitte dich, ich brauch doch nichts.

Ich wasch dich kurz, ja?

Damals im Hof. Das kleine Töchterchen blickt ihn durch den Lattenzaun an. Vati, kuck mal, wie ich laufe, ich kann das!, platzt sie heraus. Und läuft ein Stückchen. Verschwindet kurz. Und blinzelt ihn schon wieder zwischen den Planken an.

Ein ganz normaler Augenblick. Einer von Tausenden. Aber als wäre da was passiert. Etwas Atemberaubendes. Alles klafft auseinander, es gibt nur sie beide. Der normale Alltag geht weiter. Alles, was geschieht, wirbelt um sie herum. Er steht da, im Blaumann, kratzt sich den Bürstenhaarschnitt, Armeezeit. Die Vision hat ihn zu Boden genagelt. Wie geschieht alles? Warum? Das war das stärkste Gefühl. Seitdem sind viele Jahre vergangen. Jetzt haust der Tod in seinem Innern.

Vati, ich wasch dich, ja?

Sonja, was ist mit dir? Hast du nur ein Auge?

Du musst dich waschen.

Du siehst aber aus, Mädchen.

Warte hier, Vati. Bin gleich da!

Wie du meinst.

Kuckt mal her! Ein Jackett mit Abzeichen. Tschechoslowakische Volksarmee, Mannomann.

Vater zieht das Uniformjackett aus dem Schrank, dreht es herum, probiert es an.

Und hier ein Haufen Orden! Junge, weißt du noch das ganze Blech von Onkel Iwan? Kuck mal, ein Polizeiabzeichen. Du könntest dir eine richtige Sammlung anlegen. Als kleiner Bub habe ich Abzeichen gesammelt. Die Anzüge sind gar nicht schlecht. Aber stark vorsintflutlich. Stark.

Das frisch angezogene Baby liegt auf der Küchencouch,

Mama hat es mit Kissen umstellt, mit einer zusammengerollten Decke.

Hab echt nicht geahnt, dass es so schlecht um ihn steht. Ich wasch ihn später.

Sonja, es fällt mir nicht leicht, das zu sagen, das weißt du ja. Aber dann gehört das Haus ja dir.

Kann sein. Wem sonst?

Dann könnten wir endlich heiraten. Was meinst du?

Dass du einen Knall hast. Und ziemlich alt bist, falls du es nicht weißt.

Setz dich hin. Ruh dich aus. Ich mach uns was zu essen.

Hab wirklich nicht geahnt, wie es ihm geht. Scheiße! Wie hätt ich's auch wissen sollen?

Der berappelt sich garantiert schnell wieder. Jetzt, wo du da bist! Und die Jungs gehen hier zur Schule. Regelmäßig.

Wir können gleich duschen, zeigt Mama auf die mit der Plastikplane verdeckte Kabine.

Aber wir sollten uns hier ordentlich umsehen!

Mal halblang, ja? Ich geh zu Vati. Mach ihn ein bisschen frisch.

Ich hab uns Kaffee gekocht. Aber er schmeckt scheußlich, brrr. Soll das der tschechische Kaffee sein, das hier?

Als ich weg bin, da hab ich noch keinen Kaffee getrunken.

Und wie fühlst du dich?

Würde mich am liebsten kurz hinlegen, aber die Dusche lockt!

Willst du wissen, was mir gerade durch den Kopf geht? Wir können hier doch ein Theater gründen! Wenn wir uns eingewöhnt haben. Und meine Mutter? Na, bei der kuck ich später rein. Wir könnten hier auf Sázava das Kulturleben ankurbeln, was hältst du davon? Und in unserem Theatercafé servieren wir den perfekten Kaffee. Einen echten, starken Espresso. Das könntest du machen, nickt er dem Jungen zu. Nach der Schule. Als Aushilfe, weißt du?

Mal langsam!

Unter den Kommantschen hab ich nur auf dem Kartoffelacker jobben können. Oder in einer Fabrik. Du wirst es auf jeden Fall viel besser haben!

Na ja, wir haben keinen lumpigen Heller. Und ich bin total alle.

Du betrachtest das Reh, mein Junge? Ein tolles Ding! Sonja, war dein Vater ein Jägersmann?

Erstens: es gibt ihn immer noch, er existiert, verstehst du? Rede nicht von ihm, als wäre er nicht mehr da.

Entschuldige. Ich mach mal Spaghetti. Einverstanden?

Klar ist er Jäger gewesen! Im Paradezimmer hängt ein Wildschweinkopf. Hat er mir mal mitgebracht. Ich hatte Geburtstag. Mach die Augen auf und krieg sie nicht mehr zu! Neben mir auf dem Kopfkissen ein Wildschwein. Ein riesiger Kopf mit Glasaugen, die glotzen mich an. Aber Vati hat es gut gemeint! Er war ja Chef des Tschechoslowakischen Jägerverbands.

Er war wohl der Chef von allem, nicht?

Die Spaghetti hat Vater aus dem Auto geholt. Auf dem Regalbrett überm Herd Ölflasche, Salzfass. Ausgezeichnete Spaghetti, französische, sagt er immer wieder. Und über der Gasflamme auf dem Herd hat er schon Wasser aufgesetzt.

Wir nehmen Sardinen dazu, die gibt es hier in rauen Mengen. Er muss Fisch gemocht haben. Seid ihr angeln gegangen, du und Vati?

Ja. Sei bitte so lieb und rede nicht in der Vergangenheitsform über ihn. Ich kuck gleich nach ihm, vielleicht essen wir zusammen?

Du hast erzählt, dass er irgendwelche Felder besitzt. Und

sonst so Kram. Verzeih meine praktische Einstellung, aber einer muss doch an die Familie denken.

Was für ne Familie, du Idiot?

Irgendein Grundstück hatte er, hast du gesagt.

Hat er.

Vater schüttet die Spaghetti ins kochende Wasser. Ah, seht mal her, es ist sogar eine Tüte Käse dabei. Parmesan, juhu! Aber tatsächlich der letzte.

Auf dem Tisch stehen Teller, auf jedem ein Haufen Nudeln. Staubschicht von Käse. Dampfschwaden füllen die Küche, steigen zum Klimperleuchter auf. Dickflüssiges Öl, durchspickt mit winzigen Gräten. Gesalzene und gepfefferte Sardinen serviert Vater auf dem Tellerchen der Landwirtschaftlichen Einheitsgenossenschaft Siegreicher Februar Poříčí. Sie setzen sich.

Weißt du was? Wir schrauben das Reisen runter. Der Käse ist prima, oder? Gut, dass unser Scherar so ein Gourmet war.

Vater öffnet eine Flasche, die er in der Küche gefunden hat. Auf dem Etikett das Bild eines Jägers, der in der Hand eine Flasche hält mit einem Jäger drauf und so weiter und so fort.

Du solltest aber lieber nicht.

Nein. Ich mag sowieso kein hartes Zeug.

Aber anstoßen sollten wir schon. Dass wir angekommen sind!

Na gut.

Hör mal, Mama tippt dem Jungen an die Schulter. Willst du nicht ins Bett? Weißt du was, geh mal duschen.

Schmeckt nicht schlecht, Vater schwenkt das Glas mit der braunen Flüssigkeit.

Ich bin so was von müde! Ich geh später zu ihm. Und die Wohnung oder das Haus kuck ich mir jetzt gar nicht an. Erst morgen!

Und vor allem, ich bin mir sicher, hier wird es ganz easy gehen.

Was?

Eine ruhige Ecke zu finden. Zum Schreiben, weißt du? Ich möchte endlich mal arbeiten können!

Hm. Hast du schon gesagt.

Vater schiebt sich auf Zehenspitzen zu dem Alten ins Zimmer.

Na, Herr Hrozen? Geht's besser?

Mit der bloßen Hand fängt er einen Nachtfalter, schleudert ihn in die Dunkelheit, schließt das Fenster, das Licht aus der Küche fällt durch die Glastür auf seinen Rücken. Vorsichtig, im Storchgang, schreitet er über die Trümmer und Hubbel auf dem Fußboden. Hebt kurz Kleidungsstücke hoch, bleibt bei den Schränken stehen, am Tischchen in der Ecke. Schleicht und spioniert, sieht sich um. Am Bett kniet er sich hin, fährt mit der Hand über das schmuddelige Bettlaken bis zur Bettleiste, schiebt die Finger darunter.

Was willst du hier, du Sack?, lässt der Alte verlauten.

Bin gekommen, um nach Ihnen zu schauen.

Was laberst du?

Ich möchte Ihnen helfen, Herr Hrozen.

Er hebt die Decke hoch, lässt sie sofort fallen, schiebt die Hand unters Kopfkissen, überall um den Riesenschädel herum, verhakt sich im verklebten Haar.

Sag nicht Herr zu mir, verfickt. Rede normal mit mir. Ich brauche nichts.

Doch, Sie brauchen Hilfe.

Was suchst du hier, du Schuft?

Ich kuck hier nur so rum.

Mach, was du willst. Hol die Sonja.

Ich zieh's Ihnen bloß glatt. Damit Sie besser liegen können, ja?

So ist's gut, hab ich gesagt. Lass das.

Der Junge steht in dem Duschdings unterm Wasserstrahl, das Wasser spült aus den Verschorfungen und Kratzern den Dreck weg. Durch den Staub und die Schlammstückchen von seinen Fußsohlen wird der Kunststoff am Ausguss richtig schwarz. Er starrt durch den matten Plastikvorhang in die Küche, sieht Mama von der Couch auf den Boden rutschen.

Mit den Handflächen wischt er sich das Wasser vom Körper, spritzt es ab, zieht Trainingshose und T-Shirt an.

Gekrümmt liegt sie dort, dickes, öliges Blut läuft aus ihr aus. Sie will sich aufrichten, scharrt mit den Händen auf dem Boden, hinterlässt blutige Tupfer. Ihr Rock ist hochgerutscht, zwischen den goldenen Haaren der geöffneten Schenkel ein schmerzendes Loch. Blutiger Brei fließt heraus, das Fruchtgewebe. Wie sie zu ihm hinaufkuckt, wirkt ihr Gesicht im Licht des Leuchters winzig klein. Der Junge steht über ihr, ganz starr, und als er sich endlich rührt und nach der Klinke fasst, fliegt die Tür auf, das Glas klirrt.

Sonja!

Sie ziehen sie hoch. Es geht mühsam, die Beine sacken ihr immer wieder weg. Endlich steht sie aber. Vater gibt ihr das Geschirrtuch, das er vom Herd geschnappt hat, wischt sie ab, schmeißt den vollgesogenen Lumpen aber gleich weg. Er greift sich die Decke, legt sie Mama um die Schultern, umarmt sie, beide hören ihren Atem rasseln, sie hält sich an ihnen fest, alle drei stapfen sie über das verdreckte Lino. Sie helfen ihr die Treppe hinunter, bis ihre Hand vom Händchen des Jungen rutscht und sie nach dem Geländer greift.

Pass auf dein Brüderchen auf, hört er Vater sagen. Ihr geht auf keinen Fall weg. Wartet schön auf mich.

9 DIE POLIZISTIN · ZUSAMMENROTTUNG DER BÜRGER · RICHIE ALS SPÄHER · BASCHTA, DER HERR DES AUTOFRIEDHOFS · EIN ETWAS ANDERES HOSPIZ · HUNNENFELDZÜGE · REINIGUNG IN DER STRÖMUNG · K-HAUS ANRUFEN · JUNGENS WEINEN NICHT

Der Junge macht die Augen auf, der Tag schleudert mit vollen Händen Licht in die Stube. Er liegt zusammengekrümmt auf der Couch, dort ist er ja auch neben Brüderchen eingeschlafen. Auch der blinzelt schon. Die Küchentür steht offen. Zwei Männer im Overall des Rettungsdienstes schleppen den riesigen Körper auf einer Trage hinaus. Und schon sind sie hinter der Flurbiegung verschwunden. Er schweift mit dem Blick über die Blutspuren auf dem Küchenboden.

Ich kenn meine Rechte! Versuchen Sie bloß nicht, uns rauszuschmeißen! Die Kinder haben nicht mal gefrühstückt, hört er Vaters Stimme. Eine Polizistin betritt die Küche. Mit offenem Mund starrt sie den verdreckten Fußboden und den Winzling an, der eifrig über das ganze Gesicht lacht. Sie kniet sich vor die Couch, mit behandschuhter Hand tippt sie dem Jungen auf die Schulter.

Steh auf, Junge!

Ihr mädchenhaftes Gesicht ist rund, im Kinngrübchen hockt eine kleine Warze. Ein Schlagstock baumelt ihr von der Hüfte, hinterm Gürtel trägt sie Handschellen und Pistole.

Du kommst in eine Pension, Junge. Da gibt es Frühstück. Für dich und deinen Bruder, selbstverständlich, sagt die Polizistin, Wort für Wort, langsam und mit Nachdruck.

Verstehst du mich? Verstehst du Tschechisch?

Er nickt.

Wie heißt du?

Sie richtet sich auf, die Brüste wippen, die Uniform spannt.

Fass nichts an. Das muss fotografiert werden, das Ganze hier, die Polizistin rümpft die Nase über dem blutverschmierten Fußboden, sie geht los, die Tür lässt sie offen.

Im Tageslicht haben sich die Dinge herausgetraut. Die Wanduhr. Das Reh. Klaffende Schränke. Tisch mit Gläsern und Tellern. All die dreckigen Ecken mit Staubfusseln.

Was für ne geschulte Pflegerin? Natürlich sind wir in Ordnung!, hört er Vater im Flur.

Er dreht sich um und schlüpft in die Trainingshose.

Und schon ist Vater da und hebt den Kindersitz vom Boden. Schnappt sich den Winzling von der Couch, hält ihn im Arm.

Komm her, sagt er und schiebt ihm etwas in die Hose. Einen Umschlag.

Den Gummizug drüber. Los, geh zur Tür.

Der Junge geht zur Tür und zurück, rückt den Umschlag auf dem Hintern zurecht, das Gummiband hält.

Beweg dich nen Tick nonchalanter. Mama habe ich ins Krankenhaus gebracht. Sie braucht Ruhe.

Mit beiden Händen hebt Vater den Kindersitz hoch, der Kleine hält die Nuckelflasche zwischen den Fäustchen, schon geht es die Treppe hinunter.

Sie überqueren den Hof, im klaren Licht sieht man dünne gelbe Grashalme durch die unkrautbewachsene Sperrmüllecke sprießen, durch all das weggeworfene Altholz und Metall. Das Auto steht auf dem Zufahrtsweg.

Drum herum eine Menschentraube. Auch die kleine Polizistin. Weitere Polizisten. Nachbarn in T-Shirts und Shorts oder im Blaumann. Wer auf einen Sprung vom Gärtchen rüberkam, der studiert nun, Schulter an Schulter, die interessante fremde Karre. Die Fenster der Plattenbauten sind umlagert, hier kriegt man alles aus erster Hand mit, hier kuckt jeder. Beim Blechtor stemmt Vater die Füße in die Erde.

Wir lassen uns nicht vertreiben aus Vatis Haus, ruft er.

Der hat ja ein Kind dabei, schreit einer. Ein Kleinkind? Um Gotteswillen!

Frau Kommandantin, sagt ein altes Männchen mit Harke über der Schulter, der alte Hrozen, hat der's nun hinter sich?

Ich hab ja hier gestanden! Und ich denk noch, die tragen ihn, er hat die Augen zu, der lebt wohl nimmer, bezeugt eine vor lauter Aufregung rotwangige Nachbarin.

Die Polizisten schließen das Tor.

Was haben die verbrochen?

Wieso ist kein Fernsehen da? Ruft doch in der Sendung an, fordert einer in Tarnshorts.

Lasst die Brüder nach Hause!, kreischt einer mit verstellter Fistelstimme.

Den Typ kenn ich irgendwoher, murmelt ein anderer.

Man verhaftet Kinder und Bürger wie irgendwo in Russland, regt sich wer auf.

Ja, bald ist es wie in Karlsbad, da haben sich die Russen ausgebreitet wie Schaben, grummelt der in der Tarnkleidung und setzt das Tetrapak mit Obstwein an. Reicht es an das Männchen weiter. Und beide kringeln sich darüber, wie die kleine Polizistin mit dem Riesenvorbau Vater ins Auto schiebt.

Sonja ist hier gewesen. Ich hab sie gesehen! Der Typ ist aber ein Schauspieler, das ist doch alles seltsam.

Die kommen und gleich ist er tot. Ich würde es lieber untersuchen!

Ich bitte Sie, hören Sie damit auf; was sollen denn die Kinder denken.

Die Kinders sehen ziemlich verschludert aus …

Vater tastet nach der Autotür, fischt den Schlüssel aus der Tasche, stellt den Kindersitz aufs Trittbrett.

Man bringt den ja auch gerade zur Vernehmung, Verehrteste. Ganz locker bleiben.

Selber locker, du Lümmel.

Was? Was haben Sie da gesagt?

Der hat wohl Bohnen in den Ohren, murrt die Nachbarin mit den roten Wangen und kritzelt mit der Turnschuhspitze ein unverständliches Gebilde in den feinen Bodenkies.

Vater öffnet die Tür, hievt den Kindersitz in den Wagen, legt ihm den Gurt um, der Junge setzt sich ins Auto.

Die Politesse schwingt sich aufs Trittbrett, Vater öffnet das Fenster, sie schiebt die Hand im Handschuh hinein, krallt sich den Griff über dem Seitenfenster.

Ich lots Sie hin!

Wohin?

In die Pension Zu den drei Fratzen, da bekommt ihr was zu futtern, Jungs. Die Polizistin lächelt. Auch eine Sozialarbeiterin haben die dort.

Wie?

Hübscher Wagen!, ruft die Polizistin und hält sich mit beiden Händen am Fenster fest. Und wenn wir die Jungs untergebracht haben, Herr Fahrer, fahren wir gleich husch husch zu uns auf die Station und setzen das Protokoll auf.

Sie passieren die letzten Plattenbauten und den Selbstbedienungsladen, hinter der Kirche biegen sie ab, die Polizistin gibt vom Trittbrett aus die Richtung durch.

Und wenn das Verhör zu Ende ist, Herr Fahrer, dann dalli dalli zum TÜV, die Polizistin auf dem Trittbrett geht in die Knie, schiebt den Busen in das halbgeöffnete Fenster, klebt wie angesengt dran.

Sie winden sich durch die letzten Dorfgassen, vom Wasser wallen Dampf und Nebel zu ihnen, der Asphalt vor ihnen schlängelt sich auf die Brücke zu, bald sieht man in dem Dunst den Fluss glänzen, Vater tritt aufs Gas.

Und plötzlich streckt er die Hand ins Fenster, der Faustschlag erwischt die Polizistin am Kinn, ihr Kopf kippt nach hinten, die Mütze rauscht weg, ein Schwall von Haaren, die Frau fliegt über das Brückengeländer, prallt auf den Hang und kullert zum Fluss, Wasser spritzt auf.

Da sind sie aber schon auf der anderen Brückenseite zwischen den Statuen. Und Vater macht eine Vollbremsung.

Pritschenwagen kommen aus der Gegenrichtung, fahren auf die Brücke hinauf, sie sind aus dem Maisfeld aufgetaucht, Lichtsäulen ihrer Scheinwerfer reißen den Nebel auf, einer hat Holz geladen, Stämme mit zerfetzter, harztriefender Rinde, ein anderer junge Zuchtsäue, von unter der Plane, vom Unwetter und altem Schlamm ordentlich braun geworden, kommt Schweinegebrüll, beißender Gestank. Der nächste Wagen fährt Metallschrott, aufs Geratewohl aufeinandergeworfene Rohre, Heizöfen, abgeschrammte Küchenherde, die Wagen fahren ganz dicht an ihnen vorbei.

Sollen wir hier ewig steckenbleiben oder wie, motzt Vater. Aber der letzte Wagen tuckert vorbei, und der Weg ist frei.

Sie hoppeln über die gelben Stopper von der Brücke herunter, und im Feld schnellt ein Spatzenscheuch hoch, Nebel rinnt ihm die Wangen herunter, sein Körper prallt aufs Blech. Fahr zu, geradeaus!, kreischt er und duckt sich auf das Trittbrett.

Die Asphaltstraße ist leer, sie fahren schnell.

Nach rechts!

Vater schießt auf einen Feldweg, ausgewachsene Maishalme schwanken um sie herum, grünblättrige Irokesenskalpe flattern. Er hält an.

Hab euch Angst eingejagt, wa? Sorry, das wollt ich nicht ...
Was soll das?

Spatzenscheuch springt vom Trittbrett, macht auf und setzt sich zum Vater, der Lulatsch mit kahlrasiertem Schädel, auf seinem eingefallenen, fahlen Gesicht rastet ein Grinsen ein, er macht sich mit seiner ausgebeulten Synthetikhose und abgewetztem Jackett auf dem Vordersitz breit.

In die Richtung, er zeigt mit der Hand auf den Feldweg. Ganz gemächlich.

Was los?

Hast ordentlich Schiss gekriegt, was? Und du, Jungchen?, er dreht sich zum Jungen um. Auch erschrocken?

Also ruckeln sie weiter auf dem vom Regen ausgehöhlten Feldweg. Später geht es auf einer Schotterpiste in den Wald, sie überqueren einen Bach, schäumende Wasser peitschen gegen die Fenster, als bewerfe sie einer mit Sand, unter den Reifen spritzt Schlamm hervor.

Sie fahren einen Hang hinauf, weiße steife Wurzeln kriechen über den Weg, Bäume peitschen mit den Ästen nach ihnen, von sattgrünen Lichtungen steigt heller Glanz auf.

Der Lulatsch kichert schon eine ganze Weile.

Ganz schön heftig, was du da gemacht hast, gluckert er. Auf der Brücke.

Wo fahren wir hin?

Kannst du es dir aussuchen? Fahr weiter.

Wo fahren wir hin?

Siehst du dann ja!

Hab in der Nacht kein Auge zugedrückt, und was die uns so herumkommandiert hat!

Du hast sie gekillt, Mann! Wir haben gerade unter der Brücke gechillt, meine Kumpels und ich. Die ist auf den Steinen zerschellt. Mausetot! Warum?

Wollt ich nicht, echt!

Ich gleich den Hang hoch, kuck, lauter Bettelknöpfe, er reißt die stacheligen Kügelchen vom Jackett und schnipst sie aus dem Fenster. Hab euch gerade so erwischt!

Wir haben ne lange Fahrt hinter uns, ich hab nicht gepennt, sie hat uns ordentlich Angst eingejagt, sagt Vater.

Die ist ganz schön arschig, ne Lesbe halt. Die Frau ist defekt. Und mit dir sind die Nerven durchgegangen, stimmt's?

Ja, Vater nickt.

Sie hat euch zur Bullerei abkommandiert, was?

Ju, Vater nickt.

Ganz schön brenzlig, deine Lage.

Jesusmaria, du hast es doch gesehen! Was hat sie am Fenster zu kleben und rumzubrüllen? Meinen Jungen einzuschüchtern?

Deine Karre, die lässt sich sehen, der Lulatsch patscht aufs Blech. Ihr seid von Slowatsch eingerückt, oder? Und woher kommt ihr?

Wo fahren wir jetzt hin?

Ein Freund, der Járin, der hatte mal eine frajárka, eine Slowaken-Braut, und seitdem behauptet er, Tschechinnen sind richtig fade, irgendwie träge, was meinst du?

Weiß ich echt nicht.

Aber nicht alle, sagt er, nicht alle.

Hm!

Du erinnerst dich nicht an mich, stimmt's? Da sollten wir unser Wiedersehen begießen, oder? Die Bohnenstange zaubert eine Pulle aus dem Jackett. Mit den Zähnen zieht er den Korken aus der Flasche, trinkt einen Schluck, reicht sie Vater weiter. Der nimmt sie, behält aber weiterhin den Weg im Auge.

Ich bin doch der Richie!, sagt Lulatsch.

Hör mal, ich bin seit Jahren hier weg.

Du erinnerst dich nicht, ich war klein. Bin ne Ecke jünger als du.

Immer noch brettern sie durch den Wald, die Piste ist hart, ausgefahren.

Ich weiß noch sehr gut, wie deine Sonja, die kleine Sonitschka Hroznová, wie sie hier im Bach geplanscht hat, mit nacktem Hintern.

Echt, ja?

Da war sie gerade so fünf oder sechs, also prrr, ruhig Blut, ja? Richie kichert.

Und dann sind sie endlich da.

Über dem Waldweg eine Schranke. Dahinter Autowracks, ineinander verkeilt, wie man sie vom Laster heruntergeschmissen hat. Wie Fangeisen ragen gezähnte Teile und spitze Scherben aus dem vergilbten Gras, überall Blech, rostiges Metall, Glassplitter.

In der Mitte vom Schrottplatz steht ein Bauwagen. Und am Feuerchen davor hockt einer.

Richie lehnt sich aus dem Fenster und winkt. Der Feuerhüter steht ganz, ganz langsam auf, schraubt sich mithilfe einer Krücke in die Höhe. Um seine Hüfte schlängelt sich ein Ledergürtel, hält die Trainingshose fest. Der Alte ist komplett zugeschnürt, auch an der Brust, aha, er trägt ein Korsett. Überall im Metall und Glas spiegelt sich die Sonne, auf dem windstillen Schrottplatz herrscht eine Affenhitze.

Richie hebt die Schranke hoch.

Also fahren sie rein.

Richie gibt die Richtung vor, zusammengepresste Autos türmen sich über ihnen, sie biegen zu einer länglichen, flachen Blechbude ab, der Junge fühlt sich an die Autobahn mit all den Lagerhallen, Garagen und Hangars erinnert.

Sie fahren hinein, auf dem Boden liegen Kanister herum, stapeln sich bunte Arbeitshandschuhe, haufenweise Muttern, vom Öl ganz dunkel geworden, in einer Ecke ein Berg dicker Blechplatten, auch zwei drei Karossen in verschiedenen Stufen der Demontage stehen dort.

Im gleißenden Licht zwei junge Burschen. Auch in der Hitze, die das bullenheiße Blech ausstrahlt, behalten sie ihre schwarzen Strickmützen auf dem Kopf, vielleicht damit ihnen in der Wärme die Schädelnähte nicht wieder auseinandergehen.

Der eine, der auf ihre Karre losmarschiert, das Haar mit einer Klammer gebändigt, steckt in einer orangen Latzhose, über die Brust mit jubelnd rotem Baumwollfaden den Namen gestickt. Auf seinen nackten Armen und auf dem Gesicht Striche, Kratzer und Punkte diverser Tattoos.

Mit irre langer Zange, die Griffe mit blauem Isolierband umwickelt, zeigt er zu einer Wand, wo eine Rampe steht. Im Schneckentempo kriechen sie die gelben Streifen mit dem Pfeil hinauf, bis es klick macht und die Räder einrasten.

Der Junge löst den Gurt vom Kindersitz, die keimenden Härchen auf dem Kopf des Kleinen haben sich zu einer verschwitzten Tolle zusammengeringelt. Auch dem Jungen kräuselt sich Schweiß auf der Stirn, er pustet dem Brüderchen auf den Kopf, aber sogar der Atem, der aus ihm kommt, ist heiß.

Kennst du die? Richie schwingt mit dem Arm zu den heranschlendernden Mechanikern.

Nee.

Kannst du auch nicht, die Jungens vom alten Baschta sind sogar jünger als ich.

Im Ernst?

Nee, im Dieter. Kennst sie nicht, lernst sie kennen.

Ich freu mich schon.

Dann steig aus.

Das ist meine Karre.

Komm raus.

Sag mir warum.

Die nehmen sie problemlos auch über dem Kopf auseinander!

Einer von den Reparatoren klopft auch schon das Fahrzeug von unten ab. Der Junge braucht seine ganze Kraft, um das Brüderchen vom Sitz zu heben. Dabei hat er ihn neulich noch spielend herumgetragen.

Die Karre muss durchleuchtet, heil gemacht werden. Überlass es den Jungens.

Nicht nötig, sagt Vater. Wir wollen gleich weiter.

I wo!

Also schiebt sich Vater raus. Stellt sich auf die Rampe.

Dann nehmen wir unser Zeug raus, oder?

Lass alles drin!

Vater kickt gegen den Reifen.

Kommt mit! Es gibt Letscho. Oder ne Suppe vielleicht, weiß noch nicht genau.

Sie stiefeln Richie hinterher, Vater trägt den Kindersitz, sie passieren einen Gang zwischen aufeinandergeschichteten, zusammengepressten Autowracks, der Schlammboden, über den sie stapfen, ist in der Hitze ausgehärtet, auf Grasbüscheln mit ausgeblichenen, gelben Halmen liegt eine dünne Schicht Rost, überall kleine Pfützen Öl.

Setzt euch hin, befiehlt der Krüppel am Feuer. Er thront auf einer Holzkiste. Zu seinen Füßen häuft sich Reisig.

Sie nehmen Platz um das Feuerchen, der Junge schiebt den Umschlag höher, hockt sich auf einen Ziegelstein. Vater setzt sich auf einen Baumstumpf. Den Kindersitz mit dem Winzling stellt er zu seinen Füßen.

Richie marschiert zum Bauwagen, klettert hinein, klappt hinter sich die Tür zu.

Tag, Herr Baschta.

Schöner Schlamassel, in dem du steckst, Mohrle, sagt der Alte nach einer Weile.

Seine überhängenden Krötenlider triefen. Die Brust ist in ein Plastikkorsett eingezwängt, darunter quillt der Bauch aus einer roten Trainingshose. Aufgedunsenes, braungebranntes Gesicht. Die Arme, Holzscheite im Trainingsanzug. Handflächen mit einer harten, festen Schicht Fleisch bedeckt, mit lauter Schwielen von den Krücken. Aus seiner Wintermütze fallen ihm dichte, wuschelig graue Zotteln auf die Schultern.

Kannst dich richtig glücklich schätzen, dass Richie alles gesehen hat. Auch die anderen Jungens haben gleich gemeldet, was da los war auf unserer Brücke.

Sein Atem pfeift und röchelt, der Alte holt ihn irgendwo tief aus dem Hals, der aus vertikalen, ledrigen Talsenken besteht. Beim Reden hüpft ihm der Adamsapfel, das kleine, harte Ding.

Können Sie mir Ihr Handy leihen?

Schon.

Danke!

Aber hier gibt's kein Signal.

Aha!

Die Jungens haben sie schon mit festgesaugten Blutegeln vom Flussgrund gehoben. Schädel angeknackst.

Ach je.

Warum hast du das gemacht, Mohrle?

So ein Mist auch.

Bei uns mochte sie keiner, sagt der Alte. Überall musste sie ihre Nase reinstecken. Du kannst dich mit den Kindern ausruhen. Auf der Straße hältst du dich keine drei Sekunden.

Ich bin wahnsinnig dankbar.

Sie hätte nicht nen Kerl markieren sollen, die dumme Fotze. Kein Typ fährt aufm Trittbrett mit, damit ihm jeder auf den Arsch glotzen kann, sag doch selber. Ein Typ setzt sich zu dir nach vorne. Und du tanzt nach seiner Pfeife, hab ich Recht.

Tut mir leid, Vater schnäuzt sich heftig.

Ich sag dir, was Sache ist, sagt der Alte und spuckt ins Feuer. Mustert noch ein Weilchen den Waldabschnitt um seinen Autofriedhof, wo sanft die Baumwipfel flirren, in das vor Hitzschlag wummernde Himmelszelt gebohrt.

Sie hat dich mit dem Schlagstock bedroht. Hat aggressiv mit dir gesprochen. Ich meine wütend, verstehst du? Und du warst unter Schock, wegen Tod vom Schwiegervater.

Ja!

Hast deine Kinder beschützt, oder?

Aber sicher!

Und du bist ein Mann, oder? Also wehrst du dich, stimmt's? Ist doch normal, oder?

Ich hab ne Fliege verjagen wollen, sie hat von alleine losgelassen!

Na bitte. Der Junge hier kann's bezeugen. Wie heißt du? Bist du stumm oder was?

Schüchtern.

Aber warum bist du abgehauen? Vom Tatort? Das ist die Frage, oder?

Aha!

Du warst einfach unter Schock! Unter Schock, du Köpfchen!

Meine Mutter wohnt hier in der Nähe. Da fahren wir hin.

Ich sag nicht, dass du nicht am Arsch bist. Das bist du. Aber da lässt sich was drehen.

Ich muss die Jungs bei ihr lassen.

Wohnt sie dort wie immer, deine Mutter?

Ja. In Pyšely.

Hast ja auch das typische Pyšeler Pferdegesicht, nichts für ungut. Ich kannte deine Mutter, noch bevor sie mit deinem Alten zusammenkam, mein Junge.

Baschtas Gesicht wird schlagartig ernst, er hebt den Kopf.

Deinen alten Herrn, den haben wir bewundert. Eins a Motorradfahrer. Wie geht's dem? Das letzte Mal, als ich ihn gesehen hab, saß er auf dem Motorrad und fuhr in Poříčí von der Brücke runter. Lebt er noch?

Keine Ahnung, der Befragte senkt den Blick zum Feuer.

Als er damals nach Russland abgezischt ist, hab ich für ihn drei Kreuze gemacht. Der hätte es hier nicht leicht gehabt.

Ich hab's hier auch nicht leicht gehabt, verdammt noch mal!

Bist du deswegen in die große weite Welt hinaus, mein Junge? Aber jetzt bist du zu den Heimatufern zurückgekehrt, das ist schön.

Ja. Und wenn Ihre Leute aufhören, an meiner Karre rumzuschrauben, geht's mir noch viel besser.

Das sind nicht meine Leute, das sind meine Jungens.

Sie sollen aufhören damit.

Quatsch.

Ich hab auch kurz überlegt, Ihnen meine Karre zu verkaufen.

Aber das hast du doch schon, Junge.

Wie? Und für wie viel?

Wirst du sehen.

Was?

Zuerst trinken wir einen Schluck, mein Junge. Auf den alten Hrozen! Er und ich, wir kannten uns von Kindesbeinen an, wusstest du das?

Aus der Tasche seiner Trainingshose zieht Baschta ein Fläschchen, schraubt es auf, trinkt, wischt mit der Hand über die Flasche, reicht sie Vater.

Vater setzt sie an und trinkt ohne Pause.

Knallt gut rein, was? Ist ja auch kein Fusel aus irgendeiner Privatdestillerie, das Zeug. Der Alte steckt die Flasche wieder in die Hosentasche. Er stochert im Feuer herum, das Zweiglein ist frisch und grün, er schiebt es in die Glut. Eine weiße Dampfwolke steigt auf und weg ist es, vom Feuer verputzt.

Der Hrozen, der war beinhart. So wie ich. Heute kratzt mich das nicht, dass er sich damals mit den Kommis eingelassen hat. Dem Tod hat er sich gestellt wie ein richtiger Mann, das sag ich dir. Auch ich denk schon manchmal drüber nach, ob du's glaubst oder nicht.

Vielen Dank für die Erfrischung, aber wir müssen langsam weiter. Dem Sohnemann hier tut die Sonne nicht gut.

Der schläft doch!

Trotzdem!

Der Alte greift in die Hosentasche, zieht ein Riesenschnupftuch raus und reicht es dem Gast.

Mach ihm Sonnenschutz.

Mit spitzen Fingern fasst Vater die Rotzfahne an, schüttelt das Tuch auf und wirft es dem Winzling über den Kopf.

So ist gut. Auch wegen den Fliegen, merkt der Alte an.

Genau!

Das für uns zuständige Hospiz ist in Čerčany, weißt du? Zum Guten Hirten. Aber Hrozen hat darauf geschissen. Wenn's bei mir ans Abnibbeln geht, will ich da auch nicht hin. Lange Zeit hab ich gedacht, ich würde mich von meinen Leuten beseitigen lassen. Aber das klappt nicht, weißt du?

Nein?

Ich hab aber eine Idee. Ich baue aus diesem unseren Betrieb ein Hospiz, verstehst du? Das Grundstück ist doch ordentlich, oder? Baschta mustert den in der Hitze flimmernden Gebrauchtwagenacker, und seine Krötenlider tränen.

Den Namen hab ich schon. Zum Guten Wirten. Wie klingt das?

Bitte?

Genau das wäre nämlich der Clou, ein Hospiz am Wasser, damit die Klienten aus dem Fenster aufs Wasser kucken. Das Wasser fließt, deine Birne dreht sich, und wie es dir von Tag zu Tag schlechter und schlechter geht, findest du den Tod besser als das Leben. Und genau das ist der Moment, verstehst du?

Aha!

Man muss den richtigen Moment erwischen! Darauf kommt es an, genau darauf.

Ach so …

Man müsste nur einrichten können, dass nicht gerade dann irgendwelche Scheiße oder Kadaver aufm Wasser treiben, das wäre unappetitlich. Was meinst du?

Stimmt.

Aber das ist einfach. Man muss nur paar Männer mit Fischernetz den Strom hochschicken und fertig. Ich glaube, das wird ein richtiger Hit, man wird uns die Bude einrennen. Wir schnappen dem Guten Hirten von Čerčany alle Interessenten weg, was meinst du?

Ich verstehe nicht ganz.

Meine Jungens verstehen's auch nicht, sie wühlen lieber in den Maschinen herum. Die Gegend ist mal echte Pampa gewesen, und jeder wollte unbedingt einen Westschlitten haben. Jetzt hat sich hier halb Prag reingequetscht, und jeder Sack fährt nen Schlitten. Am Ende bringt mein Hospiz mehr Kohle ein als die Autos.

Echt?

Ja. Das wird nämlich ein etwas anderes Hospiz, weißt du?

Aha!

Der Alte nimmt die Pranke von der Krücke, reckt die Finger, schiebt sie unter das Korsett.

Beschissene Ekzeme.

Vielen Dank, aber jetzt müssen wir wirklich.

Weißt du, was mich am Sterben am meisten ankotzt?

Keine Ahnung!

Die Wiederbelebungsmaschinen. In meinem Hospiz Zum Guten Wirten werden keine Maschinen für dich atmen, scheißen oder sprechen, ehrlich nicht, Mann! Das wird ein Expresshospiz!

Wie?

Man soll sterben, wenn es ansteht. Dein Hals ist verfault? Ade. Kein künstlicher Hals, damit du ein Jahr länger husten kannst, keine Bange. Hast du dir die Leber ruiniert? Tschüssikowski! Ist dein Hirn im Eimer? Deine Lunge zerfranst? Na und? Freund Hein holt dich heim. Kannst du nicht mehr, dann kannst du halt nicht, wo ist das Problem?

Hm.

Für die Verwandten ne echte Erleichterung! So müssen sie immerwährend an den Ihren denken, er spukt ihnen im Kopf herum, schon zehnmal haben sie Abschied genommen, aber er wird immer wieder neu angeworfen. Ist doch Scheiße.

Hm.

So einer ist seit Wochen, seit Jahren weggedämmert, aber das geht allen am Arsch vorbei. Und wie es ihm geht? Davon haben die anderen null Ahnung. Und wenn der mal aufwacht und mit den Augen bettelt, dass man endlich Schluss macht, Pustekuchen. Die müssen's verlängern bis in alle Ewigkeit. Dafür gibt es Gesetze heutzutage. Aber wer will das?

Das weiß ich nicht.

Der Alte zieht ein Stöckchen aus dem Haufen Feuerholz, schiebt es unters Korsett, kratzt sich eine Weile wie wild. Dann zieht er das Stöckchen raus, mit einer winzigen, plattgedrückten Ameise darauf.

Kuck dir das kleine Arschloch an. Und das Hölzchen fliegt ins Feuer.

Wir sind einfach immer noch auf Hunnenfeldzüge programmiert. Nicht auf lange Sterberei. Verstehst du?

Was?

Kuck mal!

Baschta fingert am Hals, ertastet ein Schnürchen, zieht es unter dem Plastikpanzer hervor. Etwas klunkert da, ein Anhängsel. Ein Pfeil.

Aus Bronze!

Was ist das? Ein Messer?

Ne Pfeilspitze. Die hat mein Kája im Fluss gefunden. Von den Awaren. Den Hunnen, meine ich.

Aha!

Damals zum Beispiel sind so Hunnenreiter hier durchgekommen, haben dem halben Dorf den Hals durchgesäbelt oder das Herz mit nem Pfeil durchbohrt, die andere Hälfte saß in den Wäldern versteckt. Sind die Hunnen weg, kommen die Unsrigen zurück. Und danach, würde ich mal sagen, heulen die Weiber ne Runde und die Männer rüsten auf. Und dann? Nichts, weiter geht's. Das sind wir gewohnt, Mann, nicht die Wiederbelebungsmaschinen, die man aus der EU anschleppt. Einverstanden?

Klar!

Du hast uns günstig deine Karre verkauft und damit deinen Beitrag für das neue Hospiz geleistet. Eine gute Tat macht Unbedachtes wett. Also bist du doch ein guter Mensch. Der Alte gibt Vater einen Klaps.

Hören Sie, ruft Vater und steht auf. Es ist nett, mit Ihnen zu plaudern, aber ich geh jetzt mal zurück zu meiner Karre, ja?

Außerdem sind meine Jungs hier in der Sonne ziemlich gut geräuchert!

Setz dich.

Nein.

Ein Pfiff und meine Jungens sind da, wie findest du das?

Beruhigen Sie sich.

Ich bin ruhig, im Großen und Ganzen, aber das Personal macht mir echt Kopfzerbrechen. Böhmen den Tschechen, klar, aber die Tschechen sind inzwischen so verwöhnt, die setzen die Wiederbelebungs- und Verlängerungsdingens auch bei Leuten ein, denen schon der Partezettel aus dem Arsch kuckt. Aber ich hab da ne Lösung.

Im Ernst? Welche?

Ich hab ja den Richie und auch andere, die sich auf Bezirksstraßen tummeln und kucken, wo was abgeht. Und ich suche nach Leutchen, die nolens volens mit dem Tod per du sind, bei denen er schon zu Hause in ihrem verfickten Regime und dann während der brenzligen Flucht in Länder, wo man sie am liebsten nur vermöbeln möchte, durch jede Pore reingesickert ist. So einer fackelt nicht lange und für den habe ich einen Job.

Ja?

Lass dir eins gesagt haben – mir ist wurscht, ob es vielleicht ein Neger ist, zum Beispiel! Und jetzt lad ich euch zum Essen ein. Die ganze Familie. Wo habt ihr die Mama, Junge? Du redest nicht?

Sonja hab ich ins Krankenhaus gebracht, sagt Vater von seinem Baumstumpf.

Wir hatten ein kleines Malheur, er blickt den Jungen an. Ne Frauensache! Und Mamas Bein sah auch nicht gut aus, oder?

Echt? Stimmt das?

Ich wollte ja im Krankenhaus anrufen, aber hier gibt's kein Signal, sagt Vater.

Aber ich hab da angerufen. Die haben nichts gesagt, weil ich kein Angehöriger bin. Warum ich denn anrufe? Na, auf Radio Flussfunk hätte man gemeldet, dass eine junge Frau aus dem Fenster gesprungen ist. Da im Krankenhaus! Oder ist sie rausgefallen? Vielleicht hat einer nachgeholfen?

Was? Ich hab mich von Sonja verabschiedet, man wollte sie gleich in den OP bringen.

Und wenn ich dir sage, dass dem Richie hier seine Schwester im K-Haus von Benešov als Köchin arbeitet? Bei der im Oberstübchen tickt es zwar nicht richtig, aber gesehen hat sie euch schon. Wie ihr am Fenster gestanden habt, ihr beide.

Wir haben Tschüss gesagt!

Der Flur war vollgestopft mit Kranken. Aber Richies Schwester hat Sonja erkannt, bombensicher. Am geöffneten Fenster hat die mit nem Typen gestanden. Das musst du gewesen sein!

Na ja.

Pass mal auf, ich hab Sonja immer gern gehabt. Sie war noch klein, da hab ich ihr schon gezeigt, wie man die Nüsse poliert. Äpfelchen aus meinem Gärtchen habe ich ihr gebracht, der kleinen Sonja, ihr die größten und saftigsten Karotten zum Knabbern gegeben. Wenn der einer was antut, dann kriegt er's mit mir zu tun.

In dem Moment erklingt ein Ruf.

Mangiaare!

Richie schiebt den Kopf aus dem Bauwagenfenster.

Ist gleich fertig!

Unser Küchenjunge, der Richie, der ist ein echter Gelehrter. Hättest du bestimmt nicht gedacht.

Ja?

Früher war er so was wie Herr Professor, aber dann ging bei ihm alles den Bach runter.

Kann passieren.

Aber so einer ist auch nicht für den Schuldienst geeignet! Ein Luftikus wie der. Manchmal überkommt es ihn aber und er hält den Jungens eine Vorlesung. Sollen sie zuhören, sollen sie studieren. Hauptsache, die Arbeit bleibt nicht liegen, stimmt's?

Ja, klingt vernünftig, brummelt Vater.

Richie schlägt mit dem Ellbogen die Bauwagentür zu und balanciert ein volles Tablett das Treppchen herunter.

Man zerreißt sich das Maul über ihn, aber alles nur dummes Zeug. Unser Richie ist schon schwer in Ordnung.

Jetzt heißt's futtern wie bei Muttern.

Richie, eine versiffte Küchenschürze um die Taille, trägt auf ausgestreckten Armen das Kunststofftablett mit Tellern. Mit zappelnder Zungenspitze überwindet er Pfützen, weicht Kabeln aus und sonstigem Kram.

Damals hab ich gesagt, Richielein, komm zu uns. Ich höre und sehe schlecht, dann wirst du mein Ohr und mein Auge. Dabei hab ich aber noch Luchsohren gehabt, das sag ich dir.

Nett von Ihnen.

In Richies Schürzentasche klirren Löffel. Er hantiert geschickt mit dem Tablett, kleckert nicht rum, die Suppe hat eine gräuliche Farbe, strahlt Hitze aus.

Früher haben wir auf dem Feuer gekocht, jetzt in der Mikrowelle, klärt der Alte die Besucher auf. Aus der Trainingshose holt er seinen Privatlöffel heraus.

Sag mal, Richie, was genau hat das Dorle gesehen?

Einen Typen mit nem jungen Hüpfer am Fenster. Kuckt mal her, diese famose Schürze, die hab ich von Dorle, meinem Schwesterlein gekriegt. Sie ist Köchin. Hilfsköchin, besser gesagt, sie ist etwas langsam. Haut rein, Männer.

Der Junge nimmt einen Teller vom Tablett, und wie sich Richie zu ihm beugt, holt er einen Löffel aus der Schürze.

Die nächsten Teller reicht der Serviermann dem Alten und Vater direkt in die ausgestreckte Hand. Er selbst macht es sich auf einem freien Ziegelstein bequem.

Dich, Mohrle, erkennt jeder am Rüssel, sagt Richie mit dem Teller auf dem Schoß. Der Flur platzte aus allen Nähten, ein Lazarus neben dem anderen, aber nur eine einzige junge Frau, ein Mädchen noch. Dreads aufm Dez, da gibt es keinen Zweifel. Noch dazu einäugig, Mann.

Das könnte die Kriminalpolizei schon interessieren, dass die Schwester hier von unserem Richie euch beide da am offenen Fenster gesehen hat. Obwohl, sag mal Richie, ist die Dorle überhaupt zurechnungsfähig? Besteht sie vor dem Gesetz?

Keine Ahnung. Schön reinpusten, ist richtig heiß.

Aber gaumenbezaubernd, erwidert der Alte.

Nicht wahr?

Dir mundet es nicht? Baschta sieht Vater an.

Schon. Bin aber etwas neben der Spur. Ich möchte das, was geschehen ist, ungeschehen wissen.

Das wollen doch alle, schnalzt Richie mit der Zunge.

Außerdem wollte ich sagen, dass die Realität Merkmale eines Traums aufweist, erklärt der Gast mit dem Löffel in der Hand.

Wenn du meinst, sagt Richie.

Auf jeden Fall wäre es angenehm, die Zeit aufzuheben, murmelt Vater. Damit sie für mich aufhört zu existieren wie für die Sioux-Stämme. So weit bin ich aber nicht.

Siouxkrieger, voll die Sieger, machen dir im Bett den Tiger, jault der Alte auf.

Als es um das Krankenhaus ging, hat sich der Junge die Ohren zugehalten. Jetzt balanciert er den heißen Teller auf den Knien. Löffelt rasch die Suppe, haut rein. Fertig.

Und er steht auf und lässt die Lagerfeuerhitze hinter sich. Die Autowracks um ihn herum zittern in der glühenden Luft.

Er stellt sich auf die Zehenspitzen. Will losmarschieren, aber die Suppe rumort in ihm.

Etwas passiert, was weit schlimmer ist als heulen. Er kann es nicht aufhalten, es spritzt raus.

Pfui Deibel, wir sind doch gerade am Essen! Deine Mutter hätte dir eine geknallt, du Mistferkel, keift Richie.

Was sagst du da!, kontert der Alte. Was laberst du über seine Mutter! Du hast kein Herz, du Volltrottel!

Ächzend richtet sich der Patriarch auf, seufzt, zieht die ins Kunststoffkorsett eingeschweißte Brust nach oben, und von der heißen Luft gehalten, schiebt er sich die Krücken unter die Achseln.

Komm, Junge. Ans Wasser. Ist nicht weit.

Durch die Glut des Autofriedhofs trödelt der Junge dem mühsam auf Krücken stolpernden Alten hinterher, breitbeinig tritt er auf, es suppscht ihm die Beine herunter.

Von Mikrowellen halt ich nicht viel, mein Junge, murmelt der Alte, du kannst da nichts für.

Seine Stöcke machen Löcher in den Boden, nah am Ufer gibt es viele solche Einstiche. Sie humpeln ans Wasser. Zwischen den Bäumen bäumt sich starkes, struppiges Gras auf. Wasser peitscht auf die Steine.

Hier komm ich immer zum Angeln her, Junge. Zieh dich aus.

Der Junge streift die Trainingshose ab. Mit Fingerspitzen, um sich nicht einzusauen. Dreht sich um zu dem Alten.

Alles.

Also wirft er die Trainingsjacke ab. Zieht T-Shirt und Boxershorts aus und rutscht mit dem Häufchen Klamotten in der Hand das Ufer hinunter. Der Fluss ist seicht, er steht gleich im Strom. Das Wasser spritzt ihm ins Gesicht, auf den Körper. Er reibt den Stoff aufeinander, taucht unter. Das ist am besten.

Er kommt raus, der Alte wischt den Umschlag am Gras ab. Wiegt ihn in der Hand, wendet ihn in den Fingern. Steckt ihn in die Tasche.

Stell dich in die Sonne, mein Junge, werd schön trocken, ich mach inzwischen ein Teflon, ja?

Er zieht ein Handy aus der Tasche, legt es ans Ohr.

Hallo, hallo, sprech ich mit dem Krankenhaus? Er sieht den Jungen an. Psst, sei still, ich rede mit den Doktoren.

Und er blökt ins Telefon, lauter als das rauschende Wasser, lauter als die brausende Strömung.

Ah, eine Frau ist aus dem Fenster gesprungen, ja? Rausgefallen? Das ganze Radio ist voll damit. Ach so! So ist das also gewesen. Hm. Ja. Hm! Vielen Dank für den Bericht, Herr Arztober.

Er schiebt das Handy wieder in die Tasche, dreht sich um zu dem zur Salzsäule Erstarrten.

Hör zu, da ist wirklich eine Frau ausm Fenster gefallen, aber vielleicht war es auch eine Putzfrau, nicht deine Mama! Also sei so gut und beruhige dich, ja, mein Junge?

Der Alte kommt auf ihn zu, näher an das rumpelnde Wasser. Zieh dich an.

Er stützt die Ellbogen auf die Krücken.

Putzfrauen kriegen nen Grottenlohn, manche trinken vielleicht auch noch, so braut sich schnell ein Unglück zusammen, weißt du. Lass die Plünnen an dir trocknen, das kühlt, wirst du sehen.

Forsch schwingt er die Krücken, sticht sie in den Boden, der Pfad, dem sie folgen, schlängelt sich zwischen den Bäumen.

Lichtreflexe vom Blech irrlichtern im Laub. Der Alte schiebt die Finger unter die Wollmütze, kratzt, ein Ast hat sie ihm fast heruntergefegt.

Hier stehen die Autos stramm. Ein junger Typ mit Schlauch hämmert mit einem Wasserstrahl auf sie ein. Ein anderer tummelt sich an der Schrottpresse, jagt Autowracks durch, der Wald hallt von Metallstößen, Eisen wird an Eisen gerammt. Aus dem Kiefer eines kleinen Krans hängen zusammengepresste rostige Blechplatten. Rumms, wumms, päng! Das quietschende Blechpaket kracht mit Karacho auf einen verrosteten Haufen. Der Kranfahrer lehnt sich heraus, winkt.

Die eine Krücke unterm Arm, hat der Alte dem Jungen die andere Hand auf die Schulter gelegt und stützt sich damit ab, und schon sind sie bei der nächsten Straßenkreuzerallee.

Alle frisch lackiert, die Luft sirrt vor Farbengestank. In dieser Reihe sind die Autos gewaschen, glänzen vor Sauberkeit, PKW, Lieferwagen, nur noch zurück in den Umlauf. Herrschaftsgebiet von Lack, Firnis, Benzin und Öl. Altöl wird in Fässern gesammelt. Überall lose Autotüren ohne Scheiben, abgerissene Schalthebel, rausgerissene Kugellager, haufenweise schmierige Lappen, rostige Muttern, Eisenhaken, Drähte, Gerümpel.

Am besten bleibst du bei uns, finde ich, sagt der Alte. Dein Vater ist meschugge, es ist nur ne Frage der Zeit, wann man ihn einbuchtet. Und dein Bruder taugt nichts. Da wird heute ein Kind geboren, dünn wie dein Finger, und statt es liegen zu lassen, steckt man es in den Brutkasten, und es lebt, ohne es zu wissen. Ist doch alles Scheiße, Junge, einfach Scheiße.

Der Junge starrt auf den von der Sonne verhärteten Schlamm, inspiziert die ovalen Krückenlöcher.

Deine Trainingshose ist sowieso ganz seltsam, ich schenke dir einen perfekten Overall, eine Mütze auf die Birne, und meine Jungens bilden dich aus zum Automechaniker.

Der Junge weiß nicht, wie ihm geschieht, aber plötzlich schwimmen seine Augen in Nässe.

Der Alte tippt ihm mit der knochigen Faust in den Rücken, gibt ihm einen Stups.

Hör auf! Hör damit sofort auf! Jungens weinen nicht.

Er kramt in seiner Hose, fischt ein weiteres Schnupftuch raus. Der Junge schüttelt den Kopf, wischt die Augen mit dem Handrücken ab.

Mit meinen Jungens wirst du viel Spaß haben, echt! Ein paar sind meine, ein paar zugewandert. Welcher Junge macht sich nichts aus Autos, stimmt's? Und bevor du ausgelernt hast, hab ich was Feines für dich. Du wanderst mit dem Kescher gegen den Strom und fischst Scheiße und Kadaver raus, klingt doch gut, oder? Damit wir's vor den Fenstern sauber haben.

Der Junge schüttelt wieder den Kopf und studiert die Schlammspuren unter seinen Füßen.

Du willst noch bei deinen Leuten bleiben? Klaro. Wenn was ist, frag nach den Baschta-Jungens. Uns kennt hier jeder. Ist doch klar.

Der Alte stützt sich auf die Tür des winzigen Autos, neben dem sie stehen, streicht sanft über die Motorhaube, tritt gegen den Reifen. Steckt die Riesenpfote ins offene Fenster, tastet herum, drückt.

Die Hupe, ganz schön schrill ist die, schneidet den Wald fast entzwei.

Den veilchenblauen Fiat kriegt ihr geliehen, da bist du platt, was?

10 CLAN-TREFFEN · DER JUX MIT DEM UMSCHLAG · ER ATMET UNTERM TUCH, WÄCHST, NIMMT ZU · VOM PFANNENMANN · INS GEWITTER · ETWAS VOM HIMMEL · DIE GROSSE KIRMES VON PYŠELY · BISON TAUCHT AUF · UND DAS MÄDEL

Manche Äste schwelen noch, andere wurden restlos vom Feuer verschluckt, im Becken wälzt sich eine glühende, stinkende Masse.

Die offene Bauwagentür schwenkt klappernd hin und her, endlich kommt eine leichte Brise auf.

Hey, ihr beide, herkommen! Aus dem Grüppchen, das mittlerweile um das Feuer hockt, winkt ihnen Richie zu.

Der Junge folgt dem Alten, der sich voll in seine Krücken hängt, die Stockspitzen quietschen auf Steinchen. Schon sind sie da.

Vor der Feuerstelle liegt einer, zusammengekrümmt. Richie gibt ihm einen Tritt. Vaters Gesicht ist zum Boden gedreht, er steckt in einem orangen Overall. Seine alten Klamotten qualmen in der Asche.

Ein Kasten Beaujolais im BMW, Mensch, tausend Dank auch! … Richie patscht dem Mann zu seinen Füßen auf die Schulter, in der Hand hält er eine Flasche mit französischem Etikett, weitere von der Sorte machen die Runde.

Über der Feuerstelle schweben Fitzelchen vom verbrannten Stoff, unter kaputtgehauenen Tragekisten lodern helle Flammen hervor, der Junge erkennt die Autokarten wieder, die Glut hat sie zu einem Klumpen zusammengepappt, auch weitere Reste von ihrem erbärmlichen Besitz liegen da. Krimskrams aus dem Handschuhfach, alles, was ewig irgendwo auf dem Boden herumgedümpelt hat, glüht auf und fällt auseinander, löst sich vor seinen Augen in Plastikgestank auf.

Der Junge linst. Sein Blick schweift durch den Sonnenschein, durch die Wärme des Nachmittagsfeuerchens. Bis er endlich den Winzling entdeckt. Im Schatten des Bauwagens, im Kindersitz. Unter einem Lappen, einem verschlissenen Tuch, das man ihm übergeworfen hat. Dort, wo der Junge den winzigen Mund ahnt, kann man sehen, wie sich der Stoff leicht auf und ab bewegt. Beim Brüderchen angekommen, zieht er die Feuchttücher aus dem Kindersitz hervor, die Trinkflasche. Er müsste ihn rausnehmen, ihn sauber machen. Aber da steht schon Richie neben ihm.

Keine Bange, mein Junge! Der Papi hat ihm eine Pille gegeben, und das Pummelchen ist gleich weggepennt. Ich hab ihm ne Gardine rübergeworfen. Er hat Löcher zum Atmen drin, so kommen keine Mücken oder Wespen an ihn ran. Gut, oder?

In dem Grüppchen am Feuer erkennt der Junge den Miran aus dem Hangar wieder. Über das schmale, scharfe Gesicht zieht sich ein Tattoogekritzel, die zusammengeflochtene Haarpracht hängt ihm zwischen den Schulterblättern. Er hockt auf einem Ziegelstein, gleich neben Kája, einem etwas jüngeren Trampel, ihre Kiefer mahlen im Gleichtakt, die Overalls offen, die Ärmel hochgekrempelt, auf Brust und Armen eintätowierte Pfeile und Blitze. Die zwei daneben mit der gleichen schwarzen Mütze, die sind Zwillinge. Löti ist der Typ, der vom Kran gewinkt hat. Und weitere Jungs, auch ein ganz kleiner, das Baby quasi, Kartoffelknöllchen, der jedem den Flaschenöffner hinhält und auf Kommando Bierflaschen aus dem Bauwagenkühlschrank apportiert.

In freundlicher Eintracht spachteln alle, spülen alles immer wieder mit einem Schluck Beaujolais hinunter, während die Luft flimmert, dass einem schwindelig wird.

Bis ein Geräusch ihre Aufmerksamkeit fesselt. Der alte Baschta hat endlich seinen Platz erreicht, sich auf seine Kiste gehockt. Und reißt nun dickes Papier entzwei. Wedelt mit dem zerrissenen Umschlag in der Luft. Fummelt an einem dicken Päckchen rum, rückt ihm mit seinen wulstigen, fetten Fingern zu Leibe und schiebt am Ende unter großer Anteilnahme der Zuschauer mit dem Daumen Banknoten heraus. Lauter Fünftausender.

Heilige Jungfrau!, atmet Richie aus. Einem der Schwarzmützler bleibt vor Überraschung das Maul offen stehen.

Der Alte streckt die Hand mit dem Schatz in die Flamme, eine Weile leckt ihm die Hitze an den Fingern, er lässt aber nur den Umschlag ins Feuer purzeln. Der lodert auf, und alle lachen sich über sein Späßchen kaputt.

Der Alte stößt Vater an, der rappelt sich mühsam hoch.

Na, da bist du ja von deinem Geburtsort ganz schön weit gekommen, würde ich mal sagen. Der Alte schüttelt den Kopf. Bis auf die schiefe Bahn. Kennst du denn keine Scham? Tote beklauen, Mann. Wo hatte Hrozen es denn versteckt?

Unterm Kopfkissen.

Na, besonders hell ist er ja nie gewesen. Dein Glück, dass er tot war, als man ihn wegbrachte. Das würde ich dir nie verzeihen, wenn du ihn gezwiebelt hättest!

Er war tot. Das hat jeder gesehen.

Okey-dokey, Pyšelinchen. Am Anfang haben wir, meine Jungens und ich, uns gedacht, wir kommen dir aus brüderlicher Zwischenmenschlichkeit entgegen. Die Kampflesbe ging uns ja schon lange auf den Senkel. So eine hat im Polizeidienst nichts verloren, falls dich meine Meinung interessiert. Du hast die Sache mit ihr geregelt wie ein Mann, Mohrle, dafür habe ich Verständnis. Mittlerweile glaub ich sogar, dich hat der Himmel selbst geschickt.

Vater setzt sich hin, klopft den Ruß vom orangen Overall ab, den frischen und auch den festgepappten. Der Junge starrt Vaters Veilchen an. Auch der Pratzenabdruck am Kinn deutet an, dass Vaters neuester Kostümierung eine kleine Rangelei vorausgegangen sein dürfte.

Dein Beitrag, Mohrle, erhöht die Realisierungschance meines Projekts. Nicht nur, dass ich dich lieb gewonnen hab, für den Weg nach Pyšely stell ich dir sogar ein Fortbewegungsmaschinchen zur Verfügung. Von da aus kannst du mit deinen Jungens gehen, wohin du willst. Gut, oder?

Heißeeerr Kaffeee!, kreischt Richie und balanciert geschickt sein Tablett mit den vielen Plastikbechern.

Inzwischen hat Vater aus Mirans Hand die Pulle Beaujolais empfangen und saugt gierig und mit großer Inbrunst.

Wo habt ihr die alle her?, fragt er den Tattoo-Mann.

Hinten unter den Klamotten.

Merde, die haben wir übersehen!

Ich habe deinem jungen Mann ein Angebot gemacht, fährt der Alte fort. Als vernünftiger Bursche hat er sich für den kleinen Fiat entschieden. Aber jetzt sperr mal die Lauscherchen auf. Es gibt nichts Schöneres unter Freunden, als nach einer guten Mahlzeit gemeinsam am Lagerfeuer einen Schluck Kaffee zu schlürfen. Und sich kurz zu unterhalten. Stimmst du mir zu?

Ja.

Vater macht es sich bequem, und, die Finger um den Flaschenhals gekrallt, nimmt er Richie einen dampfenden Plastikbecher ab.

Hör zu. Es gab mal einen Mann, der verkaufte Pfannen. Ist vielleicht nicht das beste Business, aber der Mann war tüchtig und konnte Frau und Töchterchen ernähren. Er verkaufte seine Pfannen auf Bahnhöfen, in Kneipen, an der Haustür. Gute Pfannen waren das, gar nicht mal so teuer, sie fanden guten Absatz. Der Mann schleppte immer Musterpfannen mit, das ganze Set. Er war fleißig, immer auf der Suche nach neuen Märkten, so ist er auch zu uns gekommen. Und hier hat er Richie getroffen. Wo? Unten am Fluss, in unserem geliebten Prösterchen unter der Burg Zlenice, dieser Holzbutze, von Ratz Fatz bemalt, bis heute kann man sich an ihr erfreuen. Sie sprachen über die Geschäfte, redeten über Gott und die Welt, so was geht schnell. Auch ein oder drei Gläschen leerten sie miteinander, warum auch nicht. Gutherzig und leichtgläubig wie er ist, brachte Richie den Händler danach zu uns. Das war zu jener Zeit, als der ganze Unsinn mit der Mikrowelle noch nicht so stark verbreitet war. Unsere Pfannen waren richtig gammelig. Ein Wort gab das andere, und wir schickten den Mann zu Bekannten in andere Ortschaften, hier am Fluss. Gesellig war er schon, er konnte Nachrichten überbringen, darauf achten, was wo gezwitschert wurde, ist doch nichts Schlimmes daran. Er war sympathisch. Erinnert ihr euch noch, Jungens?

Klaro, Papsi!, trompetet einer.

Ja, ja, der Pfannenmann, Vati.

Auch ein anderer nickt.

Nicht nur haben wir dem Pfannenmann Zuflucht gewährt, wir haben ihm auch einen Wagen angeboten. So ein Mann und sitzt sich im Zug den Hintern wund! Aber man glaubt es nicht, eines Nachts steht der plötzlich auf, läuft quer durch den Wald zur nächsten Polizeistation und verleumdet dort unser Unternehmen. Ist das zu fassen?

Nein.

Der Verräter fand den Ort hier nicht wieder. Er hatte Bullen im Schlepptau. Ja, angeführt von der verbohrten Zicke mit dem Riesenvorbau. Manche der örtlichen Ordnungshüter nahmen ihm die Plackerei übel. Sie mussten sich durch Sumpflandschaften schleppen, durch stacheliges Gehölz. Wer würde so was goutieren? So oft fragten sie ihn nach dem richtigen Weg, bis er komplett meschugge wurde. Nichts hat er gefunden, der Verräter. Aber später haben meine Jungens ihn gefunden. Und seine Frau und sein Töchterchen haben weinen müssen. Bitter weinen müssen. Das tat mir leid. Ist das nicht eine traurige Geschichte?

Oh ja.

Gut, nickt Baschta. Gegessen haben wir, gesprochen, macht euch reisefertig. Ich weiß, ihr seid nicht aus Zucker, aber es sieht nach Regen aus.

Aus der vollgestopften Tasche seiner Trainingshose zieht er zwei, nein, drei Tausender und gibt sie Vater.

Das lila Gefährt trudelt schon ein. Vor dem Hintergrund all der Autowracks sieht es sogar richtig niedlich aus. Es hält ein paar Schritte vom Feuer entfernt.

Und Vater, den Jungen auf den Fersen, begibt sich zum Bauwagen und hebt den Kindersitz raus, vorsichtig, damit die Gardine nicht herunterrutscht.

Uch, ächzt er. Dein Brüderchen scheint ordentlich zugelegt zu haben, sagt er zum Jungen. Ob das jetzt losgeht mit dem Wachstum? Kommt wohl davon, dass er endlich in der Heimat ist, im Tschechenland.

Und Vater prustet los. Er stellt den Sitz auf den Boden und lacht, bis er husten muss.

Beeilung, Mohrle, spricht der Alte und haut Vater auf den Rücken. Regenjacken haben wir keine. Und hab vielen Dank!

Auch Baschta gluckst jetzt, er windet sich vor Lachen, so dass man fast um seine Gesundheit fürchtet.

Richie zucken ebenfalls die Mundwinkel. Auch der langhaarige Miran entblößt lächelnd seine Zähne. Er und der grinsende Tolpatsch stehen auf, gehen auf das Minigefährt zu. Die Rambos in Strickmützen? Na, die schlagen sich auf die Oberschenkel.

Einsteigeeen!, posaunt Richie, die Hände um den Mund gerollt wie ein Megaphon.

Und jetzt lachen alle.

Kája baut Schlafsäcke und Pullover und alles, was ihm unter die Hand kommt und nicht im Feuer gelandet ist, um den Jungen und den Kleinen herum.

Hau du dich auf den Boden, sagt er zu Vater. Wirft eine Decke über ihn.

Und schön durch die Nase atmen. Oder lieber gar nicht. Sollten dich die Einheimischen kriegen, wird es grausam.

Der Waldpatriarch hatte Recht.

Es regnet.

Heftigst.

Dunkle Wolkenmassen haben den Himmel okkupiert. Sie speien Wasser, der Wald jenseits der Schranke liegt hinter einem von Blitzen durchwirkten Regenschleier.

Miran fährt wie ein Irrer, dem durch eine grausame Laune der Natur jeglicher Selbsterhaltungstrieb abhandengekommen ist. Er rast in die Kurven, und Kája auf dem Beifahrersitz grölt, seine Muskulatur mit Müh und Not in das Minigefährt gezwängt, den Ellbogen auf den des Bruders geschmiegt, ihre Tätowierungen bilden ein bewegliches Labyrinth. Plattgewalzte Erdklumpen fliegen von den Rädern, Schotter spritzt weg, kopfüber tauchen sie in Büschel von Licht, starren in die grellen Zacken, ohne sagen zu können, aus welcher Himmelsnarbe sich die Abenddämmerung senkt.

Wo der Junge die Nase ans Fenster drückt, zischen feurige Blitzbälle vorbei, ausgespien vom tiefhängenden, mit gelbgrünem Glitzer verbrämten Firmament, sie bahnen sich den Weg durch den Dunst, tauchen im Wald unter.

Da fällt ein Schatten auf sie, ein Flugkörper zermalmt die

Baumkronen, verhüllt die Erde und spaltet sie mit einer Säule aus gelbem, im Nu zu Nebel mutiertem Rauch entzwei, zurück bleibt nur ein nach Phosphor stinkender Krater.

In der Kakophonie der krachenden Wolken glänzt der kleine Fiat und erinnert dabei ein bisschen an einen Kampfpanzer. Wie ein einziger, nach Luft gierender Organismus rast er mit der hinausquellenden Besatzung über den Waldweg, brettert zwischen die Maisfelder, wo in der Dunkelheit vor ihnen plötzlich ein Licht aufflammt.

Sie halten.

Der Junge zieht die Füße von dem Vaterhaufen unter ihm zurück.

Die Kanonade über ihnen und um sie herum hat aufgehört. Der Wind rüttelt an den Irokesenskalpen, fegt durchs Feld, aber der Regen ist vorbei.

Vater wälzt sich seufzend hin und her.

Links und rechts ein Schutzwall aus Mais.

Wieso fahren wir nicht?, will Kája wissen.

Da ist was. Im Feld, antwortet Miran. Siehst du?

Vor ihnen im Feld springt ein Licht hoch und runter.

Hier hat immer die Polizistin gelauert, wie ein Wiesel, Mann, diese Lesbe, sagt Kája. So eine will keinen Typen haben, der ihr das durch die Fotze macht. Du brauchst eine, der du das durch die Fotze machst, die gehorcht dir dann, Mann, die kümmert sich, sagt Kája und wird bei dem Männergerede ganz rot, bei der Dunkelheit fällt das aber gar nicht so auf.

Halt die Klappe, brummt Miran.

Das Licht vor ihnen teilt sich in drei kleine.

Es kommt näher.

Gendarmen im schwarzen Regenzeug. Zwei leuchten die Haube, die Flanken aus, gehen um das Auto herum. Der dritte tritt heran. Klopft ans Fenster.

Wortlos reicht Miran dem Waffenträger die Papiere.

Nach dem Krach und Getöse von vorhin hört sich die Stimme des Gendarmen an wie frisch erfundene Menschensprache.

Vom Tanzvergnügen kommt ihr nicht, Jungs, oder? Da brauch ich wohl keine Atemprobe von euch, was?

Wir kommen von der Arbeit.

Hm.

Du kennst uns doch, Ruda, oder?

Tu ich.

Wir sind doch immer okay.

Seid ihr okay? Dann brauch ich das hier gar nicht zu sehen, was?

Und er steckt die Hand im schwarzen Handschuh ins Fenster. Miran steckt die Ausweise wieder ein. Der Gendarm wirft einen Blick ins Auto. Direkt auf den Jungen.

Ein Baschta-Junges?

Ja.

Schon wieder Zuwachs, was?

Ist halt so bei uns. Weißt du doch.

Weiß ich.

Wir fahren also weiter, ja?

Fahrt weiter.

Vielen Dank!

Und habt ihr das gesehen, Jungs? Ist irgendwo dort runtergekracht, sagt der Gendarm und winkt mit der Taschenlampe aufs Feld.

Was?, fragt Miran. Wir haben nichts gesehen.

Ein Flugzeug vielleicht? Gleitflieger?

Oder ein Agrardings?, bemüht sich Kája.

Wir sehen nach, sagt der Gendarm.

Wir haben nichts gesehen. Ist eher in den Wald rein.

Fahrt nicht mehr hier durch. Wird abgesperrt.
Warum?
Fahrt schon.

Hier und da wird der Feldweg zum Flussbett, das aus den Wäldern stürzende Wasser rast hindurch, führt Split und Kieselsteine mit, schleudert das Auto hin und her, spritzt heraus, dann kriegen sie festen Asphaltboden unter die Räder. Und schon düsen sie die Straße lang.

Schade, dass wir keine Musik haben, sagt Kája, summt vor sich hin, trommelt mit den Fingern auf das Armaturenbrett.

Der Junge blinzelt, die Augen fallen ihm zu, sie fahren auf die Brücke, die Tiefe, die sich unter ihnen auftut, tönt dumpf. Er hört Musik, Böller sausen über die Brücke, im vagierenden bunten Licht fahren sie an den Brückenstatuen vorbei, in Kapuze, Mitra und sogar barhäuptig stehen sie da, das Licht streift die steinernen Haare und ausgestreckten Arme, knallt auf den Sandstein.

In der lärmenden Menge, die sie gleich hinter der Brücke umgibt, fährt Miran schon ganz langsam.

Lachen und Gespräche der Vorbeigehenden schallen in den Wagen, Bratenduft weht herein. Sie bekommen eine regelrechte Schau von Hüften, Hintern, Bäuchen und Ellenbogen geboten, immer wieder beugt sich einer zu ihnen und grinst sie ausgesprochen freundlich an, manch einer klopft kurz auf die Haube.

Auf einer breiten Straße ein zwischen Holzzäunen errichteter, mit Girlanden aus künstlichen Blumen verzierter Triumphbogen, WILLKOMMEN AUF DER KIRMES VON PYŠELY!, das aus Glühbirnen gebaute Ausrufezeichen blinkt beruhigend im Atemrhythmus, langsam rollen sie durch.

Und da sehen sie die weiße Spitze des bekränzten Maibaums,

Popmusik ergießt sich über sie, Geschrei vom Kettenkarussell, Lärm von weiteren Attraktionen, Gondeln schweben in der Luft, mit bunten Bändern behängt, die Masse der Kirmesbesucher verdichtet sich, macht dem Minigefährt aber einigermaßen willig den Weg frei.

Männer in Shorts und T-Shirts mit unterschiedlichsten Abbildungen halten Plastikbecher mit Bier in der Hand, hier und da sieht man einsame Herrschaften in Sommeranzügen, die vermutlich in Gedanken vertieft daherschreiten, andere Männer flanieren Seite an Seite mit Frauen, die Finger ineinander verschränkt. Grüppchen von cool dreinblickenden Jugendlichen kreisen mit Glimmstängeln zwischen den Lippen um die Mädchen, um die ganz jungen, die gertenschlanken und auch die problematischen.

Während die Mägdelein immer wieder abfällige Sprüche klopfen und in glockenhelle Lachkaskaden ausbrechen, bieten im aufblitzenden Licht der Böller ihre Tanten und Mütter, die bisweilen leicht angetrunkenen Familienväter und herumtollenden Kinderscharen bändigend, manchmal einen eher angewiderten Gesichtsausdruck, hier und da merkt man plötzliche Traurigkeit aufwallen.

Die lautesten Zusammenrottungen finden um die Bierstände herum statt, wo auf dem Rost Würstchen bräteln und Schweinefleisch brutzelt. Am lebendigsten wirkt der Korso wiederum bei den Wohnwagen, den fahrenden Schießbuden, wo farbenfroh die Zielscheiben kreisen und wo es ohrenbetäubend knallt und kreischt, wo ein Lachen schwache wie auch beste Treffer der Schützen begleitet.

Halt an, japst Kája.

Denn plötzlich taucht wer aus der Menge hervor. Eine zierliche, wahrhaft wohlgeformte junge Frau springt vor das Auto. Trotz des leicht vorstehenden Bäuchleins würde sie am ehesten an ein Rehkitz erinnern, hätte sie nicht diesen irren, angeschickerten Blick. Sie schüttelt den Kopf, eine rötliche Flutwelle verdunkelt die ohnehin beschränkte Sicht. Sie beugt sich zurück, drückt die Brüste, in ein negligeables Mini-T-Shirt eingezwängt, auf die Vorderscheibe.

Ahoooj, Kája!

Miran tritt auf die Bremse. Und es ist nur verwunderlich, was sein mächtiger Bruder für ein Zirpen von sich gibt.

Světla, Süße, geh mir aus dem Licht, ja?, sagt Miran aus dem Fenster.

Im Nu schließt sich um die Frau ein Schutzwall von Riesenkerlen mit festgetackerten Ohrringen in den roten Landwirtslöffeln, sie selbst stecken meist in Khaki-T-Shirts und tarnfarbenen Shorts, die ganz knapp die wogenden Muskeln umspannen. Ihr Anführer, Goldkettchen um den Stiernacken, schiebt ohne zu zögern die Fresse ins Autofenster, Aug in Aug mit Miran.

Sie geißeln sich mit Blicken. Ein kurzes Weilchen nur.

Der Fleischberg wartet kurz, bis das Minigefährt weitergefahren ist, und winkt dann seiner Clique zu, alles in Butter, seine Position des ausgelassenen Königs erobert er sich aber erst zurück, als er der Rothaarigen zwei drei knallende Ohrfeigen verpasst. Im Bezug auf die Wucht eher symbolisch, was die Außenwirkung betrifft effektvoll.

Sie kreischt.

Dass auch die im Fiat es hören. Und anhalten.

Krieg dich wieder ein, sagt Miran seinem aschfahlen Bruder, der im Sitz hängt wie eine durchstochene Marionette.

Světla hält ihre Woche ab, das weißt du doch, redet er sanft auf ihn ein.

Weiß ich.

Sie macht nur einen Spaziergang, mit dem Bison!

Klar.

Ist doch alles nur Spaß. Bison weiß ganz genau, dass er sich zum Grasen ne andere Wiese suchen muss, sagt Miran ruhig und blickt forschend in das wütende, allmählich wieder gelassenere Gesicht seines Bruders.

Hast ja Recht.

Also los?

Los.

Die Wölbung, die zwischen den Knien des Jungen auftaucht, ist Vaters Kopf.

Geradeaus!

Kopf runter.

Krieg keine Luft mehr.

Kopf runter.

Jetzt nach links!

Entlang an Schrebergärten und Holzschuppen, fahren sie eine Baumallee hinauf, der Tunnel der Straße schneidet sie vom Lärm und Licht ab.

Anhalten, sagt Vater, also hält Miran an.

Die Rücklichter des Wagens koppeln sich an das Licht aus dem Haus. Niedrig, gebückt, ein Fenster strahlt.

Als Erster kraucht Vater heraus. Gleich hinter ihm der Junge. Es schüttelt ihn vor Kälte. Regen fällt auf sie. Er stellt sich auf den Rasen. Vater will eine Kniebeuge machen, fällt aber hin. Knallt mit dem Gesicht direkt in eine Pfütze. Es spritzt.

Kája wirft Schlafsäcke und Pullover aus dem Fiat. Den in die Gardine verpackten Winzling befreit er aus dem Gurt der Sitzschale, legt ihn auf den Rücken zwischen die Schlafsäcke.

Der Junge lüpft die Gardine. Das Brüderchen macht den Mund auf und zu, vielleicht schnappt er nach Regentropfen.

Vater redet in die Pfütze. Aber man versteht ihn nicht. Er setzt sich hin, wischt sich den Schlamm vom Gesicht, schwarz rinnt es herunter. Sein Overall ist auch schon ganz dreckig. Von oben immer noch Sintflut.

Und Kája knallt die Heckklappe zu.

Habt's gut, posaunt er. Und steigt ein. Sie tuckern los.

11 ECHT, MUTTER? DER RATZ · VOM PANZER · RUSSENNUTTE IN DEINER SIPPSCHAFT · TIRADE GEGEN MILDA ZEMAN · WO IST MONI? ER KRABBELT UND SAUGT · IRRUNG AN DER TÜR · KOPFTUCH MIT ERDBEEREN USW.

Die haben den Kindersitz mitgehen lassen, die Strolche!

Vater setzt sich auf den feuchten Rasen, nimmt den Kleinen in den Arm. Die Nuckelflasche, die im Gras herumlag, steckt er ein.

Ach, was soll's, geht auch so. Hört mal zu, Jungs! Ich erzähl euch, was hier von meiner Mutter erzählt wird.

Mühsam richtet er sich auf.

Mutter hatte ne Katze. Die Katze hatte Junge. Ganz schön gleich, ganz schön ähnlich. Und die Leute fragen, gute Frau, wie wollen Sie die beiden auseinanderhalten? Ach, den einen nenn ich Mohrle und den anderen ertränke ich.

Ha ha ha, Vater wiehert. Dann patscht er dem Jungen auf die Schulter. Na, Onkel Iwan hast du kennengelernt, mein Sohn. Dass Mutter ihn ertränkt hätte, kann man nicht behaupten. So eine ist sie nicht, wirst du sehen. Eine Zeitlang bleibt ihr nämlich bei ihr. Ist besser so.

Sie hockt in einem Kissenhorst auf der Couch und glotzt. Ihr grauer Larifaridutt zittert im verbissenen Selbstgespräch, das kampflustig gereckte Kinn gibt den Ton an, der Kopf wackelt mit. Über dem Trainingsanzug spannt eine gepunktete Schürze, mit den Füßen in Hauslatschen patscht sie aufs Lino. Der Ofen bollert. Auch das Rohr, das über der Kohlenschütte in die Mauer führt, glüht.

Mutter!

Heilige Jungfrau vom Berg, was hast du mich erschreckt! Was machst du denn hier?

Hab dir meine Jungs mitgebracht!

Vater schnappt sich zwei drei Kissen vom Diwan, breitet sie auf dem dreckigen Boden zu einem Nest aus, legt den Kleinen hinein. Die Gardine über dem kleinen Gesicht rutscht, der Winzling fixiert mit dem Blick einen Punkt irgendwo ganz oben. Vater schiebt den Jungen vor die Couch.

Deine Enkelkinder, Mami!

Das ist ja ein Ding. Wie lange bist du weg gewesen? Wusstest du, dass man mich vorgestern oder so aus der Anstalt zurückgegeben hat?

Wirklich? Du siehst aus wie das blühende Leben.

Und du wie ein Neger, mein Junge, aber das ist nur Schlamm. Hilfst du beim Hochwasser aus? Neulich lief ein Film mit meinem Liebling Menšík, dem Fernsehstar. Wusstest du, dass der ein Tröpfchen schwarzes Blut hatte? Finde ich nicht schlimm.

Gut für dich.

Und was hast du für ne orange Trainingshose an? So was von Schwuchtelfarbe, ich bitte dich.

Das trägt man heute so, Mutter.

Na, unser Ratz Fatz, dem seine Lieblingsfarbe war Orange, Blutrotorange. Hab ja die ganze Zeit in der Anstalt auf sein Zeug geglotzt. Nachdem der mit seinen lustigen Malereien bei den Sejkas berühmt wurde, hat man ihn überall haben wollen.

Mutter, ich geb den Jungs zuerst was zu essen, was meinst du?

Schon in Ordnung, ich mag Kinder, aber ich hab nichts für euch.

Ich kuck in der Kredenz nach, ja?

Nachdem Fatz die Anstalt vollgepinselt hat, wollte ihn auch das Hospiz in Čerčany haben, aber da war's schon zu spät.

Echt, Mutter?

Wie er Schluss gemacht hat damals mit der Schnapsdrossel, dem Röslein, dieser Musche, nichts gegen die, ich gönn's ihr schon, jedem das seine, da hat er sich danach in so'ne Blockhütte verkrochen. Was er da getrieben hat? Getrunken nicht, wohl mit dem Stift aufm Papier herumgeschmiert, aber dann hat's ihn plötzlich doch nach einem Bierchen gelüstet, nach menschlichem Austausch und Wärme. Er also ins Pyšeler Wirtshaus, und während er das erste Bier zischt, kuckt er sich um, mit wem er so ins Gespräch kommen könnte, und da zeigen die gerade im Fernseher einen Kopf, von einem Araber in Frankreich abgesäbelt. Wärst du damals, mein Junge, da mit deinem Schmuddelgesicht reingekommen, das hätte ein Hallo gegeben!

Mutter, wir waschen uns kurz und essen was, ja?

Er also ab nach Čtyřkoly, um eins zu kippen, und auch dort steht ne Glotze mit Köppen drin, von Mohammedanern abgesäbelt, jetzt waren's schon zwei oder drei. Ob er sich da die Kante gegeben hat? Der gute Ratz Fatz? Weit gefehlt, der zieht am Fluss längs ins Prösterchen, dort will er eins zwitschern. Ganz entspannt. Kuckt sich um, mit wem sich's über Hochwasser und Fische palavern lässt, wer welche Tomaten züchtet und so, aber die alten Schluckspechte sind schon tot und die jungen starren auf die Glotze, die tragbare, die da steht, die kleinste am ganzen Fluss, und in der Glotze die nächsten abgefiedelten Köppe. Er also weiter, den Bach Šmejkalka hoch, schwuppdiwupp über den Berg, und dort in Senohraby setzt er sich in die Bahnhofskneipe und ordert ein Bier. Aber dort ist es ganz still, alle glotzen auf die Mattscheibe, und was war drin? Das nächste Araberding.

Mutter, wir nehmen den Lunchmeat. Ist sowieso angebrochen. Brot hast du?

Und da denkt Ratz Fatz Stelzenbein, so was muss er sich echt nicht geben, und geht auf nen Schwatz bis nach Hrusice zu den Sejkas, wo er vor Jahren den Mikesch, den kleinen Wanderer, an die Wand gepinselt hat. Aber auch bei den Sejkas gibt's Heimkino, und worauf glotzen sie? Auf die gleichen Köppe, abgeschnippelt von den schrecklichen Sulimanenterroren, also steht Onkel Fatz auf und kraxelt bis nach Ondřejov hinauf, und da steuert er Die Hölle an, aber auch die wird von einer Glotzkiste beherrscht, alle starren sie an und darin rollen weitere …

Ich weiß, Mutter!

Vater zieht aus der Kredenz ein halbes, in Plastiktüte eingewickeltes Brot, und mit dem Messer, das daneben liegt, schneidet er gleich eine Schnitte ab, legt dem Jungen eine ordentliche Scheibe Lunchmeat darauf und langt auch selber zu.

Na, und stell dir vor, dass der Ratz so bis nach Chlum gewandert ist, unter die Kirchenruine, dort ist er in ein Bächlein gefallen und ertrunken, leider. Ich glaube, wäre er nicht ersoffen, hätte er aus Renitenz mit dem Trinken aufgehört. So wie ich. Ich trinke auch kaum noch.

Der Junge pflanzt sich vor die Kredenz, studiert schwarzweiße Momentaufnahmen von Ereignissen, exzentrische Sitzpuppen mit gestickten Röcken und angejahrte Devotionalien. Ein Schmucklöffel von der Kirchweih mit dem Konterfei der Jungfrau von Poříč, eine Schale mit der Aufschrift *LPG Rote Sonne Pyšely*. Türme von verzierten Tellern, davon ein riesiger mit der Aufschrift *Gruß vom Schloss Konopiště!* und einem Reh, das sich aufbäumt, die Flanke deutlich von Schrotkugelspuren zerschrammt.

Ich koch den Jungs noch einen Tee, ja?

Hab keinen Tee. Hab nicht mit euch gerechnet!

Mutter? Hättest du vielleicht einen Schluck für mich?

Ich trinke keinen Alkohol mehr, hab ich doch gesagt. Und wenn schon, dann in Maßen jedenfalls.

Ist ja vernünftig, brummt Vater, schiebt Teller und Tassen weg, schnüffelt unten im Schrank zwischen den Töpfen, schiebt die Hand bis nach hinten, in die Spinnweben, wo vergilbtes Papier von der Wand absteht.

Er zieht eine Flasche heraus, die dunkle Flüssigkeit funkelt wie Bernstein, wie ein Juwel, wie ein Geheimnis. Den Korken nimmt er zwischen die Zähne. Mit drei vier Schlucken macht er sie halb leer. Lehnt sich an die Kredenz, blickt alle an, schlagartig entspannt und über den Dingen.

Das gibt's doch nicht! Du hast mir meine Flasche geklaut! Du kannst nicht von mir sein. Wer weiß, von wem du überhaupt bist. Dein Alter hatte sein Ding nur zum Pinkeln. Ich aber hab nen echten Kerl gebraucht. Mit ordentlicher Ausstattung. Da hat ne Frau ihr gutes Recht drauf.

Aber Mutter.

Als du aufm Hof rumgestrolcht bist, zu nix zu gebrauchen, da schoss es mir oft durch den Kopf, nach wem ist der bloß geraten? Nach dem Milchmann mit der breiten Fresse? Nach dem Waldburschen, der Autos klaut, wie ein Auto riecht, aber bei der Sache wie ne Maschine läuft? Hat der Briefträger ihn mir hinterlassen? Von wem kann der Bengel bloß sein?

Mutter, nimm wenigstens Rücksicht auf die Kinder!

Und dein Bruderherz, der süße Iwan, den hätte man gleich mit ner Stange ersticken sollen, was war der für ein Arschloch. Immer nur hinter dem Alten her, die Pranken vom Öl verschmiert, vom Benzin, wie oft hat der sich fast selbst abgefackelt! Zum Schluss mussten beide in den Schuppen und dort mit ihren Motorrädern pennen.

Mutter, das ist doch alles ewig her.

Ja, wo du da bist, kommen mir die Erinnerungen hoch. Wie war ich froh, als sie nach dem Drama mit dem Russenpanzer abgedampft sind. Dein Vater, was der angegeben hat, auf dem seinem Motorrad! Keiner hier hat mit den Russen paktiert, er aber hätte alles für die gemacht, wo die seinen Fahrkünsten applaudierten. Glaubst du, er hätte sich hier danach noch sehen lassen können? Na, er ist mit den Russkis abgezischt, dein Brüderchen im Huckepack. Gottseidank! Ich war schon mit dir gut bedient.

Hör auf, Mutter.

Später haben Taucher den Panzer gehoben. Der war ja von der Brücke in den Fluss reingefahren. Und was holten die raus? Nur Gerippe. Fünf Skelette hat es im Panzer gegeben, vier Panzersoldaten und eine Frau. Und welches Flittchen war damals zu denen rein, zu den Russen? Eine aus Pyšely etwa, meinst du? Weit gefehlt, das Russenflittchen kam aus Poříčí, und zwar von den Hrozens. Ob sie der alte Bolschewik zu den Befreiern geschickt hat? Auch das wäre möglich. Aber sie war eher spitz auf Kerle, würde ich sagen. Aus solcher Sippschaft stammt deine Sonja also! Du hast deine Wahl getroffen, mein Junge. Darfst dich aber nicht wundern, wenn du solche Kinder hast.

Mutter, du hast dich echt kein bisschen geändert, wirklich.

Zur Hochzeit hast du mich auch nicht eingeladen.

Es hat doch keine gegeben! Sag mal, hat wer nach mir gefragt?

Schon gut, du Dieb. Hab ja noch ne Pulle. Hast mir ordentlich Durst eingejagt, du Halunke.

Mutter, hat mich wer gesucht?

Die Alte hascht zwischen die Kissen und schon hält sie eine Flasche in der Hand.

Hab immer gedacht, du bist deinem Vater und Bruder hinterher, und da tauchst du schon wieder hier auf. Wo hast du deine Sonja?

Der Junge befreit den Kleinen von der Gardine. Der Winzling blinzelt. Wie er das duftende Lunchmeat riecht, zuckt er gleich, wirft sich hin und her. Nicht einmal die Brotkrümel verschmäht er. Der Junge nimmt ihm die Nuckelflasche weg, streckt sich zum Waschbecken. Die volle Flasche legt er zwischen die winzigen Fingerchen zurück.

Als du hier so schlammverschmiert reingefallen bist, hab ich Schiss gekriegt, dass die Invasion angefangen hat und du bist der Schokofrauenschänder. Das nehme ich dem Präsidenten Zeman schon etwas krumm, weißt du, diesen Hass auf die Flüchtlings. Zwei drei wären mir richtig angenehm. Und was die Leute sagen, von wegen dass die alle gleich vergast gehören, auch das sehe ich nicht so. Und das sage ich jedem laut und deutlich!

Du hast immer Mumm gehabt, ich weiß.

Wir sind damals mit Mutti an der Straße gestanden, als unsere Juden in den Transport gegangen sind, mein Loisel auch mit, wir waren ganz schön dicke, wir beide. Mutti sagte, Loisel in der Sippschaft hätte sie nicht haben wollen, aber diese Gaskammer, das wäre zu viel!

Hm.

Hör mal, Hand aufs Herz, zwei drei von den Flüchtlings könnt ich gut gebrauchen. Jauchegrube schaufeln könnten die oder Scheune reparieren. Hast du dich dort umgekuckt?

Nein.

Meinetwegen auch Schokos. Hauptsache anständige Muckies.

Und Moni?

Stell dir vor, als die aus dem ihren Tripstrill zurückgekommen ist, war sie sicher, sie würde ne Wampe kriegen, aber Pustekuchen. Und der ihre hat sie sitzen lassen. Dabei hat sie sich schon einen Kinderwagen besorgt. Also hat sie die Karre in die Scheune gestellt und aus dem Fenster gestarrt. War das traurig!

Wo ist sie jetzt?

Sie schafft in Městečko beim Flotten Löckchen, hat da das Sagen. Zu ihrem Vater ist sie hingezogen, dem Lomoz, dieser Blindschleiche. Vielleicht hat sie wen zum Kümmern gebraucht, wo das Kleine weg war. Ich sag dir, keine Ahnung, was mir da ins Auge stach, damals mit der Blindschleiche. Und nicht nur ins Auge, ha ha ha!

Schon gut, Mutter.

Als der Lomoz noch sehen konnte, hab ich dem schon gut gefallen. Vielleicht bist du doch von ihm? Wann bist du denn geboren? Hab grad so nen Aussetzer.

Er sagt es ihr.

Echt? Wer hätte gedacht, dass ich mal so 'n altes Kind haben werde.

Du hast Enkelkinder hier, Mutter.

Jesusmaria, was ist mit dem los?

Der Kleine drängt aus seinem Genist. Wie er gewachsen, aufgegangen ist, engt ihn der Strampler ein. Er bäumt sich auf, rollt über den Rand.

Ist der aber unruhig! Was für ne eklige Strampelhose hat er an, so was von verschlammt. Und ein richtig altes Gesicht hat der. Was ist mit dem los?

Mutter, leih mir dein Handy. Ich ruf kurz im Krankenhaus an.

I wo, du würdest Unsummen vertelefonieren. Und eigentlich hab ich keins.

Vater knallt mit der Tür, das Glas klirrt. Schon stampft er durch den Flur. Und der Junge hört die nächste Tür knallen.

Er macht den Strampler auf. Der Gestank, der aus den ganzen verdreckten Lumpen aufsteigt, setzt sich in seinen Poren fest.

Kleine Kinder stinken halt. Gott ist mein Zeuge, dass ich meins abgedient hab, mit meinen drei Kindern. Ein neues krieg ich nimmer, auf keinen Fall. Du musst ihn waschen. Nimm die Waschschüssel. Steht unter der Couch.

Der Junge kniet sich hin, langt zwischen die kickenden Hausschuhe, zieht die Schüssel hervor. Randvoll.

Kipp es draußen aus. Verdreck mir bloß das Lino nicht.

Beidhändig hebt er die Waschschüssel. Sie schwappt nicht über. Die Klinke der verglasten Tür drückt er mit dem Ellbogen runter. Genauso bei der Haustür. Ein Schritt, zwei, um ihn herum tiefschwarze Dunkelheit. Der Geruch aus der Schüssel dreht ihm den Magen um. Er schüttet sie in die Dunkelheit aus. Schließt die Tür.

Geht zur Spüle, dreht Wasser auf.

Jetzt liegt der Kleine neben seinen Füßen. Aber näher am Ofen. Kriecht er auf dem Rücken? Kann er kriechen?

Stell die Schüssel auf den Ofen. Und zerkratz mir bloß die Emaille nicht!

Er stellt die Schüssel auf die Herdplatte.

Komm her. Setz dich hierhin. Und die Alte klopft auf die Couch neben ihr.

Noch näher. Ne Umarmung tut alten Leuten gut. Aber keiner fasst alte Leute an. Man müsste sie auf den Arm nehmen wie kleine Kinder. Aber alte Menschen sind eklig.

Sie holt eine Tüte Bonbons hervor. Es raschelt.

Wie heißt du denn? Sag es mir und du kriegst einen Bonbon. Sagst du nicht? Bist du etwa so ein Auto stischer? Weißt du was? Untersteh dich, mich anzufassen. Denk nicht im Traum daran. Bleib schön, wo du bist, ja?

Die Lutscher vergräbt sie unter sich.

Deine Mutter, Sonja Hroznová, die ist richtig schauderhaft gewesen. Schon als kleine Kröte, immer aufgerüscht und geschminkt wie ne Zigeunerin. Warum ist sie nicht mit euch mit?

Eine Riesenmotte wankt über das Lino, getränkt mit Feuchtigkeit, der Ofen zieht sie an. Sie verschwindet in der winzigen Faust.

Ihr wollt Ferien machen, ja? Aber hier könnt ihr nicht bleiben. Ich hab nicht genug Platz, weißt du?

Der Junge geht in die Hocke, will dem Brüderchen die Motte entwinden. Der Kleine schiebt sich den zerquetschten, glitschigen und flügelstaubumhüllten lebenden Tropfen in den Mund und schluckt und saugt.

Jemand klopft an die Glastür.

Eine Frau mit Kopftuch. Mama.

Der Junge fasst nach der Klinke, macht auf und stemmt sich in den Boden. Er weiß schon, wer da steht.

Geblümtes Tuch auf dem Kopf und ein Riesenbusen, auch die Bluse mit Blümchen besät, ein langer Rock fließt von den Hüften.

Angst gekriegt, was?

Vaters Sandalen patschen auf den Boden, er springt hoch, der Rock flattert, und schon steht er vor der Couch.

Ha ha, Mutti, du hast mich nicht wiedererkannt!

Er packt sie an den Schultern, zieht sie von der Couch. Die Alte haut um sich, trommelt ihm auf den Hals, ins Gesicht und wo immer sie sonst hinlangt.

Heilige Jungfrau, was für ein Schreck! Welche Olle will hier rein, hab ich noch gedacht. Und schon wieder du, Mensch, was soll der Mummenschanz?

Mutter, wenn einer nach mir fragt, bin ich nicht hier gewesen, ja?

Hast du gehört, gerade hat das Radio gesagt, im Wald von Poříčí ist was vom Himmel gesaust. Ein UFO, oder ist etwa ein Stein vom Himmel gerissen? Die Polizei hat alles abgesperrt. Von denen wimmelt es hier im Moment nur noch, von den Bullen. Aber im Flussfunk melden die auch andauernd was über Poříčí. Dass die den größten Rettich gezüchtet haben, die besten Fußballspieler haben und so. Na ja, die in Poříčí wissen schon, wie man die Dinge für sich drehen muss.

Sie nimmt einen Schluck, versenkt die Flasche im ungemachten Bett. Bohrt sich in Decken und Kissen hinein.

Vater hält ein Päckchen in der Hand. Er reicht es dem Jungen.

Für dich aus dem Zimmer von Tante Moni! Zieh dich um.

Wenn da aus der fliegenden Untertasse grüne Männchen herausklettern, da werden die Poříčaner erst recht große Augen machen! Ich wünsch denen nichts Böses, jeder macht, wie er kann, das sag ich euch.

Mädchenklamotten. Tuch, Rock. Nicki. Auf dem Tuch sind keine Blümchen wie auf dem vom Vater, sondern große Erdbeeren. Der Nicki ist rosa. Sandalen.

Vater beugt sich zu ihm und bindet ihm das Tuch um.

So!

Er tunkt Seife in das warme Wasser auf dem Ofen, seift sich ein, verteilt den Schaum über beide Wangen.

Steig in den Rock, mein Sohn. In Verkleidung kommen wir besser zu Mama in die Frauenabteilung rein. Notfalls. Verstehst du?

Der Junge zieht die Trainingshose aus. Schlüpft in den Rock und den Nicki.

Sei froh, Mann, dass du als kleines Mädchen noch keinen Busen haben musst.

Vater holt das silbrige Röhrchen hervor, eine Tablette springt heraus, er wirft sie ein. Kniet sich zum Winzling. Die nächste Tablette bröselt er zwischen den Fingern auf. Drückt die Backen des Kleinen zusammen, schüttet das Pulver in den gespitzten Mund.

Hol Wasser, nickt er dem Jungen zu.

Was habt ihr da? Was gebt ihr ihm?

Vitamine, Mutter. Was zum Einschlafen.

Würde ich auch nehmen. Gottseidank hab ich noch nen Schluck übrig. Den hab ich mir für die Serie aufbewahrt. Die fängt gleich an.

Vater mit dem Kleinen im Arm stürmt los und merkt nicht mal, dass er mit dem Rock die Kohlenschütte zur Seite fegt. Der Junge springt hinter ihm her. Vater knallt die Tür zu, das Glas scheppert.

12 MIT KINDERWAGEN · BEI DER MONI WIRD'S EUCH GEFALLEN · SOLLTE EINER, DER VIELLEICHT BÖSWILLIG ... SCHIESSBUDENKORSO · GRAUSIGER, FLIEGENDER BALKEN · HELFER · WIEDER DIE ROTHAARIGE · DIE FLUCHT

Die Sachen liegen auf dem Rasen, wie man sie hingeschmissen hat. Pullis, ein T-Shirt, der Turnschuh von irgendwem, Schlafsäcke, eine abgenudelte Zahnbürste.

Warte kurz!

Im Mondlicht kann man gut kucken. Er zupft am Rock. Schiebt das Kopftuch über den Haaren hin und her.

Vater kommt mit einem blauen Kinderwagen angeholpert.

Der Junge lugt hinein, Brüderchen im aufgeknöpften Strampler sieht ihn an.

Alles was geblieben ist, Pullover, T-Shirts, pfeffert Vater in das Netz unter dem Wagen.

Zeig her! Feines Gesicht, wie'n Mädchen, so ist's prima!

Vater setzt die Flasche an, trinkt sie leer und wirft sie hinter sich.

Vielleicht sprießen dir bald die ersten Barthaare.

Den Griff vom Kinderwagen fest umklammernd, sieht er prüfend den Jungen an, Kopftuch, Röckchen, der rosa Nicki um die Schultern.

In deinem Alter hatte ich schon einen Bart. Aber so ist's gut!

Und sie gehen.

Beim Gehen wird ihnen warm.

Sie patschen mit den Sandalen, ihre Röcke flattern, den Kinderwagen vor sich stiefeln sie die Straße lang, an Hinterhöfen,

Zäunen, Holzschuppen vorbei, hell erleuchteten Fenstern, über glatten Asphalt laufen sie den sanften Hügel hinunter. Überall stecken die Bäume hier im schützenden Drahtgeflecht.

Dann bleibt Vater stehen. Zupft eine Weile an seinen künstlichen Brüsten. Glättet den Rock, die geblümte Bluse.

Schön ruhig hier, was? Da können wir endlich mal reden. Ihr bleibt ne Weile bei Tante Moni. Bei der wird's euch gefallen, wirst du sehen. Jee, kuckt mal, wie schön!

Mit zurückgeworfenem Kopf blickt er nach oben, zum himmlischen Augenschmaus.

Feuerwerkskörper bersten über dem Pyšeler Himmel, ergießen sich in schwefelgelben und kobaltblauen Fontänen, durchleuchten die Baumkronen, aus den kleinsten Metallstückchen, aus Ketten und Türklinken schlagen sie stiebende Lichtfunken, jagen flackernde Büschel durch die Dachrinnen.

Und wenn das Feuerwerk nachlässt, ertönt in der Stille das entfernte Kirmesgetöse, in den letzten Feuerkaskaden, die sich die Böller abringen, hören sie eine Menschenmenge raunen.

Tante Moni wohnt in Městečko. Du wirst es dort mögen. Du hast dein ganzes Leben noch vor dir, weißt du. Kannst reisen, studieren. Davon haben wir nicht mal träumen können.

Vater krempelt den Rock hoch, rafft ihn um die Taille. Vor einem Baum, der aus dem Gehsteig ragt.

Hier pinkeln wir jetzt mal.

Also urinieren sie auf den Baumstamm, benetzen Spinnweben, die im milchigen Mondlicht über der schrumpeligen Rinde zittern.

Mit aller Kraft hält Vater den Kinderwagen fest, sie laufen eine steile Straße hinunter, auf Licht und Lärm zu, immer näher zum anschwellenden Discosound, sie laufen in Sicherheit.

Und sollte doch einer, vielleicht hinter dem Holzschuppen versteckt oder hinter einem Baum, ein Böswilliger, Garstiger, die Frau mit Kinderwagen bemerken, in dem ein zartes Kind, ein Kleinod, schnauft, eine schreitende Frau mit einem kaum erwachsenen Töchterchen, dessen Sandälchen auf dem Weg zum Kirmesvergnügen ergeben in Mutters Spuren platschen ... vielleicht gäbe so einer, vermutlich gefrustet und zermürbt, sogar zu, dass die Dinge der Welt in Ordnung sind, womöglich sähe er ein, wenn auch mit klitzekleinem Stachel von Neid, dass unablässig gelebte Güte und Mutterliebe zu den ganz normalsten Dingen der Welt gehören.

Und dann biegen sie um die Ecke und stehen mitten im Strom.

Tatsächlich, nur zwei drei Schritte aus der dunklen Straße, und sie sind Teil der Menge. Der Schießbudenkorso saugt sie ein.

Sie ziehen oder besser gesagt werden gezogen durch den Gang zwischen den Schießbuden, bäng!, päng! Aus Einzelschüssen werden Salven, Schrotkugeln knallen auf wagenradgroße Holzscheiben. Schießbuden, Püppchen und kleine Bälle am Holzspeil, Schleuderäffchen am Gummiband, Lufttrüsseltröten, Lebkuchenherzen, alles, was mit einem Treffer auf das Speil erbeutet werden kann, wird von jugendlichen Schützen, massigen Rüpeln und coolen, verbissenen Knirpsen anvisiert, sie ballern mit zusammengekniffenem Auge drauflos, den Kolben gegen die Schulter gepresst. Um sie herum scharen sich kichernde Fräuleins, drücken riesige Plüschtiergeschenke an den Busen, und die Luftballons in ihren Händen zerren am Garn, bäumen sich bei jedem Windstoß auf. Hie und da hört man im Knattern der Patronen eine junge Frau kreischen, dann steigt über ihrem Kopf eine mit Kirmesgas abgefüllte Farbkugel zum Himmel.

Die Luftballons schweben über den Schießbuden, am Laubwerk vorbei, verschmelzen mit höherer Dunkelheit, das Geschrei der Schausteller geht unter im Lärm und Gelächter.

Der Junge schluckt. Sein Bauch knurrt. Der Wind fährt ihm unter den Rock, unauffällig zieht er ihn über die Oberschenkel glatt. Er saugt Gerüche ein. Leckt sich die Lippen.

Und da purzeln sie aus der Schießbudengasse auf den Platz, besser gesagt auf den Dorfanger.

Mitten in der herumwirbelnden Menge ragt ein riesiger Baumstamm auf, entrindet und mit Lampions, winzigen Glühbirnen und buntschillernden Papierketten behängt.

Hier stehen die meisten Buden mit Kirmeszeug, mit Grillrost und Bierzapfanlage. Auch die Attraktionen sind dort, das Kettenkarussell, die Schaukeln, die oberen Stockwerke des Riesenrads drängen zum Sternenglanz hinauf, und die ganz Mutigen, die es nach Abenteuer dürstet, umschwirren die riesige Giraffe, in deren Elefantenohren Gondeln hängen. Mit metallischem Schwung fliegen sie hoch, um mit kreischender Last kopfüber zu fallen und durch ein wahres Technikwunder haargenau einen Meter über der Erde zu landen.

Vater, die Brüste kühn gereckt, trotzt mit dem Rücken der Menge, seine Gelenke, die den Kinderwagengriff umklammern, sind ganz weiß, er reicht dem Verkäufer einen Tausender, nimmt die Pappteller mit Brot und Würstchen, wartet die Senfklexe ab und schiebt das Essen dem Jungen zu, der die Fleischsäfte inhaliert, das Bierodeur, die Hitze vom Grillrost; aber wie er nach dem Pappteller greift, da krächzt es ganz fürchterlich und ohrenbetäubend … er hebt den Kopf und sieht, wie sich der Maibaum neigt … Der Aufschrei der Menge klingt so schmerzerfüllt, wütend und erstaunt, als hätte da die Hölle selbst ausgeatmet … der Junge sieht die wippende Spitze und gleich danach schon den mächtigen, alles zermalmenden Stamm in ihre Richtung stürzen.

Aaaach, die Menge japst nach Luft, der gegen eine Bretterbude geschleuderte Kinderwagen knarzt, der Baumschaft poltert auf den Boden, prallt ab, dreht sich in der Luft, biegt sich durch und knallt wieder lang.

Er schlägt den Bierkiosk entzwei, die abgerissenen Lampions lodern auf, jemand fällt auf den Jungen und rappelt sich gleich auf, aus der eingestürzten Grillbude rollt eine heiße Flutwelle heran, der Junge duckt sich unter die Holztrümmer, sie schützen ihn vor hin und her laufendem, kreischendem Volk, einer humpelt weinend vorbei, Menschen purzeln auf den Boden.

Der Junge hockt, beißt ins Würstchen. Tastet nach dem nächsten, fasst in die glühende Kohle vom zerschmetterten Grill, schiebt sich die verbrannten Finger in den Mund.

Das furchterregende Tamtam des auf dem Boden aufschlagenden Baumstammes hört plötzlich auf.

Aus dem Geräuschamalgam schälen sich einzelne Schreie heraus, Knarzen und rhythmisches Quietschen der Attraktionen. Der Reihe nach verstummen die Maschinen. Auch die gellende Kreischmucke verhallt.

In den Ohren der Giraffe hängen Gondeln wie unbewegliche Klunkern. Die Schaukeln sind stehengeblieben. Das Karussell dreht sich nicht mehr. Auch die robusteren Bengel hängen wie blutarme Schaufensterpuppen von den Sitzen.

Dort, wo der Stamm eine Schießbude getroffen hat, wühlt eine mollige Zigeunerin zwischen den zerborstenen Zielscheiben, gestürzten Puppen und verstreuten Plüschtieren herum. Jaulend zieht sie aus dem Durcheinander ein Luftgewehr mit zersplittertem Lauf.

Auch das Riesenrad steht still.

Gestöhn der Verwundeten und Zermörselten, Kindergeheul, Verwünschungen, Schmerz und ungläubiges Staunen verschmelzen in einem Chor wie Klagegejammer über einem Schlachtfeld.

Liebling, steh doch auf, herrgottnochmal!

Hiiilfee!
Josel! Um Gotteswillen, wo ist er bloß! Josiiii!
Man hat den Baum angesägt.

Der Junge drängt aus seinem Verschlag hinaus, die Plane, vom tausendfachen Grillen verfettet, ist unter der Berührung eines Lampions aufgelodert, brennende Zipfel flattern im Wind.

Der Kinderwagen zu seinen Füßen ist platt wie eine Flunder. Zerdrückt vom Maibaum. Dessen scharfe, kranzgeschmückte Spitze direkt auf den Jungen zeigt.

Darunter aber kein Blut, kein Menschenklumpen, nichts.
Aha.

Der zappelnde, in Lumpen gewickelte Wurm ist beim Vater. Das geblümte Tuch tief in die Stirn geschoben, hat er sich hingehockt, wie eine Trümmermadonna hält er den Kleinen im Arm. Rußpartikel aus den Grills schwirren um sie herum, die brennende Plane peitscht durch die Luft.

Der Junge rennt zu ihnen. Legt die Hand auf Brüderchens Bauch, den Kopf auf den um die väterlichen Knie gerafften Rock.

Die Szenerie von Notreflektoren ausgeleuchtet. Die leise surrenden Generatoren haben den mechanischen, rhythmisierten Lärm der Attraktionen ersetzt, ein Martinshorn zerschneidet die Stille. Krankenwagen rücken an, die Feuerwehr. Polizeisirenen quaken.

Um die Buden der zerstobenen Kirmes kreisen verwirrte Besucher, finden wieder zusammen oder auch nicht, kriechen aus zertrümmerten Bretterbuden, klettern von stehengebliebenen Attraktionen herunter.

Ein paar verhagelte Unglückswürmer bleiben auch bei der Madonna mit dem Tuch im Gesicht stehen. Wieder andere treten von hinten an sie heran, manche soeben aus den Trümmern gestiegen, sie besehen sich die Verwüstung.

Haben Sie was vom Baum abgekriegt, Gnädigste?

Die Frau hat's abgekriegt!

Sie hat ein kleines Baby!

Auch Bison, der große Kerl mit Gold um den Hals, steuert mit großen Schritten auf die Pietà zu, streckt sofort die Pratzen nach Brüderchen aus, lallt etwas angetrunkenes, die Rothaarige, die von seinem Ellbogen flattert, scheint ziemlich unter Schock zu stehen, jedenfalls weint sie bitterlich.

Der Wurstverkäufer aus der Bude, aus deren Überresten der Junge eben hervorgekraxelt gekommen ist, bemüht sich, den verplemperten Minimax unterm Arm, Vater auf die Beine zu hieven.

Madame, ganz ruhig bleiben, lieber keine Bewegung zu viel, wie ein erfahrener Samariter wirft er mit Ratschlägen um sich.

Vater weicht zurück, die Pranke des Zudringlings mit Goldkettchen schmettert er ab.

Der Baum hat den Kinderwagen zerschrottet.

Heiliger Strohsack, es hat ein Kind dahingerafft!

Geben Sie der jungen Mutter einen Schluck, ja? Drängeln Sie nicht, die Familie braucht frische Luft, ja?

Man hat den Baum angesägt!

Das waren die von Poříčí!

Josiiii ...

Vater richtet sich ganz langsam auf, den Kleinen im Arm, verstohlen korrigiert er den Busen, ein wenig zu plump vielleicht weicht er den Helfern aus, versucht sich einfach der lästigen Aufmerksamkeit zu entziehen.

Der große Kerl mit dem Rotschopf pflanzt sich aber direkt vor ihn.

Hier stimmt was nicht!

Vater schüttelt Bisons Hand ab, die ihm über die geblümte Schulter streicht, rammt dem glotzenden Wurstverkäufer den

Ellbogen in den Bauch, kickt einen anderen Bürger mit dem Knie, und schon saust er weg, heftige Sprünge im wehenden Rock ... Der Junge flitzt durch das Spalier der bass Erstaunten hinterher ... Bison hat noch rechtzeitig die Pranke nach vorn geschleudert und Vater eine Brust ausgerissen, die Rothaarige jault auf und sinkt zu Boden ... Vater schützt die liebliche Last in seinen Armen und trabt, den Rock bis zur Taille hochgekrempelt, an den Buden vorbei, springt über kreuz und quer liegende Balken, der Junge flattert hinterher, sie rasen in die Scheinwerfer der herankommenden Feuerwehr, die ohrenbetäubenden Sirenen rauben ihnen fast das Gehör, ein paar brenzlige Momente schlagen sie zwischen Rettungswagen und Polizeiautos Haken.

Am Rand der zerstörten Kirmes schießen sie endlich zwischen die Häuser. Stürzen in eine dunkle Gasse, setzen sich.

Sakrafix, der Tausender ist hin, mein Junge. Gottseidank sind wir aber heil geblieben.

13 IN DER GARAGE · LOMOZ · RATZ SEINE ZUGREISE · DIE MONI · KÁJA: PRAG-OST UND D1 · VOM FLUGZEUG · EIN STÜCK VIEH · KALIUM · DIE NUTTEN KOMMEN

Schreck und Entsetzen über den gefällten Maibaum, das Sinnbild des dörflichen Glücks, der Sturz des Baums, verschiedene Verletzungen und Zerstörung von mehreren Kirmesbuden ließen in der Gegend reihenweise Latrinenparolen kursieren.

In der Nacht, wo in den Pyšeler Wirtshäusern und Kneipen traditionsgemäß Bacchanalien stattfanden, legte sich die Aufregung allmählich, vor allem als amtlich festgestellt wurde, dass die Zahl der Verletzten, Ruinierten oder sonst wie Betroffenen ziemlich übertrieben war.

Am Ort der Verwüstung der Großen Kirmes von Pyšely patrouillieren immer noch Feuerwehrleute und Sanitäter, und weil es unter den Meldungen, die es in die landesweiten Nachrichten geschafft haben, auch den Verdacht eines Terrorangriffs gab, taumeln auch Angehörige der Sicherheitskräfte zwischen den Attraktionen, schlendern stolzgeschwellte Angehörige vom Heimatschutz umher, und auch Reporter tauchen auf, um die nächsten Enten herauszulassen, die sich die Einheimischen willig aus den Fingern saugen.

Derweil pilgern weitere Neugierige zum Ort der Kirmesschändung, denn über die Landstraße ist es von den umliegenden Ortschaften in der Regel nur ein Katzensprung.

Miran wird von hartnäckig plappernden Piepsstimmen aus dem Schlaf gerissen.

Er kriecht aus den Decken, reißt mit verklebten Augen das

Blechtor einer der Clan-Garagen auf und steckt den Kopf heraus. Seine verwuschelte Haarmatte, der irre Blick und die furchterregenden Tätowierungen quer über das suffgerötete Gesicht entfachen in dem Grüppchen da draußen Funken von Fröhlichkeit. Die jugendlichen Taugenichtse, mittlerweile von den Ferien zermürbt, sind von der Erscheinung des Garagenstreuners regelrecht begeistert. Es könnte doch sein, dass sich in dieser Blechbude am Rand von Pyšely Schädlinge verstecken, irgendwelche schiefmäuligen Landpomeranzen aus der Gegend, wohl welche aus Poříčí, die ja den Maibaum auch angesägt haben sollen.

Am Garagentor landet eine Handvoll Schotter. Der halbnackte, im Halbschlaf taumelnde Miran rennt zwei, drei Schritte auf die Jungs zu und blökt dabei ganz ulkig, da ziehen sich die Bürschlein zurück, aus sicherer Entfernung schleudern sie ihre Geschosse in rascher und virtuoser Abfolge.

Miran, ein paarmal schmerzvoll erwischt, torkelt zurück und knallt das Tor zu.

Alles liegt im Halbdunkeln, aber er macht kein Licht an. Etwas erschüttert ob der frechen Jugend schüttelt er den Kopf.

Das hätten sich deren Väter oder ältere Brüder nicht erlaubt. Die kennen ihn ja.

Er starrt auf die Matratzen mit den schnaufenden Schläfern, auf den mit Maschinenteilen und Werkzeug übersäten Betonfußboden der Werkstatt. Ein Büstenhalter hängt über der auf einer Holzkiste stehenden Lampe. Plastiktisch und Stühle, zermanschtes Durcheinander von Speisen auf Plastiktellern, Kippen, leere Bierflaschen.

An der gegenüberliegenden Wand stehen Autos. Ihr neuer, sehr günstig erworbener Reiseschlitten, schwarz und edel, und eine erbärmliche Schrottmühle, zur Übermalung und Gesamtverkleidung bestimmt.

Des atemberaubenden schwarzen BäEmWähs, des Frischlings im Familienautopark, hatte sich sofort nachdem Mohrle und Söhne vom Schrottplatz gebracht worden waren, der Clan-Techniker Löti angenommen. Ein kurzes Gespräch auf der zuständigen Verkehrspolizeistelle mit einem, der auf Schmiergeld steht, und schon prangt auf dem Schlitten ein neues Kennzeichen, schön und tschechisch wie alles in der Gegend. Voller Wohlgefallen streichelt Miran den Wagen.

Dafür brachte Löti den Fiat zurück auf den Schrottplatz. Die Kirmes interessierte ihn nicht, die dortigen Mechanismen hatte er schon in seiner frühen Jugend studiert und irgendwelche hinreißenden robotischen Neuerungen wie auf dem Matějská-Jahrmarkt in Prag gibt es bei der Großen Kirmes von Pyšely nicht.

Auf Mirans Platz im gemeinsamen Lager hat sich Moni ausgebreitet, ihre Locken bedecken das ganze Kissen. Sie poft noch. In der Ecke kauert Kája unter den Decken, pfeift durchs Näschen. Kaum hatten sie die im neuen, um den Bauch spannenden Kleid aufgerüschte Moni am Maibaum abgeholt, die das Kirmesvergnügen kaum abwarten konnte, so sehr hatte sie sich gefreut, bekamen sie alle Hände voll mit Kája zu tun.

So viel, dass Moni schließlich Macinka, Janinka und die anderen alleine durch die Kirmes ziehen lassen musste, auf all den fahrenden Prunk und Pomp pfiff und voller Hingabe Miran zur Hand ging, der seinen jüngeren Bruder zu beruhigen versuchte.

Kája hatte seine Liebste nämlich schon wieder mit Bison zusammen gesehen und einen solchen Wutanfall bekommen, dass sich Moni und Miran ihm in der nächstbesten Spelunke auf die Hände setzen mussten. Miran hielt ihn fest und Moni legte ihm geduldig immer wieder den Zweck der Heiligen Woche auseinander, die sich bei den Mädchen vor Ort momentan großer Beliebtheit erfreute.

Gesegnete Tradition ist das, du Esel, belehrte sie Kája, als hätte er das nicht selber gewusst, ne Woche vor der Hochzeit haut das Mädel auf den Putz, sagt allen ihren Ex Tschüss! und ist danach ruhig wie ein Schaf, in so was greift man nicht ein! Kuck mal, Moni schiebt Kája ihre weit gespreizten Finger vor die Augen, so wenige Tage bleiben noch. Und sie liebt dich irre doll, das schwöre ich dir als Frau, du Dummi … Zu Kájas Ruhigstellung mussten so viele Runden bestellt werden, dass die beiden Brüder den Sturz des Maibaums und den anschließenden Kollektivkoller nur wie durch einen Nebelschleier mitbekamen.

Miran lässt sich zwischen seine Nächsten fallen und versinkt erneut in erleichterndem Schlaf.

Und dann öffnet der Greis Lomoz das Garagentor, hängt die Tür in Metallhaken ein, es quietscht und knattert, die Blechplatten wippen.

Der Alte mit blauen und gelblichen Aderschnüren auf den nackten Unterarmen schnüffelt mit vorkragendem Riecher in die Luft, den Raum, der vor ihm liegt, erklopft und ertätschelt er mit den Fingern, seine Pranken sehen aus wie Waffen. In dem mit Draht geflickten Blaumann und den eisenbeschlagenen Militärstiefeln ist er hineingestürzt wie ein Banditenführer. Die Sonne, die sich an seine Fersen heftet, knallt auf den Zementboden wie der Atem eines Feuerriesen.

Er rümpft die Nase ob des Aromas der ratzenden Besatzung, und über Kisten und Werkzeug stolpernd, verwünscht er das Chaos der Arbeitsstätte. Beim Wagenpark angekommen, kickt er das herumstehende Gerümpel aus dem Weg und klopft prüfend ab, was er dort liegen hat. Farbdosen, Pinsel, Kratzer und Schmirgelpapierbögen hat er sich schon gestern zurechtgelegt.

Ahoj, Papa!, grüßt Moni den Frühaufsteher.

Sie streckt sich noch eine Weile in den Decken und gähnt.

Dann springt sie hoch, barfuß, nackig und mit stolz gewölbtem Bäuchlein, das ganze schmucke Dekozeug, Ohrringe, Nieten, Keile in den Lippen, Wangen, Brustwarzen wie im Nabel des hervortretenden Bauches geraten leicht ins Schaukeln oder sie stecken ganz fest im Fleisch.

Sie kniet sich vor den Wasserkocher, nimmt einen Schluck, verzieht das Gesicht, speit hoch wie ein Geysir, direkt in den Saustall. Danach gießt sie Wasser aus dem Kanister in den Kocher. Schaltet das Gerät an, schlüpft in die Unterhose, geht in die Hocke.

Wer möchte Kaffee?

Alle, sagt einer.

Ich aber ohne Milch, ich will keine Milch!, ruft Kája.

Krieg dich wieder ein.

Mich kotzt das an, ich krieg immer Milch in so nem Kännchen, dabei will ich keine. Früher gab's so was nicht, solche Minidinge.

Ist wohl ne neue EU-Anordnung, meint Miran weise.

Darauf scheiß ich, regt sich Moni jetzt auf. In meinen Betrieb kommen mir keine EU-Kännchen rein!

Wie war das früher mit Milch, erkundigt sich Kája beim Alten.

Im Wirtshaus bestell ich nie Kaffee. Und woanders trink ich, was auf den Tisch kommt.

Aha ...

Der Alte macht Büchsen und Dosen auf, stopft dann den Verdünner mit einem verschlissenen Stoffklumpen wieder zu. Alles hat er sich auf Zeitungspapier hingestellt. Kniet sich neben das Gefährt, die unfahrbare Schrottkiste ist dran. Schon schwenkt er die Pinsel.

Durch die offene Garagentür sieht man die Kreisstraße. Dahinter, weit weg, den Fluss und die Baumallee. Überall Ruh.

Der Alte schmirgelt Ausbeulungen ab, Stellen, wo der Lack pellt. Zum Schluss fährt er prüfend mit dem Daumennagel darüber. Andere Stellen schleift er ganz ab. Vor allem Kratzer und Dellen hat er auf dem Kieker. Und schon wühlt er mit dem Pinsel im Narbengeflecht der Karre. Hier geht es nur darum, ein Auto zu streichen.

Woran merkt er, welche Farbe er nehmen soll, wo er nichts sieht?, will Kája wissen.

Mit der Schrottkarre, die der Alte in der Mache hat, werden sie nicht viel bewerkstelligen können. Onkel Lomoz ist aber Vaters Kumpel. Also ist die Arbeit wichtig.

Lomoz dreht sich um. Lächelnd dreht er seinen Rüssel in die Richtung von Kájas Stimme.

Die anstelle der ausgebrannten Augen seit Ewigkeiten eingenähten Lider sind verschrumpft und zerknittert, als würde die künstliche Haut gemeinsam mit Lomoz altern. Unter den ledernen Vorhängen leere Augenhöhlen. Er hatte mal Glasaugen. Die hatte er damals problemlos von der Krankenkasse gekriegt, kein Ding. Er hat sie zu Staub zertreten, aber echt, zu Staub. Wann hat er das künstliche Zeug zermalmt? Wo? Das wusste er nicht. An dem Tag war er sternhagelvoll.

Später brachte Moni ihm bei, die Höhlen mit Borwasser zu spülen. Wenn er sich volllaufen ließ, was selten eine Angelegenheit von nur einem Tag war, füllten sich die Löcher in seinem Kopf mit verschiedenstem Schmierzeug. Insekten verfingen sich dort, Krümel.

Ganz schön eklig!, pflegte Moni zu sagen.

In letzter Zeit betüterte sie ihn ziemlich viel. Die Mädels übrigens auch. Kreischend und lachend schleppten sie immer wieder eine von seinen schwarzen Brillen an, die er ständig überall liegen ließ. Jetzt wohnte er praktisch im Löckchen. Unten in der Küche.

Augen hin, Augen her, Lomoz war schon immer geschickt gewesen. Alles, was im Löckchen repariert, nachgezogen, zerdeppert oder vielleicht übermalt oder restauriert werden musste, das hat er erschnüffelt und erledigt. Er ging auch gern in die Häuser drum herum, um was zu flicken oder auszubessern. Jeder schnackte gerne mit ihm, wirklich jeder. Man hatte Achtung vor ihm. Wegen der Sache mit dem Panzer damals, was er da gemacht hatte. Davon wusste man. Aber er hatte noch mehr auf dem Buckel. Zeug, von dem den anderen die Luft wegblieb. Wenn er mal was erzählte, saßen alle mit offenem Maul da.

In letzter Zeit fiel ihm aber alles aus der Hand. Falls man ihn im Betrieb früher als eine Art Bodyguard eingesetzt hatte, ein großer, bedrohlicher Kerl, der bei den hiesigen Landeiern und Besuchern Respekt hervorrief, lag er jetzt im Löckchen eher auf der faulen Haut wie ein alter Hauskater. Er war gern dort. Eigentlich liebte er es dort, es war sein Lebenselixier, der Tag- und-Nacht-Betrieb, all das Gezanke unter den Mädchen, das Geschnatter, mit seinem Mordszinken sog er ihre Sprays und Parfüms ein, die dem allgegenwärtigen Odeur der weiblichen Adoleszenz, mit dem die Luft im Haus getränkt war, erst den richtigen Schmiss verliehen.

Als er noch Interesse hatte, gaben sich ihm manche ziemlich willig hin. Womöglich aus kollegialer und mitkämpferischer Zuneigung fassten sie ihn als selbstverständlichen Teil des männlichen Inventars auf.

Außerdem begriffen ein paar von diesen durch und durch geilen Ludern schnell, dass Lomoz in besonders öden Zeiten wie zum Beispiel den herbstlichen Unwettern einen vom Naturell her besonders taffen Stecher abgab.

Erst jetzt, wo er unaufhaltsam aus dem Greisenalter in eine neue Phase rutscht, teilen sich die Mädels eher Kaffee und

Buchteln mit ihm. So sieht es auch im süßesten Paradies aus, falls dort die Gesetze der Zeit gelten.

Woran ich die Farbe merke, mein Junge? An ihrer Wärme, weißt du? Wie ein Schamane!

Kája reißt die Augen auf. Moni zwinkert ihm zu. Von wegen der Alte redet Stuss. Miran fragt, ob man sie schon gekriegt hätte?

Wen, fragt Kája.

Na die Säcke, die die Kirmes überfallen haben.

Blödsinn, murmelt der Alte. Der Maibaum war einfach nur schlecht befestigt!

Man hatte ihn angesägt, japst Kája. Alle sagen das.

Quatsch, Lomoz bleibt dabei. Schlecht befestigt. Hab doch dran gearbeitet.

Aha!

Das mit den Milchkännchen erinnert mich an meinen alten Freund Ratz Fatz. Der konnte wiederum die neuen Züge nicht ab!

Onkel Ratz!, ruft Miran vom Bett. Der hat uns doch die Schiffchen aus der Rinde geschnitzt! Weißt du noch, Kája?

Hm.

Der Lackmann verteilt tüchtig Farbe über den Zement, und Kája beschließt, für einen Parkettboden, also zum Beispiel für seine neue Residenz, wenn es mal so weit ist, nicht den Alten anzuheuern. Bei allem Respekt.

Zwar hat unser Ratz Fatz jahrelang abgeschieden in seiner Blockhütte gelebt, aber eines Tages wollte er doch wieder unter die Leute.

Und der Lackmann zieht sich geschickt eine Dose heran, legt darauf die Pinsel ab und streckt sich, dass es nur so knackt.

Auch nach Frauen kucken wollte er wieder! Er hatte halt wie'n Dachs gelebt, in seinem Bau, auch mit dem Saufen hatte er Schluss gemacht, aber dann dachte er, eins wäre noch drin. Da hat er aber auf Granit gebissen, sag ich euch.

Was ist passiert?, japst Kája.

Er also nach Čerčany zum Zug, an der Bahnhofsspelunke Zum Aasgeier vorbei, wo er Jahre lang gesumpft hatte, ich versuch's woanders, denkt er, ist halt grad in Abenteuerlaune gewesen. Und im Zug ging das bei ihm los.

Was?, der Jüngling lässt nicht locker.

Onkel Ratz, der hat mir das Melken beigebracht, Göttchen, wie schnell die Zeit rennt, wie schnell, seufzt Moni.

Er also rein und gleich zum Fenster, will es aufreißen, man reist doch so schön in frischer Luft, aber in den neuen Zügen kriegst du keine Fenster auf! Er schnackt auch gerne darüber, wo man gerade fährt, das feuert die Plauderei an, in der Hinsicht gehen die Meinungen der Leute nämlich total auseinander, aber auch das war nicht möglich!

Nein? Kája atmet aus.

Nein, in den neuen Zügen hämmert man dir die Bahnhofsnamen aus den Lautsprechern ein, außerdem blinkt die Anzeigetafel, so dass jeder weiß, wo er gerade ist! Er palavert auch gerne darüber, was man Neues oder Altes aus dem Fenster sieht, aber auch das Fehlanzeige, zwischen dem Zug und der Landschaft steht ne Mauer!

Lärmschutzwall, ruft Kája. Gab es den früher nicht?

Ratz glotzt also auf die Mauer, kommt sich vor wie im Zwinger, Zug hält in Čtyřkoly, keine Landschaft mit Fluss zu sehen, und päng! Senohraby, päng! Mirošovice, und draußen immer noch die Mauer, darüber würde er gerne einen Plausch anfangen, aber er traut sich nicht, alle telefonieren gerade oder glotzen auf so Minifernseher im Schoß.

Chachacha, Miran lacht.

Und wie es auf den Abend zugeht, ergießt sich knallhartes

Licht über den Waggon, und Ratz bekommt es mit der Angst, durch das zugeriegelte Fenster kannst du nicht mal die Mauer anglotzen, du glotzt nur dich selbst an, die blitzblanken Scheiben werfen dein Bild zurück wie im Spiegel. Seltsam! Kein Wunder, dass es ihm an den Nieren frisst. Dabei weiß er nicht, was noch kommt!

Was denn?, fragt Miran kurz angebunden.

In Stránčice hält er's nimmer aus. Er aus dem Zug raus und rein in die Kneipe. Und dort Oben-ohne-Bedienung. Das kennt er nicht. Kaum ist er drin, kommt ein Mädel angerannt, schiebt die nackte Brust vor und reicht ihm lächelnd ein Bier. Er zischt es aus, will ein neues, und schon hat er ein anderes Nackedei mit nem Humpen vor sich stehen. Neues Bier. Wieder ne nackige Frau. Und so weiter.

Ach das.

Der ist wohl vor lauter Glück auf der Stelle verrückt geworden, hat man später erzählt.

Wäre der bloß zu uns gekommen, sagt Moni. Da hätte er seine Ruhe gehabt, so wie immer.

Ratz kippt sein Bierchen hinunter, sein allmählich trüber Blick ergötzt sich an der herrlichen Blöße, er nimmt noch eins und so weiter, wie immer halt, und sobald er den leeren Halbliter auf den Tisch knallt, kommen die Mädels mit nem vollen angerannt, die Brüste der jungen Frauen wippen oder ragen anmutig nach vorne, und Ratz muss gedacht haben, was für eine paradiesische Belohnung fürs Leben, das wäre wohl das Ende, und so war es auch, er fällt hin und ist vom Fleck weg tot.

Und der Alte kniet sich zum Wagen, ertastet seine Pinsel und geht erneut voll und ganz seiner Arbeit nach.

Das muss an einem Mittwoch gewesen sein, überlegt Miran. Oben ohne ist immer nur mittwochs.

Woher weißt du das?, fragt Moni.

Erzählt man so, Kája greift dem Bruder unter die Arme. Aber Onkel, woher weißt du, wie es im Zug aussieht?

Hab ich so gehört.

Moni, zieh dir endlich was an. Wir müssten langsam los, oder?

Moni nimmt den BH von der Lampe, dreht sich um und reckt die Ellbogen, ein Klick.

Sie dreht sich wieder um.

Die Moni. Haufenweise Licht fällt auf sie herab. Ihre Klammern, Nieten und Ohrringe, ihr funkelnder Barbarenschmuck, alles glänzt und leuchtet. Wenn sie sich beim Anziehen in die Richtung der beiden Männer dreht, können sie die Augen nicht von ihr abwenden. Eine Weile hört man nur die Ventilatoren knarzen, und die Sommerinsekten grummeln wie im Maschinenraum der Ewigkeit.

Nun, Monis Haut ist zwar leicht von irgendwelchen Pustelchen verunstaltet, der Kolben ragt ihr auch etwas zu doll aus dem Gesicht, zwanzig ist sie auch schon lange nicht mehr, keine Chance, aber wer will eine Junge? Eine Göttin ist besser.

Gut, dass sie sich was übergestreift hat. Um ehrlich zu sein, die Gebrüder drehen sich zu ihr wie Sonnenblumen zur Sonne. Ihr fällt es nicht mal auf. Kein Wunder. In Amsterdam hatte sie im Fenster angefangen und dort laufen die Mädchen den ganzen langen Tag nackig herum.

Manno, wie geschickt sie den zugemacht hat, sinniert Kája.

Ein Mann gibt meistens ein peinliches Bild ab, wenn er sich mit dem BH abplagt. Du kaufst deinem Mädel nen BH und kannst ihn weder auf- noch zumachen. Ein anderer aber vielleicht schon. Furchtbar. Vielleicht haben die das als Test. Böhmens größter BH-Depp. Als Sieger höchstwahrscheinlich ein Tesco-Verkäufer. Aus der Frauenabteilung. Bestimmt ne Schwuchtel. Geschähe ihnen recht.

Kája denkt pausenlos an Světla.

Jeden Tag und von dem jede einzelne Stunde.

Er muss wieder an die Begegnung auf der Kirmes denken, und sein Gesicht verdüstert sich.

Sie haben sich von Kindesbeinen an gekannt, aber richtig zur Kenntnis genommen haben sie sich erst, als Světla bei Moni angefangen hat.

Und als sie sich wirklich richtig zur Kenntnis genommen haben, hat sie dann natürlich aufgehört im Puff, ist doch klar.

Jetzt aber kann sie auf den Putz hauen, wie sie will. Sie hat ihre Heilige Woche. Die Woche, wo die Mädels ihr Allotria treiben dürfen.

Aber Kája freut sich, dass die Woche bald zu Ende ist.

Dann steht die Hochzeit an.

Und der Grobklotz verfällt in Träumereien.

Trotz seines kindlichen Gemüts und seiner natürlichen Gewaltbereitschaft, so prima in Geschäftsangelegenheiten verwendbar, spürt Kája in sich einen großen Drang nach Zärtlichkeit …

Zum Frühstück gibt es Tee, Kaffee, Brote mit was drauf. Moni, angezogen, serviert es auf einem von diesen Plasteteilen, das sie vorher mit einer Handbewegung von den Resten der gestrigen Nacht befreit hat.

Sie und Miran legen sich dann wieder lang. Paffen eine, tuscheln. Balgen sich um das Exemplar von *Blesk*, das dort rumliegt. Moni siegt. Miran brummt. Moni will aber wirklich lesen, sie ist halt so.

Kája ödet es an, die beiden anzukucken. Er schnappt sich eine Holzkiste und stellt sie neben den Greis. Hockt sich hin und studiert den Blinden schamlos aus nächster Nähe.

Für ihn gehören die Alten noch zu einer ganz anderen Sorte

von Mensch. Das Alter habe den Lackmann ausgedörrt, stellt Kája fest.

Er ist immer noch groß. Nicht geschrumpft wie andere in der Gegend. Seine Haut ist eine Landkarte erlebter Hitzewellen, Frostattacken und Windböen, Falten, in die man einen Finger schieben könnte, Einkerbungen wie vom Peitschenhieb. Seine verbogenen starken Finger halten den Pinsel schief.

Seine Arme sind wie irre lange Baumwurzeln mit den Fingernägeln als Kneifzangen, grübelt Kája. Solche haben nur Alte auf dem Land. Ja, so ausgedörrt gefallen sie ihm eher. Mumienmenschen sind besser als Fässer. Alte kriegen oft nen dicken Bauch, schwellen an wie ne trächtige Sau. Den hier begraben wir noch mit Muckies. Ich möchte auch so werden, denkt er. Wenn ich alt bin.

Und Kája macht sich nützlich. Schiebt ihm hier ein Döschen zu, wischt dort den Pinsel im Zeitungspapier ab.

Gib mal nen Lappen her! Mach den Verdünner auf!

Onkel, wie alt bist du eigentlich?

Du grad so fünfzehn, was? Faustgrün hinter den Ohren.

Stimmt nicht. Ich heirate bald.

Weiß ich doch. Hab dich nur verarscht.

Deswegen fahr ich mit Miran rum. Ich brauche Geld, logo. Hochzeit, Vaters Geburtstagsgeschenk, und ich bin weg. Großes Indianerehrenwort.

Der Alte setzt euch ganz schön zu, was?

Ebend.

Kája lehnt den Kopf an die Haube, ruht, denkt nach.

In seiner Vorstellung gleicht der Distrikt Prag-Ost, wo Miran und er operieren, einem gigantischen Gebiet unter permanenter Beschallung von Autos, die über die De eins strömen. Berge und Täler schneidet sie auf, an manchen Stellen geht das Autogesurre ins Flussgemurmel über.

Prag-Ost, eine scheckige Kuhhaut, ein Riesengebiet, hie und da von einer Handvoll Blockhütten gesprengt, hie und da von Prunkvillen vom Planeten Dermaleinst zugebaut, als die Parzellen an der Sázava, nur einen Sprung von der Hauptstadt entfernt, die pompösen Gelüste der kosmopolitischen Reichen befriedigten. Zaun an Zaun harren sie aus in der Nachbarschaft von Arbeiterwohnblöcken aus dem Zeitalter der Genossen, und nur ein Stück weiter ragen aus den Brennnesseln zerfallene Gutshöfe mit herumwieselnder Zigeunerbrut, die Mauern abgeschlagen und rissig wie Leguanhaut.

Kájas Gedanken kreisen um Momentaufnahmen von ihren Eintreibertouren. Wie zum Beispiel der von Sufftränen besprengte Hunderter, unter Verwünschungen nach einer Benimmdichohrfeige in der Waldkneipe Stumpf und Arsch aus dem Gummistiefel gezogen. Oder die Fünftausenderpäckchen von dem wohlhabenden Schuldner aus Senohraby, den die Unnachgiebigkeit der beiden Brüder dermaßen erschreckte, dass er von den Zinnen seiner mit zuckerrosa Mauerwerk aufgebauschten Villa aus das Gewächshaus vollkotzte.

Schulden zurückzahlen muss jeder, da gibt's kein Pardon, Nachsicht würde den guten Namen des Baschta-Clans ruinieren wie eine Feuersalve aus dem Maschinengewehr.

Dann und wann tut eine Prise Gewalt Not, was allerdings die Knarren betrifft, da haben die Baschtas nur zwei oder drei Stück im Revier gehabt, und auch die waren ihnen nur als Pfand oder Teilschulden zugelaufen. An eine Modernisierung des Waffenarsenals hat bisher keiner gedacht, Miran und Kája lösen Streitereien eher auf die mittelalterliche Art. Schusswaffen fallen eh in Lötis Jurisdiktion, denn der Techniker Löti hält ihre allfällige Feuerkraft in Gang. Bisher haben sie sich ihrer nur in Ausnahmefällen bedient, zur Abschreckung besonders böser Arschlöcher nämlich.

Wann und wohin sie fahren? Bei wem abkassiert wird? Was Vater ihnen aufgetragen hat, das behält alles Miran im Kopf.

Kája will auf jeden Fall auf eigenen Beinen stehen. Schluss mit der Reiserei. Weg vom Schrottplatz. Zusammen mit Světla. Der große Tag, wo sie Vater das große Geschenk zum Geburtstag überreichen und wo die Hochzeit stattfindet, rückt immer näher. Und so lautet Kájas Plan: Gemeinsam mit seiner Gattin leben. Kinder kriegen. Für immer zusammenbleiben. Und? Was ist so schlimm daran? Früher haben doch alle so gelebt, pöbelt er im Geiste herum, als stritte er mit einer großen, lärmenden Menge.

Und wie viel brauchst du so?, fragt Lomoz.

Na, damit meine Frau ein Haus mit vielen Möbeln bekommt, einen Garten mit Blumen, Waschmaschine, Geschirrspüler, alles nur vom Feinsten. Eigenes Auto braucht sie auch, ist doch klar.

Himmelherrgott, du hast sie aber lieb. Was macht sie gerade?

Weißt du doch, Onkel. Sie hat gerade ihre Heilige Woche. Danach kommt die Hochzeit!

Hauptsache, dass keiner sie dir auf Milch setzt, bringt Lomoz den üblichen Spruch.

Schon geritzt, brüstet sich Kája.

Ich hab der Světla immer zu dir geraten. Hab dich sehr gelobt!

Wirklich? Kájas Züge werden ganz sanft.

Hör mal, Mädel, hab ich gesagt, verhure deine besten Jahre nicht und nimm den Schwachkopf, solange er dich haben will, der Depp.

Was soll das, Onkel.

Spaß, keine Angst, wird schon klappen, du wirst sehen.

Wirklich?

Klar doch.

Sie schwingen die Pinsel in Eintracht und Einigkeit. Und Kája wundert sich, wie der Alte mit dem Ganzen klarkommt. Wie merkt er überhaupt, wo er streichen soll und wo nicht?

Ganz einfach, alles muss gestrichen werden, sagt der Blinde. Da kommt es auf irgendwelche Fitzelchen nicht an. Denk nicht zu viel nach. Schieß los, eier nicht rum.

Onkel?

Hm.

Ich verstehe nicht, wie du das alles schaffst. Ich meine alles. Wenn ich erblinde, bringe ich mich sofort um.

Aber komm, so schlimm ist es doch nicht.

Wirklich nicht?

Du meinst, dass es leichter ist, sich umzubringen, als nichts zu sehen?

Keine Ahnung.

Ich bringe mich um, wenn ich alt bin, sagt der Blinde.

Du bist schon alt!

Noch nicht so. Solange du die Kraft hast, dich umzubringen, ist alles okay. Das ist die Crux. Wenn du das vergeigt hast, wirst du zum Vieh.

Was für'n Vieh?

Denk nicht darüber nach, Mann. Du kriegst ein Baby.

Wie hast du das gemeint mit dem Vieh, Onkel?

Na, du bist zu nichts mehr gut, scheißt vielleicht ins Bett und merkst es nicht einmal.

Dann ist es dir aber wurscht, oder?

Stimmt auch wieder, sagt der Blinde.

Also worum geht's dann?

Ich überlege, wie ich es machen soll, damit es nicht so weit kommt.

Aber Vater, komm schon, brummt die Moni. Willst du noch nen Kaffee?

Die Moni, die windet sich so seltsam, denkt Kája. Das Bäuchlein mit einem Kissen unterlegt, ihre Lektüre auch, aber immer wieder stöhnt sie so komisch. Schnauft. Da hat Miran sie wohl gekitzelt.

Ich mach bisschen Mucke an, ja?, sagt Kája. Damit wir Musik haben, was meint ihr?

Versuch's mit Nachrichten, bittet der Alte. Im Flussfunk wurde erzählt, dass etwas in ein Feld geplumpst ist. Nicht weit von Poříčí. Das Feld ist umstellt, überall Polizeiabsperrung, keine Ahnung, wem es gehört. Auch ein Stück Wald halten die hinter Schloss und Riegel. Ist da vielleicht ein Flugzeug abgestürzt?

Von solchen Absperrungen gibt es jetzt viel in der Gegend, meldet Kája. Da kommen die Bullen angerannt und besetzen eine Stelle. Und keiner darf hin. Was geht dort vor?

Ne Exekution vermutlich, sagt Miran nachdenklich. Oder ne Autobahnumgehung.

Ist ja irre, ich lese gerade von einem Flugzeug, meldet sich Moni zu Wort. Das ist aber in der Ukraine abgestürzt. Oder in Russland? Wurde abgeschossen, Moni wedelt mit der Zeitung, vertreibt die Ausdünstungen von Farben, vom Verdünnungsmittel.

Kuckt mal, was hier steht, ist das nicht furchtbar! Die Fotos! Leichen, die vom Himmel gefallen sind, auf Telegraphenmasten gespießt. Über Felder verstreut. Und hier ein Foto von einem Mädel. Hmm, die sieht ja aus.

Was ist das für ne Nudel?, will der Alte wissen.

Ne Separatistin, eine Reußin. Aufgemotzt mit Schminke, die sie bei den Leichen gefunden hat.

Zeig mal her. Ne Hübsche, gibt Miran den Lackiermännern durch. Kája, kuck mal!

Aber Kája ist gerade dabei, Drähte zu verbinden, er hämmert auf die Batterie. Kein Ton. Ist halt ein Wrack, das sie da aufmotzen.

Jesusmaria, wie schlimm ist das denn. Die Russen schießen ein Flugzeug ab und schwuppdiwupp beklauen sie die Toten. Und ihre Mädels nehmen den toten Mädels die Schminke weg. Das ist richtig bäh, wenn ihr's wissen wollt.

Die sind dort arm, Miran versucht Moni zu besänftigen. Das darfst du nicht so nehmen! Du hast Schminke, wie viel du brauchst. Aber ein armes Reußenmädel? Schalte mal dein Hirn ein!

Dir tun die Reußenmädel mehr leid als die Abgeschossenen, nicht? Typisch! Und die Separatiererin, die gefällt dir, was? Soll ich dir was sagen? Geh doch nach Russland!

Euch kommt das komisch vor, mischt sich der Alte in die Debatte ein. Aber bei denen ist das normal. Sie nehmen Schminke als Beute. Abschießen und in Besitz nehmen, so läuft das. Und haben sie nur Schminke mitgenommen?

Ich lese kein Wort weiter, sagt Moni trotzig. Mir ist da ganz schlecht von.

Die Russen sehen ähnlich aus wie wir, sie sind weiß. Und auch Slawen. Sie sind wie wir, aber sie sind nicht wie wir, klärt der Alte sie auf.

Hey, Miran, steh doch auf und plünn dich an, ja? Das Foto lege ich dir hin, krakeelt Moni.

Ihr erinnert euch nämlich nicht an achtundsechzig. Die sind hier mit Panzern reingestromert, und gleich wo sie in das Pfarrhaus rein sind, spült dort einer ab, und als es zu sprudeln anfängt, schießt der das Klo kurz und klein. So sind die Russen. Ihr müsst nur euren Vater fragen.

Die Ukros sind aber okay, stimmt Kája ein. Ich hab mit ner Bande Ukros geackert. Hab fast jedes Wort verstanden, was die gesagt haben. Die sind fast wie wir.

Beides sind Sowjets gewesen!, bellt der Alte.

Hab ich nicht gewusst, Kája legt den Rückwärtsgang ein.

Ab heute stell ich keine Reußinnen ein, sagt Moni. Am Ende muss ich bei denen noch die Schminke kontrollieren.

Der Alte pfeffert den Pinsel auf den Haufen alter Zeitungen vor ihm und kreuzt die Arme, die jahrhundertealten Holzscheite, vor der Brust.

Ich schlabber jetzt was von dem Kaffee. Schade aber, dass hier kein Radioapparat dudelt. Neulich haben die im Flussfunk von dieser Krankenschwester aus Rumburk berichtet, Todesengel heißt die. Stellt euch vor, sie hat alte, leidende Menschen mit Kaliumspritzen umgebracht. Was ist dieses Kalium?, hab ich mich gefragt. Das ist im Radio aber nicht gekommen.

Weiß auch nicht, was das ist, nickt Kája.

Also Kalium! Kann man das vielleicht essen, zum Beispiel? Kriegt man das in der Apotheke? So was hätte ich schon gerne gewusst.

Aber Vater. Moni klatscht die Zeitung aufs Bett.

Dann leg mir ein Stück Kalium unter den Weihnachtsbaum, Monilein, ja? Gibt's das Zeug nur in Spritzen? Oder verkauft man das auch als Tropfen? Ich hätte gern so'n Kalium zur Hand. Jetzt haben wir Sommer. Aber es kommen Winter, Herbst. Und schon wieder denkst du dran.

Aber Vater, komm schon.

Hallöchen miteinander! Schon alle auf? Die Konversation wird von Janinka unterbrochen, das strahlende Gesichtchen von feuchten Zöpfchen umrahmt, draußen hat es nämlich wieder gegossen, das Mädchen sondert weitere Grüße und Fragen ab, drängt in die Garage ein. Macinka pflichtet ihr bei. Die Mädels sind nicht allein gekommen, soeben haben sie sich aus den Armen von jungen Männern herausgewunden, die sie aber vor dem Tor stehen gelassen haben.

Hallöchen Mädels!, zwitschert Miran.

Und Monis Mädels stürmen die Garage. Die prallen Hintern der Mätresschen sind von knallengen Jeans umspannt, über den überquellenden Brüsten klaffen Raschelstoffjäckchen auf, auf dem Rücken tragen sie winzige Rucksäcke, Reisetäschchen in der Hand.

Kája, ciao!, ruft Janinka. Was treibt denn die Světla so?

Kája hinter der Motorhaube läuft rot an, sein gesenkter Kopf erinnert nicht im Mindesten an die Leitzentrale einer so mächtigen Muskulatur.

Das wollte ich euch gerade fragen, grunzt er.

Dann lass es lieber, wiehert Macinka, und beide Mädchen prusten los. Aus jeder einzelnen Gesichtspore der jugendlichen Prostituierten steigen gute Laune und Sorglosigkeit.

Kája richtet sich aus der Hocke auf, kittet seine Gesichtsmuskeln an die restliche Körpermasse, stemmt die Arme in die Hüfte, macht ein paar Schritte, lehnt sich ans Tor, das im Regen kühler ist als das restliche Blech des Hangars, und röchelt die jungen Männer an.

Was gibt's zu glotzen?

Chill mal …, aber das kommt erst aus sicherer Entfernung, schon bei Kájas erster Regung haben sich die beiden Jungen nämlich vom Tor gelöst, und jetzt schlendern sie langsam und würdevoll weg.

Die Mädels prusten erneut los.

Světla lässt dich gaaanz doll grüßen!

Es geht ihr priiiima!

Sie lachen. Dieses Lachen, diese Freude, da wird es allen gleich ganz warm ums Herz.

**14 EIN PAAR WATSCHEN IM DUNKELN · WIE WEIT NACH MĚSTEČKO?
UMS VÖGELN GEHT'S GAR NICHT · ACH NEE? GRÜSS DICH, BRONĚK!
BRONĚK SEIN GERONT · WAS FÜR'N KNAST WÜRD ICH WOHL HABEN?
CHLUM.**

Der Junge wischt die verbrannten, fett- und rußverschmierten Finger an seinem rosa Nicki ab. Vater hält das Kindchen auf dem Arm, das Kopftuch tief ins Gesicht, über die Hakennase gezogen.

Ihre Schritte zerfurchen verwilderte Gartenparzellen. Die Sandalen platschen so gut wie unisono. Ihr Auszug aus Pyšely gestaltet sich aber etwas labyrinthisch. Sie kreisen auf Pfaden, von den Einwohnern zum Feldrand ausgetretenen, werden jedoch zurück ins Dorf geleitet, zwischen die Zäune.

Hier und da wird der Weg von der Straßenbeleuchtung zerschnitten, sie plagen sich durch zerronnenes Laternengelb.

Vater brummt, immer wieder ruht er sich im Stehen aus, das Brüderchen an die Brust gedrückt wie ein Äffchen.

Bis sie Stimmen hören. Vater legt einen Schritt zu, der Junge folgt. Um sie herum die letzten Häuser.

Hier kommt schon die Straße, die gestrichelte Linie auf ihrem Buckel rast rasant ins Unbekannte. Im Graben verrostete Konservendosen, Glas. Wogende Brennnesseln, vom Regen geknickte Disteln.

Das Auto hat Scheinwerfer an, Motten schlottern im Licht. Eine Bohnenstange schlenkert auf der Straße, um sie herum springt eine junge Frau von kleinerem, festem Wuchs. Als Musikuntermalung Platschen von Schuhsohlen und Schwall der Wut und Bitternis, der sich aus ihrem Mund ergießt. Vater grunzt belustigt. Er reckt sich, zupft am Tuch, schiebt flink die restliche Brust zurecht.

Schon wieder die, raunt er dem Jungen zu.

So ist es. Um diesen ihren Partner hüpft das Kirmesmädel herum, knallt ihm hier eine und dort eine, das dumpfe Geräusch der Watschen bildet den Refrain zu ihrer Schimpftirade.

Der Typ oder junge Mann wankt. Streckt die Arme nach ihr aus. Aber jedes Mal kriegt er nur einen neuen Schlag ab.

Hab schon immer ne Schwäche für Rotschöpfe gehabt, sagt Vater.

Und schon stehen sie dicht vor den beiden.

Guten Abend, sagt Vater.

Nichts. Der Typ wankt. Das Mädel hüpft.

N'Abend! Vater schreit. Nehmen Sie uns bitte mit?

Hä? Der Typ gibt einen Laut von sich.

Hab Kinder dabei, stellt Vater fest. Er hebt das Brüderchen hoch, das stille Geschöpf in seinen Armen gerät ins Scheinwerferlicht.

Verpisst euch, verkündet die Frau heiser und springt zur Seite, der dürre Typ taumelt. Sie kneift die Augen zusammen, stolpert. Hat sie einen sitzen?

Aber, Fräulein, haben Sie sich nicht so, Vater zeigt grinsend die Zähne.

Aber da ist sie schon futsch, ein Sprung über den Straßengraben, der Rock fliegt, raschelt durchs Gebüsch, ein flatternder Fleck in der Dunkelheit.

Die Bohnenstange sackt auf die Straße, lehnt mit dem Rücken am Auto. Hemd, Jeans, die Ankömmlinge könnten sagen: ein junger Mann. Erst wenn sie vor ihm stehen, sehen sie sein Gesicht, es ist grau, statt festes Fleisch eingefallene, von ausgeleiertem Adernetz verwüstete Flächen, erstaunt starren sie in die Geiervisage eines älteren Mannes.

Kann ich irgendwie helfen?, sagt Vater.

Jup.

Nehmen Sie uns mit?

Wir versuchen's.

Wir möchten gerne nach Městečko, präzisiert Vater.

Zuerst helfen Sie mir da rein, sagt der Besitzer von u. a. glühenden Augen, zittrigen Angelködern im betagten Schädel.

Und der Junge spürt ganz deutlich, wie und warum alles vor sich geht, auch wie sich mit ihnen das Universum im Universum dreht. Das festpappende Gefühl von Unendlichkeit wird vom diffusen Licht der fernen Straßenbeleuchtung verstärkt. Von der Mondsichel, die aus dem Wolkengewölbe über den fernliegenden Hügeln herauspurzelt. Vom erstickten Kläffen eines Hundes. Dem Reiben des Rockes an Zweigen im Wald. All das vollzieht sich geruhsam, gedämpft, in den Waben der aufziehenden Nacht. Mit kaum bemerkbarem Knarzen, das nur ein wahrlich empfindsamer bis überempfindsamer Mensch mitbekommt.

Der baumlange Kerl sinkt auf den Beifahrersitz. Vater sitzt am Steuer. Er protestiert, denn er habe, wie man so schön sagt, einen zur Brust genommen. Aber nachdem ihr Retter eine Flasche hervorgezaubert hat, entledigt er sich seiner Aufgabe mit großem Elan.

Bald jedoch wird der Flug ihrer Räder von einer Barrikade gestoppt. Gelbe Schranken polizeilicher Absperrung.

Sie warten nicht einmal die Anweisungen des schwarzbejackten Wärters mit Taschenlampe ab, drehen um und folgen gemäß Angaben, die sich der Schädelmann abringen lässt, einem Waldweg.

Hin und wieder peitscht ein Zweig aufs Dach, raschelt mit

dem feinen Laub darüber oder rutscht, zart und geschmeidig, das Fenster hinunter.

Warum die Wache? Vater bemüht sich um Konversation.

Im Wald soll was abgestürzt sein.

Etwa ein tungusischer Meteorit?

Haha, keine Ahnung.

Oder ein russisch-tungusischer Beobachtungsballon?

Schon eher.

Und Sie? Sie haben sich mit dem Fräulein zerstritten, ja?

Sie fahren, die Räder drücken gefallenes Geäst platt, holpern über Steine, einmal hüpfen sie sogar hoch, da lag ein zarter Baumstamm quer über den schlammigen Weg.

Na, ich habe mich für einen freiwilligen Abgang aus dieser Welt entschieden, wie man so sagt, und sie will sich damit nicht abfinden, sagt der Mann. Ich bringe mich aber um. Definitiv.

Aber ich bitte Sie, Vater erschrickt.

Sie will heiraten. Einen jungen Einheimischen. Das ist so ein ungeheuerlicher Schwachsinn, sie hat sie nicht alle, die ist nur am Vögeln interessiert.

Was Sie nicht sagen!

Es geht ihr gar nicht so ums Vögeln an sich, sondern darum, jemandem in den Armen zu liegen, sich mitzuteilen, gemeinsame Erlebnisse zu haben, so'n Zeug, wissen Sie? Sie ist als Kind wohl vernachlässigt worden, also vermisst sie die elterliche Umarmung, die Ur-Umarmung sozusagen. Man soll sie wo gefunden haben.

Aber ich bitte Sie, das sind doch Ausreden.

Na, und so irrt sie herum und sucht nach der vögelnden Berührung. Ohne die fühlt sie sich unvollständig.

Davon gibt's viele.

Nicht solche wie sie. Wahrer Sukkubus. Es soll noch so eine in Lensedly geben.

Echt?

Ja, für solche Frauen sind alle Empfindungen eigentlich die Hölle, der einzige göttliche Moment ist der Orgasmus, wo sie eins werden mit dem Universum. Der Rest ödestes Grau.

Ja?

Für sie ist das eine wahre Religion.

Aha!

Ich habe vorgeschlagen, dass wir gemeinsam gehen könnten, mitten in der Liebesglut. Entschuldigen Sie, dass ich so vor den Kindern, ja?

Wo fahren wir hin?, fragt Vater. Wir müssen nach Městečko.

Ihre Kinder? Hübsch.

Wir nehmen noch einen Schluck, oder? Ist gut für die Augen, dann kann ich besser kucken.

Hat's geholfen?

Augen wieder wie'n Luchs.

Prima.

Verzeihen Sie meine Offenheit, aber dann schläft sie halt mit jemand anders, und Sie haben Ihre Ruhe. Sie mögen sich, das müsste doch klappen, oder? Es gibt auch zwischenmenschliche Werte, die dauerhafter sind als dieser, na, Sex, oder?

Aber Quatsch!

Stimmt.

Große Freude, mit Ihnen zu sprechen, wirklich. Ungewöhnlich, hier nachts intelligente Menschen treffen. Nur dass Sie Frauenkleidung tragen, das finde ich, mit Verlaub, ein wenig degoutant.

Wir kommen von der Kirmes, wissen Sie? Haben beim Allegorischen Wagen mitgemacht.

Na dann. Sind Sie Schauspieler? Kenn ich Sie aus dem Fernsehen?

Manchmal spiele ich, stimmt.

Auch in Serien?

Alles ist eine Serie.

Stimmt nicht. Weil es ein Ende hat. Mit dem Tod. Mit der Dunkelheit. Ist meine feste Überzeugung, leider.

Na, mir ist schon aufgefallen, dass Sie eine leichte Neigung zum Schwarzsehen haben, sagt Vater. Man kann den Tod auch anders sehen.

Meinen Sie etwa, dass es Ihn gibt? Glauben Sie dran?

Hm, sagt Vater.

Wie so'n Halleluja sehen Sie nicht aus. Und Sie werden mir nicht hinter der nächsten Kurve erzählen, dass Sie Christus begegnet sind, oder? Ich nämlich nicht.

Mensch, das ist aber zappenduster! Ist das der richtige Weg nach Městečko?

Ich kuck nicht nach draußen.

Nein?

Ich kuck nur in meinen Kopf.

Ja?

Und freu mich, echt.

Aber mein Lieber, kommen Sie, Vater tröstet den Geiermann. Was sorgen Sie sich so um das Mädel? Mit der Zeit kriegt sie Kinder, nicht wahr, und lässt sich nieder! Nimmt zu, wird in die Kirche gehen, Blumenbeete umgraben oder so was. Das kann doch auch schön sein!

Kann es nicht.

Und vielleicht geht sie in die Stadt, arbeitet in irgendeiner Firma, hübsches Jackett, moderner Rock, ab und zu vielleicht ne Yogastunde, sie hat einen guten und netten Mann, und wenn sie mal fremdgeht, wie Sie sagen, mein Gott, wen juckt's! Und Kinder, die sind die reine Freude, das sag ich Ihnen! Das wird ein gutes Leben.

Wird es nicht.

Aber ich bitte Sie.

Zum Schluss ist jeder kaputt, krepiert einsam und an Krankheiten, nichts hält für immer, Freundschaft, Liebe, alles verfliegt, am Ende sind nur noch Sterben und Schmerz da. Und unter Schmerzen erinnert man sich an diese, wie man so sagt, guten Momente nicht mehr. Und wenn doch? Dann geht es einem umso schlechter. Das bringt doch nichts, das Ganze zu absolvieren. Das wissen Sie selbst.

Es ist doch nur ein Streit gewesen, brummt Vater.

Und wenn sie doch Kinder kriegt, dann verkackt sie die auch und die nächsten verfickten Bastarde irren durch die Welt. Und zeugen weitere labile Unglücksraben, nur damit sie endlich ihre wahre Bestimmung finden, oder. Ich wollte ihr helfen, das ein für alle Mal zu durchbrechen, diesen perfiden Kreislauf der Zellenweitergabe. Diese Eitelkeit.

Sie sausen über eine Lichtung, Baumstümpfe wie sich duckende Lebewesen, Vater hält vor der nächsten Absperrung an.

Die Maschine kreischt auf, die Dinge fliegen polternd nach vorne und der Mann knallt mit dem Schädel gegen die Kopfstütze, man hört es leise knacken.

Zwei pechschwarze Bullen stehen dort. Die Schranke der Absperrung wird von einem quer über der Straße liegenden Baumstamm gestützt. Vermutlich ist der von einem Blitz heruntergefegt und der Länge nach gespaltet worden. Inzwischen hat der Mond die Waldszenerie in die Hand genommen, und ein Mann des Gesetzes schiebt den Kopf ins Fenster.

Grüß dich, Broněk!, posaunt er. Dreht um und fahrt zurück!

Okay, krächzt der Mann.

Aber dass du dich von einer Dame kutschieren lässt, Mensch! Und so mitten in der Nacht, ha ha! Schönen guten Abend, gnädige Frau.

Vater piepst etwas.

Haltet ihr Manöver ab, Rudolf?, fragt der Mann.

Dienstgeheimnis, der Bulle grinst fröhlich, an den gelben Schlagbaum gelehnt.

Oder sind schon wieder die Russen einmarschiert?

Chachacha!

Also fahren sie zurück. Vater wischt sich mit dem Tuch den Schweiß von der Stirn. Der Mann namens Broněk reicht ihm die Pulle, schon wieder fahren sie auf einem Waldweg, dunkel, schlammig, voller Löcher, dann stößt die Flasche irgendwo unten auf etwas, womöglich auf den Knöchel des Mannes, und es ist, als schlüge ein Stein auf Stein.

Dem hab ich's gezeigt, oder? Vor Humor ist mir nicht bange. Aber ich sag Ihnen was, mein Herr. Frei von der Leber weg.

Ja?

Sie haben Dampf. Sie helfen mir und ich wiederum Ihnen.

Jessusmaria, wann sind wir endlich in Městečko?

Sie gebrauchen den Namen Gottes unnütz. Und grundlos dazu.

Hm!

Anders als sie hatte ich eine gute Kindheit. Ich hatte einen Vater und eine Mutter.

So soll es auch sein!

Nach ihrem Tod haben wir uns wegen der Urne in die Wolle gekriegt, Vater und ich, wie alles andere ist auch die bei ihm geblieben, und da meinte er zu mir, im Leben hab ich nicht so viel Sex gehabt wie nach dem Tod deiner Mutter.

Ganz schön hart.

Dann aber ging er selbst vor die Hunde. Bloß zog es sich richtig hin. Zum Schluss logierte er in Benešov in der Spezialabteilung für Geronten, haben Sie ne Ahnung, wie viel so was kostet? Neunhundert am Tag. Nur das Zimmer. Das muss man sich mal vorstellen! Und wie er das über die Mutter gesagt hatte, da ging mir seitdem durch den Kopf, was er wohl gefühlt hatte, als sie damals dings ... als sie mich gemacht hatten, nicht wahr? Na, gefragt hab ich ihn schon, das schon.

Und was hat er gesagt?

Na, weiß ich nicht, da war ich besoffen. So hat er das gesagt. Chachacha!

Sie haben ein lustiges Naturell, da macht das Leben Spaß. Jetzt nach links, wir müssen zum Fluss.

Wir hätten schon längst in Městečko sein müssen!, neigt sich Vater zu ihm. Die Kinder sind richtig müde, wissen Sie? Er schreit fast.

Wir sind alle mal Kinder gewesen.

In der Tat.

Wissen Sie, mein Vater, der ist seit zehn Jahren am Abnippeln und jetzt verlangt er von mir, dass ich ihn umbringe. Stich zu, sagt er. Zeig, dass du ein Mann bist! Und ich bin schon so verblödet, so von ihm hypnotisiert, dass ich von unterm Bett das Messer hole, was er in seiner Schlorre versteckt, und frage, wo soll ich also reinstechen, Papa? Und da dreht der so richtig durch und schreit mich an, vielleicht zwischen die Augen, du Nichtsnutz, was stellst du für Fragen, bist du komplett blöd oder wie.

Aber hören Sie doch auf, sich von ihm versklaven zu lassen!

Ich kann mir nicht helfen.

Husten Sie ihm doch eins.

Hab ich schon x-mal gemacht.

Irgendwo gibt es ne Grenze, oder?

Hier nicht.

Mit dem Messer, ja? So brutal?

Und ich sag ihm, Papa, dir ist egal, dass ich dafür ins Loch komme? Und was für einen Knast würde ich dann wohl haben, hä? Als Vatermörder, oder. Darüber nachdenken tut er aber nicht.

Aha!

Er selbst ist ja mitten im Krieg mit all seinen *atrocities* groß geworden, das sieht er gar nicht. Die heutigen Alten, wissen Sie, Kindheit Hitler, Jugend Stalin. Und als sie das dann im Sozialismus so halbwegs abgeschüttelt hatten, da kriegten sie auf die alten Tage die Freiheit geschenkt, danach die Krise, Millionen von Flüchtlingen und mittenmang von alldem noch den neuen Russenkrieg. Technologische Revolution, da kommt er auch nicht mit. Mit solchen Alten sollen wir nach Europa?

Das ist dann aber echt schwer!, ruft Vater.

Und Ihr Herr Vater, was macht der?

Ach, nichts.

Und Sie selbst sind Vater geworden, so kann es auch gehen. Das ist schön. Schauen Sie mal, da vorne, die Dunkelheit reißt. Oder ist es Nebel, der überm Wasser liegt?

Was weiß ich denn!

Na, seine Kindheit kehrt jedenfalls zurück. Jetzt denkt er nur noch daran, wie er mit seinen Kumpels Granaten in die Keller geschmissen hatte, egal wer drin war, Deutsche, Russen, Ukrainer, ich meine die Wlassow-Leute, nicht.

Ja?

Na ja, hier in der Gegend ist immer eine Armee herangerückt und die Jungs wussten schon, dass sich die Neuen verkriechen werden, um sich auf die nächste Armee vorzubereiten, also haben sie sich herangeschlichen und päng! Granaten in den Keller gepfeffert!

Im Ernst?

Bei denen, die rausgekrochen kamen, quollen die Gedärme raus, und der neue Offizier hat etwas wie Bravo! oder Molodez! gesagt, je nachdem. Und wenn eine neue Offensive eingeleitet wurde, hat wiederum der sich mit seinem Trupp in die Keller verkrochen und die Jungs schlichen sich heran und rumms! und päng!

Hören Sie doch auf, das ist doch hundert Jahre her!

Nur siebzig, gerade neulich. Und unser Benešov, das war die Musterstadt der SS, und gerade …

Vater hält an. Das Quietschen der Bremsen spleißt die Nacht.

Jungs, wir gehen. Vielen Dank, Herr Broněk, aber wir laufen lieber zu Fuß weiter.

Wissen Sie was? Hier ist noch ne Flasche Fernet, diese Kutsche ist echt ne Bar auf Rädern, die krieg ich nicht mehr leer.

Mir brummt der Schädel von dem Gelaber, echt.

Wo wollen Sie sich hinschleppen, in der Dunkelheit? Mit den Kinderns. Denken Sie nach!

Was für ein Fernet? Citrus oder Limette?

Den und den.

Sie fahren weiter. Beide schweigen so angestrengt, dass man es fast hören kann. Das Auto ruckelt über Schlaglöcher. Milchiger Nebel drängt heran, verdünnt die Dunkelheit. So weit das Auge reicht, schwimmen Sträucher und Büsche darin. Hie und da kommt es dem Jungen vor, als schwebten sie in dem Weiß.

Und Sie meinen also, Ihn gibt es, ja?, fragt der Mann.

Wen?

Na, Gott. Kommen Sie mir nicht damit, irgendwas würde es schon geben. Irgendeine kosmische Intelligenz oder sonst so'n Firlefanz, das kommt auf dasselbe raus.

Aber klar.

Glauben Sie's oder wissen Sie's?

Ist doch das Gleiche.

Keine Ausreden.

Na, den Teufel gibt's hundertpro.

Das reicht mir nicht.

Wirklich nicht?

Aber am Ende erfahren wir das doch, oder? Wir alle erfahren das, oder.

Jup.

Ach ja. Sie hat mir so geholfen. Sie hat mir sehr geholfen, meine Liebste. Stark ist sie schon, haben Sie ja selbst gesehen!

Aber ich bitte Sie, für ein einziges Blümlein scheint die Sonne nicht!

Sie ist so schön, man legt sie an die Wunde und ihr junger, biegsamer Körper saugt alles aus, den Schmerz. Aber sie will auch was für haben.

Was?

Alles.

Aha.

Sehen Sie, und schon sind wir da.

Wo?

In Chlum!

15 DER SCHWARZE LUKAS · TROCKENGELEGTES TOTENHAUS · OBEN IN DEN PUTZABSCHILFERUNGEN … TOD EINES KRIEGERS · ICH WILL, DASS ES DICH GIBT

Durch vom Fluss aufgeblähte Dunstschwaden rasten sie den Hang zu der verfallenen Kirche hinauf. Seit Menschengedenken ragt die Ruine dort, umringt von Gräbern mit Kreuz, manche umgestürzt, mit Efeu zugewachsen, Disteln, jeder Menge Unkraut.

Diesiges Zwielicht mit zögerlichem Versprechen eines Morgens zerreißt der hallende, nahezu sexuell klingende Fieps einer Fledermaus, kopfüber taucht sie durch das kaputte Dach in den Bau, im Flug einem krummen rattigen Schweifstern ähnlich.

Der Turm. Eher ein Türmchen, aus dem buckligen Kirchenbau nach oben gejagt. Zwischen den Steinen ausgehöhlter Putz, in den Fugen und Schlitzen kringelt sich wucherndes Gras, nässen Flechten vor sich hin.

Vater hält ein paar Schritte vor der Friedhofsmauer an einem niedrigen Häuschen.

Ein Kumpel von mir renoviert das hier, verkündet Broněk mit einer Grimasse, wohl durch die Schmerzen in den verrenkten Extremitäten verursacht, er öffnet die Wagentür, schiebt seinen knochigen Hintern raus und bleibt hängen.

Drinnen finden wir was. Aber Sie werden mir hier nicht als Frau herumwuseln! Für den Jungen auch was anstelle von Rock. Ist doch Schande, so herum.

Vater schnüffelt ums Häuschen, linst durch das mörtelbekleckerte, spinnwebenverhängte Fenster hinein.

Ackert fest dran, der Eremit, Schwarzer Lukas, sagt der Typ, und kriecht wie eine Spinne aus dem Auto.

Das Häuschen ist fertig. War früher das Totenhaus. Trockengelegt, fesch und dicht.

Ist auch wichtig!

Er hat gelobt, es neu herzurichten. Und da gibt er alles. Knast geschoben hatte er schon, klarer Fall.

Ahaa.

Ewig lange, in den schlimmsten Einrichtungen, Minkovice, Valdice und so.

Oh oh.

Furchtbar viele Jahre, furchtbare Dinge hatte der Schwarze Lukas verbrochen.

Unter den Bolschanen gesessen oder danach?

Beides. Ne Amnestie hat da auch keine gegriffen.

Aberaber.

Wie die den entlassen hatten, da ging er los und lief und lief. Bis er hier stehen geblieben ist. Ein hübsches Stück des Weges ist er da gelaufen, nirgendwo hat er Ruhe finden können, wie man so sagt, bis er hier angekommen ist. Fiel hin und schlief. Und als er aufgewacht ist, hat er sich darangemacht, hier alles wieder ins Lot zu bringen.

Warum der Schwarze?

Weiß keiner. Da hat auch jeder Bammel zu fragen. Na, er ist hier allein gewesen, ist den Leuten aber sofort aufgefallen. Was will der hier? So'n Knastbruder. Will der sich etwa aus unseren Gärtchen bedienen? Na, die Männer also los, um ihn zu checken, und er schleppt Holzbretter hin und her, Ziegelsteine. Die alten Vetteln, die manchmal Blumen auf alte, ewig tote Gräber stellen, die grüßt er anständig. Stellt ihnen die Gießkanne hin. Die Höflichkeit selbst, der Lukas. Angenehme Umgangsformen. Zugewandt, die Leute kommen gern auf einen Plausch vorbei. Und man merkt sofort, wie geschickt er ist, die Renovierungsarbeiten wachsen ihm unter den Händen, das weiß man zu schätzen.

Wo ist er jetzt?

Der hat schon nen Haufen von Helfern. Lädt jeden hier ein. Na und jetzt pilgert er mit ner Prozession rum, Geld sammeln für den Umbau. Da bin ich dann schon weg. Wenn es hier erstrahlt, wie man so sagt.

Quietsch und knarz, Vater drückt die Klinke und schlüpft ins Haus.

Der Junge kniet sich zum Brüderchen. Rümpft die Nase. Der Strampler. Alles eingetrocknet. Er wedelt dem Kleinen mit der Hand über die Augen, beobachtet die Zuckungen der Lider. Und der Kleine öffnet die Augen. Spreizt den Mund. Pausbackiges Nilpferdchen.

Er packt ihn, trägt ihn zum Häuschen. Keine Ahnung, ob der Winzling gewachsen ist, zugenommen hat. Oder ob er selbst schwach geworden ist. Seine Beine zittern.

Staubiger Holzfußboden. Oben in den Putzabschilferungen der Abdruck vom Kreuz, mitten in Fliegendreck und Spinnweben die Umrisse eines Körpers wie etwas aus Pompeji. Säcke an der Wand. Sand. Winzige Kalkteilchen, beim Öffnen der Tür hochgewirbelt, bleiben an der Haut haften, reißen ein. Der Selbstmörder kriecht hinter ihnen rein, setzt sich auf dem Stuhl zusammen. Mit seinen knochigen Beinen in den viel zu weiten Hosen und den in Hemdsärmeln schlotternden Ärmchen gleicht er einer Spinne.

Eine Wäscheleine kreuz und quer durch den Raum, mit Haken an den Wänden festgemacht. Wäscheklammern halten Papier- und Stoffsäcklein fest, Tüten, vollgestopft mit Gräsern, ein Füllhorn der Flora. Es duftet, es stinkt, drängt sengend in die Nüstern. Auf dem Boden ein paar Stiefel, eine Maurerkelle,

Säge. Vater stolpert über frei liegende Ziegelsteine, Schrauben, Bauklammern. Er wühlt sich durch alle Ecken, kickt Fetzen alter Zeitungen in die Luft.

Mein Herr, seien Sie so nett und holen Sie die Schubkarre. Muss hinter dem Haus stehen. Weil meine Stelle, die hab ich schon.

Vater lupft die Topfdeckel, greift in Döschen, öffnet und schließt die Tischschublade, beschnuppert die Kasserolle. Beziehungsweise Pfanne. Groß, den Griff mit Schrumpfschlauch umwickelt. Darin etwas, das wie Fleisch aussieht, aber keins ist.

Er fragt lieber.

Klettenfrikadellen, die Einsiedler-Spezialität! Holen Sie die Schubkarre, ja? Nach Klamotten für Sie und den Jungen können Sie später kucken, ja?

Gibt es vielleicht Nudeln? Egal welche?

Keine Ahnung. Trinken Sie lieber noch einen Schluck. Der Schwarze aber, der geht nimmer in die Kneipe. Meinen täglich Alkohol habe ich auf Gott den Herrn umgeschrieben, sagt er immer. Der hätte da schon Verwendung für.

Guter Kniff!

Er hat einfach zum Glauben an den Glauben gefunden. Ich nicht. Da kann ich machen, was ich will.

Echt nicht?

Hören Sie, Sie helfen mir, und ich vermache Ihnen das Auto. Später verditschen Sie's. Kriegen Sie hin. Irgendwelche Notare, die sparen wir uns lieber, wenn Sie d'accord sind.

Hm.

Mir ist nämlich aufgefallen, dass es Sie nicht gerade zu den Bullen hinzieht.

Stimmt, die hab ich nicht nötig.

Und jetzt aufgepasst: Das hier ist mein Portjuchhee. Stattlich, was? Das brauche ich nicht mehr.

Na Mensch.

Sie bringen mich auf der Schubkarre zum Fluss und ich überlasse Ihnen das Auto, die Knete, alles. Das Portjuchhe packen wir ins Auto, Sie fahren mich hin und an meiner Lieblingsstelle kriegen Sie die Schlüssel, okey-dokey?

Ich weiß nicht.

Von alleine komm ich da nicht hingekrochen. Alles kribbelt. Mein Hals ist steif, nicht mal drehen kann ich den, sehen Sie? Der Arm gehorcht mir nicht und der andere schon gar nicht.

Sie machen Ernst, was?

Meine Bar auf Rädern, die kennen Sie schon. Da rühr ich keinen einzigen Tropfen mehr an! Ab heute ist nämlich Schluss mit Trinken.

Hm.

An der Wand ein Häuflein Klamotten. Ein Wäschetrog, mit Birnen darin. Der Junge bettet das Brüderchen auf dem weichen Stapel. Schält einen Klumpen von der Pfanne, schiebt den Krümel in den Mund. Die Düfte aus den Säcken und Beuteln und von dem Mischmasch in den Töpfen vermengen sich. Er kratzt den nächsten verbackenen Klumpen aus der Pfanne, schiebt es krümelweise dem Brüderchen in den Mund. Beide saugen sie, kauen. Der Junge starrt die Birnen im Trog an. Sie sehen richtig weich und süß aus. Fürs Erste schiebt er sich ein paar unter den Nicki, den hat er in den Rock gesteckt.

Vater stellt dem Spinnenmann einen Stuhl nach draußen. Gemeinsam humpeln sie zum Auto, der Mann schiebt vor Vaters Augen die Geldbörse ins Handschuhfach und klappt es zu. Vater bettet ihn auf den Stuhl, geht hinter das Haus und ist bald mit einer quietschenden Karre wieder da. Er kommt nur langsam und schwer voran, die Schubkarre ist voll mit Steinen, darunter auch riesige Brocken, dazwischen blitzt eine solide Kuhkette auf.

Das alles hab ich hingetan, als ich noch richtig bei Kräften war.

Aha.

Aber wir warten noch kurz. Noch etwas will ich Ihnen berichten.

Na gut.

Wollen Sie wissen, wie es mit meinem Papa weiterging? Ich bin auf die Idee gekommen, ihn mit einem Kissen zu ersticken.

Ehrlich?

Na, mir ist aufgefallen, erst wenn einer sein Schlimmstes ausspricht, wird es wahr, sonst bleibt es so ein Büschel, das sich im Schädel wälzt.

Ach so!

Und was soll ich in das wunderschöne Nichts mit so nem Qualster hin, habe ich Recht?

Na dann legen Sie los.

Mit einem Kissen ist das so was von unmännlich, oder. Was Weiches auf nen alten weichen Mund zu werfen ist eklig, oder. Auch wenn der Körper mit Bullenkraft zappelt. Vergeblich. Eins verrate ich Ihnen. Dabeibleiben ist alles. Am Ende haben Sie jeden erstickt.

Sie weinen ja, kommen Sie, Vater erschrickt.

Es stimmt. Die Augen des Mannes füllen sich mit Tränen, die ganze Bescherung fließt ihm das vorstehende Kinn hinunter, tropft vom Stoppelfeld auf den Adamsapfel, der hoch und runter rutscht.

Es will mir nicht aus dem Kopf, winselt er, dass ich meinen Papa letztendlich total erniedrigt habe! Das muss ihn geärgert haben, das Kissen, verstehen Sie? So war sein Naturell. Klinge ins Herz, Kugel in den Kopf, das hätte er gut gefunden. Oder einen Sprung in den Abgrund. Den Tod eines Kriegers halt. Die alten Griechen sind von den Mauern gesprungen, die Inkas, die Hebräer, Massada, oder?

Und Hrabal?

Ja ja, sicher! In seiner Spezialabteilung hatte Papa einen Balkon. Aber dort hat er es nimmer geschafft. Und ich konnte ihn da nicht hinschleifen. Dafür fehlen mir halt die Muckies. Also habe ich schließlich das Kissen genommen. War das mies? Aber so war das, der Mann zieht Schnodder hoch und wischt sich mit den fast durchsichtigen, fleischlosen Händen die Tränen von den Wangen weg.

Warten Sie kurz! Was war mit Richard III.? Dem Löwenherz? Soll der kein echter Mann gewesen sein? Das würden Sie nicht wagen zu behaupten, mein Lieber. Und der hat gleich zwei mit nem Kissen umgebracht, stimmt's?

Oh ja, das habe ich ganz vergessen. Sie sind Schauspieler, klar. Aber ist es der Richard gewesen?

Ist doch egal, alle waren sie Ritter. Und haben es gemacht genauso wie Sie. Mit nem Kissen!

Mein lieber Schwan ... Sie haben ja Recht.

Und was war mit diesem Indianerboxer, diesem Dingsdahäuptling Bromden? Einer flog über das Kuckucksnest, dieser Film von Forman doch, oder! Vater schreit fast.

Mensch, was haben Sie für ne flotte Denke!

Und man findet noch mehr Beispiele!, ruft Vater.

Mein Herr, Sie sind wirklich der Beste. Da fällt mir ein Riesenstein vom Herzen. Hören Sie, heute höre ich auf mit dem Trinken, aber ein Schnäpschen genehmigen wir uns noch, oder?

Aber natürlich, murmelt Vater. Den mit Citrus hab ich aus dem Auto mitgenommen! Und von irgendwo aus seinem bekleckerten, zerrissenen Rock zaubert Vater die Flasche.

Wenn das kein Zufall ist. Ich habe die andere Sorte mitgenommen, sagt der Spinnenmann, die Vogelkrallen um die Pulle gekrümmt.

Dem Schwarzen Lukas würde es vermutlich nicht gefallen, der hat was gegen das Saufen. Andererseits, das stimmt schon, weiß der ne Menge. Wohl auch das Wichtigste.

Und genau das würde mich interessieren, stichelt Vater den Spinnenmann.

Ob es Ihn gibt oder nicht.

Wen?

Sie wissen doch. Ihn.

Geht das schon wieder los …

Na ja, Sie wissen ja, mich erwartet jetzt, ähm, der Weg. Die Wandlung.

Ach hören Sie auf. Sie überlegen sich das noch. Kucken Sie mal, wie schön es draußen ist.

Darauf scheiße ich.

Aber aber. Vater packt den Mann an der Schulter und schüttelt ihn vorsichtig.

Na!

Willst du, dass es Gott gibt?, hat mich der Eremit gefragt, als ich einmal in seiner Gegenwart dieser Frage nachgegangen bin. Du sollst sofort antworten, hat mich der Schwarze Lukas angebrüllt, damals.

Und?

Ja, Gott, ich will, dass es dich gibt!, ist mir rausgerutscht, ganz automatisch.

Aha!

Und das würde reichen, behauptet Schwarzer Lukas.

Ich will, dass es dich gibt.

Genau. Ja.

Das soll reichen?

Jup.

Das war mir nicht klar, sagt Vater.

So ist es eben. Darf ich Ihnen was in den Eierbecher abgeben? Mit nem Schuss von dem Limettenzeug, ja? Oder wissen Sie was? Wir trinken direkt aus der Pulle, ist doch wurscht.

Und hören Sie, mein Herr, sagt Vater mit tiefer Stimme und packt den Mann aufs Neue an der Schulter.

Ja? Sie wünschen?

Lieber Herr! Sie sind sich also absolut sicher, dass es noch etwas mehr gibt als diese unsere Wildnis? Diese Plackerei, dieses Leben?

Ja.

Ehrenwort?

Ehrenwort.

Das ist gut, sagt Vater.

Prima, dass Sie auch den mit Citrus mitgenommen haben, sagt der Mann. Der wärmt. So am frühen Morgen ist es ziemlich frisch hier. Finden Sie nicht?

Kommt daher, dass wir oben auf dem Berg hocken. Die Nebel ziehen hinauf, sagt Vater.

Das reißt der Wind schon auseinander, mit der Zeit.

Na dann: Zum Wohl!

Zum Wohl!

16 NACH MĚSTEČKO · FROMME TRUPPE · LUKAS · ERWÄHNUNG VON PROKOP · DEIBELS FURCHE · DAS RÄTSEL DER ALTBLOCKHÜTTEN · IN DEN FLUSSBIEGUNGEN … DIE MÜHLE, DAS NEUE BÜFETT

Miran führt die vollbesetzte schwarze Karre nach Městečko, es regnet, vor den Fensterscheiben kräuseln sich die umliegenden Wälder wie dunkle Pfützen im Wind. Und bäng!, ein Blitz schneidet den nässenden Himmel, lässt die Netzhaut der Reisenden erzittern, ist weg.

Um Kája schlängeln möchten sich die beiden Mädchen, tuscheln mit ihm, schnattern, wow! Hochzeit! Quälen würden sie ihn, necken wie ein kleines Kaninchen, foppen, knuddeln.

Moni schickt sie nach hinten, den Alten in den Sandwich zu nehmen. Mit den farbbekleckstesten Händen fährt er ihnen über die Brüste, potenziert das Herumgekicher, tätschelt sie, findet heraus, welche welche ist, auch dank der Lachsalven, und versinkt schließlich in Schweigen.

Sie fahren, der Himmel über den Feldern, Wiesen und dem zwischen die Ufer eingezwängten Fluss steht offen, speit Wasser in die vor Hitze aufgerissene Erde, tränkt den Strom, die trockene Erde nimmt kaum noch Regen auf, das trübe Wasser steigt, ergießt sich in den Straßengraben.

Angeschwemmter Unrat spritzt auf die Fahrbahn, spült Treibholz, Schilfsplitt heran, die Wasserfluten hinterlassen Schlamm, ein Plastikbärchen neben einem Katzenkadaver, von Steinen zertrümmerte Bretter eines Holzschuppens, Balken, irgendwo vom Ufer heruntergefegt, wessen rosa Badewanne.

Ein Laster steht dort. Ein Grüppchen Einheimische in Gummistiefeln und Regenmantel ersetzt die übliche Schar der Ukra-Lohnarbeiter, sie bauen einen Deich. Sandsäcke fliegen von der Ladefläche, der Wettkampf mit den Fluten geht los.

Miran hupt, bei der Schranke verlangsamt er sogar, Kája grüßt seine Kumpels von dem Arbeiterzug, ruft ihnen Spottsprüche zu, aber da hat Miran schon das Bremspedal durchgetreten, die Mädchen kreischen, auch Moni schreit auf, es hat nicht viel gefehlt und die zum Standstreifen geschleuderte Karre hätte die Spitze einer frommen Truppe gerammt.

Die Christusträger springen zur Seite, einer lässt die Balken fallen, die darauf hängenden Medaillons schlenkern wild hin und her, durchnässte Stabkerzenbündel schlottern, die Holztrage mit angeschnalltem Heiland ragt über dem Wasser, in der Tat könnte sie glatt in die trüben Tiefen der Strömung fallen ... Da springt aber der Klachel heran, der bisher den Umzug anführte. Ein rotäugiger Albino, sein kahler Schädel sticht in den Regen, er streckt die Arme aus und schließt sie um die wankende Statue. Und verharrt so, bis die erschrockenen Träger erneut nach den Griffen greifen. Dann schreitet er los. Die anderen folgen ihm. Sie passieren den Wagen mit der verstummten Besatzung, die Räder der schwarzen Karre berühren fast das strömende Wasser.

Was los?, fragt Lomoz und hebt die große Nase, als könnte er das Draußen erschnuppern.

Schulter an Schulter schreiten hier Männer und Frauen in Regenmänteln und dunklen Jacken, manche halten eine erloschene Kerze in der Hand, eine düstere geschlossene Truppe, bemützt und bekaputzt, frohgemute rotwangige Mädchengesichter neben verschrumpelten Kartoffelvisagen. Die Pilger marschieren an dem steckengebliebenen Auto vorbei und verschwinden hinter der Straßenbiegung.

Prozession, Vati!
Und Miran fährt wieder los.
Vom Schwarzen angeführt, flüstert Kája.
Miran nickt.
Der Schwarze Lukas, ja? Lomoz lebt auf. War er das? Ist wieder da, ja?
Wir haben ihn gesehen, verkündet Miran dem Alten … Ihm schießt durch den Kopf, wie viele Mären er schon über diesen Typen gehört hat. Vor Äonen von Jahren hatte man den eingebuchtet für seine Scheußlichkeiten, da war Miran noch ein ganz kleiner Knirps, ganz fest eingebuchtet hatte man ihn. Und jetzt taucht er auf als einer, der das Gute liebt, und die Leute rennen ihm in Scharen hinterher. Muss mal Vater fragen, wie das ist, nimmt sich Miran vor und konzentriert sich wieder aufs Fahren.
Gute Entscheidung. Die Blitze des aus dem Nichts aufgekreuzten Gewitters haben einen Riesen gespalten, der mindestens seit drei Jahrhunderten am Wegrand gestanden hatte. Die unbarmherzigen Himmelsboten haben den ehrwürdigen Baum zerhackt und über die Straße verteilt, Miran weicht nun den Stümpfen aus.
Onkel, sag mal, hast du den Schwarzen Lukas gekannt?, fragt Kája neugierig.
Darauf kannst du Gift nehmen, mein Junge.
Und was hat er gemacht?
Schaurige Scheußlichkeiten, Junge, ganz schlimm.
Wie lange kennst du ihn?
Da hab ich noch sehen können, Junge.
Oho, Kája pfeift.
Ja ja, der Alte auf der Rückbank reckt stolz die Brust. Da hat der noch in die Windeln geschissen, hehehe.
Und warum Schwarzer? Sieht doch eher wie ein Angorakaninchen aus.

Frag lieber nicht, Junge, frag nicht!

Da fahren sie schon den Berg hinunter, zurück zum Fluss, seine abschüssigen, mit Wäldchen und kleinen Buchten durchwirkten Ufer gehören zum Gebiet von Staré Sruby, zu den Altblockhütten.

Der Wissensdurstige gibt keine Ruhe. Sag wenigstens, hat er jemand umgebracht?

Wenn nur das, mein Junge, wenn nur das.

Aber du hast wen umgebracht, das weiß ich, flüstert Kája vor sich hin, aber da hat er die Hörfähigkeit des Blinden unterschätzt.

Weiß sehr gut, was du gerade gequasselt hast, Kája, der Alte schiebt sein wie immer draufgängerisches Kinn vor.

Die Mädchen hören interessiert zu. Da ächzen alle, die Karre fliegt über einen mächtigen Ast, der durch den himmlischen Blitzbeschluss auf die Straße geschleudert wurde.

Also wie ist das, Onkel, der rot gewordene Kája dreht sich nach hinten um.

Ich soll wen umgebracht haben? So sauer hat mich nie einer gemacht!, dröhnt der Alte, der sich fast die Zunge zerbissen hat. Aber wenn du nicht bald mit dem Geschüttel aufhörst, Miran, kommst du als Erster dran!

Die Mädchen kichern. Bis Macinka den Alten kokett mit dem Ellenbogen in die Rippen stößt. Also haben Sie jemanden umgebracht oder nicht?

In meinem Jahrgang hat man das nicht so eng gesehen, meine Süße.

Blooockhüteeen, ruft Janinka, das Näschen an die Fensterscheibe gepappt.

Von denen stehen aber kaum noch welche. Eine nicht weit von der Straße, die anderen haben bis jetzt in einer tiefen Waldschlucht ihr Harz ausgeatmet.

Dass man die Schlucht seit Menschengedenken Deibels Furche nennt, das hat die Besatzung der Karre mit der Muttermilch aufgesogen. Aber keinem von ihnen war je zu Bewusstsein gekommen, dass die Hütten aus schwarzem Holz einst mitten in unberührter Wildnis gestanden hatten, an Stellen, die nur Wilderer und unzählige Einsiedler kannten, Männer der Einsamkeit und des Gebetes, die sich von Luft ernährt hatten und vermutlich auch vom leichten Waldfrevel.

Und sie wissen auch nicht, dass einer von ihnen, ein gewisser Prokop, später vermutlich wegen seiner kompromisslosen Haltung in Sachen Sünde und seiner Verbissenheit, wenn es um ihre Ausmerzung ging, unter dem Namen »schrecklicher Abt« bekannt, genau dort den ihn plagenden Deibel vor den Pflug gespannt hatte. Bei dessen Zähmung pflügte er eine Furche, eine tiefe Schlucht, wie geschaffen für zukünftige Verstecke, Bretterbuden und Blockhütten alias illegale Höhlen, perfekt für geflüchtete Sklaven geeignet oder für Heiden, die letzten, die es noch gab, die mit ihren hölzernen Götzen auf dem Arm aus der Reichweite brennender Scheiterhaufen rannten. Die Schlucht hatte auch verschiedenen späteren Flüchtigen Zuflucht geboten, die sich vor der Zivilisation und ihren Henkern in Sicherheit brachten, vor Steuereintreibern, Billboardpolitikern, aggressiven linken Feministinnen, hervorgegangen aus dem Psychosumpf alter Schwemmgebiete, vor zemanoiden Homunkuli, geboren aus dem Bodensatz der mit Schmierblut getränkten, die Toiletten verstopfenden Watteklumpen, und den blassen, im zittrigen Schilfrohr hängengebliebenen Kondome.

Schon in grauer Vorzeit wurde hier von Renegaten ein System von miteinander verbundenen, gut zu lüftenden Höhlen entwickelt, mal hatten hier Räuber und Mörder gehaust, mal die demütigsten Nachfolger Christi und sonstige Getriebene.

Und im geistigen Radius des Klosters, das jener außerordentliche Prokop unweit der Furche in die Höhe treiben ließ und das seinen Namen nach dem Fluss erhielt, ging es den Bewohnern der waldigen Schlupfplätze meist ziemlich gut.

Schwer zu sagen, ob es an der mystischen Anziehung des Ortes lag, an der Sage vom hiesigen unbezwingbaren Menschenschlag oder am puren Zufall, aber noch lange vor der Geburt von Miran und aller anderen Wageninsassen hatte die Hauptstadt, wo gerade die Smogindustrie knospte und die ersten Straßenbahnen fuhren, da hatte also die Hauptstadt ausgerechnet hier, in Deibels Furche und Umgebung, nebst Heilssuchenden auch grüppchenweise die ersten wilden Tramper abgesondert.

Diese Protohippies und Paläopunks, mit Kesseln, Äxten und häufig auch selbstgebastelten Knarren ausgerüstet, gründeten am Flusslauf utopische Kommunen. Frauen und Männer, Jungen und Mädchen gaben sich dort ihrem Gegenüber und der Natur hin, wobei sie in Sümpfen und silberschäumenden Furten das von sich wegschrubbten, was sie verächtlich Zivilisationsschale nannten, inklusive extremistischer Anschauungen über Politik und Gender. Die Bekenner des romantischen Kultes vom kühlenden Morgentau, flammender Abenddämmerung und persönlicher Aufrüstung lasen keine Zeitung und mieden die Wahlurnen. Anfangs von Gendarmen, später von kommunistischen Spitzeln gejagt, in dichten Wäldern am Fluss versteckt, vergötterten sie die allumfassende Liebe der Schöpfenden zum Geschöpften und umgekehrt, bewunderten edle Wilde vom anderen Ende der Welt am Stillen Ozean und hüpften um raue Totems voller Dämonenfressen, Raubtierzähne und krummer Vogelschnäbel herum, geschnitzt nach Urvorlage der brutalen, räuberischen und menschenfressenden Sklavenhalter, der Kwakiutl oder der Nuxalk.

Die verträumten Tramper errichteten ihre präapokalyptische Gemeinschaft in den Flusswindungen der Sázava, eingefräst in die dortigen Auenwälder, unter ausschließlich vom Lagerfeuer oder vom Himmel gespendetem Licht, und mit Ausnahme ihrer brodelnden, von eigener barbarischer Musik begleiteten Potlatsch-Feste ebenfalls in tiefster Waldstille versunken, unterbrochen nur hie und da vom Platschen eines Biberschwanzes oder dem Aufjaulen eines Bisamweibchens bei der Paarung.

Aber von den vergangenen Zeiten haben Miran der Fahrer und seine Nächsten gar keine Ahnung.

In Staré Sruby, den Altblockhütten, wo sie bald ankommen werden, wohnen Bekannte und mehr als Bekannte.

Onkel Lojda einen Kurzbesuch abzustatten und andere Kumpels und Kumpelinnen zu begrüßen, Cousins, Cousinen, Schwager, Schwägerinnen und welch andere Verwandschaftsbeziehungen auch immer, das haben Miran und die gesamte Wagenbesatzung auf jeden Fall vor.

Das versteht sich von selbst.

Der Anblick der zerstörten Blockhütte, die gerade vor ihnen auftaucht, trifft Miran daher ins Herz. Auch den anderen Insassen verschlägt es den Atem.

In der Hütte klafft die ausgebrochene Tür, Fenster hängen aus den Angeln. Wo sonst im Freien oder in den Gärtchen Kleinkinder herumgeflitzt sind und Männer und Frauen in Hängematten oder auf Liegen gerastet haben, ist jetzt keiner.

Das Haus scheint sogar Brandspuren aufzuweisen.

Die Brüder sehen sich kurz an, Miran nickt, Kája schlüpft aus dem Auto und taucht im Wald unter.

Die Mädchen fragen Miran, ob vielleicht einer von den Hütten neulich bei ihm angerufen hätte?

Nein.

Miran schnappt sich das Handy. Und legt es nach einer Weile angespannten Wartens wieder weg.

Was los, will Lomoz wissen.

Sie erzählen, was sie sehen.

Macinka und Janinka haben die Idee, sie könnten die zerstörte Blockhütte erkunden. Und nach Kája schauen und ihm bei der Ermittlung helfen.

Die Antwort bleibt aus, also rühren sie sich nicht.

Dauert das aber lange, meint Janinka verdrossen.

Moni sagt zu Miran, er solle auf die Hupe drücken.

Da taucht Kája aus dem Wald auf, und als er bei ihnen angekommen ist, lesen sie ihm die Ödnis und den Verfall vom Gesicht ab.

Überall gleich?, fragt einer.

Ja, fasst Kája das Schicksal der von ihm gesehenen Domizile zusammen.

Und ist da wer?, fragt Janinka.

Nein.

Wo sind die Leute hin?, will Macinka wissen.

Irgendwohin, Kája zuckt mit den Schultern.

Richie wird wissen, wo die hin sind, schlussfolgert Miran.

Richtig, setzt Richie auf die Spur, nickt Moni. Und wir fragen in der Mühle nach! Also kickt Miran die Karre an.

Im Altan gibt es Würstchen, freut sich Janinka.

Und Limo und Erdnüsse, frohlocken die Mädchen. Und da der Oschi von Lomoz, die Arme vor der Brust verschränkt, den Kopf in den Nacken gelegt, mit offenem Mund schnarcht, verkürzen sie sich die Fahrt im Flüsterton.

Du, Macinka, der Schwarze Lukas soll mit seinen Leuten auch zu uns kommen. Die stehen auf der Hochzeitsgästeliste.

Und Janinka, warum schimpft man ihn der Schwarze? War der echt im Knast?

Das ist eben das Lustige daran. Man wollte ihn einsperren, bis er schwarz würde, stattdessen hat er sich zu einem angenehmen Zeitgenossen gemausert. Außerdem ist er Albino.
Wie? Heißt der nicht Lukas?
Doch.
Du hast gesagt, er heißt Albino.
Aber nein, tut er nicht, das heißt nur, dass er weiß ist.
Gut. Sonst würde er fast genauso heißen wie mein Kätzchen.
Wie heißt denn deine Katze?
Mein Kätzchen heißt doch Baltík.
Jee, wie hübsch.
Gleich kommt die Mühle. Hier ist alles nur ein Katzensprung. Sie fahren unter einer Brücke, die sich in die Höhe wölbt und an römische, von Legionären bewachte Aquädukte erinnert, errichtet über Wäldern, die vor immer noch bemalten, noch nicht ganz unterworfenen Stämmen strotzten. Das Gemurmel des plätschernden Wassers in den Aquädukten klang damals für die Barbaren wie das Totengeläut. Auf eine ähnliche Art läutet das Sausen der Autos auf der De eins heute den baldigen Abgang der letzten Hochwildexemplare ein, die bis jetzt ihr Geweih auf beiden Flussseiten an Bäumen scheuern, auch die Tage des Wolfsrudels sind gezählt, das die unübersichtlichen Schluchten und Talengen in der Nähe der Furche bewohnt. Aber da ist das Auto schon bei der uralten Turbinenmühle am zerstörten Wehr angekommen.

Miran verlangsamt. Jedes Mal kostet er den Blick auf diesen Koloss richtig aus. Obwohl er dabei ein komisches Gefühl im Bauch hat. Die Mühle verdeckt den Blick aufs Wasser und scheint unzerstörbar zu sein, obwohl sie fortdauernd von Mensch und Natur zerstört wird.

Die Turbinen wurden einst in fehlerhafter Ausfertigung zugestellt oder gar nicht geliefert. Hochwasser überflutete die

Abflussrinnen und Kanäle und füllte sie mit Schlamm. Wildes, ungebändigtes Wasser ramponierte die Metallzäune, die zum Schutz von nichtexistenten Pumpen gezogen wurden. In verschiedenen Stadien der Beschädigung ragen sie nun spitz aus rissigen Mäuerchen.

Der Koloss ragt in den Himmel, das Mauerwerk löchrig, herausgefallen, von Vegetation zersprengt. Birken sprießen aus dem Dach, die Wände unbewohnter Räume, voll mit Klumpatsch und alten Latschen, sind vom Schimmel zerfurcht. Geplant und aus der Taufe gehoben wurde die Mühle wohl in den Zeiten, wo auf den Spuren der Tramping-Schwärmer die ersten Bauunternehmer folgten und die Reichen sich ihre Villen an der Sázava bauen ließen.

Die Zeit der Genossen hat so manchen Bewohner jener Luxusanwesen in Arbeitslager gespült oder hinter die Grenze gejagt, ihre Sportplätze oder Schwimmbecken mit symbolischer Wucht in Schrottplätze oder Kartoffellager umdefiniert. Die Vollendung der Mühle wurde jedes Mal durch Krieg oder Revolution zunichtegemacht, sie ist nie etwas anderes gewesen als ein bloßer Schock fürs Auge, auf natürlichem Wege verkommen, erinnert sie an die berühmten Schöpfungen von Gaudí.

Bis heute wird die Mühle aber von Rigipsbauten einstiger sozialistischer Arbeiter umrankt wie eine gefallene Eiche von parasitären Schwefelporlingen. Aus dem wuchernden, stacheligen Gestrüpp ragt die bis zur Taille zugewachsene Statue eines Rotarmisten mit Maschinengewehr. Zerschlagen von Steinbrocken, mit denen ihn seit Jahrzehnten gelangweilte, wenn nicht hasserfüllte Passanten bewerfen, zerschunden von Winden harrt er aus, ein geschändeter Soldat, ein vorgeschobener Posten des östlichen Imperiums im böhmischen Wald. Vielleicht wartet er auf die fernen, womöglich längst eifrig marschierenden Rotten. Jemand, wohl einer der Saisonarbeiter, hat ihm ausgeblichene blaugelbe Boxershorts über den Kopf gestülpt. Mit dem Gewehr zielt er stabil ins Gebüsch.

Die Wohneinheiten sind verlassen, Fensterscheiben zerschlagen, Türen und Fensterrahmen rausgebrochen, das Holz längst vom Feuer der Gelegenheitsbesucher verzehrt.

Die stillgewordene Autobesatzung starrt aber vor sich hin.

Bei den Plattenbauten ist eins von den zeitweiligen Flusswildlagern aufgetaucht, eine improvisierte Behausung, Zelt- und Blechhüttenstätte, die später zuverlässig vom Hochwasser oder vom Herbst dahingerafft wird.

Und der gastfreundliche Altan am Flussufer, der in sicherer Entfernung vom hin und wieder herabpurzelnden Mauerwerk von Bewohnern der Altblockhütten betrieben wurde, der ist weg.

Nur den Abdruck der Holzplatten sieht man noch im Gras.

Jetzt steht hier ein auf den ersten Blick neues, ziemlich dubioses Buffet: Kiosk alias Bierschwemme oder Trinkhalle, direkt in die Ruinen der Mühle gequetscht.

17 MIT SCHUBKARRE · WER MIT HÖRNERN HERUMGEHT · GRAUSAME FREIBEUTER · GARTENKOLONIE · IM RAUSCHEN DER GEWÄSSER SCHREITET UNHÖRBAR …

Der Junge beugt sich über den Klamottenhaufen, auf dem sich rücklings das Brüderchen aalt. Er wühlt herum, ob er vielleicht ein T-Shirt erwischt. Irgendwas. Statt im Rock zu laufen, wickelt er sich lieber ein Handtuch um. Aber dort liegen nur alte Lumpen.

Er beißt in eine Birne. Der süße Saft tröpfelt ihm aufs Kinn. Bahnt sich eine klebrige Rille durch die Kruste aus Ruß, Staub und Putzpartikeln.

Durch das Fenster sieht er Vater.

Adern treten ihm auf den Schläfen hervor, den Riecher nach vorne gestreckt, den Rock hochgekrempelt, schiebt er die Schubkarre mit dem Spinnenmann durch nasses Gras. Dieser, Steine auf dem Schoß, hält sie fest im Arm. In den Steinbrocken stecken Bauklammern, zwischen ihnen glänzen Glieder der Kuhkette, die er sich um die Taille gewickelt hat.

Der Junge beißt ein ordentliches Stück Birne heraus, hält es dem Brüderchen hin. Der nimmt es, kriegt sofort ganz klebrige Finger, und nagt, mümmelt, saugt.

Die Ruine im Rücken, purzeln sie den Berg zum Fluss hinunter, Vater hält die gerillten Griffe der Schubkarre fest. Sie zieht ihn nach vorne, zermalmt herumliegende Zweige und Stöckchen, kämpft sich durch Pfützen, durch Dickicht ans Wasser heran.

Wegen der scharfen Zweiglein hält sich der Typ die schmächtigen Krallen vor die Augen, wie fliegende Schlangenkinder zittern sie im Nebel.

In moderiger, angeschwemmter Entengrütze pflügt die Karre eine Furche. Sie füllt sich mit Wasser, eine Natter huscht durch die Nässe. Auch Springfrösche, voller Respekt vor der polternden Trauerkavalkade, richten sich im Gras auf, wo sie den Bauch in den Boden gedrückt haben, und mit langem Sprung bringen sie die mit Tau vollgesogenen Grashalme in Bewegung.

Nur ein einziges Mal wirft der kauernde, beim Transport durchgerüttelte, eine Wandlung zutiefst Herbeisehnende einen Blick zurück, und da sieht er den Schatten eines großen, mächtigen Wesens auf die Wasseroberfläche fallen, den Schatten einer gehörnten Gestalt im hinabfließenden Mantel.

Ach du Scheiße, atmet er ganz leise aus, dreht sich zum Vater um und sieht, wie sich der mit weit aufgerissenen Augen duckt.

Die Erscheinung versinkt im Nebeldunst.

Sie haben's also auch gesehen, sagt der Mann misstrauisch.

Das hab ich, murmelt Vater, sichtbar erschüttert.

Hab gedacht, das ist der Teufel in meinem Kopf, der mich begrüßen kommt, denkt der Mann laut nach, aber die Sache ist wohl komplizierter.

Ein Dorfbursche unterwegs zum Schwof, die haben einen Maskenball oder so was, sagt Vater.

Wissen Sie was? Wir gehen weiter.

Und Vater nickt und sie fahren wieder los.

Gleich, gleich, gleich sind wir dort, gleich, gleich, gleich ist es so weit, spult der in der Karre flüsternd sein Mantra ab, auf rumpelndem Gefährt auf den großen Wechsel zu geschoben, erfüllt mit Freude, die einem die Hoffnung schenkt.

Der Junge sah Vaters geblümter Bluse und flatterndem Rock nach, bis sie im Gras der Böschung verschwunden waren. Jetzt starrt er in den Nebel. Sieht ein Licht, ein feuriger Punkt schneidet durch den Nebel. Er stellt sich auf die Zehenspitzen. Sieht einen brennenden Stock, den ein rennender Mann in der Hand hält, hört einen Schrei, danach Geschrei aus vielen Hälsen. Der Junge duckt sich vor dem Gebrüll, das das Draußen bis ins Mark erschüttert.

Und er rennt zum zweiten Fenster. Starrt auf die Ruine mit dem aufragenden Turm, auf den urplötzlich bevölkerten Gottesacker. Die kommen von der Kirmes, schießt ihm durch den Kopf.

Die Motoreiter springen bei der eingestürzten Friedhofsmauer ab. Ein paar haben das lasch befestigte Holzpförtchen ausgeschlagen und knattern auf ihren Maschinen zwischen den Gräbern, weitere dreschen in dem Geräuschtumult aus Gehupe und Getute mit Spitzhacken und Stangen auf das Mäuerchen ein, leuchtende Fackeln über dem Kopf wie flammende Enden riesiger Streichhölzer.

Die Freibeuter in Lederkombis mit Tiermasken vor dem Gesicht springen zwischen den Gräbern und auf die Gräber, wühlen mit Stangen und Schaufeln im harten Boden, schon sind ein paar lodernde Fackeln auf dem Dach des Kirchleins gelandet.

Durch den feuergetränkten Nebel springt wer im wehenden Umhang auf das Mäuerchen, auf dem Kopf ein Helm mit Hörnern, er kreischt und schleudert einen brennenden Knüppel nach dem anderen auf das Kirchendach.

Der Muskelprotz von der Kirmes, der Junge weiß plötzlich wieder, wo er den stämmigen Schreihals gesehen hat. Und schon drückt er das Brüderchen fest an die Brust, kippt fast nach vorne um, wie er rasch auf den Knien durch den Schotter rutscht. Der vollgeschmierte Mädchennicki mit Birnen ausgebeult, in die Rocktaschen passte keine rein. Er robbt der Schubkarre hinterher, die eine tiefe Rille durch den Schlamm gezogen hat.

Zwei Dummbatzen hämmern auf die Motorhaube und die Fensterscheiben hinter seinem Rücken, einer im stacheligen Helm kickt die Tür des wirtlichen Totenhauses aus.

In ihre Lederkombis verplombt, prügeln sie auf das Auto ein, nicht einmal der Schwall vom geborstenen Glas kann ihre Begeisterung mindern, bei jedem Schlag spritzen ihnen frische Splitter ins Gesicht, in den Bart, vom Glasgeysir verletzt feiern sie munter weiter, stellen ihre mit Blut verschmierten Gesichter wie eine Opfergabe aus.

Der Junge richtet sich auf. Die Turmspitze liegt hinter ihm, er hört den Krach der Zerstörung. Schleift das Brüderchen durch feuchtes Gras. Schiebt ihm die Hand unter den Nacken, das Gras ist voll mit Steinchen, Stöckchen.

Da sieht er Vater.

Vater rast den Hang hinauf. Oben wirft er sich zu Boden, stiert zur Kirche. Richtet sich auf, rennt geduckt zu ihnen durchs Gras. Der Junge zittert, fühlt aber eine Welle von Wärme aufsteigen. Er setzt sich neben das Brüderchen, wartet.

Die haben das Auto angezündet, die Säcke.

Vater hockt sich hin. Seine Bluse ist zerrissen. Haare kriechen unter dem Tuch hervor.

Hättest du sie nicht selber gesehen, hätt ich gesagt, ne Halluzination. Du hast sie aber gesehen.

Der Junge nickt.

Er spürt Vaters Hand, Vater streichelt ihm die Wange.

Gut dass ihr abgehauen seid. Hast du prima gemacht. Echt.

Der Junge hebt das gerötete Gesicht nicht, lässt die Augen so, wie sie sind, geschlossen. Vater tätschelt ihm die Schulter, knufft ihn mit der Faust auf die Brust. Die Birnen, die den rosa Nicki ausgebeult hatten, sind bis auf eine futsch, unwiederbringlich, müssen rausgekullert sein.

Vielleicht wollen die zum Maskenball, die Dorftrottel, was sagst du?

Vater hält die Birne in der Hand, beißt rein, redet durch den süßen Matsch.

O nein, die wollen zu keinem Maskenball. Verfickte Wurzelseppen.

Sie quälen sich quer über den Hang, Schritt für Schritt. Vater, den Winzling auf dem Arm, hält immer wieder an. Der Kleine poft. Stinkt.

Es geht wieder aufwärts, ihre Röcke verhaken sich in den Disteln, Vater reißt von seinem den unteren Streifen weg. Sie setzen sich hin, versuchen daraus Windeln zu machen. Der Stoff aber reißt und ribbelt komplett auf.

Vor ihnen spannt sich ein rostiger Stacheldraht. Sie steigen darüber. Betreten eine Gartenkolonie.

Die Erde der Beete ist weich, sie waten hindurch. Der Junge verheddert sich in stacheligen Heckenbeeren. Er stopft sich händeweise das Stachelzeug in den Mund, Vater macht mit, sie stehen dort und stopfen sich voll. Ein Beet mit Gurken. Vater zieht eine nach der anderen raus, sie schmecken bitter, ein paar schleudert er weg, bis er die eine findet, die er sich mit dem Jungen teilt. Sie gehen weiter, an einem Apfelbaum vorbei, werfen die Leiter um, die als Aststütze da stand, trampeln auf Äpfeln herum, wenn sie ein paar vom Boden auflesen. Vater schimpft, tritt um sich, bleibt in einem Rosenstrauch hängen. Die Erde klebt ihnen an den Schuhsohlen, Vater kickt eine Gießkanne ins Gebüsch, stürzt einen Zaun um, der ihnen im Weg steht.

Im Dämmerlicht der Bretterbuden Schaufeln, Harken, Spaten. Haufenweise Liegestühle wie zusammengeschrumpfte, aufeinandergestapelte Schildkrötenpanzer.

Ein Ast fegt dem Jungen das Mädchentuch vom Kopf, der Rock verhaspelt sich im Strauchwerk. Sie reißen etwas um, dann schlüpfen sie wieder unter dem Draht hindurch, achten auf Steine, auf Löcher, der Junge versinkt bis zum Nabel im Gras.

Und sie gehen hinunter, wo aus dem Gras der Nebel zu sprudeln scheint. Er streckt die Hand aus, sieht die Fingerspitzen nicht. Hört es aber irgendwo rauschen. Sie gehen auf das Geräusch zu, es wird immer stärker, bis Vater wankt und auf die Knie rutscht. Das Brüderchen hält er fest, nicht mal den Boden hat er mit ihm gestreift.

Ich höre den Fluss, sagt Vater.

Und er legt das Kind ins Gras. Zieht das Röhrchen, schüttelt eine Tablette heraus. Bricht sie auf, den einen Teil wirft er sich in den Mund, den anderen schiebt er dem Kindchen zwischen die Lippen. Hält ihm das Mündchen fest, bis der Speichel den weißen Halbkreis aufgeweicht hat. Dann legt er sich auf den Rücken. Er schnarcht sofort. Leise, die Augen geschlossen.

Der Junge setzt sich hin. Drückt sich möglichst fest an ihn.

Und reißt die Augen auf, starrt.

Durch das hohe Gras eilt wer auf sie zu. Kapuze auf dem Kopf, etwas Glänzendes in der Hand. Unhörbar im Rauschen des Wassers schreitet er heran, unter seinen Schritten beugt sich das Gras.

18 DIE BANDE BEIM WASSERMANN · MIT DER ARMBRUST BEDROHT · KÄLBCHEN · NACHRICHTENMAGAZIN · WO STECKT LOJDA? LÄCHELT ROT IM GESICHT …

ZUM WASSERMANN meldet das Banner, vermutlich mit Lippenstift auf ein Stück Gaze oder Verbandmull hingemalt, das wohl von der Fluthilfe übriggeblieben war, und an einem Stock befestigt, der als Eingangstor in das neue Etablissement dient. Im Vergleich mit dem einst von den Altblockhüttlern betriebenen Altan eine echt trostlose Einrichtung, trotzdem mangelt es hier nicht an frühen Gästen. Für die Unterhaltung sorgt der Drahtfunk, soeben ist das Nachrichtenmagazin von Radio Flussfunk verklungen, Tanzmelodien wabern durch das heitere Stimmengewirr der Kundschaft.

Die Frühtrinker haben es sich auf Plastikstühlchen bequem gemacht oder sitzen einfach in der Hocke um das Bierfass gruppiert. Am Fass lehnt ein Typ in Blaumann und Joggingschuhen, von den Schluckspechten familiär als der Alte Bajer angesprochen, eine lederne Kellnerbörse baumelt ihm um den Hals. Ein aufgedunsener feister Kerl schüttet da gerade eine Handvoll Münzen rein, die Maulorgel fest an den Mund gepresst, mit einer Variation auf die Filmmelodie von Zwölf Uhr Mittags untermalt er die dahergeplapperte Nachrichtensendung. So leicht lassen sich die versammelten Vogelscheuchen nicht zusammenzählen, auch wenn sie in der Hocke auf die Pfanne über dem Gasflaschenbrenner aufpassen, sind sie ständig in Bewegung. Der Verlottertste von allen, der wie eine Riesenkröte aussieht, schiebt mit einer frisch vom Baum gerupften

Astgabel, von der noch Bast herunterhängt, das Fleisch in der Pfanne hin und her.

Hinter den Gästen, in einer Mauerversenkung dunkelt ein kleines Fenster. Aufgeschichtete Tatrankawaffeln, Schokotaler Fidorka, Salzstangentütchen und Chips, Drops in bunter Verpackung oder einzeln, auf russische Art eingewickelt. Bunte Schnapsflaschen, Bier in Pullen und Dosen und sonstige Reichtümer der Erde. Aus dem Fenster kommt der Gestank der Fülle und des Überflusses, abgestandenes Frittieröl. Und vielleicht auch der Geruch von Blut.

Ein anderer Bürger, der es sich auf dem aus Holzscheiten gezimmerten Ausschanktreppchen bequem macht, um seine Wadengeschwüre zu untersuchen, verlangt plärrend nach überschüssigem Kleingeld.

Limo gibt's zu Hause, sagt Moni im Ton einer Schulbusaufsicht.

Offenbar haben die freundlichen Altblockhüttler die Mühle verlassen. Über dem unbekannten Lumpenpack rümpft Moni angeekelt die Nase.

Da sind aber Macinka und Janinka schon aus dem Auto gehüpft, zickenforsch hüpfen sie das Treppchen hoch, der Almosensucher hält die Flut von Oberschenkeln, Knien und Pobacken, die an seiner Nase vorbeirauschen, vermutlich für eine Fata Morgana und suhlt sich weiterhin in seinem Elend, komplett vom hochschießenden Aua seiner Schwären in Beschlag genommen.

Die Mädchen drängeln zum Fenster, füllen es fast ganz aus. Der Pfannenwächter wedelt mit der Astgabel und schickt ihnen ein paar unausweichliche Frivolitäten hinterher, sein vulgäres Anerbieten trägt er mit hoher, krächzender Stimme vor. Der Fettwanst mit der Harmonika ist offensichtlich ein ziemlicher Draufgänger, das Instrument in die Hosentasche gesteckt, patscht er ohne Umschweife Janinka auf den vom schwarzen Jeansstoff umspannten Popo.

Sie dreht sich mit ein paar deutlichen Gesten um.

Das Lachen der Herumstreicher hört sich fast frohlockend an.

Ich brauch ne Limo, mehr nicht, klärt die junge Frau den Kasper auf und steckt den Kopf wieder in die Vertiefung. Der Musikus bleibt ihr auf den Fersen. Inzwischen wird Macinka von einem übertätowierten Galan gepackt. Er zieht sie zu sich auf den Stuhl. Sie wehrt sich so gelungen, dass er bald samt Sitzgelegenheit auf dem Boden liegt.

Oh oh, sagt Kája und macht die Wagentür auf.

Janinkas Gekreische friert alles ein. Als hätte einer ihren Kopf samt Zöpfchen im Fenster wie im Schraubstock eingespannt. Sie wirft den Körper hin und her, zieht den Kopf aber nicht zurück. Das Kreischen verstummt. Für einen Moment. Um für ein paar hammerharte, sich allen in die Ohren hineinfräsende Pikosekunden auf dem Niveau einer Kreissäge noch deutlicher zurückzukommen.

Der geile Harmonikaspieler hat sich längst von dem feststeckenden Mädchen zurückgezogen. Aber in dem Fenster ist was.

Kája reißt die kleine Madame von der Luke weg. Im Fenster taucht ein bis dato unbekannter Kerl auf. Er richtet eine Armbrust auf Kája. Schiebt die Waffe mit eingelegtem Pfeil aus der Luke raus.

Da kichert keiner mehr. Auch die krächzende Kröte über der Pfanne verstummt. Nur das zähe Röcheln des Weltnachrichtensprechers ergießt sich aus dem Radio, der sich vor lauter Ehrfurcht vor seinen Meldungen fast verschluckt.

Kája schiebt Janinka hinter sich. Stellt sich selbst der Armbrust. Eine Weile starrt er die beidschneidige Pfeilspitze an. An den Seiten mit einer Feile zerfranst, damit sie möglichst tief stecken bleibt.

Wir gehen schon, verkündet Kája ins Fensterchen.

Sie laufen die Treppe hinunter, weichen dem immer noch nach Almosen lechzenden Lazarus aus und springen ins Auto.

Sie fahren gleich los.

Was hast du so gekreischt, Mädchen? Sind dir die Nachrichten so nahgegangen?, sorgt sich Lomoz.

Die haben ein Kälbchen umgebracht, japst die junge Frau. In dem Rattenloch da haben die ein süßes Kälbchen mit nem Pfeil erschossen. Der Fleischer trug ne Stirnlampe, also hab ich's perfekt gesehen, die Hinrichtung.

Die haben's nicht hingerichtet, murmelt der Alte. Sondern geschlachtet, schwarz. Eine Hinrichtung ist was anderes, du dummes Ding.

Was waren das für Spasten? Wo steckt Onkel Lojda? Was hat er hier für Leute reingelassen?, der Fahrer wütet, fast knirscht er dabei mit den Zähnen.

Die haben gerade im Flussfunk gemeldet, warum Arbeiter aus der Ukraine wieder nach Hause gehen. Hast du dich in einen Ukro verschossen, dass du so kreischen musst?, fragt der Alte.

Radio habe ich nicht gehört, gibt Kája zu. Und wo gehen die hin?, fragt er höflich und zwinkert Miran zu.

Ihr sitzt wohl auf den Ohren, drückt sich der Alte ein wenig barsch aus. Man hat gesagt, dass die Ukros eine fast zweitausend Kilometer lange Mauer bauen.

Warum das?, wundert sich Kája.

Gegen die Russen, erklärt ihm einer.

Hilft das?, will Kája wissen.

Nein, verlautet ein anderer.

Ich sehe das geradezu vor mir, teilt ihnen der Alte mit. Die Männer bauen die Mauer und halten Wache mit der Waffe in der Hand, die Frauen kochen Borschtsch, Pelmeni oder was sie dort so haben, und abends sitzen sie um die Kessel herum. Wärmen sich, essen, warten. Kommen die gegnerischen Panzer angefahren oder kommen sie nicht angefahren? Genau wie in den guten alten Zeiten. Ob sie dort schon KZs haben, das möchte ich gerne wissen.

Im *Blesk* stand, dass sie die Gefangenen tauschen!

Weil sie noch nicht so viele haben. Die Konzentrationslager werden wir noch erleben, keine Bange. Hoffentlich nehmt ihr mir das nicht krumm, Leute, aber darauf hab ich echt keinen Bock. Und der Alte verstummt.

Jee, Mädels, ich hab doch ein paar Limos mit dabei, Moni unterbricht das Gespräch. Wer will ne Mirinda?

Hör mal, Kája schubst Miran an. Da war doch der alte Bajer mit dabei. Ich regel das später mit seinen Jungs. Mich hat es so was gejuckt, am liebsten hätte ich den Laden in Stücke gehackt, aber wegen der Mädels bin ich da lieber raus, flüstert Kája dem Fahrer ins Ohr.

Fanta haben wir keine?, fragt eine der jungen Frauen.

Doch doch!, meldet Moni.

Du hast dich perfekt verhalten, Bruderherz, sagt Miran.

Na dann würde ich vielleicht doch eine Fanta nehmen. Oder Mirinda, ist egal, sagt Kája und lächelt mit rotem Gesicht aus dem Fenster.

19 BEGEGNUNG MIT FISCHER SCHUPPE · IHR DAHINSCHWINDENDES ANTLITZ · BEI FISCHSCHUPPE DAHEIM · ANGESCHWEMMTES ZEUG · LIEBE IN DER HÜTTE · RACHE DER KOLONISTEN · INS BÖTCHEN · AUF DEM WASSER

Und der Jemand, Grashalme verbiegend, eilt auf sie zu.

Der Junge zupft Vater am Bein.

Hallöchen, Weiber!

Aus der Nähe ist er eher von stämmiger Statur, Flussozon steigt von ihm auf, verschnitten mit einer Prise Fäulnis. Schwarze Haare kringeln sich von unter seiner Kapuze, er hat einen Gummimantel an. In der Hand eine Angelrute wie ein glänzendes Gewehr.

Da ist er aber schon unsicher geworden. Betrachtet sie, prustet vor Lachen.

Vater reibt sich die Augen. Und starrt gar nicht lange.

Grüß dich, Slavoj, sagt er.

Mohrle. Mich laust der Affe, der Mohr. Was machst du hier? Und du?

Hör zu: Kommt auf die Beine und lass uns verduften, ordnet der Fischer an, scannt sie immer noch mit den Augen, grinst.

Aber sofort, hab ich gesagt.

Also stehen sie auf, Vater sackt Brüderchen ein, das schlafende Köpfchen duselt auf väterlicher Schulter. Es geht den Hang runter, von irgendwo piepsen nervöse Vögelchens, Mücken schwärmen in dichten Schleiern aus, verstopfen jede Pore, die Wanderer können nicht einmal die Lider schließen, ohne einen blutigen Klumpen zu hinterlassen.

Er führt sie, wo er hinwill. Direkt hinter dem Fischer folgt Vater, der Junge bildet das Schlusslicht, er schleppt sich hin, das Wasser schließt sich bei jedem Tritt sanft um seine Knöchel. Der kleine Gnom strebt hinter den Männern her, vertrocknete Tränen und auch die, die jetzt gerade kommen, sorgen zusammen mit dem Grillofenfett für die ideale Antimücken-Maske.

Er möchte sie hervorrufen in sich, sie lebendig machen. Ihre Erscheinung. Er könnte ihren Namen mit dem Zeigefinger in den Schlamm kritzeln. Er ruft sich Mamas Duft in Erinnerung. Das Vergessen aber schreitet so schnell voran, dass er sich nur noch wundert. Alles, was geschieht, saugt ihn auf. Er achtet auf spitze Zweige. Auf Steine unter vollgesogenem Moos. Mit jedem Tritt, mit jedem fast obszönen Schmatz!, mit dem seine Sandalen in die Fußabdrücke der Leute vor ihm eintauchen, wird ihr Antlitz in ihm blasser.

Der Kapuzenmann stapft tatkräftig voran. Vater stampft wie ein Elefant. Sie matschen über lebendgebärenden Untergrund. Von den Algen, ausnahmslos nur unter Mikroskop sichtbar, die sich hier in höchstens von Astronomen bezifferbaren Mengen vermehren, steigt zu den Wandersmännern ein Flimmern auf, ganz feinen Tönen gleich. In den Fußabdrücken, die das Grüppchen im sabschigen Moos hinterlässt, vollführen Myriaden von Muschellarven lustvolle Paarungsbewegungen. In rausspritzenden Wassertropfen schlängeln sich umtriebig beduselte Schwanzpfötchen und ganze Armeen von Steinfliegennymphen, Bacchantinnen des Wasserreichs. Geschöpfe, die nur Stunden leben, Tage, um zur Weihestätte von Larven zu werden, von Planktonorganismen und großen Wasserinsekten, den mit Beißern ausgestatteten Rekruten, über das Wasser schreitenden Bojaren des Insektenreichs. Das die drei Wanderer sehr selbstbewusst durchqueren. Unter all dem Stechen und Saugen und

Zeckenbeißen scheint allerdings der Rhetor im Vater komplett untergegangen zu sein.

Er speit nur noch lauter Arschlöcher, Fotzen, Ärsche und Schwänze hervor, atmet mühsam Insektenkörper aus, zwischen den Kiefern zermalmt.

Immer wieder bleibt er stehen, das Söhnchen an den Körper gedrückt, kratzt sich am Bauch, wimmert, patscht sich auf den Hintern und der Junge hört den Fischer lachen.

Vater reißt die Blumenbluse herunter, rupft die restliche Brust weg, pfeffert sie in den Pfuhl. Zwiebelt den von Disteln zerfledderten Rock ab, der Stoff wie ein Pflasterstreifen mit büschelweise Bettelknöpfen besät.

Den Insekten nur in Unterhosen und im T-Shirt undefinierbarer Farbe trotzend, treidelt er auf den Fischer zu, das Söhnchen im Arm.

Der Fischer sticht die Rute in den Schlamm und öffnet den Gummimantel. Er wickelt die Wäscheleine ab, die er um die Hüften trägt, und mit Hilfe von Seemannsknoten, wie er nicht müde wird zu betonen, bindet er sich das Kind vor die Brust.

Der Gestank und die Hitze, die der dösende Winzling verspritzt, stören den Fischer allem Anschein nach nicht. Das Köpfchen des Kindes bildet eine runde Ausbuchtung auf seiner männlichen Brust.

Einer, der nicht eingeweiht, mit der Situation gänzlich unvertraut, würde sich womöglich wundern. Und den Fischer für eine Laune der Natur halten, für einen Polykephaloniker alias Vielkopfler, der im Sumpfland menschlichen Blicken zu entfliehen versucht.

Der Junge sieht das Brüderchen lautlos durch den offenen Mund atmen. Und auf den Pausbäckchen des Menschenbündels erhascht er Mückenstiche.

Aber was kann er tun? Nichts.

Er nutzt die Pause zur Liquidierung der Mückenkolonie im eigenen Gesicht.

Der Fischer greift in die Tasche, holt eine Blechschachtel heraus, nimmt eine selbstgedrehte Zigarette, steckt sie mit einem Streichholz an und schon pustet er Rauch dem Jungen direkt ins Gesicht.

Auch dem Vater macht er eine an, reicht sie ihm über die Schulter des Jungen weiter.

Gottseidank, posaunt Vater. Plötzlich wieder frisch wie ein Sportschuh pafft er einen Zug nach dem anderen, atmet Rauch aus, bläst ihn über seinen Körper.

Sie stehen nebeneinander, schmauchen, winden sich, patschen mit den Händen auf den Körper und lassen Rauch in alle Himmelsrichtungen ab und auch sonst wohin.

Hab ne Menge mit, sagt der Fischer und klopft auf die Manteltasche, in der das Schachtelchen verschwand.

Klamotten brauchen wir, welche.

Die hab ich auch.

Sie schmauchen mit Hingabe.

Ich dachte, ihr seid welche dahergelaufene Muschen, sagt der Fischer. Es gibt nämlich welche Nutten, die klauen sich Babys.

Echt?

Ja. Eines Tages reicht ihnen das Ficken nicht. Sie wollen da ein Kind von kriegen. Das haben die Frauen so, von Natur aus. Manche sind dann aber schon so groggy, dass sie sich lieber ein Baby klauen.

Vater verbrennt sich fast die Lippen. Zischt schmerzlich auf, sticht den Rest der Fluppe ins Moos. Bekommt eine neue.

Aber ich meinte keine Prostituierten aus der Bar. Irgendwelche Weiber halt.

Ach ja?

Die sind nicht aus der Gartenkolonie, die nicht, hab ich gedacht. Haben da irgendwelche Zigos die Kolonie geplündert? Und es ist Mohrle! Ha ha ha! Als Frau! Mohrle mit seinen Jungens! Mohrle, ich hab dich sofort wiedererkannt. Und du mich auch. Das ist schön.

Na ja. Und wie läuft's bei dir?

Warum hast du dich so rausstaffiert? Du siehst aber aus! Hahaha!

Und der Fischer lacht, bis er keine Luft mehr kriegt. Tritt ein bisschen zurück und mustert Vater aus einiger Entfernung. Schwenkt mit dem Blick auf den Jungen. Und lacht weiter. Dabei pafft er, und mit der freien Hand fächert er den Rauch erbarmungslos auf die angreifenden Horden zu.

Erstmals hab ich mir gesagt, die Kleine trägt die Haare kurz wie ein Junge. Aber sicher, man kann Läuse haben. Stell dir unsere Klasse vor, wenn da jemand Läuse gehabt hätte! Höchstens welche Zigos. Aber sonst: Sozialismus und Läuse, das wäre ein Ding. Und heute haben die Kids sie wieder.

Echt, ja?

Na ja, die Natur kommt wieder zu Kräften. Die Biber sind zurück, Bisamratten sind hier, Aale. Wo nichts gewesen ist, haben heute die Reiher ihre Nester, Mann.

Was für Bisamratten? Wildgewordene Nutrias, hab ich gehört!

Beides sind das. Nutrias haben's gelb im Maul. Und was machst du hier, Mohrle?

Bin mit den Jungs zu meiner Mutter hin.

Aha! Wisst ihr was? Wo ihr schon hier seid, kommt doch mit in meine Bude.

Hast du dort was zum Essen?

Hab ich!

Ist es weit?

Ist es nicht.

Und du, Slavoj, was treibt dich hierher?

Ach weißt du, hier zur Gartenkolonie komm ich nur ganz selten und wenn, dann früh am Tag, wenn noch keiner da ist. Manchmal hol ich mir nen Kohlrabi oder zieh ne Möhre raus, nen Kürbis, das muss man ganz früh morgens, dann merken sie nichts, die dummen Gärtnerfritzen.

Aha!

Du verrätst mich nicht, Mohrle, oder?

Türlich nicht.

Macht hin. Sonst fressen die uns auf.

Und schon hastet der Fischer den Hang hinunter.

Er wartet auf sie, wo die steile Böschung in den Sabsch des Uferstreifens übergeht. Sie schleppen sich durch den Wabbelmorast weiter. Grünstichiges Wasser sickert in ihre Fußstapfen. Sie betreten rutschige Bretter, Blutegel krauchen über das Holz. Bei jedem Schritt scheuchen sie epidemogene Mücken hoch, Aasfliegen, die sich an einem kahlen Hundekadaver in vegetative Seligkeit hineinlaben. Ein paar Sprünge noch über dicht aneinanderliegende Reisigbündel, dann kommen sie vor Müdigkeit taumelnd beim Fluss an.

Trübes Wasser schwappt gegen die Steine am Ufer. Mitten im Schnellstrom eine Pfahlhütte, schwarz, fällt kaum auf in dem Gestrüpp, zwischen Brennnesseln, Bärenklau und verkümmerten Bäumchen.

Der Fischer tappt in den Brennnesseln, beugt sich ins Unterholz. Zieht eine riesige, mit rostigen Nägeln zusammengezimmerte Wagenleiter hervor.

Er steckt sie in das glitschige Ufer und lässt los, das andere Ende, mit schräg draufgehauenen Holzklötzen beschwert, rummst auf die Bretter des buckligen Stegs, der die Hütte umrundet.

Der Fischer hüpft auf den Holzsprossen herum, führt fast zu ostentativ ihre Festigkeit vor. Dann rennt er die schmale Brücke entlang, die Angelrute als Balancestab, das Kindlein vor dem Bauch, und springt direkt rein. In den schwarz angelaufenen Brettern der Hütte klafft ein Türchen. Vater fliegt ihm hinterher. In ausgeleierter Unterhose und wehendem T-Shirt, die Riesennase wie einen Schnabel nach oben gereckt, als wollte er in die unter seinen Füßen dahinschwindenden Fluten picken, seine ausgestreckten Arme halten sich am Himmel fest, er wankt, springt aber sicher ab und ist weg. Dann rauscht der Junge mit fast geschlossenen Augen über die Tiefe und saust zu ihnen in die Hütte.

In Dunkelheit und Gestank vom Fisch und modrigen Plünnen.

Auf der Schwelle rutscht er aus, erst später merkt er, dass die weißliche feuchte Schmiere aus Fischschuppen besteht. Jetzt aber saugt ihn die Dunkelheit der Hütte ein, er stolpert über einen Holzkübel, das Wasser schwappt über, also bleibt er lieber stehen und rührt sich nicht.

Papiergeraschel. Der Fischer schiebt die Kugel aus zusammengeknülltem Zeitungspapier unter das Reisig im Ofen und entfacht das Feuer. Dann zündet er eine Kerze an, schwache, kantige Schatten gleiten über die Wände, der Butzemann präsentiert ihnen sein gemütliches Heim.

Tisch und Stühle aus urwüchsigem Holz. Baumstümpfe, mit der Axt zu Häuptlingsthronen behauen, die ausladenden Rückenlehnen aus knorrigem Geäst mit abgehobelten Astknoten erinnern an Hirschgeweih; offensichtlich ein Relikt der Tramperkultur, der Stolz der Bastler von Sázava, ein ganz eindeutig für menschliche Wesen geschaffener Zeremonienplatz.

Denn eine jüngere Person als der Junge könnte den Gastgeber durchaus für einen Wassermann halten, ein Wesen, das trotz seiner erdigen Ausdünstungen aus Nebelschleiern, Schlammbläschen, Algen, Fischflossen und Krebsschwänzchen geboren wird.

Das Bild würde wohl auch der bräunliche Holzschwamm unterstreichen, mit seiner Verbrämung aus rosig aufgeschäumtem Schimmel, der unbarmherzig durch die Hüttenwände dringt.

Vor den Augen der Besucher tauchen in den Ecken verrußte Töpfe und Tassen auf, Kanister, vollgestopfte Plastiktüten, Berge von Lumpen, Teller, ein Häufchen von ungleichem Besteck.

Hinter einer Miefkiste aus feuchten und augenscheinlich schmierigen Matratzen hat der Hausherr eine zierliche Hobelbank mit französischen Zangen und Halterungen stehen, darunter einen verrosteten Motor von weißgottwas.

Der Junge wirft einen Blick in den Kübel, den er vorhin fast umgeworfen hatte. Fischflossen wälzen sich darin, runde Mäulchen kräuseln die Wasseroberfläche. Soll er den Finger hineinstecken? Auf dem Boden kriecht etwas.

Der Fischer lockert einen Haken und stößt das kleine Fenster auf. Licht fällt in die Hütte. Das Rauschen des Stromes unter ihnen und um sie herum wird stärker. Der Junge stellt sich auf die Zehenspitzen. In der Ferne sieht er die Baumkronen vom gegenüberliegenden Ufer.

Und noch etwas gibt es hier.

Im Sonnenlicht, das plötzlich die Behausung durchflutet, werden sie der hinteren Hüttenwand gewahr.

Das Antlitz der Jungfrau erscheint. Von Feuchtigkeit verzogen, in sich zusammengefallen, scheinen ihre innigen Gesichtszüge etwas rauer und verwegener zu wirken. Trotz der tosenden Schmutzbrühe, des sie aus allen Ecken bestürmenden Dämmerlichts und der Fäulnisprozesse um sie herum hat sie die Reste ihrer mädchenhaften Anmut behalten. Die leichtfüßige Gestalt in dem typischen, weich fallenden Wüstenkleid. Ihre schlichten Opanken. Der Berg. Jener Berg, wo die Jungfrau den befruchtenden Geist erst erwartet.

Die Betrachter müssen weiß Gott keine bärtigen Biblisten oder nachdenklichen Polyhistoren sein, keine der im höchsten Grade erlauchten, in Hochfrequenzen meditierenden Kunsthistorikerinnen, um zu begreifen, mit welchem Bild sie es zu tun haben.

Die heilige Madonna von Poříčí. Die Jungfer in Erwartung alias Die Jungfrau vom Berg.

Oder eine Reproduktion, aus unzähligen Veröffentlichungen bekannt, aus Lehrbüchern, Ansichtskarten, Touristennippes, von Abzeichen, schmierigen Karikaturen und schweinischen Witzen, die während zahlreicher antiklerikaler Züge der debilen Kommunisten oder zemanschen Armleuchter aus den Rotationsmaschinen geschleudert wurden.

Allein der goldglänzende, mit Engelchen und Äpfelchen, Feigen, Schäfchen und sonstigem Schnickschnack besäte Bilderrahmen nimmt sich in der Hütte des Gewässermannes wie ein unermesslicher Reichtum aus.

Während Vater und Sohn vor dem Gemälde verharren, wirbelt der Fischer durch die Stube. Füttert den Ofen mit Reisig und Spänen, fährt mit dem Besen über die Baumstumpfplatte und schlüpft erst dann aus seinem Gummimantel. Den kickt er in die Ecke und bindet das Kindchen los.

Sanft, mit beiden Händen legt er den kleinen, zarten Rücken auf den Tisch. Auf ein ausgebreitetes Geschirrtuch oder was auch immer. Zieht das Kind geschickt und rasch aus, macht es mit einem Stück Zeitungspapier sauber. Zum Waschen nimmt er Wasser aus einem Topf, der auf dem Küchenherd steht.

Mann, was seid ihr für Schweine! Vollgeschissen bis zu den Ohren ist der Kleine. Und vollgepisst wie ein Hornist. Meine

Güte, was der für ein Juwel hat! Und voll behaart! Sag mal, Mohrle, wie alt?

Hmm, sagt Vater, immer noch in das Gemälde vertieft.

Junge, der Fischer deutet mit dem Kopf, gib mir nen Lappen.

Der zieht aus dem Haufen in der Ecke ein T-Shirt, schnuppert an ihm. Es ist riesig groß, also reißt er es entzwei. Mama hätte es auch so gemacht, sie hätte auch keinen gefragt.

Mutzi mutzi mutz, wir sind kein Baby mehr, was? So ein süßes Kerlchen, na was kuckst du denn, Muckelchen? Ja ja ja, du bist schon ein großer Junge, aber ja.

Vater lässt sich in die Baumbestuhlung fallen, und als wäre er bei sich daheim, greift er nonchalant unter den Tisch, zieht eine PET, Zweiliterpulle, hervor, schraubt sie auf, setzt an und trinkt.

Das Brüderchen starrt den Fischer an, das Mündchen zum Lächeln verzogen, sanft bewegt es sich unter seinen Pranken, während er in die vom Jungen zurechtgerissenen Stofffetzen gewickelt wird. Der Fischer knüllt die Zeitung und die Lumpen, mit denen er das Kind sauber gemacht hat, in ein Stinkknäuel zusammen und schmeißt es durchs Fenster in den Wasserabgrund, das unter ihnen und um sie herum rauscht.

Dann kniet er sich zu dem Kübel mit dem schwimmenden Wimmeltier und wäscht sich die Pranken. Von unter dem Tisch, zwischen Vaters Knien, zieht er eine große Basttasche hervor. Wirft hinaus, was drin ist, und schiebt es mit dem Fuß zur Wand, legt den Taschenboden mit ein paar Lumpen aus, die er vorher kurz gegen das Licht gehalten hat. Bettet das Kindchen in die Tasche. Bequem wie in einer Wiege liegt es darin. Der Fischer schiebt die Tasche unter den Tisch.

Dass er nicht schreit? Dass er gar keinen Mucks von sich gibt? So klein und dabei wie groß. Mohrle, was ist los mit dem?

Ech, Vater winkt ab. Er braucht vor allem Ruhe.

Der Fischer dreht sich zum Jungen hin.

Du kuck nicht hin!

Aus einem Sack, der auf dem Boden liegt, holt er ein paar kleine Schildkröten und schneidet einer nach der anderen den Kopf ab. Die Köpfchen mit den plötzlich gebrochenen Augen und spitzer Hakennase landen in der Ecke.

Er öffnet den Ofen und legt die Schildkrötenpanzer, aus denen scharrende Gliedmaßen ragen, auf die glühende Kohle der Ofenmündung. Dann schließt er das Türchen halb zu.

Aus dem Zuber zieht er ein Fischlein heraus, hackt ihm den Kopf ab, schabt mit dem Messer die Schuppen auf den Boden, schiebt sie mit dem Schuh zusammen, kratzt die Innereien aus dem Fisch heraus, wischt sie hinunter zu den Schuppen, gemeinsam mit den Schwimmblasen und Köpfchen befördert er das Häufchen in die Ecke.

So bereitet er vier Fische zu.

Stellt eine auf Hochglanz polierte Riesenpfanne auf den Herd, lässt in ihr einen Klumpen Butter schmelzen, den er aus einem Trinkbecher genommen hat. Legt die Fische in die Pfanne. Und salzt sie jetzt und würzt irgendwie. Die Gewürze bewahrt er in Plastikdöschen auf, mit Schneewittchen und den Zwergen drauf.

Wo hast du das Bild her?, kriegt Vater den Mund auf.

Aus der Kirche nicht, gibt dir der Verstand doch ein, oder? Vom Wasser kommt's.

Sieht aber aus wie die Madonna von Poříčí, Mann. Wie die Jungfrau vom Berg, hab ich Recht?

Das ist sie auch.

Hm, sagt Vater.

Hör mal, Mohrle, wie kommt es, du und Frauenzeug? Brot habt ihr nicht zufällig dabei, was? Hab Kartoffeln gehabt, sind aber inzwischen vergammelt, hab sie vergessen. Nur noch altes Brot ist da. Aber ich tu's in die Pfanne rein, dann weicht es auf.

Zu den Fischen, es saugt sich mit Butter voll. Gurken habe ich. Tomaten. Die schnippel ich klein, für den Salat, oder?

Hmmmm.

Trink nicht alles weg!

Mann, das würde mich doch umbringen. Der gute alte Rum von Božkov, ja? Dass du den in eine PET-Bierflasche abgefüllt hast, Mensch. Hm. Kozlík, von dem Bierchen würde ich glatt auch ein Schlückchen nehmen.

Ich trinke nicht viel, das hat eher die Dorle hie und da gebechert. Heutzutage ist Trinken scheiße, Leute kacken da ab von. Wirst sofort blind.

Das war vielleicht früher, als man selbst gebrannt hat, das Gesöff.

Ist doch Stuss, was du da erzählst. In Böhmen sind an die fünftausend Menschen blind geworden, manche sind noch mehr am Arsch, Tote gibt's auch. Wie in Čerčany auf dem Bahnhof, Zum Aasgeier, das war in der Glotze. Gute Bratwurst haben die dort. Ne Flimmerkiste hab ich aber nicht.

Vergifteter Alk?

Die Glotze war voll von, Machenschaften in den Abfüllanlagen. Auch *Blesk* und sonst so haben berichtet. Wie viele schon blind geworden sind davon, schwach in der Birne. Vielleicht haben uns die Islamisten den Alk vergiftet? Passen würde das schon. Ne Flimmerkiste hab ich aber nicht, das weißt du ja.

Hm.

Aber Dosenmilch hab ich. Hat sich Dorle immer in den Kaffee gespritzt.

Und der Fischer macht ein Loch in eine Dose. Reicht dem Jungen ein Brocken Hartbrot.

Mach ihm was zum Nuckeln.

Der Junge tröpfelt dickflüssige Milch auf die Brotkrume, die er aus dem Knust herausgebrochen hat. Leckt sie ab. Und steckt sich den Nuckel in den Mund. Aber er lässt was übrig, klettert unter den Tisch, schiebt den Matschbrösel dem Brüderchen vor den Mund. Als hätte der das Brot eingeatmet.

Er gibt ihm den Rest. Und noch ein Stückchen. Das Mündchen hascht die Bissen im Flug.

Mohrle, also ist es wahr, was man erzählt, dass du im Ausland warst, dass du nicht weißt, was es Neues gibt. Eine Alkepidemie. Gottseidank trink ich kaum, lass mich nur selten volllaufen.

Ich war weg, Slavoj, das stimmt.

Man hat dich in der Television gesehen. Man sagt, du bist der Herr Schauspieler, hättest in Italien gespielt und wo sonst noch der Pfeffer wächst. Ich geh nich aus, rühr mich hier nicht vom Fleck. Macht mir aber nichts aus.

Ist die echt angeschwemmt worden, die Jungfrau?

Habt ihr Theater gespielt, oder warum seid ihr so angeplünnt?

Auf der Kirmes sind wir gewesen.

Na das ist was anderes. Der hat ja den Nuckel ganz fix verputzt, was, das kleine Luderchen.

Der Fischer hat ein Stückchen Fisch auf dem Löffel. Er schiebt dem Lütten, der entspannt in der Tasche liegt, den Bissen vors Gesicht. Der Kleine saugt es ein, schluckt.

Gib ihm Wasser, aus der Kanne. Und komm essen, damit es nicht kalt wird!

Sie essen alles auf.

Wie heißt du, junger Mann? Kinder sagen Onkel Fischschuppe zu mir, stell dir das vor. Und du heißt wie? Bist du stumm? Mohrle, redet der nicht?

Jetzt nicht.

Na ja, machen Kinder manchmal.

Haha, Fischschuppe, Vater lacht. Nennt man dich so, Slavoj?

Manchmal verkaufe ich Fische an die Leut. Unterschiedlich, vor dem Supermarkt, in der Kneipe, wo's sich halt ergibt. Du hast dir gemerkt, wie ich heiße, stimmt. Da bin ich froh. Der Herr Schauspieler, in der Welt gewesen und hat den alten Kumpel nicht vergessen.

Aber ich bitte dich!

Der Fischer holt Tabak und Blättchen, dreht. Die Erste reicht er Vater.

Du hast Recht, sagt Vater. Ohne Fluppe, ohne Möse wird der beste Witzbold böse. Weißt du, von wem das ist? Von Hrabal.

Na ja, früher hat hier immer Dorle gefegt. Jetzt muss ich das machen, ach ja.

Hier könnte man schon gut schreiben, hier in deiner Butze. Ein paar Zeilen fertig machen, dann eine Runde am Ufer drehen und wieder ein paar Zeilen schreiben.

Worüber?

Oder ich würde schreiben, eine kleine Bootstour machen und dann zurück an den Schreibtisch. Das Schreiben verlangt einen gesunden Rhythmus, wusstest du das? Das ist am wichtigsten. Was für ne Dorle?

Dorle halt, sagt der Fischer, greift in die Ecke nach dem Besen, fegt Lebensreste von Fischen, Schildkröten und keineahnungnoch welchen Wesen vor die Schwelle.

Such dir was aus, er zeigt Vater das Häufchen Klamotten. Du auch! Ist doch furchtbar im Mädchenrock herumzurennen, findest du nicht? Das alles hat noch Dorle gewaschen, Männer, alles aus dem Wasser und nagelfunkelneu. Wenn die Flut Zäune und Wäscheleinen mitnimmt, gibt es immer fesche Fetzen von. Immer.

Der Junge späht nach einer Trainingshose, auch einen Pullover würde er sich gerne schnappen, aber Vater wühlt schon im Haufen, zieht eine kurze Hose gleich mit Hosenträgern an. Blau wie der Ozean, lobt er sich, und fischt noch ein gestreiftes T-Shirt heraus und hat es gleich an.

Hast du noch Rum?

Hab ich nicht, Mohrle. Du siehst ja, wo ich bin, da gibt's nur Wasser, mehr nicht. Ein Handygerät hab ich nicht, Flimmerkiste, nichts. Brauch ich denn Kühlschrank? Mich besucht ja keiner. Aber beim Supermarkt beim Vietnamesen, auf dem Spielplatz kommen manchmal Männer zusammen, auf ein Schwätzchen. Der eine malocht im Wald, der andere dann und wann am Fluss, ein Campingplatzverwalter kommt manchmal hin, und andere Jungs. Ne prima Clique, sag ich dir.

Echt, ja?

Ich trink ja nicht, aber ein paar Bierchen zisch ich schon weg. Der Vietnamese hat nonstop auf, also schwatzen wir.

Ja?

Daher weiß ich, dass der alte Hrozen es hinter sich hat. Mein Glückwunsch, lieber Freund. Ich meine, ich wollte gondolieren. Verdammtes Beileid also, meine ich.

Danke, Slavoj, irgendwann sind wir alle hin. Hättest du vielleicht etwas Zucker für deinen Rum? Ich bin dieses Trinken nicht mehr gewohnt.

Du musst es auch nicht, oder? Wer zwingt dich, Mohrle, hä? In der Welt verlernt, tschechischen Rum zu trinken, Junge Junge!

Aber nicht ganz, Vater grinst und schenkt sich nach.

Zu Sonja sag ich kein Wort, die hab ich immer gemocht, ein tolles Mädel, das schon. Aber der alte Hrozen, na ja, für diese Verwandtschaft kannst du nichts.

Der Junge gräbt in dem Lumpenhaufen. Ein Blaumann, zu groß. Irgendwelche Fummelfetzen, eine alte Zeltplane, Häkelschuhe, ein BH. Grüner Morgenmantel, groß. Er verheddert sich in einem alten Netz, knallt auf den Fußboden. Also setzt er sich lieber.

Hrozen ist im Bezirk ein großes Tier über den Jugendlichen gewesen, das weißt du noch. Die paar Tramper, die zu uns wollten, hat er rausgekickt, aber wer einheimisch war, der hat's abgekriegt. Hattest du ne Matte, haben dir die Polypen einen Schnitt verpasst und noch ein paar Tritte in den Hintern dazu, die Arschgeigen. Du willst also Schmach und Schande über meinen Bezirk bringen, du Grünschnabel, ja? Hat er gesagt. Und losgelegt. Eine nach der anderen hat er mir aufs Ohr geknallt, der Sack. Wie konnte ich dann aufs Gerüst, aufs Dach, mit dem Dauerbrummen, was ich seitdem im Schädel hatte, was? Hab doch Dachdeckerlehre machen wollen. Der ist schuld, dass ich hier vergammel! Aber ich hab's schon gut hier. Direkt am Wasser, an der frischen Luft.

Hübsch hast du's hier. Ein Handygerät hast du also nicht?

Wozu auch?

Hör mal, Slavoj, was ist mit dem Bild? Ist doch komisch, es hier in der Hütte zu haben, gib's zu.

Aber ich hab dir doch gesagt, dass es angeschwommen ist. In Äste verhakt. Zwei Mal hat ein Kugelblitz in die Kirche von Poříč eingeschlagen, alles ist rausgeschwemmt worden, auch die Kirchenbänke, das kommt wohl davon. Das haben wir noch im Radio gehört, Dorle und ich.

Du hast ein Radio?

Aber keine Batterien.

Hm.

Aber beim Vietnamesen sind Batterien billig. Bloß nimmt der keinen Fisch. Der bastelt sich seinen Reis, und wenn schon, dann brät er eh was Tiefgefrorenes aus der See. Aus dem Fluss schmeckt ihm nicht, sagt er. Dagegen kommst du nicht an.

Aha!

Der Fischer ist fertig mit dem Fegen. Setzt sich an den Tisch, lässt den Kopf fallen, die Faust um den Besen geklammert.

Meinst du, dass es jemand geklaut hat, sagt er nach einer Weile. Vielleicht haben die Kirchendiebe das Bild auf dem Wasser wegbringen wollen, wurden vom Blitz getroffen, sind mit denen ihrem Boot untergegangen und haben das Bild verloren? Aber wenn ich jedes Mal melden müsste, was da alles auf dem Wasser treibt, da kann ich mich gehackt legen. Ohnehin hacken alle auf mir rum. Ist aber nicht schlimm. Ne Hundehütte schwimmt heran, ein Haufen Klamotten mit Wäscheleine, hübsches Sesselchen, da würdest du Augen machen. Alles kann umgetauscht werden, weißt du. Auf wie viel kommt denn so ein Teller Suppe beim Vietnamesen? Auf sechs Kronen, Mann. Vier! Und manchmal kommt hier Zeug angeschwommen, da schlackerst du mit den Ohren.

Aber ist nun das Bild echt?

Das ist es. Hab doch jahrelang bei dieser Madonna den Messdiener gemacht. Das haben mir der alte Hrozen und die anderen Kommis ja auch später hochgradig verrechnet. Sie ist halt zu mir geschwommen, hierher.

Mann, da stecken aber Millionen drin. Du bist reich! Wenn du das Ding nach Deutschland schmuggelst, bist du Millionär! Wir finden nen Sammler, und du wirst Augen machen, wie schnell sich der Rubel dreht.

Wie nach Deutschland? Ich rühr mich nicht vom Fleck. Ich behalte sie hier, ganz normal. Zum Beten, wieso nicht? Ich fahr höchstens nach Čerčany Hälse holen oder zum Supermarkt geh ich, wenn's sein muss, und dann auch zurück. Nach Benešov fahr ich nie wieder. Wem soll das auch Spaß machen, immer mit dem Bus hin und her wie ein Idiot. Und du weißt ja, wie teuer das ist.

Und weiß jemand, dass du es hier hast?

Nö. Geht keinen null an, was das Wasser anschwemmt.

Recht hast du, sagt Vater und schenkt sich wieder ein.

Hör zu! Das waren Zeiten. Ich chauffier also auf dem Fluss herum, überall hin und her, Fische angeln, und wenn ich nach Hause komme, ist die Dorle da. Das war eben das Schöne.

Wie: ich chauffier herum? Du bist geschippert, den Fluss entlang. Mit nem Boot schippert man.

Sie ist seltsam, für dich, Mohrle, wahrscheinlich schon. Keine Schönheit, aber eine gute Frau, Männer, glaubt mir! Wir haben Hühnerhälse gekauft, Lebersalami. Sie kam mit in die Gartenkolonie, wir haben immer nur eine Melone, ein paar Tomätchen geholt, etwas für's Süppchen, das merken die Deppen nicht mal. Und wenn ich herumchauffiert bin, hat sie auf mich gewartet, wo hätte sie auch hinsollen? Aber dann ist diese Type gekommen.

Was für ne Type?

Abgerissen ist der hier angekommen, außer Puste, woher hat der bloß von meiner Hütte gewusst? Hat er die Gegend von früher gekannt? Haben ihm die Jungs irgendwie gesteckt, wo ich wohne? Keine Ahnung! Und er sofort, kaufen Sie sich ne Pfanne, und ne neue hatte er auch gleich dabei, als hätten Hunde sie ausgeleckt, so geglänzt hatte die. Unmengen von Pfannen. Alle im Rucksack auf dem Rücken angeschleppt. Von winzigen Pfannen fürn Spiegelei bis zu der hier, die gibt schon was her, der Fischer klopft mit dem Besenstiel auf die Pfanne auf dem Tisch. Und er wieder, lass mich hier ein paar Tage ausruhen, ja? Ich zahl auch für! Und such dir ne Pfanne aus, welche du willst. Und dann hat er sich hier verkrochen, paar Tage lang. Ich bin immer wieder ganz normal nach draußen. Verdacht hab ich keinen gehabt, ein solventer Sommerfrischler, Prager, durchgeknallt, ich dachte mir, der will die Natur degustieren, früh aufstehen, ins Wasser scheißen und so, von wegen das kennt er nicht, hat er noch nie gemacht. Hab ja nicht ahnen können, dass er Angst hatte, dass man ihn suchte!

Wer?

Jungens. Jungs aus der Gegend.

Warum?

Na, Mist hat er welchen gebaut.

Aha.

Ich also nach Hause und Dorle nicht da. Und er nicht da. Dabei hätte Dorle es gewollt, hätt sie immer rausgekonnt. Sie konnte ja selbst aus der Hütte raus, die Tür kriegt man leicht auf. Eingeschlossen hab ich sie, das schon, aber was konnte ich dafür, dass sie'n wischiwaschi Hirn hatte und die Tür selbst nicht aufgekriegt hat. Aber gegen die Tür treten? Das hätte sie sich nie erlaubt.

Ganz schön abgerichtet hast du sie, wie ich sehe.

Wir haben uns soo lieb gehabt. Immer, wo das Boot auf die Hütte zukommt, fass ich mir an die Brust, nach dem Schnürchen mit dem Schlüssel. Gleich schließ ich auf und sehe mein Dorle wieder, das hab ich mir gedacht.

Hast sie eingesperrt, ja?

Jou. Er wollte sie vielleicht irgendwie. Aber wozu hat er sie mitgenommen? Damit er sie irgendwo im Gebüsch aufs Kreuz legt, entschuldigt die volkstümliche Ausdrucksweise, Männer, das ist Bullshit, die hätten ruhig hier pimpern können, und ich hätte Scheiße was gewusst. Und eine Schönheit, na die war sie wirklich nicht. Vielleicht hat er sie zum Tragen von dem seinem Rucksack mitgenommen. Ihr gesagt, sie soll mitkommen, und sie ist einfach mitgedackelt. Das war furchtbar, ich komm nach Hause, und sie nicht da.

Und der Fischer stützt sich auf den Besen, knickt um nach vorne, rammt sich die Fäuste vor die Augen, bleibt so. Erst nach einer Weile schüttelt er sich. Gibt wimmernde Seufzer von sich. Weint wirklich.

Vater rutscht vom Baumstuhl.

Na, na, er gibt dem Fischer einen Klaps auf die Schulter. Das wird schon!

Schnappt sich die PET-Flasche, gießt, bis es schwappt, stellt es randvoll dem Tränenden hin.

Der Fischer richtet sich auf. Streckt die Hand aus, greift sich Vaters Glas und trinkt es leer. Erst dann sieht er das Glas, was Vater ihm eingeschenkt hat, und schüttet auch das hinunter.

Heiliger, Leute!, er patscht sich auf die Stirn. Ich hab die Gürkchen vergessen! Wir haben Radieschen, Tomaten. Ich mach einen Salat!

Und er steht auf, schneidet und hackt auf der Werkbank herum, eine Plastiktüte zu Füßen, die vor Erde zu platzen scheint. Sand und Lehm fliegen durch die Gegend, wenn er ein Stück Gemüse daraus zieht.

Slavoj, mein Freund!

Hä?

Kuck, was ich hier für dich habe.

Vater legt einen Tausender auf den Tisch, und einen zweiten noch hinterher, er klatscht sie auf den Tisch. Und schiebt sie unter den schweren, vor Kippen überschäumenden Ascher.

Das gehört dir!

Was?

Du erzählst Hühnerhälse, Salam, Bus nach Benešov oder was für'n Kaff, Batterien, keine Ahnung, was alles noch, hör mal, das lässt sich lösen. Zweitausend tschechische Kronen. Auf der Stelle gehören sie dir!

Du, ich weiß nicht. Der Fischer spült das geschnittene Gemüse im Plastikeimer sauber, den er dort stehen hat.

Und ich verspreche dir, von dem Bild eine prächtige Kopie anfertigen zu lassen. Sie bleibt hier weiter hängen. Ist doch wurscht, ob dieses Bild oder ein gleiches, oder?

Weiß nicht, weiß nicht.

Slavoj, hör gut zu, sei doch vernünftig!

Hast selber gesagt, dass sie mehr wert ist.

Mehr hab ich aber nicht.

Aha.

Was sagst du? Wer macht dir so ein Angebot?

Ich weiß nicht, du. Sie ist zu mir geschwommen, also ist sie hier. Ich erzähl euch aber, wie es mit der Type weiterging, ja?

Slavoj, mein Freund. Ich sag dir noch was. Wie du mein Söhnchen anpackst, da denk ich, du und die Dorle, ihr hattet ein Kind, oder?

Aber geht das überhaupt – Kinder in so'ner Butze? Ständig krank? Im Krankenhaus hat er's besser. Na und dort hab ich den eben wieder gesehen.

Wen?

Na den Typ mit den Pfannen doch! Aber ich bin aus Versehen da rein. Hab das Babystockwerk gesucht, damals hatte ich den Kleinen auf dem Empfangstresen liegen lassen, damit sie ihn in Sorge nehmen, wusste also nicht, wo er gelandet ist. Ich hab mich also verlaufen und auf einmal bin ich in der Herrenabteilung. Und dort sitzt er, im Rollstuhl. Bei dem Kaffeemaschinchen. Ist er das wirklich?, frag ich mich. Und er war das. Total zugerichtet, nicht mal laufen konnte der. Meine Güte. Die Type hab ich mal umbringen wollen? Ja, für den Verderb, den er über mich brachte. Hab's aber dort auf der Stelle zurückgenommen, echt. Rache gehört Gott, wie man so sagt, oder?, und er hat's wirklich ganz furchtbar abgekriegt. Wer ihm das angetan hatte? Null Ahnung! Hier, nimmt mal, wird euch munden!!

Wieder landet die Pfanne auf dem Tisch. Klein geschnittene Tomaten türmen sich dort, Gurke, Radieschen. Und was kleistriges dazwischen, kleine Klümpchen. Was aus Fischen.

Der Junge nimmt die Rückenlehne des Baumthrons in Beschlag, lässt die Beine baumeln, mit den Pfötchen mit dreckigen Fingernägeln greift er gierig in den Gemüsehaufen.

Sie kauen, schmatzen. Immer wieder spucken sie ein Sandkörnchen aus, ein Stückchen Holz.

Der Fischer schiebt ihnen Schneewittchen zu, bis zur Unterlippe mit Salz abgefüllt. Gießt auch jedem ein randvolles Glas Wasser aus der Kanne.

Dort also hab ich ihn wiedergesehen, im K-Haus von Benešov. Und da kommt auch gerade seine Frau, eine hübsche Frau, gut angezogen, und mit ihr ein kleines Mädchen. Sie sitzen bei ihm, geknickt, streicheln ihn und heulen. Und der Papi erkennt sie nicht wieder. Redet gar nicht. Der Arme. Solche Leute hat er und achtet nicht auf sie und treibt Unsinn. Er ist also bestraft worden. Aber warum auch die beiden? So läuft es halt. Aber, wie gesagt, da fahre ich nicht mehr hin.

Bist du da zu dem Kleinen hin?

Für die bin ich aber kein Vater. Was wollen Sie schon wieder hier, sagt so eine Krankenschwester, so ne aufgemuschte Musche. Gehen Sie sofort!, sagt die aufgetakelte Kuh. Was hat sie mich so anzumeckern, die verfickte Fotze? Verstehst du das? Hab ich ihr das Lino dreckig gemacht oder was? Die sind echt richtig eklig dort, echt. Den Fisch hab ich immer inner Plastiktüte gehabt, paar Kohlrabi vielleicht auch dabei, hab mich immer anständig angemeldet, aber durchgekommen bin ich nie!

Haben dich also jedes Mal achtkantig rausgeschmissen ... No pasaran, was?

Trotzdem hab ich mir gesagt, dass es ihm dort besser geht! Hier würde er sich anstecken! Von allem kriegte der Nesselausschlag, auch Krätze hatte er, der Lütte hätte sich die Lunge aus dem Leib gehustet hier. Aber Dorle, na ja, mein Gott … sie hat mich nicht mal verstanden. Mir war klar, ich bringe ihn besser hin, bevor er hier stirbt.

Dass man euch überhaupt hiergelassen hat?

Na das hättest du Dorle sagen müssen, das jetzt. Ich bitte dich. Du meinst, sie hätte irgendwelche Kontrollen von der Zentrale, ich weiß nicht, Personal, solche Dinge … davon hat sie nur Bahnhof verstanden.

Mann, Slavoj, Vater verschluckt sich. Sie hat hier bei der Jungfrau also entbunden, ja?

Na, eben. Und weggebracht hab ich ihn, als sie geschlafen hat. Danach hat sie ihn überall gesucht, Menschenskinder, war das traurig!

Du hast es ihr nicht gesagt?

Gesagt, nicht gesagt, als hätte sie mich verstanden. Als sie dann mit dem Prager weg war, da hab ich mir gedacht, aha, sie sucht ihn immer noch. Und bin also ständig in das K-Haus hin, dass wir uns dort treffen. Dass Dorle den Kleinen irgendwie herausforscht, durch Erahnung, Weibchen halt. Aber sie ist schlicht.

Bäng! Etwas prallt auf die Wand. Noch einmal.

Was ist das?, Vater wundert sich. Hagel?

Päng! Ein Knall, dass der Fischer hochspringt. Und wieder, ein ordentlicher Rumms auf dem Dach.

Der Fischer rast aus der Tür, der Junge hinterher. Die Feinde stehen am Ufer.

Zeig dich!, schreit einer, vermutlich schwachsichtig, denn der Junge und der Fischer stehen schon auf der Holzbalustrade.

Und Steine fliegen. Nicht mehr die kleinen, die Angreifer haben aus dem schlammigen Ufer auch ordentliche Brocken rausgeholt, zwei, drei davon haben sie schon wieder aufs Dach geknallt.

Schuppi ist raus aus dem Loch, bravo, aber was hast du da in der Hand? Gegen wen?, pöbelt ein hoch aufgeschossener Typ, Strohhut auf dem Kopf, seinen Fuß schon auf der ersten Brückchensprosse.

Wie viele da schon herumspringen? An die sieben, neun, etwa zwölf Bürger ... auch auf dem Hang ist jemand ... einer pirscht sich durchs Schilf heran ... ein Weib in Boxershorts und einem lila BH droht mit der Faust über das Wasser.

Hab Gemüse geschneidet, ruft der Fischer und versteckt das Riesenmesser hinterm Rücken.

Ebend, lacht das Weib. Unser Gemüse!

Auch ein paar Kinder sind dort, sie rutschen den Hang hinunter, kichern, ziehen lustige Grimassen, verstecken sich hinter den Erwachsenen. Ein Bürschlein rennt aber vor, bleibt am Ufer stehen, dreht sich um, zieht die Trainingshose runter und zeigt dem Fischer und dem Jungen seinen nackten Hintern. Die lila Frau knallt ihm gleich eine, dass er wackelt.

Verehrter Nachbar, so geht das nicht weiter!, spricht mit mächtiger Bassstimme, die den Tumult übertönt, ein düsterer, stattlicher Kerl mit Bart. Kickt mit dem Turnschuh gegen die Holzsprossen.

Leg mal das Messerchen zur Seite, sei so gut, ja? Und komm rüber, damit wir von Mann zu Mann reden können. Oder sollen wir dich holen? Der Sprecher hebt die Hand, wahrscheinlich damit die anderen mit den Steinen aufhören.

Einer ist auch direkt vor ihm ins Wasser geplatscht, hat ihn mit schmutzigem Wasser bespritzt.

Der Fischer pest in die Hütte und wieder raus, statt des Messers hält er einen Besen in der Hand, springt zur Leiter und mit ein, zwei Schlägen stößt er sie in das trübe, strudelnde Wasser. Im reißenden Strom dreht sich die Leiter um, reißt Schaum und die Entengrütze am Ufer mit, und futsch ist sie, eins geworden mit dem fließenden Wasser.

Der Bärtige, seine Hände bilden einen Trichter, um die Stimme so vielleicht fester über den Gewässern erklingen zu lassen, artikuliert sorgfältig ein Wort nach dem anderen, als würde er Wasser beschwören: Um ... eine ... Zwiebel ... Tomate ... geht ... es ... nicht ... Mann ... aber ... warum die ... umgerissenen ... Zäune ... warum? Die Beete zerwühlt wie von einer Horde Trüffelschweine. Jetzt ist Schluss mit lustig, Schuppe, das sag ich dir!, kreischt er dann schon wütend.

Alles platt getreten, du Haderlump!, meldet sich einer zum Wort.

Meine Rosen, quengelt einer.

Und wo ist mein Kännchen? Meine Gießkanne?, fordert der Dünne mit Strohhut sein Recht ein.

Du diebischer Dieberich du, schreit die Frau in der Herrenunterhose, holt zum Wurf aus, den Arm seltsam, so typisch fraulich über der Schulter verdreht, ihr Stein schafft es mit Ach und Krach in die Strommitte, plumpst rein.

Der Schrebergartennachwuchs wiederum, lauter Jungs, schleudert seine Steinbrocken mit teuflischer Geschicklichkeit, dieser Beschuss ist keine Warnung mehr, wo Steinchen vereinzelt aufs Dach rollen. Der Fischer heimst gleich ein zwei Treffer ein, und wo sich der Junge duckt, im Schutz der halbgeöffneten Tür, hagelt es Geschosse.

Zwei drei Männer aus dem Wuttrupp buddeln echt große Steine aus dem Schlamm, ballern sie lachend aufs Dach, und das eben sind die Rumms, die Kracher, die Donnerschläge, die die Hütte wackeln lassen.

Und ein paar Jüngere rennen den Hang hoch, denn Leiter, Bretter und sonstigen Hilfskram, mit dem man ein Wasserschloss erobern kann, findet man in einer Gartenkolonie massenhaft.

Ne Fackel, Járin, bau ne Fackel, ermuntert die Frau den Bärtigen, der, einen ordentlichen Holzknüppel zwischen den Knien, an etwas bastelt. Er wickelt Stofffetzen um den Stock, um die Lappen dann einen Draht, am Ende des Knüppels brüstet sich ein luftiger Lumpenkopf. Die Frau gießt etwas darüber. Und schon lodert das Ding auf. Der Bärtige macht einen Schritt vor, seine Schuhspitzen ragen über das Ufer, er wedelt mit dem Feuerknüppel herum. Er zögert noch.

Deine Stinkbude muss weg. Du hast es zu weit getrieben, Schuppe, echt. Tut mir leid, ist so.

Der Lärm legt sich, Steine und Steinchen bleiben in den Fäusten.

Ganz langsam schiebt sich der Fischer über die Bretter bis an den Abgrund und spricht über das Wasser.

Járin, mach keinen Scheiß, mit Feuer spaßt man nicht!

Nimm es als Warnung und gib auf, Schuppe. Oder ich werfe.

Járin, du hast das Kind nicht gesehen, bettelt der Fischer.

Ne Nutte hat er dort!, bellt das Weib. Kein Kind!

Kommt übers Wasser zu uns und alles ist gut, sagt Járin und schwingt das Fackelding. Gemeinsam habt ihr gestohlen, gemeinsam werdet ihr nass. Aber die Hütte muss weg, das ist mein Ernst.

Doch der Fischer grinst.

Du kriegst es nicht rübergeworfen. Schaffste nicht.

Meinst du? Járin verlagert das Gewicht auf die Fußspitzen, holt aus.

Ja! Bist alt geworden! Triffst du nicht.

Der Feuerkopf fliegt hoch, fällt dem Fischer vor die Füße, und der befördert ihn mit einem Tritt in die Tiefe.

Die vom Nachwuchs geschleuderten Steine regnen schon

wieder, päng päng und wumms, ein Stein trifft den Jungen schmerzhaft auf den Oberschenkel, ein anderer erwischt die Schulter, sie ziehen sich in die Hütte zurück, blinzeln, um sich möglichst schnell an die Dämmerung zu gewöhnen.

Vater kämpft mit dem Bild, er hat es von der Wand genommen, das Bild ist auf ihn gekippt und drückt ihn gegen den Tisch.

Der Fischer schubst ihn zur Seite, schiebt den Tisch weg, bückt sich, ertastet ein Türchen im Boden, einen Deckel, reißt ihn hoch und befiehlt: hops ins Bötchen!

Es prasselt auf die Wände und aufs Dach, purer Zeitvertreib, bis die Gesandten der Strafexpedition die Leitern angeschleppt haben …

Vater wickelt sich aus dem Bild heraus, reicht dem Fischer die Tasche mit dem Baby, das Kind hängt einen Moment lang über dem Wasser, dann schnappt der Fischer nach dem Winzling und stellt ihn im Bötchen auf den Boden.

Er legt die Ruder in die Dollen. Keine leichte Sache, das unter der Hütte festgemachte Bötchen hüpft auf der quirligen Strömung, der Junge stürzt kopfüber hinein, will gleich zum Brüderchen.

Vater ächzt nur, er ist mit dem Kopf auf den Bootsrand aufgeschlagen. Der Fischer reißt die Schnur aus dem Drahtauge, und mit einem Ruck sind sie mitten in der Strömung.

Sie schießen unter der Hütte hervor, der Junge erhascht ein verwischtes Durcheinander von T-Shirts, Shorts, Sommerfetzen, hört Gelächter, Geschrei … und da sind sie schon eins mit der Strömung, werden von Erlen, Sträuchern, Büschen gedeckt, von Dolden der Bärentatze und dem ganzen wilden Uferwuchs, und der Fischer lotst sie weiter den Fluss längs.

Er legt sich mächtig in die Riemen. Die Strömung ist auf ihrer Seite, ein paar kraftvolle Ruderschläge im trüben, gelben

Wasser, der Fischer krümmt den Rücken, strengt sich an, und da haben sie schon den Flaschenhals der Sázava überquert und der Fischer greift nach der Stake.

Ein Erlen- und Weidengehölz, Fetzen von abgerissener Rinde hängen von den Bäumen, ein paar Mal sticht der Fischer hitzig mit der Stake ein, dann gleiten sie leise auf das schlammige Ufer zu.

Der Bug knirscht über den Sand, ruckelt über die Steine. Und nun ruhen sie, der Fischer lässt die Stake ins Bötchen fallen. Sie schaukeln.

Und starren. Der Junge in der Hocke, die Hände fest um das Korbgeflecht der Tasche geklammert, Vater mit tränendem Auge, er stöhnt, und der Fischer, schon wieder im Gummimantel, sie alle starren das gegenüberliegende Ufer an.

Über den Baumkronen steigt schwarzer Rauch zum Himmel, vom Laub verbrämt sieht man Flammen glänzen.

Wie brennende Autoreifen, Mensch, das stinkt bis hierher, röchelt Vater.

Er umklammert den gequetschten Ellbogen, spuckt ins Wasser, reibt sich den angeschlagenen Kopf, die frischen Schrammen auf seiner draufgängerischen Nase verschwimmen mit den Brandmarkungen der Kirmes.

Jesusmaria, jault er plötzlich auf. Das Bild? Den Dreißigjährigen Krieg hat's überlebt! Schuppe! Warum hast du denen nicht erzählt, was du dort hast? Die hätten nicht gezündelt! Ist doch Wahnsinn, das hier. Verficktes Banausenpack!, posaunt er seine Enttäuschung ins Gewässer.

Und der Fischer dreht sich zu ihm.

Banausen sind wir, findest du? Warum hast du nichts gesagt? Du bist doch der Schauspieler, aus dem Westen und sonstwo! Die hätten auf dich gehört, oder? Warum hast du die Jungfrau nicht beschützt? Ich habe bei denen viel auf dem Kerbholz, aber du? Warum hast du dich nicht mal gezeigt, Mohrle? Find ich doch komisch!

Jesusmaria, ich hab dort auch die zwei Tausender liegen lassen! Vater, ganz fahl, reibt sich die Stirn.

Ich hätt echt nicht gedacht, dass sie die wirklich abfackeln, aber das haben sie, sagt der Fischer. Kuck mal, das hab ich für dich rausgesucht, sagt er dem Jungen und drückt ihm ein Häufchen Stoff in die Hand.

Slavoj?

Hm.

Wie weit ist es nach Městečko?

Nicht weit. Kommt drauf an.

Welche Richtung?

Den Fluss lang. Weißt du, Mohrle, was am schlimmsten ist?

Was denn?

Sollte Dorle zurückkommen, was sie nicht tun wird, aber egal, dann finden wir uns nicht.

Vielleicht doch.

Heiliger! Um Gotteswillen!

Was ist? Vater kriegt einen Schreck.

Hab die Schildkröten vergessen. Wie blöd ist das denn! Kruzitürken. So ne Delikatesse, Schildkrötenschlemmer im Panzer, wenn das Ganze etwas abgekühlt ist, herrlich, das würdet ihr nicht glauben.

Und der Fischer lässt den Kopf fast auf die Knie sinken und ballt die Fäuste.

Im Sack waren noch ein paar, die lebten.

Er lässt die Beine in der Strömung baumeln.

Habt ihr gesehen?

Dort, wo eben noch schwarzer Rauch zum Himmel stieg, flattert eine weißliche Säule über den Bäumen, fließt gemächlich in die zuallerunterst hängenden Wolken hinauf.

Der Fischer zieht den Gummimantel aus, wirft ihn auf die Bank, rutscht vom Bötchenrand. Eine Weile stapft er durch das seichte Wasser, dann strauchelt er vielleicht und rauscht unter die Wasseroberfläche. Eine Weile später taucht er wieder auf, sein Nacken, die mächtigen Schultern. Er dreht sich nicht um. Verschwindet im Strom. Hat er sich den Kopf angeschlagen? Sie bemerken ihn ein Stück weiter. Er verschmilzt mit der Strömung, taucht wieder unter.

Schuppe! Was soll der Blödsinn?

Vater, aschfahl, steigt ins Wasser. Läuft hin und her über die Sandbank, spritzt.

Schuppe, komm zurück!

Ein Stück weiter kommt die Gumpe, dann die Strömung. Er kehrt zurück, seine vollgesogene Hose wird von Hosenträgern gehalten. Vater klettert ins Bötchen. Setzt sich hin.

Ist wohl etwas kleinmütig geworden, verzagt. Aber so löst man keine Probleme, merk dir das, mein Junge!

Der Junge hockt sich auf die Bank, die Tasche zwischen den Beinen. Wickelt das geschenkte Knäuel aus. Trainingshose, T-Shirt, beides tausendmal gewaschen. Aber beides sieht gut aus. Und passt vermutlich haargenau.

20 HOCHZEITSSALON · DIE MÄDCHEN, DER BETRIEB · MONIS TRICKS · MONI IST NETT · DIE JAUCHEGRUBE · REITER DER GERECHTIGKEIT · DISPUT ÜBER FORTSCHRITT · VERÄNDERTE UFERLANDSCHAFTEN

Die Limos sind alle, in der aus dem glühenden Asphalt steigenden Hitze waren sie bloß ne Erfrischung.

Als Miran den schwarzen Schlitten an dem brandneuen, nobelverglasten Laden vorbeiführt, in dem das Angebot der Outdoor-Firma Bushman prangt, drückt er aus Jux auf die Hupe, und den erfrischten Kehlen von Janinka und Macinka entwischt ein Begrüßungsschrei, sie sind ja fast daheim.

Und tatsächlich, wie ein Ortsschild mit Wappen besagt, sausen sie durch Městečko, ein Dorf, das etwa im zwölften Jahrhundert gegründet wurde u. a. von den Vorfahren der Wageninsassen. Das heraldische Symbol ist ein von Pferden gezogener Leichenwagen, von den Bewohnern gerne als Postkutsche bezeichnet.

Das Bordell Flottes Löckchen steht mitten in Bäumen, die Auffahrt im Gestrüpp verborgen, der zwei Stockwerke hohe, ursprünglich graue Quader ist rosa übertüncht, wie nicht anders zu erwarten. Das Grundstück und das Haus sind dem Baschtaclan einst wegen unbeglichener Schulden in den Schoß gefallen. Als Freudenhaus hat es Moni in Betrieb genommen, nachdem sie von ihrer Wanderschaft zurückgekommen war. Und nachdem sie und Miran sich das Wort gegeben hatten.

Lust auf Geschlechtsverkehr soll ein Blickfang mit purpurrotem Herzen wecken, die Überschrift Liebesstündchen und ein mit Kreide hingeschmierter Preis für die Zimmermiete, der wirklich sehr moderat ist.

Der Verkauf oder sagen wir mal die Körpervermietung findet im zweiten Stock statt, wo sich, bis auf zeitweilige Ausfälle und gesellschaftliche Fehltritte, die vorwiegend der Trunkenheit oder Insolvenz der Gäste zuzurechnen sind, Mädchen und Besucher freundschaftlich und überwiegend fröhlich untereinander mischen.

Finstere Gesichter mag Moni nicht.

Unten ist Monis Posten. Eine Kemenate, die sie gemeinsam mit Miran bewohnt, sobald der von seinen Arbeitsfeldzügen zurück ist. Außerdem befindet sich im Parterre auch eine Kneipe oder Bierausschank alias Bar mit Dartscheibe und klassischem Angebot an Alkohol und sonstigen Narreteien. Als Geschenk von der Anlegestelle, von Ausflugsdampferbesitzern spendiert, hängen ein paar unversenkbare Rettungsringe an der Wand. Sie verleihen dem Ganzen einen Hauch Flussodeur, das gewisse Etwas.

Sobald Miran das Auto durch die buschige Abzweigung von der Kreisstraße bugsiert, an den letzten Dorfhäusern vorbei, äußerst vorsichtig Monis rosige Rosenbeete umkurvt und vor dem Freudenhaus gehalten hat, empfängt sie ein großes Hallo. Da hängen Zdenka und Vendula in der just aufkommenden Sonnenflut auf dem Rasen vor dem Puff gerade ihre bunten Fetzchen auf. Ein Körbchen mit farbigen Wäscheklammern steht in Griffweite auf der großen Steinstufe vor dem Eingang.

Die geschäftigen jungen Frauen scheinen sich am Gestank, der aus dem Keller aufsteigt, nicht zu stören. Sie haben sich daran gewöhnt. Die aber, die nun gerade aus dem Auto steigen und sich zwischen den Wäschestücken schlängeln, rümpfen die Näschen. Die kaputte Jauchegrube schon wieder.

Um einen Altan herum hängen BHs, Röcke und Unterhosen an den Wäscheleinen – Monis Idee. Sie flattern im Wind, fröhliche Winkelemente, Aufgeilungsfähnchen, schon von der Landstraße durch das Gestrüpp zu sehen. Unterschwellig vermitteln sie den Vorbeifahrenden das Wissen um die ausgezeichnete Hygiene, die im Hause herrscht.

Moni vertritt außerdem die Meinung, dass flatternde, an der Sonne und in der Luft trocknende und reifende Wäsche Häuslichkeit ausstrahlt.

Von solchen Tricks in Bezug auf die Gestaltung von Unterhaltungsparadiesen hat Moni eine ganze Menge auf Lager. Die Mädchen lieben ihre weltgewandte, benietete und beringte Chefin. Und dass sie jetzt müde ist und manchmal auch schlecht gelaunt, das rechnen sie ihrem Bäuchlein zu. Das ja auch wirklich total süß ist!

Ja, der Chefin rundes Bäuchlein ist der Meilenstein.

Denn am Ende des Weges wartet der Neunmonatsbauch.

Jetzt genießen sie. »Jetzt« ist von kurzer Dauer.

Sie fühlen sich bei Moni im Löckchen eher wie in einem Club als auf der Galeere.

Mit dem eigenen Körper verdientes Geld finden sie gut. Man kann es aber auch leicht versumpfen und vershoppen, verpulvern also, allerdings aber auch und zum Teil auf die hohe Kante legen. Und wenn die Bumsbude dichtmacht, müssen sie eine ernste Beziehung nicht mit nacktem Arsch eingehen.

Im Notfall lässt Moni sie problemlos übernachten, auch so. Ohne dass sie da was für tun. Für feste Mädels gibt es immer eine Bleibe. Inkl. Duschdings. Außerdem werden auch die größten Dödel, Ärsche und Ganoven durch Monis Ruhm und Kumpelkreis zuverlässig in Schach gehalten. Das erleichtert das Leben enorm. Die Bordschwalben goutieren Monis Lebensansichten. Bei Bedarf gibt sie Ratschläge, ohne weiteres auch zwischen Tür und Angel, wischt aber auch verweinte Kulleraugen trocken.

Denn häufig wechselnder Geschlechtsverkehr gegen Entgelt kann einem ganz schön zu schaffen machen.

Zu einer guten Atmosphäre gehören also auch Qual und Pein, wenngleich verdrängt und vereinzelt. Falls in den Nutten überhaupt ein inneres, flehentlich unterdrücktes »Nein« schwelt, wird es aus den Eingeweiden ihrer Psyche am ehesten im betrunkenen Zustand herausbrechen.

Da rennt eine zum Beispiel in die Nacht hinaus, heult im Gebüsch und wird vollgereiht, blass und schlotternd ins Haus zurückgebracht. Es folgen Beschwichtigungen, dann ist Ruhe. Ein andermal fliegen Gläser und Stühle herum und die Typen kommen aus dem Staunen nicht heraus.

Wir befinden uns aber im Familienclub und Puff Flottes Löckchen und jedes Malheur lässt sich unter den Teppich kehren. Das hier hat Moni nämlich raus: mit Güte fährt man am besten.

Und neue Tage und neue Nächte schmiegen sich ähnlich selbstverständlich an den Morgen wie die Straße hinter dem Fenster.

Wie es gekommen ist? Wie sie zu Nutten geworden sind? Vermutlich einfach so. Manche kommen schon so zur Welt. Außerdem ist alles eine Frage der Gewöhnung.

Zum Beispiel die träge, gutmütige Vendula hier, die mit den Zöpfchen. Einst ein Zicklein klein. Rosenwangig, verschreckt. Jetzt geht sie das Ganze mit Vernunft an. Sie nimmt es so, dass sie sich immer wieder in ein Strichmädchen des Satans verwandelt. Lässt sich das Hirn rausficken, kommt oder kommt nicht, alles wurscht, und wenn sie einschläft, träumt sie nicht mehr davon, hier alles in Brand zu stecken, sondern fragt sich, ob die Puffeinrichtung durch einen Kanarienvogel vielleicht einen

Tick heimeliger werden könnte oder ob sie sich für ihr Zimmerchen neue Gardinen anschaffen sollte.

Sogar die Janinka hatte sofort den Sprech drauf. Ich finde blasen geil, ich finde ficken geil, spornt sie einen Nichtsnutz an, dem schon der Kopf auf die Brust sinkt. Fick mich mit deinem Prachtschwengel, flüstert sie einem verstörten Spargeltarzan ins Ohr. Von dem ganzen Mädchenkontakt ist dem beinah schwindelig geworden, nach Hause geht er wie ein echter Mann.

Machst du's mir bitte?, schmiegt sich die gestern noch Schüchterne an einen Hausvater, der nur mal nen Blick reinwerfen wollte. Bist du ein toller Hecht!, sie streichelt sich die Brüste, dreht an den Nippeln.

Das hatte sie rasch raus. Was Geld einbringt. Sie schafft es, dem Typen das Wichtigste einzuflößen, das Selbstvertrauen. So eine rutscht in den Kundensprech rein wie in einen maßgeschneiderten Handschuh.

Vor allem ist es von kurzer Dauer. Janinka: sich zu verkaufen, wenn du allein bist, ist zwar doof, aber wen kratzt das? Aber sich zu verkaufen, wenn du mit jemand zusammen bist, den du liebst? Kapier ich nicht!

Es stimmt aber auch, dass ein solches Business eher abenteuerliche Charaktere anzieht.

Wissen Sie, aufgebrezelt und parfümiert in Čerčany bei Billa an der Kasse zu hocken sieht zwar fein aus, es ist sauber dort, hübsch, wirklich keine Schinderei auf dem Feld oder im Wald, aber es ist nicht jedermanns Sache. Ganz zu schweigen von anderen Posten. Bock auf Fabrik, irgendeine Produktionshalle, Akkordarbeit am Fließband? Na komm schon, Menno …

Für ein paar der Mädchen gleicht Monis Landstraßen-Puff einer echten Oase im Getümmel der Welt.

Sie wechseln sich ab, aber in dieser Aufstellung mögen sie's besonders gut.

Ja, sie sind zufrieden hier, vor allem diejenigen, die schon ein paar Stationen der sog. Sexindustrie hinter sich haben. Und ihren Freundinnen manchmal von ziemlich furchtbarem Zeug erzählen, auch unnatürlicher Art bis an die Grenze des Menschlichen.

Sie sind der Meinung, hier lässt es sich leben. Janinka, Macinka, Zdenka, Vendula alias Amanda, Xena, Lue oder Sandra. Das würden sie jedem sagen.

Ihre Chefin und die Wagenbesatzung, speziell Kája, haben sie heute fröhlich in Empfang genommen.

Der alltägliche Betrieb der faulen und verschlafenen Vormittage wurde tüchtig umgekrempelt.

Schon in der Nacht hatten sie zu. Auch die Tage davor lief der Betrieb nur begrenzt. Und sie alle rackerten sich mit Putzen und Gestaltung des Hochzeitssalons ab. Für die Besucher eines Fick-Etablissements ist es ein verschlossener Raum, vielleicht eine Art ländliches Paradezimmer, wo nur selten ein Sonntagsbesuch oder der Herr Pfarrer selbst hineingelassen wird und wo unter einem Bild, meistens dem von Jesus Christus oder von der Jungfrau vom Berg, auf einem Bett mit hoch aufgeschichteten Decken eine bunte Puppe thront, in moderner Zeit wohl eh ein interessantes Plüschtier. Die Wand mit einer Anrichte zugestellt mit massenweise Ansichtskarten, Ziertassen, Servierbrettern, Statuetten und ähnlichem Zierrat. Die Mädels haben eine Reihe von Sesseln und bequemen Stühlen hereingeschleppt, Tische und Tischchen nebeneinander in Reih und Glied aufgestellt, sie mit einer weißen Tischdecke zugedeckt. Auch der Leuchter ist mit Hochzeitsbändern geschmückt, frisch gewaschene Gardinen bauschen sich friedlich im Fenster.

Zur rechten Zeit wird hier ein Blumenstrauß erstrahlen und der Megatisch sich unter der Last der Speisen und Getränke biegen. Allerdings hat man das ganze Haus musterhaft auf den Vordermann gebracht. Die Parterrewohnung, scherzhaft Wachhäuschen genannt, in der Moni und Miran leben, wird rechtzeitig für die Hochzeitsnacht zurechtgemacht. Was sollen die jungen Leute von der Feier auch lange hinreisen, oder.

Nur die Jauchegrube und der aus ihr aufsteigende Gestank verderben ein klein bisschen die Laune. Lomoz poltert bereits mit seinem Werkzeug durchs Haus. Bis jetzt hat er es erst in die Küche geschafft. Und dort hockt er sich auf seinen Platz und hockt. Will nichts, nicht mal Kaffee. Kein Wasser, keinen Bissen. Nur sitzen. Manchmal überkommt es ihn in letzter Zeit. Müdigkeit. Und die hier ist riesengroß.

Und Kája? Der künftige Familienvater? Vor allem Janinka und Macinka hänseln ihn, locken aus dem Auto, er soll sich doch den ganzen vorbereiteten Pomp und die Herrlichkeit ankucken, aber er rührt sich nicht. Linst nach der Mädchenschar. Die schnattern über Světla, ist doch klar. Machen sich lustig über ihn, den Bräutigam. Huschen am Autofenster vorbei, formen die Lippen zum Kussmund, klatschen mit der Hand auf die Glasscheibe. Aber der große Tag, der kommt erst. Die Ankunft von Světla läutet ihn ein.

Also machen sie sich auf den Weg. Kája nippt an seiner Fanta. Miran hält das Lenkrad. Die Weiber und den Alten haben sie in ihrer Wohnstätte abgesetzt. Und nun jagen sie der Beute nach, den Penunzen, entschlossen, ingrimmig und unbarmherzig. In der jugendlichen Vorstellungswelt, die in Kájas Verstand immer noch gärt, wären sie vielleicht mit einer Kriegsdrohne zu vergleichen, die durch die Wüste einen Scheich verfolgt, der eingedenk der Gebote seines unendlichen, ach so barmherzigen Gottes soeben mit einem Burnuszipfel Medaillen poliert, die er dafür bekommen hat, dass er ein paar Babys unter seinem Laster zermanscht oder einen Priester geköpft hat usw.

Ja, die Gebrüder Baschta, motorisierte Boten eines uralten Clans von Sázava, rasen nun wie Reiter der Gerechtigkeit durch die berühmte mittelböhmische Landschaftsidylle von Josef Lada, zunächst zu Hrom, dem Campingplatzbesitzer, um bei ihm Schulden einzutreiben, und dann steht noch ein gewisser Koryčan in Mirošovice auf ihrer Liste, ein Dickschädel ohnegleichen.

All das ziemlich belanglose, absehbare Episoden. Am Herzen liegt ihnen vor allem das Treffen mit den anderen Brüdern. Beim Napalm. Das Ding ist wirklich wichtig. Das Geschenk für Vater. Mit dem sie sich schon genug abgerackert haben.

Und da sie schon wieder den schwungvollen Glasbau der Firma Bushman passieren, der sich in Feldern breitmacht, wo früher nichts gewesen ist, erzählt Kája seinem Bruder, wie er dort mal den Járin besucht hat, der als Alligatorjäger verkleidet die Einheimischen zum Kauf von UFO-mäßigen breitkrempigen Hüten zu animieren versuchte, von speziell für den Busch entwickelten Hemden und Hosen, hergestellt aus bis dato geheim gehaltenen Kunstfasern für die Raumfahrt, zum Erwerb von zwei Meter langen digitalen Macheten, Haiharpunen, Megazangen und Supermessern ... während die Einheimischen in Trainingshose oder Blaumann, worin sie gar nicht so unzufrieden wirkten, und mit ihren verformten Fingern und abgebrochenen Fingernägeln, wenn nicht vom Bierflaschenöffnen, dann von so uralten und primitiven Gerätschaften wie Axt und Hammer, zu zweifeln anfingen, ob die Ware nicht etwa für eine ganz andere Rasse bestimmt war, für Menschen nämlich, die erst nach ihnen und statt ihrer kommen werden.

Und Kája prustet, linst zu Miran, glotzt auf seine Haarmatte, auf die vertrauten, eingefallenen Wangen eines harten Mannes, und lacht laut auf bei der Vorstellung, dass auch sein Bruder dort mal als Alligatorjäger stehen könnte ... oder etwa in der lustigen Uniform beim Mac, der hier auch gebaut wird, an einer Stelle, wo es früher nichts gegeben hat, oder dass Miran sogar in weißer Montur in der Marsriegelfabrik schuften könnte, die an einer Stelle am Fluss steht, wo es vorher auch überhaupt nichts gegeben hat. In Uniform. Sich verneigend, grüßend, Danke schön sagend. Pausenlos. Und warum. Für ein paar Kröten ... wie die paar armseligen Kreaturen, von der Gattin und ihren Kiddies kleingehalten, die sich das Saufen verkneifen und eine Stelle bei den Firmen gefunden haben, die auf die buschigen Ufer der Sázava expandiert sind.

Während der Fahrt entlang dem rasch zugebauten Ufer rümpfen die Brüder die Nase, ihnen ist unwohl, Kája schießt der Anblick der ausgebrannten, verlassenen Blockhütten durch den Kopf, und er hört wieder die eine Mädchenstimme, wo sind die Leute hin?

Er weiß es nicht.

Sie fahren nach Poříčí ein, und noch bevor sie die Brücke mit den Heiligen erreichen, auf der linken Seite, mitten im Schilf, in den Weiden stehen zwei drei Zigeunerhütten, das weiß Kája. Die sind schon immer da gewesen. Sonst aber sind die Felder zugebaut worden, und wo es früher Wassergräben gab, wo Kreuzungen mit abgeschlagenem Marterl prunkten, zerfallene bolschewistische Kuhställe vor sich hin rotteten und Misthaufen aus dem Boden schossen, dort reihen sich jetzt nur noch Montage- und Lagerhallen aneinander.

Fast überall, so weit das Auge reicht, werden Fundamente ausgehoben und Blechzäune errichtet. Männer mit Helm auf dem Kopf und im orangen, gelben oder regenbogenfarbigen Arbeitsoverall wühlen mitten im Flussbett im Gestrüpp, auch auf den Inseln. Im Sommer sind sie auch dort ausgeschwärmt, wo die Brüder normalerweise eine mehr oder minder unberechenbare Belegschaft beaufsichtigt haben, die Nomaden, die ihre Sommertreffen in den Wäldern abgehalten hatten, in Steinbrüchen, Höhlen und auf die Schnelle ausgebuddelten Semljankas.

Und Kája starrt aus dem Fenster und wundert sich, warum ihn auf einmal Trauer packt, als wäre etwas gerissen.

Er starrt seinen Bruder an, der über dem Lenkrad das Gesicht verzieht und in den Bart murmelt. Miran ist ja hier, genauso wie Papa Baschta und Onkel Lomoz und Onkel Lojda und der alte Napalm und die anderen … Und schon wieder hobelt der Jüngling den Fluss mit seinem Blick, und die vereinte Macht und Kraft all der Onkel und Onkelsonkel kommt ihm wie ein Spinnennetz vor, wie ein Wurzelgeflecht, dünne, aber feste zwischenmenschliche Beziehungen, mit all denen hat er doch Verstecken und Fußball gespielt, hat mit ihnen Geschäfte gemacht, gemeinsam mit ihnen gefressen, gesoffen und gelebt, wie oft kriegte man die Fresse poliert und wie oft versöhnte man sich wieder, aber etwas ist anders geworden … diese Geschichten, die von den Onkeln immer wieder erzählt werden, in erster Linie natürlich die von dem Panzer, den man von der Brücke in Poříčí gestürzt hat … die mit ihren abgesägten Schrotflinten und Waldverstecken … aber vor allem das, wie man immer alle verscheißern muss, immer und unter allen Umständen, aus allem Profit schlagen muss und nie auf den Rücken fallen und mit den Beinchen strampeln darf, nie um etwas bitten, und wenn, dann nur zum Schein … was soll das alles.

Weißt du, sagt er zum Bruder und zeigt mit der Pranke auf die rasch wachsende Uferbebauung, am liebsten würde ich das alles kaputthauen!

Ist aber Fortschritt, Mann, Zivilisation.

Echt, ja?

Ist voll okay, sagt der ältere Bruder.

Echt, ja?

Was denn sonst?

Aber das ist doch alles irgendwie komisch, Mensch. Irgendwie eklig.

Ohne das laufen wir herum und kloppen uns die Steine auf den Kopf, oder?

Kann sein.

Würdest du das wollen?

So bin ich nun mal.

Und Kája schläft ein und im Traum lässt er das Sinnieren sein, in Gedanken ist er jetzt voll und ganz bei Světla, so, dass er sie spürt, ihr Körpergewicht und ihre Schwere, ihre Lippen, Brüste, Haare, im Schlaf pfeift er durch die Nase und das ganze An-sie-Denken ist so schön, dass ihm die Worte fehlen.

21 LANGE HALDE · ALTER HROM, JUNGER HROM · ANKUNFT VON KARDINAL · ÜBER VENDULA · VERSCHNÜRT · VERTRAG · WIE WIRD GLÜCK GEMACHT · NEUTSCHECHEN · SCHICKSALSSCHWERER TOAST

Die unteren Hütten im Campingplatz Lange Halde, wo Miran und Kája hin rasen, wurden fast alle vom Wasser mitgenommen, aber der junge Hrom ist nie zur Ausbesserung gekommen.

Nach der Rückkehr von seiner Militärmission zog er in das weiträumigste Zelt, das man wegen des hölzernen, für Pfadfinderlager typischen Unterbaus Scout nannte. Er humpelte vom Ufer zum Wald und wieder zurück, nahm im Scout auf seiner schwarzen Kiste Platz und schilderte den Anwesenden unter Geklirr der herumgehenden Flaschen seine Pläne für die Erneuerung des maroden Campingplatzes.

Lange Halde, die Stelle, auf der Hroms Camping stand, schien wie aus einem besonders gefälligen Reiseprospekt herausgefallen zu sein.

Ein welliger Hang vom Wald bis zum Fluss. Der Wald bot den Ausflüglern Schatten, am unteren Ende des Hangs lagen kleine sandige, vom Fluss umspülte Buchten. Der junge Hrom hatte den Campingplatz vom alten Hrom geerbt, aber weil seine Kundschaft meist genauso gestrickt war wie er selbst, hat er sich nie besonders abgerackert. Vom Naturell her war er eher explosiv veranlagt, das fand sogar er selbst anstrengend. Schikanieren ließ er sich jedenfalls von keinem, das auf keinen Fall.

Seine Kindheit, vom Schulbesuch kaum behelligt, hatte der junge Hrom als Bademeister, Küchengehilfe, Holzfäller und Campingarbeiter verbracht, kurzum als Sklave vom alten Hrom.

Eines Tages war ihm der Kragen geplatzt und er hatte sich anheuern lassen. Irgendwann nach der Ankunft der Zigos. Kurz danach schwamm seine Mutter Lisa weg und der alte Hrom begann zu saufen, und zwar tüchtig. Die kleine Vendula Hromová wanderte von einer Tante zur anderen. Als der junge Hrom von der Armee zurückkam, geschmückt mit Tattoos und mit Amputationen präpariert, ging die Rede, er hätte ein besonders ekliges Militär gehabt, unter anderem in einem Balkankrieg gekämpft. Gleich nach seiner Rückkehr holte er aber den alten Hrom, seinen Vater, aus dem Entzug von Benešov, zu dem sich der Alte, kaum dass er aus dem Knast frei gekommen war, durchgesoffen hatte, und hielt ihn in einer der Hütten wie eine besondere menschliche Spezies. Und ähnlich wie sein Vater fing auch er an, sich Geld von den Baschtas zu leihen. Dass er irgendwo in der Gegend ein Schwesterchen hatte, schien er vergessen zu haben.

Wie aber die Zigeuner auf den Campingplatz Lange Halde gekommen waren, daran erinnerte er sich nur zu gut. Damals war er gerade dabei, in der Kantine von Mutter Lisa die Waldküche zu putzen, als das Häufchen aufkreuzte. Zigos in verschlissenen Jeans, in T-Shirts und Trainingsjacken standen vor ihm, dicht aneinandergedrängt und von der Kälte betrübt, mit schuldbewusst niedergeschlagenen Augen.

Herr, dürfen wir in Ihrem Wald Erdbeeren sammeln?

Die wachsen noch nicht, du Schafskopf, erklärte er dem längsten Lulatsch, der in eine Decke gewickelt vor ihm schlotterte, ausgemergelt, fast schwarz, die Visage scharf wie ein Arapaho, der Anführer der Truppe mit dem Spitznamen Kardinal.

Und Herr, dürfen wir in Ihrem Wald Heidelbeeren pflücken?

Gibt's auch noch nicht, Blödmann.

Und Herr, dürfen wir in Ihrem Wald Pilze sammeln?

Die haben wir schon weggefressen.

Und Herr, dürfen wir in Ihrem Wald …

Holt euch doch den ganzen Müll und behaltet ihn für euch, lachte der junge Hrom schallend.

Der Herr ist sehr gütig, Kardinal schlug die Augen nieder. Er selbst hatte am besten Fuß gefasst. Andere aus seiner Sippe hielten eine Weile um den Campingplatz Maulaffen feil und verdünnisierten sich dann. Aber Lisa Hromová gewöhnte sich bald daran, dass Kardinal ihr bündelweise Anheizholz brachte, ihr bereitwillig zur Hand ging, fegte und die kleine Küche aufräumte, mit einem Wort, dass er sich dermaßen ins Zeug legte, als wollte er die üble Nachrede über die Unfähigkeit seiner Rasse Lüge strafen.

Kardinal verkaufte Schokowaffeln Tatranka an verirrte Pfadfindergrüppchen, zapfte Bier und Limo und gab fehlerfrei Restgeld aus. Im Laufe der Zeit wurde er als dermaßen vertrauenswürdig eingestuft, dass er sogar von den Suffköppen aus den Altblockhütten die Ware entgegennahm, während die Hroms und ihre Gäste noch in den Federn lagen. Aber kaum fing der Sommer an, lief alles schief.

Damals, kurz nach der Flucht des jungen Hrom und dem Beginn seiner Militärlaufbahn, war der Campingplatz noch voll gewesen, der alte Hrom platzte vor Eifer, die Bungalows, Holzhütten und Zelte waren ausgebucht, Grillplätze und der Bolzplatz gefüllt, bunte Bälle flogen durch die Luft, und bis heute zeugen schwarze Lagerfeuerkreise im Gras und stattliche Wehen von Glasscherben und verrosteten Dosen von wilden Nächten voller Geselligkeit.

In dem Waldzipfel, wo sich Lisas Kantine befand, chillten Gäste in Hängematten, brüllender Country aus dem Radio beschallte das gesamte Camp, häufig sonnten sich dort an die hundert Schlawiner mit Familie, planschten im Wasser und waren alle mehr oder weniger glücklich.

BILLIGURLAUB AN DER SÁZAVA! verkündete ein Banner

über dem Wasser, durchlöchert von Luftgewehren und angekokelt, weil es die darunter passierenden Kanufahrer aus Jux und Dollerei in Brand gesetzt hatten.

Es kam das traditionelle Hochwasser und in der winzigen Kantine war es ewig proppevoll. Kardinal und Mutter Lisa wirbelten herum, und wenn die letzten Gäste unter den Tischen lagen, spielte Kardinal für Mutter oft noch bis in die frühen Morgenstunden Gitarre. Am nächsten Morgen wurden sie von Kinderstimmen und einem klopf klopf klopf an die verschlossene Tür geweckt. Manchmal von einer ganzen Kinderschar begleitet, klopfte und wimmerte Vendulka Hromová so lange, bis Kardinal, der schon in der Küche herumwirbelte, während Lisa häufig noch das flüssige Frühstück auspennte, die Tür aufmachte und ein paar Tatranka verteilte.

Und an einem jener nebligen Morgen, wenn sich über dem angeschwollenen, röhrenden Fluss die Sonne wie ein triefendes, feuchtes Hundeauge herausschälte, um später den Nebel zu zerreißen und in ihrer uralten Herrlichkeit zu erscheinen, klopfte da keiner schüchtern an die Tür, sondern der alte Hrom trat sie aus den Angeln. Schwer zu sagen, ob er bis dato die Amour fou seiner Lisa übersehen hatte, aber jetzt packte er Kardinal an der Gurgel, drosch seinen Kopf gegen die Kantinentür und schleifte ihn durch die noch glühende Kohle des Lagerfeuers. Schleuderte den Kreischenden in ein Boot, die volltrunkene Lisa hinterher, und schob mit einer Holzstange den mit Steinen beschwerten Kahn in den trüben, schmutzigen Strom, so weit es ging. Ohne zu wissen, wie ihnen geschah, rutschten die beiden über das erste Wehr, und in dem Gebrodel darunter zerschlug das Bötchen auf den Steinen. Das wurde den Liebenden zum Verhängnis.

Der alte Hrom hatte Glück. Als Mord stufte das keiner ein. Das Gerücht von seiner Tat ging Hrom voraus, so dass er ein prima Kittchen hatte. Und nachdem er seine eher symbolische Strafe für ein Verbrechen aus Leidenschaft abgesessen hatte, stürzte er sich verbissen in die Arbeit.

Es kratzte ihn nicht, dass die Holztoiletten und ein paar Umkleidekabinen mittlerweile im Feuer aufgegangen waren. Er besserte die restlichen Hütten aus. Schrubbte, trug Farbe auf, plagte sich im Wald mit Strauchschnitt ab. Nach einer Weile traf auch Vendulka Hromová ein, zu einer schier betörenden Teenie-Schönheit herangereift. Sie schleppte sich mit einem Schüttelhaken oder einer Harke hinter ihrem Papa durch den Wald und zog geschickt Äste auf einen Haufen zusammen, wenn Hrom den Wald plötzlich vom Dürrholz befreien wollte. Geduldig räumte sie Scherben und überhaupt das ganze Chaos auf, wenn den alten Hrom die Wehmut gepackt hatte und er nächtens mit einer Pulle Schnaps herumwütete. Sobald er sich anschickte, die Boote, den Steg oder die Sprungbretter zu flicken, die die Sommergäste am Wasser stehen hatten, schleppte sie sich hinter ihm mit einem Eimer voller Nägel, Haken und Schrauben in der Hand am Ufer lang. Und so weiter. Aber meistens sah der alte Hrom sie nicht einmal an. Er sprach nicht mit ihr. Jedes Mal, wenn er ihre knospende Schönheit erblickte, sah er seine Lisa vor sich.

Also pfefferte Vendulka eines Tages den Schraubeneimer ins Wasser und verschwand. Niemand wunderte sich. Bekannte aus den Altblockhütten, die den Campingplatz seit dieser Saison wieder mit Suff belieferten, erzählten, der alte Hrom würde vor allem auf den Sohn warten.

Beim alten Baschta besorgte sich der alte Hrom ein bestimmtes Sümmchen für die Erneuerung des Campingplatzes, dem bald weitere folgen sollten. Und eben wegen wachsender Schulden ging es mit Mirans dortigen Besuchen los. Nach der Ankunft des jungen Hrom setzte er sie fließend fort.

Auch vor Baschta und seinen Jungens gab Hrom mit Sohnemanns Postkarten an. Altertümliche Steinbrücken in Tälern waren darauf zu sehen, rotbedachte Häuser, schlanke, gleißend weiße Minarette, die sich über malerischen Städtchen in den blauen Himmel bohrten, aber auch Bazookas und Motokolonnen von Militärparaden. Fremdländische Briefmarken und Stempel, die der alte Hrom mit seinen Kumpeln zu entziffern versuchte, waren voll von unverständlichen und lächerlichen Namen balkanischer Länder. Jedes Mal, wenn der alte Hrom eine Ansichtskarte aus dem von Genozidkriegen südländischer Stämme zerrissenen Land in den versifften Blaumann zurücksteckte, sagte er, Kommt hoffentlich bald, mein Junge, oder Langsam könnte er doch zurückkommen! Oder Verdammt noch mal, wo steckt der Junge bloß?

Der Zustand, in dem ihn der junge Hrom, verändert durch die bis zum Knie gehende Beinamputation, den Verlust einiger Finger und die atemberaubende, an eine Fehde erinnernde Bauchnarbe, im Anstaltskäfig vorfand, schien eine tiefere Beziehung jedoch eher auszuschließen.

In der Luxushütte, wo er den Vater abgesetzt hatte, kamen auch alte Kumpels vorbei. Sie brachten dem alten Hrom Alk, so viel er wollte, das war wie im Paradies. Hätte er nicht so viel getrunken. Aber da ging es schon nicht mehr anders.

Zur rechten Zeit ließ der Junge den Alten für verschollen erklären, damit er seinen Vater selbst beerdigen konnte. Er begrub ihn an der schönsten Stelle des ganzen Camps, in dem schattigen Winkel, wo früher die Hängematten geschaukelt hatten, ein paar Schritte von den Ruinen der Kantine entfernt. Er scherte sich nicht im Geringsten um die beachtlichen väterlichen Schulden und verschuldete sich aus alter Bekanntschaft bei den Baschtas noch mehr.

Als seine erste und eigentlich einzige Tat tauschte er das Banner aus. RIVER OUTDÓR CENTRAL flatterte nun über dem Fluss, und eine kleinere Tafel verkündete Zelt FUFFI, Auto HUNNI.

Ich will's international! Bin keine Banause! Ausländer willkommen, klar?, setzte er Miran auseinander, als dieser vorbei kam, um mit ihm über die Schulden zu reden.

Hm, Miran nickt.

Miran, wir sind doch Kumpels, oder?

Aber klar, Hrom, das sind wir, Kumpel.

Also gebt mir noch ein bisschen Zeit.

Geht nicht, Kumpel.

Magst du die haben?, fragt Hrom, und als Miran den Kopf schüttelt, landet die Ansichtskarte mit einer Handvoll junger Frauen und schwer behängten Lasteselchen im Feuer.

Hier, kuck mal, auch nicht schlecht, was? Er zeigt Miran ein feixendes Grüppchen, behängt mit Feuer- und Stichwaffen, unter blauem Himmel sitzen die Männer in einem vom Tarnnetz verhüllten Jeep.

Ist keine Postkarte, ein Foto!

Hübsch, Miran nickt.

Meine Einheit! Fünf Minuten später sind die auf ne Landmine gefahren und waren sofort alle Schrott. Alle Mann, die ganze Truppe!

Hast du das Foto gemacht?

Ja. Und weißt du, was Vater gesagt hat?

Nein.

Wenn die Post da noch funktioniert hat, kann es nicht so schlimm gewesen sein.

Nicht?

Na, später war ich auch, wo keine Post funktioniert hat.

Wo? In Afrika?

Fast! Und noch anderswo.

Verkauf es uns, Hrom.

Mich wundert's, dass die Vendula nie vorbeikommt. Irgendwann gehört ihr das alles hier, Hrom beschreibt mit der Hand einen Halbkreis über das Camp. Sie ist ja viel jünger als ich, das Schwesterchen. Und ich hab auch meine Verletzungen, das darfst du nicht vergessen, Miran.

Vendula, die hat alle Hände voll zu tun. Sie ist beliebt. Aber sie lässt dich grüßen.

Einmal hat mir Vater geschrieben. Komm endlich zurück, mein Sohn! Und noch ein paar solche Sätze, die waren gut.

Echt?

Und als ich damals zu ihm in die Anstalt gerannt komme, sage ich, Paps, du wolltest mich hier haben. Na, gewollt hab ich dich, bevor du auf die Welt gekommen warst, sagt er. Bis zum Schluss war der ein richtiger Witzbold.

Aha!

Da hat er nur aus dem Käfig geglotzt, richtig elendig.

Aha.

Miran, es ist gut, Kumpels zu haben.

Denke ich auch, Hrom.

Miran, ich zeig dir was.

Und Hrom fährt mit den beiden Fingern, die an seiner linken Hand übrig sind, in ein Stoffbeutelchen und zieht zwei fipsig kleine dunkle, verbogene Halbmonde.

Talibanohren.

Echt, ja?

Riech dran, die stinken immer noch.

Wie kommt's?

Keine Ahnung. Wenn du mit den Jungens kommst, zeig ich's ihnen auch. Aber Vater ausbuddeln ist nicht drin. Und auch wenn ich es erlauben würde, wäre die Erde schon dadurch heilig, dass er dringelegen hat. Verstehst du, Miran?

Versteh ich, Hrom.

Würdest du Erde mit deinem Vater verkaufen, Miran?

Nein, sagt Miran.

Siehst du, überredet.

Hroms gnadenlose Unberechenbarkeit, aber auch die lockeren hygienischen Normen und die Überschwemmungen vertrieben nach einer Weile auch die letzten, ziemlich abgebrühten Gäste. Dem insolventen Hrom gingen allmählich sogar die Altblockhüttler aus dem Weg. Manchmal tauchten nur noch Existenzen aus dem Wald bei ihm auf, für die seine heruntergekommenen Hütten immer noch ein Luxus waren. Gemeinsam mit Hrom ließen sie sich dermaßen volllaufen, dass der einst berühmte Campingplatz den Beinamen HALLUZ bekam. Wegen des nicht geraden leichten Naturells des Besitzers machten sich bald auch die Penner davon und Hrom humpelte allein durch sein Ruinenreich. Er wühlte in seiner schwarzen Kiste zwischen den Kriegssouveniren herum, fischte mit seinen zittrigen, von Prädelierzuständen und Epilepsieanfällen schwitzigen Fingern nach seinen Kriegstrophäen, den Handgranaten, und malte sich die feurige Flut aus, das Tohuwabohu, das er auf den Plan rufen würde, wenn ihm danach sein sollte.

Die Hütten blieben ungelüftet, der kleine Parkplatz und die Zeltwiese gähnten vor Leere. Abgerissene Sonnenschirme mit Kofola-Werbung lagen auf einem Haufen mit Tischdecken und Teppichen, ein Werbegeschenk der Firma Staropramen, und moderten vor sich hin. Die Kühlbox von Algida hielt Hrom eines Morgens für eine Jukebox und versuchte sie mit Fußtritten zum Singen zu bringen.

Da kamen zwei Typen in Neopren aus dem Wasser angehüpft und einer sagte:

Wir würden hier gerne unser Zelt aufschlagen.

Da schlag ich euch zuerst die Fresse ein.

Und so weiter und so fort. Bis sich auf die deutliche Empfehlung des alten Baschta schließlich beide Brüder auf den Weg zu Hrom machten. Sie waren sicher, Hrom würde zum Grundstücksverkauf am Ende Ja und Amen sagen. So richtig begeistert über die Aktion waren die beiden aber nicht. Sie mochten Hrom.

Wie Geister tauchen sie aus dem Wald über der Langen Halde auf, wozu auch der Nebel sein Scherflein beiträgt, anfangs verhüllt er die beiden Brüder wie ein dicker Bausch Zuckerwatte, aber wie sie den Hang hinuntermarschieren, zwischen den Überresten der Hütten auf den Fluss und das Scout zu, bleiben von den Nebelwaben nur noch schalkhafte Klumpen übrig, die sich zwischen ihren Beinen verfangen, bis der vom Fluss aufkommende Wind sie ganz vertreibt.

Da sehen sie das erste Loch. Ein Trichter im Boden, aufgerissene Erde, Steine, zerhackte Baumwurzeln am Rand, die Explosion kann gar nicht so lange her sein. Noch eins. Und im Nebel wird allmählich der Fluss sichtbar, wo sie beide plötzlich ein weißes Schiff mit rotem Kreuz auf dem Rumpf erblicken.

Es liegt vor Anker.

Ein Sanitätsschiff.

Und aus dem Scout hört man Geschrei. Ein mächtiger Schrei wie von einem Stier, der plötzlich in wimmernden Fistelton kippt.

Die Brüder werfen sich einen raschen Blick zu.

Sie beschleunigen.

Durch die offenen Zeltzipfel rauschen sie ins Scout. Und bleiben verdutzt stehen.

Auf dem Feldbett hockt ein glatzköpfiger Kerl, dreckige Bandagen über der Brust. Er grinst sie an, betrachtet sie mit zugekniffenen Augen. Hinter ihm im Schatten hockt einer, der wirklich groß ist. Im Rollstuhl. Um das geheimnisvolle Wesen, das bedrohlich aus der Halbdämmerung der Zeltplanen ragt, winden sich Schläuche mit künstlicher Nahrung. Auch zwei starre Figuren stehen schweigend da. Ein Typ im Anzug mit einem Köfferchen in der Hand, in dem Miran den im Flussgebiet bekannten Immobilienhändler wiedererkennt. Und eine Frau in Schwesterntracht.

Und Hrom.

Nur im schmutzigen Slip liegt er auf dem ausgeblichenen, zertretenen Rasen, fest verschnürt, die Schlinge um den Hals verheddert, die Hände gefesselt. Am Kopf eine umgeworfene Wasserschüssel, eine andere steht daneben, voll mit rotem Glibber.

Ich bin neulich hier gewesen, sagt Miran deutlich.

Kája kniet sich neben den Gefesselten. Hrom, zerfurchte Lider über den Augen, röchelt, dunkle Pfützchen sickern ihm aus dem Mund. Die frischen Schrammen auf Armen, Brust und Bauch sehen aus wie Peitschenhiebe, stellenweise verschwimmen sie mit dem alten Narbengeflecht. Die Wangen des Schnürpakets sind von gelben Blutergüssen verunstaltet. Glänzender Schweiß bedeckt seinen Körper, er sieht eher wie eine Schicht Glimmer aus als Körperflüssigkeit.

Bin hier gewesen und der Hromsche war okay. Was ist passiert?, fragt Miran.

Kája macht sich unverzüglich über die Knoten her.

Wir gestern gekommen, sagt der Eingefatschte von seinem Feldbett, streckt die Hand mit einem Riesendolch aus, klack, springt die Klinge mit eingravierter Inschrift auf, und noch bevor einer was sagt, schneidet er die Schlinge um Hroms Hals durch, ritsch ratsch und die Stricke fallen von dem Liegenden ab.

Ihr Freund ganz schlecht gestern. Er ausgesofft total. Wutericht. Sehr schlecht, sehr degeneriert er trinken. Der Bandagenmann kickt in die Batterie von PET-Flaschen auf dem Boden. Vorwiegend dunkle Bierflaschen, anderthalbliter. Und natürlich ein Haufen kleiner Fläschchen vom Božkover Rum.

Schlabbert Suff wie Baby Mutters Brust, lächelnd entblößt er die Zähne und zwinkert ihnen fröhlich zu.

Auch über die Gesichter der beiden Brüder huscht unwillkürlich ein Funken Fröhlichkeit. Aber er erlischt, sobald die Frau aus dem Dämmerlicht angeschlurft kommt. Mit einer Spritze in der Hand beugt sie sich über den Liegenden und sticht sie ihm in den Arm.

Herr Hrom reist mit uns im Sanitätsschiff ins Krankenhaus, sagt sie. Mit den Herren hier. Herr Hrom hat den Herren hier dankbar zu sein. Weil was ist wertvoller als Leben? Nichts! Wir vom Sanitätskorps sehen das so. Wir wissen allerdings nicht, ob nicht Delirium eintritt.

Das Schwester aus Krankenhaus Benešov, teilt der grinsende Glatzkopf den Brüdern mit.

Dort wir sie an Bord genehmt. Dort sie uns behandelt. Wir selbst Pflege brauchen, vor allem mein Freund, er zeigt ins Dämmergrau auf den zusammengekrümmten Riesen, um den sich Tropfkabel schlängeln. Und aus dem Schatten schält sich auch jener in der Flussgegend gut bekannte Immohändler. Schon steht er vor Miran und reicht ihm die Visitenkarte.

Hab nur noch eine, der Typ zuckt entschuldigend mit den Schultern. Aber vielleicht kommen die Herren damit hin. Und weil ihm Miran die Karte zurückgibt, steckt der Typ sie wieder ein.

Danke, wird schon Verwendung finden. Jeden Morgen verlasse ich das Haus mit einem Stapel Visitenkarten und im Nu sind sie weg! Der Immobilienmarkt ist in Bewegung bei uns, so soll es auch sein. Aber hier werde ich nicht mehr gebraucht. Der Verkauf wurde ordnungsgemäß getätigt, der Vertrag vom

Herrn Hrom unterschrieben und auch von einem Zeugen, hier von unserer verehrten Krankenpflegerin, alle erforderlichen Vorbedingungen sind erfüllt. Würde es überall so flutschen wie hier!

Bald so werden, nickt der Kerl vom Bett und steht auf. Trotz der bräunlichen Fatschen und Verbände um seine Brust ist sein kräftiger Körperbau deutlich zu sehen. Das feste Unterteil umspannt eine uniformähnliche kurze Hose. Er selbst steht in dem Zelt wie in die Erde gepflockt.

Mich nennt man Waska. Und Ihr beide ich kenne. Zwei Bruderchen. Aus Ihr Bums Bums Haus wir noch machen Paradies.

Über den Satz muss Kája wiehernd lachen.

Die Krankenschwester beugt sich zu dem schon etwas weniger röchelnden Hrom und wischt ihm mit einem Stück Mull den Schweiß vom Gesicht.

Soll ich noch kurz verweilen?, fragt der Typ.

Nicht nötig, sagt Miran.

Und als auch Waska ihm zunickt, steigt der Typ mit offensichtlicher Erleichterung über Hrom, der sich bis jetzt nicht wesentlich gerührt hat, und flitzt aus dem Zelt.

Also hat Hrom an Sie verkauft, ja?, fragt Miran.

Wir wissen ihr gerechtes Fordern. Hier vielmals so viel wie Hrom Sie schuldet. Und Waska zieht aus seiner Uniformshorts einen Banknotenstapel nach dem anderen und blättert sie auf Hroms Kiste hin. Die Brüder starren auf die zwischen den Flaschen verstreuten Handgranaten. Und auf dem Kistendeckel liegt Hroms riesige schwarze Pistole.

Dieses Camp gehort mir, Waska grinst sie an.

Wer seid ihr? Wo kommt ihr her?, fragt Miran.

Ihr seid doch Russen?, hakt Kája nach.

Ihr zwei Bruder, was ein Gluck, dass ihr gekommen! Mit euch wir wollen sprechen. Ich viel im Hurenhaus gearbeitet. Goldenes Geld das. Und hier juberall viele Menschen schlafen mussen, fur Touristen Hurenhaus notig. Das Gold. Bei euch Schrottplatz wir auch Hurenhaus bauen! Wir Einigkeit. Und Waska reicht den Brüdern seine mit goldenem Flaum bewachsene Pranke.

Das Röcheln zu ihren Füßen verstummt, geht in Atmen über.

Er hat aufgehört zu vomitieren, bemerkt die Krankenschwester.

Ajajaj, kreischt Waska, und erst als Kája es will, befreit er seine Hand aus der Umklammerung.

Was brabbelst du vom Hurenhaus, fragt Kája.

Waska setzt sich aufs Bett, massiert sich die Hand und stöhnt vielleicht einen Tick zu theatralisch, dann sagt er.

Schwester serviert Glaschen fur uns drei. Wir Abkommen machen und trinken wie Bruder. Ich Hurenhaus kaufen.

Was habt Ihr mit Hrom gemacht?, Kája dreht sich zu ihm. Dass er unterschrieben hat.

Waska spielt mit Hroms Pistole. Tippt mit den Fingern vom Lauf bis zum Magazinhalter hinauf und wieder runter.

Wir nichts Herr Hrom gemacht!! Wir gehelft ihm.

Herr Waska hat im Gegenteil alle diese Granaten gesichert. Herr Hrom hat unser Schiff granatiert!, erklärt die Schwester.

Aber nicht getreft!

Ich und der Herr Doktor de Iure bezeugen alles eidesstattlich. Und gern, das können Sie mir glauben, wirklich gern.

Was hast du mit Hrom gemacht, frag ich dich.

He he, nitschewo, der Kerl feixt sich eins.

Du redest wie ein Russki. Versuch's lieber normal, du Sack.

Aber, aber, das traurig jetzt, der Mann schüttelt seinen großen, runden und kahlen Kopf.

Ich geboren tschechische Familija. Bei Tschernobyl. Ekofluchtling ich. Ein Tschech!

Und Waska heftet seine vom Schleier einer wohl aus tiefstem

Innersten aufgetauchten Seelenpein dunkel gewordenen Augen auf Kája, der mit geballten Fäusten über ihm steht.

Wir aus Tschernobyl, wir echte Tschechen. Aber hier, zu Hause? Und Waska schüttelt den Kopf und richtet den Blick auf seine dreckigen Daumen.

Hier ich Russki fur Euch. Hier ich nicht Mensch, nicht Tschech, fur mich Krampen und Schaufel, Krampen und Schaufel, Krampen und Schaufel ... und der Kerl vergräbt den Kopf in den Händen und sieht aus, als würde er jeden Moment losheulen.

Hast wohl schlecht gelernt in der Schule.

Einmal ich stand in Praga bei Anděl und sehe Mann, wie er Weib schlagt. Also ich auf die Fresse von ihm gehaut, das Weib meine Padruga, wir Liebe Liebe, aber sie Arbeit im Hurenhaus. Name von Hurenhaus Tyran. Erniedrigung kein Problem!, das dort Devise. Weißt du, wie funktioniert? Niedrigst, niedrigst, niedrigst, und dann nicht erniedrigst, einmal, und Gluck! So die Frauen dort geubt und das funktioniert! Er kickt mit dem Fuß in Hrom.

Ihn sollst du fragen. Er immer nicht unterschreiben, nicht, nicht, nicht und dann unterschreiben! Ich fast erschreckt!

Perverses Schwein! Erniedrigung kein Problem, ja?

Ihr Dostojewski kennen?, aus dem bisher schweigenden Riesenklumpen ertönt eine ziemlich mächtige Stimme.

Schwester! Vier Glaschen, ruft Waska und federt hoch. Die Pistole lässt er liegen, wo sie ist. Sein kahler Kopf reicht gerade an Kájas Schulter, aber trotz der Bandagen und Binden ist er so kräftig und fest und bewegt sich so rasch, dass er nicht viel kleiner aussieht.

Ich kein Russki, ich Tschech. Mein Hauptmann Herr Iwan auch!

Was?

Wir Neutschechen.

Blödsinn.

Ihr auch Neutschechen werden.

Fuck.

Ich von Hrom Plan von eur Vater kennen. Hospiz Unsinn. Wir bei euch ein riesiges Hurenhausparadies fur Touristen bauen. Goldene Grube! Wir eur Grund und Boden kaufen. Jetzt sofort. Ihr Vater sagen, ihn beschwatzen.

Solange Vater am Leben ist, wird nicht verkauft, verkündet Kája.

Und Miran tritt ihm auf den Fuß. Und drückt so fest, dass Kája Tränen in die Augen schießen.

Waska lächelt aber. Und nickt.

Verstehe!

Und dreht sich um und übernimmt das Tablett mit den Gläschen, bedient die Gestalt im Rollstuhl und kommt aus der Dämmerung direkt auf die beiden Brüder zu.

Und nun wir trinken auf Gesundheit von euer Vater!

22 WIEDER SHAKESPEARE · LEBEN OHNE WÄRME · ERNEUTES WIEDERSEHEN · BESCHUSS DER TASCHE · BISONS ABTEILUNG · KNUTSCHEN UND MOMENTE DER WONNE · MIR KANNST DU DAS SAGEN

Vater und der Junge ziehen das Bötchen ans Ufer. Sie legen die Ruder hinein. Vater stülpt sich den Gummimantel über das Seemannshirt, stopft die PET in die Tasche. Plündert hie und da das Gebüsch. Sie werfen das Bötchen zu, hübsch getarnt haben sie's. Hocken sich auf der Böschung in die Gräser.

Der Junge beugt sich über den schlafenden Kleinen, vertreibt die Fliegen von seinem Mündchen. Liegt hier wo was im Gras? Er zieht die Nase kraus. Gestank und Nässigkeit. Unter ihnen brodelt die Brühe. An seichten Stellen steigen Sumpfblasen auf. Die Sonne strahlt durch einen über dem Gras wabernden Insektenschleier. Klatsch, patsch, der Junge schlägt um sich.

Machst dich nur dreckig.

Vater nimmt einen Schluck.

Und der Junge erwischt eine dralle türkis gepanzerte Fleischfliege. Wischt den plattgedrückten Fettbrocken im Gras ab.

Was Fliegen sind den müß'gen Knaben, das sind wir den Göttern; sie töten uns zum Spaß. Hat Shakespeare geschrieben, der Schwan von Avon. Und ich werde zum Schwan von Sázava. Nur noch die Schwingen ausbreiten ... ich finde ein ruhiges Eckchen und werde schreiben, das verspreche ich dir. Shakespeare hat heute nämlich keinen Biss. Tja, die Tour ist jetzt zu Ende. Und euch wird's bei Tante Moni gefallen, wirst du sehen! Von dort aus ist es nur ein Sprung ins Krankenhaus! Aber zuerst müssen wir da hinkommen.

Der zerrissene Rock flattert dem Jungen um die Schenkel. Zermatschte Mücken und Fliegen verzieren den Stoff wie dunkle, schmierige Punkte.

Schuppes Klamotten lässt du lieber im Schiff. Für Autostop sind kleine Mädchen besser.

Und Vater stiefelt am Ufer los. Fischt im Fluss herum, zieht einen vernarbten Steinbrocken heraus, Äonen von Jahren und das Wasser haben den ganz schön zerfurcht.

Kleine Würmer winden sich in den Steinfalten, in den Rillen. Vater hält den Steinbrocken hoch.

Siehst du das, Junge?

Larven zittern in den Sonnenstrahlen, überall im nässenden Rost des Steins spielen winzige Angehörige des Wasserreichs plötzlich Verstecken.

Man kann auch ohne Wärme leben!

In das Wasserrauschen mischt sich Motorgejaule.

Da kraxeln sie aber schon hoch. Vater schleift die Basttasche mit dem Kleinen den Hang hinauf, der Junge schiebt sie von unten. Sie hangeln sich an Grasbüscheln hoch, an Wurzeln, die aus dem Boden kriechen. Außer Atem kommen sie oben an.

Unter ihnen taucht eine Sandbank auf. Darüber die runzelige Schleife der Straße.

Das Motorrad rast mit höllischer Geschwindigkeit heran. Fährt in den Sand hinein, wo das Lärmen der Maschine Sturmqualität erreicht.

Vater wirft sich ins Gras, und auch der Junge taucht in den verinsektierten Stängeln unter. Wie ein Erdbuckel wölbt sich die Wiegentasche zwischen ihnen.

Eine junge Frau, hinter ihr ein Mann mit Helm. Rote Haare der Motoreiterin flattern wie eine Kriegsstandarte. Sie kreischt, den Busen ans Lenkrad gequetscht, die Sonne gleißt in ihrem Mund, spaltet Blitze ab. Der Mann im Helm mit nach vorne ragenden Stierhornspitzen schneidet die Luft, mit den um die Frau geschlungenen Armen lenkt er, besitzergreifend an ihren Rücken gelehnt.

Das Gefährt hoppelt, hüpft durch den Sand, ihre Schreikaskaden verebben durch das Gerüttel der Maschine zu bloßen Quieksern, unter den Rädern fliegen Steinchen hoch, das Motorrad kippt um und bohrt sich in den Sand.

Er rappelt sich hoch, das Mädchen rennt ins Wasser. Verschwindet, taucht ein paar Schwimmzüge weiter im Strom auf. Der Gehörnte stampft zu ihr durch die Seichte, bis zur Taille im Wasser. Vater saust die Grasnarben hinunter direkt in den Sand. Der Junge lässt sich hinter ihm hinab. Die Tasche zieht er hinter sich her, vorsichtig, damit sie nicht über den Boden bumpert.

Vater hebt die Maschine hoch. Sie rutscht ihm aus, fällt ihm aufs Bein, Blech quietscht am Blech, dazwischen Vaters Schmerzensgebrüll.

Der gehörnte Lümmel schleift inzwischen das Mädel an den Haaren aus der Strömung raus. Kaum steht sie, nach Luft schnappend, im seichten Wasser auf den Steinen, schon treibt er sie hinaus.

Stehen bleiben! Polizei!, ruft Vater, humpelt lädiert um die Maschine herum, aus dem am Lenkrad festgezurrten Rucksack schlittert eine Pistole heraus, plumpst zu seinen Füßen schwer in den Sand, Vater schnappt sie sich, und der Schuss macht sie alle taub.

In der Tasche unter der Hand des Jungen klafft ein schwarz versengter Einschuss. Er macht sie auf, Brüderchen blinzelt angestrengt, rümpft die kleine Nase.

Das Motorrad wird beschlagnahmt! Hier spricht die Polizei, stehen bleiben, schreit Vater dem Kerl ins Gesicht, der auf ihn zu rast.

Eine Weile wälzen sie sich im Sand. Zappelndes Knäuel.

Dann steht der Typ auf, schimpft fürchterlich. Reibt sich die Stelle, wo Vater ihn gebissen hat. Tritt Vater gegen den Kopf. Greift sich die Waffe aus dem Sand, steckt sie in die Hosentasche. Kehrt zu dem Körper im Sand zurück und tritt nochmals zu. Reißt die Maschine am Lenkrad hoch, schleift sie auf den festgetretenen sandigen Pfad. Kickt sie an, ruckelt zuerst im Zickzack, dann geht es wieder. Durch eine Sandwolke rast er weg, verschwindet auf der Straße.

Die Frau scharrt mit nackter Ferse im Sand, die Körner spritzen der sitzenden Gestalt ins Gesicht. Vater hebt den Kopf, kneift die Augen zusammen, tastet sie mit dem Blick ab, die Falten und Furchen in seiner Miene hellen sich auf.

Steh auf!

Weich fallender Rock, nackte Füße. Der Flaum ihrer bloßen Arme und Schenkel mit Wassertropfen besprizt.

Vater betrachtet sie vorsichtig, von unten.

Wohl die Natur selbst, materialisiert in der nassen Frau, sorgt hier für ein Wunder, ein Stromschlag fährt ihm durch die Hoden, und die Zuckung rauscht den malträtierten Körper bis in den angeknacksten Kopf hinauf, lässt seine Lippen sich in lüsternem Lächeln öffnen und richtet in den winzigen Hirnkammern, wo Minizwerge die Bewegungsmechanismen leiten, ein echtes Chaos an. Er versucht aufzustehen.

Das Mädel lächelt. Als wäre sie, havariert und vom Unfall ramponiert, nicht gerade fast ertrunken. Die feuerrote Mähne umfließt ihre Schultern. Die runden, im Vergleich zu ihrem sonst zierlichen Wuchs ziemlich großen Brüste verdunkeln Vater den Horizont. Der Nabel des hervortretenden Bäuchleins. Ihre Nippel, durch die Bewegung der Frau kaum merklich am Schwingen, zittrige Zielscheiben. Mit der Sonne im Rücken steht sie da, umhüllt vom Schleier moschusgeschwängerter Männlichkeit. Muss im Wasser geschwitzt haben.

Hab nen Zahn verloren, sagt Vater und spuckt den Zahn in den Sand. Und vermutlich hab ich mir das Bein gebrochen. Sonst alles in Ordnung.

Aber du hast richtig Dampf. Fast hättest du den Bison erlegt. Gar nicht übel!

Bison?

Aber warum hast du auf ihn geschossen? Er ist doch ein Bulle.

Und kommt er zurück?

Bestimmt, die Frau nickt.

Scheiße aber auch.

Vielleicht haben es die anderen gehört? Er kommt zusammen mit den anderen, würde ich sagen.

Alles bestens.

Weißt du was? Gut, dass du geschossen hast. Er will nicht, dass die sich wegen deinem Schuss beunruhigen. Deswegen ist er zu ihnen.

Ich wollte dich retten, Mädchen.

Er denkt, ich komme nicht allein von hier weg. Aber er ist dumm. Ich komm hier weg.

Ja, er ist ein Idiot, stimmt Vater ihr zu.

Er hätte dich problemlos besiegt. Aber er wollte dich nicht umbringen.

Was redest du da?

Er kann jeden töten. Selbstverteidigung.

Sicher.

Er leitet die hiesige Miliz.

Sieht aus wie ein Heavy Metal Fan.

Er hat seine Clique, die sorgt für Ordnung.

Was redest du da?

Na, sie fahren, wohin sie wollen, und machen da, was sie wollen.

Das ist doch der Hirnochse, der mit dir auf der Kirmes war, oder?

Onkel, hast du ein Auto hier?

Ein Auto hab ich nicht.

Na dann schwimm ich lieber, sagt die Frau. Keine Ahnung, was du machst. Aber warte lieber nicht auf die.

Du bist das doch, die diesen Typen geohrfeigt hat! Auf der Straße.

Wie geht's Broněk?

Frag lieber nicht.

Das Ufer da, das kann man nicht nehmen. Es gibt hier Häuser, Zäune. Ich schwimm lieber.

Bist du schwanger?

Hm. Ich heirate bald.

Sag bloß.

Muss aber irgendwie zu meiner Hochzeit kommen.

Sag mal, wie wär's denn mit nem Boot?

Hinter ihnen auf dem Hang müht sich der Junge mit dem Kleinen ab, er schleift die Tasche wie einen Schlitten hinter sich her, auf dem Sand geht das ganz gut.

Die Frau hört ihn keuchen, wie er mit der Tasche zu ihnen kraxelt, sie dreht sich um und prustet.

Sie sieht ein kleines Mädchen, ein geisterhaft blasses Mädchen, kurzgeschoren, in zerfetztem Röckchen und einem rosa schlammbespritzten Nicki. Und mit einer Tasche.

Wortlos beugt sie sich vor und macht die Tasche auf.

Jesusmaria, ihr habt ein Kleines dabei!

Hm, sagt Vater. Er schafft es in die Hocke, richtet sich allmählich unter Ächzen auf.

Das ist ein echtes Kind.

Bring sie zum Boot, sagt Vater zu dem Jungen. Ich wickel ihn bis dahin. Damit er sich wohlfühlt!

Der Kleine bäumt sich in der geöffneten Tasche auf. Streckt die Ärmchen nach ihnen aus, wedelt mit ihnen, das Mündchen gestülpt, kuckt sie schelmisch an. Aber der miese Geruch, der Gestank, der aus der Tasche strömt, ist wirklich enorm. Übertrumpft spielend den stinkenden Schlamm.

Muttergottes, was schleppt ihr ein Baby in der Tasche rum? Seid ihr bei Trost?

Mach hin, bevor dein Liebster wieder aufkreuzt! Das Bötchen ist dahinter, Vater zeigt auf den grasbewachsenen Kamm, über den sie gerade geklettert sind.

Lauf mit ihr hoch und zeig ihr das Boot!

Die junge Frau streift den Jungen, dem plötzlich die Röte ins Gesicht schießt, mit einem kurzen Blick und rennt sofort los, als wollte sie ihn nach oben ziehen, was sie auch tut. Der Junge wendet die Augen nicht von ihr ab. Sand springt von ihren Fersen. Er geht in ihren Fußstapfen. Beobachtet das feine, aber zielstrebige Wogen ihres kontinentalen Hinterns. Er stellt die Füße in die breiten Abdrücke ihrer nackten Sohlen, in die Mulden ihrer Zehen. Die innere Glut der Frau lässt das Wasser in dem an ihrem Körper klebenden Rock verdampfen.

Sie klettern durch das Gras. Im rauschenden Wind, der plötzlich herbeipfeift.

Sag mal, wo habt ihr die Mama? Erzähl mir nicht, ihr seid mit dem Baby allein!

Oben bleibt die Frau stehen, ächzt.

Sie ist ganz aus der Puste.

Gib mir nen Knuff!

Also haut er sie.

Aua!

Und wo er schon ausgeholt hat, kriegt sie noch einen.

Reicht! Wo habt ihr's?

Er zeigt nach unten ans Wasser. Das Mädchen packt ihn am

zerrissenen Rock, zieht ihn an sich. Mit ihrer heißen Pfote fasst sie ihn am Kinn. Starrt ihm in die Augen. Er spürt, wie er noch röter wird.

Wenn du mich fragst, nach unten geht's am besten auf dem Arsch.

Und sie hockt sich hin und schon ist sie unterwegs und düst durchs Gras.

Nach ein paar Purzelbäumen landet er neben ihr. Sie wirbelt herum, setzt sich auf ihn, er spürt den weichen hervortretenden Bauch. Sie zischelt ihm was ins Ohr, fährt mit der Hand unter seinen Rock. Streichelt ihn, tastet herum, nimmt ihn in die Faust.

Als du mich geknufft hast, da hab ich's gewusst. So knuffen Mädchen nicht. Das war Jungshaue. Du hast ziemlich Dampf. Wie der Papa, was?

Sie streichelt und reibt ihn.

Du wolltest mich veräppeln, dafür wirst du büßen müssen!

Die Wonne katapultiert ihn ins Unbekannte, fast verliert er das Bewusstsein. Als er sich aus dem Abgrund wieder berappelt, hört er unheimlich scharf die Grillen zirpen, die Fliegen summen wie Elektrowerke, und sogar die sich im Gras tummelnden, gänzlich unbekannten Käferlein malträtieren ihm mit ihrem Schwirrgedröhn die Ohren. Wie nach Orgasmen üblich, treten auch Farben viel deutlicher hervor.

Die heißen Tropfen hat sie in der Hand gefangen. Sie schleckt daran, verzieht im gespielten Ekel das Gesicht und wischt ihm den Samen ins Haar.

Und da hab ich gedacht, du hast den nur zum Pinkeln. Aber prima! Und ich? Eine Frau kannst du noch nicht versorgen, oder?

Er starrt sie an.

Kein Problem. Beim nächsten Mal vielleicht, ja?

Und sie steht von ihm auf. Stolpert zum Boot. Schmeißt den Ast raus. Den nächsten, groß und schwer, zieht sie über den Rand ins Wasser.

Hier habt ihr's versteckt, ja? Seid ihr von allen guten Geistern verlassen? Hier würde es nicht mal einen Tag bleiben.

Der Junge greift unter den Sitz nach dem Bündel von Fischschuppe. Während sich die Frau mit weiteren Ästen abrackert, zieht er sich rasch aus. Den rosa Nicki, den Rockknäuel pfeffert er in den Strom, alles wird gleich von dreckigem, trübem Wasser mitgerissen. Und er schlüpft in die Klamotten.

Die Frau schnappt sich das Ruder, steckt es in die Dolle, nimmt das zweite, macht es fest und dreht sich um.

Viel besser. Richtiger Mann.

Mit vereinten Kräften schieben sie das Boot nach vorn, die Füße in den Boden gestemmt. Das Bötchen rutscht durch den aufgewirbelten Schlamm in den Fluss. Er hält es fest, bis zu den Knien im Wasser, sie stützt sich an seine Schulter, klettert hinein, setzt sich hin. Fasst nach seiner Hand, hält sie, bis er sich hingesetzt hat.

Der Typ ist wirklich kein Perverser, der euch gekidnappt hat? Mir kannst du es sagen.

Er schüttelt den Kopf.

Redest du nicht?

Ganz langsam treiben sie in die Strömung.

Kannst du nicht sprechen oder willst du nicht? Mir kannst du's wirklich sagen.

Und schon hat die Strömung sie erfasst. Die Frau hebt die Ruder hoch.

Hat dir gefallen, was? He he, dir ist das peinlich! Muss aber nicht. Das gefällt jedem. Sie legt sich ganz leicht in die Ruder, im dunkelgrünen Wasser um sie herum treiben Äste, Bruchstücke vom Schilf, Holzsplitter. Es regnet. Die ersten, leichten Tropfen.

23 DU KOMMST ZURÜCK · TROCKNUNG · GRABSTÄTTE AM SCHROTT-PLATZ · PILLE, MÜTTER ODER NICHTMÜTTER · ALS NAPALM KAM · LAGERPLATZ · LASS ES DIR SCHMECKEN, DU SCHERZKEKS! LOMOZ SEINE STRAPAZEN

Vater geht nicht ran, sagt Kája so nebenbei und steckt das Handy in die Tasche.

Fahr zu ihm.

Er ist angeln. Da geht er nie ran, beim Angeln. Löti ist bei ihm. Und andere Jungs. Es kann nichts passieren.

Besser, du fährst zu ihm.

Wir wollten bei Napalm vorbeikucken. Und dann machen wir den Koryčan fertig. Das hat Vater so gesagt!

Kája, mir gefallen diese Russkis nicht.

Vater hat gesagt, ich soll mit dir fahren. Kannst du dir vorstellen, wie der Amok läuft, wenn ich bei ihm aufkreuze? An unsern Vater traut sich keiner ran.

Geduldig leiert Miran alles nochmals heruner.

Als Antwort bekommt er einen Schnarcher, Kája sinkt der Kopf, zuerst nur leicht, dann ganz.

Miran zuckt mit den Schultern. Nach einer Weile biegt er in den Wald ab, hält an. Von hier aus führt ein fast unsichtbarer Pfad zu Napalm.

Er macht den Kofferraum auf, schultert den Proviantrucksack. Rabiat rüttelt er den jüngeren Bruder wach. Das ist nicht ganz ohne. Kája, die Zähne im Schlaf zusammengebissen, hält gerade den Blödmann Bison in tödlicher Umarmung, tritt gegen sein Motorrad, pisst darauf und schleift Bison an den Haaren herum, seine Faust, in instinktiver Reaktion eines Kneipenrowdys auf Mirans Kinn gerichtet, sinkt in dem Augenblick, wo er aufwacht.

Nun folgen sie dem Pfad zwischen den Sträuchern auf die Bäume zu, die über dem Fluss aufragen, sie laufen an Weiden vorbei, direkt zur Wohnstätte des alten Knasti Napalm.

Hallo Jungens!, ertönt über ihnen.

Sie heben den Blick. In der Baumgabelung herunterbaumelnde Beine, ein Gesicht. Eine riesige Plane hängt vom Baum herunter, lodernde Farben, durch das irrlichternde Blattwerk erkennen sie das vertraute, wenn auch grünbealgte, wassergewellte und fast bis zur Unnatürlichkeit entstellte Antlitz der Jungfrau.

Was das, Mann, japst Kája.

Die heilige Jungfrau, ertönt über ihnen. Ich trockne das hier, Jungens. Wollt ihr zu Napalm?

Jup. Wo hast du's her, Schuppi?

Vom Fluss! Aber der Rahmen ist im Arsch! Und habt ihr Brot dabei, Jungens?

Haben wir!

Dann ist gut. Ich komme, wenn's trocken ist.

Okay.

Und Bier, Jungens, habt ihr Bier?

Klar, und Gürkchen und Paprika auch!, Miran tätschelt den Rucksack.

Auch Speckwurst ist da, fügt Kája hinzu.

Wunderbar!

Kommst du also?

Später.

Okay.

Und sie gehen, patschen, das Flussufer supscht, der Pfad führt über Steine und modrige Äste, die das Hochwasser weggeworfen hatte, sie schreiten durch einen stillen Winkel des Auenwaldes, eine Weltenraumkapelle mit durchlässigen Schattenwänden, plitsch! platsch! plitsch! platsch!, hört der umsichtig auftretende Miran, wie sich auch diesmal Kája hinter ihm wie ein Keiler durch den Schlamm wühlt.

Das hier war der Strand gewesen. Eine Sand- und Kieselsteinnehrung, die in den Fluss hinauslief. Hier waren sie immer zum Baden hingegangen. Er und Kája. Weißfische fangen. Einfach abhängen. Später kamen auch Löti und die anderen dazu. Während sie größer wurden.

Es ist schon lange her, dass Vater Miran zur entlegensten Stelle von ihrem Territorium mitgenommen hatte, das aus dem weiträumigen Schrottplatz und anschließenden Grundstücken bestand.

Hier liegt deine selige Mama, hatte er gesagt. Und als Miran das Gesicht zum Weinen verzog, gab es einen Puff in den Rücken. Männer heulen nicht, klärte ihn Vater auf. Und hier, Vater tippte leicht gegen das zweite Kreuz, das dort aus der Erde ragte, liegt die andere. An die kannst du dich gut erinnern, oder?

Miran errötete. An die Schönheit erinnerte er sich gut. Kájas Mama. Das war nicht ohne, sie immer um sich herum zu haben, blutjung, schlank, immer lächelnd, federleicht. Und zu wissen, dass Vater sich auf sie legt. Ja, damals in der sommerlichen Brise, die sanft durch die danebenstehenden Brennnesseln fuhr, da ist er rot geworden.

Bei anderen lief es anders, aber bei den Baschtas war es die Regel: die Frauen gingen, die Kinder blieben.

Von Ilonka erzählte man zum Beispiel, dass sie Bulgarin war, das glaubte aber keiner. Sie blieb auch nicht mal lange genug, dass sich Kartoffelknöllchen an sie erinnern konnte. Aber es gab auch andere Frauen dort und Mädchen und der Kleine fand immer einen Rockzipfel zum Festhalten. Manche ließen sich mit Vater Baschta in der Butze hinter der Wracksammelstelle nieder. Zwei Hübsche aus Černé Voděrady, die sich mit den anderen überworfen hatten, richteten sich häuslich im Bauwagen ein, für den sie sofort eine Mikrowelle beanspruchten. Und da der Appetit bekanntlich beim Essen kommt, ist es nicht verwunderlich, dass sie auch Lust auf eine Duschecke bekamen. Sie waren nicht willens, ihre ständigen Forderungen zurückzuschrauben, und konnten sich mit dem Herrscher über den Schrottplatz nie richtig verständigen. Zum Schluss sind auch sie gegangen.

Die Kreuze suchte, und auch das selten, nur der alte Baschta auf, von den Weibern wurde die Stelle gemieden. Man munkelte ohnehin, dass die echten Gräber irgendwo anders lägen.

Am längsten ist die braunhaarige Pille bei den Baschtas geblieben. Man erzählte, sie wäre als Pfadfinderanführerin an die Sázava gekommen. Und von einem fies vom Hochwasser verschrubbelten Waldzeltlager zu den Baschtas desertiert. Auch unternehmerisch war sie ziemlich gut drauf, sie kümmerte sich um alles. Konnte selbst allen möglichen fahrbaren Ramsch reparieren, ging mit den Jungs in den Wald zum Früchtesammeln, brachte ihnen bei, Tierfährten zu lesen und kleine, praktische Totems aus Holz zu schnitzen. Zusammen mit den Kleinen staute sie den Wasserlauf am Bach; das Abfischen wurde jedes Mal von großen Feierlichkeiten begleitet. Sie zeigte den Jungs auch den alten Pfadfinderbrauch des Speerfischens. Und auch die schlimmsten Zappelphilipps strengten sich ihretwegen an, so dass sich der alte Baschta ungläubig die Augen rieb, als sich seine lärmenden, rauflustigen Plagegeister in ein Statuenensemble verwandelten. Dabei fighteten die Jungs nämlich untereinander, wer, einem Fischreiher gleich, am längsten mucksmäuschenstill und auf einem Bein auf einem Felsbrocken über dem Wasser stehen bleiben konnte, mit der hölzernen Mordwaffe in der Hand.

Aber auch Pille zog eines schönen Tages von ihnen und vom Vater weg und mischte sich unter die Bewohner der Altblockhütten, und obwohl sie dann noch lange nach ihr Ausschau hielten, sollte sie sich nie wieder bei ihnen zeigen. Einer der Altblockhüttler sagte ihnen später, dass sie einmal ihren Kram zusammengepackt, sich zum Bahnhof aufgemacht hätte und einfach weggefahren wäre. Vielleicht an den gleichen Ort, von dem sie damals zu ihnen gekommen war, grübelten sie.

Kontinuierlich hatte sich also nur Miran um die Murkels gekümmert.

Und genau hier hatten sie Napalm getroffen. Hier hockten sie immer am Wasser, Kája und er, und warteten darauf, dass die Fische anbissen. Sie badeten, lagen im Gras. Später war auch der heranwachsende Löti mit von der Partie. Die Zwillingsbrüder schleppten Mücke an und noch weitere Jungs aus der Gegend.

Vor Miran und Kája, die gerade die Schwimmer ausgeworfen hatten, tauchte damals Napalm wie ein Riese aus dem Wasser auf, jedenfalls absolut unerwartet. Er kroch ans Ufer, nass, schlapp. Damals noch ein Rotschopf, und auch wenn man ihn auf seinem letzten Posten natürlich mit dem Maschinchen kahl geschoren hatte, kringelten sich hie und da Kupferhaare auf seinem Schädel wie dünne Drähte.

Aus seiner verschlissenen Hose rutschte überall die noch sattblaue Tätowierung hervor, am Hals stand in stolzen Lettern HIER ABSCHNEIDEN, eine andere Aufschrift, die auf seiner Brust aus dem zerrissenen T-Shirt herauskroch, verkündete IN DER ČSSR HERRSCHT DIE LÜGE. Und sonst lauter Schädel, Weiber, Dolche, galoppierende Pferde, Spinnen, Galgen und so weiter überall, wo man hinkuckte, auf Armen und Schenkeln.

Na, Jungs? Beißen sie?
Noch nicht ... Chef.
Ich bräuchte ne kleine Pfanne, Jungs. Kann wirklich ganz mini sein. Und Salz, das dürft ihr auf keinen Fall vergessen.
Ja.
Und ein bisschen Seife.
Okay.
Aber sie darf nicht stinken!
Klar!
Er rauschte mitten durchs Schilf ab.

Sie brachten ihm Schächtelchen mit Haken mit, vom Vater persönlich ausgesucht, ein Stück Brot, Gewürze, Klappmesser, mit der Zeit auch Wurst und ne Flasche, auch die Pfanne bekam er dazu ... sie gewöhnten sich bald daran, dass er da an den Ufern unterwegs war. Bald wussten sie auch, wo er sein Biwak aufgeschlagen hatte. In den verflochtenen Ästen eines vom Blitz erlegten Riesen, dort, wo der Bach Mnichovka in die Sázava mündet.

Im Bach kannst du hin und her rennen und ein Hund hat da keine Chance, klärte der Ältere den Jüngeren auf.

Aha, machte Kája Stielaugen.

Sie brachten ihm eine gummierte Plane. Rasierzeug. Allen möglichen Kram, da achtete Vater darauf. Statt der Sträflingsklamotten, die er irgendwo vergraben oder verbrannt hatte, trug er Vaters Hosen und Hemden, wuchs dort an den Ufern zu.

Und jetzt biegen die beiden Brüder auf einem schmalen Pfad zwischen den Bäumen auf eine Lichtung ab, hinter den Blättern und Ästen schimmert ein Feuerchen.

Richie in seinem Jackett und der abgewetzten Hose, mit Speckdeckel auf dem Kopf, winkt ihnen zu und lächelt übers ganze Gesicht. Napalm bastelt etwas am Feuer, die anderen hocken auf Steinen herum. Auch Kája lächelt. Er findet's klasse, logo. Er ist mit Miran unterwegs, und hier sieht er ja schon seine Leute sitzen, durch das waldtypische Schummerlicht blitzen gemeinschaftlich die orangen Overalls.

Ja, sie machen das große Geschenk fertig, denkt Kája. Für Vater. Und dann kommt das Holla mit Světla. Große Tage stehen an! Die Hochzeitsreise, zu der sie danach aufbrechen, wird sich wahrscheinlich etwas in die Länge ziehen.

Er freut sich.

Gleich beim Zweigewegschieben, wenn er die Lichtung betritt, begrüßt er alle laut. Auch die Anwesenden grölen zur Begrüßung. Lauter Brüder und ein paar Kumpels, die auch gerne am Wrackplatz mitwerkeln. Und alle grinsen. Köpfe mit ellenlang herunterhängenden Zotteln nicken, kahlgeschorene Glatzen auch. Der Gruß leutseliger Eintracht hallt durch die Waldörtlichkeit. Benjamin Kartoffelknöllchen rennt zu Miran, hilft ihm den Rucksack abzunehmen und fährt gleich mit beiden Händen hinein.

Habt ihr Erdnüsse dabei?

Ab zum Fluss, befiehlt Miran.

Erdnussflips?

Miran holt eine PET-Flasche nach der anderen raus, stapelt sie dem Kleinen in die Arme, stell die kühl, aber wehe … Knöllchen nickt eifrig und alle lachen, in der gemeinsamen Erinnerungshöhle hat sich fest die Geschichte verhakt, wie Knöllchen vergaß, wohin in den Bach er die PET-Flaschen zur Abkühlung gestellt hatte … Ha ha ha … das Bürschlein senkt den Blick, wendet die Augen irgendwohin zu den Baumstümpfen, das kleine Brikett, man sagt, Vater hätte ihn mit der Bulgarin gemacht, aber hundertpro war die ne Zigeunerin. Miran befördert ihn mit einem Tritt zum Bach.

Was habt ihr mitgebracht, Jungens, interessiert sich Napalm, aus seinem Blaumann lugt das im Laufe der Jahre verblichene Blau der uralten Tätowierungen, um den Hals schlängelt sich nonchalant ein schmaler Sparta-Praha-Schal, auf dem Kopf ne Wollmütze; er blinzelt, das Augenweiß von blutigen Fäden durchwirkt.

Miran überreicht ihm den Rucksack mit Proviant. Napalm schnürt ihn lächelnd auf. Holt das eingeschweißte Brot heraus. Zieht Gewürztütchen aus den Hosentaschen. Die Fische sind fast fertig.

Jungens, wer will, der nimmt sich was, winkt er ihnen zu. Und hört schön zu, was ich euch zu erzählen habe, während das Bierchen im Wasser kühlt.

Der Alte hockt sich neben die heißen Steine, sie glühen vor Hitze, das mag er.

Wie wir uns kennengelernt haben, euer Papi, ich und Onkel Lomoz, das hab ich schon erzählt, oder?

Klaro, piepst einer, und seine Antwort klingt ein bisschen wie Klage und ein bisschen wie genervter Seufzer.

Da habt ihr Faulpelze und Lümmel noch als Quark im Schaufenster gelegen, erzählt Napalm, als hier die Jungs sich ihre Waffensammlungen zulegten ... Hey du, hör auf zu gähnen, was soll das denn? ... fordert er den Gähner heraus, einer stopft sich mit dem Fisch, ein anderer spitzt den Grillstock, sie haben das alles schon tausendmal gehört. Aber das macht Napalm nichts aus.

Da schneidet also einmal der kleine Onkel Lomoz in seinem Kellerversteck den Kolben eines deutschen Gewehrs ab und sägt jetzt am Lauf herum ... er macht das Ding kürzer, damit es unter die Jacke passt, für nen Rehbraten und nicht nur für den ... die Deutschen haben ihm einen Onkel aufgeknüpft, und sein Vater ist in Mauthausen geblieben, andere Nachbarn ja auch, das war nämlich das dortige Einzugs-KZ, und seine Mutter war eine einfache Frau vom Lande, die hatte auch keine Ahnung, was jetzt nach dem Krieg kommen würde, an die volksdemokratische Ordnung aus dem kommunistischen Russland glaubte jedenfalls keiner ... Aber vor allem waren den Menschen damals der Tod und die Waffen vertraut, also rüstete sich der kleine Lomoz auf, fürs Wildern, natürlich, aber vor allem für den ewigen Kampf, hätte der überhaupt ne andere Vorstellung von der Nachkriegszeit haben können? ... Auch andere Jungens fanden den Gedanken richtig, außerdem machte es mit den Bergen von Waffen, die von den Deutschen und den Russen geblieben sind, manchmal einfach nur Spaß ... wenn es in den Wäldern knallte und bumste ... also sägt der kleine Lomoz, schweißgebadet, in seinem Kellerversteck an dem Lauf herum, und plötzlich sieht er wen in dem kleinen Fensterchen ... ein Mensch! Und dieser jemand sagt, so kriegst du's nicht hin, musst du in zwei Schraubstöcke fassen, der Kolben geht normal, ist ja auch Holz, aber der Lauf eiert beim Sägen nur rum ... der kleine Lomoz flitzt die Treppe hoch und am Kellerfenster erwischt er das nächste Waisenkind, oder, euren Papi Baschta ... und so haben die sich gefunden.

Wissen wir.

Haste schon erzählt, Onkel.

Kennen wir!

Ja, da kam dann ne ganze Clique zusammen ... erzählt Napalm, die beiden, Lomoz und Baschta, haben in den Wäldern rumgeknallt und sich für den Kampf vorbereitet, damals ist auch der alte Hrozen dabei gewesen, Pražma, auch Ratz Fatz, und natürlich Onkel Lojda und andere, versteht sich.

Chi chi, und du, Onkel?, fragt Knöllchen, der sich gerade ein Fischschnitzel aufs Brot gepappt hat, durchbraten und durchräuchert, so wie sie es am liebsten mögen.

Lass es dir gut schmecken, sagt Napalm und reicht ihm ein Tütchen, es ist Pfeffer drin, schwarzwiedienacht.

Ich war auch dabei. Was los?

Und Napalm packt den hustenden und ächzenden Knolli, der sich mit beiden Händen den verbrannten Hals hält, und gießt ihm Rum in die Kehle, was den Ärmsten erst richtig zum Würgen bringt.

Wollte noch jemand was fragen?

Neeee ...

Und so ist die Ortsjugend also dabei, sich den richtigen Umgang mit all den Schießeisen beizubringen und auf die tschechischen Spitzel aufzupassen und auf die Starschinas der Russischen Armee auch, die rüstete sich ja gerade für den Nachkriegsabmarsch, und da macht sich eines Tages der junge Lomoz auf, den Kaninchen frisches Gras zu holen, die Sichel hinterm Gürtel, und sieht, wie sich die Rotarmisten in Reih und Glied aufstellen, all ihre Pferdewagen und Kutschen und Pferdchen mit dabei, er also zu den anderen an den Straßenrand, um den Rotarmisten zum Abschied zu winken ... hätte er sich das bloß verkniffen ... er fällt da einem Leutnant ins Auge ... wohl einem vom Train-Bataillon, erzählte man später ... und der kuckt sich den stattlichen Jungen an und bittet den Bürgermeister um Hilfe.

Wir brauchen ein paar solche Molodez, damit sie unsere Viehherde hüten, sie zum nächsten Bezirk treiben.

Kein Ding, nicken die Leute mit dem Bürgermeister an der Spitze, kein Ding, gerne, liebe Brüder, wenn's sein muss, auch bis an die Grenze ... man hat die Jungs sorgfältig ausgesucht, keine Familienväter, i wo, die würden zu Hause fehlen.

Und der kleine Lomoz war einverstanden, für ihn war es ein Abenteuer, vielleicht glückt es ihm, eine Knarre oder so ... irgendwo unterwegs aufzutreiben ... Die Rotarmisten stürmen also los, nur noch Staubwolken bleiben zurück ... und Onkel Lomoz kommt erst zwanzig Jahre später zurück. Seine Mutter ist damals bald gestorben, und weil er keinen hatte, höchstens ein paar kleine Jungs als Freunde, hat keiner an ihn gedacht, hat ihn keiner reklamiert, wenn damals wer verschwand, sah man nicht so genau hin.

Hm, sagt einer. Alle spachteln. Und einer hat sich eine PET aus dem Bach geholt, der Grad der Abkühlung war wohl doch nicht so wichtig.

Na, und Onkel Lomoz musste die Herde bis nach Russland treiben, und dort ist er als Ausländer ins Lager gekommen, die Sichel hat es ihm nur noch erschwert, von wegen er hätte sich bewaffnet in die Einheiten der Roten Armee eingeschlichen. Und als er nach etwa zwanzig Jahren, die er in furchtbaren Lagerarbeitsstätten verbracht hatte, das sowjetische Russland und wohl auch das eine oder andere kommunistische Ausland durchquert hatte und man ihn endlich entlassen hat, wo ist er dann hin?

Wissen wir, Napalm.

Hast du schon erzählt, Onkel!

X-mal!

Schnurstracks nach Poříčí zu den Baschtas ist er, zu euch! Na, und dann sind wir auf der Brücke auf den Panzer gestoßen.

Ah!

Hm.

Wissen wir!

Fertig gegessen und getrunken? Hat es gemundet?

Klar!

Aber ja ...

Es war sehr lecker, meldet ein fettverschmiertes Leckermäulchen.

Na dann, legt mal 'n Zacken zu, befiehlt Napalm, steht auf und schon eilen alle in den Wald. Auch Richie steht auf und klopft sich das Jackett ab. Nur Löti fehlt noch.

24 DAS MEGAPROJEKT JUBILÄUMSGESCHENK · AUS DER LOKALGESCHICHTE · RECHERCHE · REKOGNOSZIERUNGSARBEIT ZU WASSER · ARBEIT ZU LANDE · BERGUNG · LÖTIS VERSPRECHEN

Der Panzer ragt direkt am Fluss auf einer freien Stelle stolz aus dem Baumbestand. An seiner Bergung vom Grund der Sázava waren alle beteiligt. Bei den notwendigen Reparaturen wechselten sie sich allerdings ab. Jetzt wird das Geschenk zum ersten Mal in seiner ganzen Herrlichkeit dem gesamten Kollektiv präsentiert. Dann setzen sie die Maschine in Bewegung. Nicht mehr bloß probeweise im Gebüsch, zwischen den Bäumchen.

Nein. Löti und eine ausgesuchte Besatzung bringen den Panzer auf dem befestigten Waldweg bis zur Asphaltstraße, nur ein paar Schritte vom Löckchen entfernt. Und wenn sie den Panzer dem staunenden Baschta und allen Hochzeitsgästen gezeigt haben, hat Löti einen Knüller in petto. In der Abschussvorrichtung auf der Lafette liegt scharfe Munition bereit. Der Schuss aus dem Panzer läutet dann die Feierlichkeiten ein.

Wie hat es mit dem Geschenk für Vater eigentlich angefangen?

Damals hatten sie nach einem ganz normalen Arbeitstag auf dem Schrottplatz gechillt. Die Idee, den Russenpanzer vom Flussgrund zu heben, die kam von Richie.

Den Panzer?

In einer Winkelautowerkstatt geboren und aufgewachsen, haben die Jungens die Idee sofort aufgeschnappt.

Als ein Siegerdenkmal für unfassbare Tapferkeit und Kühnheit, hat Richie damals seine Idee für die anderen zu Ende ausgeführt.

Es ist doch so traurig hier, lautete Richies Befund. Womit er alle gleich noch trauriger machte. Solche Momente gab es bei ihm. Die Worte schossen förmlich aus ihm heraus. Er saß auf seinem Sessel, den er auf dem Schrottplatz auf der kleinen Veranda seines Anhängers stehen hatte, baumelte mit den Beinen und kippte Roten in sich hinein.

Die Jungs schlabberten Bier.

Die Gegend hier ist doch voll mit Denkmälern, oder?, sagte Richie und richtete sich auf, den Wolkenscharen der einbrechenden Nacht entgegen, die sich wie dunkle Stierherden über der Landschaft türmten.

Auf Schritt und Tritt stehen hier Ehrenmäler für die im Ersten Weltkrieg Gefallenen, besät mit hiesigen Familiennamen, wenn nicht direkt mit denen unserer Väter, stimmt's, Jungs?

Stimmt.

Vereinzelt eine Partisanentafel, vor allem in den schwarzen Wäldern von Voděrady, auch gut gepflegte Gräber aus dem Zweiten Weltkrieg, woanders wieder Schildchen mit Namen von Bauern und andern, die von den Kommis hingerichtet wurden, nicht wahr?, Richies Bildungsvortrag war nicht mehr zu stoppen.

Jou, piepste damals einer.

Lauter arme Teufel, getötet, gefoltert, verschollen. Stimmt's? Stimmt.

Geknechtet und versklavt, alle der Reihe nach, hab ich Recht? Aber warum nicht ein tschechisches Siegerdenkmal bauen, hä? Unter den Sternhaufen, die wie wildgewordene Funken die rabenschwarze Wirrnis des Universums erhellten, wurde Richie selbst zu Feuer und Flamme.

Und was passt besser als ein Panzer, der scheinbar für immer in den Pfuhlen von Sázava begraben liegt?

Mit Richie gingen wohl die alten im Schuldienst verlebten Tage durch. Er sprang auf seinen Hocker, so dass er die Rasselbande überragte wie dermaleinst die Schulklassen vom Lehrerpodium.

Jungs! Höchste Zeit, sich zum Heldentum zu bekennen, dann kann man hier gleich besser atmen, Richie fuchtelt wild mit den Händen, die Haare stehen ihm fast zu Berge.

Ja, Richies Rede damals klang so begeistert und so schön, sie riss alle mit.

Ne Ehrung für euren Paps! Und nicht nur für ihn! Wer hat damals in Poříčí den feindlichen Panzer angezündet und in den Fluss geschmissen? Der alte Baschta mit den Männers hier, Richie zeigte auf Onkel Lomoz und Onkel Napalm, die in dem Augenblick vor Stolz fast zu platzen schienen.

Auch Onkel Lojda war dabei!, fügt einer hinzu.

Und Onkel Pražma, erinnerte da einer an den Ertrunkenen.

Jawoll, wir ehren das Andenken an ihre Heldentat und bergen den Panzer vom Grund! Ist doch klar wie Kloßbrühe, oder? Richies Aufruf klang, als hätte er seine Rede von langer Hand vorbereitet. Aber hätte man ihn gefragt, hätte er ehrlich gesagt selber nicht gewusst, was in ihn gefahren war.

Na gut!, sagte Miran.

Okay, stimmte Kája zu.

Warum nicht, machen wir, sekundierten die anderen.

Los!, äußerte sich Löti.

Ja, Begeisterung griff um sich. Wessen Vater hat damals mit seinen Kumpels einen russischen Panzer um die Ecke gebracht? Unser! Das klang gut, sogar sehr gut. Und ein geeigneteres Geschenk zum nahenden Jubiläum des alten Baschta hätte man auf der ganzen Welt nicht gefunden. Die geplante Hochzeit von

Kája und Světla an dieses Datum zu koppeln, war dann reine Selbstverständlichkeit.

Nach Richies Rede haben sie beschlossen, die Sache geheim zu halten.

Vor allem vor dem alten Baschta war es lauter pssst! Die einfachen Arbeiten liefen wie immer. Es ging ja nicht nur um die Überraschung. Der russische Panzer ... na ja, es waren Tote drin gewesen, nicht nur Russen. Eine Frau. Ne einheimische. Darüber öffentlich zu reden hatte keinen Sinn. Da sollte ihnen keiner drin rumwühlen. Sie würden ihre Mitbürger vor vollendete Tatsachen stellen.

Anfangs schlenderten Löti und Richie nur so, mit einem Feldstecher in der Hand, an der Sázava entlang, speziell um die Brücke herum, später planschten sie dort mit Brille und Flossen, ließen sich mit einem Wasserschallgerät von der Strömung treiben, und geduldig untersuchten sie den Flussgrund an jeder Stelle, wo die Legenden den Panzer platziert hatten.

Klarer Fall, dass sie auch auf die Änderungen im Strömungsverlauf ein Auge hatten, auf die Bewegungen der Flussablagerungen, von Schlamm und Sand. In jeder Kneipe wusste man ja haargenau, wo der Panzer lag. Wiederum andere hielten seine Existenz für eine infame Lüge. Am besten für die begeisterten Erkunder war allerdings die Tatsache, dass die Behörden den Panzer längst abgeschrieben hatten. In grauer Vorzeit hatten sowjetische Armeetaucher die Toten geborgen und die Innenausstattung zerstört. Dann schloss sich das Wasser wieder. Offiziell gab es für die Behörden keinen Schrotthaufen mehr.

Nachdem sich Löti mit Miran, der die Kasse hielt, beraten hatte, heuerte er eine Gruppe Kampfschwimmer an. Und anhand von Richies Recherchen setzte er sich auch mit bestimmten Fachleuten in Verbindung, meist fanatischen Historikern, und ließ sich hinsichtlich der Panzerausrüstung und der Art des Motors mehrmals auf sehr ergiebige Weise beraten.

Am meisten geplättet war er davon, dass die Maschine, die sie vom Flussgrund bergen wollten, immer noch als äußerst modern galt. Über die notwendigen Navigations- und Stabilisierungsgeräte informierte sich Löti bald in frisch gedruckten Katalogen. Die Tauglichkeit eines an die fünfzig Jahre alten Panzers bestätigte die von Richie betriebene Forschung in der Stadtbücherei von Benešov wie auch das Herumschmökern im Internet. Schlussendlich legten Richie und Löti, die zwei besessenen Expertengauner, das Datum der Bergung fest.

Danach ging alles sehr schnell. Unter dem Mäntelchen der Nacht schafften sie den Autokran an die auserwählte Stelle. Die gemieteten Kampfschwimmer platschten unter die Wasseroberfläche. Und so geschah es auch.

Die am Ufer versammelten Jungs halten sich die Hände vor den Mund, und während sich im Dorf die Hunde die Lunge aus dem Leib kläffen, starren sie auf die Unmengen von Wasser, die aus dem Panzerding herausströmen, als es gemächlich aus dem Fluss steigt. Und die an massiven Ketten befestigte Maschine, im Glanz der Sterne aus dem Wasser geborgen, als hätte die Natur selbst sie frei gegeben, landet gleich beim ersten Versuch auf dem Pritschenwagen, dessen Räder sichtbar im Boden einsinken.

Der Panzer wird unverzüglich die paar hundert Meter weiter zu Napalms Posten befördert. Den Weg haben sie mit Sandschotter befestigt. Löti hat nichts dem Zufall überlassen. Er wusste nur zu gut, dass die Bergung wie auch der anschließende Transport in eine Kategorie fällt, die man Wunder nennt. Und so war es auch.

Jetzt blieb nur noch die Arbeit, mit der Löti und die anderen mehr oder minder vom Schrottplatz vertraut waren. Denn wie lautete die Aufgabe? Ein Stück Blech zum Fahren zu bringen.

Trotzdem zogen sich die Vorbereitungen gehörig in die Länge. Mit Helm und unter Dauergezische der Schweißgeräte probierten sich Löti und Richie gemeinsam mit anderen Freiwilligen an Problemstellen aus. Am schwersten war es allerdings, die Gleisketten und die Steuerungs- und Lenkungstechnik in Gang zu bringen, die ja von den Okkupanten geborgen oder vernichtet worden war.

Richie checkte Kaufangebote von Waffenkonzernen und Hobbybastlern. Und Löti biss bei den ersten Missgeschicken die Zähne zusammen und dachte an die bombardierten, hungernden, vor Kälte erstarrten sowjetischen Techniker, über deren Köpfen die Bedrohung der voranschreitenden deutschen Wehrmacht und des Gulags schwebte. Und das zahlte sich auch aus.

Barbarisch, primitiv und höchst wirksam, so wurde der Panzer in der Fachliteratur beschrieben. Goldrichtig.

Das hätten auch Dreizehnjährige geschafft!, schreit Löti begeistert und balgt sich mit Richie auf den doch etwas schlampig reparierten Sitzen, von den Mädchen mit Decken umsäumt.

Damit können auch Zehnjährige fahren, denkt Löti verträumt, wenn er am Feierabend Lebensläufe der Generäle der sowjetischen Armee studiert, die als des Lesens und Schreibens unkundige Waisenkinder aus niedergebrannten Dörfern in solchen Maschinen Platz nahmen.

Wegen scharfer Munition hat Löti einen Überfall auf das berühmte Panzermuseum in Lešany geplant. Der wurde ihm aber von seinem älteren Bruder verboten.

Also zapfte Löti sensible Quellen an, die in Munitionsfabriken und Armeelager führten. Ein wenig ruhiger wurde er, als Richie ein Programm herunterlud, das nach auffälligerem Zuwachs in Army Shops fahndete. Ganz beruhigt waren die beiden Bastler aber erst, als sie auf verschiedenste illegale Pfade stießen, auf denen sich Munition und diverse Armeeausrüstung aus dem momentanen russisch-ukrainischen Krieg bewegte. Sich in solchen kriminellen Netzen zu tummeln, war für Baschtas Jungens ein lustiges Abenteuer.

Verschiedene Verbesserungen und Umgestaltungen haben die beiden Gauner vor allem der polnischen Fernsehserie Vier Panzersoldaten und ein Hund abgekuckt, die Richie irgendwo im Netz aufgestöbert hatte, und bei dem sie nun nach einem harten Arbeitstag mit Schweißgerät, Presslufthammer, Fräse und anderem Werkzeug manch einen Abend mit Unmengen von Gras und Rotwein verbrachten.

Und weil Richie auch noch andere Besorgungen in der Gegend zu tun hatte, war im Laufe der Zeit Napalm zu Lötis rechter Hand avanciert, der sich in der Waldpanzergarage als echter Macher herausstellte.

In jenen Tagen schliffen Löti und Napalm mit nacktem Oberkörper unter der brennenden Sonne von Sázava die Verbindungsteile für die Ketten zu.

Löti wischte sich den Schweiß von der Stirn, nahm einen Schluck PET-Bier und warf einen Blick auf den alten Macker, der mit der zehn Kilo schweren Brechstange wie mit einer Taubenfeder hantierte. Diese tollkühnen Hechte, denkt Löti gerührt, haben sich mit leeren Händen auf den russischen Kampfpanzer gestürzt und ihn zerstört. Nur weil sie es wollten.

Löti denkt an ihren Vater, den es in der Grube verschüttet hatte. Man hatte ihn als Krüppel entlassen und ihm alles genommen. Trotz der Brandmarkung als Sträfling hat er es geschafft, einen prosperierenden Betrieb aufzubauen, musste aber die ganze Zeit auf der Lauer sein. Und Löti erinnert sich an Pražma, der als totaler Wüterich aus dem Knast zurückkam, sich das Hirn aus dem Schädel soff und schließlich ertrank. An Lomoz, der seine Jugend in der Hölle verbracht hatte und die Gefängnisstrafe für den Panzer als Kur auffasste. An Lojda, der zum zweiten Mal eingesperrt wurde, weil er auf geheimen Druckmaschinen irgendwelchen genossenfeindlichen Schwachsinn gedruckt hatte. Und Napalm? Man hatte ihn hinter den Gittern dermaßen zugerichtet, dass er eine Flucht riskierte und sich in Waldeshöhlen versteckte.

Diesen Panzer, den sollen sie alle als Belohnung kriegen, nimmt sich Löti ganz fest vor.

Von Napalms Brecheisen stiebt ein ganzer Büschel Funken auf. Und da macht Löti einen Schritt auf ihn zu. Napalm, du fährst mit mir im Panzer.

Der Alte hebt den Kopf, das laue Lüftchen vom Fluss fährt ihm durch die zerzauste Mähne, er zupft am grauen Bart.

Wie? Nur ganz langsam begreift er. Und in seinen Kopf kehrt eine Vision ein. Die Brautgesellschaft steht bereit. Eine fröhliche Menschenschar auf dem grünen Rasen vorm Hurenhaus. Baschta und die anderen renken sich die Köpfe aus. Wo sind die Jungens abgeblieben? Wo er ... Napalm? Und das Geschenk?

Und da kommt ein Irrsinnspanzer angezockelt, aus der Kanone flammt ein Schuss zur Begrüßung ... und er, Napalm, erscheint in der Fahrerluke des Panzerturms, hebt die Hand und winkt.

Napalm drückt Löti an sich. Was spielt es für eine Rolle, dass die PET überschäumt. Der alte Knasti hebt den Arm und seine schwielige Hand mit zahlreichen Hautabschürfungen älteren und jüngeren Datums ergreift die ausgestreckte Rechte.

Sie wechseln einen langen, männlichen Blick. Einen solchen Ruhm, eine solche Ehre hätte sich Napalm nie erhofft. Ab jetzt träumt er aber davon.

Und beide, der alte Mann und der Jüngling, fahren schweigend mit der Arbeit fort.

So ist es gelaufen.

Und nun also, einen Katzensprung von der schäumenden Sázava entfernt, ragt der Kampfpanzer T34 auf einer stillen Waldlichtung aus den Bäumen.

Dort führt der alte Napalm die ganze Bagage hin.

25 SANDBANK · ERSCHEINUNG DER MOTOREITER · GEFECHT IM WASSER · ZWEIFEL AM TEUFEL · WAS DER KLEINE BRAUCHT ... UND WO SIE HINTREIBEN · WASSERGEBRÜLL · DAS KOHLENSCHIFF

Sandbank, sagt die Frau. Weiter geht es nicht.

Der Bootsbug bleibt stecken.

Vater hat den Gummimantel um die Schultern. Die Tasche in der Hand. Er winkt ihnen zu, grölt was. Watet durchs Wasser zu ihnen.

Hilf ihm. Ich bin zu fett. Dich wird's tragen.

Der Sand liegt dicht unter der Wasseroberfläche. Greift nach seinem Knöchel. Aus dem Grund ragen schwarze Felsen hervor, auf die tritt er.

Und Vater stampft durchs Wasser auf sie zu, die Tasche unterm Arm. Tropfen aus den vollgesogenen Wolken, vom Wind herangetrieben, trommeln inzwischen überall um sie herum.

Die Frau wirft das Ruder auf die Steine, der Junge hält es fest.

Vater steigt aufs Ruderblatt, zwängt sich ins Bötchen, das Bötchen krängt.

Der Junge hebt die Tasche hoch, unter seiner Hand klafft das Einschussloch. Der Fluss orgelt, auf einen Schlag hat das Regenrauschen zugenommen, aber er hört sie trotzdem.

Sie sind erst auf der Straße. Motorräder. Flatternde Wimpel, Riders of Odin auf der Standarte, tierische Masken, irgendwelche Porträts knattern auf gehissten Fahnen im Wind. In dem Moment, wo der Junge hinkuckt, setzen sich die Motoreiter in Bewegung.

Er reicht der Frau die Tasche. Und kullert selbst auf den Bootsboden hinüber, keine Ahnung wie.

Die Männer der röhrenden Kavalkade springen ab, ihre Maschinen stehen mit den Vorderrädern im Wasser. Bison ist bereits in den Fluss getreten und reckt die lederbehandschuhten Fäuste. Ein paar andere traben durch die Seichte hinter ihm her, sie stampfen, das Wasser spritzt, sie treiben einen Schleier aus Wassertropfen vor sich her. Einem von ihnen ragen riesige Flügel aus dem Kopf, ein anderer Schlingel verbirgt sein Gesicht hinter einer geschnäbelten, kantigen Vogelmaske.

Vater stakt gemeinsam mit der Frau das Boot in die Strömung, nach und nach stößt er sich mit dem Ruder von den schwarzen Häufchen ab, die aus dem Wasser ragen.

Mach hin!

Noch'n Stück!

Der Stierhelm und der andere vogelköpfige Hauruckschläger stampfen wie Roboter durchs Wasser. Der Stier strauchelt. Zieht sein Bein aus dem Sand, versackt trotzdem. Sein Pobratim packt ihn an der Schulter, rauscht selbst aber bis zur Hüfte rein. Sie wälzen sich wie Matte Pillendreher herum, atmen aufgeschäumten Schmutz ein.

Greif dir das Ruder, Blödmann! Vater lacht.

Und patscht mit dem Ruder vor den Stiermann, spritzt ihn nass.

Verpisst euch! Die Frau kreischt mit solcher Vehemenz, dass es allen ganz böse im Schädel dröhnt.

Vater brät dem Typen eins über den Kopf. Je hartnäckiger sich der Wüterich zu befreien versucht, desto tiefer sinkt er, so ist das halt bei Sandbänken.

Weitere Bösewichte plagen sich durch die trübe Brühe. Und der Rest der Bande steht am Ufer um die Maschinen herum. Feuert die Verfolger an. Witzelt, pfeift. Mit einem Schlag fegt

Vater dem Typen den Helm vom Kopf. Der plumpst in die Tiefe, schwer wie ein Stein. Vater drischt überall um den Typen herum aufs Wasser. Erwischt auch die Brust des Vogelmannes.

Die Frau plagt sich mit dem anderen Ruder.

Noch ein Schlag, der Typ fällt auf den Rücken und verschwindet in den schäumenden, braunen Fluten. Und plötzlich bebt das Bötchen, zuckt.

Sie treiben.

Du hättest noch warten können, murmelt Vater, aschfahl im Gesicht.

Hast ganz schönen Blödsinn gemacht!

Der hätte dich runtergezogen vom Boot!

Sie balgen sich um die Ruder, Vater legt sie in die Dollen ein.

Er hätte dich ertränkt, du dumme Gans!

Hätte er nicht, er mag mich!

Die Gestalten und das Ufer rücken in die Ferne, ein Gruppenbild mit metallischen Libellen. Als bröckelte im Regen die Farbe von den Maschinen ab.

Vater lässt sich auf die Bank fallen.

Als ich ihn das erste Mal gesehen hab, hab ich gedacht, der ist der Teufel höchstpersönlich!

Chi, die Frau prustet, das ist er wirklich nicht.

Vielleicht hab ich ihn aber umgebracht, verdammt noch mal! So'n Scheiß. Nur weil ich dachte, es ist der Teufel.

Hä, soll ich hier als Einzige rudern?!

Hoffentlich wird es mir mal gutgerechnet! Möchte nicht wegen einem Heavy Metal Fan in der Hölle schmoren.

Vor der Hölle brauchst du keine Angst zu haben, eher davor, dass er dich findet.

Hab's nicht geschafft, den Lütten zu wickeln!

Das riecht im Boot inzwischen jeder. Und der Regen nimmt zu. Wie ein Ausschlag überzieht Gänsehaut den Jungen. Seine

Zähne klappern. Er schiebt die Füße unter die Tasche. Hält die Tasche auf den Füßen, hält sie über der durchsickernden Nässe. Durch die Tennisschuhe spürt er das Brüderchen und seine Wärme. Er legt die Hände auf die Tasche, beugt sich über sie.

Zwischen den Bäumen sind Häuser zu sehen. Zäune. Gärten und Innenhöfe. Sie treiben schnell, alle schütteln die Müdigkeit ab, nehmen die Nähe der anderen wahr, die alles durchdringende Nässe fühlt sich schwer an.

Der Lütte, der pennt ja ständig, die Frau zeigt sich interessiert.

Hab ihm ne Pille gegeben.

Was hast du ihm gegeben?

Besser, er pennt.

Gebt mir den!

Entspann dich.

Gebt ihn mir. Der kühlt doch nur durch.

Bleib sitzen, sonst kippen wir um. Er ist gut eingepackt.

Er braucht aber auch was anderes.

Aha?

Er braucht ne Menge.

Stimmt.

Zum Beispiel wickeln, füttern, waschen, trocknen, schmieren, spielen. Das braucht er! So bringt ihr ihn um.

Na hör mal, umbringen tun wir ihn nicht.

Dann gebt mir den, Onkel.

Erst am Ufer.

Wir treiben nicht zum Ufer.

Aber wohin treiben wir denn, Mädchen? Wohin?

Wirst du sehen. Werdet ihr sehen.

Hier, nimm, sagt Vater und wirft der Frau den Gummimantel über die Schultern.

Und sie treiben weiter. Hocken in der Nässe. Dem Jungen fallen vor Müdigkeit die Augen zu, er hört die Ruder platschen, spürt die klebrigen Regentropfen auf der Haut.

Als er die Augen wieder aufmacht, driften sie an verwüsteten, zerwühlten Ufern entlang, über den furchigen Boden fließt Wasser hinab, Trommelfeuer von Regentropfen. Hie und da ragen riesige Felsbrocken in den Himmel, nässende Rostflecken sickern in die Erde, von der Hitze vergilbte Grasbüschel streben aus dem Stein, die Halme wallen in der gurgelnden Strömung mit. Eine abgebrochene Baggerschaufel, eingehüllt in Regenschleier. In der Ödnis der Uferlandschaft zeichnen sich zerstörte Kohleflöze ab, blutiger Rost und dünner Schlamm, der Monatsfluss der Erde. Verbogene Schienen laufen kurz mit ihnen zusammen, rostige, ineinander verhakte Wägelchen.

Sie rumsen gegen einen Baumstamm. Um den von Steinhieben vernarbten Riesen ranken sich Zunderschwämme, mit Feuchtigkeit getränkt, hie und da Muscheln wie kleine, festgesaugte Tiere.

Durch den Aufprall plumpst die Frau hin, sie packt Vater an der Hand. Sofort legt er ihr den Arm um die Schultern. Sie schmiegt sich an ihn. Mit der anderen Hand zeigt sie irgendwohin den Fluss runter.

Bei dem Getöse hört man kein Wort.

Wassergebrüll drängt durch den Regen, Wasser drischt aufs Wasser, der Regen hat das Rauschen der fallenden Gewässer übertönt, nun liegt der brausende Wirrwarr direkt vor ihnen.

Stromschnellen?, schreit Vater.

Sie nickt.

Vater greift nach dem Ruder, versucht das Bötchen in der Strömung zu steuern, bringt aber höchstens das dunkle Wasser zum Kräuseln.

Kohlenschiff, ruft er.

Im Geästkuddelmuddel vor ihnen bemerkt der Junge etwas Rundes, Bauchiges, eingekeilt ins Ufer.

Die Frau im Gummimantel duckt sich auf der Bank, sie hält die Tasche auf den Knien, ab und zu blitzen ihre Haare aus der Kapuze heraus, als wälzte sich die darin versteckte Sonne hin und her.

Jetzt ruft sie etwas, Vater wedelt mit dem Ruder, verlorene Liebesmüh ... sie rasen direktemang auf das Schiff zu, nur noch ein Fingerbreit, und der Aufprall zerstampft sie zu Brei ... da leitet die Strömung sie freundlicherweise in weicher fließendes Wasser hinein, in einen Tunnel aus ineinander verflochtenen Ästen, direkt am Achterdeck.

Rostiges Treppchen eines zweistöckigen Metallkahns. Die Frau schnappt nach dem Geländer, der Gummimantel rutscht ihr von den Schultern, der Junge bemerkt die nassen roten Zotten der Achselhöhlen, der Aufprall des Bötchens gegen das Treppchen legt ihn kurz lahm. Gemeinsam hieven sie aber die Tasche auf die Stufe, Vater springt zu ihnen, wie ein Affe saust er durch die Luft, landet, das Treppchen erzittert.

Wie ein riesiger alter Treter rutscht ihm das Bötchen von den Füßen und verschwindet in der Strömung, Vater liegt neben ihnen auf dem Rücken, im Regen wenden sie sich das Gesicht zu.

Das Bötchen ist futsch.

In einer Traube klettern sie in den Schiffsbauch. Vater trägt die Tasche, den nackten Arm schützend um das Köpfchen gelegt, das sich nach außen beult, das Einschussloch gähnt, Vater stemmt sich gegen das Treppchen, der Kleine beobachtet sie durch den Spalt.

Vater knufft die Frau, die würde am liebsten pausenlos die großen Augen, das gierige Mündchen und die bebenden Nasenflügel anstarren, aber jetzt dürfen sie nicht stehen bleiben, da würden sie alle runterrutschen.

Sie steigt also die nassen Stufen hinauf, Vater drückt die Tasche an die Brust, den Arm fest um das Söhnchen gebogen, damit sein Köpfchen nicht gegen das Geländer klänkt, gegen diese weiß der Teufel durch welche Stöße und wann gestauchten Stützstangen, die überall in die Luft ragen.

Und die Frau öffnet ein Metalltürchen. Eine Rampe, ganz schlierig, die Rothaarige hockt sich gleich hin, sie machen es ihr nach, und schon sausen sie durch den schmalen Schachtschlauch nach unten, plumpsen auf dem Boden aufeinander wie nasse Säcke.

Im Schiffsbauch ist es dunkel. Unter ihnen nur Schotter und Kohlenklein. Und Wassertosen, durch die metallenen Schiffsrumpfplatten gedämmt. Sie hören die anderen atmen. Der Junge zwinkert angestrengt, aber in der Dunkelheit kriegt er nichts mit.

Wo sind wir?, fragt Vater flüsternd.

Im Schiff!

Das weiß ich auch, Dummerchen. Aber wohin jetzt?

Die werden schon kommen. Gib mir die Tasche.

Wer soll kommen?

Leute.

Was für Leute.

Die hier wohnen.

Manno. Was für Leute können hier denn wohnen.

Meine Mutter zum Beispiel.

Aha.

Warte einfach, die kommen und wir sehen, wer hier das Dummerchen ist.

26 WARTEN AUF LÖTI · AUS DER GESCHICHTE DER KRIEGFÜHRUNG · MACINKAS BESTÜRZUNG · KILLER AUS DEM WASSER · LÖTIS TREFFER · NAPALM: DAMALS AUF DER BRÜCKE · MIRANS ENTSCHEIDUNG · MIRAN IST DER ÄLTESTE!

Da glotzt ihr, was! Mit stolzgeschwellter Brust spricht Napalm die versammelte Jugend an. Und was die glotzt.

Der Lauf ragt über die Gewässer. Der gesamte Panzer wurde tarngrün gestrichen, sieht nun ziemlich bedrohlich aus. Das riesige Oval des Wagenkastens wirkt biologisch wie ein auf den Startschuss wartendes Tier. Nur noch losstürmen. Die Ketten waren eine harte Nuss. Beim Anblick des Fahrgestells hört man geradezu das grausige Quietschen, mit dem der Panzer die Hindernisse zerdrückt. Die Drehstabfedern, mit denen die Federung korrigiert wurde, sind komplett neu, die gab es ganz legal zu kaufen.

Genauso wie Kanister, Scheinwerfer, Verkleidung der Panzerseiten und ne Menge anderer Krimskrams ganz einfach in spezialisierten Army Shops zu erwerben waren. Und das Maschinengewehr? Auch das ließ sich auftreiben, warum nicht.

Einer der Baschta-Brüder fehlt aber noch. Der wichtigste. Miran sieht sich um. Auch die anderen halten Ausschau nach Löti.

Und Richie klopft ungeduldig mit den Knöcheln auf die Panzerkette. Er möchte loslegen. Diese Rede hat er vorbereitet.

Plötzlich zeigt einer der Zwillinge zum Wald. Löti. Endlich! Er torkelt aber ganz seltsam auf sie zu, taumelt, hält sich eine Hand vor den Mund. Einer kichert. Hat sich Löti volllaufen lassen?

Muss mit dir reden, presst er zwischen den Zähnen hervor, die Lippen an Mirans Ohr, sein unnatürlich blasses Gesicht sieht wie der Mond in seiner letzten Phase aus. Miran merkt, wie sein Bruder zittert.

Nicht jetzt.

Unser Vater ist tot. Sie haben ihn umgebracht.

Beide tun ein paar Schritte zur Seite. Richie, der gerade Luft holt, wirft ihnen einen fragenden Blick zu, aber er legt los.

Dieser Panzer ist eigentlich ein Te vierundfünfzig, Jungens, aber im Grunde genommen haben wir es mit nem modifizierten Te vierunddreißig zu tun. Ein weltbekanntes Russenprodukt. So wie Kalaschnikow oder Topol-Rakete. Dieser Panzer hat die Trosse der Nazis zerstört, aber auch den Kommunismus in der DDR feingetunt, das war mal ein Teil von Deutschland, Jungens. 1950 hat diese Maschine das beschissene Nordkorea aus der Taufe gehoben, und sechsundfünfzig hat sie dann in Ungarn die antisowjetischen Rebellen zermanscht. Hat sich in Afrika bewährt, wo sie zum Beispiel den Staat Israel überfallen hat. Und insgesamt sechstausenddreihundert von diesen Stahlkäfern haben achtundsechzig die Tschechoslowakei plattgewalzt, das habt ihr wohl sicherlich in der Schule gelernt, was das für 'n Staat war. Ist ne gute Maschine, die Panzer waren auch während des polnischen Kriegsrechts im Einsatz, und die Serben haben mit ihnen noch sechsundneunzig an Jugoslawien operiert. Das hab ich für euch in der Bücherei von Benešov zusammengegoogelt, einfach war es nicht, das könnt ihr mir glauben, Jungens. Ich danke euch.

Zur Belohnung erntet Richie einen lauten Applaus.

Inzwischen hat Miran zu hören bekommen, wie sich der Mord zugetragen hatte.

Vater Baschta war im Lager nicht allein gewesen, natürlich nicht. Macinka hatte sich bei Moni freigenommen und machte sich daran, teils wegen eingeborener weiblicher Neigung, Männer zu bepütschern, und teils wegen guter Bezahlung im Rahmen eines kleinen Nebenjobs, die Männer auf dem Schrottplatz zu bekochen. Einer der Zwillinge erlitt eine Morgenschwäche und kurierte sie in der Hängematte aus. An den Autos waren auch ein paar Kumpels und angeheuerte Arbeitskräfte zugange. Und weil Waffen andere Waffen anziehen, putzte Löti in seinem Caravan gerade seine Knarre, um sie bei der Panzervorführung herumzuzeigen, als er sah, wie Vater mit einer Angelrute in der Hand zu seinem Lieblingsangelplatz humpelte.

Da hatte er, Löti, schon fast fertig gepackt und wollte gerade zu den anderen aufbrechen, zu Napalms Station.

Und da erklang Macinkas furchterregender Schrei. Mit langen Sprüngen hechtete er los. Macinka beugte sich über den alten Baschta, der in der Strömung lag. Beim Anblick von Löti hob die junge Frau ihre blutüberströmten Hände und deutete auf das gegenüberliegende Ufer. Dort drängte soeben einer aus dem Wasser, hielt sich am Buschwerk fest. Und Macinka reichte Löti das Riesenmesser, was der Mörder hatte fallen lassen, als sie ihn überraschte. Tränen schießen ihr in die Augen, aus den Schluchzern schält sich die Information heraus, der Schatten, der unterm Wasser zum alten Baschta geglitten war, dem sie gerade eine Erfrischung brachte, habe sich plötzlich in einen aus dem Wasser aufgetauchtem Mann materialisiert. Er habe mit dem Messer ausgeholt und den Greis durchdolcht.

Löti wendete den Blick von Vaters Leiche ab, an der immer noch die Strömung zerrte, legte die Waffe an und ballerte einen Schuss nach dem anderen. Der zwischen mannshohem Bärenklau Hinaufkletternde fiel hin. Und da war schon der Hängemattenbruder mit den anderen da. Einer barg den Patriarchen aus der Strömung, andere warfen sich kopfüber in den Fluss und durchqueren das Wasser.

Löti wartete nicht mehr, sprang in den Fiat und eilte mit der furchtbaren Nachricht zu den Brüdern.

Und jetzt legt er das geöffnete Klappmesser in Mirans Hände, noch nass vom Wasser, das Vaters Blut abgespült hatte, auf der Klinge den Namen einer exotischen Stadt eingraviert. Und beide hören jetzt den Baschta-Jüngsten.

Unser Vater hat also diesen Panzer vernichtet?, fragt Knöllchen mit zittriger Stimme, der Panzer ragt wie ein Fantasy-Monster über ihm in die Höhe.

Wenn ich die Augen zumache, seh ich das wie heute, Jungens, meldet sich Napalm zu Wort. Über Poříčí steht die Augustsonne. Das Abendgeläut bimmelt. Wir schlendern, unsere damalige Clique, Pražma, Lojda und Baschti, also euer Paps, von der Weide zurück, treiben ne Horde Kühe heim. Und auf einmal furchtbares Geschepper und Geklöter. So'n Panzer fährt über unsere Brücke, ruft Napalm und haut mit der Faust auf den Stahl. Und davor auf dem Motorrad der Mohr, ein Nachbar aus Pyšely, der bei den Russen mitgemacht hat.

Pfui.

Schande, lässt sich einer hören.

Und auf dieser Brücke kommt ihnen ein alleiniger Typ entgegen ... das ist doch unser Freund! Ja, der Lomoz! Dabei müsst ihr wissen, Jungens, nachdem der von den russischen Lagern zurück war und Anker geworfen hat, hatte er sich ne Frau angelacht, klaro, nach den vielen langen Jahren war er natürlich zerschunden zurückgekommen, aber auch geil und scharf, und so jemand lacht sich also gerade ne Frau an und will es trotzdem mit einem Panzer aufnehmen? Was für'n Hecht! Wir lassen also die Kühe am Hang stehen und eilen zu Hilfe ... schon sind wir auf der Brücke, als wir sehen, wie sich Lomoz an die Kanone hängt, als wollte er sie abreißen, was soll der Blödsinn, ärgern wir uns im Laufen ... und lassen den auf dem Motorrad sausen ... euer Papa ist der Erste, der aufs Heck springt, ich klettr zu ihm rauf, unter uns quietschen die Ketten, der Panzer reißt das Kopfsteinpflaster raus, Baschti schnappt sich die Spitzhacke, die sie dort blödsinnigerweise hängen haben, und drischt auf den Kanister ein ... Ich starre Lomoz an, der von der Kanone hängt, die dreht sich mit ihm ... euer Paps schreit, Lojda, der zu ihm draufgehüpft ist und sich wie ne Zecke am Panzer festhält, reicht ihm das Feuerzeug ... und euer Paps zieht *Rudé Právo* aus der Hose, unsere Weidenlektüre, zündet die an, und da sind schon Lojda und ich runtergesprungen, gerade rechtzeitig! ... Euer Paps rammt die Feuerzeitung in den aufgehackten Kanister, das Benzin lodert auf ... Und durch den Qualmschleier sehen wir die Kanone, von der ja der Lomoz hängt, einem der Heiligen den Kopf samt güldenem Heiligenschein abschlagen ... Und in dem Moment, als wir beide schon über das Pflaster kullern ... da machen die Leutchen drinnen den Deckel auf, und der erste Kopf, der auftaucht, kriegt die Feuerwand ab, der Deckel steht offen und die Rauchflammen schnappen nach ihm und drängeln hinein und verbrennen die eingesperrten Panzerhocker da unten ... und Lomoz auf der Kanone schreit, ihn hat's ja auch versengt ... und gleich nachdem er die Kanone loslässt und in den Fluss plumpst, gleitet dem blind gewordenen Panzerfahrer alles aus der Hand, der Panzer durchbricht das Geländer und schon landet er im Wasser ... Mit nem Riesenplanscher platscht der da rein ... ja.

Und Pražma?!, japst einer.

Der hat die ganze Zeit mit seinen mächtigen Pranken den Verräter auf dem Motorrad gedrosselt!

Aha!!

Und Onkel, meldet sich nach gerührter Schweigepause Knöllchen zu Wort.

Was ist?

Kann Onkel Lomoz deswegen nicht mehr kucken?

Die Flammen haben ihm die Augen ausgebrannt. Das Letzte, was er im Leben gesehen hat, war der russische Panzer.

Huhuhu ...

Er war auch total traurig, der Lomoz, als wir ihn später aus dem Wasser gefischt haben, unten in Městečko, am Wehr.

Aaaach ...

Und wisst ihr, warum er alleinig auf den russischen Panzer losging? Sein Mädel hat mit den Panzeristen rumgehurt.

Napalm, lass mal stecken ... Richie legt Napalm die Hand auf den Arm.

Na, der Lomoz denkt ans Heiraten, und sie gibt sich mit ner Bande russischer Panzeristen ab. Habt ihr ne Ahnung, wie das für ihn gewesen sein muss?

Napalm, halt die Klappe, sagt Richie.

Er hat halt ne schlechte Wahl getroffen. Das kann mal passieren, Jungens. Sie hat ihn in Wonne schwelgen lassen, nachdem er ausgehungert zurückgekommen war, das schon, aber sie hat es immerfort gebraucht, für sie war es das Tor zum Paradies, so'n ordentlicher Fick, solche Frauen gibt es.

Wie meinst du, Onkel? Knöllchen kuckt ihn groß an.

Und der erste Kopf, der da rausgekommen ist und die Flammenwand abgekriegt hat, der hatte ja irre lange Haare. Ja, das war sie. Da waren wir dann alle traurig.

Und Onkel?

Ja?

Was war mit dem tschechischen Verräter auf dem Motorrad?

Der ist weg. Und wir haben nie wieder von ihm gehört.

Miran spürt, dass man die ganze Sache mit dem Panzer verschieben muss. Wer hat Vater umgebracht? Die beiden Typen aus Hroms Zelt. Diese Neutschechen. Was hat der Kája bloß für nen Unsinn von sich gegeben. Steht jetzt nach Vaters Tod ein Kampf um die Ländereien an? Von Vater jetzt keinen Mucks, nicht vor den anderen. Vor allem nicht vor Kája. Den würde nichts halten. Sie müssen alles ganz genau durchdenken.

Und Miran hebt die gummierte schwarze Regenschutzplane vom Boden, die zur Ausstattung eines jeden ordentlichen Panzers gehört.

Er macht einen Schritt nach vorne, schleift die Plane hinter sich her. Alle starren ihn an. Er geht um den Panzer herum. Wirft die Plane übers Heck. Einen Zipfel drückt er Löti in die Hand.

Und wie Miran auf die Maschine hinaufkraxelt, deckt er sie mit der Plane zu.

Was ist?, ruft Napalm. Der Rest der Truppe fängt auch an zu krakeelen.

Miran steht oben auf dem Panzer und dreht der Bande die Stirn zu.

Alles wird anders, Männer. Tut mir leid. Wir schieben die Schenkung auf. Buddeln den Panzer ein.

Bruderherz, hör mal, das ist aber … murmelt der Zwilling überrascht und reißt sich die schwarze Strickbedeckung vom Kopf. Die anderen Brüder um Napalm herum werden sauer. Ist ne Menge Arbeit gewesen, Mann! Und einer wirft mit einem Tannenzapfen nach Miran und erwischt ihn direkt an der Nase.

Miran ist der Älteste!, ruft Knöllchen kampflustig.

Und schon springt Kája auf den Panzer und hilft dem Bruder.

Wir müssen es verschieben, Jungs, sagt Miran, und reibt sich die getroffene Stelle. Deckt den Turm mit der Plane zu. Und jeder sieht, dass auch Löti, der Hauptingenieur, Miran willig zur Hand geht.

Habt ihr Angst?, bellt Napalm.

Kuckt mal, Richie versucht die Wogen zu glätten, er ahnt, dass womöglich etwas Schlimmes passiert ist, der Miran hat schon Recht. Das ist jetzt der falsche Zeitpunkt! Bangemachen gilt bei uns nicht, aber wenn diese ukrainische Front in Bewegung gerät ... dort wimmelt es nur so vor diesen Metallfliegen, die rücken schwarmweise aus!

Ist doch Scheiße, schreit Napalm.

Zu uns kommen die nicht!, meldet der eine Bruder und tritt seine Wollmütze in die Gräser.

Wir warten und kucken, wie sich das entwickelt. Aufgeschoben ist nicht aufgehoben!, spricht Richie besänftigend auf alle ein.

Bububu!, schreit Napalm wieder.

Und Richie umarmt die plötzlich schlapp gewordenen Schultern. Die Truppe kuckt zu. Wie der Alte in die Knie geht. Ist der alte Kämpfer denn etwa einsam geworden? Nicht ganz. Einer schiebt ihm eine Flasche Rum zu. Man beruhigt ihn, tätschelt.

Lasst uns ne PET runterkippen, Jungens, sagt Miran. Wir denken das durch. In Ruhe, Jungens. Setzen uns hin.

Die Beratung dauert nicht lange. Napalm schweigt trotzig. Und beim Beschluss, den Panzer dort zu vergraben, wo er steht, und ihn weiterhin wie bisher von Napalm bewachen zu lassen, nickt er nur traurig.

Die Flaschen alle leergezischt. Richie steht schon. Er muss zum Fluss. Er hat was vor. Möchte möglichst bald die Altblockhüttler erwischen.

Auch die anderen erheben sich und rascheln durch die Gräser weg. Tschüssikowski, Napalm. Bye bye, Onkel ... nur kurz hallen ihre Rufe über den Wäldern und Ufern ... und nachdem die Waisenkinder eins nach dem anderen vom Pfad verschwunden sind, ertönen zart sanfte Waldvogelstimmen. Es sprüht und in den Tropfen leuchtet der Wald und grünt. Nur ganz sachte rappeln sich dort, wo die Truppe herumgetrampelt ist, die winzigen Helophyten wieder auf, die vom sumpfigen Boden zehren. So ist es immer. Ein paar Regentropfen reichen und als wäre nie einer hier gewesen.

27 NAPALMS GESPRÄCH MIT DEM FISCHER · GOTTESSPRACHE · DORLE? · WOHIN MIT DER JUNGFRAU · NAPALMS TRÄUME

Betrübt schleppt sich Napalm zu seinem Wohnplatz, vom Panzer sind es nur ein paar Katzensprünge, wie hätte er ihn auch sonst bewachen können, oder.

Er kickt Steinchen vor sich her, vermutlich um seine momentane Verzweiflung zu vertreiben. Denn diese seine Sternstunde, der Ritt auf dem Panzer, der den Höhepunkt der Hochzeit hätte bilden sollen, die hat er schon so oft im Traum erlebt ...

Und er merkt, dass sein Feuerchen irgendwie mächtiger geworden ist. Fischschuppe hat's angeblasen. Und sich über die Reste hergemacht, verschlungen, was er gefunden hat.

Das freiluftgetrocknete Gemälde hat er ein Stück weg von der Feuerstätte platziert. Da hat er echt aufgepasst. Die hätten der altehrwürdigen Leinwand nicht gut getan, die Feuerzungen.

Aber gestern Nacht, als Schuppe das wandelnde Rohr im Licht des Feuers erschienen war, da hatte er Napalm fast erschreckt.

Die Leinwand, durchnässt und vom Mansch verhärtet, hüllte den Fischer fast komplett ein. Das Bild hatte ihn wie abgezogene Tierhaut umwickelt, ihn in sich eingeklappt.

Ahoj!, kam eine vertraute Stimme aus dem Rohr.

Nabend, begrüßte Napalm die Wunderlichkeit und stocherte vorsichtshalber in der Glimmkohle herum.

Da staunst du, wie ich von hier kucken kann, was?, kam aus dem länglichen, knallbunten Ding, aus dem unten unglaublich schlammversaute Füße ragten.

Und Napalm atmete auf. Kurz hatte er ja gedacht, das wäre ein Geist. Aber er erkannte Schuppes Stimme. Fasste Mut. Denn Schuppes Geist würde ihn gar nicht kratzen.

Löcher hab ich drin, weißt du? Durch die sehe ich dich!

Aha!

Ich wollt schon ins Wasser gehen, weil ich meine Butze verloren hab. Und meine Frau! Die Butze hat mir den Rest gegeben. Aber dieses Bild hat mich gerettet.

Warst am Ertrinken, ja?

Ja, bin schon fast am Ertrinken, schluck Wasser, hab Schiss, dass ich echt abnippel, dann wieder, dass ich nicht abnippel, und da kommt von unten das Bild angeschwommen. Das heilige Bild hat mich gerettet. Was mich betrifft: ein ganz normales Wunder!

Was?

Der schöne Rahmen ist aber an den Steinen zerdeppert. Kuck, weg ist der. Und dann hat mich das Bild eingerollt und vor dem Regen geschützt, ist das nicht was? Und abends spazier ich hier im Dunkeln und seh dein Feuerchen durch die Löcher. Gut, oder?

Und? Schiebst du Kohldampf?

Und wie! Was hast du?

Fisch.

Brot hast du auch?

Etwas.

Das ist gut. Und Schuppe beugte sich nach vorne und schob das Rohr über den Kopf.

Stellte es ein paar Schritte weiter ab und setzte sich neben den Freund. Als Erstes nahm er die selbstgedrehte Fluppe in Empfang, zündete sie mit einem Stöckchen an, streckte die Beine zur Wärmequelle aus und ging in Glückseligkeit auf.

Napalm versucht sich den Panzer aus dem Kopf zu jagen. Damals sind sie auf den Panzer rauf, kühn und jung. Tierisch jung waren sie, alles war ihnen scheißegal. Jetzt altert er nur noch und kackt bald ab. Nur durch den Panzer ist er der Kerl geworden, den jedermann kannte.

Und Napalm sieht Schuppe beim Futtern zu. Holt den Tabak raus, wartet anstandshalber, bis der Besuch fertig getafelt hat. Dann dreht sich jeder eine.

Die Jungens sind hier gewesen, sagt Napalm. Die Baschtas. Die ganze Armada.

Ich hab die Baschtas gesehen, als ich das Bild auf dem Baum getrocknet hab, sagt Schuppe. Sind die schon weg?

Ja ja. Und wo gehst du hin?

Nach Chlum, die Jungfrau hinbringen. Zum Schwarzen Lukas. Sag mal, du hast doch mit ihm gesessen. Warum nennt man ihn schwarz?

War nur so 'n Schabernack. Aber das Bild ist doch total eingesaut. Und du hast da auch noch Löcher reingemacht.

Ist aber ein wundertätiges Bild, mein Lieber.

Ach Schuppi, schon in Ordnung, dass du mit deiner Religion nicht hinterm Berg hältst. Ich wohne im Wald, pfeif bald aus dem letzten Loch, aber was Gott betrifft, da hab ich schon ne Meinung.

Das ist dem aber schnuppe, Napalm. Davon geht er schon irgendwie aus.

Hör mal, Schuppi, ne Belehrung hat mir jetzt grade noch gefehlt. Außerdem bin ich älter als du.

Ja, ja, du bist bald fein raus.

Kehrt wenigstens Ruhe ein.

Bist du dir da so sicher? Dass dann Ruhe einkehrt?

Hör mal, Schuppi, nerv nicht. Mich kotzt das Leben an.

Kennst du was anderes?

Nerv nicht rum, hab ich gesagt!

Nach dem Tod sitzt du im Dunkeln, so wie wir beide auch gleich. Und auch im Dunkeln hörst du Wind im Gras furzen oder Blindschleichen rumschleichen; was meinst du, was das ist? Hast keine Ahnung, was? Da hat eben Gott zu dir gesprochen. Echt!

Also den hab ich nie gehört, oder nur wenn das Bisammännchen auf sein Weibchen hüpft, das gibt dann Gequieke und Getöse, wie sie da herumplatschen und ihren Spaß haben.

Das ist es eben.

Echt ja? Das wäre mir im Leben nie eingefallen, so was.

Aber so ist es.

Schuppi, und was ist mit dir? Willst du weiter in Leinwand eingewickelt durch die Wälder rennen? Mach mich da nicht kirre mit. Der alte Ratz, was war der für'n toller Hecht, und dann hat er an den Kirchenbildern geschnuppert, Mann. Und von den Farben, den alten Ausdünstungen oder sonstigem Scheiß ist der komplett meschugge geworden. Das weiß jeder. Dabei hat der so ne Frau gehabt! Du weißt noch sein Röslein, oder?

Die Kleine?

Die Kleine. Aber in der hätte man glatt wohnen können, Mann.

Röslein, natürlich.

Na, und auf die hat er gepfiffen, auf alles. So ein Prachtweib.

Weißt du, Napalm, ich such auch ne Frau. Sie heißt Dorle. Kennst du die?

Weiß ich nicht.

Entweder ich finde die oder nicht. Dann seh ich weiter.

Schuppenmann, kuck mal, ich hab ne Pulle Rum hier. Haben mir die Baschta-Jungens dagelassen. Damit ich nicht traurig bin wegen dem Panzer. Ach ja.

Da genehmigen wir uns eins! Warum bist du traurig?

Ich hab so geackert an dem Panzer. Und ich hab mich so auf den Schuss gefreut!

Was laberst du da?

Das verstehst du nicht. Wenigstens ein einziges Mal wollte ich den verfickten Panzer fahren, verfickt noch mal! Löti hat's mir versprochen!

Napalm, du hast ein Rad ab. Bist doch noch nicht besoffen. Morgen früh brech ich mit der Jungfrau auf. Vielleicht lass ich mich auf ihr noch ein Stück weiter treiben. Aber hallo. So krieg ich wenigstens raus, ob sie wirklich Wunder vollbringt. Komm zu uns nach Chlum.

Verfickt nochmal, ich hab so oft geträumt, wie ich den Panzer fahre!

Wie'n kleines Kind bist du, Mann.

Ich hab den Russen den Panzer kaputtgemacht!

Napalm, hör auf zu saufen. Hau dich lieber aufs Ohr. Und vielleicht träumst du, wie du Panzer fährst, Schuppe gluckst fast unhörbar vor Lachen.

Und als der Tag anbricht, gibt's von ihm und dem Bild keine Spur mehr.

28 HYGIENE AUF DEM SCHIFF · KÄPT'N LOJDA · HERRLICHER PELZ · WAS MIT DEN ALTBLOCKHÜTTEN LOS WAR · DIE SUFFKOLONIE · RATZ FATZ UND SEIN NACHLASS · VON RATZ UND DEM PFANNENMANN

Verloren im dunklen Schoß vom Kohlenschiff ducken sie sich unter den Schlägen. Da trampelt einer über ihnen die Blechplatten lang.

Irgendwo in der Dunkelheit muss es noch ein Treppchen geben, schon sehen sie ein Licht, das schwankende Kerzenlicht, blicken sich an, finden sich wieder … Vater total angespannt, die Tasche immer noch an die Brust gepresst, der Junge rutscht zu ihm rüber, nimmt in der feuchten Luft Vaters Ausdünstungen wahr und sieht aus der Dämmerung einen Schatten auftauchen, aus dem schält sich ein Typ im Jackett heraus, dessen Getrampel sie eben gehört haben.

Richie! Světla schießt aus der Hocke hoch und rennt zu ihm. Sie wälzt sich ihm in den Armen, Richie hält die Kerze über dem Kopf, IKEA, echter Stumpen für Romantiker. Er fischt eine Funzel aus der Tasche, macht sie an und drückt sie der Frau in die Hand. Sie trampeln im Ruß und Kohlenstaub, das ganze Zeug schwebt um sie herum, sie humpeln im schwachen Licht und husten.

Richilein, ich bin da, um euch alle zur Hochzeit einzuladen! Den Käpt'n!

Ihr seid ganz schön nass geworden, wa? Oben werdet ihr wieder trocken, los!

Die Frau geht voran, sie folgen ihr durch die Untiefen des Schiffs, treten vorsichtig auf, laufen dem Leuchtkegel in ihrer

Hand hinterher … dann geht es über ein gewundenes Treppchen hinauf, der Junge im Schlepptau von ihrem festen, fleischigen Hintern, der Gummimantel tropft, sie drängen weiter zur lockenden Wärme hinauf.

Im engen dunklen Flur drückt sie auf eine Klinke, macht auf. Kajüte. Sie quetschen sich hinein.

Ein Öfchen. Vorsintflutlich, gusseisern, glühend. Schürhaken, Kohleeimer. Die Schiffbrüchigen, unter ihren Schürfwunden und Blessuren ächzend, bilden um das Öfchen einen Klumpen. Auch die papierschirmbedeckten Glühbirnen an den Wänden strahlen Wärme aus, von dünnen Seilen klunkern dort bekritzelte Lampions.

Neben dem Ofen eine relativ neue, freistehende Duschkabine. Ein Hüne, splitterfasernackt, eine Erscheinung, die eher dem Reich der Riesen als dem menschlicher Wesen zuzuordnen wäre, schiebt den Plastikvorhang zur Seite und blickt die Ankömmlinge prüfend an. Lange Haare, langer Bart. Über dem Bauchgeschwür graue, schwarzbefleckte zottelige Brust, darunter grauer Schoß, aus dem das Geschlecht baumelt. Eine Dampfwolke hüllt das Ungetüm ein. Der irrlichterne Abglanz der Flammen, der über das weiße Blech huscht, macht die Erscheinung noch gespenstischer.

Und im Zwielicht, um ein zerwühltes Lager auf dem Boden herum, türmen sich und schwappen ineinander Unmengen von Büchern, Massen von Zeitungen, ganze Papierstapel … und Vater, dem die ganze Gelehrsamkeit wohl zu nahegeht, hickst vor Überraschung.

Der Mann glotzt sie schamlos an. Reibt mit dem Scheitel an der Decke der Duscheinrichtung, wo Wasser rausspritzt. Er greift hinein, stellt es ab. Mit purpurrotem Minihandtuch tupft er sich die Tropfen von den Armen, fährt sich über die üppige Brust, zupft sanft an der Haut, als faltete er seine Größe zusammen. Aufmerksam beobachtet er die Ankömmlinge, zoomt heran.

Světla, mein liebes Kind!

Sie fliegt ihm in die Arme, der Gummimantel rutscht hinunter, ihr ist es wurscht, ob sie in einer Pfütze tanzt, sie ist sowieso ganz nass.

Der Nackedei hebt sie vom Boden, achtet nicht auf ihren Aufschrei, bedeckt sie mit tausend Küssen. Und kaum hat er sie wieder auf den Boden gestellt, springt die Frau zum Vater, reißt ihm die Tasche aus der Hand und schleppt mit aller Kraft den Kleinen in das Deckennest ab.

Nehmt doch Platz, Leute, macht's euch bequem, sagt Lojda.

Er tritt aus der Dampfwolke heraus, und bevor er langsam, verstohlen um sich blickend, die rote Decke vom Bett genommen und sie um sich geschlagen hat, haben sie ihn gesehen und er ist ein Greis.

Die Masse der Arme und Schenkel zusammengesackt, vom Alter zerfurcht. Fleckige Hände und Brust. Die faltennarbige Haut am Hals flappt unordentlich hinunter wie ein Tuch.

Unwillkürlich macht der Junge Vaters Bewegungen nach. Reibt sich wie er die Hände über dem Ofen, stampft mit den Füßen. Und beobachtet dabei, wie an der Wand ihre Schatten ineinandergreifen.

Und dann staunt er noch mehr.

Denn die junge Frau hat den Knaben, windelfrei und nackt, auf die Decken gelegt, und der Junge sieht hinter den blutroten Ranken der Babylippen Zähnchen aufblitzen, als wären sie soeben durchgebrochen.

Und das Brüderchen, den kleinen Mund zum Lächeln verzogen, aalt sich auf dem Rücken. Reckt die vor Feuchtigkeit geschwollenen Ärmchen, Beinchen wie Nudelhölzer, das vor Nässe fahle Fleisch spannt über den dünnen Knochen. Der

Kleine grinst und sabbert. Vielleicht schießt Freude aus ihm heraus, verbindet sich mit der Ofenwärme. Und auf einmal, fast unmerklich im Bruchteil einer Sekunde, steht das blässliche Baby auf allen vieren. Von der liebevollen Aufmerksamkeit des erstarrten Grüppchens getragen, ragt es wie ein riesiger Menschenfloh aus den Decken.

Ziemlich verwirrt wirft der Junge einen Blick auf die eigenen dünnen Beine. Und auch wenn in ihm, wie in einer Pflanze, allmählich die Wärme aufsteigt, schlottert er.

Das Öfchen glüht.

Die junge Frau wäscht das blasse Kind, die rötlichen Haare fliegen herum, sie hält es fest, ein Funken, wohl durch die Hitze entfacht, zwingt das Monsterchen zum Krabbeln, immer wieder will es ihren Armen entwischen.

Aber die Rothaarige hat es fest im Griff!

Schon hat sie einen Eimer herangeschoben, irgendwo auch einen Schwamm aufgetrieben und bespritzt nun das Bébé munter mit Flüssigseife Caribic Energy, ohne Skrupel setzt sie auch das Körperspray Intim Beauty ein, anschließend besprengt und parfümiert sie den zappelnden Wurm mit weiterem Zeug aus einer breiten Skala von Pflegeprodukten.

Den Zuschauern kann nicht entgehen, wie gut sie sich in diesen Räumlichkeiten orientiert.

Hie und da greift sie in die Ecke und bringt weitere, geradezu luxuriöse Hygieneartikel ans Tageslicht.

Und auch wenn aus ihrer Kledage weißer Dampf steigt und sie wie eine Wasserpriesterin Feuchtigkeit verströmt, pfeift sie auf sich und lässt ihre Liebkosungen ausschließlich dem Winzling angedeihen.

Und Lojda? In seiner roten Häuptlingsdecke überragt er die beiden, besänftigend murmelnd nimmt er an der Waschung teil; wie ein Barbarenkönig, nach dem Bad, dem eigenen reinigenden Ritual, ermattet, widmet er seine Aufmerksamkeit ausschließlich der Pietà.

Jesusmaria, der Lütte hat aber ein Juwel!, sagt er. Wie alt ist er denn?

Guten Tag, sagt Vater.

Tach! Ich hab dich gleich wiedererkannt. Du mich auch?

Klar, nickt Vater.

Lojda macht einen Schritt auf den Ofen zu, wo sich die schlaffe Dreieinigkeit wärmt, Vater und der an ihn kuschelnde Junge, auch Richie streckt die Hände zur Wärme hin.

Man hat mir von dir erzählt.

Ja?

Von deiner ganzen Klasse hast du's am weitesten gebracht, Junge. Nicht dass du viel Konkurrenz gehabt hättest.

Cha cha.

Im Ernst. Hast du wirklich in Italien Theater gespielt? In Holland? Bist du in Oslo gewesen? Man hat dich in Čerčany in der Bahnhofskneipe in der Glotze gesehen.

Ja?

Hab Mohrle gesehen!, hab ich immer wieder zu hören gekriegt. Und irgendwann war alles klar. Mohrle und seine Jungs machen Ferien bei uns.

Na ja!

Du bist also berühmt geworden, Mohrle. Bin platt, wie weit du's gebracht hast. Hast die Welt kennengelernt, die Freiheit gekostet und den Durchbruch geschafft. Wer kann das sonst von sich sagen? Hut ab!

Aber na ja …

Was hast du an, du Kasper? Willst du in diesem T-Shirt die russische Meeresflotte spielen? Oder läufst du als Popeye der Seemann rum?

Wie lange haben wir uns nicht gesehen, Pauker?

Seit etwa dreißig Jahren. Da hast du mich noch gesiezt.

Und Lojda tritt an das Lager heran, streckt die Pfote aus, umschließt mit ihr den Hintern der Frau, streichelt ihn, zärtlich und ganz ganz inniglich, sie presst sich wollüstig tief in die lederne Wölbung hinein, dann fallen ihr die zwei am Ofen ein.

Schluss jetzt!

Dein Pelzmantel ist fertig, Mädchen, sagt der Alte, kickt den im Weg liegenden Gummimantel zur Seite, verschwindet im Halbdunkel und taucht mit etwas Wallendem in der Hand wieder auf.

Und jetzt schenk ich ihn dir.

Sie erhebt sich, und trotz des bollernden Ofens scheint im Raum eine neue Lampe aufzugehen.

Die Frau ist errötet.

Für jede Nummer hab ich ihr einen Pelz geschenkt, erklärt der Alte. Dabei bin ich als Jäger richtig Old School, ich setz nur Fallen ein.

Er legt ihr den Pelz um die Schultern. Mit rascher Bewegung von Armen und Schultern flutscht sie hinein, wirbelt herum, die kleine Königin. Als schwämme sie in den dunklen Häuten dahin.

Erst neulich hab ich den letzten fetten Brummer erlegt, aus dem hab ich die Kapuze gemacht. Passt?

Schon wirft sie sich die Kapuze über. Ihr Kopf verschwindet. Wie eine kleine Pummelnonne wirbelt sie vor ihnen.

Soll dich an die menschliche Wärme erinnern, die wir vögelnd hier mitten in der Ödnis und Nässe entfacht haben, nicht wahr, mein Baby.

Ja, ja.

Hab gejagt, gehäutet und genäht und mir damit die Zeit bis zu deinem nächsten Besuch vertrieben. Bin froh, dass ich es geschafft hab, kann nicht mehr gut kucken. Durch das viele Lesen hab ich mir die Augen verdorben, weißt du.

Weiß ich, sie nickt.

Das sind aber keine Biber, oder?, sagt Vater. Nutrien?

Und Bisamratten, sagt Lojda.

Ist doch wurscht, sagt Světla.

Sie wirbelt vor ihnen im Glanz der Ofenflammen, windet sich im Lichtbeschuss der Glühbirnen, tanzt im glimmernden Schein der Lampions. Man sieht keine Nähte, das Zottelgewand sitzt perfekt. Alle starren. Im vollen Bewusstsein, dass die gleichen Hände, die die Robe angefertigt haben, auch jeden Zentimeter ihres Körpers geknetet haben. Die Knöpfe sind aus bunten Plastikkappen.

Die Süße ist von allen ihren Ausflügen immer zu mir angelaufen gekommen, mein kleines, taunasses Kätzchen, stimmt's?

Stimmt.

Ich wollte immer so junge Geliebte haben, damit ich es nicht mitkriegen muss, wenn sich ihre Schönheit verabschiedet, informiert der Alte die Anwesenden.

Vater nickt.

Sie heiratet bald, teilt der Alte mit Stentorstimme mit.

Echt? Vater wundert sich.

Und ist auch noch schwanger!

Pauker, es war echt prima, dass wir uns hier in der Kajüte aufwärmen konnten. Echt vielen Dank. Aber wir müssen weiter. Könnt ihr uns sagen, wo wir genau sind?

Wo ihr seid, mein Junge? Auf einem vor Anker liegenden Schiff. Dort seid ihr.

Und in welcher Richtung geht's nach Městečko? Da wollen wir hin.

Läufst du etwa auf dem Wasser, Mohrle?

Wir werden's wohl versuchen, ich und der junge Mann hier.

Den Lütten könnten wir ne Weile hierlassen, was meinst du, Lehrer? Er und Světla, die kommen gut zurecht.

Den Großen würd ich als Schiffsjungen nehmen. Den Kleinen behalt mal lieber.

Aha. Dann nehmen wir nen kleinen Imbiss zu uns, falls ihr was hier habt, und sind gleich weg.

Entspann dich, Mohrle, verdammt noch mal! Du denkst nur an dich. Im Leben einer jungen Frau spielt eine Hochzeit aber eine ziemlich große Rolle, findest du nicht auch? Du selbst bist ja gut dran, Mohrle, sagt der Alte und geht auf die Trocknenden zu.

Echt, ja?

Da kannst du Gift drauf nehmen. Du bist bekannt, du und deine Kunst. Und außerdem bist du Vater. Es gibt Leute, die das ganze Leben lang nicht vom Fleck kommen, auch so'ne Abkacker gibt's. Bei dir sag ich: herzlichen Glückwunsch.

Aber jetzt steck ich bis Oberkante Unterlippe in der Scheiße und bin ziemlich im Arsch, Tatsache.

Ach komm, lass mir bloß den Kopf nicht hängen!

Meine ganze Familie, wir alle sind auf einer tierischen Rolltreppe abwärts gelandet und kriegen die beim besten Willen nicht gestoppt.

Ist vielleicht nicht so heiß, wie du denkst!

Kruzitürken!, kreischt Vater. Noch dazu hab ich mir das wohl selbst eingebrockt!

Mach bloß deinen Jungen nicht wuschig. Das gehört sich nicht.

Vater will Luft für eine Tirade holen und wischt die plötzliche, verstohlene Träne in den Bart, damit keiner sie sieht, die nicht und auch keine andere.

Kinder sind doch reine Freude, Mohrle. Die Natur hat dich fürstlich beschenkt. Aber eins frage ich mich schon. Wo wollt ihr denn hin?

Nach Městečko rasen wir. Dort ist die Moni, weißt du? Sie kümmert sich um die Jungs. Und ich mach mich an die Arbeit.

In welcher Richtung?

Du hast bestimmt ein Bötchen hier, Lehrer.

Was hast du vor? In Sachen Job, meine ich.

Dir will ich es sagen, Pauker. Hab so viel erlebt, dass es mich ankotzt.

Aber komm.

Es supscht aus mir raus. Schreiben muss ich.

Kann ich verstehen, ja, ja, nickt Lojda. Lass aber die Kinder etwas Wärme tanken. Kurz ausruhen. Der da, der schlottert ja nur. Und der Lütte? Wird Moni den auch haben wollen?

Moni ist prima, blökt Vater.

Wirst du sehen. Und ihr habt Hunger, ja?

Richie rennt aus den Eingeweiden des Schiffes zu ihnen, mal schleppt er Plastikschälchen und -tellerchen an, mal bringt er ein Körbchen Brot, mal tischt er mit verschwörerischem Zwinkern irgendeine epochale Marmelade auf, und der Junge mampft, bis ihm schwarz vor den Augen wird.

Am Ende schleppt Richie eine Riesenpfanne heran, eine Weile hält er sie an dem fast orientalisch gestalteten Griff stolz in die Höhe und teilt den Nudelberg dann restlos auf. Und der Alte schiebt dem Jungen ohnehin immer wieder was zu – hier ein Radieschen, dort ein Stück Kohlrabi, da den panierten Hühnerhals …

Auf dem Schiff ist alles in Hülle und Fülle vorhanden, erklärt ihnen der Alte mit sichtlicher Befriedigung und fügt hinzu, der Verpflegungschef Richie muss nur ein paar Spätis abklappern, die befreundeten Händler geben ihnen nicht nur gern abgelaufene Lebensmittel ab, sondern legen auch häufig ausgesprochene Leckereien dazu, vor allem wenn man wiederum ihnen von Zeit zu Zeit was zukommen lasse; das Wasser würde ja oft interessantere Funde bringen als den Satz Geschirr vom überfluteten Campingplatz.

Natürlich lebt man auf so einem Schiff und hier in der Gegend komplett anders als in ihrer ursprünglichen Destination, den Altblockhütten.

Was ist passiert?, fragt Vater und leckt den x-ten Teller ab.

Die Altblockhütten werden abgerissen. Deibels Furche hat man schon halb zugeschüttet.

Was kommt da hin?

Schwanensee soll's heißen. Eine riesige Kunsteisbahn. Von Prag ist es nur ein Sprung, also baut man direkt vom Flughafen eine unterirdische Verbindung.

Klingt extrem günstig, meint Vater.

Hm!

Seid ihr deswegen weg, ja?

Na, ich hab die Leute hierhergebracht, auf das Kohlenschiff. Die Gegend ist miserabel, unterhöhlt, das dauert bestimmt ein Weilchen, bis man auch hier was baut. Ein paar meiner Leute halten sich in den Höhlen auf. Die Krankheiten sind aber gekommen, gleich nachdem das Suffbusiness hops gegangen war.

Wie meinst du das?, fragt Vater mit vollem Mund.

Das war ja auch der Grund, warum wir nicht mal unseren Nächsten Bescheid gesagt haben, als wir uns vom alten Wohnplatz abgesetzt hatten. Denn ein bisschen peinlich war es uns schon. Und unser Richie hat die Klappe gehalten. Was der Grund war? Unsere Leute haben ne Privatabmachung mit den Abfüllanlagen gehabt und das Gesöff direkt an Kneipen und Buffets verhökert, an all die Erfrischungsplätze am Wasser, Bahnhofskioske und so weiter, das Zeug ist echt irre billig. Das finde ich aber nicht gut. Zu viele sind davon Lazarus geworden und erblindet. Ich hab nen anderen Seelentröster. Willst du nen Tropfen?

Ein Tröpfchen in Ehren kann niemand verwehren. Vater strahlt über beide Ohren.

Richie stellt zu Füßen der Sattgegessenen kleine Becher hin, kippt aus einer PET ein bisschen dunkle Flüssigkeit rein, zögert kurz, schiebt dem Jungen aber doch keinen Trinkbecher zu.

Sie hat sich hingesetzt. Lehnt mit der Schulter an ihm. Eine rötliche Locke duftet ihm vor der Nase, ihr Mund auch. Sie hebt die Hand mit dem Kelch, Richie springt herbei und schenkt lächelnd nach.

Bei uns gibt's Reglose, Taube, Blinde und Tote. Die Leute sind mir gefolgt, auch weil es sie ankotzte, wie man sie fürs Krankenhaus abfing.

Ist ja auch ungeheuerlich, pflichtet Vater ihm bei. Und erhebt sich. Na, Lehrer, schön, dass wir uns nach all den Jahren über den Weg gelaufen sind. Danke für die Bewirtung.

Warte mal, mach's dir bequem, lass deine Söhnchen pofen. Ich will euch was von einem Freund von mir erzählen.

Und weil Vater verbissen auf dem Aufstehen besteht, legt ihm der Alte sanft die Hand aufs Bein, dann aber fasst er mit seiner Pranke nach Vaters Knie und reißt ihn ziemlich brutal zurück.

Und gleich ist Richie da und Vater spürt ein Kissen unterm Rücken. Ein ganz hübsches, besticktes. Also lehnt er sich zurück.

Heute steht er schon, wie man so sagt, vor Gottes Gericht. Aber früher war Ratz Fatz ein Hansdampf in allen Gassen. Bei jedem ist er vorbeigekommen, zu jedem hat er sich hingesetzt, er war schon ein großer Schnacker vor dem Herrn.

Hmmm, ertönt es vom Kissen.

Immer mit nem Lächeln auf den Lippen, lebenslustig, ein echter Kerl halt, die Weiber haben ihn geliebt. Aber der hat auch jede unnütze alte Vettel gegrüßt, warum auch nicht? Hat Kneipen mit lustigen Szenen bemalt, die Leute haben da gern gesessen. Man soll ihn sogar beschwatzt haben, das Hospiz auszumalen! Aber er schloss sich in eine Blockhütte ein. Ich weiß nur, dass er da geschrieben hat. Das fand ich interessant. Für die Einheimischen war das nichts, schon wenn du liest, halten die dich für nen Idioten, weil du nichts machst. Er hat also versucht, das zu vertuschen. Früher hatte er ne gute Zeit gehabt, er hat Ladenschilder gemalt und so'n Zeug, das hat er sich alles in den Kirchen abgekuckt, die ganzen Malereien.

Kirchenmalerei, ja? Bilder, ja?

Ich glaube, die Idee mit dem Schreiben ist ihm ausgerechnet in den Kirchen gekommen. Oder ist er etwa gläubig geworden? Wo er vorher nur gesoffen und sich mit seinem Röslein verlustiert hat? Genau deshalb hat man ihn auch so gemocht! Na ja, womöglich ist er am Ende sogar gläubig geworden. Ist'n schweres Zeug, das.

Hm.

Und du, Mohrle?

Weißt du, wenn es Ihn gibt, dann ist es Ihm schnuppe, ob du an Ihn glaubst oder nicht.

Das schon, aber du fühlst dich besser.

Das schon.

Paarmal bin ich auch im Winter zu ihm. Klar hatte ich immer was mit dabei, ein Würstchen zum Beispiel, Sardinen, ne Zitrone. Da hat er schon Hunderte von Seiten vollgeschmiert. Wo er das Papier herhatte, die Stifte? Vom Vietnamesen? Aber das Ganze ist blöd ausgegangen, ach ja.

Wie meinst du das?

Hör mal, bei uns in der Gegend wird einiges über das Ende von Ratz Fatz erzählt, aber nichts davon stimmt. Er ist im Bach ertrunken.

Er ist also ertrunken, ja?

Aber da hat der Pfannenguy die Finger drin!

Wen meinst du?

Man hat Spuren gefunden und auch der Pfannenguy hat's gesagt. Oben auf dem Berg, Zum Franz, da hat er's gesagt.

Was denn?

Wenn ich die Augen schließ, sehe ich das alles vor mir. Winter, einer klopft ans Fenster von Ratz seiner Blockhütte, ganz steif vor Kälte ist der Mensch, und bittet um eine Tasse heißen Tee. Ist doch normal, oder? Bis jetzt nichts Besonderes, oder? Aber wer klopft denn da? Ein unbedeutender Mensch ist das, kommt nicht mal aus der Gegend, vom Verkauf von Pfannen lebt er. Er schleppt ne Glanzgeschirrfuhre auf dem Buckel und bei Unwetter klappert er auch die winterlichen Einsiedeleien ab; wenn er über einer Hütte Rauch aufsteigen sieht, latscht er hin, er hat überall am Fluss so seine Pfade. Er weiß genau, wenn man im Winter irgendwo anklopft, wird man gerne hereingebeten, die Leute fassen das eher wie nen Besuch auf als ein Geschäft. Er bekommt einen Tee, sicher auch ein Gläschen dazu, man schnackt ne Weile herum. Und dann wird gekauft. Seine Preise sind ausgezeichnet, und wenn die Leute diese anständige, männliche Zustellung per Buckel sehen, nicht wahr ... heutzutage! ... wer so umständlich die eigene Familie ernährt, der kann kein böser Mensch sein.

Ist er zu Ratz hin?

Hab ich doch grad gesagt. Vielleicht aus Versehen, vielleicht hat er sich verlaufen. Schwer zu sagen, was die seltsame Begehrlichkeit in ihm geweckt hat. Das kriegt man heute nicht mehr raus, wann genau er den Plan ausgebrütet hat, dass er Ratz Fatz sein Manuskript wegnimmt. Was ihn wohl geritten hat? Hat Ratz vielleicht selbst was Komisches gesagt? Ihn vielleicht selbst auf den Geschmack gebracht? Angedeutet, wie wertvoll das Manuskript war? Oder ist irgendwas passiert, was dem Pfannenmann Angst eingejagt hat? Hat Ratz ihn etwa gebeten, das Manuskript mitzunehmen? Es zu vernichten? Na, das weiß ja keiner. In älteren Zeiten hätten die Menschen vielleicht gesagt, der Leibhaftige selbst hätte den Pfannenverkäufer zum Diebstahl verleitet. Falls es überhaupt Diebstahl war. Sicher ist nur, dass unser Freund Ratz seine Hütte in der Morgendämmerung mit dem Manuskript im Rucksack verlassen hat.

Ist ein Ding. Echt, ja? Und dann?

Ist er durchgebrochen. Zum Glück nah am Ufer. Danach ist er durchs Flussbett von Šmejkalka und quer über den verschneiten Hang bis nach Senohraby gekraxelt. Und als er in den Bahnhofskiosk gehumpelt kam, soll er nicht mehr gewusst haben, ob er noch lebte oder schon tot war, und eigentlich war es ihm auch schnuppe. Kein einziges Wort hat er rausgekriegt. Wie er im Eis durchgebrochen war, ist seine gesamte Ladung verloren gegangen. Nicht nur die Pfannen sind am Flussgrund liegen geblieben. Er hat auch das von Ratz vollgekritzelte Papierzeug versiebt. Auch das ist im Wasser geblieben.

Aber was war mit Ratz.

Der Mann muss früh aus den Federn gehüpft sein, als Ratz noch geschlafen hat, muss das Manuskript eingepackt und sich quer über den Fluss aufgemacht haben. Und unser Ratz? Wahrscheinlich ist er dem Frechdachs hinterher, vermutlich ist er ihm hinterhergewandelt wie hinter einer dahinschmelzenden Vision. Was eben ein fatales Ende genommen hat.

Aber na na, Vater tätschelt dem still gewordenen Alten die Schulter.

Die Frau streichelt ihn. Fährt ihm mit der Hand über den Rücken. Das Brüderchen auf dem Schoß, lächelt sie ihn an. Ein kleines bisschen.

Wollen wir raus?, flüstert sie.
Der Junge nickt.
Gehen wir zu Mama, ja?

29 MIROŠOVICE · KIRSCHE MIT MAMA · WOVON RATZ BESESSEN WAR · VERSAMMLUNG AM UFER DER SÁZAVA · DIE BEGEGNUNG MIT DEM HERRN PRÄSIDENTEN · KORYČANS MEINUNG · KORYČAN WUNDERT SICH

Ist der Kája aber ein Glückspilz. Pennt im Auto sofort ein. Und der Traum legt ihm wieder seine Liebste in die Arme. Mitten in der Seligkeit lächelt Kája nur.

Aber Miran, der zieht die Stirn kraus und ist betrübt. Vater ist tot, Miran stiert auf die Straße. Was wird aus der Hochzeit, aus allem? Was kommt?

Miran schüttelt den Kopf und würde sich so gern Moni anvertrauen, seine müde Stirn in ihren wuscheligen Schoß unter das gewölbte Bäuchlein legen, das würde er am allerliebsten machen. Aber die Aufgabe, die Vater ihnen aufgetragen hat, die allerletzte, schießt ihm durch den Kopf, und er stöhnt auf, die müssen sie noch ausführen. Schon dem Vater zuliebe.

Und während Kája im Schlaf die von Geilheit getränkte Světla in den Armen hält und der liebliche Traum ihm die Röte in die Wangen schießen lässt, hält Miran das Lenkrad in wutweißen Fingern, die Beutekarre schneidet eine Kurve nach der anderen, hier eine, dort eine, die schnellen Räder jaulen und schon sind sie in Mirošovice.

Im lokalen Fußballclub wollen sie sich mit Koryčan treffen.

Gleich an der Autobahnunterführung, die den Fußballplatz samt Kneipen vom Hechtteich mit den anliegenden Wiesen trennt.

Einen vorbildlichen Spielplatz haben sie dort, gepflegt, mit gestutztem Rasen und weißlackierten Fußballtoren aus Metall, des Dorfes ganzer Stolz, der den Spielern jederzeit zur Verfügung steht. Der Platz stellt aber auch noch mehr dar.

Denn zwischen all den Häusern, Butzen und Hütten, dem von der De eins herabrauschenden Getöse, zwischen all der Plackerei und Schufterei der Bürger wirkt einzig und allein der Spielplatz als beständig und immerseiend und das ist er auch. Ja, ihm haftet in der Tat etwas von der Ruhe eines fernöstlichen Brahmanen an, er ist eine Oase, das wahre Herz der Siedlung.

In den Nachbardörfern, in Hrusice zum Beispiel, haben sie auch so einen. Und natürlich auch in Senohraby, in Světice … und auch auf den Spielplätzen anderswo rennt kreischender Nachwuchs herum, turnen junge Mädchen bis zum Umfallen mit Reifen, finden Meisterturniere der örtlichen Klubs statt.

Ein Spielplatz wird immer sorgsam gepflegt. Sakraler Raum, den keiner mit Müll oder Kippen entweiht. Dass er etwa als Treffpunkt für langhaarige Penner mit Pulle in der Hand dienen könnte, meinetwegen auch erst spätabends, ist vollkommen ausgeschlossen. Und sollte ein Irrer, der sonst weder Besitz noch etwa das Leben seiner Mitbürger schont, auf die glorreiche Idee kommen, auf dem Platz ein Feuerchen zu machen, wäre das ein klarer Selbstmordversuch. Solche Dinge übersteigen aber jegliche Phantasie.

Anders als Hrusice oder Senohraby brüstet sich Mirošovice sogar mit einer kleineren Tribüne, für die Ureinwohner gibt es eine FAN-CLUB-Abteilung, so an die zwanzig dreißig rumkrakeelende Forkenhelden passen da rein. In der Kneipe gibt es Fanfrühstücksbrettchen, Fantröten und T-Shirts mit der Aufschrift SK Mirošovice zu kaufen. So was kriegt man nur da. Über dem Ausschank hängt das Logo der Vorbildmannschaft, Sparta Prag, dem Klub der Liebhaber antiker Traditionen und der härtesten Fußballkrieger der Welt.

Einen wichtigen Teil des Lokals bildet der holzüberdachte Biergarten mit perfektem Ausblick aufs Spielfeld und dem Schild: Nur für Raucher.

Und dort sitzt schon Wenzel Kirsche. Sein aufgedunsener Kopf wackelt, die Wangen vom Suff dauerrot gefärbt. Er hockt neben Koryčan. Der Koryčan ist ein Riesenkerl, trägt Blaumann, schwarzes Shirt, Baseballkappe auf der Rübe, Gummistiefel. Und noch wer. Ein Omilein im grauen Staubmantel – halb liegt, halb kauert sie auf der Holzbank. Schlürft mit Strohhalm aus einer Plastikpulle, die Äuglein geschlossen. Ein Stück weiter der Zockertisch. Koryčan, der Schuldner, kippt ein Bier nach dem anderen, eigentlich hat er schon genug. Kirsche ja auch.

Auf dem Spielfeld in ihrem Rücken passiert im Moment gar nichts. Bürger hinter dem Drahtzaun, der ihre Gärten vom Fußballplatz trennt, harken frisch gemähtes Gras zusammen, ihre Heugabel und Harken gleißen in den Horizont hinein, man schmeißt das Zeug auf große Planen, die später auf die Ladefläche eines Lasters ausgeschüttet werden. Häufchen vom Altgras, Holzreste, abgeschlagene Äste krümmen sich in der Feuerglut. Qualm steigt nach oben, speist den Himmel, Opfergabe.

Und Kája und Miran steigen aus, knallen die Tür der schwarzen Karre zu und gehen direkt zu ihnen.

Venda Kirsche nickt ihnen zur Begrüßung zu. Grinst wie ein Honigkuchenpferd und grölt. Warum man ihn Kirsche nennt? Wegen der roten Säuferfresse und weil er sich als Kommunist ausgibt. An seiner Butze hängt sogar ein Schild mit Aufschrift Kommunistische Partei Mirošovice. Übrigens haben sich die Roten, diese versierten Mörder, Diebe und Mörder, soeben dralle Kirschen, das Symbol des alltäglichen Diebstahls im Nachbarsgarten, als Logo genommen.

Nehmt Platz, Jungs, machteuch mit Muttern bekannt, Kirsche tätschelt die Greisin an der Schulter, diese richtet sich auf und starrt die Ankömmlinge an.

Zehn Kronen, bellt sie und schiebt blitzschnell die kleine, nach oben gedrehte Handfläche vor Miran.

Wie bitte, wundert sich Miran.

Und nicht trödeln mit dem Scheißen, du Trottel.

Immer noch hält sie Miran das runzelige Pfötchen vor die Nase.

Kommst ihr wohl zu aufgebläht vor, Mann! Entspann dich, lass die Luft raus, johlt Kirsche dem düster dreinblickenden Miran zu. Mutti war Klofrau am Prager Hauptbahnhof, erklärt er, legt seinen Arm um die agile Vettel und drückt sie auf die Bank.

Hört zu, ihr Aaskäfer, eur'm Vater geb ich nix, betritt Koryčan die Debatte. Er hat sich erhoben, ragt über dem Tisch. Groß ist er schon, aber nicht wie die Brüder.

Privater Aasacker, Mannomann, für so was muss man schon ein ordentlich geschrumpftes Hirn in der Birne haben, Jungs, geifert Koryčan.

Hast dir geliehen, zahlste zurück, sagt Miran. Nichts weiter.

Keinen Lumpenheller für den Baschta-Penner, verkündet Koryčan, wankt und plumpst wieder hin.

Miran betrachtet das wuschelige Omilein im Staubmantel, der über einem schmuddeligen Trainingsanzug spannt. Unter dem scharf gebogenen Näschen ein nikotinvergilbtes Schnurrbärtchen und so viele Falten, dass sie im verschrumpelten Greisinnengesicht wie auch an jedem Stückchen ihres Körpers, das weißlich aus ihrer Kleidung ragt, eine regelrecht flimmernde Schicht bilden.

Und Miran setzt sich. Kája bleibt stehen. Er ist ein Berg von Mann, das haben wir schon gesagt. Aber kaum einer kann sich bis in jede Konsequenz vorstellen, wie effektvoll seine Gestalt im Mirošovicer Holzgarten den Horizont verdunkelt.

Männers, stellteuch vor, pöbelt Kirsche herum, dass am Hauptbahnhof auf dem Scheißhaus junge Schnepfen eingestellt werden, als Toilettenassistenz, so nennt man das heute. Und die Mutti hat man auf ihre alten Tage hochkant rausgeworfen! Aber gut isses dort nimmer, nicht Mutti?

Isses nicht. Bei so nem jungen Gemüse kriegen die Typen sofort nen Ständer und können gar nicht so schnell pissen, oder. Heute steht man Schlange dort.

Und stellteuch vor, Männers, dass die Toilettenassistenzen Fetzen von Luisel Wojton tragen, ja, von dieser Papstschneiderei. Da sind so Täschchen für Schrubber und Bürsten angenäht, aber geschickt, damit man ein Stück Busen sieht, nicht zu doll, so wie bei den Stewardessen, wisstihr? Na, da kommt Mutti auch nicht mehr mit.

Wir haben unser eigenes Zeug getragen, sagt die Alte. Und Schlangestehen gab's bei den Frauen, nicht bei den Männern. Ist alles umgekehrt heute. Überall.

Da habt ihr's. Das hat Mutti krank gemacht. Nur noch den Herrn Präsidenten wollte sie gekuckt haben und dann schwuppdiwupp ins Hospiz, nicht wahr, Muttern?

Für'n Hospiz ist die Frau Mutti aber noch nicht elendig genug, sagt Koryčan. Sie ist doch noch ne flotte Krabbe!

Außerdem haben die Drehkreuze hingestellt, klagt die Frau.

Na ja, da will man ins Scheißhaus, aber man muss durch'n Drehkreuz wie an irgend nem Grenzübergang. Echt unpersönlich alles. Ich könnte da nicht mehr scheißen.

Drehkreuze! Wer soll das verstehen, die Greisin stampft auf den Holzfußboden, und die Dielen knacken leise.

Muttilein, deins hast du dir ja abgearbeitet, und zwar redlich.

Und die Belegschaft heutzutage!, jammert die Alte. Nur noch

schwarze Schwänze auf dem Hauptbahnhof, braune Schwänze! Schreckliches Pack, alle ganz komisch, fremdartig. Sie fängt fast an zu weinen.

Beruhige dich, Mamulein, ruh dich aus.

Die jungen Nutten kratzt das nicht, aber ich bin noch aus der alten kommunistischen Schule, Tschechenland den Tschechen, das sag ich euch, da steh mir Gott bei!, ruft das Omilein.

Aber natürlich, ist doch klar, Muttchen. Du gehst Zum Guten Hirten, ruhst dich nach lebenslänglicher Schwerstarbeit im Hospiz aus.

Eins sag ich euch. Unser Mensch, ein Mann, kommt ohne langes Federlesen auf die Toilette, pinkelt dort, kackt, und wenn er nicht gerade blau ist, benimmt er sich schüchtern und anständig. Legt sogar noch eine Krone dazu. Aber heute? Schwänze, lauter Schwänze, nichts anderes, schwarze, riesige, dralle Schwänze, ruft die Greisin.

Aber scht scht, Mamilein.

Wenn du meinst, geh ich zu diesem Hirten, Wenzelchen. Ich will dir ja kein Platz wegnehmen, das weißt du doch.

Dort wird es dir auch viel besser gehen, liebstes Mamilein, in unserem schönen Hospiz. Ich komm dich besuchen.

Weiß ich doch, mein liebstes Wenzilein. Alles wird gut.

Mamilein.

Aber Wenzelchen, sag mal, haben die in dem Hopsdings auch einen Fernseher?

Aber natürlich.

Mein lieber Junge, die Greisin bohrt ihr Köpfchen unter Kirsches Ellbogen.

Dem Familienidyll wird von Koryčan ein abruptes Ende bereitet.

Gnädige Frau, wollen Sie uns von der Begegnung mit dem Präsidenten erzählen? Was hat denn der Herr Präsident gesagt?

Leute, Koryčan dreht sich zu den Zockern um, hier die Frau hat den Herrn Präsidenten gesprochen, unseren Zeman!

Aber halt doch mal die Klappe ... ertönt es ins Kartengeklatsche hinein.

Das sollte euch aber interessieren, Leute!

Halt die Fresse, Kory ... Und klatsch und patsch und klatsch, schallt es vom Spielertisch.

Du hast aber versprochen, liebs Kindlein mein, dass du mich nach Hrusice zu den Sejkas mitnimmst, schnieft die Greisin unter Besoffskis Ellbogen hervor.

Lass uns nur noch einmal zu den Sejkas, noch einmal den Mikesch sehen, unseren süßen Katzentölpel, den kleinen Wanderer, das Bild, das mein Ratz Fatz dort im Wirtshaus an der Wand ausgeführt hat.

Wo bleibt denn der Präsident, Mutter, dröhnt Koryčan, aber die Greisin entwindet sich Sohnemanns Ellbogen, schnappt sich die PET, setzt sie kurz an und schwallt los, dass ihr die Worte geiferverbrämt herauspoltern.

Ja, wer hat ihn dort hingemalt, den kleinen Schnuckiputz Mikesch, unser kleines Katerchen? Genau nach Vorlage vom Meister Josef Lada, liebes Wenzelchen? Kein anderer als dein Papilein, der alte Ratz Fatz Stelzenbein!

Also geben Sie noch die zum Besten, Mutter, aber dann ist der Präsident dran, ju?, fordert Koryčan, während Kirsche die Kinnlade wegklappt.

Unser Ratz Fatz Stelzenbein hat damals also die Sejka-Wirtschaft in Hrusice mit Bildern aus dem Leben von Kater Mikesch ausgeschmückt, und das für Alk, buchstäblich, wie einst auch dieser Rembrantl. Und dann hat er mit dem Trinken aufgehört, aber warum bloß? Wir waren doch glücklich. Er hat sich aber wegen der Malerei in den Glauben versteift: Nur das, was er sieht, täte ihm nicht reichen, so hat er das gesagt. Aber um Gotteswillen warum? Ich war ne gute Frau, damals. Und er fängt plötzlich an, in den Kirchen herumzutrödeln. Flüchtet von den Sejkas zum heiligen Wenzel, rennt dann nach Mnichovice, wo die beim Heiligen Jakub und Filip die fürchterlichen Gemälde von den himmlischen Stieren und Adlern haben, das hat er abgekupfert. Immer wieder ist er nach Poříčí gerannt, um unserer Jungfrau vom Berg auf den Zahn zu fühlen. Hat aus den Betlehemer Stallungen die Nachbarstiere abgemalt. Entfernungen, die spielten keine Rolle für ihn, überhaupt nicht. Stelzenbein, ist doch klar. Aber lang sind nicht nur seine Beine gewesen, gegen den kommt ihr nie an, ihr Welpen!

Alle üben sich einen Moment in Geduld. Die alte Frau spritzt ein Tränchen ab, spült wessen Stamperl runter. Und dann holt sie Luft und legt los.

Die aus Hrusice, die haben ihm in den Kirchen nachgestellt, der hat das Wirtshaus ja nicht fertig gemalt und hockt plötzlich in einer Kirchenbank, vom Kräuter- und Kerzengeruch geräuchert, und zermartert sich das Hirn. Worüber er nachgedacht hat? Na, er wollte das Wirtshaus als ein Heiligenbild angehen, und da sollten die Gesichter der Mikeschhelden, die Visagen von all den Nachbarn, Ziegenböcken, Wassermännern, Jungs und alten Vetteln auch die Noblesse vom Geist der alten Märtyrer widerspiegeln, so hat er's mir anvertraut, ich war ja seine Frau.

Mach lieber dem Kater Mikesch die Pfötchen fertig, damit sich Kinder, die kleinen Wanderer, nicht im Wirtshaus vor ihm fürchten!, sag ich zu ihm. Genau das haben die Hrusicer auch gedacht. Sie wollten, dass er zuerst die Kneipe fertig malt, damit Kinder mit Eltern nach Hrusice zum Kater Mikesch kommen, Touristen bis von Prag her. Wenn nicht gar aus Brünn! Jeder wahre Tscheche kennt das Buch vom Kater Mikesch, und jeder

Mähre, Schlesier und Slowake ebenfalls! Und ihr auch, platzt die Vettel heraus.

Ja, ruft Kája begeistert.

Klar, nickt Miran.

Aber hallo, grinst sich Koryčan einen ab.

Du hast es mir doch vorgelesen, Mamilein! Kirsche klatscht in die Hände.

Da hat mir Ratz Fatz nämlich auseinandergesetzt, die Abenteuer vom Kater Mikesch, die sind die Bibel der Neuzeit, ne dumme Katze, die sonst an Krätze und Steinen krepiert, macht da Karriere, indem sie sich als Tscheche maskiert und anfängt tschechisch zu sprechen, womit sie zu einer von uns wird, capisco?

Jup, Gnädigste, lallt Koryčan.

Und genauso wie unser großer Nationalmaler Josef Lada, nach dem seiner Vorlage Ratz Fatz geschaffen hat, unseren heiligen Soldaten Schwejk verewigt hatte, so hat Ratz auch den sprechenden Kater Mikesch ausgeführt, diesen Kater, der von Zigeunern geklaut wird und den die kleine Nutte Mici aus Heilingenhausen flachlegen will, dem überhaupt alle Fremden nur Böses wollen, aber Mikesch steckt das alles ein, setzt sich im Zirkus durch, wo denn auch sonst, wir sind doch geborene Spitzbuben, er lernt die Welt kennen und zieht sich einen Nachfolger heran, das Teufelsfrüchtchen in Katzengestalt, den Nácíček*, das kleine Ignazilein: alles klar?

Hi hi, Nazilein, lacht einer und im gemeinschaftlichen Ge-

---

* In der deutschen Ausgabe von *Kater Mikesch* aus dem Jahr 1958 heißt die Figur Maunzerle. Es handelt sich nicht um eine Übersetzung des Buches von Josef Lada (1938), sondern um eine Nacherzählung des Kinderbuchautors Otfried Preussler. Nácíček, zu Deutsch: Nazilein, ist die Verkleinerungsform von Ignatius. Nach dem Zweiten Weltkrieg auch im Tschechischen nicht mehr gebräuchlich. (A. d. Ü.)

lächter gehen auch an anderen Tischen freudige Zuhörermäuler auf.

Das ist ja noch vor dem Zweiten Weltkrieg gewesen, Mikesch war schlau, es wusste ja keiner, wohin sich das Kriegsglück neigen würde, es war also verdammt praktisch, mindestens einen Fascho im Haus zu haben. Der Rest aber waren gute Tschechen, allesamt, Ehrenwort! Der Ziegenbock und das Schwein, der Wassermann, überhaupt alle! So hat's mir mein Ratz erklärt und ich hab die Klappe gehalten, damit er mir nicht noch ein paar scheuert, er war ja mein Mann.

Sehr vernünftig.

Eine Frau zu schlagen ist wie ein Feld zu düngen …

Na und dann kommt unser Kater schwer betucht aus der großen weiten Welt zurück und beschenkt alle Nachbarn reichlich und das ist das gute Ende, der Häpyent, wie man bei uns auf dem Hauptbahnhof sagt, wenn das Werk gelingt.

Und der Herr Präsident? Was hat der Ihnen gesagt? Wie war es mit ihm?, erkundigt sich Koryčan.

Mutti, bin ich also von Fatz?, spricht Kirsche leise in Mutters Ohr.

Wollt ihr wissen, was aus dem Ganzen geworden ist?, fährt die Alte fort. Das, was Ratz Fatz im Wirtshaus an die Wand gemalt hat, das waren keine normalen Konterfeis, das also wirklich nicht.

Echt nicht?, wundert sich Koryčan.

Na, ein seltsames Ende hat das Ganze genommen!

Wirklich?

Ne Riesenschwulität. Als das neu gestaltete Sejka-Etablissement im Dabeisein vom Ministerium für Tourismus, der Sektion zur Rettung der tschechischen Provinz und verschiedenen Regierungsvertretern eröffnet wurde, war das echt schlimm. Ratz wollte ja die ganze Zeit unbedingt, dass die Bilder hinterm

Vorhang bleiben, und als er den runtergerissen hat, haben alle nen Riesenschreck gekriegt, am meisten die Kirchenvertreter und der ihrer Bischof Duka, versteht sich!

Was?

Na, ihr wart damals noch kleine Knirpse, aber im Hrusicer Nachrichtenblatt stand geschrieben, was für ein Skandal das war. All die hingemalten Wassermänner und Hunde hatten nun Heiligenschein um den Kopf gehabt und ganz verdreht, flehentlich zum Himmel geglotzt, die Hände, Pfoten und Klauen zusammengefaltet, und das Schwein, unser prächtiger kugelrunder Paschik, der wiederum war total abgefastet, dem hätt man glatt die Rippen zählen können, und der Ziegenbock Bobesch hat mit seinem Methusalembart und dem Heiligenschein dazu wie'n echter Itzik ausgeschaut, und das Schlimmste kommt zum Schluss: der kleine Wandersmann Mikesch war zwar als schwarzer Kater drauf, so wie es auch im Buch steht, aber auf dem Bild hat er eher wie'n Zigo ausgesehen oder, mit Verlaub, wie'n echter Neger.

Was?, ruft Koryčan.

Der nächste Bierkranz knallt mit so'nem Schmackes auf den Tisch, als wäre gerade ne Zapfanlage vor ihren Nasen runtergesaust.

Und Nácíček, der hat ganz gefehlt, das Hutzelweibchen haut mit greiser Faust in ein Bierpfützchen und schert sich den Teufel drum, dass es spritzt.

Er war nicht drauf …

Wieso!

Was?

Na, in der Hinsicht war der Ratz stur. Der hat einfach getan, als hätte es Nácíček im Buch gar nicht gegeben.

Oho!, atmet einer aus der Clique aus.

Darf man das?, wundert sich einer erstaunt.

Und dann?, fragt ein anderer.

Na, die alte Greisin neigt den Kopf über den Tisch, man hat das Ganze übermalt. Ich will da gar nicht mehr hin.

Aha!

Mensch, Sie haben Gedächtnis wie ein Pferd, Gnädigste …

Mamilein …

Was ist, Wenzelchen?

Mami, mir war ja gar nicht klar, dass der berühmte Onkel Ratz Fatz eigentlich mein Vater war. Cool!

Na, Wenzilein, um ehrlich zu sein … wer soll sich das alles so genau merken, ist schon so lange her, ich bitte dich.

War er nun mein Vater oder nicht, Herrgottnochmal, Mutter!

Aber Wenzilein, reg dich nicht auf, du bist doch kein kleiner Junge mehr.

Schon gut, Mutter, ist doch egal.

Wie Recht du hast, mein Jung.

Inzwischen bohrt Kája sein Knie immer zudringlicher in Mirans Rücken, am liebsten möchte er in Aktion treten. Miran weist aber auf die Greisin hin, von wegen Zwistigkeiten vor der alten Dame auszutragen, sei ihm etwas peinlich. Man könnte glatt den Eindruck bekommen, Miran habe eine fast königliche Geduld.

Und Koryčan labert in ihre Richtung.

Ihr Baschta-Jungens, hört mir gut zu, ich hab ne gute Arbeit, bin ja Koch. Ich krieg anständiges Geld. Hab aber Krebs. Im Hals. Dabei hab ich auf jeden Fall fuffzig erleben wollen. Und sollte ich doch den Fuffzigsten noch erleben, geb ich in unserem goldigen Prösterchen am Wasser ne Riesenparty!

Drück bloß nicht auf die Tränendrüse!

Das Bier wird in Strömen fließen, das sage ich euch! Und es wird alles auf den Tisch kommen, was das Herz begehrt. Ich koch ja im Hospiz Zum Guten Hirten. Kuckt mal, Schnitzel würde es geben, natürlich auch Fisch, gebackener Camembert, wie wer lustig ist. Wir würden uns ordentlich die Kante geben, ich schwör's!

Ou yeh!, sagt Kirsche.

Ein echter Kerl muss auch mal über den Durst trinken, oder nicht?, sagt Koryčan und versenkt einen grünen Schnaps in seinem Bier.

Echter Kerl muss nichts, die anderen müssen, wird ihm beschieden.

Wisst ihr was, Jungs? Dann schaff ich halt meinen Fuffzigsten nicht, ist nicht weiter schlimm. Aber ich möchte euch Knete für ne Party hinterlassen, damit ihr alle auf den Putz hauen könnt. Die Toten abfackeln, den Lebenden auftischen, stimmt doch, oder?

Ist echt lieb von dir, sagt Kirsche. Aber die päppeln dich wieder auf. Du wirst uns alle überleben, Bruder!

Sie fallen sich in die Arme, und von Kirsches geschwollenem Augenlid kullert eine unverfälschte Männerträne in Koryčans Stoppelbart. Aber grinsen tun sie immer noch irgendwie, das schon.

Für euren Papsi, für den hab ich nicht mal Nasenpopel über. Für dem sein Gräberfeld geb ich nichts! Ich lass mich verstreuen. Du kümmerst dich drum, Kumpel, ja?

Das klärst du am besten mit den Jungs hier, sagt Kirsche mit Piepsstimme.

Die Ärzte fragen: Und wo arbeiten Sie? Im Hospiz Zum Guten Hirten, sag ich immer. Und sie wiehern: Das haben Sie aber prima. So ist's mit den Ärzten heutzutage.

Erzähl doch keinen Stuss, sagt Miran in die nächsten Kränze aus Bier und Schnaps rein, die die Bedienung vor ihnen auf den Tisch geknallt hat.

Ich will verstreut werden! Plant euer Paps auf dem seinen Gräberfeld irgendwelche Öfen? Habt ihr Feuerbestattung auf dem Zettel? Was?

Nee, ganz normal in die Erde.

Siehst du. Ihr wollt die Menschen unterdrücken. Auch die Toten. Ihr seid echt Mafia, Miran. Auch du, Kája. Wie oft ich dich auf den Knien geschaukelt und dir Kling Glöckchen klingeling gesungen habe, das kriegt heute keiner mehr zusammengezählt, du Bengel.

Regeln sind für alle da.

Ja, mach uns keinen Taubenschlag draus, fügt Kája hinzu.

Solche Ausreden waren ihnen bekannt. Der Herr möchte sich Feuerbestattung gönnen. Auf einmal.

Ihr jagt mir keine Angst ein, Jungs. Im Gegenteil, ich genehmige mir gleich einen.

Was er auch sofort tut.

Aber wisst ihr was, Jungs, ich beneide euch um das Leben nicht. Die Islandisierung von Europa. Moschee hin, Moschee her.

Was?

Na, die kommen in Wellen bei uns angeschissen, die Puschenmuslime, erklärt Koryčan. Arbeiten gehen die nicht, müssen fünfmal am Tag beten und waschen sich ständig vom Bart bis unten. Wann sollen sie da auch arbeiten gehen? Außerdem bringen die euch alle um, würde ich mal tippen. Gut, dass ich dann nicht dabei bin!

Haargenau wie der Herr Präsident!, jauchzt die Greisin. Der Herr Präsident, der ist aufm Bötchen zum Prösterchen hin, an Wasserstrudeln ist er vorbeigesteuert, überm Wasser hat er geschwebt …

Na endlich, ruft Koryčan.

… anmutig und zäh ist er im Bötchen über die Untiefe geglitten, schon aus der Ferne haben wir ihn mit unseren Blicken abgeküsst, all die Weiber, die ihn auf beiden Ufern erwartet haben. Nur einen Rettungsring hat er am Leib gehabt, für ein Staatsoberhaupt ein Muss, und ne Badehose. Göttchen, das glaubt man nicht, die alte Frau schlägt die Hände zusammen. So ein lustiges Badehöschen hat der Kerl, so ein Goliath!

Männer waren da keine, Mami?, fragt Kirsche.

Quassel nicht dazwischen, Junge.

Sei bitte so freundlich und halt die Klappe, ja? Und ihr da, Ruhe!, verlautbart Koryčan in Richtung Daddeltisch. Ein Bierdeckel fliegt ihm ins Auge.

Das war schon ne ordentliche Menge, die sich da beim Prösterchen versammelt hat. Unter der Burg Zlenice. Wo früher der Meister Jan Hus gepredigt hatte! Und stellt euch vor, Präsident Zeman hat gewusst, woran wir alle gedacht haben, und hat gleich gerufen: Leute, habt keine Angst! Sie versuchen zu uns zu kommen, diese Flüchtlinge, das sind aber lauter Terroristen. Und in dem Moment hat sich unser Herr Präsident ein Badetuch über den Kopf geworfen, als wäre er ein islamischer Terrorist, und wir mussten alle so lachen. Jesus, Maria und Josef! Ich bin auch ne Kommunistin wie der Herr Präsident, aber ich liebe die Wahrheit, und das hat mir fast das Herz weggerissen.

Mamulein, gib Acht auf dein Herzilein!

Ach Wenzelchen, war das vielleicht ein Moment! Hier kommt unser Präsident im Badehöschen, wie damals der Dubček, ist menschlich und sagt die Wahrheit.

Was für ein Duce schon wieder, Mama?

Und da ist der Präsident Zeman gerade aus Russland und aus China zurückgekommen. Der ist schon wer, aber hallo. Was hat Meister Jan Hus von den Chinesen gewusst? Null, mit Verlaub. Unser Herr Präsident ist mächtiger, das sag ich euch. Und hinter dem Herrn Präsidenten hat leise die Sázava vor sich hingegluckert und mir ist vielleicht die ganze Flussfeuchtigkeit in die Augen gestiegen. Und nicht nur in die Augen, denn er sieht so anmutig, so männlich aus, unser Staatspräsident. Und wie viel der auf Anhieb verputzen kann! Aber plötzlich ist der direkt auf mich zu und sagt: Wie geht es dir?

Ist das wahr, Mami?

Jetzt kommt's ... Koryčan klappern die Zähne.

Und da hab ich ihm alles gesagt. Vor all den Leuten habe ich dem Herrn Präsidenten von unserem Hauptbahnhof berichtet. Was da für ne Hektik auf den Toiletten herrscht und was für Schwänze dort reintrudeln, große, schwarze, alle wollen sie ständig da rein, Araberschwänze mit geschwollenen Adern drauf, riesige schwarze Pimmel von Diversanten, die nach unser Europa hineindrängeln ... und vor den Toiletten stapeln sich Säcke für das Essen, das sie uns stehlen werden ... und da hat dann keiner gelacht!

Kein Wunder, Gnädigste, bellte Koryčan. Kein Wunder!

Und schon überhaupt nicht gelacht hat der Herr Präsident. Er hat die Stirn gerunzelt. Genickt. Von seiner mächtigen Brust sind Wassertropfen auf mich herabgeflossen! Was haben mich die Weiber beneidet!

Und wie ging das weiter?

Leute, das ist eine ernste Sache, hat Herr Präsident Zeman gesagt. Unser mittelloser tschechischer Mensch muss mit nem Gebüsch vorliebnehmen, wenn er scheißen will, hier merkt man eben, dass es sich nicht um flüchtende Habenichtse handelt, sondern um Terroristen, die mit Geld für Drehkreuze und auch sonst detaillierter Logistik ausgestattet wurden ... und dann hat Herr Präsident in seine Badehose gegriffen und ein winziges Mobiltelefönchen rausgefischt und gesagt, Privet, molodez, kak u tebja, wie geht es dir, mein Freund ... hat der Herr Präsident gesagt und sich lebhaft eine Weile unterhalten ...

Mann, echt irre, sagt einer.

Der kann kinesisch, Mami, atmet Kirsche aus.

Soeben habe ich mit Präsident Putin gesprochen, teilte uns unser Herr Präsident mit und die Sonne saugte die Tropfen aus seiner buschigen Brustbehaarung ... und der Herr Präsident Putin hat ein ähnliches Problem. Ich habe mit ihm nämlich über die Fotzen geredet, die gerade auf seinem Moskauer Hauptplatz seine orthodoxe Kirche entweiht haben, getanzt haben die da und gegen ihn randaliert, die Fotzen.

Mann, irre, in'ner Kirche!, ruft einer.

Das geht zu weit, echt!

Und weiter, Mami?

Na, dann hat Herr Präsident gesagt, wir brauchen keine Angst zu haben, er würde das mit dem Herrn Präsidenten Putin schon irgendwie regeln.

Aha!

Und wie?

Wie macht er das, Mami?

Na, ihr habt in der Schule wohl auf den Ohren gesessen, Jungs, ihr seid mit Verlaub Dummbatzen aus der Havel-Zeit, so was lässt sich ganz normal lösen.

Und wie, Mama?

Na, die Fotzen und die Säcke, die drinnen Ärger machen, buchtet man ein oder bringt sie um, und vor denen da draußen macht man einfach die Grenzen dicht.

Ach so.

Und was war noch, Mama?

Dann hat der Herr Präsident Zeman zu uns über die Zukunft unseres Landes gesprochen.

Wow! Irre.

Kommen Sie, reden Sie weiter ... nehmen Sie noch ein Schlückchen!

Der Herr Präsident hat mit der Hand einen großen Kreis ums Prösterchen beschrieben, um unser geliebtes Flussbad an der Sázava herum, mit dem Ausgabeschalter, wo man Bier, Würstchen und alles kriegen kann, wo man sich unter der alten tschechischen Wacht, der Burg Zlenice, im Sommer in der Sonne aalt und herumschäkert und die Seele baumeln lässt, und sagte dann, das sei die Zukunft des Tschechenlandes.

Was?

Wie hat er das gemeint, Mama?

Jungs, helft mir ... und das Omilein klettert, auf hilfreiche Arme gestützt, vorsichtig auf den Tisch, aber als sie endlich fest auf der Tischplatte steht, wird ihre Stimme laut und selbstsicher.

Und aus der im Gartenrestaurant zusammengehauften Gesellschaft drehen sich zunächst lachende, rasch aber verblüffte und begeisterte Gesichter nach ihr um.

Herr Präsident Zeman hat gesagt, wir brauchen keine Angst zu haben, denn er hätte gemeinsam mit dem Herrn chinesischen und dem Herrn russischen Präsidenten beschlossen, dass das herrliche, den fremden Horden trotzende Tschechenland ins Paradies umgewandelt wird, erläutert die zarte Greisin allen.

Es wird hier weder einen Schießplatz geben, Gottseidank!, stampft das Mütterchen auf den Tisch, noch eine Panzerbahn, Halleluja!, ruft sie, oder welche Konzentrationslager, hopst sie, oder gar Roboterei, Hurrahej! Aber schwerreiche Kinaschlitzaugen und Russenbärentöter werden freizeitmäßig für ihre Kanikuly und Prasdniky und sonstige Feste hierherkommen und das Land wird vor Grillbars strotzen, vor Skivergnügungsparks, Kolumbarien und Erholungssälen, vor Spielhallen und Casinos, rattert die alte Dame herunter und ihr Stimmchen scheint bald zu brechen. Aber sie schwebt immer noch über allen, über dem Geklatsche und Gejohle, das sie aus allen Ecken bestürmt.

Und warum bin ich hierhergeschwommen, Leute, zu euch, in unserer lieben Sázava?, ruft das Mütterchen, den Herrn Präsidenten nachahmend, die vertrockneten Händchen um die ledrigen Lippen zusammengerollt ... Weil ausgerechnet hier fängt der friedliche, touristische, paradiesische Aufbau an! In der lieblichen Wiege der Tschechen, die vom Herrn Josef Lada dem Einäugigen weltbekannt gemacht wurde. Fleißig wird hier gebaut, fleißig bereiten wir uns auf die freundlichen Menschenscharen vor. Es weiß doch jedes kleine Kind, meine Lieben, dass man überall auf der Welt unseren Krtek, den Maulwurf, liebt, jetzt zeigen wir der Welt auch noch unseren Mikesch, den schlauen tschechischen Katerschelm und diese wunderschöne tschechische Landschaft. Hurraaah, ruft die Greisin und erklärt: Das Hurraaah haben alle geschrien. Und sie verneigt sich in alle Richtungen und klettert vom Tisch hinunter, im letzten Moment fangen Miran und Kája sie auf, damit sie nicht hinuntersegelt.

Mama, das ist so schön!

Reden Sie doch weiter, reden Sie ... Koryčan rutscht unruhig auf der Bank.

Unser Herr Präsident, der hat Köpfchen, Jungs, spricht heiser das Muttchen, jetzt aber nur noch zu ihnen.

Schreckensherrschaften werden kommen und Tsunami und furchtbares Kriegsgetümmel, die Kinesen und die Russen, Armeeführer und Kapitäne geben aber unseren böhmischen Kessel nicht her, denn sie werden ihn für ihre Erholung benötigen, oder? Also fordert uns der Herr Präsident auf, unsere Kinder in Hotel-, Reiseführer-, Sprach- und Knechtvorbereitungsschulen einzuschreiben. Gut, oder? Na, Kinder krieg ich jetzt keine mehr, also liegt das an euch, Jungs.

Meine Güte, Gnädigste ...

Oho!

Wie hast du dir das, Mutter, alles merken können?

Ich habe es mir gemerkt, weil ich unseren Herrn Präsidenten mag.

Und Miran wartet noch kurz, bis die ausgesprochenen Worte sich definitiv in der Dunkelheit aufgelöst haben und weggedriftet sind, dann gibt er Koryčan einen Klaps auf die Schulter und sagt, komm raus.

Aber leck mich doch am Arsch, Miran. Hier der Gnädigsten Worte haben mir komplett die Socken ausgezogen. Jetzt hab ich keinen Bock mehr aufs Sterben. So einen Plan hat also der Herr Präsident! Ein kluger Mann.

Hör mal, wenn du kein Geld hast, dann hast du eben keins. Aber sag nicht, dass du unserem Vater nichts zahlst.

Von wegen kein Geld! Geld hab ich, aber ich scheiß auf euren Alten. Und auf euch auch.

Das mit der Einäscherung ist doch Quatsch, sagt Miran. Nichts gegen deine Bräuche, aber das mit der Einäscherung ist Quatsch.

Ihr Mafiosenbengel, ihr Säcke, ihr denkt also immer noch, dass ihr über die Sázava pissen könnt. Legt euch doch gehackt. Ich bin mit dem Herrn Präsidenten befreundet. Ich habe ihm eine Petition geschrieben, und er wird mich auf der Burg empfangen.

Und Koryčan steht auf und verschränkt die Arme vor der Brust.

Und warum empfängt mich der Herr Präsident? In meiner Petition steht nämlich, wie wir diesen Flüchtlingen, diesen mordlüsternen, vergewaltigungsgeilen Rotten kurzen Prozess machen. Und jetzt alle aufgepasst, Ruhe!, grölt Koryčan die ganze Kneipe voll.

Dort, er zeigt über den Zockertisch zum Spielplatz hin, wo in der Dämmerung weißlich die Tore schimmern, da stellen wir sie in Reihen auf. Gleich nachdem sie aus ihren Schiffen rausgekrochen sind. Und: Feuer! Ratatatatata! Null Erbarmen! Männer, Weiber und diese Kinders, mit denen sie uns erpressen. Ein einziger Maschinengewehrtrupp, und wir haben sie total zerschossen. Wozu Maschinengewehr. Jagdwaffen, wer was hat, das reicht doch voll aus. Wozu Armee. Volksabwehr. Damit der Herr Präsident sich nicht die Hände schmutzig macht. Hauptsache, wir nehmen das alles auf. Und dann schicken unsere Kids es diesen ganzen Juhtjuhben zu, als Antwort auf denen ihre Kopfabschneidevideos. Und die, die sich zu uns aufmachen wollen, die werden sich ankucken können, wie es auf dem Mirošovicer Kickplatz denen ihren Spionen ergangen ist. Die Gruben, die heben wir unter den Tribünen aus. Wer meldet sich für den Schaufeldienst, na? Wer hat ne Knarre zu Hause, na?

Vom Zockertisch saust der nächste Bierdeckel heran und trifft Koryčan am Ohr.

Stell endlich das Maul ab, Kory ... bist wie Radio.

Stör nicht beim Kartenkloppen.

Du bist aber blutrünstig irgendwie, Mensch, Kirsche schüttelt den Kopf. Das Mütterchen scheint ihm im Schoß eingeschlafen zu sein. Sie erinnert wirklich ein bisschen an ein Vögelchen. So winzig und so leicht.

Mami? Muttilein? Kirsche rüttelt sie wach.

Wann bringst du mich denn endlich hin, mein Sohn?

Muttchen, wie soll ich's dir bloß ... kuck mal, der Koryčan, der ist ein Fachmann. Es sieht so aus, als müsstest du auf das Hospiz noch ein Weilchen warten, weißt du?

Bleibe ich bis dahin bei dir, Wenzelchen?

Na, ich hab mir was einfallen lassen, Mami. Damit du's heiter und gemütlich hast. Herr Ober, wissen Sie was? Bringen Sie uns noch ein paar Fernet, ja? Die doppelten!

Sie schleifen ihn hinaus, die Pranke hinterm Rücken verdreht, wer am Tresen steht, weicht aus.

Und Kája befördert ihn gleich mit ein paar Tritten vom Asphalt ins Gebüsch. Wie brennende Kohle sausen die Lichter der Autos auf der Autobahnbrücke über ihnen, vom Hechtteich zieht kalte Luft herüber.

Koryčan steht wieder. Kája hat ihn an den Armen rausgezogen. Koryčan wehrt sich, wie denn sonst. Der ist schon immer couragiert gewesen. Das Gesicht zermöbelt, Haut zerfetzt, aus einem Mundwinkel rinnt Blut, ein Ohr rot angelaufen wie ein Stück rohes Fleisch. Kleine Schürfwunden fließen zu einer Schwellung zusammen.

Hör auf mit dem Blödsinn, sagt Kája zu ihm. Sonst geht es jetzt erst los.

Koryčan schüttelt den Kopf. Kája verpasst ihm von der Seite einen Schlag auf den Dez. Koryčan sinkt auf alle viere, bleibt eine Weile so, stützt sich auf die Arme und starrt die beiden an, den Kopf auf die Seite gelegt.

Nicht treten, ja, sagt Miran.

Koryčan rappelt sich auf.

Blöde Säcke, sagt er. Und fuchtelt mit den Fäusten in Kájas Richtung.

Wenn du das nächste Mal zu Boden gehst, mach ich dich mit den Schuhen fertig. Hör nicht drauf, was mein Bruder sagt.

Vor dir hab ich keine Angst. Und Koryčan spuckt Blut.

Ist bloß die Lippe, sagt Kája. Nichts Inneres.

Koryčan holt aus, also brät ihm Kája eins über das schmerzende Ohr.

Koryčan jault auf, fasst in die Blaumanntasche, zieht eine Minipistole und feuert ab, es blitzt, es stinkt und Miran geht zu Boden. Mit einem kleinen Loch in der Brust. Nicht mal gezielt hat der Koryčan. Das hat keiner erwartet. Auch er selbst kuckt verdutzt.

Hab doch gesagt, dass ich bewaffnet bin, schnieft er, weicht ein paar Schritte zurück, dreht um und wetzt in die Nacht.

30 WENZELS VORSCHLAG · UNTER DER BRÜCKE UND WEITER · RÖSLEIN UND DER MOND, SEIN GESICHT · NOCH WEITER

Wenzel Kirsche und seine Mami sind im Mirošovicer Wirtshaus allein geblieben.

Ihren Fernet haben sie ausgetrunken, die Greisin hält das Gläschen schräg und leckt die letzten Tropfen heraus.

Und Wenzelchen, wo wir zu Ende getrunken haben, nimmst du mich jetzt mit zu dir?

Ach, Muttilein, lass uns doch noch eins zwitschern!

Wie du meinst, mein Sohn. Und wo geh ich dann hin?

Na, weißt du, Mutti, ich hab an Bečkas Butze gedacht. Dort kannst du bleiben. Vorübergehend, versteht sich. Ein Gärtchen hast du dort, nen Telekasten bring ich dir noch, dann fehlt dir nichts.

Was laberst du da, Junge? Was für'n Garten, ist doch ne Müllkippe! Ist doch ne Butze mitten aufm Feld, sind doch keine Leute weit und breit.

Ich schaff dir ein Kätzchen an.

Ist doch alles unterspült und feucht, total muffelig.

Mutti, für'n Hospiz gibt's ne Warteliste, weißt du? Und du bist noch flott.

Und was ist mit Bečka? Schon als ich jung war, war der alt.

Ist ja auch gestorben, grade.

Ach soo.

Ich komm gleich wieder. Die Blase, weißt du. Prostata halt. Solche Probleme hast du nicht, sei froh.

Als das nächste Tablett mit Schnäpsen auf dem Tisch landet,

zuckt die Alte zusammen. Kaum fällt die Pissoartür hinter dem Sohnemann zu, nippt sie an einem, wird gleich viel munterer, wo die Wärme hinaufschießt. Und sie schiebt den Ärmel ihres Trainingsanzugs hoch, starrt die dürren Ärmchen an, die Schlabberhaut.

Bin schon so alt, das Altwerden liegt hinter mir, und immer noch nichts. Jedenfalls will ich mir nicht zur Last fallen, das wär ja wohl das Letzte. Wann das aber so weit ist, da hab ich keine Ahnung.

Sie trinkt leer, was da noch steht, auch Sohnemanns Stamperl stürzt sie hinunter. Und lässt sich von der Bank auf alle viere fallen. Wie eine Eidechse kriecht sie zur Tür. Schwach, aber froh ob der jäh hochschießenden Trunkenheit. So ist es doch immer gewesen. Wie herrlich, wenn's warm ist und sich der Schädel dreht. Hat er sich aber zu Ende gedreht, sind Schüttelfrost und Leere da. Sie patscht auf die Tasche ihres Trenchcoats, dort steckt die noch halbvolle Pulle drin. Der Vorrat, perfekt angepasst. Ein ganzer Haufen Wärme. Wenn die weg ist, taucht das nackte, furchtbare Leben wieder auf.

Sie kriecht unter den Zockertisch.

Jesusmaria, ist die knülle. Hej, gnädige Frau, die Zocker sprechen ihr ihre Anteilnahme aus. Einer knallt die Karten auf den Tisch, steht auf, zieht sie hoch und auf die Beine. Aber sehr sanft. Mütze übers Ohr, Glimmstengel im Mund, Zuchthaus steht bevor, juckt ihn nicht, den Lump ... der alte Schlager kommt ihr in den Sinn. Damals hat's überall Männer gegeben. Das war das Beste.

Na da hat sich der Cejn aber eine geangelt.

Der Cejni steht auf reife Frauen, he he he!

Mein Süßer, ich bin das Röslein, sie schmiegt sich an seine Hand und starrt in das Gesicht eines Fahrers oder Försters oder wessen auch immer.

Schaffen Sie's selber raus, Omi? Fragt er, es weht sie an. Was Kerliges. Rum und Rettchen. Schweiß.

Du bist aber ein guter Mensch, schnieft Röslein.

Als er sie sachte vom Boden hochgezogen hatte, hat er sie in die Arme genommen. Aufgerichtet reicht sie ihm gerade zur Brust. Sie ist klein, das mochten Männer gerne, und für sie war fast jeder ein Riese, was auch gewisse Vorteile hatte. Seine Berührung lässt sie schweben, sie schlurft aus seiner Umarmung durch die Tür hinaus. Er ist längst weg, aber sein Bild steckt ihr immer noch unter den Lidern.

Auf dem Asphalt vor der Kneipe legt sie sich gleich wieder lang. Im Gebüsch raufen sich zwei Besoffene und ein dritter glotzt sie an.

Unter der Überführung schlurrt sie schon wieder auf zwei Beinen. Die Luft ist kühl und riecht nach Fisch. Röslein kippt ins Gras und robbt zum funkelnden Wasser. Die innere Wärme ist hin. Sie spürt die Säure in sich. Also nimmt sie einen Schluck und rammt die Angst fest in den Boden. Kuckt nach, wie viel noch übrigbleibt. Das schaff ich, kichert sie. Ich kriech durchs Gras wie ein großes schwarzes Käferle. Ratz war mein Käferchen, das größte Käferchen von allen, mit ihm war es am besten. Sie ist am Wasser. Der Hechtteich ist nicht riesig.

Holla hey, was war da mit dem Mond, versucht sich Röslein was in ihrem Köpfchen zusammenzusummieren. Am meisten erinnert er an ein lächelndes Gesicht. Und wem sonst sollte das Gesicht gehören als ihrem Ratz Fatz.

Und es stimmt. Der Mond hat einen Abdruck im Teich hinterlassen, ein Fisch schießt aus dem Wasser und platscht wieder rein.

Ist doch wurscht, ob du das bist, sagt sie zum Mond oder zu Ratz Fatz, oder ob ich es mir nur denke. Ein Schlückchen hab ich noch und das reicht. Husch husch, bevor sich die Wärme davonmacht. Alles ganz einfach. Röslein zischt die Neige weg und plumpst ins Wasser.

31 BEGEGNUNG MIT MÜCKE · DIE ELENDE IN DER HÖHLE · MUHME HABDIEEHR · BEI LOJDA · EIN STADION ODER EHER EIN BOLZPLATZ · GROSSE LIEBE · WAS AUF LOJDAS ZETTEL STEHT · WAS NACH RATZ GEBLIEBEN IST · HILFST DU MIR?

Sie gehen zu Mama?

Hat sie das gesagt?

Die Rothaarige nimmt den Jungen an die Hand, sie will nicht, dass er sich wehtut. Richie trägt den Winzling in eine Decke gewickelt. Sie tappen durch die Schiffseingeweide. In den langen Gängen türmen sich Kisten, durch holzwurmzerfressene Seitenwände drängeln Maschinenteile hinaus. Zerrissene Plastiksäcke flattern herum. Sie stolpern durch Chemiegestank nach draußen. Dort brät ihnen gleich die Sonne eins über. Sie trapsen über eine Holzbrücke, die an rostigen Haken über dem Wasser hängt. Zur linken Hand ragt ein solider Schilfdschungel in die Höhe. Die ins Altwasser gebohrten Halme schlingern im Wind.

Sie springen ins dünne Gras hinunter, weiter geht es über einen von Hügeln, Ausläufern und Schieferwänden begrenzten Strand. Sandknirschend laufen sie an Hütten, wackeligen Buden und Zelten vorbei.

Der Kleine ist ganz schön schwer, murmelt Richie verschnupft. Im Schiff muss er geduckt herumgelaufen sein. Jetzt hat er wohl den Rücken entfaltet und ist wieder ein Lulatsch.

Als Vater wärst du echt scheiße!

Hab dir nie was versprochen, kichert er.

Sie schreiten auf die felsigen Hügel zu, aus dem sandigen Strand ragen vereinzelte Erdhügel, auf denen Bärenklau und

Krüppelbüsche Wurzeln geschlagen haben. Lassen Bretterbuden und Zelte hinter sich.

Wohin des Wegs, fragt eine betörende Erscheinung, eher Phantasiegebilde als Menschenwesen. Es reibt seine Pobacken an einer in den Sand gerammten Bretterbude, die geschwollenen Drüsen in seinem gesprenkelten Kropf lassen seinen Hals dermaßen breit aussehen, dass der Junge lieber die Lider zuklappt. Er schleppt sich hinter der Frau über den Zeltplatz wie eine stumm gewordene Marionette. Ihre warme Hand flößt ihm Vertrauen in jede folgende Bewegung ein. Leute, an denen sie vorbeigehen, haben womöglich nicht den Eindruck, dass ihm ein Gehirn zur Verfügung steht. Sie passieren Schlammlöcher mit Strandbinse und Seggen, die durch das schlickerige Wasser in die Höhe schießen.

Aua, der Stinkbeutel hat mich gebissen, ruft Richie gekränkt.

Hab ihn gewaschen, er stinkt nicht mehr. Was soll das Geschwätz.

Richie zeigt den Finger, an seiner Kuppe zittert ein Tropfen Blut.

Sie sind gerade an einer Pyramide der Überfülle vorbei, ein knirpsiges Kerlchen wühlt in Dosen und einem Haufen Plastiktüten herum, die behaarten Beinchen stecken in Hauspuschen, er selbst in ein paar Nummern zu großer Unterwäsche, als hätte er seine Kleidung einem Riesen abgenommen, den er im Sumpf überwältigt hat.

Mücke, was machst'n du hier, kreischt Richie.

Wohne hier, Mann, der Zwerg macht ein Gesicht wie vierzehn Tage Regenwetter. Es geht mir gut!

Ne Bruchlandung, was?, lacht Richie.

Du predigst auch nicht mehr vom Lehrerpult, was? Die haben dich rausgeschmissen, Mann. Du hast ne Bruchlandung gemacht, nicht ich!

Richie murmelt was, und mit dem seltsamen Kind auf dem Buckel wandert er weiter auf die Felsen zu. Sie eilen hinter ihm her durch das Tal, auf die düsteren, unter äußerster Anstrengung besiedelten Berge am Horizont zu. Hütten und Zelte liegen schon hinter ihnen, jetzt quetschen sie sich durch Wände aus schwarzem Schiefer, durchwirkt mit schleimigen Kalksteinrüsseln wie vom Schnodder. Sie passieren Eingänge in Höhlen, die Schwefeldampf ausatmen und glitschige, salzige Feuchtigkeit absondern. Hier hat schon die kleine vollbusige Füchsin die Führung übernommen, sie gehen um Felsbrocken herum, rutschen über harte felsige Flächen, in den Spalten stecken verkümmerte Disteln.

Dann kommen sie zur Lagune.

Nur ein paar Bretter und Balken führen über diese Riesenpfütze, die stinkige Schlammlagune, auf die andere Seite; angeschleift, als die Siedler noch einigermaßen bei Kräften waren.

Los geht's, befiehlt Světla. Wer Angst hat, soll die Fresse halten!

Als Erster traut er sich über die Tiefe, Světla deckelt seine Angst. Dann stampft Richie auf die Bretter und geht rüber. Die Frau rennt, ihr Bäuchlein hüpft, ja, es federt ein wenig, er sieht es, als er sie auffängt und ihre Landung auf den sicheren Steinen bremst.

Die Mündung der Höhle ist mit einem Plastikvorhang verhängt. Sie schiebt ihn zur Seite, schlüpft hinein. Ein zwei Schritte und sie stehen im Dunkeln, nur ein Feuerglimmen verdünnt die Schwärze, der Junge sieht einen Haufen Rücken vor sich.

Er schlängelt sich hinter ihr her durch die Menschenmenge. Nimmt das Geflüster der Schatten nicht als Sprechen wahr, er achtet nur darauf, dass er keinem auf die Hand trampelt, keinen Liegenden tritt. Ein paar Gestalten schlurfen die Wände entlang. In seinem Rücken schnauft Richie.

Als hätte sie die Dämmerung ausgespuckt, taucht eine Frau vor ihnen auf. Klein und rund, im schwarzen Kleid, gleich mit zwei Ohrringen auf einmal im Ohr.

Muhmilein!

Světilein!

Sie fallen sich in die Arme, und auf einen Schlag strotzt das Halbdunkel vor typisch weiblicher, gleißnerischer Begrüßung, die sofort in innige Plapperei übergeht.

Muhme, siehst du aber gut aus!

Světluš, na zeig dich doch, meine Süße!

Wo ist sie? Wo ist Mama, Muhme?

Gerade hab ich ihr etwas Brei gebracht, ihre Beinchen wollen nicht mehr.

Und wie geht's dir, Muhme?

Was heißt denn ich, du, du bist ja ordentlich aufgeblüht!

Und behände schickt sich die Frau an, das keimende Leben zu betasten.

Muhme? Wo ist sie denn?

Die schwarze Frau führt sie durch den Felsen, durch eine Bodensenke, wo im Flammenglanz Wasserrinnen in den Wänden glänzen, die scharfe Spitze der Funzel, die die Rothaarige trägt, schneidet durch morsche Grate, Wackelsteine, reingehauene Spalten, tastet die schwarze Riffelung der Risse ab.

Das Bett steht direkt hinter einer Biegung.

Der Junge hüpft gespannt im Rücken der Frauen hin und her, tänzelt auf den Zehenspitzen.

Sie liegt auf dem Rücken. Ne zierliche Alte. Spitzes Gesicht, geschlossene Augen über einer Hakennase. Runzelige Wangen, siecher, voll mit Flecken bedeckter Fetthals.

Světla schluchzt auf. Und das Bäuchlein stützend, setzt sie sich hin. Hebt die Plastikschüssel hoch, die neben der Alten liegt, vergräbt darin, so sieht es aus, das ganze Gesicht.

Mama? Was gibt man dir hier zu essen? Hast du von allem genug?

Die Mami hat's gut hier, glaub mir. Sie hätte aber eine ordentliche Behandlung nötig, finde ich. Dann ist sie wieder flott, wirst du sehen!

Da wär ich mir nicht so sicher, sagt das Mädel.

Beim Holzklauben hat es sie überkommen. Neulich sind wir Restholz sammeln gewesen, nen ganzen Haufen haben wir aufgelesen, aber dann ist sie irgendwie zusammengebrochen und seitdem schläft sie nur noch. Sie sagt aber, kein K-Haus, sie will nach Chlum. Da musst du mit Richie drüber reden.

Nach Chlum? So weit? Ich weiß ja nicht.

Ich weiß auch nicht, die Frau denkt nach.

Und ist es gut, so viel zu schlafen?

Ja, meint die Frau.

Um ehrlich zu sein, ich bin gekommen, um euch einzuladen.

Einzuladen?

Dich Muhme, Mama und alle! In den Salon. Im Hochzeitssalon in Městečko soll's stattfinden.

Herzlichen Glückwunsch, meine Süße. Ist doch herrlich!

Danke!

Und ist er immer noch lieb zu dir?

Aber klaro.

Na, mein Pražma ist es auch gewesen! Da könnte ich Geschichten erzählen. Aber um ehrlich zu sein, Mädchen, keine Ahnung, ob wir uns jetzt auf den Weg machen werden. Aber vielleicht geht es deiner Mama besser? Das weiß ja keiner.

Hast Recht, Muhme!

Richie, sag mal, hast du genug Sprit?

Klar doch.

Der Gefragte zieht den Jungen am Ellbogen. Ab dem Moment, wo der Junge diese Mama gesehen hat, hält er sich an der Felsenwand fest. Sackt weg. In eine Felsenritze hineinfallen, sich in den Fugen auflösen. Aber was hat der Lulatsch für ne Kraft, so dünn wie er ist! Mit der einen Hand drückt er sich das Kind an die Brust, den Tentakelarm legt er dem Jungen um die Schultern.

Richie ist nämlich der Einzige, der ein Transportgerät besitzt, weißt du, Světla? Er hat das Ding irgendwo unterstellt. Stimmt's, Richie?

Der Junge fühlt sich flau. Wir gehen raus, meldet Richie.

Sie drängeln durch das Grüppchen am Feuer, Gestank wie klebriger Dampf. Ein verstörter Alter mit geschwürigem Gesicht greift nach dem Jungen. Richie stößt den Lumpenmann in die Ecke, auf einen ähnlichen Moderklumpen.

Aus Bodennestern strecken sich Arme nach ihnen, offene Münder brabbeln vor sich hin, Spukgestalten liegen den beiden unter den Füßen.

Und schon wieder packt einer nach ihm. Er ist so erschrocken, dass ihm nicht mal ein winziges Fünkchen Barmherzigkeit im Verstand aufblitzt, er reißt sich frei.

Sind zu viele hier, sagt Richie. Also kriegt man hier keine Luft.

Sie zwängen sich zur Plastikplane durch.

Eigentlich wollte ich euch hierlassen. Aber das mach ich nicht.

Der Junge lüpft die Plane und schlüpft hinaus.

Richie mit seiner Bürde taucht gleich nach ihm hervor. Sie atmen tief durch.

Das Plastik in ihrem Rücken knattert.

Sie schlüpft schon irgendwie raus und holt uns ein! Wir kennen doch unsere Pappenheimerin! Auch die Muhme Habdieehr! Mach dir um die keine Sorgen!

Eigentlich ganz schön ulkig, sagt Richie nach einiger Zeit. Die Alte, die ist überhaupt nicht ihre Mutter. Willste wissen, wie es bei Světla ist, Mann?

Immer noch tief Luft holend, schüttelt der Junge den Kopf.

Man hat sie als Baby im Zug gefunden. Im Schnellzug Praha – Benešov. Aufm Klo, das musst du dir vorstellen. Sie soll nicht mehr als eine rosa Babymütze und rosa Söckchen angehabt haben, ein Mädchen halt. Deswegen wird sie von den Männern manchmal Schnellzugrakete genannt, ha ha ha!

Er kuckt zu dem Lulatsch hoch. Brüderchen steckt immer noch bis zu den Ohren in der Decke.

Schnellzugrakete! Aber sag keinem, dass du es von mir hast, ja? Richie lacht.

Komm, wir machen die Biege, sagt er, als er ausgelacht hat.

Sie setzen sich in Bewegung. Aus den Felsen hinaus geht es schneller.

Hey, was machst du da?, grölt Richie dem Jungen über die Schulter. Bei der Bohlenbrücke legt sich Mücke mit nem Kuhfuß ins Zeug. Er reißt ein Brett heraus, eins schwimmt schon auf der Oberfläche.

Kommt raus, ruft er.

Mach keinen Blödsinn, Světla ist bei ihrer Mutter!

Sie schaffen es irgendwie rüber, Richie als Erster, hält den Winzling fest in den Armen.

Wir rufen sie lieber, meint Mücke.

Und jetzt legen beide, Mücke und Richie, die Hände an den Mund und schreien gleichzeitig los, wie ein Geschoss saust Světlas Name in den schrundigen Schiefer hinein. Bis der Felsen fast ins Wanken gerät. Der Junge bekommt jedenfalls ordentliches Ohrensausen.

Richie patscht ihm auf die Schulter.

Wir schreien alle, ja? Damit das Mädel rauskommt, ja? Schrei, so doll du kannst!

Und die Männer schreien abermals bis ins Innere der Erde hinein.

Der Junge spürt ein Beben unter den Füßen, faltet die Hände vor dem Mund zusammen, die anderen schreien.

Und schon wieder rutscht ihm der Boden unter den Füßen weg.

Sie kommt raus, ihr werdet sehen, meint Mücke.

Da wär ich mir nicht so sicher, sagt Richie. Einer ruft nicht nach ihr, würd ich meinen.

Und wieder gibt er dem Jungen einen Klaps. Mit einer Hand.

Quäl ihn nicht, sagt Mücke.

Wieder schreien sie.

Die Spitze eines Schieferfelsens neigt sich, rutscht weg, löst sich von der Masse und donnert rauschend in die Lagune, Schlamm spritzt hoch.

Der Zwerg pfeffert den Kuhfuß weg und pest davon.

Sie hinterher.

Sie flitzen durch die schmalen Pfade, wo sie schon langgegangen sind, der Junge erwischt dort eine winzige Spur von Světlas Atem, berührt ein Tröpfchen Schweiß, das zwischen die Felsblöcke gesickert ist, bemerkt ein rotes Haar, das beim Absprung aus ihrer Mähne zwischen die Schaukelsteine gesegelt ist. Schon kommen die ersten Zelte und Bretterbuden in Sicht. Erst da verlangsamen sie, vorgebeugt versuchen sie nach der ganzen Rennerei wieder Puste zu kriegen.

Von den Hügeln pfeift jetzt Wind.

Ich wollte mir aus den Brettern ein Floß bauen, erklärt der Zwerg.

Wozu ein Floß?, fragt Richie.

Ich wollte wegflößen.

Und wohin wolltest du wegflößen?

Meinetwegen in den Arsch, ist doch egal. Habt ihr das gehört?

Im Gewirr von Buden und Zelten, in den Müllwehen des Notwohnplatzes geschieht Bewegung. Geplärr und Geschrei. Die zerwühlte Ödnis mit ihren verstreuten Behausungen, eingegrenzt von wackeligen Felsen auf der einen Seite und dem dahinrasenden Wasserstrom mit Silhouette eines Kohlenschiffes mitten im Schilf auf der anderen Seite, scheint durch ein aus dem Felsatem entstandenes Abrakadabra zu einem Wimmelbild erwacht zu sein.

Die Bewohner der Suffkolonie kriechen aus ihren Zelten, Holzschuppen und Verschlägen und schließen sich einem krakeelenden Häufchen an, das sich vom Fluss herbemüht. Das Grüppchen kommt mit seiner Last nur mühsam voran. Mal brechen sie mit der schweren Ladung in alten Schlamm ein, mal schleppen sie sie durch Sand, den die Hitze dem Sumpf entrissen hat.

Der Pfeifwind wirbelt stoßweise den Staub auf.

Was tragen die denn da, sagt der Zwerg und beschirmt sich die Augen mit der Hand.

Eher: wen tragen sie da, meint Richie.

Sie legen einen Schritt zu.

Also folgt er ihnen.

Die Hitze aus dem Ofen ist nicht mehr so allgegenwärtig und erdrückend. Oder Vater hat sich inzwischen an die glühende Wärme gewöhnt, die seine Arme, den träge gewordenen Rumpf und auch den Kopf schwer machte. Er zappelt kaum noch in den Polstern. Die warme Luft bläst die Lampions nach oben, sie tänzeln über ihren Köpfen wie die Luftballons auf der Kirmes. Die blütenweiße Duschkabine, in Höhe der Kohleneimer ordentlich zerkratzt, verweist nonchalant auf moderne Zeiten.

Die beiden haben es sich zu ihrem Plausch bequem gemacht. Auch der Alte ist in sein von Bücherhalden garniertes Bett gekrochen, hat Vater gegenüber Platz genommen, seinen Riesenkörper in Kissen gebohrt.

Du sagst, du willst schreiben, Sportsfreund. Und das ganze Zeug, was es schon gibt?

Und der Käpt'n weist auf das gestapelte Buchwissen um sie herum, auf die staub- und rußbedeckten Titel, die Büchertürme, von Bechern mit eingetrocknetem Kaffeesatz belagert, auf halb von Geschirrtüchern zugedeckte Aschenbecher und aufgeschlagene Folianten, auf deren Seiten trotz des Halbdunkels, das in der Kajüte herrscht, diverse Markierungen und Striche ins Auge fallen.

Interessiert mich nicht die Bohne!

Lojda nickt.

Soll ich dir was sagen, Pauker? Hätte man mich damals nicht aus der Schule geschmissen, hätte ich kaum die Welt kennengelernt! Hab vielen Dank!

Hast du sie kennengelernt? Lojda verzieht spöttisch das Gesicht. Ist es dir gut gegangen? Hast du dich nicht verplempert?

Wie? Was?

Hör mal, Mohrle, du hast dich auf Theaterbrettern breitgemacht, dich mit Stipendien vollgefressen, an Institutionen für Pseudokünstler genuckelt wie Romulus und Remus an Mutters Zitzen, anständige Karriere, da will ich nichts sagen. Aber warum bist du nach Böhmen zurück? Die Konkurrenz hat dir gestunken, stimmt's?

Wie?

Schreiben willst du, oder? Dann schreib doch, Mann, wer hindert dich denn?

Ist lustig mit dir, Pauker, grummelt Vater.

Ihr habt die Freiheit verschissen, Jungs, jawoll. Du sagst, du bist wegen der Erbschaft des alten Hrozen gekommen, aber seine Tochter zu heiraten, das hast du vergessen. Echt Spitze.

Ich sag's ungern, aber du bist ziemlich runtergekommen, Ausbilder.

Kennst du wen, der nicht älter wird?

Du hockst hier, erzählst, wie du die Kleine bumst, laberst was von Vergangenheit, aber du hast mich doch damals verpfiffen. Ich war da siebzehn.

Na ja. Bist du nicht drüber hinweg?

Die Bullen sind angerauscht, haben mir gleich im Direktorenzimmer ein paar runtergehauen und schwupp, ab in den Knast. Mit siebzehn allein gegen die ganze Sowjetunion. Weißt du, wie das war?

Und weißt du, warum ich dich verpfiffen hab, du Armleuchter? Im Keller vom Gymnasium hatten wir, das Lehrerkollegium, die guten alten Matrixdrucker stehen.

Ja und?

Du hast uns mit deinem jugendlichen Leichtsinn bedroht, du Großkotz. Was ist dir schon passiert? Du hast dir die Hörner abgestoßen, hast es zu Ruhm gebracht und dich bei verpeilten Backfischen als Underground-Legende wichtig gemacht.

Aha! Fühlst dich immer noch als Sieger, ja? Dabei warst du ein mieser Informant!

Stimmt schon, mein Junge, ich hab beide Seiten bedient. Umso gepfefferter fiel beim zweiten Mal die Rechnung aus. Ratte im Bildungswesen, stand in der Zeitung. Nach der zweiten Knastrunde hab ich aber hier in den Altblockhütten Fuß gefasst, das war schon wirklich spitze. Glück muss man haben.

Und was machst du jetzt auf dem Kohlenschiff, du alter Beutel?

Ich warte auf den Tod jetzt. Echt.

Bist auch schon auf der Zielgeraden, sorry!

Altwerden ist nichts für Schisser.

Aha!

Diese Frau von der Polente, die du ins Wasser geschubst hast. Sitz das lieber ab. Vielleicht darfst du im Loch schreiben. Heutzutage ist der Knast reiner Luxus, nicht wie zu unseren Zeiten. Jetzt bieten die Therapien an, da lassen sie dich Reime leimen, Schreiberling.

Hab ich auch drüber nachgedacht, nickt Vater kurz.

Aber nachdem er Lojda knapp und klar verkasematuckelt hat, dass er zum Schreiben Alkohol benötigt, und zwar nicht wenig, außerdem unbegrenzte Mengen an Tabak, insistiert der alte Mann nicht mehr.

Ich stell die Jungs bei Monča ab und troll mich.

Du meinst: die Reise als existentieller Ausweg, ja?, Lojda zeigt sich interessiert. Das sehe ich genauso. Wandern als Heilmittel gegen existenzielle Angst. – Die ewige Wanderschaft. Bloß, ich bin grad am Abkratzen, verdammte Kacke, Mann!

Rührt mich zu Tränen, Pauker.

Ich sehe dich noch als kleines Kerlchen, Dissidentenpimpf, dein Haar wehte im Wind. Wie hast du denn die drei Dekaden verwertet, seit bei uns in Böhmen die Freiheit herrscht?

Wie?

Du bist schon alt. Findest du das nicht blöd? Alt werden, mehr hast du in der Freiheit nicht hinbekommen. Ausgerechnet dir und deinesgleichen werden die Russen am besten zupass kommen.

Was quasselst du da, Pauker. Wir sind nicht in der Ukraine.

Solche wie du werden noch beten, dass der Putin einmarschiert. Und eurer Bedeutungslosigkeit ein Ende setzt. Gewalt braucht ihr, ihr Dummbacken! Und die Russen wiederum, um euer armseliges Schicksal zu kaschieren, die ganze Schlamastik.

Was soll das?

Was ist besser, lieber Mohrle, im Keller hocken, Gedichtchen schreiben, für die Freiheit kämpfen, ab und an ein paar Ohrfeigen kassieren und im Ruhm schwelgen? Oder Rechnungen zahlen, morgens zur Arbeit aufstehen und total unbedeutend bleiben?

Na na ...

Noch dazu lebenslänglich der weltweiten Konkurrenz ausgesetzt?

Hu hu hu!

Unter Havel seid ihr losgepirescht in die Welt, und was ist daraus geworden, nichts, du Nulpe, was?

Herr Lehrer, es reicht jetzt ...

Ach halt doch du mal kurz die Klappe. Die Russen verbreiten Entsetzen, Angst und Schrecken, das schon. Aber genau das ist doch unser Rettungsanker. Der uns Halt gibt im sogenannten normalen Leben, das aus lauter Freiheitsscheiß besteht und vor Unsicherheit und Antidepressiva nur so trieft. Und genau diese Russen setzen sich die teuflische Kappe des Reiters der Nacht auf und bieten dir damit die unschätzbare Möglichkeit des Freiheitskampfes an, du Affenbengel. Märtyrertum, das haben sie drauf! Verstehst du?

Ich nehme noch einen Schluck. Gestatten, Herr Lehrer?

Die Russen sind wie Natur, die hältst du nicht auf. Belials Reiter sind wieder auf dem Vormarsch, was anderes kennen sie ja nicht. Afghanistan, Tschetschenien, alles olle Kamellen, vorgestern Georgien, gestern Krim, heute Syrien, morgen die Ukraine, dann das Baltikum, Polen, alles wie gehabt, sie sind wieder hier und das Kosakenpferd wird noch aus der Sázava trinken. Wer hindert sie daran?

Weiß der Geier.

Vor allem solltest du tief in deinem schwarzen Herzen zugeben, dass du froh bist, ne weiße Fresse zu sein, du Dissidentenpimpf.

Wie bitte?

Es stand geschrieben, aus stürmischen Gewässern werden sich Völker in eine Quelle ergießen und sie trüben. Willst du wissen, wie viele Neger von dieser Flüchtlingswelle zum Schluss in unserem Böhmen geblieben sind?

Wie viele denn?

Kein Einziger. Schwein gehabt, oder? Was sagst du dazu, Menschenrechtler?

Dass ich noch nen Schluck vertragen könnte.

Außerdem kannst du nirgendwohin mehr emigrieren, wenn überall die Bomben fliegen. Wo willst du dich da verkriechen, wo willst du Unterschlupf finden, du Schauspieler!

Protest!

Protestieren kannst du bald bis zum Abwinken! Da wird man nicht mehr wegen irgendwelcher Samisdat-Bücher eingesperrt, ach was, das waren nämlich paradiesische Zustände damals. Ohrfeigen und Knast fürs Verseschmieden, Mann, das ist Romantik des zwanzigsten Jahrhunderts, das fehlt dir, was?

Sachte sachte.

Angemessene Proteste werden natürlich zur Folklore. Für so was wird man in der Glotze einen staatlich beaufsichtigten Spezialsender einrichten, und wo dein Gesicht hierzulande bekannt ist wie'n falscher Fuffziger, nehmen die dich mit Handkuss, keine Bange.

Melde Protest an, Himmelarsch!

Ja, ja, ein paar Schreihälse wird's schon geben, so was ist, wie soll ich sagen, ne anthropologische Konstante. Aber du weißt doch, was die Alexijewitsch schreibt? Für die in Russland reicht ein einziges Stadion! Das in Russland unter Umständen ordentlich groß sein müsste, aber bei uns kommen wir für die Dissidenten mit einem kleinen Fußballfeld aus, so einem, wo man hier um die Ecke in Hrusice kickt, ein einziger schnucklig kleiner Kickplatz von Senohraby reicht voll aus.

Mir war nicht klar, dass du die Russen so liebst.

Ich hasse die.

Aha!

Aber so ist es halt.

Stimmt nicht!

Doch!

Nein!

Komm wieder runter. Ist letztendlich doch egal, Mohrle.

Wo du Recht hast.

Eingemummelt in seine Decke sieht Lojda ein Weilchen dem Zittern zu, das an den Fingern des Besuchers rüttelt, während er sich nachschenkt. Nach einem Schluck tritt Linderung ein.

Und beide, schon wieder schmunzelnd, schließen mit Blicken Frieden. Der Gast lobt die Kajüte. Die geschmackvolle Einrichtung. Das bequeme Lager. Auch die ausgezeichnete Küche wird erwähnt. Dass der Käpt'n sich gebauchpinselt reckt. Die Männer ruhen, der Ofen bollert.

Weißt du, Mohrle, mir fehlt die Kraft. Die ist mit meiner süßen Světla weg.

Ganz schön traurig, Lehrer.

Sie muss aber in die Welt hinaus! Sie kann hier nicht ständig herumsumpfen wie ne verlaufene kleine Hündin. Sie hat die Zeit ihrer mädchenhaften Abenteuer in vollem Maße ausgeschöpft, würde ich sagen, hat sogar schon ein Bäuchlein.

Hab ich gesehen … ein richtig hübsches.

Und passend zum Bäuchlein hat sie auch nen Typen, so wie

es sein soll. Und der kümmert sich schon. Da ist sie geschickt, das hat sie sich gut organisiert. Worauf sonst kommt es an? Aber was erwartet mich? Leider ist mir das, Mohrle, nicht gleichgültig.

Echt nicht?

Ich will nicht, dass es lange dauert, und schon überhaupt nicht, dass es wehtut.

So geht's aber jedem, Pauker ...

Schön, dass du gekommen bist, Mohrle. Noch ein Schlückchen?

Aber sicher.

Der Alte füllt die Pokälchen randvoll nach und tapert im Diwan herum. Er ertastet eine Pfeife, legt ein paar matte Krümel rein, blickt in Vaters geweitete Augen, in denen die Vorfreude auf das Kommende geschrieben steht.

Hör mal, Mohrle, und hast du auch schon herausgefunden, dass es der Leibhaftige selbst ist, der Alk und Drogen distribuiert?

Ist mir auch mal in den Sinn gekommen.

Bei wie vielen jungen Männern, schwungvoll, unternehmungslustig, mit Armen, wie fürs Frauenansichdrücken geschaffen, hab ich die Verwandlung in weinerliche Ruinen mitkriegen können. So sehen nämlich Drogen aus.

Aber aber ...

Gottseidank hör ich schon auf, hustet der Alte, zwischen den Lippen die angezündete Pfeife, und nach Luft schnappend zieht er den Rauch ein, bis sein Husten in leise plätscherndes Lachen übergeht.

Und da steht er auf, das rote Häuptlingsdings wallt von seinen Schultern, er streckt die Arme aus, schwingt sie hin und her, ellenlange, mit schrumpligen schwarzen Schorflein getüpfelte Pranken, er röchelt.

Ist dir das mal passiert, Mohrle, dass du nach dem Liebemachen aufgestanden bist und dich mitten im Licht gefunden hast? Und dass das Licht nicht von dir gewichen ist, weder auf einer grauen Straße noch in einer Waldeinöde mit lauter verfaulten, wurmstichigen Stümpfen? Kennst du das, dass die Welt nach der Liebe schöner wird, die Farben stechend und klar?

Ist doch'n Schwuchtelgeschwafel, das hier.

Mit der jungen Frau, wenn ich mit der Liebe gemacht hab, dann hat sich das alles immer so zugetragen.

Wirklich?

Ja, ich hab echt die Fülle der menschlichen Berührung erfahren, die Liebe heißt.

Lehrer, ich bitte dich, du redest pausenlos von nichts anderem als vom Vögeln, vom Sex redest du.

Ich habe aber herausgefunden, dass es eine noch größere Liebe gibt!, ruft der Greis.

Ach, aber auch das ist ne physiologische Reaktion, Serotonin, Oxytocine und so. Der Menstruationszyklus trägt ja auch sein Scherflein bei. Haben wir doch auf dem Gymnasium in Naturkunde gehabt!

Und der Mensch sprach zu Gott, du hast mir ein Weib gegeben, damit es mir beisteht. Aber sie holt sich den Apfel vom Baum. Und sofort geht das ganze Herumgeschwofe los, dieser Saustall, die Malaise!, sagt Lojda und faltet sich langsam, ganz gemächlich wieder zusammen, dann setzt er sich hin und lässt sich in die Kissen fallen.

Andererseits: Du siehst das Licht ja mit einer Frau, meintest du zumindest, grimassiert Vater.

Ein schönes Gespräch, Mohrle, stimmt's? Weißt du was? Ich schenk dir noch ein. Ja, auch du wirst nicht jünger. Ist einfach so!

Aber aber, Lehrer …

Du hast mich gekannt, da war ich'n echter Kerl. Ihr habt geschlottert im Klassenzimmer, wenn ich im Pausenhof geschrien hab. Aber jetzt?

Na na, das wird schon.

Wird nicht. Und worüber ich mir jetzt am meisten den Kopf zerbreche, Mohrle, ist die Frage, ob es Gott drinnen in der Welt gibt, also hier bei uns, oder außerhalb.

Ne vernünftige Beschäftigung, Lehrer. Was sollst du auch machen, wenn es mit dem Vögeln vorbei ist, oder? Hör mal, Käpt'n, du bist einsam geworden, das ist alles.

Aber nein, Mohrle, ich glaube, ich habe endlich begriffen, wie es um das Unheil und um das Leid bestellt ist. Und das war ne richtige Erleichterung.

Echt? Her damit!

Gott hat alles erschaffen, aber dann hat er sich zurückgezogen, weißt du? Um das Werden zu ermöglichen. Und ist als Liebe geblieben. Nicht als unsere gewöhnliche, vögelnde. Als göttliche Liebe!, geifert der Alte.

Warum auch nicht?

Er ist als Liebe von der Stärke einer Supernova von Tribillionen Mehrfachorgasmen hiergeblieben! Es ist aber eine solche Liebe, an die du erst herankommst, wenn es ansteht.

Klingt gut, Alter ...

Aber am Anfang, wahrscheinlich gleich am ersten Sonntag, hat sich Gott zurückgezogen, hat seiner Macht entsagt, um jene Existenz zu ermöglichen, die ohne das Unheil gar nicht möglich ist, der Alte wackelt schon wieder mit den Armen, hebt die schwarz gepunkteten Zylinder hoch, die in mächtige Pranken auslaufen.

Ist nicht möglich?

Ist nicht! Würde er erlauben, dass nur das Gute gedeiht, dann würde er die ganze Wimmelei aufheben, die gesamte Bewegung. Das Leben nämlich. Möchtest du das etwa? Möchtest du das, Mohrle, Mann? Bist du überhaupt normal?

Du hast von diesem Licht gesprochen, Pauker. Dein Mädel ist weg und du drehst gleich durch? Wie ein Pascha hast du ihr also für jede Nummer einen Pelz geschenkt, so einer bist du also, ein alter Perversling. Sie wird dich aber trotzdem verlassen, stimmt? Und was machst du dann?

Mit Nieten wie dir reden.

Ach Quatsch, du Tattergreis. Du vergammelst hier. Oder kackst irgendwo im Straßengraben ab, erfrierst besoffen im Wald. Das sehe ich deutlich und klar.

So schlimm wäre das aber auch nicht, oder?

Eigentlich nicht.

Ich hab mir schon öfters geschworen, bevor ich irgendwo im Hospiz bis zum bitteren Ende vor mich hinmümmel, gehe ich lieber selbst ins Wasser. Bringe mich um, jawohl! Aber ob ich dazu auch die Kraft finde?

Ja, das meinst du also …

Selbstverständlich geht es nicht darum, Mohrle, ob man es machen soll. Es geht darum, wie und wann man es macht.

Vermutlich ja. In deinem Fall …

Mohrle! Was meinst du, hat Gott auch die Finsternis erschaffen?

Wie?

Schalt doch mal deine grauen Zellen ein! Hat Gott das Unheil und die Zerstörung erschaffen?

Na hoffentlich nicht!

Und Lojda hält sich ein winziges Zettelchen vor die Augen, das er irgendwo rausgezogen hat. Oder hat er es schon die ganze Zeit in der Kralle gehalten? Er hüstelt. Hält den Zettel dicht vor die Augen und liest.

Ich bin der Herr, und sonst keiner mehr, der ich das Licht

mache und schaffe die Finsternis, der ich Frieden gebe und schaffe Unheil, ich bin der Herr, der dies alles tut.

Was? Er schafft Unheil? Steht das wirklich so geschrieben? Oder hast du dir das ausgedacht, Alter? Du hast sie nicht mehr alle und hast dir das alles ausgedacht, oder, einsam und traurig, wie du da auf deiner Strohmatratze liegst?

Nein. Er schafft Unheil. Und wieso bist du so hochrot geworden, Mohrle? Kommt's vom Suff? Oder hast du Panik gekriegt, Mohrle?

Was soll hier Panik? Du hast doch gesagt, der Rum hier ist sauber. Das ist kein schlechtes Gesöff, das hier, hast du selber gesagt!

Reg dich ab, Mohrle. Und nimm einfach deinen ganzen Grips zusammen. Wenn Gott das Unheil erschaffen hat, ist er auch der Herr über das Unheil, und da würde ich einfach sagen, dass er es auch jederzeit zum Guten wenden kann. Denk doch logisch.

Oukey.

Und dann hoffst du einfach.

Dass es Hoffnung gibt?

Ja.

Ach Scheiße, Scheiße, Scheiße!

Ist was? Hoffnung ist wohl nicht richtig dein Ding, was?

Ist doch alles immer dasselbe, Himmelarschundzwirn. Alles ist ganz furchtbar, aber es gibt Hoffnung. Damit könnt ihr mich alle mal am Arsch lecken.

Aber Hoffnung gibt es! Echt, Mohrle. Dagegen kommst du nicht an.

Hab vielen Dank für alles, Käpt'n. Aber die Jungs und ich, wir packen nur unseren Kram und schon sind wir weg.

Auf dem Fluss kommt ihr nicht weit. Da gibt's Absperrungen. Wenn du unbedingt wegmusst, dann halt dich an Richie. Der hat irgendwo ein verstecktes Motorrad.

Aha! Gut zu wissen.

Aber bevor du gehst, geb ich dir was. Eben weil du aus der Gegend kommst.

Gebongt. Und was wäre das?

Der Alte fährt mit der Hand zwischen den Diwan und die Wand, tappt herum und zieht dann eine Plastiktüte hervor. Mit einem Warenhauslogo. Proppenvoll.

Sie platzt vor randvollbeschriebenen Seiten, sagt Lojda und schiebt die Tasche zum Vater.

Vater vertieft die Hände ins Plastik.

Das hab ich aus dem Eis gefischt. Und getrocknet. Das hat damals Ratz Fatz zusammengeschrieben. Sein Buch.

Wie ist es?, fragt Vater interessiert.

Wahnsinn, sagt Lojda. Wahnsinn.

Worum geht's da?

Ratz hat in Gottes Plan hineingelinst, würd ich sagen.

Okey! Aber worüber schreibt er?

Über das Unheil.

Haben die Seiten ne Paginierung?

Logo. Nimmst du's?

Ja, tu ich, Vater trommelt mit allen zehn Fingern auf die weiche Hülle des Manuskripts.

Danke.

Hm.

Hör gut zu, Mohrle! Was ist jetzt mit mir? Ich möchte ein besseres Ende haben. Für meine Leute habe ich gesorgt, wo ich konnte, aber die kacken ab. Wirst du sehen, wenn du nach draußen kommst. Man könnte vielleicht meinen, jetzt sollte ein Wunder geschehen. Aber weißt du was? Ich glaube das nicht mal. Hier sind die Dinge an ihrem Ende angelangt, dieser Trieb ist verdorrt. Passiert manchmal.

Ach je.

Hilf mir. Und dann pack deine Jungs und hau ab!

Hm, hm.

Hilfst du mir?

Ja. Ich glaub schon.

Ich habe keine Kraft mehr, Mohrle. Kuck. Mein Körper verwandelt sich.

Und der Alte hebt seinen mit schwarzgraupigen Schwären besäten Arm aus dem Deckenknäuel, er hebt diesen Ast mit dem Knorren des Ellenbogens hoch, die Haut flappt herunter, er streckt den Arm über den Kopf, kriegt ihn aber nicht gespannt.

32 WEN UND WAS MAN RAUSGEFISCHT HAT · ÜBERFALL · ENDE VOM BERG · RICHIES SCHLUPF · DER FUND IN KÄPT'NS KAJÜTE · AUF DEM FLOSS

Der Wind schlittert die Hügel runter, pfeift zwischen den Felsen, wirbelt Sand hoch, Staub, bewirft damit händeweise die Zelte, rüttelt an ihnen, reißt das Plastik von den Schutzwänden.

Mücke führt sie durch das Gewirr von Bretterbuden, hastet durch Feuerstellen, trampelt in Kohleresten herum, Asche und kleine Steinchen, aus dem Sand gestampft, stieben hinter ihm hoch.

Der Junge versucht, das Brüderchen zu stützen, das kleine, immer noch von Richie getragene Menschenbündel wälzt sich hin und her, beult sich aus, der Winzling zappelt, und während sie zwischen den Zelten galoppieren, ruckelt sein Köpfchen auf Richies Schulter.

Und schon sind sie am Ufer. Das Schilf, das der Wind um das Schiff schlingt, raschelt, und es klingt wie ein Lied.

Schneidende Töne kommen aus den Felsen, sie sekundieren dem schilfrüttelnden Wind. Das Kreißen der Berge geht aber im lärmenden Tohuwabohu über dem Rausgefischten unter, um den herum scharen sich ja alle.

Mücke, Richie mit Bündel und dem Jungen im Schlepptau rauschen zwischen das Sommervolk … würdige Tattooträger in Unterhemd und Boxershorts, zwei drei herumhüpfende Mädels, über die freundlichen Ferkeleien feixend, die aus dem Mund der Gewässerweiber schwadern, den in Morgenmänteln oder Trainingsanzügen ausstaffierten Matronen in verschiedenen Stadien der Bauchigkeit. An deren klotzigen Beinen, Rockzipfeln und mächtigen Beschützerarmen, die Hand immer bereit, zu einer Watsche auszuholen, kleine, gerade erst Vernunft annehmende Hemdenmatzen hängen.

Inzwischen haben die, die was vom Fluss her geschleift hatten, ihre Last im Sand abgelegt, es ist ein Mensch. Und nun versuchen sie, den aus dem Wasser Gezogenen wiederzubeleben. Der Junge linst über Richies Rücken, in seiner Matschbirne geht langsam ein Licht auf. Er weiß, wer da liegt.

Man sucht den Käpt'n. Steinchen trommeln auf die blechernen Schiffsflanken, auf die Kajütenfenster, das Kohlegefährt steht direkt vor ihnen, wuchtig mitten vom Sumpf und Sand.

Onkeeel Lojdaaa!

Käpt'n, ho ho ho!

Ein Riesenoschi ist uns ins Netz gegangen!

In der lockeren, unbefangenen Atmosphäre kreist eine PET nach der anderen durch die wogende Menge, jeder will dem Findling zuprosten.

Ist durch die Stromschnellen geschwommen, der Hecht!

Kuckt mal, und darauf ist er geschwommen!

Fast hätten sie das Rohr zertrampelt. Von einer Schicht Grasmengsel und Schilfsplitt bedeckt ruht das heilige Bild neben Schuppe im Sand. Der setzt sich auf. Und Wasser schwappt ihm aus dem Mund.

Der Wind nimmt zu, der Haare ausreißende Pfeifsturm kündet von nahender Finsternis der Dämmerung, wenn nicht von etwas noch Apokalyptischerem.

Der Junge starrt den pudelnassen, um ein Haar von der Strömung zermahlenen Hampelmann an, das vertraute graue Antlitz, den Kopf mit drangeklatschten Haaren, in denen büschelweise verheddertes Algenzeug hängt, auch ein Stück Angelschnur.

Schuppe versucht aufzustehen, kippt auf alle viere um, grünlicher Brei plätschert ihm aus dem Mund.

Schuppilein Kotzilein!

Achtung, Leute!

Jesusmaria, habt ihr gesehen!

Kuckt mal ...

Sie stehen auf den Felsen über ihnen. Wie eine altertümliche, aus Schwefel, Schiefer und Dampfschwaden erstandene Kriegerhorde. Diese Helme. Mit Hörnern und Flügeln. Behaarte Wolfsköpfe mit gleißenden Glasstückchen anstelle von Augen. Bunte Federbüsche flattern im Wind. Standarten. Fliegende Häuptlingsmähnen der Motoreiter, die noch kurz die Helme abgenommen haben, um vor dem Angriff ihre Freibeuterstirnen zu kühlen.

Die Menge auf dem Strand erstarrt im Gruppenschock.

JAGT DAS PACK AUSEINANDER!, hören sie die scharfe Stimme des Anführers, eines Typen mit gehörntem Helm.

Und die Windböen wehen das Gejaule von Motoren heran, ein Geräusch nicht unähnlich dem Gestöhn, mit dem sich seit Ewigkeiten die Eingeweide der Felsblöcke aneinanderreiben.

Die aufgesattelten Kämpfer sind auf den Felsen nicht allein. Ein Trupp leichtbekleideter Infanteristen, die hinter den Rücken der Motoreiter abgesprungen sind, sind bereits mit Seilen und Schnüren zugange, hängen in Felsvortritten Schlingen in die Haken, halten sich an ihnen fest, rotieren wie Kreisel am Seil, Knoten für Knoten seilen sie sich die Schieferwände hinunter, springen vor den Höhleneingängen ab.

Die Miliz ist da!

Lojdaaaa!

Alle weglaufen!

Am Fuß der Felsen formiert sich eine Infanteristenreihe. Einer plumpst in die Lagune, aber eine Pfütze kann der angreifenden schwarzen Masse keinen Einhalt gebieten, die Felsenninjas setzen sich in Bewegung, mit ihren Macheten und Stangen in der Hand, den Baseballschlägern, die sie beim Abstieg auf den Rücken geschnallt trugen ... und schon sind sie hier ... Sie kicken die Zelte aus dem Weg, schneiden den Stoff durch, reißen Plastikplanen runter ... feixend zertrümmern sie die Bretterbuden ... Ein hoch aufgeschossener Schlägertyp im Dress von SK Mirošovice stampft glimmende Kohle auseinander ... Ein paar Bürger in unterschiedlichsten Stufen der Verelendung weichen der Angriffswelle aus, wer nicht an der Strandgeselligkeit teilgenommen hat, wird ans Wasser gejagt ... Über Richies Schulter erspäht der Junge den Vater.

Gehüllt in die rote Decke, steht der auf der Hängebrücke. Blinzelt das Dämmerlicht des Schiffsinneren weg, in seinen Augen zittern Stacheln von Wut. Die vollgestopfte Plastiktüte, die er in der Hand hält, pfeffert er gen Himmel. Befördert sie mit einem Fußtritt über die Tragseile der Brücke. Papierbögen flattern raus, werden später vom Wasser verschluckt.

Dann hechtet er runter und ist gleich bei ihnen. Und schon rasen sie am Schiff vorbei, hinter Richie her. Sie folgen einem kaum sichtbaren Pfad, die Schilfhalme klirren, brechen knackend entzwei ... und dann gibt es einen ohrenbetäubenden Knall und unter der barbarischen Kavalkade stürzen tosend die Schiefermassen zusammen. Die Trägerplatten, wie zweistöckige Häuser hoch, begraben die Eindringlinge unter sich, die mitten in der Bewegung platzenden Stelen zermahlen Kalksteinformationen samt Freibeutern zu Staub.

Als die Ertaubten stehen bleiben, taucht der bullige Typ im Fußballdress vor ihnen auf, kommt den Pfad angelaufen, fuchtelt mit dem Schläger herum, kreischt ... und rempelt Vater an, der wehrt den Schlag mit der Decke ab, die er in der Hand hält ... Und nun japst Richie ganz leise, weil Vater dem Angreifer den Stock entreißt, sich um die eigene Achse dreht, und zack ... dem Typen mit aller Kraft eins über den Rücken brät, und als die Wirbelsäule knackst, rutscht der Angreifer auf die Knie und klatscht mit dem Kopf in die Nässe.

Richie legt den Winzling auf den Boden. Vater und er packen den Typen an Armen und Beinen, heben ihn hoch, und da kommt Mücke angerannt und tritt ihn mit Anlauf in den Kopf.

Als er durch das Schilf auf sie zu rannte, haben sich die Halme kaum bewegt. So winzig ist er.

Gemeinsam lassen sie den Typen in den Sumpf hinunterkullern.

Danach rasen sie nicht mehr so. Vater bindet sich die Decke um die Hüfte, drückt den Kleinen an die Brust. Sie gehen. Bleiben erst bei dem Rumms stehen. Sie luchsen zwischen den Schilfrohrhalmen.

Unter das Getöse der letzten Felsbrocken, die ins Tal rollen, mischt sich schwaches Geschrei. Zwischen den Buden lodern Flammen auf. Darüber hängt eine Staubwolke.

Mann, ist das irre!, schreit Mücke. Wie in dem Kino Mackenna's Gold!

Das war doch Fischschuppe, der da lag, oder? Habt ihr ihn gesehen?, erkundigt sich Vater.

Richie treibt sie an. Schüttelt die Arme, sind wohl eingeschlafen. Als sie ihren Marsch fortsetzen, zittern ihm die Finger.

Sie folgen ihm.

Der Junge und Vater bilden den Schluss. Vater fährt ihm mit der freien Hand über die Rippen, tippt ihm auf die Schulter.

Bist heil geblieben, oder?

Hie und da blickt sich einer von ihnen um. Eine Splitterwolke, der ganze hochgewirbelte Felsenstaub versinkt in der Schwärze der Dämmerung.

Sie laufen weiter.

Dann hält Richie urplötzlich an. Und zieht etwas aus dem Schilf. Irgendein Drahtgeflecht, mit Schilf in den Maschen. Er hebt den Windschutz hoch und schau mal her! Die Flüchtigen staunen Bauklötze. Zu ihrer Überraschung finden sie hier im Sumpf einen Verwandten der eben zermatschten Vehikel vor. Ein Motorrad. Mit Beiwagen. Und noch eine Karre steht da, ein Anhänger.

Da glotzt ihr, was? Mein Fichtel & Sachs!

Einwandfrei, Vater gibt Richie einen Klaps auf die Schulter.

Und Mücke fingert am rostigen, mit einer einzigen Mutter an die Motorhaube geschraubten Schild herum, MOTOCROSS POŘÍČÍ n. S. buchstabiert er und kriegt sich vor Lachen kaum wieder ein.

Mann, wo hast'n das her? So'n alter Krempel! Vom Schrottplatz gemopst?

Ist voll fahrtüchtig, Mann, regt Richie sich auf.

Wie vom Blitz getroffen, starrt Vater das Motorrad an. Zieht mit dem Finger das abgeblätterte, verrostete Schild nach, tippt auf das winzige Kennzeichen in der Ecke. Dann holt er Luft.

Ist das wirklich Fischschuppe, der Rausgefischte? Habt ihr ihn gesehen?

Klaro, bestätigen beide.

Vater hockt sich hin, breitet die rote Decke auf der Grassode aus, die ihm einigermaßen trocken scheint, und bettet das eingepackte Kind. Dann richtet er sich wieder auf.

Ich hol ihn, sagt er und verschwindet im Schilf. Man kann ihn kaum hören. Und sehen schon gar nicht. Denn das in der Abendbrise sanft schaukelnde Schilf ist sogar höher als Richie. Und der ist ein Lulatsch.

Habdieehr stößt sich mit dem Besen von der Schiffsseite ab, legt sich mit ihrem ganzen Gewicht darauf, der Stiel knarzt. Die mit dem Kind unterm Herzen geht lieber in die Hocke.

Wie eine alte Piratin passt Habdieehr auf die herumdriftenden Äste und Stämme auf, manövriert das Stück Holz, auf dem sich beide ducken, in die Strömung, schiebt es von Steinbrocken weg. Der massive Klunker, der ihr das Ohrläppchen zerfurcht, blitzt in der Dunkelheit auf, aber keiner hat sie bemerkt, sie sind also durchgekommen. Und nun lassen sie sich treiben. Aneinandergeschmiegt.

Die von einem Felsbrocken abgerissene Hängebrücke, auf der sie wie auf einem Floß den Fluss hinunterdriften, muss ihnen die Jungfrau von Poříčí zugespielt haben, anders ist es nicht denkbar. Allmählich kommen sie nach der ganzen Raserei wieder zu sich.

Sie waren durch das Lager gekrochen, hatten sich an zertrümmerten Buden und auseinandergefegten Zelten vorbeigeschlichen, nach dem Felsbrockenschauer war alles mit Steinsplittern bedeckt, hie und da lag wer, ohne sich zu rühren, oder seufzte, ganz wund, und stöhnte … Behutsam glitten die beiden Frauen aufs Schiff hinauf, am Feuer vorbei, wo ein elendiges Grüppchen Suffkolonisten kauerte, bewacht von Jogginghosenträgern, die in ihre Mobiltelefone bellten.

Und dort, auf dem Schiff … da lag Lojda auf dem Boden. Die Rothaarige, die den Kajütenschlüssel hatte, hockte sich zu ihm. Habdieehr kniete sich dazu. Světla küsste ihn, Habdieehr auch. Sie weinten, während sie ihn bekreuzigten, weinten ganz leise.

Denn da waren schon die anderen ins Schiff eingedrungen, schon hörte man diese Idioten, Arschlöcher und Säcke überall herumstapfen.

Světla packte ihren Pelzmantel, Habdieehr raffte Lebensmittel zusammen, und nur eins wollte ihr keine Ruhe geben, und zwar die Frage, wer wohl den Ofen geschürt, die Glut auf dem Boden verstreut und die Glimmkohle über Käpt'ns Bett verteilt hatte, es schwelte ja schon alles. Oder hat Lojda etwa zum Schluss dermaßen um sich geschlagen? Das wollte sie aber mit der jungen Braut doch lieber nicht bereden, nachdem sich diese von ihrem Heulanfall gerade wieder erholte. Also hatte sie noch immer keinen blassen Schimmer, was vorgefallen war.

Sie haben sich in der Besenkammer versteckt, und als die Trainingshosen die Kajüte stürmten und alles durchwühlten, hat sie selbst hinter ihnen die Metalltür zugeknallt. Jetzt bollert's dort bestimmt wie in der Hölle, schießt Habdieehr durch den Kopf. Sollen die ruhig brutzeln. Und das Mädel heult immer noch.

Hör auf zu heulen wie ne blöde Kuh! Denk an deinen Bauch!

Hatte ja keine Ahnung, dass ich so heulen würde. Er war doch total alt, oder?

Und erst jetzt geht Habdieehr ein Licht auf. Lojda ist tot. Sie plumpst hin, behält den Besen aber in der Hand. Bloß läuft ihr plötzlich eine Gänsehaut über den Körper, überall, über den Rücken, über die Oberschenkel, auch über den Nacken.

Hab ihn auch gemocht, denk bloß nicht.

Muhme, ich muss schon wieder heulen!

Ich könnte auch heulen, er ist ja einer meiner Ersten gewesen, und ich heule nicht, du Dummi.

Aber, Muhmilein, wenn ihr vor sagen wir mal dreißig Jahren gebumst habt, dann dürfte der Schmerz doch, Entschuldigung, vorbei sein. Wir haben uns so lieb gehabt, der Käpt'n und ich, ach ja! Diesen Pelz hat er mir geschenkt.

Světla, pass auf, ein Felsen!

Durch den Tränenschleier hindurch wirbelt die junge Frau den Besen wie ein Samurai sein Schlachtmesser und stößt sich rechtzeitig ab.

Hast du dem seinen Hals gesehen, Světla? Ganz rot war der. Wenn hier im Sumpf ne Riesenschlange hausen würde, die sich zum Käpt'n hingeschlängelt und ihn erwürgt hätte, dann sag ich kein Wort, aber so was gibt's hier nicht.

Gibt's nicht, gell?

Ach wo.

Da haben wir ja Glück.

Na ja!

Ach ja.

Und wie läuft's mit deinem Liebsten?

Kája ist schon in Ordnung, Muhme.

Aber ein ziemlicher Hitzkopf, oder.

Er hat mich lieb.

Na dann hast du's gut. Jetzt! Ich sag's dir nicht gerne, aber du wirst ständig zu Hause hocken, den Kindern die Hintern abwischen, er laugt dich aus und sucht sich ein gechilltes junges Flittchen. Das kann dir passieren, so wie mir damals auch, Achtung, ein Steinbrocken!

Světla sticht rechtzeitig ab, sie rudern mit ihren Besen weiter durch die Strömung.

Dann bring ich ihn um.

Quatsch, was solltest du ihn umbringen, ich bitte dich!

Aber bei Kája und mir ist es anders, Muhme.

Das denkt jede am Anfang. Solange man jung und hübsch ist wie du jetzt! Aber dass sich vielleicht mal die Weiber zusammentun, sich gegenseitig helfen würden? Ganz im Gegenteil. In Wirklichkeit sind wir keine Freundinnen.

Hör auf mit der Schwarzmalerei, Muhme!

Du hast ein gutes und fröhliches Naturell, Světla, das solltest du unbedingt behalten. Und deine Woche ist zu Ende, das passt doch grad, oder? Verpimper deine besten Jahre nicht, hab ich ja immer gesagt.

Světla taucht nur den Besen ins Wasser.

Achich ach, unser Lojda! Immer ist der so gut gewesen. Den vergesse ich nie, das schwöre ich, Světla!

Ich schwör's auch, Muhme!

Halt den Wisch fest, sonst ersaufen wir!

Wollen wir so bis nach Městečko, Muhme?

I wo. Nur bis zu Richies Schlupf. Was ist? Was ist schon wieder?, japst Habdieehr, denn der Kehle der jungen Frau entringt sich ein furchtbarer Schrei.

Sie fällt auf die Knie, schnellt zurück in die Hocke, den gewölbten Bauch nach vorne gestreckt, schluchzt sie aus tiefstem Inneren, die mondversilberten rostigen Locken in den Augen.

Was soll das schon wieder?

Meine Mama!

Na ja, stimmt ... die Ärmste, vielleicht kommt sie doch irgendwie raus, man buddelt sie frei?

Unsinn, sagt Světla.

Sie schweigen. Ganz kurz.

So nen Grabstein wie meine Mama, den hat keiner, würde ich sagen!

Světla, du sollst dich schonen!

'N ganzer Berg liegt auf ihr!

Die schicken bestimmt ne Rettungsmannschaft hin, die besten Ärzte aus der Gegend, Hubschrauber, Sanitäter, alles.

Achich, achich, Mami, Mamilein, ich wollte euch doch alle einladen! Und jetzt hat Mami ne schieferschwarze Grabplatte über sich liegen, ach achich ach.

Na komm! Denk lieber an das Kleine!

Tu ich doch.

Hör mal, Světla ...

Hm?

Ich sag dir was, es klingt schlimm, ja. Aber es ging wenigstens schnell! So schnell, wie sie's haben wollte!

Waas?

Das wäre nichts für sie gewesen, irgendwo im K-Haus, das wäre nichts für deine Mam. Wie gerne sie frische Luft hatte, ihre Leutchen um sich, alle vor guter Laune sprühend, herrjemine, so'n Siechenhaus mit lauter Krankenvolk irgendwo, das hätte sie nicht überlebt, nie und nimmer!

Meinst du?

Das hat sie mir ans Herz gelegt, unser Sonnenschein, dein Mamilein, auf keinen Fall ins Siechenheim! Nie! Habdieehr, hat sie gesagt, gibt mir die Hand drauf, sonst sollst du nie wieder fressen, nie wieder ficken, du alte Schnattergans, Hand drauf!

War das wirklich so, Muhme?

Ja, so ist die mit mir umgesprungen, meine liebe Kumpeline. Na, sie wird geahnt haben, dass sie nicht mehr die Jüngste war, so wird's gewesen sein.

Echt? War das so?

Na ja, Mädchen. Freu dich, dass es geklappt hat.

Na, ja …

Und ihr habt euch immerhin noch gesehen, du und die Mama, stimmt's? Das Glück hat nicht jeder!

Da hast du Recht, Muhme.

Na siehst du!

Muhme, da!, kreischt Světla.

Denn das eirunde Ding, das am Ufer das Schilf aufbauscht, kommt ihr vor wie eine grausig großgewachsene Schlange. Da kreischen sie beide.

Bei dem Oval steht ein Typ im Schilf. Und winkt ihnen zu.

33 MONI ... DIE HÜTERIN DES SALONS · HAMPELMANNWERDUNG DES MENSCHEN · ANKUNFT DER FROMMEN TRUPPE · LUKAS UND LOMOZ · SCHON WIEDER DER GESTANK · BARACKE HÖLLE · UND WAS? IM GEBÜSCH

Einige Stunden, nachdem Kája das Freudenhaus mit Mirans Leiche gestürmt hat, ist Moni vom Weinen ganz ausgetrocknet. Kája ließ die blutverschmierte schwarze Karre in den Feldern stehen und schleppte den Bruder auf dem Rücken heran.

Im ersten, unbarmherzigen Moment, als sie den Toten sah, dachte sie, ihr Herz wäre gestorben. Aber das stimmte nicht. Jetzt, die grauenvolle Nacht ist noch nicht einmal vergangen, drückt sie sanft die Hände auf ihren hervortretenden Bauch und tröstet Kája. Auf dem Bett, das sein Hochzeitslager hätte sein sollen, spült jener die schmerzensreiche Wolke aus seiner verwirrten Seele.

Und die Hausbewohnerinnen, bestürzt, die ganze Nacht eine die andere aufsuchend, versuchen auf Mädchenart einen Neustart: Sie weinen, schmiegen sich aneinander, wispern.

Der Hochzeitssalon gähnt vor Leere, den zu betreten hüten sich die Mädchen. Im Flur davor breitet ein wunderhübscher Kanarienvogel in seinem Nobelkäfig die Flügel aus, als wollte er den kohlschwarzen Kater Baltík reizen, in dem er Wellen nagender Unruhe weckt. Im ganzen Haus leuchten blankpolierte Klinken, überall sind die Fenster geputzt, die Fußböden saubergescheuert, die Treppen blank. Nach Großwäsche, Staubmoppparade und Bügelorgien haben alle sündhaften Mädchenbetten einen frischen Bezug bekommen, und auf Tischen und in allen Ecken prangen Vasen mit Blumensträußen.

Der im Hochzeitssalon auf der Kredenz vergessene Plüschteddy, der einzige Ritter, der über die Wogen von Kümmernis wacht, starrt mit seinen kleinen Glasaugen hilflos die blankgewienerte Herrlichkeit an.

Schwacher, betörender Blumenduft dringt bis zu Moni hinein, die in ihrem Wachhäuschen mit dem Toten auf einem Bett hockt.

Kája zieht Miran immer wieder die Beine und die Arme lang, denn wie immer lässt die Leichenstarre den Toten schrumpfen.

Es hätte Kájas letzter Tag als freier Mann sein sollen, jetzt aber kickt er mit Tränen in den Augen das durchschossene Hemd seines Bruders, seine begürtelte Jeans und auch den mit Baumwollfaden gestickten Nicki unters Bett. Und Moni? Die stolze, aufbrausende, eifersüchtige und starrköpfige, aber immer großzügige und wohlwollende Moni? Was ist ihr da bloß zugestoßen? Was kommt nun? Und das Baby?

Jetzt müsste man den Mord melden. Aber dazu haben sie keine Lust. Nein, sie wollen jetzt keine Fremden dabeihaben. Außerdem sind die der Familie zugeneigten Beamten ohnehin wegen der Hochzeitszeremonie zusammengerufen worden.

Am Ende muss Moni gar den Rotz und Wasser heulenden Muskelmann trösten. Von Miran beschützt, hat er ihn selbst nicht beschützen können. Wer hat aber je gehört, dass jüngere Brüder die älteren beschützen sollten?

Zwei Frühvögelchen treten herein, Janinka und Vendulka. Es versteht sich von selbst, dass sie Kája ihre warmen, freundlichen Mösen anbieten. Aber er schüttelt nur den Kopf und wischt sich mit den Fäusten die Tränenflut aus den Augen.

Sie gehen also Moni zur Hand. Sie säubern die Einschusswunde, fischen mit zittrigen hausputzbegummihandschuhten Fingern die Fleischklümpchen heraus, werfen sie in ein Eimerchen, wischen Spritzer und kleine Stückchen vertrocknetes Blut weg. Mirans eingesunkenes, fahles Antlitz sieht hinter dem Tattoodickicht aus wie aus Kreide geschnitzt. Die jungen Frauen wenden den Blick ab. Auch der Heißgeliebteste sieht nach dem Tod wie ein seelenloser Hampelmann aus. Es hilft nicht einmal, wie Janinka ganz leise sagt, dass er ein ganz kleines bisschen an den von einer Lanze durchbohrten Jesus erinnert.

Dann decken sie den Gewaschenen zu. Zuerst mit einer Langhaardecke, das finden sie aber irgendwie blöd, also ziehen sie einen frischen Kissenbezug ab und legen ihm den übers Gesicht.

In dem Moment klopft einer leise an die Tür. Es ist ganz früh am Tag, womöglich will der Besucher nicht am Eingang klingeln.

Eine Reihe von Besuchern ist nämlich noch vor Tagesanbruch beim Haus angekommen, keiner von denen, die gemeinsam mit Lukas nach Chlum pilgern, wollte sich den großen Hochzeitstag entgehen lassen.

Hundemüde hocken sie auf den Gartenbänken, die nächtliche Regennässe und den Morgentau mit Regenmänteln bedeckend, die Trage mit dem Holzheiland haben sie am Altan vor dem noch schlafenden Bordell geparkt. Und falls einer ob der evidenten Sündigkeit des Ortes doch die Nase rümpfen sollte, kriegt er gleich von dem unfeinen Senkgrubengestank eins über die Nüstern gebraten. Nach dem Regen ist so etwas in der Nähe einer Kloake eigentlich normal.

Der Zustand der Jauchegrube raubt Lomoz den Schlaf, er hat ja auch eine empfindlichere Nase als die anderen.

Den ganzen Abend lang hat er gemauert, auch heute früh, noch in der Dämmerung, hat er schon frischen Mörtel gemischt, aber fertig geworden ist er nicht.

In letzter Zeit fällt ihm das Zeug viel zu oft aus der Hand. Die

Schwäche, die ihn eingeholt und ihm über dem unvollendeten Werk die Maurerkelle aus der Hand geschlagen hat, die hält er für ein Zeichen.

Und will das Ganze ein für alle Mal lösen.

Er bringt sich um.

Denn auf diesen Schwächemoment hat er gewartet. Er war zwar noch der halsstarrige, unzerstörbare Grobklotz Lomoz, aber er saß schon auf der Lauer, und wo er jetzt kapiert hat, dass sein letztes Stündlein naht, fühlt er sich erleichtert.

Er sitzt mit einer Teekanne im Hochzeitssalon, und seine Privilegiertheit reicht sogar so weit, dass er auch das Blech mit den winzigen Hochzeitstörtchen hervorholt. Den erfrischenden Tee schenkt er Lukas höchstpersönlich ein, dem sagenumwobenen Erbauer von Chlum.

Selbstverständlich sprechen die beiden ganz leise, aus Respekt vor den pofenden Nutten.

Du lebst Tag für Tag, einen nach dem anderen, und es sieht überhaupt nicht danach aus, dass es einmal zu Ende gehen soll, sagt Lomoz.

Seine Pranken, Stumpfen von Waldriesen nicht unähnlich, sind mit schwarzen Farbspritzern besät, grießgroßen Mörtelklecksen.

Woran merkt man, dass es zu Ende geht? Nur wegen den anderen, die mal da waren und nicht mehr da sind.

Es ist ja so, dass das bewusste Denken nicht imstande ist, die Nichtexistenz seiner selbst zu akzeptieren, spricht der Albino und rutscht auf dem Stuhl hin und her.

Woher willst du das wissen?

Hat mir ein Typ erzählt.

Na ja, Lukas, wie viele ich schon gesehen hab beim Abkratzen, das macht mir keiner nach.

Könnt ich glatt unterschreiben.

Wie viele ich überlebt hab, schon als kleiner Steppke. Im Schnee erfroren, erschossen oder einfach so.

Das weiß doch jeder, Lomoz, wie du als Dreikäsehoch den Russen deren Viehherde getrieben hast und was draus geworden ist.

Und trotzdem will mir das nicht in den Kopf, verstehst du? Dass es mit mir zu Ende geht.

Ja, das verstehe ich.

Willst du noch Tee? Ein Stückchen Zucker gefällig?

Ja, einen Würfel, wenn's geht.

Du magst es süß im Leben, was, Lukas? Du Frömmler.

Wenn's geht.

Bedien dich selbst. Ich würde alles nur umkippen. Die Mädels haben es fein vorbereitet.

Dich hat die Wut gepackt, Lomoz, das ist alles. Du bist wütend, das solltest du aber nicht.

Hör mal, die ganze Zeit ging das immer weiter, und jetzt auf einmal nicht mehr.

Das Leben ist gut.

Du baust dir ne Kirche, ja. Warum machst du das überhaupt? Mit deiner Haderlumpenbande wird es irre lang dauern!

Ist'n guter Ort, der Chlum.

Ich sollte die Senkgrube ausmauern, und ich schaff es nicht mehr. Riechst du den Gestank? Mein Rücken, meine Arme, meine Birne, alles geht aus dem Leim. Und da hab ich neulich noch vor Kája angegeben! Kája und Světla, die sollen's fein haben, darum geht's.

Ja, du musst bei ihnen bleiben.

Hör mal, Lukas, ich mach's ihnen nicht kaputt. Ich mach mich vom Acker. Alle wissen, dass ich manchmal verschwinde, Moni am besten. Und wenn ich nicht zurückkomme? Dann sind sie schon verheiratet, dann ist alles vorbei.

Nimm dir ne Auszeit, das hast du dir so was von verdient.

Ich krieg's nicht mal hin, ne beschissene Senkgrube zu mauern. Ein Stück Scheiße bin ich, jetzt ist es so weit, verdammte Kacke. Du bist halt gläubig, aber ich? Ich glaube nicht dran.

Ich weiß, dafür muss man schon ein Naturell mitbringen. Anders geht's gar nicht!

Stimmt's, Lukas? Und sag mal, in deiner Truppe, da sind doch bestimmt welche Maurer, oder? Der Supermörtel ist fertig. Alles ist vorbereitet. Damit es den jungen Leuten an ihrem großen Tag nicht stinkt.

Entspann dich, Lomoz! Kein Problem.

Jeder zerbricht sich den Kopf, warum du das auf Chlum baust. Warum?

Dort ist es gut. Ein Ort, wo jeder hinkann. Mir gefällt es da.

Nimm ruhig noch nen Würfel, Lukas, ich spür's, wie du dort herumpatschst.

Danke! Darf ich zwei?

Klaro. Irgendwo müssten die Mädels auch Zitronen haben. Von wegen Erkältung vielleicht oder so. Willst du ne Zitrone?

So ist's gut, danke.

Sie haben eingekauft, gekocht, Blumen geholt, den ganzen Tag geputzt und jetzt schlafen sie wie tot.

Die sind schon nett, die Mädels.

Sag mal, du baust ne Kirche, aber man hat doch neulich das Ding gestürmt. Und alles kurz und klein geschlagen!

Ach, so schlimm war es auch nicht. Ein paar Zementsäcke und schon ist alles wieder gut.

Kuck mal, ich hab die Senkgrube verschissen, krieg kaum nen Ziegelstein hoch, und dann kommt abends im Flussfunk die Meldung, die Krankenschwester von Rumburk ist unschuldig. Die mit dem Natrium, weißt du? Das hat mir den Rest gegeben.

Wovon redest du?

Ich dachte, sie hätte Alten und Schwachen geholfen. Hat sie aber nicht! Hast du von gehört, Lukas? Bei euch in Chlum?

Das nicht.

Natrium, Mann, da hab ich gedacht, so kann man's machen!

Hm.

Das größte Problem ist, dass du es machen musst, bevor der Selbsterhaltungstrieb erwacht. Das will ich nicht, dass der bei mir anspringt. Auf keinen Fall. Ich weiß, was der alles anrichtet. Das weiß keiner so gut wie ich.

Was hast du eigentlich vor?

Mich umbringen. Bist du so schwer von Kapee?

Mensch, mach das nicht, Lomoz.

Du sagst, überlass es dem Herrn, oder ähnlich beknackte Sprüche, aber das mach ich nicht. Damit kommst du mir gar nicht erst.

Ich bitte dich ...

Steck dir dein Pfaffengerede sonst wohin, alter Knasti. Du hast dir diesen Bims bloß ausgedacht, das kenn ich, ich war da nicht anders, he he.

Aber ich bitte dich!

He he he! Du hast es dir gut eingerichtet, Lukas, das schon! Die Leute folgen dir. Und dabei lassen sie gerne ein paar Kröten springen, oder?

Du irrst, Lomoz. Ein bisschen Zitrone will ich mir aber doch reinträufeln. Hier liegt eine, die Mädels haben sie auf die Kredenz gelegt.

Dann sag mir, Lukas, was man mit diesen ollen Alten und Greisinnen soll, die nur noch hocken und daliegen können, keiner kann's abwarten, dass die endlich abnippeln. Die gehen einem nur noch auf den Keks! Gott hat keine Ahnung, was es heißt, ein Stück Scheiße zu sein. Und die Alten? Die haben immer noch Schmacht auf jeden süßen Tropfen, kucken immer noch, wohin sich der Wind dreht, aber hundertpro! Für normale Menschen sind die aber nur noch eklig. Und da meine ich gar nicht, wenn die unter sich scheißen oder so.

Aber Lomoz, komm schon, so muss das doch nicht laufen.

Als ich noch sehen konnte, da hab ich die auch gesehen. Die alten Leute. Damals wäre mir aber nicht im Traum eingefallen, dass es eines Tages auch mich treffen könnte. Die Erinnerung klopft erst jetzt an. Ich hab die Alten nicht beachtet. Wie ne Art Insekt, so hab ich die gesehen.

Da irrst du dich bestimmt, Lomoz!

Und weißt du, wer Schuld daran hat, an diesem Ekel? Das kommt alles von diesem hinterfotzigen Selbsterhaltungstrieb. Du willst nicht mehr, der Trieb aber schon!

Hör mal, Lomoz …

Mann, den Selbsterhaltungstrieb, den werde ich bis zum letzten Lebenstropfen vor mir hertreiben, da kannst du Gift drauf nehmen.

Ganz ruhig.

Ich regel das mit ihm wie ein Mann. Mit mir nimmt's keiner auf!

Das auf keinen Fall, Lomoz, das ist klar!

Hör mal, Lukas, greif mal über dich, in die Kredenz. Wollen wir uns nen guten Tropfen gönnen? Die Mädels haben's dort hinter den Tassen stehen.

Na gut, aber nur nen kleinen, ist ja früh am Morgen.

Wir sind groß, also nen großen. Und die Mädels haben auch noch so Kipferl hingestellt, mit Mohn, davon können wir uns auch was nehmen.

Okay.

Lukas, hier in den Zimmerchen, überall meine Duftmädchen, die sollen sich nicht vor mir ekeln, verstehst du? Wenn ich am Leben bleibe, dann widere ich sie hundertpro an. Vielleicht glatt in einer Woche! Nen Truthahnhals hab ich schon.

Lomoz, erzähl keinen Quatsch, die mögen dich doch.

Zuerst schlafen sie mit dir, weil du es ihnen gut machst, da lassen sie sich gar nicht zwingen, das wirklich nicht. Fürs Geld oder aus Liebe, das geht immer. Das macht ihnen Spaß. Aber sobald Mitleid im Spiel ist, dann Finger weg, Mann, verstehst du?

Es gibt auch andere Dinge, Lomoz.

Greif nur zu! Unsere Mädels haben hier keinen Billigscheiß stehen, i wo, da würde Moni sie auch ganz schön zusammenfalten! Gute Marken kaufen die ein. Und wie sind die Kipferl, lecker, oder?

Super sind die!

Nimm dir noch! Die zählen auch ständig Kalorien, unsere Mädchen. Na, ich erinnere mich an Zeiten, als Kalorien gezählt wurden, damit der Arbeiter überlebt.

Na ja, na. Die Zeiten ändern sich!

Jawoll. Für ein paar Kalorien hätte man dich da erschlagen. Aber bei einer Hochzeit, da kuck ich nicht auf irgendwelche Kalorien, stimmt?

Keinesfalls.

Na ja. Du mit deinem Kirchlein. Für dich ist das ganz eindeutig Gottes Ort, wie man so sagt, ja?

So ist es.

So hat sich das in deinem Kopf zusammengewürfelt, ja?

So ist das.

Du, Lukas, weißt du, wie alt ich bin?

Das weiß ich nicht!

Ich auch nicht, aber an die neunzig könnte es schon gehen. Vielleicht eher fünfundneunzig. So ungefähr.

Holla holla!

Oder fünfundachtzig?

Lomoz, du weißt ja, dass du immer zu uns kommen kannst. Du bist bei den Leuten total angesehen.

Ja? Echt, ja?

Alle reden gerne mit dir, du bist geschickt. Kennst Tricks, die die Jungen nicht kennen.

Aber mir fällt dauernd die Mörtelpfanne aus der Hand! Und heute hab ich's definitiv verschissen, sag ich dir. Hab den Supermörtel gemischt, kurz aufgemauert, und dann war Schulz.

Komm zu uns, meine Leute werden sich freuen. Ich auch.

Und wenn ich nicht mehr laufen kann? So was gibt's, und zwar nicht selten.

Dann tragen wir dich, ist doch normal.

Na da kommen mir jetzt die Tränen. Lukas, glaubst du in echt dran, ja, du heiliger Mann? Betest du? Mir kannst du's sagen.

Na ja, schon. Ja.

Ach, du hast dir eh nen Hühnerstall auf Chlum aufgebaut, und bist der einzige Hahn dort, was? So wird's sein. Du bist nicht anders als wie die anderen.

Das vielleicht ja. Aber ich war anders. Ich war schlimm.

Aber ich bitte dich, dort, wo ich herkomme, hat es von solchen wie dir viele gegeben. Lauter grausige Morde, da hat hier keiner nen blassen Schimmer von. Von Gott weiß ich nichts, aber vom Teufel viel. Ich weiß, wie der heißt.

Und wie?

Wie ich.

Was?

Da schlackerst du mit den Ohren, was?

Überall wo es Menschen gibt, gibt es auch den Teufel.

Wer aber sagt, wo es Teufel gibt, muss es auch Gott geben, der ist für mich ein Idiot. So regelmäßig ist es nicht. Es ist schlimmer. Leider.

Du bringst mich durcheinander, Lomoz. Warum redest du so hässlich von dir?

Die Kipferl haben sie für die Hochzeit gebacken. Lecker, was? Die haben die ganze Nacht gebacken, glaub ich. Hab gehört, wie raschelig die waren.

Hahaha!

Schön, mit dir zu reden. Wir nehmen uns noch einen zur Brust. Bevor ich aufbreche.

Du bist hier der Chef.

Na, die nächste Mädchenära schaff ich nicht mehr, das ist schon klar. Ich hab ihre Mütter und Tanten erlebt, bevor die geheiratet oder sich totgetrunken haben oder beides. Und manche sind okay und haben Kinder mit ihren Männern und so.

Das ist der Lauf der Dinge.

Zum Teufel bin ich in nem Lager geworden, wo ne Baracke stand, die war die Hölle.

Hat man dich gefoltert, ja? So waren damals die Zeiten. Mensch, Lomoz, das alles ist aber längst vorbei!

Ist was mal gewesen, kommt es wieder. Was ist mit deinem Chlum? Welche Kraft hat der Ort? Ausgerechnet der soll es rausreißen, dein Chlum.

Komm doch zu uns, du bist willkommen.

Zuerst zeigen dir die Aufseher, Idioten hoch drei, wie man einem die Zähne rausschlägt. Dann machst du das selbst, und wenn du kapierst, worum es geht, machst du's sogar gern, weil sonst macht es ein anderer bei dir.

Na pfui!

Hör mal, zwei Typen prügeln mit Stöcken aufeinander ein, zwei Kumpels, das ist aber erst der Anfang. Stell dir vor, du nimmst welche, die du kennst, und jetzt müssen die sich hauen und du dirigierst das. Und die betteln bei dir, können sich kaum noch auf den Beinen halten, die Haut hängt in Fetzen, aber du gibst nicht nach. Weil: gibst du nach, bist du dran. Du musst den Nächsten aussuchen und dir für ihn eine Qual ausdenken. Hör mal, Lukas, wen würdest du als Ersten drannehmen? Erzähl mal. Sobald dir Leute ausgegangen sind, bist du dran, merk dir das.

Nun ja, Lomoz, ich hab große Achtung vor dir, dort in euren Sibirien, da war das bestimmt kein Zuckerschlecken.

Tja!

Da hatten wir vergleichsweise echt Hawaii gehabt, das weiß ich! Minkovice, Valdice, es ging einem an die Nieren, klar, aber kein Vergleich zu deinen Strapazen, ich weiß!

Man hat sich schon irgendwie dran gewöhnt, dass gefoltert wurde, damit man etwas verriet oder einen anderen verpfiff. In dieser einen Baracke wurden aber Leute einfach nur so gequält, pausenlos, tagein tagaus, nach festen Richtlinien, die hatten sie regelrecht gestaffelt wie die Kalorienzufuhr. Ein Experiment war das, was die Genossen dort betrieben haben. Im rumänischen Pitești.

Pfui Teufel! Ist ja grauenhaft, was du erzählst!

Entweder hast du andere gefoltert oder sie dich. Mit Messer, Schlagstock, Feuer, was man halt zur Hand hatte. Die Leute wurden so verdroschen, dass sie taub wurden, blind. Von dem Geschrei konntest du taub werden, also stöpselten wir uns die Ohren mit irgendwelchen Korken zu, die dort herumlagen. Aber so einfach war das nicht! Du musstest deinen Gegner fast totprügeln, aber noch rechtzeitig stoppen, damit er sterben wollte, aber am Leben blieb. Verstehst du? Damit das Ganze immer weiterlief, immerfort.

Jesusmaria!

Fast keiner hat standgehalten, musst du wissen. Von uns, die wir uns nicht haben einschüchtern lassen und selbst mit dem Foltern losgelegt haben. Die meisten haben's nicht ausgehalten.

Haben sich lieber umgebracht oder aufgehört zu fressen, damit sie vor Hunger abkratzten, haben sich aus der Baracke geschlichen und sind heimlich erfroren, der Trieb muss bei denen irgendwie angeknackst worden sein. Vermutlich der Grund, warum du meinst, dass der Mensch an sich eigentlich gut ist, oder?

Ja ja. Das mein ich schon.

Ist er nicht.

Doch!

Aber ich hab standgehalten, Mann. Ich als Einziger. Von allen.

Du?

Ja. Zwei Jahre hab ich dort gearbeitet, so lange wie sonst keiner. Danach haben die mich für nen echten Teufel gehalten, die Ärmsten. Dort haben nicht nur irgendwelche Professoren und Tüftlerköppe gesessen, sondern auch viele Dörfler, manche davon gläubig, versteht sich. Die haben mich so genannt. Der Teufel. Der Teufel von Pitești, haben die in ihrem rumänischen Kauderwelsch immer wieder vor sich hin gebrabbelt.

Mann, wie furchtbar.

Es stimmt, da hab ich schon Stiefel gehabt, nen warmen Pelzmantel, richtig guten, Schlüssel von der Wachstube und von der Speisekammer, aber dann ist Stalin gestorben. Hm, hab ich gedacht. Was wird jetzt wohl aus mir?

Und?

Nichts ist passiert. Das Ganze wurde unter den Teppich gekehrt. Ich habe gedacht, die würden mich umbringen, aber denkste. Alle waren schon tot, also hat keiner was gewusst. Schwein gehabt.

Und dann?

Dann bin ich noch durch ne Reihe von anderen Einrichtungen geschleust worden. Dort war es auch richtig derb, aber so derb auch wieder nicht.

Hm, hm.

Willst du das nicht mal googeln? Den Namen von dem Sonderknast? Ist eigentlich gar nicht so lange her.

Will ich nicht.

Aber googel das doch. Pitești heißt das, die verfickte Killerbrutstätte. Und hast du überhaupt ne Ahnung, wie ich in dieses Bessarabien, oder wie man diesen Arsch der Welt schimpft, aus der Sowjetunion hineingeraten bin? Und wieder zurück in die UdSSR?

Woher sollte ich das wissen? Erzähl mal!

Ah, ist doch wurscht.

Hm!

Was ich alles erlebt habe, das geht auf keine Kuhhaut.

Möge Gott dich trösten, Mensch!

Das ist es eben, was ich nicht verstehe. Der tröstet mich die ganze Zeit! Was die Gefolterten, Hunderte sind das gewesen, ihre Familien ... aber ich hock seit Jahren hier, immer mit meinen süßen Mädchen zusammen, wann immer ich will gibt's was zu mampfen, lecker Getränke, ich führe Reparaturen aus in der Gegend, bin überall willkommen. Ich lebe im Paradies. Hab echt Hawaii! Wie kommt das?

Weiß ich nicht.

Dafür danke ich dir, Lukas!

Wofür dankst du mir?

Weil ich es auch nicht weiß. Hauptsache, die jungen Leute kriegen einen richtig schönen ersten gemeinsamen Tag! Ich bewundere alle, die sich das Ja-Wort geben, als wäre damit alles geritzt. Und das will ich ihnen, Lukas, nicht vermasseln. Jetzt hältst du mich nicht mehr zurück, was?

Aber ...

Was aber? Du willst wissen, ob ich es bereue, oder? Ob es mir leidtut? Ja. Jeden Tag, wenn ich nicht total besoffen oder mit einer Frau bin, also eher in einer Frau drin, he he, da tut es mir leid. Manchmal auch so. Und?

Was und?

Das war's. Also hab vielen Dank für deine Frömmelfragerei. Und sollte Moni nach mir fragen, bin ich einfach nur frische Luft schnappen, ja?

Ja. Kannst dich drauf verlassen.

Oder meinst du, ich sollte doch zu dir nach Chlum kommen? Jetzt? Wo ich dir das erzählt habe?

Logo kannst du kommen, wenn du willst.

Quatsch, war nur Spaß! Da will ich gar nicht hin. Mach's gut, Kumpel.

Mach's besser ...

Ich wünsch dir wirklich alles Gute, Lukas!

Ich dir auch alles Gute!

Der Blinde knackt mit den Knochen, richtet sich auf, schiebt seine Hand millimetergenau zwischen die Kredenztassen und sackt die angebrochene Flasche ein. Und schon schiebt er sich die Treppe hinunter, stampf, stampf, mit seinen schweren Stiefeln trampelt er unerbittlich die noch Schlafenden wach.

Und als er draußen die noch kühle, von der steigenden Sonne allmählich dicker werdende Luft zerschneidet, geht er herzlich auf die Fragen der um den Eingang hängenden Horde ein, ob nun die Moni schon wach ist. Und die Mädels? Freundlich antwortet er, die seien noch nicht aus den Federn gekullert.

Er schüttelt die Hände, die sie ihm in seine gereckte Pfote schieben, wünscht auch ihnen Gesundheit, was denn sonst ... und schon verschwindet er hinterm Gartenzaun.

Und wie sich in ihm der Schnaps und der Tee verbinden, macht er sich in der Annahme, hinter einem von Monis Rosensträuchern zu stehen, frei, nimmt ihn in die Hand, und schon schickt er sich an, den knospenden Tag zu benetzen.

Eine der Tanten kreischt, er solle sich vor den Kindern schämen und sich trollen ... unter allgemeinem Gelächter, das sogar vom kurzen Applaus irgendeines Witzbolds begleitet, gleichzeitig aber auch vor Hochachtung vor seinem Alter und seiner Blindheit abgemildert wird, tritt er höflich ein paar Schritte zur Seite.

Diesmal tastet er die Existenz des dichten Strauchs prüfend ab; die Dornen, die eine feinere Haut übel zugerichtet hätten, nimmt er nur als Streicheleinheiten wahr, und als er seinen Stolz vor lebenden Blicken versteckt, lächelt er, denn da schießt ihm eine lustvolle Welle erregender Momentaufnahmen durch den Kopf, wie häufig hat er ihn in diesem Haus rausgeholt, mit jeder Kapillare erinnert er sich an das Zärtlichkeitendepot, angesammelt bei Millionen von verstohlenen oder ausgelassenen Beischlafbewegungen, aber auch von Momenten des Ineinanderruhens, wenn die Bewegungen der Gemeinsamkeit in einer Umarmung ausklingen ... bin ich wirklich zum letzten Mal hier? Schon! Was soll's!

Zu seinem Erstaunen ergreift ihn ein Zittern, leiser Schrecken schlängelt sich die Wirbelsäule hoch.

Aber er schüttelt sich ab, knöpft sich zu.

Und ziemlich festen Schrittes marschiert er durch das noch stille Dorf. Der Pfad verläuft am Wasser, an den Linden vorbei, die im bollernden Sommer ihre Blüten abwerfen, also schreitet er über einen weichen Blütenkelchteppich, und als sich der Pfad dreht, macht er sich auf nach oben, raus aus Městečko, den Hang hinauf.

34 BEISAMMENSEIN MIT FISCHSCHUPPE · FESTMAHL · ZUR JUNGFRAU · SCHON WIEDER DER TÄTOWIERTE – EINE LEKTION IN HUMANISMUS · DIE KAVALKADE BRETTERT LOS · VON PRAŽMA · ICH HAB RESPEKT VOR DEN ALTEN, ABER ... ZERBISSENE BRUST

Als sich Vater vor ihnen im Schilf aufrichtet, besteht er darauf, dass sie nur ihn und seinen Krempel mit auf das Floß nehmen.

Da wird Habdieehr fuchsteufelswild.

Das Ding kannst du ruhig ins Wasser werfen, einen Menschen lässt man doch nicht zurück, bist du nicht ganz bei Trost?

Dem können wir sowieso nicht mehr helfen!

Das ist Schuppe, du Blödmann!

Sie laden also beides. Es geht nicht leicht, aber sie schaffen's.

Erst als sie bei Richies Motoschlupf gelandet sind und Vater am trockensten Sumpfplätzchen vorsichtig die Rolle ausbreitet und in den Ecken mit Steinen beschwert, beißt sich Habdieehr in die Faust.

Tausendmal hat sie sich in ihrer Gemeindekirche unter diesem Bild bekreuzigt, und das tut sie auch jetzt, unter einem von Vogelscharen zerpflügten Himmel in einer zur Flucht geöffneten Landschaft.

Knie dich sofort hin, Mädchen. Pfeif auf die Nässe, bist ohnehin ganz nass. Die Jungfrau ist für dich angeschwommen!

Schon gut, Muhme, schon gut.

Die liebliche Madonna ist eins der mächtigsten Wesen im Universum, leiert Habdieehr herunter, die Engelskönigin ist sie, und sie lässt dich nie im Stich, das ist die Wahrheit, reine Wahrheit, und die musst du dir, Světla, auch merken!

Ja, ja, sagt das rundliche Mädchen, taumelt leicht und gähnt.

Was bin ich zu der vom Berg gepilgert, als Pražma vor Wut nicht sehen konnte und nur noch wissen wollte, warum wir immer noch kein Baby hatten.

Echt?

Was der gewütet hat, von wegen das wäre alles meine Schuld, wir haben drauflos gerammelt wie verrückt, aber dann ist die Zdenka zur Welt gekommen und ich war so glücklich.

Vater, Mücke und Richie heben Schuppe vom Floß und bugsieren ihn durch den Sumpf, der Junge hält die Beine fest, das Gesicht des Ertrunkenen schaut er möglichst nicht an.

Die junge Frau stützt sich beim Aufstehen auf die Arme. Schenkt dem Jungen zur Begrüßung ein wunderschönes Lächeln. Ihren Pelz schleift sie durch das nasse Gras, tapst direkt auf die rote Decke zu, schnappt sich das Wickelwesen, setzt es sich auf den Schoß, und gemeinsam glotzen sie ins Gras, was da so abgeht.

Endlich haben sie Schuppe rübergeschafft. Das Floß hat gewackelt, sie sind bis zu den Knien ins Wasser geplumpst. Nun aber liegt er friedlich da.

Wird langsam hell, was?, sagt Vater zum Jungen. Hast du dich ausgeruht? Das ist gut, wir sollten weiter. Und das Brüderchen ist schön brav, was? Wasch das mal ab, zeigt er auf die grünen Spritzer auf den Waden des Jungen, da muss sich der Tote irgendwie den Mund an ihm abgewischt haben.

Der Junge streift die Trainingshose ab, das T-Shirt, stellt sich in die Strömung. Lässt sich vom Wasser abspülen. Reißt Schilf aus, rubbelt den Schleim ab.

Richie patscht ihm von hinten auf den Nacken.

Hier haste Schlamm, hier nen blutigen Schorf … piekst er mit dem Finger den Jungen in den Rücken, es kitzelt.

Wo das Wasser ganz faul fließt, im Schneckentempo, dort planschen sie herum.

Kuck mal, Richie hebt einen Stein vom Grund. Kuck, was da alles lebt, schiebt er ihm den Brocken unter die Nase, in den Rillen wimmeln irgendwelche Schleimtierchen herum.

Zeig dich mal! Dir würde ne Jeans gut stehen, sagt Richie dann bestimmt. Schwarz oder blau, was meinst du? Du solltest beides haben. Nicht nur ne Trainingshose.

Anfangs, als der Junge unter Wasser taucht, brennt jeder Kratzer und Schorf, auch die lange Oberschenkelschramme.

Man hat mir erzählt, dass du in Mädchenklamotten herumgerannt bist, warum das? Mädchen können schwere Boots tragen, Lederjacken, sie können sich auch die Haare kurz schneiden, warum auch nicht? Aber dass Jungs Röcke und rosa Nickis tragen? Geht nicht! Findst du das ungerecht?

Er kneift ihn in die Schulter. Vergräbt die Finger in der Senke über dem Schlüsselbein, der Junge zuckt.

Hör mir gut zu. Jungs wie dich kenn ich gut. Richtige Dickschädel. Aber du machst schon den Mund auf, wenn du willst, oder? Wenn es dir wirklich darauf ankommt, dann sagst du was.

Hey, ihr beiden!, ruft Mücke und bäumt sich im Schilfdickicht auf.

Kommt her!

Also gehen sie zu ihm.

Mücke ist bei Schuppe zugange. Er tastet ihn ab, seine Pfoten rutschen schnell hin und her.

Nach einer Weile hebt er die Hand, ein Fischbauch blitzt auf, ein Riesenoschi, den er da gezogen hat.

Hat in seiner Hosentasche gezappelt und noch mit dem Maul geschnappt, erklärt Mücke.

Dann schwingt er sein Feitel über den Karpfen. An einem Häufchen Reisig, das er von Richies Motoschlupf angeschleppt hat, klickt er mit dem Feuerzeug und wuselt nur einen Moment später schon wieder am Ufer herum, zieht flache Steine aus dem Wasser, schabt mit einem Stöckchen die Grünalgen ab.

Inzwischen stehen Vater und Richie grübelnd vor dem Motorrad und Beiwagen. Wer wird im Anhänger sitzen, oder soll dort lieber das Bild transportiert werden? Über so'n Zeug reden sie.

Wohin nach Městečko?, fragt Vater.

In die Richtung, zeigt Richie.

Wie weit?

Kommt darauf an.

Da brutzelt die Sonne über ihnen schon ganz schön.

Richie hat in seinem Versteck einen Billa-Kunststoffkanister stehen. Mit Wasser. Und eine Wein-PET. Zweiliter.

Das Gesicht des Fischers ist noch fest. Vom Schlamm und dem Brei, der aus ihm kam, ist er grünlich angelaufen. Die Haare an die Schläfen gepatscht, in den halboffenen Lidern fahl schimmerndes Augenweiß. Verzogene Mundwinkel, die dunkel angelaufene Zunge ist hinter den Zähnen eingefallen.

Habdieehr legt ihm ein Tuch übers Gesicht, ein Taschentuch, so'n Halstüchlein halt, das sie dabeihatte.

Hauptsache, du liegst nicht mutterseelenallein im Schlamm und bist unter Freunden, so ist doch gut, oder, erzählt sie ihm und schielt zu Vater rüber.

Die Rothaarige plumpst auf ein Stück Holz. Da hat sie die rote Decke ausgebreitet und hockt mit dem Winzling darauf wie auf einer Hühnerstange. Alle bewundern, wie brav und artig sich der Kleine verhält, als wäre er gar kein Kind. Und Světla hakt den Plastikhaken auf, öffnet den Pelzmantel.

Ein herzensguter Mensch ist er gewesen, der Schuppi. Jeder konnte zu ihm kommen, mit jedem hat er einen Schnack gehalten, solche Leute gibt's heutzutage kaum noch, sagt Habdieehr, und weil ihr Tränen aus den Augen kullern, wischt sie sie mit der Handfläche weg.

Stimmt!, sagt Mücke.

Meine Jungs und mich hat er fabelhaft bewirtet, sagt Vater.

Aber etwas find ich komisch, spricht Mücke weiter.

Alles ist komisch, mein Lieber, entgegnet Habdieehr.

Der ist aber noch am Leben gewesen, hat sich dort am Strand noch aufgerappelt, sagt Mücke und starrt Vater an.

Wie hast du ihn von da herbekommen?

Hab ihn durch den ganzen Morast geschleppt, durch die Nässe, überall haben noch die Arschlöcher gewuselt, erklärt Vater hastig. Vielleicht ist er mit dem Kopf in ne Pfütze gedingst? Was weiß ich denn, es hat dort zwar noch Feuer gegeben, aber die Sicht war schon beschissen. Und als ich zurück bin, das Bild holen, Vater winkt mit der Hand … da hat er schon bewusstlos dagelegen. Wie die Weiber auf dem Floß aufgetaucht sind, Leute, ihr habt keine Ahnung, wie froh ich war!

Immerhin hast du die Jungfrau gerettet!, bekundet Habdieehr in die plötzliche Stille.

Am Strand hat er gekotzt und geheult, lauter grünen Scheiß ausgekotzt, aber da wird er wohl schon Wasser im Hirn gehabt haben, da kommt jede Hilfe zu spät, denkt Mücke laut.

Ebend!, sagt Vater.

Wenn es so war, dann war es so, Mücke nickt, mit Stöckchen und Messer wendet er die Karpfenschnitzel auf den glühenden Steinen um.

Und ich? Onkel Schuppi kenn ich, seit ich klein bin, wirklich ganz klein, sagt Světla und wischt sich die Augen ab.

Sie sehen Schuppe an. Und sie sehen ins Feuer. Weil die Sonne hoch steht, ist das Feuerchen winzig.

Fertig, Leute, sagt Mücke. Die erste Runde! Richie?

Hä?

Hast du Brot dabei?

Ich doch nicht!

Leute, was bin ich bloß für ein Holzkopf, Habdieehr klatscht sich an die Stirn, springt hoch, zerrt am Reißverschluss, zippt die Joggingjacke auf, schiebt den Nicki hoch, zappelt, die Brüste hüpfen auf ihrem Bauch. Was ist in die alte Ohrringtante gefahren? Auf einmal kullert alles ins Gras. Radieschen, Zwiebeln, Blumenkohl, auch ein Stück Klobasse hat Habdieehr unter dem Leibchen gewärmt. Und einen in Frischhaltefolie eingeschweißten Brotlaib.

Leute, Habdieehr erstickt schon wieder fast vor Tränen, die Kapitänskajüte lässt grüßen!

Světli! Ich bring's nicht raus! Ich kann nicht darüber reden! Wir erzählen es später, ja?

Rotschopf nickt. Schweigend stopfen sie sich voll. Gut, dass Richie Salz hatte.

Es ist immer noch genug Fisch da.

Und Wein?

Reichlich. Also nippen sie dran. Ganz sachte, im Sonnenschein. Die PET scheint bodenlos zu sein. Auf den Flachsteinen stapeln sich die Fischschnitzel.

Die werden nicht weniger, sagt Habdieehr nachdenklich.

Das Leid macht unsere Mägen kleiner, würde ich sagen, klärt Mücke sie auf.

Die fetten Finger wischen sie am Boden ab, wo das Gras am trockensten ist.

Greif zu, keine falsche Rücksicht, du musst für zwei essen, fordert Habdieehr die junge Frau auf. Aber die braucht keine Aufforderung.

Mit Freude starren die Männer ihr auf den hervortretenden Bauch, auf die Zielscheiben der Brustwarzen, die den sie bedeckenden dünnen Stoff zu zerreißen drohen. Auch der Junge starrt. Sie weiß gut, dass sie angestarrt wird, und es macht ihr nichts aus.

Hab sowieso ständig nen Jieper auf Fisch!

Echt, ja?

Es gibt verschiedenes, worauf ich Appetit hab, am meisten aber schon auf Fisch!

Pass gut bei den Gräten auf, Světla. Der Junge sucht für das Brüderchen die weißesten Stückchen aus. Eingewickelt in die rote Decke, ruht der wie ein kleiner König auf Světlas Schoß. Bevor der Junge ihm das Häppchen gibt, fischt er ihm einen blutigen Klumpen aus dem Mund. Auch in den kleinen Fäustchen stecken zermatschte Wiesenviecher, Grashüpfer, Schwarzkäfer, alles, was er zu fassen bekommt, alles, was um ihn her kreucht und fleucht. Vom weichen Fischfleisch bekommt er so viel er will, und er will pausenlos.

Und wie fahren sie nun weiter?

Richie erklärt es ihnen.

Er wird die Kavalkade anführen. Auf dem Moto. Mücke klemmt sich hinter ihn. Das Bild auf dem Anhänger wird vom Vater bewacht. Und von seinem Sohn. Und die Damen? Die machen es sich mit dem Lütten im Beiwagen bequem. Dort ist alles gepolstert. Für Světla optimal!

Hm, okay!

Die Jungfrau haben sie zusammengerollt, sobald sie wieder etwas trockener war. Das Bild bröselt ein wenig, die Farben. Da lässt sich aber nichts machen.

Richie mit Vater setzen die Jungfrau hin, die Frauen mit dem Lütten, der sich an den Rotschopfbusen schmiegt, drängen in den Beiwagen.

Der Junge wird losgeschickt, die Lagerstätte sauber zu machen.

Man kann beim Fischer keine Reste liegen lassen. Schon die vielen Schmeißfliegen. Wenn sie sein Ableben ordentlich gemeldet haben und die Leute aus Městečko ihn abholen kommen, was würden die sonst von ihnen denken.

Alle drehen sich nach Schuppe um. Es ist so traurig. Wie er da liegt.

Der Junge schnellt die Flachsteine in den Fluss zurück. Mit einem Stock fegt er verkohlte Äste und Asche ins Wasser. Deckt die Feuerstätte mit Grassoden zu. Nimmt das auseinanderklaffende Fischfleisch in die Hand.

Wie oft haben sie so ein Lagerfeuer gehabt? Mit Vater. Mit Mama. Sie hat ein Loch hinterlassen. Schnipsel von Gesprächen, Handlungsfetzen wirbeln darin. Sie wird aus seinem Gedächtnis weggeschwemmt.

Und plötzlich sieht er die beiden. Und erstarrt.

Die Frau hockt im Schilf. Die Grashalme beugen sich im Wind oder weil sie sich bewegt. Einen kleinen Schritt von ihr entfernt steht der Junge. Im dunklen Gesicht tätowierte Punkte schwärzer als die Haut. An der Tätowierung hat er ihn wiedererkannt. Damals hatte er ihm die Donuts gegeben. Wie sind sie hierhergekommen? Was geht mich das an, denkt er und legt den Fisch ins Gras. Vor den Jungen. Und pest davon.

Bleibt beim Anhänger und dem Beiwagen stehen. Als er sich umdreht, sieht er nur noch den festen Wall vom Schilf, durch den bräunliches Wasser schimmert.

Richie geht um den Anhänger herum und kickt gegen die Reifen.

Wie steht's? Können wir los?

Er nickt.

Was bist du so durch den Wind. Hüpf rein.

Der Junge hält sich am Seitenteil des Anhängers fest, stößt sich vom Reifen ab. Schwingt sich rein.

Die treiben sich hier rum, was? Mücke hat sie auch schon gesichtet. Zigos sind das aber nicht, was? Na, uns kann das egal sein, würde ich sagen.

Im Anhänger sitzt schon Vater auf Lumpen und leeren Säcken. Stützt mit beiden Händen das zusammengerollte Bild. Die stehende Rolle haben sie mit Seilen und Schnüren befestigt.

Der Junge überlegt, wie er Vater helfen könnte. Hockt sich zu ihm.

Habdieehr hält das Brüderchen auf dem Schoß, der will aber unbedingt zu Světla. Lehnt das Köpfchen an Rotschopfs Brust, lächelt. Manchmal schnurrt er leise. Auch das Plätschern der Gespräche über ihm scheint er mit Wonne aufzunehmen.

Vielleicht hättest du den Ertrunkenen nicht so viel ankucken sollen!

Wie kannst du das sagen, Muhme? Ich verdanke ihm mein Leben. Ich mit Mama zum Teich. Mama vergisst, dass ich da bin, oder schläft im Gras ein. Ich hinter einem Weißling her, sehe nur noch seine Flügel flattern, und jemine! Muhme, ich bin in den Teich reingeblubbert! Ohne Onkel Schuppi wäre es mit mir aus gewesen.

Wie schrecklich der ausgesehen hat! Ich hab an dein Kleines gedacht, verstehst du?

Aber Muhme, ich weiß noch, wie lieb der war. Und das ist für mein Baby gut, findest du nicht?

Er hat mich halt an meinen Pražma erinnert, weißt du?

War doch klar, Muhme.

Wie vollgesogen der war, aufgedunsen, ich will dir die Einzelheiten ersparen, aber sein Bauch war geplatzt, lieber reden wir gar nicht drüber, du bist ja schwanger, aber da auf der Bullerei, im Kühlhaus, da sind ganze Klumpen aus ihm rausgeflutscht, und ich zu ihm, was hast du mir zum Abschied noch für nen furchtbaren Schmerz zugefügt, du Arschloch.

Ach Muhme, Muhme.

Der hat sich im Prösterchen die Kante gegeben, während der großen Flut, das Wasser hat ihn gegen Steine geworfen, in Čtyřkoly unter dem Wehr zermahlen, tja. Soll das ein Leben gewesen sein? Mit ihm? So viele haben gesessen, und nur er ist zum Stänkerer mutiert. Ständig auf hundertachtzig. Und dann noch das hier. Da hast du's. Und dein Kája, ist der nett?

Und wie!

Na, der Pražma ist auch nett gewesen. Mensch Mädel, wie wir uns geliebt hatten. Und was wir geschwoft haben.

Das ist schön!

Hätte er bloß nicht so viel gesoffen. Aber irgendwie ging's immer noch. Keine Ahnung, wann das Ganze in die Binsen gegangen ist. Die Zdenka hatten wir da schon.

Jee, auf die freu ich mich richtig.

Dann nur noch Gezänk und Krawalle. Aber warum? Da war die Zdenka schon längst abgehauen, ich frag lieber gar nicht, ob er sie damals irgendwie, dingsda, traumatisiert hat.

Muhme!

Na, ich bin auch keine Heilige gewesen! Mit so nem Typen zu Hause geht das auch gar nicht, ich meine, wenn er wenigstens da gewesen wäre, nicht.

Hm!

Und plötzlich wollte er von mir weg.

Warum?

Hab ich auch gefragt. Ist nichts dahinter, sagt er. Bist halt alt geworden.

Was?

Ja, genau das hab ich auch gesagt. Was?

Und er?

Dagegen ist kein Kraut gewachsen, sagt der. Früher hast du nach Möse und Milch gerochen und warst lustig. Jetzt bist du alt. Und stinkst wie deine Mutter.

Na aber!

Ich will nichts sagen, wo du gerade das Baby unterm Herzen trägst, aber die Kerle sind halt so.

Hm.

Was hampelt der Lütte so wild?

Der Winzling drängelt zum Rotschopf. Stur kriecht er immer weiter auf sie zu.

Světla?

Hm.

Kuck nicht so düster. Das färbt ab auf das Kind!

Hm.

Was, du heulst? Komm doch!

Ich krieg jetzt doch das Baby. Und Kája und ich, wir haben uns lieb!

Das ist doch prima, Liebes.

Und meine Mama hat mich lieb gehabt. Ganz doll lieb gehabt hat sie mich.

Světlusch, das will dir auch keiner nehmen!

Und noch was sag ich dir, Muhme, ja?

Was denn, mein Mädchen?

Pass auf, Muhme. Ich hab Respekt vor den Alten, aber wenn sie Scheiße labern, dann sag ich's auch, ja? Also halt mal ne Weile die Klappe, ja?

Auuuu, kreischt Světla plötzlich auf und springt so heftig hoch, dass das Köpfchen vom Lütten zur Seite fliegt.

Und Světla jammert, reißt das T-Shirt runter, wischt Blutstropfen von ihrer weißschimmernden, durchgebissenen Brust, ragt halbnackt aus dem Beiwagen. Und wie die Kavalkade über die Grassoden hüpft, verklingt ihr Gejammer im Gelächter der beiden Besatzungen, aber da hält Richie den Motocrosser schon an.

Vater stützt sich an die Seitenwand, springt aus dem Anhänger.

Ich pfeffer dir eine, du Rotznigel!, ruft Habdieehr und holt aus in Richtung Babyköpfchen.

Den hat noch nie einer geschlagen …

Eine Bulldogge ist das …

… und so soll es auch bleiben, sagt Vater und schon grapscht er sich den Winzling von ihrem Schoß.

Nimm's mit, das Zeckenmonster! Er hat ihr die Brust durchgebissen!

Es hat ihn noch nie einer geschlagen, weil es nichts bringt, erklärt Vater, hält den Winzling fest, der unter seinem Ellbogen linst, klettert über die Seitenwand und macht es sich wieder auf den Säcken bequem.

Da hat sich Světla schon wieder hingesetzt.

Wieder gut?, dreht sich Richie zu ihnen und kichert in die Hand.

Es tröpfelt. Ganz sanft nur.

Und die Kavalkade zieht weiter.

35 VENCA BAJER · KAPUTTER KÖTER · MEHR KINEMATOGRAPHIE · LOMOZ SEINE WETTE · MIT ARMBRUST UND TANNENZAPFEN · DIE BITTE UM DEN WALNUSSSCHNAPS · IN DIE GROTTE

Lomoz ist schon über dem Dorf, er folgt dem Pfad zum Schädel hinauf, hält sich an Zwergbäumchen fest. Im Gras biegen sich scharlachrote und dunkelblaue Büschel im Wind, eine Schlange huscht vorbei, deswegen trampelt er auch in Militärstiefeln den Pfad lang, sein Herz hallt, atmet, weitet sich aus.

Der Fels ragt kahl über den Wäldchen und Wiesen. Würde ihn einer von oben betrachten, könnte er sich möglicherweise an einen Schädel erinnert fühlen. Vielleicht nennen die Einheimischen ihn auch deswegen so.

Lomoz' Grotte ist eher eine Mulde, ein Wildlager, ein Bau. Laub liegt auf dem Boden, bei starkem Wind segeln neue Blätter hinein, in der Gegend hat er die Schrittentfernung zu jedem Baumstumpf intus, kennt hier jeden Stein.

Die Vorstellung, er würde sich zur Ruhe betten, wie er sich immer feierlich aufgesagt und genauso häufig ausgemalt hatte, war ihm immer ohne Angst gekommen, ohne Zweifel, ohne dass es ihm in den Schläfen gerauscht, in den Ohren pulsgehämmert hätte, ohne Anspannung also. Sie wirkte beinahe tröstlich.

Bis heute.

Dass er schlottern würde, damit hat er nicht gerechnet.

Das kommt nicht von der Angst. Das ist schon die Schwäche. Ich werd aber schneller sein als die Schwächlichkeit, die in mich hineinkriecht.

Er tätschelt den Felsen ab, kriecht in die Mulde, hockt sich unter das Felsdach.

Hier soll es sein, hier stech ich mich ab.

Zuerst trink ich aber was. Der Schluck knallt die Wärme hoch und macht alles samtseidig weich. Ja, jetzt ist wieder gut.

Er prüft, wie viel noch in der Flasche ist, neigt das Geschwappe zur Seite, die Flüssigkeit flattert hin und her.

Hauptsache, es ist genug. Hauptsache es kommen keine Sehnsüchtereien nach der nächsten Pulle, damit ich nicht wie ein Idiot deswegen den Hang runterrase. Und dabei womöglich noch stolper und mich zum Krüppel mach.

Er zieht seinen Cutter hervor, ein geöltes, scharfes Klappmesser, ein Muss für jeden Handwerker.

Das Trinken fließt rein, das samtseidige Zeug, dafür strömt das Blut raus.

Und das macht einen auch ruhiger, nicht wahr.

Was danach kommt?

Höchstwahrscheinlich nichts. Ein großes beschissenes Nichts. Am ehesten ne Dunkelheit. Auf jeden Fall bin ich nicht dabei.

Die Mädels, wie schön war das alles. Die kleine Denise mit ihren hübschen jungen Titten, wie ich die auf mich gepackt hab. Wie sich Zdenka vor Lachen gar nicht wieder eingekriegt hat, wir konnten fast nicht weitermachen. Die eine, die wie ein Kätzchen geschnurrt hat und immer noch mehr wollte. Jesus, war das schön.

Jetzt schneide ich mich. Mit all den Schätzen in der Birne.

Solange ich noch den Verstand beisammenhab.

Er krempelt den Ärmel hoch, tippt mit der Messerspitze auf eine der ellenlangen Venen in seinem Arm, sieht eher wie'n Spagat aus als ne Vene. Die hat er sich ausgesucht. Und logo, die Pulsader schneidet er mit auf. Über ihm und um ihn herum zündelt der Wind im Laub. Auch Kiefern gibt es hier in der Gegend. Irgendwo in den Tannenzapfen, im herumliegenden Nadelholzreisig, von der Sonne vertrocknet und rostig gebraten, irgendwo dort hört er es knacken.

Er schneidet rein. Ein kleines bisschen. Aber er weiß, dass er es mit Schmackes machen muss, wenn's sein muss bis auf den Knochen, ein Hieb, ein Schnitt, wie oft hat er sich das ausgemalt. Und wie oft hat er blutrotes, wundes Fleisch zucken gesehen.

Jedes Mal zuckt er aber selbst zurück. Ich hau und hau nicht rein. Was soll das. Er staunt.

So nicht. Ich hab doch noch Dampf.

Oder geht es schon los. Diese Schwächelei. Ich hör auf, ich zu sein.

Er nimmt einen Schluck, zögert. Damit das Trinken nichts von der Kraft einer Hülle einbüßt, dieser Paradieswolke, die via Hals den Körper und den Geist überflutet, und ihn, Lomoz, in die Wonne katapultiert.

Jetzt wird es gehen.

Ja, mit einem Hieb.

Schon wieder knackt es. Im Reisig. Bestimmt kein Rehkitz. Ein Eber?

Soll mir das bloß ne Wildsau kaputtmachen. Ich hab doch immer Glück gehabt. Und jetzt Pech.

Ein Köter zwängt sich durchs Gestrüpp, der Hund trottet bis zu Lomoz' Felsvorsprung hinauf, gemächlich, geduckt. Seine Vorder- und Hinterpfoten sind verbunden. Ohren wie Fliegenklatschen, abgezehrte Flanken, er hockt sich hin, zittert am ganzen Körper, winselt. Bellt scharf auf, zweimal, er schlägt an.

Was ist mit dir, du Kläffer, sagt Lomoz, kennst du mich etwa?

Und da trampelt schon einer im Gesträuch, tritt auf Äste, schnauft.

Wer da?, trompetet Lomoz, versteckt das Messer in der Hosentasche und zieht sich mühsam auf die Beine, taucht vor dem Ankömmling wie eine Laubgestalt hervor.

Ein junger Typ. Verschwitztes T-Shirt, kurze Hose, gespannte Armbrust in der Hand. Mit eingelegtem Pfeil.

Der Köter humpelt mit hängender Zunge auf ihn zu, Klumpen von Geifer strömen ihm aus der Schnauze.

Jesusmaria, was machen Sie hier? Brauchen Sie Hilfe?

Die Hand mit der Armbrust schiebt er hinter den Rücken. Und entspannt sich, lässt die Waffe an der Hüfte baumeln, die Pfeilspitze zeigt ins Gras.

Und was machst du hier?

Frische Luft schnappen.

Lomoz zittert. Seine Beine schlottern. Wie bei dem Köter. Seine Hände schlottern auch. Blut tropft aus ihm.

Welche Teufel haben dich hierhergetrieben, Junge. Was ist mit dem Köter?

Sie haben ne richtige Schramme aufm Arm.

Das ist nichts.

Er setzt die Flasche an, drückt sie an den Mund, saugt, schluckt.

Und jetzt hab ich's leergetrunken, du Dummbatz. Alles deine Schuld!

Ich hab selbst was dabei. Probieren?

Der Alte stößt fast gegen die Armbrust, der Junge rammt ihm den Flachmann in die tappende Hand.

Himmelarschundzwirn, das ist Walnussschnaps, was?

Vom Vater. Wir trinken nichts anderes.

Was ist mit deinem Köter los?

Sie verraten mich nicht, Herr Lomoz, das weiß ich. Wenn er nach Fleisch geht, kommt er wieder ins Laufen rein. Seine Pfoten sind im Arsch.

So einer soll in seiner warmen Hundehütte hocken. Wie heißt du denn?

Ich bin der Venca. Wir haben da halt zu viele von, Herr Lomoz. Läuft er, gut, läuft er nicht, auch gut.

Du gehst aber ganz schön hart mit deinen Hunden um, Junge.

Aber wo, was soll er sich quälen.

Was schleifst du ihn durch den Wald, wenn er kaputt ist, ist doch Blödsinn.

Wir sind seit heute früh unterwegs und er ist immer noch gut.

Quatsch, ich hör doch, wie er sich quält. Und wie er winselt, der Arme. Du hast null Verstand, würd ich sagen.

Vater würde ihm das nicht durchgehen lassen. Hoffentlich berappelt er sich wieder. Ich hab ihm Schienen angelegt, Verband. Blödmacher gegen Schmerzen gegeben. Er ist mein Bester.

Aber laufen sollte er nicht.

Der blöde Baum hat ihn lädiert.

Ja?

Der von der Kirmes, der gekippt ist. Ist ihm ausgerechnet auf den Pfoten gelandet. Hätte er den Rücken getroffen, wäre alles aus.

Das schon.

Ne Menge Leute hat's erwischt, mich aber nicht.

Glück gehabt.

Mir machen solche Vergnügungen keinen Spaß, ich hab's lieber im Wald.

Weiß ich doch, du Wilderer, du Räuberfinger! Ich kenn euch Bajer-Jungs ja.

Sie erzählen's keinem, ich laufe hier nämlich mit ner Armbrust rum.

Gib her!

Achtung, ich halt sie lieber fest.

Scharf ist das Ding, der Alte prüft den Bolzen mit dem Daumen. Und der Kolben wie beim Gewehr. Was ist das?

Ne Winde, Chef. Ich drück drauf, der Bolzen schießt raus, und Treffer. Ich treffe immer.

Sag nicht Chef zu mir, verdammt.

Oukey!

Du triffst nie daneben?

Logisch nicht.

Echt der Winnetou, was?

Wie?

Armbrust! Das kenn ich! Die gab's in dem Film über Jan Žižka, wo dann die Frau gekillt wird, auf die beide scharf waren.

Was?

Die beiden Hussiten, mein ich!

Ja, Ritter haben auch so was gehabt.

Aber Quatsch, von wegen Ritter. Ihr rennt hier also mit Armbrust durch den Wald, ihr Bajervolk. Auch ein Kalb habt ihr gekillt, sag ich dir. Ich weiß ja von der Schwarzschlachtung. Nichts als Diebe seid ihr, ihr Bajers! Die Baschta-Jungens werden's euch zeigen, da wirst du noch Augen machen!

Wir scheißen auf die Baschtis!

Hunde und Kälber foltern, das findest du klasse, ja.

Hä, was soll das?

Da staunst du, was ich alles über euch weiß, was? Schluss mit Streiten. Willst du einem alten Mann ne Freude machen?

Was soll das?

Wir schließen ne Wette, Venca, ja? Die glorreichen Sieben, die kennst du?

Vater mag den.

Dort gibt's diesen perfekten Typen. Der nur mit nem Feitel gegen einen Cowboy zieht. Die ja normalerweise immer ne Knarre dabei haben. Weißt du was? Wir stellen uns fünf Meter voneinander entfernt auf. Triffst du? Oder triffst du nicht?

Jesus, logo treff ich.

Ich werf mein Messer und wenn ich dein Herz nicht erwischt hab, schießt du mich ins Herz, ja?

Ist doch irre, das.

Kriegste Muffen, Jüngchen?

Onkel, lassen wir das.

Kuck mal, nach deiner Stimme weiß ich ja, wo du bist. Und stur setzt sich der Alte in Bewegung, zählt, kickt Steinchen weg, Tannenzapfen, eins, zwei … fünf Meter, meldet er, seine Stiefel wirbeln Staubwolken auf, er ist fast ganz in seiner Mulde verschwunden. Er tätschelt die Felswand. Dreht sich zum Armbrustermann.

Venca?

Na?

Wo du Muffensausen hast, will ich nicht mit dem Feitel werfen. Ich will dir nichts Böses, überhaupt nicht! Ich mit nem Tannenzapfen nach dir, du mit nem Bolzen nach mir, ja? Fertig los? Und der Alte bückt sich, tastet in den Nadelzweigen, schnappt sich einen Tannenzapfen.

Sag was, dröhnt Lomoz, den Tannenzapfen in der Hand.

Was soll ich sagen?

Der Alte schwingt die Pranke, der Tannenzapfen saust los, trifft den jungen Bajer mitten auf die Stirn, dieser ächzt und der Hund jault auf.

Zahl's mir zurück, mach schon!

Aua, Mensch, ich krieg ne Beule!

Schieß nach mir und laber nicht rum!

Sie sind zu lange in der Sonne gewesen. Onkel, bitte, lassen Sie die Tannenzapfen in Ruhe, verdammte Kacke.

Venca Bajer ist'n Gaunerarschloch, ein Wilderer wie sein Oller. Und Schisser noch dazu!

Lassen Sie uns zusammen nach unten gehen, ja?

Hey, streng dein Köpfen an, Jüngchen! Du bist'n Jäger. Jeder denkt doch drüber nach, wie man einen Menschen erlegt, oder? Wenn's darauf ankommt. Bin auch mal ein kleiner Steppke gewesen, denk bloß nicht! Du rennst durch den Wald und träumst vom Krieg. Wie würde ich mich da machen?, fragst du dich? Erschieß mich. Dann bestehst du immer.

Onkel, hören Sie auf damit.

Augen hab ich keine, ne Zunge aber schon. Wenn ich rede, kommt ihr hinter Gitter. Aber ich kann auch die Klappe halten. Denk scharf nach!

Onkel, verdammt, was wollen Sie von mir?

Hab ich doch gesagt. Erschieß mich. Und verpiss dich dann auch gleich, meinetwegen.

Onkel, ich bitte dich.

Hier findet mich keiner. Du schüttest Laub über mich. Alles bombensicher.

Sie sind durchgedreht!

Aber Kacke, du spinnst doch. Genau andersrum!

Warum machst du das, Onkel?

Weil du mich ankotzt, du Schisser. Mach, was ich dir gesagt hab.

Nein.

Bring mich um.

Nein!

Und weißt was?, sagt der Alte, im Schoß des Felsens in seiner Mulde versteckt. Mir ist irgendwie schwummrig.

Mein Reden!

Entschuldige, Junge.

Jesusmaria, Onkel, mir tut das alles leid. Ich hab fast Angst gekriegt.

Kannst du was für mich tun?

Was?

Lass mir den Walnussschnaps hier, ja? Bist du so lieb?

Venca geht die paar Schritte nach vorne und schiebt Lomoz den Flachmann in die Hand.

Brauchen Sie noch was?

Zieh Leine, Jungchen.

Ich geh unten bei Moni vorbei und sag ihr Bescheid, dass Sie hier oben sind! Sie haben lange in der Sonne gehockt, stimmt?

Mir geht's prima. Ich leg mich nur kurz hin.

Ich schau trotzdem bei ihr rein!

Tu, was du nicht lassen kannst.

Onkel, kann ich Sie hier überhaupt so lassen? Damit Sie sich nichts antun.

Jungchen, scher dich endlich.

Ich geh schon.

Der Armbrustmann pfeift auf den Hund und Lomoz hört den schnittigen Schritten im Nadelreisig zu, dem weichen, unregelmäßigen Aufschlagen der Hundepfoten und wirft den Kopf in den Nacken.

Der aufbrausende Wind schmirgelt ihm an der Visage herum, in plötzlichen Böen reibt er ihm Staub, hauchdünne Splitterpartikel und Tannennadelstückchen in die Wangen, als nähme die steinerne Wiege ihn jetzt schon auf.

Er stützt sich auf den Ellenbogen.

Hey! Venca!

Die Schritte halten an.

Onkel?

Dein Vater hat Recht!

Ja?
Dein Hund da, der taugt nichts.
Weiß ich!
Geh schon!
Und Sie brauchen wirklich nichts?
Hab alles da!
Na dann geh ich.

36 NAPALM AUS DEM TRAUM GERISSEN · ANKUNFT DER KAVALKADE · ZANK VORM IDOL · DER VERLORENE BRUDER · HANDSCHELLEN · ABSPERRUNG · DAS LIEBESPAAR – DIE NEUGIERIGE SVĚTLA · KLEINER KÖNIG · ERSCHEINUNG IM BUSCH

Napalm träumt. In seinem Traum hockt er drinnen im Panzer, die Dämmerung um ihn herum pulsiert vor Scharfmunitionsgefahr, ihm ist aber ein solcher kampfbedingter Stress willkommen. Wie oft hat er doch am Feuer das Handbuch Führung der Panzerarmee buchstabiert, sich an der Vision eines ordentlichen Ritts berauscht ... Im Traum nähert er sich dem Freudenhaus, der alte Baschta steht auf der Steinstufe, lächelt der ganzen Panzerherrlichkeit entgegen, und als Napalm wie ein legendärer Panzerheld nur düster lächelnd der Menge zuwinkt, frohlocken die Mädchen und klatschen in die Hände ... Und plötzlich erwacht Napalm in milchigen Nebel hinein, schwadenweise hängt der über dem Fluss.

Ihm ist kalt, er ist am Feuer eingeschlafen, die Flasche, die er damals mit Schuppi nicht alle gemacht hatte, hat er nun, vom Anblick des parkenden Panzers gepeinigt, alleine ausgetrunken, er ist zusammengekrümmt eingepennt, die Haare in erkalteten, säuerlich riechenden Kohlestückchen, Fischreste kleben an ihm ... er öffnet die Augen und sieht Löti vor sich.

Aufstehen, wir fahren los, zischt Löti. Und schleudert Napalm einen Panzerhelm vor die Füße. Und das Klamottenknäuel, das Napalm noch im Flug auffängt? Eine Tarnuniform. Hose und Jacke.

Und erst jetzt bemerkt er, dass Lötis jugendliches Antlitz

vom Helm eines Panzerkriegers eingerahmt ist. Er steht in Tarnmontur dort und nicht allein. An seiner Seite schlottert fröstelig der kleine Knöllchen. Der anstelle eines Helms eine Strickmütze trägt.

Napalm legt sich wieder hin, um den Traum auszukosten. In diesem Traum wird von Anfang an Panzer gefahren, das findet er dufte.

Löti kickt ihn in die Flanke. Noch einmal. Und Knöllchen kreischt ganz laut. Daran ist nun nichts Traummäßiges mehr. Erst als Löti dem wütenden Greis eine neue Rumflasche in die Hände drückt, als flüssige Opfergabe sozusagen, nimmt Napalm es ihnen ab.

Geht es also los?, fragt er gierig.

Ja!, rufen die beiden Brüder.

Wie ein junges Reh springt Napalm auf. Und der Greis, der Jüngling und der kleine Junge hüpfen im engen Knäuel herum, patschen sich gegenseitig auf den Rücken. Sie grunzen vor Freude, lachen. Napalm kippt den Rum in vollen Zügen. Löti, wie es sich für einen Panzerführer ziemt, trinkt vorsichtig in kleinen Schlückchen.

Er ist sowieso fix und fertig. Letzte Nacht hat er kein Auge zugemacht. Den kleinen Fiat hat er vorm Bordell abgestellt. Weder Miran noch Kája sind ans Telefon gegangen. Umso besser. Er führt den Panzer denen vor, die kommen. Aus der Hochzeit wird nach Vaters Tod sowieso nichts. Also verfuttern sie alles, was die Mädels vorbereitet haben, beim Leichenschmaus.

Als Knöllchen den großen Bruder noch im Dunkeln nach Helm und Tarnmontur greifen sah, war ihm alles klar. Er brauchte nicht mal zu betteln. Napalm wird aus dem Turm spähen, Löti wird fahren. Sie brauchten dringend einen zum Schutz der mit scharfer Munition beladenen Lafette. Wehe, sie würden die Ladung versehentlich verballern! Knöllchens Aufgabe war klar. Unter Körpereinsatz das Geschoss schützen.

Den kahlköpfigen, tätowierten Mörder, den er erlegt hatte, den hat sich Löti ordentlich angekuckt. Er kannte ihn nicht. Aber das Ganze wird nicht ohne Grund so gekommen sein. Da braute sich was zusammen. Es schadet nicht, wenn sie einen Panzer haben. Etwas Übung tut Knöllchen gut, hat er gedacht.

Und schon eilen sie zum Panzer. Löti mit jugendlichen Sprüngen, gleich hinter ihm her pest Knöllchen im Affenzahn, Napalm auf seinen ungelenken Haxen folgt langsamer, mit grimmiger Entschlossenheit.

Die Sonne schwingt sich über das Freudenhaus, sie sengt noch nicht, leuchtet den Tag hübsch aus. Vom Fluss kommt eine sanfte Brise auf, sie rutscht über die roten Dorfdächer, fegt Staubpartikel weg, hebt die Röcke, gleitet die braungebrannten Wangen runter, bringt Kühlung und Freude.

Richie parkt das Motocrossrad vor der Eingangstür. Gleich neben dem zerbeulten Fiat. Vater und der Junge hocken noch im Anhänger, bewachen die Rolle, sehen sich fürs Erste nur um. Mücke und Richie grüßen polternd Bekannte in der Menge. Die zahlreichen Neuankömmlinge aus Městečko und Umfeld. Habdieehr hilft Světla aus dem Beiwagen und umgekehrt.

Die von der Kavalkade wundern sich aber bald. Ihr neckisches, hochzeitskonformes Frohlocken prallt an den trauerumflorten, düsteren Gesichtern ab. Die grausame Nachricht von Mirans Ableben ist inzwischen jedermann bekannt. So kommt eine vorhochzeitliche Stimmung natürlich gar nicht in Gang.

Eine Menschentraube hängt um den Altan herum, Monis Mädchen bringen gerade Teekannen hin, Tabletts mit Hochzeitsstrudel und Schüsseln mit Buchteln.

Lieber man futtert's weg, oder, sagt über den im Nu geleerten Schüsseln und Tabletts die blasse, verweinte Zdenka zu Janinka. Die Sonne spiegelt sich in ihrem Bauchnabelohrring wider, das durchsichtige Laibchen legt ihre Brüste frei. Von den Ereignissen ganz aufgewühlt, ist sie in das Nuttengewand geschlüpft.

Nachdem Světla aus dem Beiwagen ausgestiegen ist und die furchtbare Neuigkeit erfahren hat, lässt sie sich erschüttert neben dem Altan auf ihr Pelzmäntelchen plumpsen.

Die stattliche Frau, die sich ebenfalls um die Futterverteilung kümmert, läuft mit offener Bluse herum und drückt mit einem Arm das an ihrem Busen nuckelnde Baby an sich. Und schiebt Světla gleich eine Tasse gesüßten Tee in die Hand.

Wortlos legt sie noch eine Scheibe Zitrone dazu.

Danke, Dorle, fiept Světla und bietet Habdieehr einen Schluck an. Auch die kuckt ziemlich bedröppelt vor sich hin.

Hab gedacht, bei der Hochzeit gibt's Schnitzel, sagt ein Typ traurig zu Dorle.

Wird man noch sehen, erwidert die Frau.

Macht nichts, 's gibt ohnehin viel zu essen hier, meint der Mann.

Stimmt.

Aber es stinkt hier ein bisschen.

Man gewöhnt sich.

Meinst du?

Ich hab mich schon gewöhnt.

Habdieehr gibt Světla die Tasse zurück. Ich warte noch auf Zdenka und dann brechen wir auf nach Chlum, würde ich sagen. Und du?

Wir kucken noch, Kája und ich.

Hat dich der kleine Vampir doll gebissen?, fragt Habdieehr neugierig.

Světla schüttelt den Kopf.

Glaubst du vielleicht, von den eigenen tut es nicht weh? Da wirst du noch dein blaues Wunder erleben. Hast keine Ahnung, was ne Frau alles aushalten muss. Aber deine Woche, da hast du's richtig krachen lassen, oder? Na, ich war nicht anders. Aber was wird jetzt aus der Hochzeit?

Muhme, das ist so schlimm! Ich hab Miran so gern gemocht!

Meingott, was der alte Baschta noch alles erleben muss! Na, er hat schon immer sein Rüsselchen ziemlich hoch getragen, der Ärmste. Seltsam, dass er sich noch nicht hat blicken lassen. Unter aller Kanone, so ein Geburtstag, muss man echt sagen.

Jesusmaria, Muhme, und Moni? Und der Kleine?

Und du? Kája wird jetzt wenigstens ordentlich kuschen. Wie oft hab ich gesagt, dass sich den Baschtas ihre Schacherei rächen wird, und schon ist es so gekommen!

Kája ist bei seinem Bruder. Wo denn sonst?

Ich sag dir, Mädchen, im Moment ist die Welt wirklich Scheiße. Miran und tot. Wer hätte das gedacht? Magst du ne Buchtel?

Inzwischen hat Mücke das Altanangebot inspiziert, sich kurz, mit einem ordentlichen Stück Strudel hinterm T-Shirt, bei den Rosensträuchern herumgetrieben, nun bietet er beim Heiland Maulaffen feil. Man hat die Statue von der Trage genommen und an die Mauer gelehnt.

Mücke wechselt ein Wort mit den Christusträgern, und als er willig verspricht, für sie auf das Holzidol aufzupassen, stellen sie sich rasch für frische Speisen an. Und schon winkt Mücke Richie herbei.

Kuck mal, worauf ich aufpassen soll!

Gehst du dann auch weiter, mit nach Chlum?

Du meinst, in Chlum haben die da irgendwas? Was könnten die dort haben? Das hier, Mücke pikst dem hölzernen Heiland in die blutverschmierte Brust. Was das hier wohl wert ist?

Richie fährt mit dem Finger über das geschnitzte, faltenreiche Gewand, fasst die hervortretenden Rippen an und starrt in die Heilandsaugen mit ihren samtig fein geschmirgelten Pupillen, er starrt auf den hölzernen Kopf, der ihn, den Lulatsch, überragt.

Mann, das hier ist doch komplett wertlos, fährt Mücke fort. Das Ding hat Járin im Strafvollzug geschnitzt. Als er haufenweise Zeit hatte. Aber in den Kirchen gibt's bestimmt viele, die viel blöder kucken als dem Járin seiner, würd ich meinen.

Aber die in den Kirchen, die haben ne Gebetspatina, Mücki, und sind steinalt. Deswegen wertvoll. In tausend Jahren ist der hier vielleicht irre viele Millionen wert.

Bestimmt früher!

Mücke, das hier ist aber nicht alt. Alt ist die Jungfrau, die in der Rolle. Die ist echt, die hat nen Wert.

Mann Richie, das Ding ist kaputt, das Bild. Schuppi hat's abgewetzt. Und der Rahmen ist futsch.

Aber es ist echt. Warum, meinst du, ist Mohrle so scharf drauf? Das sind Millionen. Nicht das hier.

Meinst du? Na, du bist gebildet, Richie. Und wozu ist es gut gewesen? Hast deine Pfoten nicht im Zaum halten können, hast reingelangt, wo du nichts zu suchen hattest, und bist im großen Bogen rausgeflogen, he he he!

Ach halt mal die Fresse, Mücke.

Weißt du, Richie, mich hat nie ne Frau haben wollen, wegen die roten Haare. Aber so tief wie du wäre ich nie gesunken. Nie!

Und da springt Mücke hoch und noch in der Luft erwischt er mit der Faust eine Schmeißfliege, die es sich am Heiland bequem gemacht hat, schön draufgeklatscht hat er sie ... Und dann schiebt er sie noch mit dem Zeigefinger direkt in Heilands Hüftwunde. Und hat unendlichen Spaß daran, wie dort in dem Loch die plattgedrückte Fliege mit den Beinchen strampelt.

Mann Scheiße, Aua!, ruft er nach einer Weile und hält den schwarzgewordenen Zeigefinger hoch. Ich hab mir den Finger gestoßen.

Gottesstrafe, Mann.

Ach Quatsch, ist einfach Pech. Wenn du Pech hast, kannst du auch in der Fotze auf nen Nagel stoßen. In deinem Fall im Arsch!

Was treibt ihr denn da, donnert sie plötzlich eine Frau an, die von der Essensschlange auf sie zumarschiert. Und die sie schon eine gute Weile im Auge gehabt hat.

Ach, wir bewachen den Alois, äußert sich Mücke.

Das ist kein Alois, das ist Jesus Christus, der Sohn Gottes!

Ist doch das gleiche, Mutter, grinst Mücke.

Bin nicht deine Mutter, du Miststück.

Wäre auch richtig Scheiße gewesen.

Steht ihr auf der Trägerliste, ja? Ich frag mal bei Lukas nach, sagt die Matrone und rauscht ab.

Komm, wir machen lieber die Biege!

Wo wollen wir hin?

Zum Bild. Dann sehen wir weiter.

Der Junge kommt zu ihnen, gleich nachdem er durch die Schlange durch ist, hie und da hat er was genascht, vor allem aber nach Světla Ausschau gehalten. Aber vielleicht hat er sie wegen des Altans nicht gesehen, wegen all der Leute, die dort herumliefen oder in Grüppchen hockten und debattierten. Er wird sie schon noch finden.

Kuck mal, Mohrle junior. Was willste?, raunzt Mücke ihn an. Sollen wir zu deinem Vater, oder wie?

Hast du wenigstens was gegessen?, will Richie wissen. Und schon eilen sie beide dem Jungen hinterher, huschen an der Essensschlange vorbei.

Světla führt Kája an der Hand. Sie hat sich ihn gepackt, gleich als er vors Haus trat. Es ist warm, die Sonne steht hoch. Den Pelzmantel trägt sie zusammengerollt unterm Arm.

Gib mal her, ist doch schwer, sagt Kája zärtlich und wirft sich den Pelz über die Schulter.

Sie gehen an den Rosenbeeten vorbei, verlassen das Bordell durch den Haupteingang.

Kája, durch die Katastrophe immer noch wie vom Donner gerührt, läuft gebückt, als schleppte er die ganze Sonne auf dem Buckel.

Světla reißt ihn zurück, fast wäre er auf die Straße getreten. Zwischen dem Liebespaar und den Pilgern rauscht ein Laster durch, auf der Ladefläche haufenweise gelbe Absperrgitter, hinter dem Laster saust ein Polizeiwagen, auch Polizeimotorräder kommen zum Bordell angefahren, die sind ja bei jeder Absperrung mit dabei.

Světla lenkt ihre Schritte ins Dorf hinein, sie laufen durch schmale Gassen, an Zäunen entlang, Gärtchen, Glashäusern, Swimmingpools und Gartenlauben von allen möglichen netten, gewöhnlichen, freundlichen Menschen, aus den offenen Fenstern ziehen Speisengerüche zu ihnen hoch, nach den letzten Regenschauern glänzen die Gartenbeete noch, hie und da werden die Büsche von einem vorprogrammierten Selbstbewässerungssystem gesprengt.

Hey, Světla, hallo!, ruft eine rotwangige Gärtnerin.

Hallo!

Pech, oder? Aber ein zweites Mal hält besser, sagt man so. Mein Beileid, Kája!

Danke!

Sie passieren Bienenstöcke, Holzverschläge mit yogahirnvernebelt vor sich hinkauenden Kaninchen, Světla antwortet einer jungen Frau, die gerade Altglas wegbringt. Bei der Beileidsbekundung landet eine Flasche nach der anderen im Container, das Glas scheppert, man versteht kein Wort. Kája trippelt neben Světla her, hört ihr zu.

Eigentlich ist es nicht schlecht, wenn du mehr zu Hause bleibst. Wegen dem Kleinen, meine ich.

Ist doch klar. Es wird also ein Junge?

Keine Ahnung. Wo solltest du auch ständig hin, was?

Und auch noch von dir weg.

Eben, brummt Světla vor einer Pfütze, stoppt Kája, hält ihren Bauch fest und stampft hinein, bis es spritzt.

Was soll der Blödsinn?

Lässt du mich auch sitzen, wenn ich alt bin?

Was soll der Blödsinn, dann bin ich doch auch alt, oder?

Die junge Frau nickt, sie gehen weiter.

Und willst du nach Chlum zu den anderen?

Mir egal.

Mir auch.

Vater bettet den Kleinen in den Anhänger.

Der Winzling ruht rücklings auf der roten Decke, seine Äuglein studieren das Bild, diesen Farbenwumms, mit Schnüren und Seilen seitlich am Anhänger befestigt, das zusammengerollte Riesending.

Vater läuft vor Monis Haustür auf und ab. Schleicht um die debattierenden Grüppchen herum. Kehrt zur Motocrossmaschine zurück, lugt auch in den Fiat hinein.

Da geht die Tür auf und Lukas tritt auf die Steinstufe. Für einen Moment lang lässt seine riesige Gestalt selbst die Sonne verschwinden. Er schreitet aus der Bordelltür, sein kahlrasierter Schädel scheint aufzuglühen, Sonnengarben gleiten über die weißlichen Wimpern, tunken die männliche Behaarung auf den Armen und am Hals in Silber.

Die Sitzenden stehen ganz langsam auf. Die Weiber schütteln die Decken aus und treiben die Kinderscharen zusammen. Der Schwarze Lukas geht an ihnen vorbei, die schon Stehenden folgen ihm. Am Altan längs und weiter.

Hör mal, das ist Richies Gefährt, säuselt Mücke Vater in den Rücken.

Ich weiß, aus welcher Scheune das Ding gestibitzt wurde, Vater patscht auf das Moto.

Was willst du dafür löhnen?, erkundigt sich Mücke. Du gibst uns das Bild, was?

Mücke schwingt sich in den Anhänger, und wie er an den Seilen rüttelt, bebt die Rolle.

Richie springt ihm zu Hilfe.

Mach keinen Scheiß, spricht er in Mückes Rücken. Wir brauchen den Anhänger. Wie willst du es wegbringen?

Das Minigefährt ist besser, erwidert der Komplize und zerrt weiter an den Seilen.

In den Fiat passt das Ding nicht rein, kontert Richie.

Doch. Wirste sehen. Wir kriegen die Jungfrau schon platt.

Da wird die Bewegung der Gruppe, die Monis Rosensträuchermassen ausweicht, durch ein hereinfahrendes Fahrzeug angehalten. Mücke sieht als Erster das Polizeiauto, hört auf, an den Seilen zu rütteln, und man könnte glatt meinen, er und die Rolle sind eins geworden.

Das Auto hält vor dem Bordell auf dem Rasen an. Eine kopfbandagierte Offizierin stürmt direkt auf das Haus zu. Die anderen Bullen, die ihr folgen, legen eine etwas legerere Haltung an den Tag.

Die Polizistin stellt sich vor Vater und verpasst ihm Handschellen. Klack.

Sie wissen, wer ich bin, Bürger, nicht wahr?

Und sie zieht leicht an den Metallringen.

Vater zischt vor Schmerz. Der Junge springt zu ihm, packt ihn am Arm.

Vater zischt etwas lauter.

Arschloch, platzt ihm die gefatschte Polizistin ins Gesicht. Hab ne Gehirnerschütterung, du Sack. Warum hast du mich gehauen? Warum bist du von der Brücke weg? Warum hast du das nicht gemeldet?

Hab gedacht, Sie sind tot! Man hat mir gesteckt, ich hätte Sie umgebracht. Alles wegen der Karre, die Säcke!

Der Bulle, der hinter der aufgeregten Beamtin wie eine uniformierte Wand in die Höhe ragt, dreht sich zu den Bürgern aus den hinteren Frömmlerreihen, die kurz ihre Pilgerfahrt unterbrochen haben und nun neugierig hinter den Rosen hervorglotzen.

Alle auseinander!, grölt er. Ist besser so!

Du Bastard, die Polizistin grinst aus nächster Nähe Vater an, fast drückt sie ihm ihre Kinnwarze ins Gesicht, wir lochen dich ein, bis du schwarz bist.

Und Vaters Blick irrt über ihrer Schulter herum. Vom Motocrossrad zum Anhänger mit angeschnallter Bildrolle und weiter zum Fiat. Und nur ein wahrlich empfindsamer Mensch kann die Hitze nachfühlen, mit der ihm mögliche Fluchtszenarien durch das bollernde Hirn schießen.

Jaruna, was kasperst du hier rum? Moni macht die Tür auf, die Hände auf dem Bäuchlein, ganz blass im Gesicht. Die Frisur wischiwaschi, Haarsträhnen hängen ihr die Schultern herunter.

Mein Beileid, Moni, sagt die bandagierte Polizistin.

Lasst ihn sofort frei, er ist mein Gast, Monis Blick rutscht am Vater runter, sie streift seinen vorgestreckten Riecher, kuckt ihm in die fickerigen Augen, fährt mit dem Blick von der fleckigen Shorts zum gestreiften T-Shirt hoch und bleibt an den Handschellen hängen.

Moni, untersteh dich, eine Amtshandlung zu stören. Du weißt doch, wie sehr ich Miran gemocht habe. Der hier ist des Mordes verdächtig!

Aber Quatsch, Jaruna, ist er nicht.

Du musst vor allem Ruhe bewahren, Moni.

Du solltest ruhig bleiben, Jaruna. Die Uniform hat dir nie gestanden. Und jetzt siehst du richtig scheiße aus! Was ist dir passiert? Was mit dem Kopf, oder? Bist du ausgerutscht?

Vater und Moni sehen sich an, ein Lächeln bröckelt ihnen von den Lippen.

Mein aufrichtiges Beileid, Moni.

Danke, nickt Moni, und da tauchen um sie herum plötzlich wie Löwenzahnblüten die verstrubbelten Köpfe ihrer Mädchen auf. Die aus den Untiefen des Hauses heraufgesickerten jungen Frauen trösten und herzen ihre Herrin. Janinka wirft ihr ein Plaid oder eine Decke oder so was in der Richtung über die Schultern. Das bunte Ding bildet einen hübschen Kontrast zu Monis Blässe.

Für Miran kommt stracks und unverzüglich der Abholdienst, informiert die Polizistin. Trauer ist Trauer, aber hygienische Normen sollte man auch beachten, oder? Mirans Vater ist bereits abgesichert, sorry wegen der Formulierung. Und nach dem jungen Löti läuft ne bezirksweite Fahndung. Unsere Jungs sind dran. Er soll mit ner Pistole gespielt haben. Du kennst nicht zufällig seinen Aufenthaltsort, oder?

Jeee, ein Baby, quietscht Macinka, hüpft die Stufe hinunter und stürzt sich auf den Anhänger.

Ist der süüüß!

Und sie hebt den Winzling hoch, der sofort nach ihrem Busen giert.

Er hat Hunger, verkündet Macinka. Und im Nu scharen sich die Mädchen um den Anhänger, sie rotieren um den Buben wie ein lebendig gewordener bunter Strauß, mit Mädchengesichtern statt samtiger Blütenblätter.

Moni, hab meine Jungs gebracht. Du findest schon ne Ecke für sie, oder?, fragt Vater.

Die können hier ne Zuhälterausbildung beginnen, grinst der Bulle.

Aber er dreht sich um, denn von den Rosensträuchern dringt ein Heidenlärm durch. Die Vorhut des frommen Haufens unter Führung von Lukas, auf dessen Anordnung die Christenträger das Idol auf die Trage gebettet hatten, ist längst abmarschiert, die Fauleren jedoch, die Saumseligen, soeben auch vom Polizeieingriff Verstörten kommen aber zum Freudenhaus zurück. Sie klopfen Sprüche, schneiden lustige Grimassen, und bei ihren ironischen Ratschlägen hört man am besten weg.

Moni, halt die zurück. Das Haus wird abgesperrt!

Jaruna, halt du die zurück. Wofür ne Absperrung? Wir schulden keinem was!

Und plötzlich kämpft sich einer durch die Bürgerversammlung auf sie zu. Ein mächtiger Grauschopf mit riesiger Hakennase. In Jogginghose und mit bandagiertem Kopf stützt er sich auf einen Stock, und obwohl seine Körperhaltung auf eine üble Verletzung schließen lässt, rutscht er immer wieder durch das Bürgerknäuel hindurch, windet sich aus den Rosendornen heraus, trampelt ohne Scheu auf Monis Blumenbeeten herum. Und schon ist er bei ihnen.

Brat moj, was das chier!, ruft Iwan und rüttelt einen Tick zu rücksichtslos an Vaters Handschellen.

Dann dreht er sich zu der Polizistin um, die ihn unter ihren Bandagen hervor anstarrt.

Die beiden mit ihren gefatschten Schädeln sehen wie Statisten in einem Videoclip über Krüppeldating aus.

Jaruunka, bitte schän! Jaruunka, wir kchennen uns, grinst Iwan. Ich gleich auf Polizei mich cheimgemeldet, dreht er sich zu den anderen, als hätte es einer wissen wollen.

Und die Polizistin hebt die Hand zur Mütze, salutiert vor dem robusten, heiser brüllenden Behinderten und schließt auf seinen Befehl Vaters Handschellen mit einem Schlüssel auf, der haste nicht gesehen plötzlich aus dem Nichts aufgetaucht ist.

So choroscho. Dienstgrad ruußisch Polizei chocher als Dienstgrad tschechisch Polizei. Das neu Dekret von Präsident Zeman! Jaruunka, alles choroscho, lächelt Iwan.

Und schon drängelt er ins Haus, schiebt Vater vor sich, und bevor Moni Muh sagen kann, hat er Vater schon durch das Mädchenknäuel in den Hausflur bugsiert.

Da holt Moni tief Luft und schon fliegt alles aus ihr raus. Lauter unflätiges Zeug, das durch ihre Trotzhaltung richtig rabiat klingt. Der Bulle und die Polizistin haben alle Hände voll zu tun, sie zu bändigen, aber sie kriegen sie schließlich gebändigt. Der Junge stürzt zum Hauseingang, der große Bulle breitet lächelnd die Arme vor ihm aus.

Am Ende zieht sich Moni mit wütendem Türknall ins Haus zurück.

Die Mädchen sind geblieben. Sind auf den Anhänger geklettert. Drapieren sich um den kleinen König. Ziehen ihm den stinkenden Strampler aus, das verschwitzte, verschorfte Donald-T-Shirt, selbst die ungarischen Söckchen kommen weg, alles liegt unter ihren Füßen herum. Der Kleine zeigt lächelnd seine Zähnchen, setzt seinen winzigen Körper der Sonne und dem Wind aus, wird gehätschelt, geknuddelt, behandelt und bewundert. Mit einem parfümierten Taschentuch wischt ihm Janinka zärtlich den tief sitzenden Schmuddel von der Haut.

Vendulka rückt mit einer Salbe heraus.

Kann ich ihn auch mal halten, verlangt die kleine Polizistin und stellt sich mit offenen Armen auf die Zehenspitzen.

Mal kucken, Jarusch. Mal kucken. Warte kurz, ja?

Heiliger Bimbam, hat der aber nen Schwengel, wundert sich aufrichtig der Bulle, nonchalant an die Polizeikarre gelehnt. Das wird man wohl operieren müssen, was?

Bist du des Wahnsinns, Rudolf, was für ne Operation.

Ist nicht jeder wie du, prustet Macinka heraus, und der rotgewordene Rudolf wendet seine Aufmerksamkeit lieber den Blumenbeeten am Hauseingang zu.

Auf die zertretene Rosenpracht achtet keiner mehr. Die Polizeiclique jagt alle Glotzer und Gaffer weg, sie hat aber vor allem mit den gelben Gittern zu tun. Die Bordellparzelle wird abgesperrt. Immer neue Polizeikarren rauschen von der Straße aufs Grundstück.

Der Polizist Rudolf wendet sich von diesem Schauspiel ab. Er konzentriert sich auf den Strauch- und Baumstreifen.

Und schreit plötzlich auf.

Auch die Mädchen schreien auf.

Das Getöse vom Asphaltweg haben sie schon eine ganze Weile gehört. Sie dachten, da würde einer der Hochzeitsgäste auf der Nebenstraße seinen Schlitten auf Hochtouren bringen. Jetzt aber haben sie durch das Baumgeäst und das ganze Gestrüpp die dunkle, martialische Silhouette eines Panzers erkannt. Aus den Baumkronen ragt ihnen das Geschützrohr entgegen.

37 IM WACHHÄUSCHEN LEERE UND GRAUEN · WIR HABEN DICH BE-FREIT ... BRUDER! ER HÄMMERT, ER WUMMERT · EIN WENIG MAURER-ARBEIT

Wirr sprrechen mussen! Iwans Stimme hallt im dämmerigen Flur.

Wie ein zudringlicher Sittenstrolch rückt er Vater auf die Pelle, schiebt ihn mit seinem aufgeblähten Bauch immer tiefer ins Haus, die Gelaberflut ebbt erst ab, als sie vor der offenen Tür zu Monis Wachhäuschen kommen.

Auf dem großen Ehebett liegt Miran.

Den Kopfkissenbezug muss ihm eins der Mädchen wenn nicht Moni selbst abgenommen haben. Das durch und durch tätowierte Gesicht sieht dämonisch aus. Ein starrer Körper unter der Decke, nackte Füße ragen hervor. Unter dem Bett eine Plastikschüssel mit Schmutzwasser. Alles stinkt fürchterlich, vielleicht nach Leere. Das einfachste Zeug, der verzierte Wecker, Monis Paradespiegel, die Waschlappen, alles ist mit Horror getränkt, zu Proprietäten einer Parallelwelt geworden.

Beseetzt, grinst Iwan.

Lass uns nach unten gehen.

Oukey, Brat!

Vater trampelt die Kellertreppe hinunter, Iwan schnaubt hinter ihm her. So ohne Publikum regrediert er, hält sich an den Wänden fest, stochert mit dem Stock in den Stufen, ächzt.

Als sie die Kellertür passieren, steigert sich der Jauchegrubengestank ins Unermessliche. Hier gibt es keine Neonröhren wie im Untergrund des Monastyrs. Nur eine nackte, mit

Fliegendreck betupfte Glühbirne baumelt auf einem langen Kabel.

An der Mauer, die Lomoz gebaut, aber nicht vollendet hat, steht ein Trog mit Mörtel. Ein Stapel Ziegelsteine. Verstreutes Werkzeug. Vater starrt die offene Lücke im Mauerwerk an, so groß, dass ein ausgewachsener Kerl durchkommt, mit einem Saugschlauch etwa. Man kann die gewölbte, dunkle Wasseroberfläche der Kloake sehen und vor allem riechen.

Iwan hinter ihm verlangsamt, röchelt, klopft alles mit dem Stock ab. Mit mächtigem Seufzer lässt er sich auf einen Haufen Ziegelsteine fallen.

Du Brudercherz! Waska groß Fehler gemacht, dein Frau aus Fenster gewerft. Wir nicht gekannt du nicht gecheiratet Mann!

Der Gestank aus der Senkgrube sägt sich ins Gehirn ein, enorm stark, ist vor dem Regen ja immer so, denkt Vater.

Du nichts erben. Nacktarsch du jetzt. Aber kcheine Angst, Brat. Du reich, sehr reich werden. Wenn wir zusammen chier leben, du und ich.

Vater checkt beiläufig, was dort so herumliegt. Ziegelsteine. Ein Haufen Bretter. Spitzhacke. Hammer. Maurerkelle, Wasserwaage, von Lomoz schlampig hingeworfene Instrumente.

Wir Krankenchaus Bechandlung verlangt, du nicht wundern! Monastyrr gefallen. Du weise du gefluchtet. Aber ich? Balken auf mich gefallen, aj aj aj, Iwan kratzt sich am bandagierten Schädel und zappelt, wie ihm der von ihnen hervorgewirbelte Kellerstaub hinter den Verband rieselt.

Na und Waska? Angeschoßt. Von Ajwaren! Uns notig Bechandlung nach Reise. Wir glucklich im hubsch tschechisch Chospital. Aber wer dort? Dort gleich hysterisch Frauen schreien, wir Banditen, Reuber, Morder! Iwan schüttelt den Kopf. Du kennen, wer geschreit? Deine Sonja! Aufwiegelt alle.

Aha!

Gleich wenn sie uns geseht. Und Brat?

Hm.

Sie mich nicht gemocht! Auch Waska nicht.

Echt nicht?

Furchtbar Frauenpersona. Geschreit, geruft. Dich geruft. Aber im Gang kcheiner, nur wir.

Vater seufzt. Und ohne den giftigen Gestank zu scheuen, zieht er die Luft wirklich ganz tief ein. Geht das Werkzeug durch. Vor allem Lomoz' Hammer findet er super.

Du Dankbarkeit zeigen, Brat. Wir dich befreit! Deine Sonja, du weißt doch?

Was?, sagt Vater und legt den Hammer zur Seite. Nimmt die Spitzhacke in die Hand.

Narkomanka sie, sie getrunkt, was fur Mutter das? Auge futsch. Bein bauchig als Baby drin. Wozu Sonja? Neu Monsterkchind?

Vater pfeffert die Spitzhacke weg, denkt kurz nach, entscheidet sich dann für die Maurerkelle. Sie ist fest und groß. An den Rändern scharf. Was das Werkzeug betrifft, da ist Lomoz ein echter Gourmet, das ist allgemein bekannt.

Und Knaben von dir? Groß Junge Umerziehung. Dort sie ihn zum Reden bringen, oder auch nicht, egal. Kchleine, der fur nichts. Sohne von dir, die egal, du noch viel ander Sohne. Neutschechen, Chand drauf.

Und Iwan macht den Reißverschluss von seiner Trainingsjacke auf. Vater hört ein Ticken, ganz leise und unscheinbar, wie bei einer Armbanduhr.

Und genau als der Junge durch den Flur über ihnen huscht, über die Treppe, hebt er den Kopf. Und als der Junge merkt, dass Vater ihn spitzgekriegt hat, duckt er sich nur.

Gib mir die Hand, Iwan. Ich helfe dir.

Iwan nimmt das Oval mit dem Madonnenkonterfei zwischen Daumen und Zeigefinger, und nun hört es Vater laut und deutlich. Regelmäßiges Gestampfe hallt durch die Kellerdämmerung, als schlüge dort laut ein Herz.

Ikone ich von Komandant von Snina bekommt. Er diese Kriegsmadonna Serafion, der Dieb, weggenommen. Sein groß Bruder, Cher juber Gebirgspass, der rrichtig Kcherl. Beschutzt Grenze von Mutter Cheimat. Serafion er geschickt ins Lager fur Homosexuell, dort er umerzogen. Oder auch nicht, Iwan zuckt mit den Schultern, und sie beide starren die Madonna an. Als Iwan das Oval wieder hinter seiner Trainingsjacke versteckt und den Reißverschluss hochzieht, wird der Pulsschlag wieder leiser.

Kriegsmadonna. Mit ihr kommt Krieg. Die Madonna Grenze der Cheimat verschiebt. Du froh, Brat?

Und erst jetzt nimmt Iwan, und man könnte meinen sogar dankbar, Vaters angebotenen Arm an und steht auf. Tappend sucht er seinen Stock, und als er über die Ziegelsteine stolpert, stützt er sich auf ihn. Jetzt ist er kein herumgrölender Mammut mehr, der Vater vor sich hinschiebt, er schleppt sich eher wie ein malträtierter Mistkäfer nach vorne, hebt brav die Beine hoch, lässt sich führen.

Verrdammt. Gestank chier schlimm. Du riechen auch, Brat?

Alles wird gut. Noch ein Stückchen!

Nicht wird. Langsam. Ich schon alt. Du nicht.

Echt nicht?, Vater wird nachdenklich, ein Bein über das Mäuerchen, bleibt er stehen.

Naturlich nicht. Du noch funfzehn zwanzig Jahr, erst dann du fest alt.

Na dann ist doch alles prima, kichert Vater. So viel Zeit hast du nicht.

Nicht?

Auf keinen Fall.

Und Brat, noch das Beste ich dir sagen, Iwan taumelt am Mäuerchen.
Du hast mir schon alles erzählt.
Unser Vater nicht tot. Er Angriff auf Monastyrr juberlebt. Er wohnen mit uns. In Bochemija. Und Bochemija, das ein Garten, unser Vater wieder gesund. Du glucklich?
Und wie sich Iwan zu ihm beugt und ihm ein Lächeln über den Mund rutscht, reißt ihm Vater den Stock aus der Hand, gibt ihm einen Tritt und stößt ihn hinter das Mäuerchen. Und wie der Alte, bis zur Hüfte in der ekligen trüben Brühe versackt, rauswill und nach hinausragenden Ziegeln greift, drischt ihm Vater mit dem Stock auf die Finger, bis Iwan loslässt und noch tiefer sinkt.
Und dann kniet sich Vater vor das Mäuerchen und streckt sich nach einem Ziegelstein. Fährt mit der Maurerkelle in den Supermörteltrog, setzt den Ziegelstein auf und tappt mit der Hand nach dem nächsten.
Der Junge huscht an ihm vorbei. Von den Rufen und Schreien, die hinter dem Mäuerchen aus der Senkgrube dringen, zittern ihm die Hände. Er schnappt sich einen Ziegel und reicht ihn Vater rüber. Vater klatscht was Mörtel drauf und stellt ihn hin. Der Junge greift nach dem nächsten. Reicht ihn weiter. Vater schmiert. Und so weiter, immer fort.
Als patschte in der Brühe hinter dem Mäuerchen ein stöhnender Riesenwels herum. Und man hört noch etwas. Iwan muss seine Jacke ausgezogen haben. Die stinkige Luft wird vom Pochen der Kriegsmadonna gefüllt, dem mechanischen, präzisen Hämmern. Die Mauer sieht aber fest aus. Auf seinen Supermörtel ist Lomoz schon immer richtig stolz gewesen.
Gib her, murmelt Vater und steht auf. Der Junge reicht ihm einen Ziegel nach dem anderen, bald muss er sich dazu auf die Zehenspitzen stellen.

Jetzt bleibt noch eine Öffnung für etwa zwei drei Ziegelsteine, Vater wirft den Kopf in den Nacken, starrt.

Und als ihm der Junge den nächsten Ziegel reicht, schiebt Vater ihn mit dem Finger zur Seite.

Gnade walten lassen, mein Junge, sagt er und spuckt in den Schlamm unter ihnen. Sie stehen in dem scheußlich stinkenden Morast, der aus der Senkgrube unter ihren Füßen quillt, und starren auf die Öffnung. Vielleicht erwarten sie einen starken, nackten behaarten Arm mit Fingernägeln wie Dolchen, der ihr Mäuerchen niederreißt.

Aber nichts passiert.

Vater pfeffert die Maurerkelle in die Ecke und blökt den Jungen an: Komm, wir gehen, und dann gehen sie auch.

38 DIE KETTE UND DIE LUKE · VERSTUMMTE SIRENE · DER LETZTE KÄMPFER · DURCH DIE TALENGE UND DURCH DEN WALD · MIT MONI AM WASSER · ANS UFER

Langsam kommt der Panzer aus dem Gestrüpp, abgerissene Zweige verdecken Löti die Sicht … Napalm schreit Löti an, er soll verdammt noch mal endlich fahren … So hat sich Napalm die Ankunft auf dem Bordellrasen wahrhaftig nicht ausgemalt, das, was er vom Turm aus sieht, erfüllt ihn mit Wut und Staunen … Dafür platzt Löti, der summa summarum rein gar nichts sieht, fast vor Stolz.

Die Fahrt war toll, alles lief wie am Schnürchen, sie rasten in der Morgendämmerung durch den Wald, vom Turm aus navigierte Napalm sie mit mächtigem Geschrei, der kleine Kämpfer und Lafettenbewacher Knöllchen kicherte vor sich hin, das Panzermetall schallte und hallte und die Ketten sangen auf dem Asphalt … schon die Tatsache, eine Schrottmaschine zum Laufen gebracht zu haben, stärkte Lötis Selbstwertgefühl … Nach Vaters und Mirans Tod war er sicher, nie wieder glücklich sein zu können, aber Fehlanzeige, verdammt noch mal … er hat's geschafft, ist einfach so!

Er gibt nichts auf die Warnungen von Napalm, der, halb aus dem Turm raushängend, den ganzen Mummenschanz von oben zu sehen bekommt, Napalm hört das Kreischen der Polizeisirenen, sieht die Träger der gelben Absperrlatten … ihm entgeht weder das vor dem Bordell geparkte Polizeiauto noch die geduckte Polizistin mit einer Waffe im Anschlag dahinter … der bewaffnete Muskelprotz mitten in der Mädchenschar auch nicht.

Der beschwingte Löti erwartet immer noch einen Trupp verwandter Seelen auf dem Rasen ... und der Schwarze Lukas könnte den Panzer segnen, fällt Löti ein, und er lächelt im Laufe dieser Paradefahrt vielleicht schon zum hundertsten Mal selig vor sich hin.

Und er gibt Knöllchen, der mit seinem kleinen Körper die Lafette mit dem ruhenden Geschoss schützt, einen fröhlichen Klaps ... ja, sie sind bereit, die versammelte Menge mit einem Scharfschuss zu begrüßen und so die Trauerfeier einzuläuten.

Weder Löti noch Knöllchen ahnen jedoch, dass sich die kleine Polizistin mit bandagiertem Dez dem Panzer in den Weg stellt ... Napalm blinzelt erstaunt, denn diese Offizierin salutiert ihnen ... Und was ruft sie da? Willkommen, Genossen! Und die Polizistin wirft ihre Mütze in die Luft und ruft Urraaaah ... sie heißt die Russkis willkommen, die Ratte, schießt Napalm durch den Kopf, und der Polizistin klappt die Kinnlade runter ... Denn aus dem Panzerturm lehnt ein langhaariger bärtiger Greis, mit Tattoos, die ihm über den Hals und die Wangen kriechen, mit einem Fischknochen im Haar ... die Offizierin erkennt den Wiederholungstäter! Sie duckt sich hinter das Polizeiauto und hebt die Pistole.

Sie stehlen sich die Treppe hinauf, der Junge versucht, das T-Shirt vom Bauch zu reißen, er hat sich komplett mit dem Supermörtel zugekleistert. Vater ist auch komplett verschmiert.

Mensch, das war ziemlich mutig, sagt Vater in der Kellerflurbiegung. War das ganz schlimm? Der Junge gibt nicht mal einen Seufzer von sich, aber jeder Nachtsichtbegabte könnte beobachten, wie ihm ein winziges Lächeln übers Gesicht huscht. Sie verlassen den Keller und stoßen fast mit Moni zusammen.

Sie sitzt an die Wand gelehnt auf einem Koffer und ist mit Handspiegel und Kamm zugange. Sie schneidet Grimassen in den Spiegel, rückt ihre Locken zurecht. Und zerdrückt mit angefeuchtetem Finger was im Gesicht.

Wo wollt ihr hin?

Weg von hier.

Ich wollte nur ein paar von meinen Sachen mitnehmen, aber jetzt will ich das nicht mehr. Das muss reichen, sie patscht auf eine Plastiktasche.

Und wo willst du hin?

Auch weg.

Warum gehst du nicht zu Mutter?

Hast du sie gesehen?

Ja.

Na siehst du.

Vater nickt.

Mal kucken, wie es draußen aussieht, ja?, sagt Moni und steht von ihrem Koffer auf. Hoffentlich ist es ruhig.

Das Gepolter rammt sie in den Boden. Durch die halbgeöffnete Tür sehen sie die Polizistin in letzter Sekunde vom Auto wegspringen, der Panzer zermalmt das Auto unter den Ketten, kreischend bäumt sich die Sirene immer wieder auf, bis sie schließlich verstummt … Die Sirenen anderer Fahrzeuge setzen ihr Alarmgeschrei fort.

Bei der Kollision sind Löti und Knöllchen in die Luft gehüpft, durch den Aufprall scheint die Kette verrutscht zu sein … der Panzer wälzt pausenlos den Haufen Polizeiblech platt, hat sich aber verhakt, das Geschützrohr schwenkt mal hierhin, mal dahin, unter dem Bauch der Monstermaschine ragen verbogene Metallstücke, Drähte, Textilklumpen hervor … Und in das Sirenenkreischen, Mädchenquietschen und die kampflustigen Geräusche der Absperrung schreit Napalm: Das Nuttenhaus geben wir nicht her, ihr verfickten Arschlöcher!

Und die in der Tiefe des Hauses Verborgenen sehen nun, wie sich von den Mädchen, wovon eins den kleinen König auf dem Arm hält, Rudolf der Bulle abwendet und ebenfalls das dröhnende, aus einem Geschichtsabgrund aufgetauchte Gefährt ins Visier nimmt.

Vater tippt Moni auf die Schulter und rennt los, den Jungen neben sich. Über die Seitenwand des Anhängers hängen durchgetrennte Stricke, auf dem Holzboden schlängeln sich gekappte Seile. Das Rohr ist weg.

Moni setzt sich in den Seitenwagen, Vater hakt den Anhänger aus, springt auf den Motocrosssitz, der Junge dahinter, er schlingt Vater die Arme um die Taille und dieser dreht am Gasgriff; sie brettern los, Erdklumpen fliegen von den Rädern.

Sie sausen an dem steckengebliebenen Panzergefährt vorbei, um das herum die Mädchen davonstieben, das erste von ihnen hält das kostbare Menschenbündel im Arm … eine Weile pest Vater an den Absperrungen lang, wo nervöse Polizisten rasch zur Seite springen, dann steuert er eine Absperrungslücke an und entkommt durch die Rosensträucher auf die Straße, weicht den geparkten Bullenkarren aus und rauscht in die Richtung zurück, aus der sie gekommen waren.

Er biegt auf einen Pfad ein, rast unter Lindenbäumen durch, schwenkt in eine zugewucherte Talenge ab, holpert über Baumstümpfe durch den Wald, vor allem Moni wird richtig durchgerüttelt, überall liegen Steine herum, alte Reifen, vom Wasser angeschwemmter Kram. Sie fahren so weit es geht, und als es nach einer Weile nicht mehr geht, bringt Vater das Motocrossrad am Fluss zum Stehen.

Und in dem Moment greift die Panzerkette wieder, das Gefährt ruckelt wieder los, die rasche Bewegung fegt die Zweige von der Luke herunter und Löti kann endlich sehen.

Er rauscht, bereit für eine stürmische Panzerbegrüßung, wie geplant direkt vor den Hauseingang ... aber irgendwas stimmt nicht.

Jetzt erst dringt allmählich das Sirenengejaule zu ihm durch wie auch das Geräusch direkt neben ihm, Knöllchens Zähneklappern ... sie suchen mit dem Blick nach Brüdern und Freunden ... stattdessen erhaschen sie ein Durcheinander gelber Polizeiabsperrungen, Schwärme von Waffenträgern ... und ahnen nicht, dass die Polizistin mit entsicherter Pistole auf den Panzer zielt und dass auch weitere Männer des Gesetzes kurz davor stehen, das Feuer zu eröffnen.

Und da geht die Bordelltür auf, und eine ungeheuerliche, schlammtriefende Gestalt tritt vors Haus, schleppt sich im Zombie-Style nach vorne, immer wieder sperrt sie den röchelnden Mund auf, aus dem braune Brühe schwallt ... Und bestürzt hört Löti ein Staccato von Geschossen, die Kugeln trommeln auf den Turm ... das von der Polizistin abgeschossene Projektil dringt Napalm in den Hals, und der Waldschrat, der letzte Kämpfer Napalm, sinkt in die Eingeweide der Maschine, direkt auf Knöllchen und auf Löti, sein sterbender Körper begräbt die beiden unerschrockenen Panzerführer unter sich und drückt auf die Lafette der Abschusseinrichtung. Der Panzer feuert.

Der Schuss schiebt die Schlammgestalt ins Hausinnere zurück, die rauschende Feuerkugel dröhnt durch das Bordell, auf ihrem kurzen Flug zerschlägt und vernichtet sie alles ... Die Mädchen, die vom Kampffeld zwischen die Bäume geflohen sind, drehen sich um ... zwischen einstürzenden Balken und zertrümmerten Mauern flattert Wäsche, BHs zwischen Blumenstraußschlieren, Spritzern von Hochzeitstorten und Gerümpel, das aus eingekrachten Fluren herauspurzelt, die Granate schlägt in die Bar ein, zwischen Glas und Ziegelsteinen fliegen wundersam erhaltene Gläser in die Luft ... Glassplitter von Fensterscheiben und Bierhumpen … und Brocken von versengten Hausinnereien bombardieren erstarrte Gesichter der Polente und der frommen Pilger.

Und da taucht auch schon die Riesengestalt vom Schwarzen Lukas unter den Seinigen auf, mit erhobenen Armen segnet er das Durcheinander oder wünscht es zum Teufel … und ein staubbedeckter Kater schießt zwischen seinen Beinen vor, da hat der Baltík ein buntscheckiges Vögelchen aus der Ruine im Maul rausgeschleppt.

Sie ruhen am Flussufer aus. Auf den Steinen. Der Junge, von der wilden Fahrt noch ganz zitterig, ist gleich ins Wasser.

Das Feuer, ganz klein, haben sie eher aus Gewohnheit gemacht. Seine Zeit kommt noch. Wegen der Mücken bestimmt.

Ist ja irre lange her, seit wir uns das letzte Mal gesehen haben, Vater holt im Rauschen des Flusses Luft, das Wasser schäumt hier und da gischtwirbelnd hoch, tost über die Steinbrocken, und Vater möchte noch etwas hinzufügen à la, dass es ihm leidtut, dass Moni ihr Bordell verloren hat, als ihm bewusst wird, dass ihr Verlust viel größer ist, und da hält er lieber den Mund.

Moni winkt ab.

Unter ihrem engen T-Shirt sondern die Brustwarzen Flüssigkeit ab. Sie fährt mit der Hand ins Wasser, spritzt sich nass. Setzt sich auf das bunte Deckchen, rekelt sich in Nymphenposition auf dem Stein.

Das Haus ist mir schnuppe. Um dich mach ich mir keine Sorgen. Die mach ich mir um meinen Vater.

Ja?

Aber Lomoz trödelt häufig in der Gegend rum. Hat wohl nicht stören wollen.

Auf den war ich neugierig.

Gibt's auch jeden Grund zu.

Hat der sich vielleicht mal nach mir erkundigt?, fragt Vater, wühlt in Monis Plastiktüte und fischt eine Tomate heraus. Sie hat was zum Essen mitgenommen. Dem Jungen sogar ein Salamibrot geschmiert. Ansonsten gibt es in ihrer Albert-Tüte nur Babyklamotten. Jetzt breitet sie die Aussteuer auf den Steinen aus. Und faltet sie dann wieder zusammen. Vater marschiert ans Ufer zurück und widmet sich dem Seitenwagen. Werkelt mit seinem Feitel dran herum, auch einen Schraubenzieher hat er dabei, ob er den von dem Kellerkram hat mitgehen lassen? Er drischt mit einem Stein aufs Metall. Der Junge, bis zur Taille im Fluss, versucht den Supermörtel loszuwerden. Mit einem Stock, mit strömendem Wasser. Ein paar Mal hat er sich schon gewaschen, ist trocken geworden, und planscht schon wieder im Wasser.

Erst irgendwann gegen Abend löst Vater die letzte verrostete Schraube, schmeißt sie ins Gebüsch und zeigt den beiden das Motocrossrad im befreiten Zustand, wie er sagt.

Du erinnerst dich wohl gar nicht an das Ding, sagt er zu Moni.

Nee, das nicht. Wenn du wüsstest, wie gut es mir in Amsterdam ging. Ich hab in Benešov gearbeitet, dann in Prag und so weiter, aber irgendwie hat sich das immer seltsam angefühlt. Dahingelotst hat mich so ein Typ, wir waren ne ganze Clique. Gewohnt haben wir unterschiedlich, er selbst war total unfähig, nur Flugblätter, Demos und Aktionen. Aber ich hab ihn geliebt. Also hab ich angefangen zu arbeiten, und am Anfang lief es prima.

Und später?, will Vater wissen und versucht, aus einem Stock mit seinem Feitel eine Angelrute, einen spitzen Pflock oder so was Ähnliches zu kreieren.

Später nicht mehr so.

Also bist du zurück.

Weißt du was? Im nächsten Leben möchte ich als Mann zur Welt kommen.

Warum?, fragt Vater, pfeffert den Stock ins Wasser, springt vom Stein herunter und schlendert am Ufer herum.

Damit ich keine Frau bin.

Ist das dein Ernst?

Ich geh zurück.

Wohin?

Mal sehen. Lässt du den Kleinen da?

Die Mädels kümmern sich schön um ihn, würde ich sagen. Und was ist mit deinem Kleinen?

Mal sehen. Und ihr? Wo fahrt ihr hin?

Sobald der Junge ans Ufer geplanscht kommt, streckt Vater, das Motorrad an seiner Seite, die Hand nach ihm aus. Sie hören es alle drei. Im Rauschen des Stroms hören sie ein Donnern, das aber nicht vom Himmel kommt, da arbeiten sich Motoren zu ihnen durch. Mitten durch die Erde der Senke, gedämpft vom Wald; sie sind noch auf dem Waldweg.

Spring auf, Junge, sagt Vater freundlich und reicht ihm die Hand.

Na gut.

Die Übersetzerin dankt dem Deutschen Übersetzerfonds e. V. für die großzügige Unterstützung, dem Übersetzerhaus Looren für die Geborgenheit und den atemberaubenden Blick in die offene Landschaft und Ulrich Blumenbach für das Mentorat und seinen nie versiegenden Optimismus und Einfallsreichtum.

INHALT

1 Bristol Globe · Warum er sich an beide wendet · Nächtliche Horden · Mama am Morgen · Das Heft · Tätowierter Junge · Brennendes Lager · Raus! Eleanor and her boys · Weiter geht's
7

2 TRAVELERS – NO HOLIDAYS! Grimmiger Offizier · Erinnerung an die Slowakei, Erinnerung an die Liebe · Das Bein · Die Sucht · Auf der Brücke · Unter der Brücke: Die Sinfonie des Weltenraums
13

3 Charleville, les poètes maudits · Proviantsicherung · Vorbereitung eines Auftritts · Brielle und weiter · Nach München · Soschtschenkos Ende · Ins Land der Ruhebluter
26

4 Kurortmomente · Kommissar nimmt Spur auf · Wohin mit den Finanzen · Keleti pu · Iwan und Waska · Drama am Schwimmbecken · Tragödie der Schwimmer · Wer spielt Othello? Von wo ist Iggy geflogen?
40

5 Vater, gib Maske! Von den Ajwaren · Die Vision vom Geistesstaat · Über Literatur · Feuerüberfall · Der große Gérard und das Mönchlein · Feier von Noworossija – gefloppt · Politische Diskussion · Abzweigung nach Slowatsch · Zitadelle
61

6 Armada – wir zuhauf! Monastyr, die Katakomben · Glühende Maschinen · Tote Urlauber · Über Ehe und Kinder · Wer steckt hinterm Türchen · Mal sehen! Bete zu Gott ...
79

7 Die Karpaten · Pass von Snina · Was hat Serafion bei sich, das pocht und klopft · Der Göttliche tanzt · Massel gehabt! Sonja ... Auf D1
91

8 Auf der D1 · Die Brücke von Poříč · Das Bildnis der Jungfrau wird erwähnt · Scherben und Insekten · Perfekte Pläne · Bist du's, Sonja? Welk und männlich · In dem Duschdings, vor dem Duschdings: Mama

101

9 Die Polizistin · Zusammenrottung der Bürger · Richie als Späher · Baschta, der Herr des Autofriedhofs · Ein etwas anderes Hospiz · Hunnenfeldzüge · Reinigung in der Strömung · K-Haus anrufen · Jungens weinen nicht

115

10 Clan-Treffen · Der Jux mit dem Umschlag · Er atmet unterm Tuch, wächst, nimmt zu · Vom Pfannenmann · Ins Gewitter · Etwas vom Himmel · Die Große Kirmes von Pyšely · Bison taucht auf · Und das Mädel

140

11 Echt, Mutter? Der Ratz · Vom Panzer · Russennutte in deiner Sippschaft · Tirade gegen Milda Zeman · Wo ist Moni? Er krabbelt und saugt · Irrung an der Tür · Kopftuch mit Erdbeeren usw.

154

12 Mit Kinderwagen · Bei der Moni wird's euch gefallen · Sollte einer, der vielleicht böswillig ... Schießbudenkorso · Grausiger, fliegender Balken · Helfer · Wieder die Rothaarige · Die Flucht

166

13 In der Garage · Lomoz · Ratz seine Zugreise · Die Moni · Kája: Prag-Ost und D1 · Vom Flugzeug · Ein Stück Vieh · Kalium · Die Nutten kommen

174

14 Ein paar Watschen im Dunkeln · Wie weit nach Městečko? Ums Vögeln geht es gar nicht · Ach nee? Grüß dich, Broněk! Broněk sein Geront · Was für'n Knast würd ich wohl haben? Chlum

194

15 Der Schwarze Lukas · Trockengelegtes Totenhaus · Oben in den Putzabschilferungen ... Tod eines Kriegers · Ich will, dass es dich gibt

206

16 Nach Městečko · Fromme Truppe · Lukas · Erwähnung von Prokop · Deibels Furche · Das Rätsel der Altblockhütten · In den Flussbiegungen ... Die Mühle, das neue Buffet

215

17 Mit Schubkarre · Wer mit Hörnern herumgeht · Grausame Freibeuter · Gartenkolonie · Im Rauschen der Gewässer schreitet unhörbar ...

226

18 Die Bande beim Wassermann · Mit der Armbrust bedroht · Kälbchen · Nachrichtenmagazin · Wo steckt Lojda? Lächelt rot im Gesicht ...

232

19 Begegnung mit Fischer Schuppe · Ihr dahinschwindendes Antlitz · Bei Fischschuppe daheim · Angeschwemmtes Zeug · Liebe in der Hütte · Rache der Kolonisten · Ins Bötchen · Auf dem Wasser

237

20 Hochzeitssalon · Die Mädchen, der Betrieb · Monis Tricks · Moni ist nett · Die Jauchegrube · Reiter der Gerechtigkeit · Disput über Fortschritt · Veränderte Uferlandschaften

267

21 Lange Halde · Alter Hrom, junger Hrom · Ankunft von Kardinal · Über Vendula · Verschnürt · Vertrag · Wie wird Glück gemacht · Neutschechen · Schicksalsschwerer Toast

278

22 Wieder Shakespeare · Leben ohne Wärme · Erneutes Wiedersehen · Beschuss der Tasche · Bisons Abteilung · Knutschen und Momente der Wonne · Mir kannst du das sagen
294

23 Du kommst zurück · Trocknung · Grabstätte am Schrottplatz · Pille, Mütter oder Nichtmütter · Als Napalm kam · Lagerplatz · Lass es dir schmecken, du Scherzkeks! Lomoz seine Strapazen
303

24 Das Megaprojekt Jubiläumsgeschenk · Aus der Lokalgeschichte · Recherche · Rekognoszierungsarbeit zu Wasser · Arbeit zu Lande · Bergung · Lötis Versprechen
315

25 Sandbank · Erscheinung der Motoreiter · Gefecht im Wasser · Zweifel am Teufel · Was der Kleine braucht ... und wo sie hintreiben · Wassergebrüll · Das Kohlenschiff
324

26 Warten auf Löti · Aus der Geschichte der Kriegführung · Macinkas Bestürzung · Killer aus dem Wasser · Lötis Treffer · Napalm: Damals auf der Brücke · Mirans Entscheidung · Miran ist der Älteste!
331

27 Napalms Gespräch mit dem Fischer · Gottessprache · Dorle? Wohin mit der Jungfrau · Napalms Träume
340

28 Hygiene auf dem Schiff · Käpt'n Lojda · Herrlicher Pelz · Was mit den Altblockhütten los war · Die Suffkolonie · Ratz Fatz und sein Nachlass · Von Ratz und dem Pfannenmann
345

29 Mirošovice · Kirsche mit Mama · Wovon Ratz besessen war · Versammlung am Ufer der Sázava · Die Begegnung mit dem Herrn Präsidenten · Koryčans Meinung · Koryčan wundert sich
360

30 Wenzels Vorschlag · Unter der Brücke und weiter · Röslein und der Mond, sein Gesicht · Noch weiter
383

31 Begegnung mit Mücke · Die Elende in der Höhle · Muhme Habdieehr · Bei Lojda · Ein Stadion oder eher ein Bolzplatz · Große Liebe · Was auf Lojdas Zettel steht · Was nach Ratz geblieben ist · Hilfst du mir?
387

32 Wen und was man rausgefischt hat · Überfall · Ende vom Berg · Richies Schlupf · Der Fund in Käpt'ns Kajüte · Auf dem Floß
409

33 Moni … die Hüterin des Salons · Hampelmannwerdung des Menschen · Ankunft der frommen Truppe · Lukas und Lomoz · Schon wieder der Gestank · Baracke Hölle · Und was? Im Gebüsch
420

34 Beisammensein mit Fischschuppe · Festmahl · Zur Jungfrau · Schon wieder der Tätowierte – eine Lektion in Humanismus · Die Kavalkade brettert los · Von Pražma · Ich hab Respekt vor den Alten, aber … Zerbissene Brust
436

35 Venca Bajer · Kaputter Köter · Mehr Kinematographie · Lomoz seine Wette · Mit Armbrust und Tannenzapfen · Die Bitte um den Walnussschnaps · In die Grotte
448

36 Napalm aus dem Traum gerissen · Ankunft der Kavalkade · Zank vorm Idol · Der verlorene Bruder · Handschellen · Absperrung · Das Liebespaar – die neugierige Světla · Kleiner König · Erscheinung im Busch

458

37 Im Wachhäuschen Leere und Grauen · Wir haben dich befreit ... Bruder! Er hämmert, er wummert · Ein wenig Maurerarbeit

473

38 Die Kette und die Luke · Verstummte Sirene · Der letzte Kämpfer · Durch die Talenge und durch den Wald · Mit Moni am Wasser · Ans Ufer

479